BASTEI
LÜBBE

POUL ANDERSON

Dominic Flandry
Agent im All

Drei Romane in einem Band

BASTEI
LÜBBE

BASTEI-LÜBBE-TASCHENBUCH
Science Fiction Abenteuer
Band 23 105

Erste Auflage: August 1990

Deutsche Lizenzausgabe 1990
Bastei-Verlag Gustav H. Lübbe GmbH & Co.,
Bergisch Gladbach
Originaltitel: Ensign Flandry / A Circus of Hells / The Rebel Worlds
Lektorat: Reinhard Rohn
Titelillustration: Mike Hauptmann
Umschlaggestaltung: Quadro Grafik, Bensberg
Satz: KCS GmbH, 2110 Buchholz/Hamburg
Druck und Verarbeitung: Brodard & Taupin,
La Flèche, Frankreich
Printed in France
ISBN 3-404-23 105-8

Inhalt

Im Dienst der Erde

Ins Deutsche übertragen
von Thomas Schichtel

1

Abend auf Terra ...

Seine imperiale Majestät, Hoch-Kaiser Georios Manuel Krishna Murasaki, Vierter der Wang-Dynastie, Höchster Schirmherr des Friedens, Vorsitzender des Stellaren Rates, Oberster Feldherr, Höchster Richter, anerkanntes Oberhaupt von mehr Welten und Ehrenpräsident von mehr Organisationen, als man sich merken konnte, hatte Geburtstag. Auf Planeten, so weit entfernt, daß das unbewaffnete Auge ihre Sonnen nicht sehen konnte, erhoben durch fremdes Klima dunkel und lederhäutig oder dick und müde gewordene Menschen ihre Gläser zum Salut. Das Licht, das ihren Gruß trug, würde nur sein Grab vorfinden.

Auf Terra selbst gab man sich weniger feierlich. Abgesehen vom Hof, der noch immer für eine erschöpfende Zeremonie nach der anderen dem Tageslicht um den Globus folgte, war der Geburtstag nur mehr eine Gelegenheit, Karneval zu feiern. Während sein Luftwagen in der Dämmerung über das Meer summte, sah Lord Markus Hauksberg im Osten den Himmel leuchten, vielfarbige bewegliche Vorhänge, wo Feuerwerk meteorisch explodierte. In dieser Nacht war die dunkle Seite des kreisenden Planeten so lichterfüllt, als wolle er sogar die Metrostationen auf Luna erleuchten. Hätte Hauksberg sein Vid eingeschaltet, wäre ihm von fast allen Sendern das Bild sich in Vergnügungshäusern drängender Menschen oder das einem Aufruhr nahekommenden Gewühls zwischen festlich geschmückten Türmen geboten worden.

Seine Frau unterbrach das zwischen ihnen herrschende Schweigen mit einer gemurmelten Bemerkung, die ihn aufhorchen ließ. »Ich wünschte, es wäre hundert Jahre früher.«

»Eh?« Manchmal konnte sie ihn immer noch aus der Fassung bringen.

»Damals bedeutete sein Geburtstag noch etwas.«

»Hm . . . ja, vermutlich.« Hauksberg ließ seinen Geist zurück durch die Geschichte schweifen. Sie hatte recht. Väter hatten ihre Söhne mit nach draußen genommen, wenn in der Dämmerung die Paraden und Festlichkeiten endeten; sie hatten auf die ersten Sterne gedeutet und gesagt: Schaut hinauf. Sie sind unser. Wir gehen davon aus, daß ungefähr vier Millionen im Herrschaftsbereich des Imperiums liegen. Es sind bestimmt hunderttausend, die uns täglich kennenlernen, uns gehorchen, uns Tribut zollen und als Gegenleistung den Frieden und den Wohlstand des Friedens genießen. Es waren unsere Ahnen, die das erreicht haben. Bewahrt es gut.

Hauksberg zuckte die Achseln. Man konnte spätere Generationen nicht davon abhalten, der Naivität zu entwachsen. Sie müssen rechtzeitig, tief im Innern erkennen, daß dieses eine Staubkorn von Galaxis mehr als hundert Milliarden Sonnen umfaßt; daß wir noch nicht einmal den eigenen Spiralarm vollständig erforscht haben, und daß es nicht so aussieht, als würden wir das jemals schaffen; man brauchte kein Teleskop, um Giganten wie Beteigeuze oder den Polarstern zu sehen, die nicht zum Imperium gehörten. Von dort war es ein leichter Schritt: Jeder weiß, daß das Imperium mit nackter Gewalt errichtet wurde und aufrechterhalten wird; daß die Zentralregierung korrupt und daß es an der Grenze brutal und grausam zugeht, und daß die letzte Organisation mit hoher Moral, die Marine, für den Krieg lebt, für Unterdrückung und Anti-Intellektualismus. Also seht zu, daß ihr euren Spaß habt, erleichtert euer Gewissen mit ein wenig diskretem Spott und macht nie, niemals einen Narren aus euch, indem ihr das Imperium ernst nehmt.

Könnte sein, daß ich das ändere, dachte Hauksberg.

Alicia unterbrach seinen Gedankengang. »Wir hätten zumindest auf eine anständige Party gehen können! Aber nein, du schleppst uns auf das Fest des Kronprinzen. Hoffst du vielleicht, daß er mit dir einen seiner Lustknaben teilt?«

Hauksberg versuchte, die Angelegenheit mit einem Grinsen abzutun.

»Komm komm, meine Liebe, du tust mir unrecht. Du weißt, daß ich nach wie vor Frauen jage. Vorzugsweise schöne Frauen, so wie dich.«

»Oder Persis d'Io.« Sie sank zurück. »Wie dem auch sei«, sagte sie müde. »Ich mag einfach keine Orgien. Besonders keine vulgären.«

»Ich auch nicht.« Er tätschelte ihre Hand. »Aber du wirst es schaffen. Eins unter den vielen Dingen, die ich an dir bewundere, ist deine Fähigkeit, jede Situation mit Selbstbewußtsein zu bewältigen.«

Nur zu wahr, dachte er. Einen Augenblick lang fühlte er Bedauern, als er diese perfekten Züge unter dem diademgeschmückten Haar betrachtete. Ihre Heirat hatte politische Gründe gehabt; warum hatten sie nicht trotzdem zu einer Kameradschaft finden können? Sogar Liebe... Nein, er brachte seine Liebe zur antiken Literatur mit Fleisch- und Blut-Realität durcheinander. Er war nicht Pelléas und sie nicht Melisande. Sie war klug, graziös und vernünftig, ihm gegenüber ehrlich; sie hatte ihm einen Erben verschafft; mehr war nie im Vertrag vereinbart worden. Er seinerseits hatte sie mit Einfluß und nahezu unbegrenzt viel Geld ausgestattet. Aber mehr von seiner Zeit... wie hätte er das gekonnt? Jemand mußte Klempner sein, wenn das Universum dabei war, in Stücke zu fallen. Die meisten Frauen verstanden das.

Zur Entropie damit. Alicias Aussehen war Produkt teurer Bioskulpturkunst. Er hatte schon so viele leichte Variationen dieses modischen Gesichts gesehen.

»Ich habe es dir oft genug erklärt«, meinte er. »Ich wäre selbst lieber zu Mboto oder Bhatnagar gegangen. Aber in drei Tagen geht mein Schiff. Dies ist meine letzte Gelegenheit, ein paar absolut notwendige Geschäfte zu erledigen.«

»Sagst du.«

Er kam zu einer Entscheidung. Er hatte nicht den Eindruck gehabt, daß diese Nacht für sie ein großes Opfer bedeuten würde. Während der Monate seiner Abwesenheit würde sie sich ausgiebig mit ihren Liebhabern trösten. Wie sonst könnte eine hochgeborene Dame, die keine besonderen Talente hat, auf Terra ihre Zeit verbringen? Aber falls sie verbittert wurde, konnte sie ihn zugrunde richten. Es war notwendig, die Maske der Täuschung aufrechtzuerhalten. Man durfte sich nie darum kümmern, was dahinter lag. Aber vor der Maske wartete offener Spott, für einen mächtigen Mann so gefährlich wie Vakuum und Strahlung für einen Weltraumreisenden.

Seltsam, überlegte ein entfernter Teil seiner selbst. *Wie in all den Jahrtausenden der aufgezeichneten Geschichte, trotz all unserer soziodynamischen Theorien und Daten die Basis der Macht im wesentlichen magisch bleibt. Falls ich ausgelacht werde, kann ich mich auch auf meine Liegenschaften zurückziehen. Und Terra braucht mich.*

»Liebling«, sagte er. »Ich konnte dir bis jetzt nichts davon sagen. Zu viele Ohren, lebendige und elektronische, weißt du. Wenn die Opposition Wind von meinem Vorhaben bekommt, wird sie mich köpfen. Nicht, weil sie notwendigerweise anderer Meinung ist, sondern weil sie nicht will, daß ich einen wirklich außerordentlichen Erfolg erringe. Denn dann käme ich für den Politischen Rat in Frage, wo doch jeder hofft, dort hineinzukommen. Durch vollendete Tatsachen allerdings . . . verstehst du?«

Sie richtete einen erstaunten Blick auf ihn. Er war ein großer, schlanker blonder Mann. Seine Gesichtszüge waren ein wenig zu scharf gezeichnet; aber in der grünen Tunika mit den Dekors, dem Gazemantel, den goldenen Kniehosen und Rindleder-Halbschuhen wirkte er stattlicher, als er eigentlich war. »Deine Karriere«, stichelte sie.

»Richtig«, nickte er. »Aber auch der Frieden. Möchtest du, daß die Erde angegriffen wird? Das könnte passieren.«

»Mark!« Plötzlich war sie wie verwandelt. Ihre Finger, die sein Handgelenk unter dem Ärmel umklammerten, fühlten sich kalt an. »Ist es so ernst?«

»Ist es«, bestätigte er. »Diese Sache da draußen auf Starkad ist nicht irgendein üblicher Grenzzwischenfall. Es wurde als solcher ausgegeben, und einige wenige Leute glauben ernsthaft, daß es so ist. Aber sie haben nur Berichte gesehen, die durch hundert Ämter gegangen sind, jedes darauf aus, die Fakten hervorzuheben, die seine eigene Funktion als furchtbar wichtig erscheinen lassen. Ich habe die Originaldaten gesammelt und meine eigenen Berechnungen durchführen lassen. Eine konventionelle Hochrechnung ergab eine Wahrscheinlichkeit von vierzig Prozent dafür, daß es innerhalb der nächsten fünf Jahre zum Krieg mit Merseia kommt. Und ich meine wirklich Krieg, die Art Krieg, die total wird. Du wettest nicht bei solchen Chancen, nicht wahr?«

»Nein«, flüsterte sie.

»Man nimmt an, daß ich dorthin gehe, um Fakten zusammenzutragen und sie dem Kaiser zu berichten. Dann könnte die Bürokratie mit den Vorbereitungen zu den Verhandlungen beginnen. Oder auch nicht; einige mächtige Interessengruppen sähen es gerne, wenn der Konflikt eskalieren würde. Aber selbst im besten Fall werden die Dinge sich inzwischen weiterentwickeln. Eine Beilegung wird immer schwieriger, vielleicht unmöglich.

Was ich möchte, ist, diesen ganzen unglücklichen Prozeß zu umgehen. Ich will die Vollmacht, mich von Starkad direkt nach Merseia zu begeben, um das Protokoll eines Abkommens auszuhandeln. Ich glaube, daß das möglich ist. Auch sie sind vernünftige Wesen, wie du weißt. Es ist zu vermuten, daß viele von ihnen nach einem Ausweg aus dem Fiasko suchen. Ich kann ihnen einen anbieten.« Er straffte sich. »Zumindest kann ich es versuchen.«

Sie saß still da. »Ich verstehe«, sagte sie schließlich. »Natürlich werde ich dich unterstützen.«

»Gutes Mädchen.«

Sie lehnte sich ein Stück näher zu ihm. »Mark . . .«

»Was?« Sein Ziel zeichnete sich vor einem blutroten Hintergrund ab.

»Ach, nicht so wichtig.«

Sie lehnte sich zurück, strich sich über das Kleid und blickte auf das Meer hinaus.

Der Korallenpalast war auf einem Atoll errichtet, das er vollständig beanspruchte, bis zu den gekrümmt in den Himmel springenden Türmen. Fahrzeuge flogen wie Feuerfliegen herum. Hauksbergs Auto landete. Sie gingen an sich verneigenden Sklaven und salutierenden Gardisten vorbei in eine Vorhalle aus hohen Wasserfontänensäulen, wo Gäste einen schwebenden Regenbogen bildeten, und dann zum Eingang des Ballsaales.

»Lord Markus Hauksberg, Vicomte von Ny Kalmar, Zweiter Minister für Außerimperiale Angelegenheiten, mit Lady Hauksberg!« rief der Stentor.

Der Ballsaal war unter einer durchsichtigen Kuppel, zum Himmel hin offen gestaltet. Die Innenbeleuchtung bestand ausschließlich aus Ultraviolett. Boden, Möbel, Orchesterinstrumente, Geschirr und Speisen leuchteten in den tiefen, reinen Farben der Fluoreszenz, ebenso die Bekleidung der Gäste, die Schutzbemalung ihrer Haut und die Brillen. Das Spektakel hob sich intensiv gegen die Nacht ab. Musik plärrte durch die nach Rosen duftende Luft.

Kronprinz Josip empfing seine Gäste. Er hatte sich dafür entschieden, in Totenschwarz zu kommen. Hände und Hängebackengesicht leuchteten seltsam körperlos in fließendem Grün, seine Brille glomm rot, Hauksberg verneigte sich, und Alicia beugte ihr Knie. »Eure Hoheit.«

»Ah. Ich freue mich, Euch zu sehen. Es ist nicht oft der Fall.«

»Der Druck der Geschäfte, Eure Hoheit. Der Verlust ist auf unserer Seite.«

»Ja. Wie ich gehört habe, werden Sie uns verlassen.«

»Die Starkad-Affäre, Eure Hoheit.«

»Wie? . . . O ja. Das. Wie furchtbar ernst und bedrohlich. Ich hoffe, Sie werden sich hier bei uns entspannen können.«

»Das erwarten wir, Hoheit, obwohl wir leider früh wieder aufbrechen müssen.«

»Hmph«, machte Josip halb abgewendet.

Man durfte ihn auf keinen Fall kränken. »Es tut uns beiden wirklich außerordentlich leid«, schnurrte Hauksberg. »Darf ich um eine weitere Einladung nach meiner Rückkehr bitten?«

»Nun, selbstverständlich!«

»Ich möchte noch verwegener sein. Mein Neffe wird nach Terra kommen. Ein Bursche aus den Grenzbereichen, müßt Ihr wissen, aber soweit ich es von Videos und Briefen her beurteilen kann, ein ziemlich entzückender Junge. Sollte es ihm tatsächlich vergönnt sein, den offensichtlichen Erben des Imperiums zu treffen – nun, fast besser als eine Privataudienz bei Gott.«

»Natürlich. Natürlich.« Josip strahlte, als er den nächsten Ankömmling begrüßte.

»Ist das nicht gefährlich?« fragte Alicia, als sie außer Hörweite waren.

»Nicht für meinen Neffen«, gluckste Hauksberg. »Ich habe keinen. Und der liebe Josip hat ein notorisch kurzes Gedächtnis.«

Er dachte oft darüber nach, was aus dem Imperium werden würde, sobald diese Kreatur den Thron bestieg. Aber schließlich war Josip schwach. Sollte in diesem Fall jemand den Vorsitz im Politischen Rat führen, der Ahnung von der Situation in der Galaxis hatte . . .

Er verbeugte sich und küßte seiner Frau die Hand.

»Es wird Zeit für mich, zu gehen. Unterhalte dich gut. Mit etwas Glück wird es hier noch ziemlich schicklich zugehen, wenn wir es wagen, abzuhauen.«

Ein neuer Tanz wurde angesagt und Alicia von einem Admiral mitgezogen, der noch nicht allzu alt war und dessen Abzeichen auswiesen, daß er den Dienst auf den äußeren Planeten kennengelernt hatte. Hauksberg überlegte, ob sie in dieser Nacht wieder nach Hause zurückkehren würde.

Er arbeitete sich zu der Wand vor, wo die Menge nicht so dicht stand, und dann daran entlang. Er hatte kaum Zeit, den Ausblick über den Rand der Kuppel zu bewundern, obwohl er phantastisch war. Das Meer bewegte sich schimmernd unter einem tiefstehenden Mond. Lange Wellen brachen sich kompliziert, in unschuldigem Weiß auf den äußeren Wällen; er glaubte, sie grollen hören zu können. Die von der Halbmondsichel gekrönte Dunkelheit war von Stadtlichtern übersät. Oberhalb hatte die Himmelsbeleuchtung jetzt ein riesiges Banner nachgestaltet, die Strahlensonne auf königsblauem Feld. Es war, als ob Stratosphärenwinde Salut bliesen. Durch so viel Beleuchtung hindurch waren nur wenige Sterne sichtbar.

Hauksberg konnte Regulus erkennen, hinter dem das Ziel seiner Mission lag, und Rigel, der im Herzen des merseianischen Herrschaftsbereichs brannte. Er erschauerte. Als er den Champagnertisch erreichte, freute er sich auf ein Glas.

»Guten Abend«, sagte eine Stimme.

Hauksberg tauschte Verbeugungen mit einem behäbigen Mann aus, dessen Gesicht bunt gefärbt war. Lordratgeber Petroff war auf einer solchen Festlichkeit nicht ganz in seinem Element. Er ruckte leicht mit dem Kopf, und Hauksberg nickte. Sie schwatzten ein wenig, wobei sie sich langsam von den anderen entfernten. Hauksberg wurde durch ein paar Langweiler aufgehalten und schaffte es deshalb eine Zeitlang nicht, rückwärtig hinauszuschlüpfen und einen abwärts führenden Gravschacht zu erreichen. Die anderen saßen in einem kleinen, abgeschlossenen Büro. Es waren sieben Personen, die wirklich wichtigen im Politischen Rat: graue Männer, die das Bewußtsein der Macht trugen wie zusätzliches Fleisch. Hauksberg grüßte sie bescheiden. »Ich bitte vielmals um Entschuldigung dafür, daß ich die Herren habe warten lassen«, sagte er.

»Macht nichts«, erwiderte Petroff. »Ich war dabei, die Situation zu erläutern.«

»Wir haben bislang noch keinerlei Daten oder Berechnungen gesehen«, meinte da Fonseca. »Bringt Ihr welche, Lord Hauksberg?«

»Nein, Sir. Wie sollte ich? Jeder Mikrofilmbetrachter im Palast ist wahrscheinlich verwanzt.« Hauksberg holte Atem. »Meine Herren, Ihr mögt mein Resümee in Ruhe erörtern, sobald ich gegangen bin. Die Frage ist: Genügt Euch für den Moment mein Wort und das Lord Petroffs? Falls die Angelegenheiten so außerordentlich ernst stehen, wie ich annehme, werdet Ihr zustimmen, daß ein geheimer Unterhändler geschickt werden muß. Sollte andererseits Starkad keine besondere Bedeutung zukommen, was verlieren wir dadurch, daß wir den Streit zu vernünftigen Bedingungen beilegen?«

»Prestige«, entgegnete Chardon. »Moral. Glaubwürdigkeit, sobald wir wieder einmal merseianischen Maßnahmen gegenüberstehen. Ich könnte sogar so archaisch werden und Ehre erwähnen.«

»Ich schlage keineswegs vor, daß wir einen Kompromiß in bezug auf irgendeins unserer vitalen Interessen eingehen«, stellte Hauksberg fest. »Und in jedem Fall, welche Übereinkunft ich auch immer erreichen werde, ich werde mich an dieser Stelle zu verantworten haben. Meine Herren, wir können hier nicht lange bleiben, ohne daß es jemand merkt. Bitte hört mir zu . . .« Er begann seine sorgfältig vorbereitete Rede. Die Vorbereitung war wichtig gewesen. Diese sechs Männer und Petroff besaßen genug Gewicht, eine Entscheidung in seinem Sinne herbeizuführen. Konnte er sie dazu bewegen, für den nächsten Tag eine geheime Sitzung mit geladenen Teilnehmern einzuberufen, würde er mit der Vollmacht, die er benötigte, abreisen können.

Anderenfalls . . . Nein, er durfte sich nicht selbst zu ernst nehmen. Nicht beim gegenwärtigen Stand seiner Karriere. Aber auf Starkad starben Menschen.

Er gewann schließlich. Zitternd spürte er den Schweiß an sich herablaufen, lehnte sich gegen den Tisch und hörte kaum Petroff sagen: »Meinen Glückwunsch. Und alles Gute. Ihr werdet es nötig haben.«

2

Nacht auf Starkad . . .

Höchster Berg im Zentralmassiv von Kursoviki Island war der Mount Narpa mit einer Höhe von fast zwölftausend Metern. So hoch über Meereshöhe entsprach der atmosphärische Druck annähernd dem terranischen Standard; ein Mensch konnte in freier Luft atmen, und Höhensport war erfunden worden. Es gab eine rauhe Landefläche und ungefähr zwanzig Fertighäuser, die nicht mehr als fünftausend Bewohner hatten. Aber die Siedlung wuchs. Durch die Wände seines Büros hörte Commander Max Abrams vom Kaiserlichen Marine-Nachrichtendienst metallisches Klingen und das Rattern von Baumaschinen.

Seine Zigarre war wieder ausgegangen. Er kaute auf dem Stummel, bis er den vor ihm liegenden Bericht zu Ende gelesen hatte, lehnte sich dann zurück und hielt ein Feuerzeug an die Zigarre. Rauch schwebte zu der blauen Wolke hinauf, die bereits unter der Decke des kleinen, kahlen Raumes hing. Der Raum stank, aber Abrams nahm es nicht wahr.

»Verdammt!« fluchte er. Und bewußt fügte er hinzu, denn er war auf seine Art religiös: »Gottverdammt!«

Um sich zu beruhigen, betrachtete er das Bild seiner Frau und seiner Kinder. Aber sie waren zu Hause auf Dayan, in der Vega-Region des Imperiums, mehr Parsecs entfernt, als er sich vorstellen wollte. Zeitlich waren sie ebenfalls fern von ihm, denn seit mehr als einem Jahr war er nicht mehr bei ihnen gewesen. Marta schrieb, daß sich Miriam so sehr veränderte, daß er sie nicht wiedererkennen würde, David verwandelte sich in einen dünnen Tolpatsch, und Vael sah zuviel von Abba-Perlmutter-Sendungen, obwohl er natürlich ein lieber Junge war ... Da stand nur das Bild, von ihm durch einen Wirrwarr aus Papieren und eine Barrikade aus Büromaschinen getrennt. Er wagte nicht, es zum Leben zu erwecken.

Bemitleide dich nicht selbst, du Dummkopf. Der Stuhl knarrte unter ihm, als er sein Gewicht verlagerte. Er war ein Klotz von einem Mann, das Haar ergraut, das Gesicht groß und hakennasig. Seine Uniform war zerknittert, der Kragen der Tunika geöffnet, auf den breiten Schultern waren die Zwillingsplaneten seines Ranges matt geworden, im Gürtel stak der Blaster. Er zwang seinen Geist wieder an die Arbeit.

Es war nicht nur, daß eine Maschine vermißt wurde, noch, daß der Pilot wahrscheinlich tot war. Fahrzeuge wurden immer öfter abgeschossen und Menschen immer öfter getötet. Zu schade um diesen Burschen, wer war er, ah ja, Fähnrich Dominic Flandry. *Gut, daß ich ihn nie getroffen habe. Gut, daß ich nicht seinen Eltern schreiben muß.* Die Gegend, in der er vermißt gemeldet wurde, war beunruhigend. Sein Auftrag hatte aus einer Routineaufklärung über der Zletovar-See bestanden, keine tausend Kilometer von hier. Wenn die Merseianer so aggressiv wurden ...

Aber waren sie verantwortlich? Niemand wußte, warum der Bericht an den Nachrichtendienst-Leiter der Terranischen Mission weitergereicht worden war. Eine plötzliche Änderung der Statik aus ungefähr dieser Richtung war oben bei Highport aufgefangen worden. Ein Suchflug hatte nur die üblichen Handelsschiffe und Fischerboote entdeckt. Nun, Maschinen gaben schon gelegentlich den Geist auf; die Materiallieferungen waren so knapp, daß die Bodenmannschaften nicht jedes Zeichen einer mechanischen Überanspruchung erkennen konnten. (Wann im flammenden Namen der Hölle würde das SHQ aus seinem Schlaf erwachen und zur Kenntnis nehmen, daß dies keine ›Hilfsoperation für ein befreundetes Volk‹, sondern ein Krieg war?) Und unter Berücksichtigung einer hell strahlenden Sonne wie Saxo, gegenwärtig an einem Gipfelpunkt ihres Energiezyklus, waren keine Modulationstricks dazu imstande, von großen Höhen aus eine Botschaft unverfälscht durchzubringen. Andererseits galten die Scoutmaschinen als störunanfällig, da sie über ein mehrfaches Sicherungssystem verfügten.

Und die Merseianer verstärkten ihre Anstrengungen. *Uns fällt als Reaktion verdammt noch mal nichts anderes ein, als unsere ebenfalls zu erhöhen. Wie wäre es, wenn sie zur Abwechslung einmal auf uns reagieren würden?* Das von ihnen kontrollierte Gebiet wurde ständig größer. Noch war es um ein Viertel des Planetenumfangs von Kursoviki entfernt. Aber könnte es nicht einen Tentakel nach hier ausstrecken?

Am besten fragen. Viel ist nicht zu verlieren.

Abrams drückte einen Knopf auf seinem Vidiphon. Ein Bedienungsmann blickte aus dem Bildschirm. »Den Grünhäute-Chef«, forderte Abrams.

»Ja, Sir. Falls es möglich ist.«

»Was heißt, falls es möglich ist? Wofür werden Sie bezahlt? Beauftragen Sie seine in Purpur und Gold schimmernden Kohorten, ihm zu sagen, daß ich im Begriff bin, meinen nächsten Zug zu machen.«

»Wie bitte, Sir?« Der Bedienungsmann war neu.

»Sie haben mich gehört!«

Es würde eine Weile dauern, bis die Verbindung hergestellt war. Abrams öffnete eine Schublade, nahm sein magnetisches Schachbrett heraus und sann darüber nach. Er war eigentlich noch nicht ganz auf das Spiel eingestellt. Runei der Wanderer war jedoch durch ihr Match viel zu fasziniert, als daß er ein Angebot, weiterzuspielen, hätte zurückweisen können, wenn er einen Augenblick Zeit dazu hatte; und es hätte schon mit dem Teufel zugehen müssen, wenn irgendein Sohn einer merseianischen Mutter in einem terranischen Spiel gewinnen würde.

Um ... hier eine Entwicklung andeuten, mit dem weißen Bischof ... nein, halt, die Königin könnte dabei in Gefahr geraten ... er war versucht, einen Computer heranzuziehen ... vielleicht tat das der Gegner ... Vielleicht tat er es nicht ... ah, so.

»Commander Runei, Sir.«

Ein Bild wurde sichtbar. Abrams konnte individuelle Unterschiede zwischen Nichtmenschen ebenso leicht erkennen wie bei seinen eigenen Spezies. Das war Teil seiner Aufgaben. Ein ungeübtes Auge hätte nur die Fremdartigkeit wahrgenommen. Nicht, daß die Merseianer gar so merkwürdig gewesen wären, verglichen mit einigen anderen. Runei war ein echtes Säugetier von einem terrestroiden Planeten. Er wies deutlicher ein reptilisches Erbteil auf, als dies der Homo sapiens tat, mit einer haarlosen fahlgrünen Haut, schwach geschuppt, und kurzen dreieckigen Zacken vom Scheitel aus den Rücken herab bis zum Ende eines langen, schweren Schwanzes. Dieser Schwanz balancierte eine vorgebeugte Körperhaltung aus: Runei ruhte auf dem Dreifuß, den der Schwanz mit den Beinen bildete. Aber ansonsten ähnelte er ziemlich einem hochgewachsenen und breit gebauten Mann. Abgesehen von komplizierten knochigen Windungen anstelle äußerer Ohren und überhängenden Brauenwülsten über den strahlenden Augen, hätten Kopf und Gesicht beinahe terranisch sein können. Er trug die hautenge schwarz-silberne Uniform seines Dienstes. Hinter ihm konnte man ein glockenmündiges Gewehr, ein Schiffsmodell und eine kuriose Statuette an der Wand erkennen: Souvenirs von fernen Sternen.

»Gruß, Commander.« Er sprach fließend Anglik, mit einem musikalischen Akzent. »Sie sind noch spät bei der Arbeit.«

»Und Sie haben sich frühzeitig aus dem Gestell geschleppt«, grunzte Abrams. »Bei Ihnen dürfte Sonnenaufgang sein.«

Runeis glänzender Blick wanderte zu einem Chrono. »Ja, glaube ich auch. Aber wir achten hier nur wenig darauf.«

»Sie können die Sonne leichter ignorieren, als wir es vermögen, na klar, im Schlamm vergraben. Aber Ihre eingeborenen Freunde leben immer noch im Rhythmus dieses billigen Zweidrittel-Tages, den sie haben. Bieten Sie ihnen keine Bürostunden an?«

Abrams' Geist wanderte über den Planeten zur Basis des Feindes. Starkad war eine große Welt, deren Schwerkraft und Atmosphäre zwischen tektonischen Epochen die Landmassen abtrugen. So war es eine Welt flacher Ozeane, vom Wind und den Monden aufgewühlt, eine Welt mit zahlreichen großen und kleinen Inseln, aber keinen richtigen Kontinenten. Die Merseianer hatten sich in einer Gegend niedergelassen, die sie die Kimraig-See nannten. Ihre Flughäfen hatten sie weithin über die Oberfläche verstreut, ihre Tropfenhäuser über den Meeresgrund. Ihre Luftflotte beherrschte dort den Himmel, und nur selten kehrten Aufklärungsflüge, seien es robotische oder von Piloten geflogene, mit einer Nachricht von dort nach Highport zurück. Auch die von ankommenden und abfliegenden Raumschiffen aus arbeitenden Instrumente zeigten nicht viel.

Irgendwann, dachte Abrams, *wird einer das stillschweigende Abkommen brechen und Satelliten einsetzen. Warum sollten nicht wir das sein – Natürlich, die andere Seite wird dann mit Kriegsschiffen ankommen, statt nur mit Transportern, und anfangen zu schießen. Und dann wird die erste Seite mit größeren Raumern kommen.*

»Ich freue mich über Ihren Anruf«, meinte Runei. »Ich habe mich bei Admiral Enriques für das Ersatzteil bedankt, aber es ist ein Vergnügen, sich gegenüber einem Freund verbindlich zu zeigen.«

»Huh?«

»Wußten Sie nicht Bescheid? Eine unserer wichtigsten Entsalzungsanlagen ging in die Brüche. Ihr Kommandant war so freundlich, uns mit jedem Ersatzteil zu helfen, das uns fehlte.«

»Oh, ja.« Abrams drehte die Zigarre zwischen den Zähnen.

Die Sache war einfach lächerlich, dachte er. Terraner und Merseianer auf Starkad befanden sich im Krieg. Sie töteten sich gegenseitig. Trotzdem hatte Runei eine Glückwunschbotschaft aus Anlaß des Kaisergeburtstages geschickt. (Doppelt lächerlich! Obwohl es für Raumschiffe im Hyperdrive theoretisch keine Grenze der Pseudogeschwindigkeit gibt, bleibt das Konzept der Gleichzeitigkeit über interstellare Entfernungen bedeutungslos.)

Denn dies war kein Krieg. Nicht offiziell. Nicht einmal zwischen den beiden eingeborenen Rassen. Tigerier und Seetrolle hatten sich wahrscheinlich bekämpft, seit sie Intelligenz entwickelt hatten. Aber das war wie zwischen Menschen und Wölfen in früheren Zeiten, einfach natürliche Feinde. Bis die Merseianer anfingen, die Seetrolle mit Ausrüstung und Rat zu unterstützen und das Landvolk zurückgetrieben wurde. Als Terra davon hörte, war es ein bloßer Reflex, das gleiche für die Tigerier zu tun, die Balance zu bewahren und zu verhindern, daß Starkad als Marionette der Merseianer geeint würde. Als Antwort verstärkten die Merseianer ein wenig ihre Hilfeleistungen, daraufhin taten die Terraner dasselbe, und . . .

Aber die beiden Reiche bewahrten den Frieden. Dies waren einfach Hilfsmissionen, nicht wahr? Terra verfügte über Mount Narpa durch ein Abkommen mit den Tigeriern von Ujanka, Merseia saß in Kimraig durch ein Abkommen mit wer auch immer dort lebte. Die Roidhunaten von Merseia schossen keine terranischen Scouts ab. Himmel, nein! Nur merseianische Militärtechniker taten dies und halfen damit den Seetrollen von Kimraig, ihre Lufthoheit zu wahren. Das Terranische Imperium hatte ein merseianisches Landeunternehmen auf Kap Konner überfallen: Allerdings nahmen die Terraner in Anspruch, die Grenze ihres Verbündeten zu schützen.

Das Abkommen von Alfzar hielt. Ihr habt zivilisierte Außenweltler bei Bedarf zu unterstützen. Abrams spielte mit dem Gedanken, selbst einige Forderungen zu erfinden. Tatsächlich war das gerade jetzt keine schlechte Einleitung.

»Vielleicht können Sie den Gefallen erwidern«, meinte er. »Wir haben eine unserer Maschinen bei Zletovar verloren. Ich möchte nicht so unverschämt sein und andeuten, daß einer Ihrer Burschen dort herumkreuzte, unserer ihm ein Dorn im Auge war und er sich ein bißchen zu sehr aufgeregt hat. Aber angenommen, der Absturz war ein Unfall, wie wäre es mit einer gemeinsamen Untersuchung?«

Abrams freute sich über die Bestürzung auf dem harten, grünen Gesicht. »Sie scherzen, Commander.«

»Oh, natürlich müßte sich mein Boß offiziell an Sie wenden, und ich werde es ihm vorschlagen. Sie haben bessere Möglichkeiten als wir, ein gesunkenes Wrack zu finden.«

»Aber warum?«

Abrams zuckte die Achseln. »Aus gemeinsamem Interesse an der Verhütung von Unfällen. Pflege der Freundschaft zwischen Völkern und Individuen. Ich glaube, das ist das entsprechende Schlagwort bei uns zu Hause.«

Runei sah finster drein.

»Ausgeschlossen. Ich rate Ihnen, in Ihrem Bericht keinen derartigen Vorschlag zu machen.«

»Nein? Es würde doch nicht so gut aussehen, wenn Sie ihn zurückweisen.«

»Die Spannung würde nur zunehmen. Muß ich Ihnen wirklich den Standpunkt meiner Regierung wiederholen? Die Ozeane von Starkad gehören dem Seevolk. Die entwickelten sich in ihnen, sie sind ihre Umwelt, sie sind nicht wesentlich für das Landvolk. Trotzdem ist das Landvolk ständig eingedrungen. Seine Fischerei, seine Jagd auf Meerestiere, seine Schleppnetze, all diese Dinge stören eine Ökologie, die von wesentlicher Bedeutung für die andere Rasse ist. Ich will gar nicht von denen sprechen, die das Landvolk getötet hat; den Unterwasserstädten, die es mit Steinen bombardiert hat; den Buchten und Meerengen, die sie versperrt haben. Ich will Ihnen sagen, daß immer, wenn Merseia die Aushandlung eines Modus vivendi angeboten hat, keine Landkultur auch nur das geringste Interesse zeigte. Es ist meine Aufgabe, dem Seevolk dabei zu helfen, sich der Aggression zu widersetzen, bis die verschiedenen Gesellschaften des Landvolkes sich mit der Errichtung eines gerechten und dauerhaften Friedens einverstanden erklärt haben.«

»Reden Sie doch nicht wie ein Papagei«, schnaubte Abrams. »Sie haben nicht den Schnabel dafür. Warum sind Sie wirklich hier?«

»Das habe ich Ihnen erklärt . . .«

»Nein. Überlegen Sie. Sie haben Ihre Befehle und gehorchen ihnen, wie es sich für einen guten kleinen Soldaten gehört. Aber denken Sie nicht manchmal darüber nach, welchen Profit Merseia davon hat? Ich bin sicher, daß Sie das tun. Was, zum schwarzen und roten Teufel, sind die Beweggründe Ihrer Regierung? Es ist doch nicht so, daß die Sonne Saxo wirklich eine strategisch bedeutsame Position einnimmt. Hier sind wir in der Mitte von hundert Lichtjahren Niemandsland zwischen unseren Reichen. Es ist kaum erforscht; Hölle, ich wette, daß die Hälfte der Sterne um uns nicht einmal katalogisiert ist. Die nächstgelegene Zivilisation ist die von Beteigeuze, und diese Leute sind Neutrale, die uns Emerods auf unsere Häuser wünschen. Sie, Runei, sind zu alt, um an Elfen, Gnomen, kleine Männchen oder die anspruchslose Uneigennützigkeit großer Imperien zu glauben. Also, *warum*?«

»Ich kann die Entscheidung des Roidhun und seines Großrates nicht in Frage stellen. Noch weniger können Sie das.« Runeis Steifheit löste sich in einem Grinsen. »Wenn Starkad so nutzlos ist, warum sind Sie dann hier?«

»Viele Leute zu Hause sind auch darüber im Zweifel«, gab Abrams zu. »Einer der Grundsätze unserer Politik ist, euch einzudämmen, wo immer wir können. Auf diesem Planeten säßen Sie fünfzig Lichtjahre näher an unserer Grenze, wofür das auch immer gut sein mag.« Er hielt inne. »Sie könnten ein wenig mehr Einfluß auf Beteigeuze gewinnen.«

»Wir wollen hoffen, daß Ihr Gesandter es schafft, den Streit zu schlichten«, sagte Runei und entspannte sich. »Auch ich erfreue mich nicht gerade an diesem Höllenball.«

»Welcher Gesandte?«

»Haben Sie nichts davon gehört? Unser letzter Kurier berichtete uns, daß ein . . . khraich . . . ja, ein Lord Hauksberg hierher unterwegs ist.«

»Ich weiß.« Abrams zuckte zusammen. »Noch ein rotes Rad, das um die Basis herumrollt.«

»Aber er soll weiter nach Merseia. Der Großrat hat sich damit einverstanden erklärt, ihn zu empfangen.«

»Huh?« Abrams schüttelte den Kopf. »Verdammt, ich wünschte, unsere Nachrichtenverbindungen wären so gut wie Ihre . . . Na gut. Wie steht es mit der abgestürzten Maschine? Warum wollen Sie uns nicht dabei helfen, nach den Trümmern zu suchen?«

»Um es prinzipiell auszudrücken«, erklärte Runei, »weil wir es nicht für richtig halten, wenn ein fremdes Marinefahrzeug über dem Meer fliegt. Jedwede Konsequenzen sind vom Piloten selbst zu tragen.«

»*Ho-ho!*« Abrams straffte sich. Das war etwas Neues. Natürlich war das schon in der merseianischen Haltung einbegriffen. Aber dies war das erstemal, daß er den Anspruch offen zu hören bekam. Planten die Grünhäute vielleicht einen größeren Verstoß? Durchaus möglich, vor allem, wenn Terra Verhandlungen angeboten hatte. Militärische Operationen dienten auch dazu, Druck an Verhandlungstischen auszuüben.

Runei saß da wie ein Krokodil und lächelte kaum merklich. Hatte er erraten, was in Abrams' Geist vor sich ging? Vielleicht nicht. Unabhängig von allem, was die Sentimentalisten der ›Bruderschaft aller Wesen‹ fortwährend blökten, dachten die Merseianer wirklich nicht in menschlichen Bahnen. Abrams streckte sich kunstvoll und gähnte. »Höchste Zeit, Schluß zu machen«, sagte er. »Es war schön, mit Ihnen zu reden, alter Bastard.«

»Ihr Zug«, erinnerte ihn der Merseianer.

»Was . . . ja. Glatt vergessen. Ritter zum Vierten Bischof des Königs.«

Runei zog sein eigenes Brett hervor und setzte die Figur. Eine Weile saß er ruhig da und überlegte. »Merkwürdig«, murmelte er.

»Es wird noch merkwürdiger. Rufen Sie durch, wenn Sie soweit sind.« Abrams schaltete ab.

Seine Zigarre war wieder kalt. Er warf den Stummel in den Abfallbeseitiger, zündete sich eine neue an und stand auf. Die Müdigkeit lastete schwer auf ihm. Die Schwerkraft auf Starkad war nicht so hoch, daß ein Mensch Drogen oder ein Gegenfeld benötigt hätte. Aber 1,3 g bedeuteten fünfundzwanzig Kilo zusätzlich auf Knochen im besten Alter . . . Nein, er dachte in Standardbegriffen. Dayans Schwerkraft war um zehn Prozent stärker als Terras . . . Dayan mit den liebgewonnenen finsteren Hügeln und vom Wind polierten Ebenen, mit den im warmen orangefarbenen Sonnenlicht hingeduckten Häusern, den niedrigen Bäumen und Salzmarschen und dem Stolz der Leute, die die Ödnis ihren Bedürfnissen unterworfen hatten . . . Wo war der junge Flandry hergekommen, und welche Erinnerungen hatte er mit in die Dunkelheit genommen?

Auf einen plötzlichen Impuls hin legte Abrams die Zigarre

beiseite, neigte seinen Kopf und rezitierte innerlich den Kaddish.

Geh ins Bett, alter Mann. Vielleicht bist du auf einen Hinweis gestolpert, vielleicht nicht, aber er wird nicht davonlaufen. Begib dich zur Ruhe.

Er setzte sich die Mütze auf, zog den Mantel an, steckte sich die Zigarre wieder zwischen die Zähne und ging hinaus.

Die Kälte packte ihn. Eine dünne Brise wehte unter fremdartigen Konstellationen und dem Flimmern der Morgenröte. Der näher stehende Mond, Egrima, war aufgegangen, beinahe voll, mit dem doppelten Umfang, den Luna von Terra aus gesehen hatte. Er überflutete ferne, schneebedeckte Gipfel mit eisigem, bläulichem Licht. Buruz stand als lunagroßer Mond kaum über den Hausdächern.

Nackte schwarze Wände säumten die ungepflasterte Straße zu beiden Seiten. Unter seinen Stiefeln knirschte der gefrorene Boden. Aus einigen Fenstern fiel Licht, was aber auch im Verein mit den verstreuten Lampen kaum ausreichte, die Düsternis zu vertreiben. Zur Linken ließ das unermüdliche Leuchten von Schmelzöfen die beiden Raumschiffe sichtbar werden, die zur Zeit im Hafen waren, stählerne Monumente, die die Milchstraße durchquerten. Auch von ihnen drangen die Geräusche der Nachtschicht herüber. Das Landefeld wurde vergrößert, neue Schuppen und Baracken wurden errichtet, denn Terras Verpflichtungen wuchsen. Zu seiner Rechten wurde der Himmel von fiebrig zuckenden Lichtsignalen gefärbt, er schnappte Fetzen schriller Musik, vielleicht auch Gelächter auf. In einer patriotischen Regung hatte Madame Cepheid eine Schiffsladung Mädchen und Croupiers nach Starkad geschickt.

Marta, ich sehne mich nach dir.

Abrams hatte sein Quartier beinahe erreicht, als ihm einfiel, daß er die Papiere auf seinem Schreibtisch nicht weggeschlossen hatte. Er hielt den Atem an. Er war tatsächlich reif für eine Überholung.

Für einen Moment war er versucht zu sagen: »Nur gemäß den Bestimmungen urinieren.« Das Büro bestand aus Stahlbeton und hatte eine gepanzerte Tür mit einem automatischen Erkennungsschloß. Aber nein. Leutnant Novak könnte es fertigbringen, seinem Vorgesetzten pflichtgemäß Bericht zu erstatten, mögen seine rosa Wangen in der Hölle braten. Es wäre nicht gut, in puncto Sicherheit ein schlechtes Beispiel zu geben. Nicht daß Spionage hier ein Problem war, aber was man nicht sah, konnte man den Merseianern auch dann nicht erzählen, wenn sie einen fingen und der Hypnobefragung unterzogen.

Abrams machte kehrt und marschierte zurück, wobei er vor sich hin fluchte. Am Ziel angekommen, blieb er wie vom Donner gerührt stehen. Die Zigarre fiel zu Boden, und er zerdrückte sie unter einer Ferse.

Die Tür war ordnungsgemäß verschlossen, die Fenster dunkel. Aber er konnte die Fußstapfen im aufgewühlten, noch nicht ganz gefrorenen Schlamm erkennen, und es handelte sich nicht um seine eigenen.

Kein Alarm war zu hören gewesen. Da drin war jemand mit einer Wagenladung Robotikerausrüstung.

Abrams glitt der Blaster in die Hand. Sollte er die Wache über Armbandcom herbeirufen? Nein, wer es geschafft hatte, in sein Büro einzubrechen, konnte eine solche Sendung sicher auffangen und war sicherlich darauf vorbereitet, zu entkommen, bevor Unterstützung eintreffen konnte. Notfalls durch Selbstmord.

Abrams justierte seine Waffe auf Nadelstrahl. Mit etwas Glück konnte er ihn außer Gefecht setzen, ohne ihn zu töten. Sofern der andere nicht zuerst schoß. Das Herz hämmerte in seiner Brust.

Auf leisen Sohlen schlich er zur Tür und berührte den Schloßschalter. Das Metall brannte den Frost in seine Finger. Er wurde identifiziert, drückte die Tür auf und lehnte sich um die Ecke.

Schwaches Licht drang über seine Schulter und durch die Fenster. Etwas wirbelte von seinem Safe weg. Seine Augen paßten sich an und konnten Einzelheiten erkennen. Es mußte wie ein gewöhnlicher Arbeiter im Strahlenpanzer ausgesehen haben, als es durch die Basis ging. Aber nun waren einem Arm Werkzeuge entsprossen; der zurückgeklappte Helm enthüllte ein Gesicht mit elektronischen Augen in einem metallischen Kopf.

Ein merseianisches Gesicht.

Die Werkzeughand spuckte blaue Blitze. Abrams hatte sich zurückgeworfen. Der Energieblitz funkte und zischte auf dem Boden. Er stellte den eigenen Blaster auf mittlere Strahlstärke – er verlor in dieser Situation nicht den Kopf – und gab einen Schuß ab.

Der Energiestrahl zerstörte die Waffe des anderen. Die gepanzerte Gestalt griff mit ihrer normalen Hand nach einem Gewehr, das vorsorglich oben auf dem Safe bereitgelegt worden war. Abrams sprang in den Raum, während er wieder auf Nadelfeuer umschaltete. Der Strahl war so intensiv, daß er auf die kurze Entfernung die Beine abschnitt. Ratternd und rasselnd stürzte der Eindringling zu Boden.

Abrams aktivierte sein Armbandcom. »Wache! Nachrichtendienstbüro, in doppelter Stärke!«

Sein Blaster drohte, während er das Licht einschaltete. Das Wesen regte sich. Aus den Gliederstummeln floß kein Blut; Netzteile, piezoelektrische Kaskaden und Zimmertemperatur-Supraleiter lagen offen. Abrams erkannte, was er gefangen hatte, und pfiff. Es war zu weniger als die Hälfte ein Merseianer. Kein Schwanz, keine Brust oder Unterleib, nicht viel vom natürlichen Schädel, ein Arm und ein Fragment des anderen. Der Rest war maschinell. Es handelte sich um die beste Prothese, von der er je gehört hatte.

Nicht, daß er viele gekannt hätte. Es gab sie nur bei Rassen, die nicht wußten, wie biologisches Gewebe zu regenerieren war, oder die eine andere Art von Gewebe hatten. Sicherlich die Merseianer... Und was für eine hübsche Allzweck-Falschmünze sie da hatten!

Das grüne Gesicht verzerrte sich. Es spie Wut und Qual über die Lippen. Die Hand fummelte an der Brust – um das Herz abzuschalten? Abrams drückte das Handgelenk mit einem Fuß zur Seite und ließ ihn darauf ruhen. »Immer langsam, Freund«, sagte er.

3

Morgen auf Merseia . . .

Brechdan Ironrede, die Hand der Vach Invory, trat hinaus auf eine Terrasse von Burg Dhangodhan. Ein Wachposten schlug Stiefel und Schwanz zusammen und hielt den Blaster vor die Brust. Ein Gärtner, der dabei war, die zwischen den Fliesen gepflanzten zwergenhaften Koir-Bäume zu beschneiden, faltete seine Arme und verbeugte sich in seinem braunen Kittel. Brechdan grüßte beide mit einem Griff an die Stirn, denn sie waren keine Sklaven; ihre Familien waren Gefolgsleute der Invorys seit Zeitaltern, bevor die Nationen in einer aufgegangen waren. Wie könnten sie ihren Stolz dareinsetzen, wenn der Clanhäuptling ihnen nicht ihre eigene Würde zuerkannte?

Er wanderte jedoch schweigsam zwischen den Reihen gelber Blumen, bis er die Brustwehr erreichte. Dort blieb er stehen und ließ die Blicke über sein Heimatland schweifen.

Hinter ihm erhoben sich die grauen steinernen Zinnen der Burg. Banner flatterten im kalten Wind unter einem grenzenlosen blauen Himmel. Vor ihm senkten sich die Wälle zu Gärten hinab, und jenseits davon fielen die bewaldeten Abhänge von Bedh-Ivrich ab, tiefer und tiefer, bis sie sich im Nebel und den Schatten verloren, die das Tal noch einhüllten. Deshalb konnte Brechdan die von Dhangodhan beherrschten Farmen und Ortschaften nicht sehen, nur die Gipfel auf der anderen Seite. Diese stiegen empor, bis ihre grünen Hänge Felsspitzen und Klippen aus Granit, Schneefeldern und dem fernen Blinken der Gletscher Platz machten. Die Sonne Korych schien jetzt auf die östlichen Höhen und warf blitzende Speere über die Welt. Brechdan grüßte die Sonne, wie es sein ererbtes Recht war. Hoch über ihm drehte ein Fangryf auf der Jagd seine Kreise, seine Federn brannten golden im Licht der Sonne.

Ein Summen erhob sich in der Luft, als das Leben in der Burg erwachte, ein Klappern, der Ruf eines Signalhorns, ein Gruß und ein wenig Gesang waren zu hören. Der Wind roch nach brennendem Holz. Von dieser Terrasse aus war der Oissfluß nicht zu sehen, jedoch konnte man das Donnern seiner Wasserfälle hören. Es war kaum vorstellbar, daß dieser Fluß kaum zweihundert Kilometer weiter westlich begann durch eine Landschaft zu fließen, die von den Vorbergen bis zum Wilwidh-Meer reichte. Ebenso schwer bildlich vorzustellen waren die Städte, Minen, Fabriken und Höfe, die die Ebenen östlich von Hun bedeckten.

Aber auch sie waren sein – nein, nicht sein; sie gehörten den Vach Invorys, ihm selbst nicht mehr als die Hand für die wenigen Jahrzehnte, bis er sein Fleisch zurück an die Erde und seinen Geist zurück an die Gottheit geben mußte. Dhangodhan hatte nur wenige Veränderungen erfahren, denn dies war das Land ihres Ursprungs vor langer Zeit. Heute lagen ihre wirklichen Aufgaben in Ardaig und Tridaig, den Hauptstädten, in denen Brechdan den Vorsitz im Großrat führte. Und auch jenseits des Planeten, selbst jenseits der Sonne Korych, draußen bei den Sternen.

Brechdan nahm einen tiefen Atemzug. Ein Gefühl von Macht floß durch seine Adern. Aber das war ein vertrauter Wein; heute erwartete er eine sanftere Freude.

Man sah es ihm nicht an; zu lange war er auf seine Führungsrolle vorbereitet worden. Groß, streng, in einer schwarzen Robe, die Stirn von einer alten Kriegsnarbe gesäumt, die durch Bioskulptur entfernen zu lassen er sich weigerte. Der Welt wandte er nur das Gesicht von Brechdan Ironrede zu, der niemandem unterstand außer dem Roidhun.

Er hörte Schritte und drehte sich um. Chwioch, sein Verwalter, näherte sich ihm, bekleidet mit einer roten Tunika und grünen Hosen und einem modischen Cape mit hohem Kragen. Er wurde nicht umsonst als ›der Dandy‹ bezeichnet. Aber er war treu und fähig und ein Invory-Geborener. Brechdan tauschte den Sippengruß mit ihm aus, rechte Hand auf linker Schulter.

»Nachricht von Shwylt Shipsbane, Protektor«, berichtete Chwioch. »Seine Geschäfte im Gwelloch werden ihn nun doch nicht hindern, gemäß Ihrem Wunsch heute nachmittag hierher zu kommen.«

»Gut.« Tatsächlich war Brechdan sehr erfreut. Shwylts Rat würde außerordentlich hilfreich sein, um Lifriths Ungeduld und Priadwyrs zu großes Vertrauen auf die Computertechnologie auszugleichen. Obwohl sie gute Männer waren, jeder auf seine Weise, diese drei Hände der angesehenen Vachs. Brechdan brauchte ihre Ideen ebenso wie die Unterstützung, die sie ihm bei der Kontrolle des Rates gewährten. Er würde sie in den kommenden Jahren noch mehr benötigen, da die Ereignisse auf Starkad sich ihrem Höhepunkt näherten.

Ein Donnerschlag fuhr durch den Himmel. Emporblickend sah Brechdan einen mit leichtsinniger Geschwindigkeit herabstoßenden Fluggleiter. Die gezackten Steuerflossen wiesen ihn als Ynvory-Gemeinschaftseigentum aus. »Ihr Sohn, Protektor!« rief Chwioch triumphierend.

»Ohne Zweifel.« Brechdan durfte sich nicht gehenlassen, auch nicht, wenn Elwych nach drei Jahren zurückkehrte.

»Ah . . . soll ich Ihre Morgenaudienz absagen, Protektor?«

»Natürlich nicht«, erwiderte Brechdan. »Unsere Gefolgsleute haben das Recht, gehört zu werden. Ich bin zu selten bei ihnen.«

Aber eine Stunde werden wir für uns erübrigen können.

»Ich werde den Erben Elwych in Empfang nehmen und ihm sagen, wo er Sie finden kann.« Chwioch eilte von dannen.

Brechdan wartete. Die Sonne fing an, ihn durch die Robe zu wärmen.

Er wünschte sich, daß Elwychs Mutter noch leben würde. Die Frauen, die ihm geblieben waren, waren gute Frauen, natürlich, sparsam, vertrauenswürdig, kultiviert, wie Frauen sein sollten. Aber Nodhia – nun ja, warum sollte er nicht einen terranischen Begriff benutzen –, sie war das Vergnügen selbst gewesen. Elwych war Brechdans liebstes Kind, nicht weil er nun der Älteste war, nachdem zwei andere auf fernen Planeten ums Leben gekommen waren, sondern weil er von Nodhia war. Möge die Erde leicht auf ihr liegen.

Die Schere des Gärtners klapperte auf die Fliesen. »Erbe! Willkommen zu Hause!« Es entsprach durchaus nicht dem Zeremoniell, daß der Bursche niederkniete und den Schwanz des Neuankömmlings umarmte, aber Brechdan fand, daß er dafür keinen Vorwurf verdiente.

Elwych der Schnelle schritt im Schwarz und Silber der Marine auf seinen Vater zu. Der Drachen eines Kapitäns war auf seinen Ärmel gestickt, die Banner von Dhangodhan flammten über seinem Kopf. Vier Schritte vor seinem Vater hielt er an. »Grüße, Protektor.«

»Grüße, Schwertarm.« Brechdan hätte ihn am liebsten an sich gedrückt. Ihre Augen trafen sich. Der Bursche blinzelte und grinste. Und das war fast genausogut.

»Geht es der Verwandtschaft gut?« Elwychs Frage war überflüssig, hatte er doch bereits angerufen, nachdem sein Schiff zum Urlaub auf dem inneren Mond eingetroffen war.

»O ja«, stellte Brechdan fest.

Sie hätten nun zur Familienzusammenkunft ins Gynäceum gehen können, aber der Wachposten sah sie. Hand und Erbe konnten ihm ein Beispiel geben, in dem sie zuerst über die Dinge sprachen, die die Rasse angingen. Jedoch war es nicht erforderlich, zu feierlich zu sein.

»Hattest du eine gute Heimreise?« erkundigte sich Brechdan.

»Nicht ganz«, antwortete Elwych. »Unser Haupt-Feuerleitcomputer entwickelte eine Art Bauchschmerzen. Ich hielt es für das beste, zur Reparatur Vorida anzufliegen. Die interimperiale Lage, weißt du; das Ding hätte explodieren können, und dann hätte eine terranische Einheit in der Nähe sein können.«

»Vorida? Ich erinnere mich nicht . . .«

»Warum solltest du. Es gibt zu viele Planeten im Universum. Einer im Beteigeuze-Sektor. Wir haben eine Basis . . . Was hast du?«

»Nichts«, behauptete Brechdan. »Ich nehme an, daß die Terraner über diesen Satelliten nicht Bescheid wissen.«

Elwych lachte. »Wie könnten sie?«

»Ja, wie? Es gibt so viele Vagabunden, sie sind so klein und finster, der Raum ist so gewaltig.«

Man mußte bedenken, daß der Umfang von Körpern, die aus den Gasen des Urknalls kondensierten, ungefähr umgekehrt proportional zur Häufigkeit ihres Vorkommens ist. An einem Ende der Skala füllen Wasserstoffatome die Galaxis, zu ungefähr einem pro Kubikzentimeter. Am anderen Ende kann man die monströsen Sonnen vom O-Typ abzählen. (Man kann die Skala in beide Richtungen erweitern, von Quanten zu Quasaren, aber das ändert nichts.) Es gibt ungefähr zehnmal so viele rote Zwerge vom M-Typ wie Sterne vom Typ Korychs oder Sols. Für ein Raumschiff ist die Wahrscheinlichkeit, von einem 1-Gramm-Steinchen getroffen zu werden, tausendmal größer als die, von einem 1-Kilogramm-Felsen getroffen zu werden. Und so sind auch sonnenlose Planeten häufiger als Sonnen. Üblicherweise sind sie in Schwärmen anzutreffen; nichtsdestotrotz sind sie aus rein praktischen Gründen erst zu erkennen, wenn man fast mit ihnen zusammenstößt. Sie stellen keine besondere Gefahr dar – wie groß auch immer ihre Zahl ist, die Wahrscheinlichkeit, daß sie einen bestimmten Punkt im Raum passieren, ist im wahrsten Sinne des Wortes astronomisch gering –, und die, deren Bahn man kennt, können nützliche Häfen abgeben.

Brechdan fand, daß er eine unvollständige Antwort richtigstellen mußte. »Die durch ein Schiff im Hyperantrieb hervorgerufenen Raumschwingungen können innerhalb eines Lichtjahrs aufgefangen werden«, meinte er. »Es hätte sich durchaus ein Terraner oder Beteigeuzianer in dieser Entfernung von diesem Vorida befinden können.«

Elwych erregte sich. »Und selbst wenn eines unserer Schiffe in der Nähe gewesen wäre, was hätte die Ortung denn mehr erwiesen, als daß dort ein anderes Schiff gewesen war?«

Er war herausgefordert worden durch den Hinweis auf das, was jeder Frischling wußte; er hatte reagiert, indem er berichtet hatte, was jeder Junge von sich aus vernünftig begründen können mußte. Brechdan mußte lächeln, ebenso Elwych. Selbst ein solcher Hieb konnte eine Äußerung der Liebe sein.

»Ich kapituliere«, gab Brechdan zu. »Erzähl mir von deiner Dienstreise. Wir haben viel zuwenig Briefe bekommen, besonders in den letzten Monaten.«

»Wo ich in dieser Zeit war, war es etwas schwierig, zu schreiben«, erklärte Elwych. »Aber jetzt kann ich dir ja berichten. Saxo V.«

»Starkad?« rief Brechdan aus. »Du, ein Linienoffizier?«

»Es lag auf meinem Weg. Mein Schiff machte einen Höflichkeitsbesuch bei den Beteigeuzianern – um ihnen Flagge zu zeigen, wie immer sie das auch auffassen mögen –, als ein Kurier von Fodaich Runei ankam. Irgendwie hatten die Terraner von einer unterseeischen Station erfahren, die er bei einem Archipel errichten ließ. Es handelte sich um ein einfaches, primitives Ding, so daß das Seevolk damit umgehen konnte, und es hätte dabei geholfen, den Handel des Landvolks in diesem Gebiet zu ruinieren. Niemand weiß, wo die Terraner die Information her hatten, aber Runei sagt, daß sie einen höllisch guten Nachrichtendienstchef haben. Wie dem auch sei, jedenfalls gaben sie den Landleuten einige Tauchbomben und sagten ihnen, wo sie hinsegeln und sie abwerfen sollten. Und durch einen unglücklichen Zufall töteten die Explosionen einige unserer eigenen Techniker, die den Bau überwachten. Die Sache verwandelte sich in ein einziges Chaos. Unsere Mission dort ist skandalös unterbesetzt. Runei schickte Leute nach Beteigeuze und Merseia in der Hoffnung, jemand wie uns zu finden, der einspringen konnte, bis die richtigen Ersatzleute ankamen. Also setzte ich meine Ingenieure in ein ziviles Schiff, und da unser Schiff als Kampfeinheit dadurch unbrauchbar wurde, schloß ich mich ihnen an.«

Brechdan nickte. Kein Invory würde Untergebene in Gefahr schicken und selbst zurückbleiben, ohne daß höherrangige Pflichten ihn dazu zwangen.

Natürlich wußte er bereits von dem Desaster. Am besten erzählte er Elwych das nicht. Die Zeit war noch nicht reif, um die Galaxis wissen zu lassen, wie ernst das Interesse Merseias an Starkad war. Sein Sohn war verschwiegen. Aber was er nicht wußte, konnte er auch nicht ausplaudern, falls ihn die Terraner fangen und einem Hypnoverhör unterziehen sollten.

»Das muß für dich sehr abenteuerlich gewesen sein«, meinte Brechdan.

»Nun . . . ja, hin und wieder Sport und ein interessanter Planet.« In Elwych brannte immer noch Ärger. »Ich sage dir, unsere Leute werden betrogen.«

»Wie?«

»Sie sind unterbesetzt, haben nicht genug Ausrüstung. Nicht ein einziges bewaffnetes Raumschiff. Warum unterstützen wir sie nicht richtig?«

»Dann würden die Terraner *ihre* Mission richtig unterstützen.«

Elwych starrte seinen Vater lange an. Das Geräusch der Wasserfälle hinter den Wällen von Dhangodhan schien lauter zu werden. »Werden wir wirklich um Starkad kämpfen?« murmelte er. »Oder werden wir uns verdrücken?«

Brechdans Stirnnarbe zuckte. »Die, die dem Roidhun dienen, verdrücken sich nicht. Aber sie dürfen es, wenn es als für die Rasse vorteilhaft erscheint.«

»So.« Elwych blickte an ihm vorbei über die Nebel im Tal. Verachtung färbte seine Stimme. »Ich verstehe. Das ganze Unternehmen ist ein geschäftliches Zusammentreffen, um etwas von Terra zu erhalten. Runei sagte mir, daß sie einen Unterhändler hierher schicken werden.«

»Ja, er wird in Kürze erwartet.« Da dies eine Angelegenheit war, die auch die Ehre betraf, erlaubte es sich Brechdan, die Schultern seines Sohnes zu ergreifen. Ihre Augen trafen sich. »Elwych«, sagte Brechdan freundlich. »Du bist jung und verstehst vielleicht nicht. Aber du mußt. Der Dienst an der Rasse erfordert mehr als Mut, selbst mehr als Intelligenz. Er erfordert Weisheit.

Da wir Merseianer Instinkte von der Art haben, daß die meisten von uns den Kampf wirklich lieben, neigen wir dazu, den Kampf als Selbstzweck zu betrachten. Aber das ist nicht richtig. Dieser Weg führt nur zur Zerstörung. Kampf ist ein Mittel zum Zweck – der Vorherrschaft unserer Rasse. Und selbst das ist ein Mittel zur höchsten Erfüllung von allem – der absoluten Freiheit unserer Rasse, mit der Galaxis zu machen, was sie will.

Aber wir können für unser Ziel nicht nur kämpfen. Wir müssen arbeiten. Wir müssen Geduld haben. Du wirst uns nicht als Herren der Galaxis erleben. Das ist noch zu groß. Vielleicht brauchen wir eine Million Jahre. Auf dieser Zeitskala ist individueller Stolz nur ein kleines Opfer, das angeboten werden muß, wenn es dazu kommt, daß uns Kompromiß oder Rückzug besser dienlich sind.«

Elwych schluckte. »Rückzug von Terra?«

»Das erwarte ich nicht. Terra ist das unmittelbare Hindernis. Es ist die Pflicht unserer Generation, es zu beseitigen.«

»Das verstehe ich nicht«, protestierte Elwych. »Was ist denn überhaupt das Terranische Imperium? Ein Klümpchen Sterne.

Ein altes, übersättigtes, korruptes Volk, das nichts weiter will als das bewahren, was seine Väter für es gewannen. Warum ihnen überhaupt irgendeine Beachtung schenken? Warum dehnen wir uns nicht in alle Richtungen aus – um sie herum, bis sie schließlich eingeschlossen sind?«

»Exakt deswegen, weil es Terras Ziel ist, den Status quo zu bewahren«, erklärte Brechdan. »Du vergißt die politische Theorie, die eigentlich Teil deiner Ausbildung gewesen sein sollte. Terra kann es uns nicht erlauben, mächtiger als es zu werden. Darum wird Terra jedem Versuch unsererseits, uns auszubreiten, Widerstand leisten. Und unterschätze die Terraner nicht. Diese Rasse hat immer noch die Chromosomen von Eroberern. Ihr Imperium hat immer noch tapfere Männer, ergebene Männer, scharfsinnige Männer ... geleitet von den Erfahrungen einer Geschichte, die älter ist als unsere. Wenn sie ihren Untergang voraussehen, werden sie wie die Dämonen kämpfen. Also werden wir vorsichtig vorgehen, bis wir ihre Stärke untergraben haben. Verstehst du jetzt?«

»Ja, Vater«, gab Elwych nach. »Zumindest hoffe ich es.«

Brechdan war erleichtert. Sie waren den Erfordernissen ihrer Stellung entsprechend lange genug ernst gewesen. »Komm.« Ein neues Lächeln erschien auf seinem Gesicht; er faßte seinen Sohn am Arm. »Es wird Zeit, die Verwandtschaft zu begrüßen.«

Sie gingen Korridore hinab, die mit den Schilden ihrer Vorfahren und Jagdtrophäen von mehr als einem Planeten behängt waren. Ein Gravschacht brachte sie auf das Stockwerk mit dem Gynäceum. Der ganze Stamm wartete, Elwychs Stiefmütter, seine Schwestern und ihre Ehemänner mit ihren Kindern, sowie seine jüngeren Brüder. Alles löste sich in Rufe, Gelächter, Rückenklopfen, und dem Umschlingen von Schwänzen auf. Musik kam vom Plattenspieler, und ein Ringtanz wirbelte über den Boden.

Ein Schrei unterbrach alles. Brechdan beugte sich über die Wiege seines jüngsten Enkels. *Ich sollte mit Elwych wegen seiner Heirat reden,* dachte er. *Es wird höchste Zeit für den Erben des Erben.* Das kleine auf Fellen liegende Wesen umfaßte die knorrigen Finger, die es streichelten. Brechdan Ironrede schmolz innerlich. »Du sollst Sterne als Spielzeug haben«, rief er pathetisch. »Wudda, wudda, wudda.«

4

Fähnrich Dominic Flandry vom imperialen Marinefliegerkorps wußte nicht, ob er es seinem Glück oder seiner Geschicklichkeit zu verdanken hatte, daß er noch lebte. Im Alter von neunzehn Jahren, in dem sich die genetischen Steuermoleküle kaum auf den Auftrag eingestellt hatten, war es ganz natürlich, von letzterem auszugehen. Aber wenn es auch nur einen einzigen der Faktoren, die er zum Überleben genutzt hatte, nicht gegeben hätte ... Er wollte gar nicht weiter darüber nachdenken.

Ganz abgesehen davon, war er noch bei weitem nicht am Ende seiner Schwierigkeiten angelangt. Als ein Handelsschiff der Schwesternschaft von Kursoviki war die ARCHER von den hilfreichen Terranern mit einem Radio ausgestattet worden. Aber es war kaputt; ein bescheidener Geist hatte seine eisenzeitliche Vorstellung von Wartung daran in die Tat umgesetzt. Dragoika war damit einverstanden gewesen, nach Hause zurückzufahren. Aber im widrigen Wind würden sie noch Tage in dieser verdammten, schaukelnden Badewanne auf See sein, bevor sie eine Gelegenheit haben würden, ein Schiff mit einem funktionstüchtigen Sender zu treffen. Das war gar nicht unbedingt von Nachteil. Flandry konnte die hier üblichen Rationen durch den Eßverschluß seines Helmes schaufeln; die starkadianische Biochemie ähnelte der terranischen soweit, daß ihn die meisten Nahrungsmittel nicht vergiften würden, und er hatte noch Vitaminvorräte bei sich. Aber dieser Geschmack, mein Gott, dieser Geschmack!

Äußerst merkwürdig war überhaupt die Tatsache, *daß* er abgeschossen worden war, und das gar nicht weit entfernt. Vielleicht würden die Seetrolle und die Merseianer dieses tigerische Schiff in Ruhe lassen. Wenn sie noch nicht soweit waren, ihre Karten offen auf den Tisch zu legen, würden sie das wahrscheinlich tun. Wie dem auch sei, sein Unglück zeigte deutlich, daß ihre Vorbereitungen mehr oder weniger abgeschlossen waren. Als er den Ort ihrer jüngsten Bosheit überflogen hatte, fühlten sie sich stark genug, das Feuer zu eröffnen.

»Und dann griffen die Außenwelten dich an?« wollte Ferok

wissen. Seine Stimme kam wie ein Schnurren durch das Pfeifen des Windes, das Rauschen und Klatschen der Wellen, das Knarren der Takelage, alles durch die dicke Luft verstärkt und verzerrt.

»Ja«, erwiderte Flandry. Er suchte nach Worten. Während des Transports von Terra hierher war er in einem elektronischen Lehrgang mit der Sprache und den Gewohnheiten der kursovikianischen Zivilisation vollgestopft worden. Aber es gab Dinge, die in vor-industriellen Begriffen nur schwer zu erklären waren. »Eine Art von Fahrzeug, das sowohl tauchen als auch fliegen kann, erhob sich aus dem Wasser. Sein Radio übertönte meine Sendung, und seine Feuerstöße zerstörten mein Fahrzeug, bevor ich dessen stärkere Bewaffnung einsetzen konnte. Ich kam gerade noch aus dem Fahrzeugrumpf heraus, bevor es unterging, und ich blieb dann untergetaucht, bis der Feind wieder verschwand. Dann flog ich los, um Hilfe zu suchen. Die kleine Maschine, die mich trug, war fast erschöpft, als ich euer Schiff erreichte.«

Es war tatsächlich so, daß ihn sein Gravschubgerät nicht mehr allzuweit tragen konnte, wenn die Kapazitoren nicht ersetzt wurden. Er hatte nicht vor, ihn noch einmal zu benutzen. Die Energie, die in seinem Tornister noch enthalten war, mußte für die Versorgung der Pumpe und des Reduktionsventils in dem Vitrylhelm, in dem sein Kopf versiegelt war, gespart werden. Kein Mensch konnte in Starkads Atmosphäre auf Meereshöhe ohne Helm überleben. Eine solche Konzentration von Sauerstoff würde die Lungen schneller verbrennen, als eine Stickstoff-Narkotisierung oder Kohlendioxid-Besäuerung einen Mann töten konnte.

Er erinnerte sich daran, wie Leutnant Danielson ihn wegen Offenlassens des Helmes angeschnauzt hatte. »Fähnrich, ich gebe keinen Ballen Dung darauf, wie unbequem das Ding ist, wenn Sie sich über Ihr nettes terra-konditioniertes Cockpit freuen. Noch werde ich über das Eindringen in die Privatsphäre weinen, wenn jede Ihrer Handlungen während des Fluges aufgezeichnet wird. Denn der Sinn dieser Maßnahmen besteht darin, daß Rotärsche wie Sie, die mehr wissen als tausend Jahre astronautischer Erfahrung sie lehren können, den Anweisungen folgen. Beim nächsten Verstoß erhalten Sie für dreißig Sekunden die Nervenpeitsche. Entlassen!«

Damit haben Sie mein Leben gerettet, dachte Flandry halblaut. *Sie sind immer noch ein übelgelaunter Bastard.*

Am Verschwinden seines Blasters trug niemand die Schuld. Er war einfach aus der Tasche gefallen. Aber er besaß noch das Messer und einen Sack voll Krimskrams. Er trug Stiefel und einen grauen Coverall in traurigem Zustand, in keiner Weise vergleichbar mit der glänzenden Ausgehuniform. Mehr hatte er nicht mehr bei sich.

Ferok senkte die gefiederten Wärmefühler über seinen Augen: ein Stirnrunzeln. »Wenn die Siravo das untersuchen, was von deinem Flieger übriggeblieben ist, irgendwo da unten, und deine Leiche nicht finden, könnten sie sich zurechtlegen, was du getan hast, und dich suchen«, meinte er.

»Ja«, stimmte Flandry zu, »das könnten sie.«

Er hielt sich gegen das Stampfen und Rollen fest und blickte aufs Meer hinaus – groß, immer noch mit der ganzen Schlaksigkeit der Jugend, braunes Haar, graue Augen, ein ziemlich langes und regelmäßiges Gesicht, von Saxo dunkel gebrannt. Vor ihm tanzte und schimmerte ein grünlicher Ozean mit Sonnenglitzern und weißen Kappen auf den Wellen, die sich unter der starkadianischen Schwerkraft schneller bewegten, als das auf Terra der Fall war. Der Himmel war fahlblau. Riesige Wolken türmten sich am Horizont, aber in dieser dichten Atmosphäre war das kein Anzeichen von Sturm. Ein geflügeltes Etwas drehte seine Kreise in der Luft, ein Meerestier erschien an der Oberfläche und tauchte wieder weg. Aufgrund der Entfernung sah Saxo nur ein Drittel so groß wie die Sonne von Terra aus und gab nur halb soviel Licht. Trotzdem nahm die anpassungsfähige menschliche Sehkraft dies noch als normal auf, aber die Sonne war so gnadenlos weiß, so strahlend, daß es niemand wagte, den Blick irgendwo in ihre Nähe zu richten. Es war später Nachmittag im kurzen starkadianischen Tagesablauf, und die Temperatur, die auf diesen mittleren nördlichen Breiten sowieso nie sehr hoch war, sank. Flandry zitterte.

Ferok unterschied sich deutlich von ihm. Der Landstarkadianer, ob Tigeri oder Toborko oder wie auch immer man ihn nennen wollte, war ähnlich gebaut wie ein kleiner Mann mit überproportional langen Beinen. Er hatte vierfingrige Hände, große und krallenbewehrte Füße und stellte einen Stummelschwanz zur Schau. Der Kopf war weniger anthropoid, rund, mit einem flachen Gesicht, das sich zu einem schmalen Kinn hin zuspitzte. Die Augen waren groß und schräg mit einer scharlachroten Iris unter den wedelnden Ranken der Wärmefühler. Das bißchen Nase, das vorhanden war, verfügte über eine einzige geschlitzte Nüster. Der breite Mund besaß die Zähne eines Fleischfressers. Auch die Ohren waren groß, ihre ausgeprägten äußeren Kanten waren beinahe wie Fledermausflügel gefaltet. Ein geschmeidiges Fell bedeckte seine Haut, schwarz gestreiftes Orange, das an der Kehle in Weiß überging.

Er trug nur einen mit Perlen versehenen Beutel, der durch Oberschenkelriemen am Hin- und Her-Baumeln gehindert wurde, und außerdem in einer Scheide ein gekrümmtes Schwert auf seinem Rücken. Von Beruf war er Bootsmann, ein hoher Rang für ein Männchen auf einem kursovikianischen Schiff; als solcher gehörte er zweifellos zu Dragoikas Liebhabern. Er war von Natur aus ungestüm und streitsüchtig, aber hielt treu wie ein Hund zu seinen Verbündeten. Flandry mochte ihn.

Ferok hob ein Fernrohr und schwang es im Kreis. Es handelte sich dabei um eine Erfindung der Landleute. Kursoviki war das Zentrum der am höchsten entwickelten Landkultur des Planeten. »Bislang nichts zu sehen«, stellte er fest. »Meinst du, daß das Flugboot der Außenweltler uns angreifen könnte?«

»Das bezweifle ich«, entgegnete Flandry. »Wahrscheinlich war es nur deswegen hier, um irgendeinen merseianischen Berater abzusetzen, und schoß mich ab, weil ich Instrumente hätte besitzen können, durch die ich vielleicht bemerkt hätte, was da unten vor sich geht. Wahrscheinlich ist es jetzt schon wieder nach Krimraig zurückgekehrt.« Er zögerte einen Moment. »Wie wir nehmen die Merseianer nur selten selbst an einer Aktion teil, und wenn, dann fast immer nur als einzelne Offiziere, nicht als Repräsentanten ihres Volkes. Keiner von uns will gleichartige Reaktionen hervorrufen.«

»Angst?« Lippen glitten über Fangzähne zurück.

»In euren Begriffen ja«, erklärte Flandry ehrlich. »Du kannst dir nicht im Traum vorstellen, was unsere Waffen mit einer Welt anstellen können.«

»Welt . . . Hunh, der Gedanke ist nur schwer vorstellbar. Nun, soll sich die Schwesternschaft darum kümmern. Ich bin glücklicherweise nur ein einfaches Männchen.«

Flandry wandte sich um und blickte über das Deck. Nach starkadianischen Maßstäben war die ARCHER ein großes Schiff mit vielleicht fünfhundert Tonnen, breit gebaut, mit hohem Heck und einem geschnitzten Pfahl am Bug als Emblem des Schutzgeistes. Mittschiffs erhob sich ein Deckhaus, in dem sich die Kombüse, die Schmiede und die Zimmermannswerkstatt befanden, ebenso wie die Waffen. Alles war prunkvoll bemalt. Drei Masten trugen die quadratischen Segel in der Takelage, Stagsegel darunter. Im Moment wurde das Schiff vom letzteren und einem Genoa angetrieben. Die Mannschaft war auf Deck und in der Takelage mit ihren Aufgaben beschäftigt. Sie umfaßte dreißig männliche Arbeitskräfte und ein halbes Dutzend weibliche Offiziere. Das Schiff hatte Bauholz und Gewürze vom Hafen Ujanka hinab zum Chain-Archipel gebracht.

»Was für eine Bewaffnung haben wir?« erkundigte sich Flandry.

»Unsere terranische Deckskanone«, berichtete Ferok. »Fünf von euren Gewehren. Man hatte uns mehr angeboten, aber Dragoika war der Meinung, daß das keinen Sinn hätte, solange wir nicht mehr daran ausgebildete Leute haben. Ansonsten haben wir Schwerter, Picken, Armbrüste, Messer, Belegnägel, Zähne und Fingernägel.«

Er gestikulierte in Richtung des Netzes, das den Rumpf unter dem Kiel herum von einer Seite zur anderen umspannte. »Wenn das spürbar zerrt, könnte das bedeuten, daß ein Siravo versucht, ein Loch in den Rumpf zu schlagen. Dann werden wir nach ihm tauchen. Du wärst am besten dazu geeignet, mit deiner Ausrüstung.«

Flandry zuckte zusammen. Sein Helm war fürs Tauchen einstellbar; auf Starkad war die Konzentration von gelöstem Sauerstoff fast so groß wie in der Luft auf Terra. Aber er hatte wenig Lust, gegen ein Wesen zu kämpfen, das für eine solche Umwelt geschaffen war.

»Warum bist du hier?« wollte Ferok im Plauderton wissen. »Zum Vergnügen oder Plündern?«

»Weder noch. Ich bin geschickt worden.« Flandry verschwieg, daß nach Ansicht der Marine Starkad gut als Gelegenheit für vielversprechende junge Offiziere, Erfahrungen zu sammeln, nutzbar war. Vielversprechend klang ihm zu unreif. Plötzlich wurde er gewahr, daß er sich in der Eile ganz unaggressiv und nach Ausflüchten angehört hatte. »Ich hätte mir natürlich einen solchen Auftrag gewünscht, mit der Aussicht auf einen Kampf.«

»Ich habe gehört, daß eure Weibchen den Männchen gehorchen. Stimmt das?«

»Nun, manchmal.« Der zweite Maat ging vorbei, und Flandrys Blick folgte ihr. Sie hatte Kurven, eine lohfarbene Mähne wellte sich auf ihren Rücken hinab, ihre Brüste waren fülliger und fester, als es irgendein Mädchen ohne technische Hilfestellung zustande gebracht hätte; und sie hatte eine fast humanoide Nase. Ihre Kleidung bestand aus einigen goldenen Armreifen. Aber ihre Verschiedenheit von den Terranern ging tiefer als das Aussehen. Sie gab Kindern keine Milch; diese Brustwarzen fütterten ihre Nachkommen direkt mit Blut. Und sie gehörte zu dem einfallsreicheren, mehr hirnaktiven Geschlecht, in keiner Kultur untergeordnet und auf den Inseln um Kursoviki herrschend. Er überlegte sich, ob das nicht einfach daran lag, daß der weibliche Körper mehr Blut enthielt und größere Kapazitäten zur Bluterneuerung besaß.

»Aber wer kontrolliert dann die Ordnung in deinem Heimatland«, wunderte sich Ferok. »Warum habt ihr euch nicht alle gegenseitig umgebracht?«

»Das ist schwer zu erklären«, meinte Flandry. »Laß mich zuerst sehen, ob ich euch richtig verstehe, um vergleichen zu können. Zum Beispiel schuldet ihr dem Ort, an dem ihr lebt, überhaupt nichts. Stimmt's? Ich meine, keine Stadt und keine Insel wird regiert, wie ein Schiff . . . richtig? Statt dessen sind Weibchen – zumindest in diesem Teil der Welt – in Vereinigungen wie der Schwesternschaft organisiert, deren Mitglieder überall leben können, die sogar ihre eigenen Sprachen haben. Sie verfügen über alles wichtige Eigentum und treffen alle wichtigen Entscheidungen, und so haben Streitigkeiten zwischen Männchen wenig Einfluß auf sie. Sehe ich das richtig?«

»Ich nehme an. Du hättest es zurückhaltender ausdrücken können.«

»Ich bitte um Entschuldigung. Ich bin fremd hier. Nun, bei uns . . .«

Ein Ruf ertönte aus dem Krähennest. Ferok wirbelte herum und hob sein Fernrohr. Die Mannschaft rannte an die Steuerbordreling und schrie aufgeregt.

Dragoika kam aus der Kapitänskajüte im Achterbau hervor. Sie hielt einen vierzinkigen Fischspeer in der einen Hand, eine kleine bemalte Trommel unter dem anderen Arm. Sie stieg die Leiter empor zur Steuerfrau am Ruder und hielt selbst Ausschau. Dann schlug sie ruhig ihre Trommel und zerrte mit der anderen die Stahlstränge vom Kopf. Klimpern und dumpfe Schläge ertönten wie ein Hornsignal. *Auf die Gefechtsstationen!*

»Die vaz-Siravo!« schrie Ferok durch den Lärm. »Sie greifen uns an!« Er eilte zum Deckhaus. Zur Disziplin zurückkehrend wartete die Mannschaft in einer Reihe auf Helme, Schilde und Waffen.

Flandry blickte angespannt auf das Meer. Etwa zwanzig blaue Rückenflossen durchschnitten es und näherten sich dem Schiff. Und plötzlich kam hundert Meter von Steuerbord ein U-Boot an die Oberfläche.

Ein kleines, scheußliches Ding, zweifellos eine Eigenanfertigung nach merseianischem Entwurf – denn wenn man einen planetenumspannenden Krieg zwischen Primitiven inszenieren möchte, sollte man ihnen beibringen, möglichst viel selbst herzustellen. Der Rumpf bestand aus schmierigem Leder, das über einen Rahmen aus einem unterseeischen Äquivalent zu Holz gespannt war. Geschirre führten zu den vier Fischen hinab, die das Boot zogen; Flandry konnte sie kaum als große Schatten unter der Oberfläche erkennen. Das Deck des U-Bootes blieb überflutet, aber ein übergroßes Katapult erhob sich auf ihm. Mehrere delphinenartige Körper mit durchsichtigen Helmen auf ihren Köpfen und Tornistern auf den Rücken, drängten sich seitlich davon. Sie erhoben sich auf Schwanz- und Schwimmflossen; mit ihren Armen schwangen sie das Katapult herum.

»Dommaniik!« kreischte Dragoika. »Dommaniik Falandarii! Kannst du unseres bedienen?«

»Aye, aye!« Der Terraner rannte bugwärts. Die Planken rollten und stampften unter seinen Füßen.

Auf dem Vorderdeck versuchten sich die beiden Weibchen, deren Aufgabe es war, das Geschütz bereitzumachen. Sie arbeiteten langsam, gerieten sich gegenseitig in die Quere und fluchten. Die Zeit hatte noch nicht gereicht, um viele fähige Schützen auszubilden, selbst an einer so einfachen Waffe, wie dieser, einem Gewehr, das chemische 38-mm-Patronen verschoß. Bevor sie hätten zielen können, hätte das Katapult längst . . .

»Platz da!« Flandry schob die nächststehende beiseite. Sie fletschte die Zähne und schlug mit langen roten Nägeln nach ihm. Dragoika trommelte einen Befehl, und beide Weibchen ließen von Flandry ab.

Er öffnete den Geschützverschluß, zog eine Patrone aus der Munitionsschachtel und steckte sie ins Gewehr. Das feindliche Katapult feuerte. Ein Geschoß flog hoch in die Luft, stürzte herab, verfehlte nur knapp und zerplatzte in rote Flammen und Rauch über den Wellen. Eine Art griechisches Feuer. Flandry setzte ein Auge an den Zielsucher. Er war viel zu aufgeregt, um sich zu fürchten. Aber er mußte das Geschütz manuell einstellen, ein hydraulisches System wäre zu anfällig gewesen. Da die selbstschmierende Achse schlecht ausbalanciert war, drehte sich das Geschützrohr mit alptraumhafter Langsamkeit. Die Seetrolle spannten erneut ihr Katapult . . . bei Andromeda, sie waren schnell! *Sie* hatten bestimmt ein hydraulisches System.

Dragoika sprach mit der Steuerfrau. Die riß das Ruder heftig herum. Dumpfe Schläge gingen durch das Deck. Der Klüver flatterte donnernd, bis Mannschaftsmännchen ihn wieder unter Kontrolle brachten. Die ARCHER schwang herum. Flandry versuchte, die Bewegung des Schiffes zu kompensieren. Das Feindgeschoß traf nicht, wie beabsichtigt, die Aufbauten des Schiffes, aber es traf den Rumpf mittschiffs. Unter dem Sauerstoffdruck schoß Feuer in den Himmel.

Flandry zog die Abzugsleine durch. Sein Geschütz feuerte brüllend. Eine mit Splittern durchmischte Wasserfontäne schoß empor. Einer der Zugfische sprang hoch, drosch mit den Flossen um sich und starb. Die anderen schwammen bereits mit den Bäuchen nach oben. »Ich hab' sie erwischt!« schrie Flandry.

Dragoika trommelte ein Kommando. Die Mehrzahl der Mannschaftsangehörigen legte die Waffen beiseite und bildete eine Feuerlöscheinheit. An jeder Reling gab es eine Handpumpe mit darangebundenen Eimern, auf dem Deckhaus befanden sich Segel, die man herabsenken und befeuchten konnte.

Ferok oder einer der anderen schrie gellend durch die Rufe, den Wind, die Wellen, den Lärm und den Rauch der Flammen. Seetrolle schwangen sich über die gegenüberliegende Reling.

Sie waren offenbar an den Netzen heraufgeklettert. *Wäre besser, ein anderes Warngerät zu erfinden,* kam es Flandry in den Sinn. Sie trugen die merseianische Ausrüstung, die es ihrer Art anderswo auf Starkad ermöglicht hatte, den Krieg an die Küsten zu tragen. Mit Wasser gefüllte Helme bedeckten die stumpfen Köpfe, schwarze absorbierende Hautanzüge hielten alle anderen Körperteile feucht. Von Energietornistern angetriebene Pumpen transportierten Sauerstoff aus der Atmosphäre; dieselben Kapazitoren versorgten die ungeschützten Beine. Die Körper mußten in Stützrahmen gezwungen werden, die beiden Schwimmflossen und die Schwanzflosse bedienten vier mechanische Glieder mit greiffähigen Füßen. Sie kamen über das Deck getorkelt, groß, mächtig, mit Speeren, Äxten und zwei mit wasserdichten Maschinenpistolen in den Greifwerkzeugen. Zehn von ihnen waren bereits an Bord geklettert ... und wie viele Seeleute konnten vom Feuer abgezogen werden?

Eine Gewehrkugel heulte durch die Luft. Ein Seetroll versprühte Blei als Antwort. Tigerier fielen. Ihr Blut hatte die gleiche Farbe wie das der Menschen.

Flandry rammte eine weitere Patrone in sein Geschütz und schoß in einiger Entfernung ins Meer. »Warum?« schrie eine der Geschützfrauen.

»Es hätten noch mehr im Anmarsch sein können«, erklärte er. »Ich hoffe, daß der hydrostatische Schock sie erwischt hat.« Er nahm gar nicht wahr, daß er Anglik sprach.

Dragoika schleuderte ihren Fischspeer. Einer der Pistolenträger stürzte mit den Zinken in seinem Körper, er zerrte an dem Schaft. Gewehre bellten, Armbrüste schnappten und veranlaßten den zweiten Pistolenträger, zwischen dem Deckhaus und einem Rettungsboot in Deckung zu gehen. Dann tobte der Kampf, Tigerier sprangen, Seetrolle bewegten sich schwerfällig, Schwert traf auf Axt, Picke auf Speer, es klirrte, klapperte, grunzte, schrie – Chaos brach aus. Mehrere der mit der Feuerbekämpfung Beschäftigten griffen wieder zu den Waffen, aber Dragoika trommelte sie an die Arbeit zurück. Die Seetrolle wandten sich gegen die Feuermannschaft, um sie niederzumachen und das Schiff brennen zu lassen. Die bewaffneten Tigerier versuchten, ihre Feuerwehr zu verteidigen. Der feindliche Pistolenschütze zwang die kursovikianischen Gewehrschützen, sich hinter Masten und Pollern auf den Boden zu pressen und neutralisierte sie auf diese Weise. Einen größeren Plan gab es in diesem Kampf nicht.

Eine Kugel ließ die Planken einen Meter neben Flandry zersplittern. Einen Augenblick lang lähmte ihn die Panik. Was tun, was tun? Er konnte doch nicht sterben. Er war Dominic, er selbst, noch mit einer vollen Lebensspanne vor sich. Obwohl weit in der Minderzahl, brauchten die Seetrolle nur genug Zerstörungen anzurichten, bis das Feuer außer Kontrolle geriet und er erledigt war. Mutter! Hilf mir!

Ohne eigentliche Ursache dachte er plötzlich an Leutnant Danielson. Wut erhob sich in ihm. Er sprang die Leiter hinab und über das Hauptdeck. Ein Seetroll hieb nach ihm, aber er wich aus und rannte weiter.

Dragoikas Kabinentür befand sich unterhalb des Achterdecks. Er zog den Türbehang beiseite und stürzte in die Kabine, die mit barbarischem Luxus ausgestattet war. Sonnenlicht fiel durch eine ovale Öffnung herein, über das Schott, während das Schiff rollte, traf auf bronzene Kerzenhalter, gewebte Wandbehänge, einen primitiven Sextanten, Karten und auf Pergamentrollen geschriebene Navigationstabellen. Er nahm wieder an sich, was er ihr zur Befriedigung ihrer Kuriositätensucht dagelassen hatte, das Gravschubgerät befestigte er mit rasenden Fingern wieder auf dem Rücken und hakte die Kapazitoren ein.

Nun noch das Schwert, das sie in der Eile nicht mehr hatte umschnallen können. Er verließ die Kabine wieder, bediente schnell die Kontrollen und hob ab.

Über das Deckhaus! Der Seetroll mit der Maschinenpistole lag direkt daneben, ein schwieriges Ziel für ein Gewehr, während er selbst das Schiff von vorn bis achtern beherrschte. Flandry zog die Klinge. Das Wesen bekam das leise Geräusch mit und versuchte unbeholfen, aufzublicken. Flandry schlug zu. Er verfehlte die Hand, traf aber die Waffe, die seitlich ins Meer fiel.

Er fuhr zurück. »Ich hab' ihn!« brüllte er. »Ich habe ihn! Kommt hervor und schießt mal richtig!«

Der Kampf war schnell vorbei. Flandry verbrauchte noch ein wenig Energie, als er dabei half, das nasse Segel auszubreiten, mit dem das Feuer erstickt wurde.

Nach Einbruch der Dunkelheit beherrschten Egrima und Buruz wieder den Himmel. Sie warfen zitternde Lichtflecken auf das Wasser. Nur wenige Sterne waren neben ihnen sichtbar, aber man vermißte sie nicht bei so viel anderer Schönheit. In einer mächtigen, murmelnden Stille pflügte das Schiff nordwärts.

Dragoika stand mit Flandry neben dem Bugtotem. Sie hatte Dankgebete gesprochen. Die kursovikianische Religion war ein noch unvollständigeres Heidentum, als irgendeines des antiken Terra. Der tigerische Geist war nicht so sehr wie der menschliche an der Suche nach letzten Ursachen interessiert, aber Rituale waren wichtig. Die Mannschaft war inzwischen auf die Wache oder zum Schlaf zurückgekehrt, und sie beide waren allein. Dragoikas Fell funkelte silbern, ihre Augen waren Teiche aus Licht.

»Dir schulden wir noch mehr Dank«, sagte sie sanft. »Ich nehme eine hohe Stellung in der Schwesternschaft ein. Ich werde sie unterrichten und erinnern.«

»Nun ja.« Flandry scharrte mit den Füßen und errötete.

»Aber hast du dich nicht selbst in Gefahr gebracht? Du hast erklärt, wie wenig Kraft noch in diesen Schachteln enthalten ist, die dich am Leben erhalten. Aber du hast sie verbraucht, um zu fliegen.«

»Uh, meine Pumpe kann notfalls auch manuell bedient werden.«

»Ich werde jemand damit beauftragen.«

»Nicht nötig. Weißt du, ich kann jetzt die Energietornister der Siravo benutzen. Ich habe Werkzeuge in meinem Beutel, mit denen ich sie entsprechend einstellen kann.«

»Gut.« Sie blickte eine Weile in die Schatten und das Leuchten, die das Deck in Streifen unterteilten. »Dieser eine, dem du die Pistole weggenommen hast ...« Ihre Stimme klang sehnsüchtig.

»Nein, Ma'am«, blieb Flandry fest. »Du kannst ihn nicht haben. Er ist der einzige Überlebende von ihnen. Wir werden ihn am Leben erhalten und nicht verletzen.«

»Ich dachte nur daran, ihn auszufragen, was sie vorhaben. Ich kenne ihre Sprache ein wenig. Wir haben durch Gefangene oder Verhandlungen etwas von ihr gelernt im Laufe der Zeitalter. Ich glaube, er wäre hinterher nicht allzu sehr beschädigt.«

»Meine Vorgesetzten in Highport kennen viel bessere Methoden.«

Dragoika seufzte. »Wie du willst.« Sie lehnte sich an ihn. »Ich habe zuvor schon vaz-Terran getroffen, aber du bist der erste, den ich wirklich kennengelernt habe.« Sie wedelte mit dem Schwanz. »Ich mag dich.«

Flandry schluckte. »Ich ... ich mag dich auch.«

»Du kämpfst wie ein Männchen und denkst wie ein Weibchen. Das ist etwas Neues. Selbst auf den Inseln im fernen Süden ...« Sie legte einen Arm um seine Taille. Ihr Fell fühlte sich warm und seidig an, wo es seine Haut berührte. Irgend jemand hatte ihm einmal berichtet, daß, wenn man diese Luft unverfälscht atmen könnte, die Tigerier nach frisch gemähtem Heu riechen würden. »Ich empfinde Vergnügen an deiner Gesellschaft.«

»Um-m-m ... uh.« *Was soll ich nur sagen?*

»Wie schade, daß du diesen Helm tragen mußt«, meinte Dragoika. »Ich würde zu gerne einmal deine Lippen schmecken. Aber andererseits sind unsere beiden Arten gar nicht so verschieden. Kommst du mit in meine Kabine?«

Einen wirbelnden Augenblick lang war Flandry tatsächlich in

Versuchung, ihr zu folgen. Er hätte alles mögliche antworten können, nicht was er gelernt hatte aus den Lektionen über die Achtung eingeborener Sitten, nicht aus Prinzip und ganz sicher nicht aus Verwöhntheit. Wenn überhaupt irgend etwas, so machte ihre Andersartigkeit sie nur reizvoller. Aber er konnte nicht so genau vorhersagen, was sie in einer engen Beziehung alles tun könnte, und ...

»Es tut mir sehr leid«, sagte er. »Ich würde gerne, aber ich stehe ... hm, ich stehe bei jemandem im Wort.«

Sie war weder beleidigt noch sehr überrascht. Sie hatte schon viele verschiedene Kulturen kennengelernt. »Schade«, meinte sie. »Nun, du weißt, wo die Vorderaufbauten sind. Gute Nacht.« Sie ging nach achtern. Unterwegs hielt sie an, um Ferok mitzunehmen.

... und überhaupt, diese Zähne konnten einen schon einschüchtern.

5

Bei Lord Hauksbergs Ankunft in Highport hatten Admiral Enriques und die höheren Ränge seines Stabes eine Willkommensparty für ihren vornehmen Besucher veranstaltet, wie es das Protokoll forderte. Man erwartete von Hauksberg, daß er sich am Abend vor seinem Weiterflug entsprechend revanchieren würde. Solche Veranstaltungen besaßen eine vorhersehbare Langweiligkeit, aber in der Zwischenzeit empfing Hauksberg verschiedene Offiziere zu kleinen Treffen. Mit einer Unmenge gewitzten Wohlwollens entschärfte er die Ressentiments, die er dadurch hervorrief, daß er bereits überarbeitete Männer seiner Befragung aussetzte und bereits unzureichend bewaffnete Kräfte von ihren Sicherungspflichten ablenkte.

»Ich möchte gern wissen, wie du dich eigentlich einschätzt«, beschwerte sich Jan van Zuyl von der Koje her, in der er sich breitmachte. »Ein lausiger Fähnrich wie du.«

»Du bist selbst ein Fähnrich, mein Junge«, erinnerte ihn Flandry von der Ankleide her. Er zupfte noch einmal an seiner blauen Tunika, zog seine weißen Handschuhe an und befestigte die Düsenflammen-Insignien auf seinen Schultern.

»Das ist richtig, aber ich bin kein lausiger«, meinte sein Stubenkamerad.

»Ich bin ein Held. Erinnerst du dich nicht daran?«

»Ich bin auch ein Held. Wir sind alle Helden.« Van Zuyls Blick schweifte durch die düstere kleine Kammer, die auch mit den Mädchenbildern kaum freundlicher wirkte. »Gib L'Etoile einen Kuß von mir.«

»Glaubst du, daß sie da sein wird?« Flandrys Herz hüpfte.

»Sie war auch da, als Carruthers eingeladen wurde. Sie und Sharine und . . .«

»Carruthers ist ein J.-G.-Leutnant und daher von Amts wegen ein Lügner. Madame Cepheids beste Stücke sind für niemanden unter einem Commander zu haben.«

»Er schwört Stein und Bein, daß er sie hatte. Also lügt er. Tu mir den Gefallen und gebrauche deine Phantasie, wenn du zurückkommst. Ich möchte mir diese besondere Illusion gern bewahren.«

»Du schaffst den Whisky herbei und ich die Geschichten.« Flandry setzte sich die Mütze zurecht.

»Käuflicher Schuft«, seufzte van Zuyl. »Jeder andere würde aus Vergnügen und Prestige heraus lügen.«

»Wisse, Elender, daß ich über eine innere Heiterkeit verfüge, die mich weit über die Notwendigkeit deiner Wertschätzung erhebt, aber nicht über die Notwendigkeit des Saufens, besonders nach dem letzten Pokerspiel. Einen schönen Abend wünsche ich; ich komme zurück.«

Flandry schritt die Halle hinab und verließ den Bereich der Schlafräume für die Junior-Offiziere durch den Haupteingang. Heftiger Wind fuhr ihm ins Gesicht. Auf Meereshöhe bewegte sich die Luft wegen ihrer Dichte nicht schnell, aber auf dieser Höhe konnte Saxo Stürme erzeugen, deren Gewalt über terranische Maßstäbe hinausging. Trockener Schnee wirbelte durch die klirrende Kälte. Mit einem Seufzer über die verlorengehende Eleganz wickelte Flandry seinen Mantel dicht um sich, setzte die Mütze auf und rannte los. In seinem Alter war es ihm nicht schwergefallen, sich der herrschenden Gravitation anzupassen.

Das Hauptquartier war das größte Gebäude von Highport, was nicht viel zu besagen hatte, da es auch ein Stockwerk für Gästezimmer enthielt. Bei einer seiner zahlreichen Gespräche mit Commander Abrams, zu denen er wegen weiterer Befragung über seine Erfahrungen mit den Tigeriern zitiert worden war, hatte Flandry eine Bemerkung darüber gemacht. Der Nachrichtenchef war sehr geschickt im lockeren Umgang mit Menschen. »Ja, Sir, ein paar meiner Tischkameraden haben sich Gedanken darüber gemacht, ob ... äh ...«

»Ob das Imperium Schlamm im Gehirn hat, indem es Frachtraum für den Luxus pestilenter Vergnügungsreisender zur Verfügung stellt, den man auch dazu hätte benutzen können, uns mehr Ausrüstung zu schicken, richtig?«

»Uh ... niemand dachte an Majestätsbeleidigung, Sir.«

»Natürlich nicht. Aber ich vermute, daß Sie nicht frei zu mir darüber reden können. Aber in diesem Fall seid ihr Jungs sowieso im Irrtum.« Abrams stieß mit seiner Zigarre nach Flandry. »Denken Sie nach, Junge. Wir sind aus einem politischen Grund hier, also brauchen wir auch politische Unterstützung. Und die bekommen wir nicht, wenn wir uns Höflinge, die Champagner und Wiegenlieder für selbstverständlich halten, zum Gegner machen. Sagen Sie Ihren Freunden, daß dieses blöd aussehende Hotel eine Investition ist.«

Das werde ich genau hier herausfinden. Ein Scanner tastete Flandry ab, und die Tür ging auf. Der Empfangsraum dahinter war warm! Er war aber auch voller bewaffneter Wachen. Sie salutierten und blickten neidisch hinter ihm her. Während er jedoch den Gravschacht aufwärts stieg, ließ sein Selbstvertrauen wieder nach. Der nach terranischen Bedürfnissen eingestellte Gravschacht vermittelte ihm ein Gefühl der Unsicherheit, anstatt ihn in gehobene Stimmung zu versetzen.

»Kopf hoch«, hatte Abrams gesagt, als er von der Einladung erfuhr. »Es scheint, daß Mylord Sie für etwas Neuartiges dabeihaben möchte. Sie haben ein gutes Garn drauf und sind ein begabter Spinner. Nun, unterhalten Sie ihn. Aber seien Sie auf der Hut. Hauksberg ist kein Dummkopf. Und auch kein

Müßiggänger. Ich bin sogar der Meinung, daß jeder seiner kleinen Gesellschaftsabende irgendeinem Zweck gedient hat. Informationen aus erster Hand, Eindrücke davon, welche Ereignisse wir wirklich erwarten und was wir zu tun gedenken und überhaupt über den ganzen Schlamassel denken.«

Bei dieser Gelegenheit hatte Flandry ihn schon gut genug gekannt, um ein Grinsen zu wagen. »Was meinen wir denn wirklich, Sir? Ich wüßte es ganz gerne.«

»Was ist Ihre Meinung? Ihre eigene, innere Meinung? Hier läuft kein Band.«

Flandry runzelte die Stirn und suchte nach Worten. »Sir, ich arbeite hier nur, wie man so sagt. Aber die Indoktrination redet uns ein, daß es unsere selbstlose Absicht sei, die hiesigen Landzivilisationen vor dem Ruin zu retten; die Inselvölker sind vom Meer fast genauso abhängig wie die Fischleute. Und unsere globale Strategie ist es, die merseianische Expansion zu stoppen, wo immer wir auf die stoßen. Allerdings kann ich mir nicht helfen, daß ich immer wieder darüber nachdenken muß, warum überhaupt irgend jemand diesen Planeten haben möchte.«

»Im Vertrauen gesagt«, meinte Abrams, »es ist meine Hauptaufgabe, darauf die Antwort zu finden. Aber ich hatte bislang keinen Erfolg dabei.«

... Ein livrierter Diener rief Flandry aus. Der betrat eine Suite mit irisierenden Wänden, komfortablen Sitzgelegenheiten und einer Animation, die eine Niedrig-g-Produktion von Ondine zeigte. Hinter einem Buffettisch standen zwei weitere Diener, und drei andere liefen herum. Ein Dutzend Männer unterhielten sich im Stehen: Offiziere der Mission in Ausgehuniformen und Hauksbergs Stab in farbenfroher Zivilkleidung. Es war nur ein Mädchen da, aber Flandry war ein bißchen zu nervös, um darüber enttäuscht zu sein. Es erleichterte ihn, Abrams' quadratische Gestalt zu sehen.

»Ah, unser tapferer Fähnrich, nicht wahr?« Ein gelbhaariger Mann setzte ein Glas ab – ein Kellner mit einem Tablett war zur Stelle, bevor er die Bewegung vollendet hatte – und schlenderte herbei. Seine konservative Bekleidung zeigte Purpur und Grau, aber sie paßte ihm wie eine zweite Haut und zeigte ihn in einer besseren physischen Verfassung als die meisten anderen Edelleute. »Willkommen. Mein Name ist Hauksberg.«

Flandry salutierte: »Mylord.«

»Lassen Sie nur.« Hauksberg winkte ab. »Heute nacht geht's ohne Ränge und Zeremonien.« Er faßte Flandry am Ellenbogen. »Kommen Sie, lassen Sie sich einführen.«

Die Vorgesetzten grüßten ihn mit mehr Interesse als je zuvor. Es waren Männer, die auf Starkad dunkel und gebeugt geworden waren; Ehrenabzeichen glänzten auf ihren Tuniken; man sah ihnen die Verärgerung darüber an, daß die terranischen Stabsleute einen ihrer eigenen Leute väterlich begrüßten.

». . . und meine Konkubine, die ehrenwerte Persis d'Io.«

»Es ist ein Privileg für mich, Sie zu treffen, Fähnrich«, sagte sie so, als ob sie es wirklich meinte.

Flandry entschied, daß sie ein angemessener Ersatz für L'Etoile war, zumindest im ornamentalen Sinn. Sie war fast so aufwendig bekleidet wie Dragoika, und ihr schimmerndes Kleid betonte diese Tatsache auch noch. Andererseits trug sie einen Feuerrubin an ihrer Kehle und einen Stirnreif auf ihren hochgetürmten Krähenschwingen-Locken. Ihre Gesichtszüge waren entweder ihre eigenen oder durch einen einfallsreichen Bioskulpteur gestaltet: große grüne Augen; eine delikat geschwungene Nase, und einen Mund von ungewohnter Lebhaftigkeit. »Bitte nehmen Sie ein Getränk und rauchen Sie ruhig«, sagte sie. »Sie werden einen ruhigen Kehlkopf brauchen, denn ich habe die Absicht, Sie reichlich zum Sprechen zu bringen.«

»Äh . . . um . . .« Flandry konnte sich gerade noch davon abhalten, mit den Zehen im Teppich zu bohren. Die Hand, mit der er ein ihm angebotenes Weinglas umfaßte, war feucht. »Es gibt leider nicht viel, worüber ich reden könnte, Donna. Viele Männer haben, äh, hatten aufregendere Erlebnisse zu berichten.«

»Aber wohl kaum so romantische«, meinte Hauksberg. »Mit einer Piratenmannschaft segeln und so.«

»Es sind keine Piraten, Mylord«, platzte Flandry heraus. »Kaufleute . . . Entschuldigt bitte.«

Hauksberg betrachtete ihn aufmerksam. »Sie mögen sie, nicht wahr?«

»Ja, Sir«, bestätigte Flandry. »Sogar sehr.« Er erwog seine

Worte, aber sie waren ehrlich. »Bevor ich die Tigerier richtig kennengelernt habe, war meine Mission hier nur eine Pflicht. Jetzt *will* ich ihnen helfen.«

»Lobenswert. Aber die Meeresbewohner sind auch fühlende Wesen, nicht wahr? Und auch die Merseianer. Schade, daß sich alle in den Haaren liegen.«

Flandrys Ohren glühten. Was er sich nicht zu sagen traute, sprach Abrams aus: »Mylord, die Seetrolle taten ihr Bestes, den Fähnrich zu töten.«

»Und als Gegenschlag wurde eine ihrer Schwadronen angegriffen«, erwiderte Hauksberg scharf. »Drei Merseianer wurden getötet, und auch ein Mensch. Ich hatte gerade einen Empfang bei Commander Runei, gerade zu diesem Zeitpunkt. Empörend.«

»Ich bezweifle nicht, daß der Fodaich trotzdem höflich gegenüber dem Gesandten des Kaisers blieb«, meinte Abrams. »Er ist ein charmanter Schurke, wenn er es darauf anlegt. Aber Mylord müssen bedenken, daß unsere Mission eine autorisierte, bekanntgemachte Politik des Zurückschlagens von jedem Angriff verfolgt.« Sein Ton wurde sardonisch. »Es ist eine friedliche, beratende Mission, in einem Territorium, das von keinem der beiden Imperien beansprucht wird. Also nehmen wir eine Schutzaufgabe wahr. Das bedeutet, daß heimtückische Angriffe auf ihr Personal teuer bezahlt werden müssen.«

»Und wenn Runei wieder einen Gegenschlag anordnet?« rief Hauksberg aus.

»Das tat er nicht, Mylord.«

»Noch nicht. Ein kleiner Hinweis auf Merseias versöhnliche Haltung, nicht wahr? Oder meine Anwesenheit hat Runei beeinflußt. Aber eines baldigen Tages werden diese Scharmützel zu einer wirklichen Eskalation führen. Dann wird jedermann des Teufels persönlichen Job ausüben, den Grad der Eskalation in Grenzen zu halten. Es könnte schiefgehen. Die Zeit, einzuhalten, war gestern.«

»Mir scheint, Merseia hat bereits ein dickes Stück eskaliert, als sie so nahe an unserer Hauptniederlassung Unternehmungen durchführten.«

»Diese Unternehmungen wurden von den Meeresleuten durchgeführt. Zweifellos hatten sie merseianische Unterstützung, aber es ist ihr Krieg mit den Landleuten und niemand anderes.«

Abrams biß wütend in eine kalte Zigarre. »Mylord«, grollte er, »sowohl die Landleute als auch die aus dem Meer sind jeweils in Tausende von Gemeinschaften unterteilt, in zig Zivilisationen. Viele haben noch nie von den anderen gehört. Bis jetzt waren die Bewohner des Zletovar für die Kursovikianer nichts weiter als ein Ärgernis. Also: Wer brachte sie auf die Idee, einen konzentrierten Angriff durchzuführen? Wer arbeitet kontinuierlich daran, die vordem stabile Situation in den planetenweiten Krieg der einen Rasse gegen die andere umzuwandeln? Merseia!«

»Sie übernehmen sich, Commander«, warf Kapitän Abdes-Salem zögernd ein. Die Begleiter des Vicomte blickten bestürzt drein.

»Nein, nein«, Hauksberg lächelte in das verärgerte braune Gesicht. »Ich schätze Offenheit. Terra hat genug Speichellecker. Wie kann ich Tatsachen herausfinden, was ja schließlich von mir erwartet wird, ohne zuzuhören? Kellner – gießen Sie Commander Abrams nach.«

»Was machen nur unsere, äh, Gegenspieler in den hiesigen Gewässern?« erkundigte sich ein Zivilist.

Abrams zuckte die Achseln. »Das wissen wir nicht. Verständlicherweise haben kursovikianische Schiffe begonnen, dieses Gebiet zu meiden. Wir könnten es mit Tauchern versuchen, aber haben dabei so unsere Schwierigkeiten. Wie Sie ja wissen, hatte Fähnrich Flandry mehr als nur ein einfaches Abenteuer. Und er hat mehr gewonnen als den Respekt und den guten Willen der Tigerier, was uns noch zugute kommen wird. Er hat uns Informationen über sie gebracht, die wir vorher noch nicht hatten, mit Einzelheiten, die den professionellen Xenologen entgangen waren, und er hat mir Daten gegeben, die eine so wunderbare Ordnung ergeben wie ein Limerick. Obendrein überbrachte er einen lebenden gefangenen Seetroll.«

Hauksberg zündete sich einen Zigarrenstummel an. »Und das ist etwas Ungewöhnliches?«

»Ja, Sir, aus offensichtlichen Umweltgründen ebenso wie aufgrund der Tatsache, daß die Tigerier normalerweise jeden Seetroll verspeisen, dessen sie habhaft werden.«

Persis d'Io verzog das Gesicht. »Sagten Sie, daß Sie sie mögen?« schalt sie Flandry.

»Das ist für ein zivilisiertes Wesen vielleicht schwer zu verstehen, Donna«, sagte Abrams. »Wir ziehen nukleare Waffen vor, die ganze Planeten ›verspeisen‹ können. Tatsache ist, daß unser Bursche hier sich einige Geräte ausgedacht hat, um diesen Seetroll gesund zu erhalten, Dinge, die ein Schmied und ein Zimmermann an Bord jenes Schiffes herstellen konnten. Am besten gehe ich nicht zu sehr in die Einzelheiten, aber ich bin guter Hoffnung, was die Befragung angeht.«

»Warum erzählen Sie uns nichts darüber?« wollte Hauksberg wissen. »Sicher meinen Sie nicht, daß irgend jemand hier ein verkleideter Merseianer ist.«

»Wahrscheinlich nicht«, meinte Abrams. »Wie dem auch sei, seid ihr und eure Leute unterwegs zum Heimatplaneten des Feindes. Auch wenn es sich dabei um eine diplomatische Mission handelt, kann ich euch nicht das Risiko zumuten, über Wissen zu verfügen, das die anderen nur zu gerne hätten.«

Hauksberg lachte. »Noch niemals bin ich so taktvoll als ein Plappermaul bezeichnet worden.«

Persis unterbrach. »Keine Diskussion bitte, Liebling. Ich möchte zu gerne Fähnrich Flandrys Bericht hören.«

»Sie sind an der Reihe, mein Junge«, sagte Abrams.

Sie nahmen Platz. Flandry erhielt von Persis selbst eine in Goldblatt gewickelte Zigarette. Der Wein und die Aufregung brodelten in ihr. Er schmückte seine Geschichte etwas über die Wahrheit hinaus aus, nicht viel, aber es reichte, Abrams zu einem Hustenanfall zu verhelfen. ». . . und dann trafen wir eine Tagesreise vor Ujanka ein Schiff, das für uns einen Funkspruch absetzen konnte. Ein Flieger holte mich und den Gefangenen ab.«

Persis seufzte. »Ihr Bericht hat sich so vergnüglich angehört. Haben Sie Ihre Freunde seitdem schon wiedergesehen?«

»Noch nicht, Donna. Ich hatte zuviel mit Commander Abrams zu tun.« Tatsächlich hatte er den wesentlich geringeren

Teil bei der Datenauswertung geleistet. »Ich bin seiner Sektion vorübergehend zugeordnet worden. Man hat mich nach Ujanka eingeladen, und ich kann mir vorstellen, daß ich den Befehl erhalte, die Einladung anzunehmen.«

»Das ist richtig«, fügte Kapitän Menotti hinzu. »Eines unserer Probleme war immer, daß die Schwesternschaft zwar unsere Ausrüstung und einen Teil unserer Ratschläge akzeptierte, aber doch argwöhnisch uns gegenüber blieb. Verständlich, wenn man bedenkt, wie fremd wir ihnen vorkamen, und daß die Seetrolle in ihrer Nachbarschaft niemals vorher eine wirkliche Bedrohung darstellten. Mit weniger entwickelten starkadianischen Kulturen haben wir bessere Beziehungen erreicht. Kursoviki ist stolz und wacht zu eifersüchtig über seine Angelegenheiten, um uns so ernst zu nehmen, wie wir das gerne hätten. Die Sache mit Fähnrich Flandry könnte ein Ansatzpunkt für uns sein.«

»Und Ihr Gefangener auch«, meinte Hauksberg nachdenklich. »Ich möchte ihn sehen.«

»Was?« bellte Abrams. »Unmöglich!«

»Warum?«

»Warum? Nun . . .«

»Ich würde meinen Auftrag nicht erfüllen, wenn ich es nicht täte. Ich muß darauf bestehen.« Er beugte sich vor. »Sehen Sie, dies könnte ein Ansatzpunkt für etwas noch Wichtigeres sein. Für den Frieden.«

»Wie das, Mylord?«

»Wenn Sie ihn so ausfragen, wie Sie das wahrscheinlich vorhaben, werden Sie viel über seine Kultur herausfinden. Sie wären nicht mehr der gesichtslose Feind, sondern wirkliche Lebewesen mit wirklichen Bedürfnissen und Wünschen. Er könnte einen Gesandten von uns mit zu seinem Volk nehmen. Vielleicht können wir einen Frieden zwischen den Kursovikianern und ihren Nachbarn vermitteln.«

»Oder gar zwischen den Löwen und Lämmern?« schnappte Abrams. »Wie sollen sie anfangen? Kein Seetroll würde sich einem unserer U-Boote nähern.«

»Dann nehmen wir Eingeborenenschiffe.«

»Für die haben wir keine Besatzung. Verdammt wenige Menschen sind heute noch dazu in der Lage, einen Windjammer zu bedienen, und auf Starkad ist Segeln sowieso eine Kunst. Wir müßten Kursovikianer finden, die uns auf eine Friedensmission mitnehmen? Ha!«

»Wie wäre es, wenn Ihr Kamerad hier sie fragte? Meinen Sie nicht, es könnte den Versuch lohnen?«

»Oh!« Persis, die neben Flandry saß, faßte diesen an der Hand.

»Wenn Sie das schaffen würden . . .«

Unter dem Blick dieser Augen strahlte er glücklich und erwiderte, daß es ihm eine Freude sein würde. Abrams widmete ihm einen finsteren Blick, und hastig fügte er hinzu: »Wenn ich den Befehl dazu erhalte.«

»Ich werde diese Frage mit Ihren Vorgesetzten besprechen«, versprach Hauksberg. »Aber, Gentlemen, dies sollte eigentlich ein Gesellschaftsabend werden. Vergessen wir unsere Aufgaben und trinken wir noch einen, oder?«

Sein Bericht über den Klatsch und die Skandale auf Terra war komisch. »Liebling«, meinte Persis, »du solltest unserem Ehrengast gegenüber nicht so sarkastisch sein. Unterhalten wir uns etwas höflicher, Fähnrich.«

»G-g-gern, Donna.«

Der Raum lag zwar vollständig innerhalb des Gebäudes, aber ein Bildschirm ermöglichte den Blick nach draußen. Es hatte aufgehört zu schneien; dünne Berggipfel lagen weiß im Licht der Monde. Persis erschauerte. »Was für ein schrecklicher Ort. Ich bete darum, daß wir Sie bald nach Hause holen können.«

Er fühlte sich mutig genug, um zu sagen: »Ich hätte niemals damit gerechnet, daß eine, äh, hochgeborene und, äh, liebliche Dame diesen langen, öden und gefährlichen Weg wagen würde.«

Sie lachte. »Ich und hochgeboren? Aber vielen Dank. Sie sind süß.« Ihre Wimpern zuckten. »Wenn ich meinem Lord helfen kann, indem ich ihn begleite, wie könnte ich da zurückstehen? Er arbeitet für Terra. Und Sie ebenfalls. Und ich sollte das auch tun. Wir alle zusammen, wäre das nicht am besten?« Sie lachte wieder. »Es tut mir leid, daß ich das einzige Mädchen hier bin. Würden Ihre Offiziere etwas dagegen haben, wenn wir ein wenig tanzen?«

Mit durcheinanderwirbelnden Gedanken ging er später in sein Quartier zurück. Auf jeden Fall würde er Jan van Zuyl am nächsten Tag eine gute Flasche spendieren.

In der Mitte eines geräuschisolierten Raumes, dessen Fluoros ein der Sonne Saxo vergleichbares Licht spendeten, schwamm der Siravo in einem von Maschinen umgebenen Vitryltank.

Er war etwa 210 Zentimeter lang und sehr dick. Seine unbehaarte Haut war auf dem Rücken tiefblau, fahlgrünlichblau in der Bauchgegend und an den Kehllappen opalisierend. Seine Gestalt wirkte wie eine Mischung aus Delphin, Seehund und Mensch. Die Schwanz- und die Schwimmflossen im mittleren Körperbereich waren Wunder der Muskulatur, mit der Fähigkeit zum Greifen. Er hatte auch eine fleischige Rückenflosse und zwei kurze, starke Arme nicht sehr weit unterhalb des Kopfes. Abgesehen von den rudimentären Schwimmhäuten waren die Hände erstaunlich menschenähnlich. Der Kopf war groß und zeigte goldene Augen, die stumpfe Schnauze besaß einen Mund, dessen Lippen von zitternden Wimpern umgeben waren.

Abrams, Hauksberg und Flandry betraten den Raum. (»Sie kommen mit«, hatte ihm der Commander gesagt, »Sie stecken bis zum Hals mit in der Sache.«) Die vier Wachen präsentierten ihre Waffen. Die Techniker an den Instrumenten strafften sich.

»Rühren«, sagte Abrams. »Wie geht's voran, Leong?«

»Ermutigend, Sir«, antwortete der wissenschaftliche Leiter. »Berechnungen der neurologischen und enzephalographischen Daten erweisen, daß er zumindest ein Hypnoverhör mit halber Intensität ohne hohe Wahrscheinlichkeit eines bleibenden Schadens wird überstehen können. Wir rechnen damit, daß die für den Gebrauch unter Wasser modifizierten Apparate in zwei Tagen fertig sind.«

Hauksberg näherte sich dem Tank. Der Seetroll schwamm zu ihm hin. Ihre Blicke begegneten sich; das Wesen in dem Tank hatte schöne Augen. Hauksberg wandte sich erregt um. »Haben Sie vor, dieses Wesen zu quälen?« verlangte er zu wissen.

»Ein leichtes Hypnoseverhör bringt keine Schmerzen mit sich, Mylord«, erwiderte Abrams.

»Sie wissen, was ich meine. Psychologische Folter. Besonders, da er sich in der Gewalt vollständig Fremder befindet. Haben Sie je mit ihm gesprochen?«

»Wie? Mylord, die Kursovikianer versuchen das seit Jahrhunderten. Der einzige Vorteil, den wir ihnen gegenüber haben, ist der, über eine entwickelte linguistische Theorie zu verfügen, und Vokalisatoren, die die Laute der Seetrolle genauer wiedergeben können. Durch die Tigerier und aus xenologischen Berichten haben wir etwas von ihrer Sprache gelernt. Aber eben nur etwas. Die frühen Expeditionen haben diese Rasse nur in der Kimraig-Gegend sorgfältiger erforscht, wo jetzt die Merseianer sind, ohne Zweifel aus genau diesem Grund. Die kulturellen Schablonen dieses Charlie hier sind uns vollständig unbekannt, und er hat sich auch nicht als sehr kooperativ erwiesen.«

»Wären Sie das, an seiner Stelle?«

»Ich hoffe nicht. Aber, Mylord, auch wir haben es eilig. Vielleicht plant sein Volk ein Großunternehmen, vielleicht auf die Chain-Siedlungen. Oder er stirbt uns unter den Händen. Wir glauben, daß wir ihm das Richtige zu essen geben und ansonsten nichts falsch machen, aber wie könnten wir uns sicher sein?«

Hauksberg grollte. »Sie werden jede Chance dazu, seine Mitarbeit zu gewinnen, zerstören, Sie erreichen nur mit Vertrauen etwas.«

»Zum Zwecke von Verhandlungen? Und was haben wir dann verloren? Aber wir werden ihn nicht ohne Not für immer seinem Volk entfremden. Er mag uns durchaus für unbarmherzig halten. Gott weiß, daß mit Tigeriern in kleinen Booten von jedem Seetroll, den sie treffen, kurzer Prozeß gemacht wird. Und ...« Die große blaue Gestalt glitt zum anderen Ende des Tanks. »... er sieht hübsch aus, aber er ist kein Verwandter von euch oder mir oder dem Landvolk.«

»Er denkt. Er fühlt.«

»Denkt und fühlt was? Ich weiß es nicht. Ich weiß, daß er nicht einmal ein Fisch ist. Er ist homeothermisch; seine Weibchen gebären lebend und säugen ihre Jungen. Durch den hohen atmosphärischen Druck gibt es genug im Meerwasser gelösten

Sauerstoff, um einen aktiven Metabolismus und ein gutes Gehirn zu ermöglichen. Wohl deswegen sind die Intelligenzen im Meer entstanden. Biologischen Wettbewerb wird man in den Meeren terraähnlicher Planeten kaum finden. Aber die Umgebung hier ist für uns fast so fremdartig wie die des Jupiter.«

»Die Merseianer kommen mit den Seetrollen zurecht.«

»Na ja! Sie brauchten viel Zeit, um all das zu lernen, was wir nicht wissen. Wir haben auch versucht, xenologisch tätig zu werden, in Gebieten, die der Konflikt noch nicht erfaßt hatte. Aber jedesmal fanden die Merseianer es heraus und machten Ärger.«

»Wie fanden Sie das heraus?« stürzte sich Hauksberg auf diese Frage. »Durch Spione?«

»Nein, Überwachung. Sie wissen alles, was vor sich geht. Wenn es uns gelingen würde, Zugang zu ihren unterseeischen Informationswegen zu finden...« Abrams klappte seinen Mund zu und holte eine Zigarre hervor.

Hauksberg entspannte sich. Er lächelte. »Bitte verstehen Sie mich nicht falsch, Commander. Ich kann Ihnen versichern, daß ich kein weinerlicher Idealist bin. Wo gehobelt wird, da fallen Späne, das ist mir durchaus klar.« Er hielt inne. »Für heute möchte ich Sie nicht noch mehr belästigen. Ich möchte einen vollständigen und pünktlichen Bericht über dieses Projekt, und regelmäßige Bulletins. Ich verbiete ein Hypnoverhör nicht kategorisch, aber ich werde keine Form der Folter dulden. Und ich werde zurückkommen.« Er konnte einen gewissen Ärger nicht ganz unterdrücken. »Nein, nein, vielen Dank, aber Sie brauchen mich nicht hinauszueskortieren. Guten Tag, meine Herren.«

Die Tür schloß sich hinter seiner Vornehmheit. Abrams besprach sich in leisem Tonfall mit Leong. Das Brummen, Klicken und Summen von Maschinen erfüllte den Raum, in dem es wirklich kalt war. Flandry stand da und starrte den Gefangenen an, den er gemacht hatte.

»Ich gebe einen Tausender«, meinte Abrams.

Flandry fuhr zusammen. Der ältere Mann hatte sich auf leisen Sohlen genähert. »Sir?«

»Für Ihre Gedanken. Was wälzen Sie in Ihrem Kopf hin und her, abgesehen von der schönen d'Io?«

Flandry errötete. »Ich habe nur so nachgedacht, Sir. Hau..., ich meine, Mylord hatte recht. Sie gehen ziemlich forsch vor, nicht wahr?«

»Das muß ich.«

»Nein«, entgegnete Flandry aufrichtig. »Verzeihung, Sir, aber wir könnten tatsächlich Taucher, U-Boote und Sonden einsetzen, um das Zletovar auszukundschaften. Charlie hier ist mehr auf lange Sicht von Bedeutung, zum Untersuchen. Ich habe alles über die Seetrolle gelesen, was ich auftreiben konnte. Sie sind ein unbekannter Faktor. Wir brauchen mehr Informationen, bevor wir sicher sein können, daß irgendeine Art der Befragung Resultate bringen wird.«

Abrams betrachtete ihn unter buschigen Augenbrauen und durch eine Tabakwolke. »Wollen Sie mir meine Aufgaben erklären?« Seine Stimme klang mild.

»Nein, Sir, sicher nicht. Ich... ich habe beträchtlichen Respekt vor Ihnen bekommen.« Die Idee brannte in ihm. »Sir! Sie haben mehr Informationen, als Sie zugeben! Eine Pipeline nach...«

»Seien Sie still.« Die Stimme blieb ruhig, aber Flandry schluckte und griff nach einem Automatikgurt. »Bleiben Sie still, verstanden?«

»J-ja, Sir.«

Abrams überblickte sein Team. Keiner hatte etwas mitbekommen. »Sohn«, murmelte er, »Sie überraschen mich. Bei diesen jungen Fliegern sind Sie verschwendet. Haben Sie je in Erwägung gezogen, bei den Jungs von der Spionage mitzumachen?«

Flandry biß sich auf die Lippe. »Nun gut«, meinte Abrams. »Erzählen Sie es dem Onkel. Warum gefällt Ihnen der Gedanke nicht?«

»Es... ich meine... Nein, Sir, ich bin dafür nicht geeignet.«

»Auf mich wirken Sie verschlossen bis über die Ohren. Geben Sie mir eine Chance. Seien Sie ehrlich. Es macht mir nichts aus, wenn ich als Hurensohn bezeichnet werde. Schließlich habe ich meine Geburtsurkunde.«

»Nun ...« Flandry sammelte all seinen Mut. »Das ist ein schmutziges Geschäft, Sir.«

»Hm. Beziehen Sie das zum Beispiel auf dies hier, auf den Charlie?«

»Ja, Sir. Ich ... nun, ich hatte damit gerechnet, auf die Akademie geschickt zu werden. Jeder erwartete, daß ich gehen würde. Also ging ich. Ich war damals noch reichlich jung.«

Abrams verzog den Mund.

»Ich habe ... habe angefangen, mir Gedanken zu machen, trotzdem«, stotterte Flandry. »Über Dinge, die ich auf der Party gehört habe ... uh, Donna d'Io sagte ... Sie wissen, in diesem Seekampf habe ich mich nicht gefürchtet, und im nachhinein wirkte er als großer, ruhmreicher Sieg. Aber jetzt ... jetzt habe ich angefangen, mich zu erinnern, an den Tod ... Einer der Tigerier brauchte einen ganzen Tag, bis er tot war. Und der Charlie sieht auch nicht gerade aus, als wüßte er, was mit ihm passieren wird!«

Abrams paffte eine Weile vor sich hin. »Alle Wesen sind Brüder, wie?« meinte er.

»Nein, Sir, nicht ganz, aber ...«

»Nicht ganz? Sie wissen es doch besser. Sie sind es nicht! Nicht einmal alle Menschen sind Brüder und waren es auch nie. Sicher, Krieg ist eine Entartung. Aber es gibt noch schlimmere. Sicher, der Frieden ist wundervoll. Aber man kann gar nicht immer Frieden haben, ausgenommen, wenn man tot ist, und ganz entschieden kann es keinen Frieden geben, der nicht auf harten gemeinsamen Interessen basiert, der sich nicht für alle Beteiligten bezahlt macht. Sicher, das Imperium ist krank. Aber es ist alles, was wir haben. Sohn, der Gipfel der Unverantwortlichkeit ist es, seine Liebe und seine Loyalität so weit zu verstreuen, daß man nicht genug übrig behält für die wenigen Wesen und die wenigen Institutionen, die wirklich Anspruch darauf haben.«

Flandry bewegte sich nicht.

»Ich weiß«, meinte Abrams. »Sie wurden durch Ihre Erziehung geschleift. Man erwartete von Ihnen zu lernen, was Zivilisation bedeutet, aber dazu war nicht genug Zeit, man bekommt so wenige vielversprechende Kadetten in diesen Tagen. Und hier sind Sie nun, neunzehn Jahre alt, vollgestopft mit technischen Kenntnissen und dazu verurteilt, jeden philosophischen Fehler, den es in der Geschichte gegeben hat, selbst zu machen. Ich möchte gerne, daß Sie ein paar Bücher lesen, die ich auf Mikro mit herumschleppe. Fast alles antiker Stoff, eine Mischung aus Aristoteles, Machiavelli, Jefferson, Clausewitz, Jouvenel, Michaelis. Aber das hat noch Zeit. Für heute gehen Sie einfach in Ihr Quartier zurück, setzen sich hin und denken über das nach, was ich Ihnen erzählt habe.«

»Hat der Fodaich den Bericht nicht gelesen, den ich eingereicht habe?« fragte Dwyr der Haken.

»Doch, natürlich«, erwiderte Runei. »Aber ich möchte mich näher nach bestimmten Einzelheiten erkundigen. Nachdem du in die terranische Basis gelangt warst, warum hast du nicht auf eine bessere Gelegenheit gewartet, als dein Ziel für einen Einbruch zu gut bewacht war?«

»Die Wahrscheinlichkeit für eine solche Gelegenheit schien nicht groß zu sein, Fodaich. Und die Dämmerung nahte. Jemand hätte mich ansprechen können, und meine Antwort hätte Argwohn hervorrufen können. Ich hatte den Befehl, unnötige Risiken zu vermeiden. Rückblickend erscheint die Entscheidung, sofort zu verschwinden, als richtig, da ich mein Fahrzeug nicht mehr in der Schlucht vorfand, in der ich es abgestellt hatte. Eine terranische Patrouille muß es gefunden haben. So mußte ich zu Fuß unser verstecktes Lager aufsuchen, und daher meine Verzögerung bei der Rückkehr hierher.«

»Was ist mit der anderen Patrouille, die du unterwegs getroffen hast? Wieviel haben sie gesehen?«

»Nur wenig, glaube ich, Fodaich. Es war in dichtem Wald, und sie schossen nur blind durch die Gegend, als ich auf ihren Anruf nicht reagierte. Wie du weißt, haben sie beträchtlichen Schaden an mir angerichtet, und ich hatte Glück, daß ich da schon so nahe an meinem Ziel war, daß ich den Rest der Strecke kriechen konnte, nachdem ich ihnen entkommen war.«

»Kh-r-r«, seufzte Runei. »Nun, es war zumindest den Versuch wert. Aber diese Sache scheint dich auf Starkad überflüssig zu machen, nicht wahr?«

»Ich vertraue darauf, meinen Dienst in Ehren fortsetzen zu können.« Dwyr sammelte Mut. »Fodaich, in Highport habe ich aus der Ferne etwas beobachten können, das vielleicht aufschlußreich ist. Ich sah Abrams im Gespräch mit einem Zivilisten, der mehrere Begleiter hatte, die Straße hinabgehen – ich vermute, das war der Gesandte von Terra.«

»Der so außerordentlich diensteifrig ist«, grinste Runei, »und der von hier aus weiterreisen wird. Hast du irgend etwas von dem mitbekommen, was sie besprachen?«

»Der Geräuschpegel war ziemlich hoch, Fodaich. Mit Hilfe akustischer Verstärkung und Bündelung konnte ich ein paar Wörter wie ›Merseia‹ verstehen. Nach meinem Eindruck kann es sein, daß Abrams den Gesandten begleiten wird. In dem Fall wäre es besser, Abrams unter Spezialüberwachung zu stellen.«

»Ja.« Runei strich sich übers Kinn. »Das wäre eine Möglichkeit. Ich werde darüber nachdenken. Halte dich zu einer schnellen Abreise bereit.«

Dwyr salutierte und ging. Runei saß allein. Das Sirren der Ventilatoren erfüllte sein Lager. Kurz darauf nickte er, zog das Schachbrett hervor und dachte über seinen nächsten Zug nach. Ein Lächeln umspielte seine Lippen.

6

Starkad drehte sich drei weitere Male um seine Achse. Dann erfolgte der Angriff. Flandry war gerade in Ujanka. Der wichtigste Seehafen von Kursoviki lag in der Goldenen Bucht, von den Hügeln umgeben und vom Pechanikifluß durchschnitten. Im Westviertel befand sich das Hauptquartier der Schwesternschaft. Nördlich, oben im Hohen Viertel, lagen die Heime der Wohlhabenden, jedes inmitten eines mehrere Hektar großen gezähmten Dschungels, in dem die Farben von Blumen und Schwingen und giftigen Reptilien im Wettstreit miteinander lagen. Dragoika, die nicht nur Kapitän der ARCHER war, sondern Anteilseigner einer Verwandtschaftsgesellschaft, die über eine ganze Flotte verfügte, und Sprecher der Gesellschaft in der Schwesternschaft, lebte trotz ihrer Position im altehrwürdigen Ostviertel, direkt an der Shiv-Allee.

»Hier haben meine Mütter gelebt, seit die Stadt gegründet wurde«, erzählte sie ihrem Gast. »Hier feierte einst Chupa ihre Feste. Hier floß am ›Tag der Gulch‹ Blut die Treppe hinab. Hier gibt es zu viele Geister, als daß ich sie alle verbannen könnte.« Sie kicherte tief in ihrer Kehle und deutete mit den Händen durch den aus Steinen errichteten Raum, auf Felle, Teppiche, Möbel, Bücher, Waffen, Bronzevasen und Kronleuchter, Glaspokale, Seemuschel-Souvenirs und Plunder von einem Viertel des Planeten. »Und auch zuviel Zeug, um es zu bewegen.«

Flandry starrte aus dem Fenster im dritten Stockwerk. Ein schlecht ausgebesserter Weg wand sich zwischen Wohnhäusern, die auch als Festungen dienen konnten. Zwei Männchen mit Kapuzen über den Köpfen schlichen mit gezogenen Schwertern einher; eine Trommel wurde geschlagen; Schreie, das Stampfen und das Schlagen von Metall auf Metall klangen kurz, aber laut. »Wie steht es mit Räubern?« erkundigte sich Flandry.

Ferok grinste. »Die wissen es jetzt besser.«

Er machte es sich auf einer Couch bequem, deren Form an ein Schiff erinnerte. Dragoika und Iguraz, ein stattliches graues Männchen mit einem Auftrag der Seehandelsburg, taten es ihm nach. In der Dunkelheit des Raumes schienen ihre Augen und die Juwelen zu leuchten. Das Wetter draußen war sehr schön, aber auch kalt. Flandry war froh, daß er sich entschieden hatte, bei seinem Besuch einen dicken Coverall zu tragen. Die Tigerier schätzten die terranischen Ausgehuniformen sowieso nicht.

»Ich verstehe euch nicht«, meinte Dragoika. Sie beugte sich vor und atmete den leicht narkotisierenden Rauch aus einer Kohlenpfanne ein. »Es ist schön, dich wiederzusehen, Dommanik, aber ich *verstehe* dich nicht. Was stört euch an einem Kampf hie und da? Und nachdem du die vaz-Siravo selbst geschlagen hast, kommst du hierher und plapperst darüber, Frieden mit ihnen zu schließen!«

Flandry drehte sich um. Das Brummen des Blasebalgs schien sich in seinem Kopf zu verstärken. »Man hat mich beauftragt, die Idee vorzutragen«, erwiderte er.

»Aber du magst sie selbst nicht?« wunderte sich Iguraz. »Warum in aller Welt kommst du dann damit?«

»Würdet ihr Ungehorsam dulden?« fragte Flandry.

»Nicht auf See«, gab Dragoika zu, »aber auf dem Land sieht es damit anders aus.«

»Nun, um es zu erklären, wir vaz-Terran hier befinden uns in der Lage von Seeleuten.« Flandry versuchte, durch Auf- und Ablaufen seine Nerven zu beruhigen. Seine Stiefel fühlten sich schwer an.

»Warum rottet ihr nicht einfach die vaz-Siravo für uns aus?« wollte Ferok wissen. »Es sollte euch nicht schwerfallen, wenn eure Macht so groß ist, wie ihr behauptet.«

Dragoika überraschte Flandry durch das Senken ihrer Wärmefühler und die Worte: »Sprich nicht so. Würdest du die ganze Welt auf den Kopf stellen?« Und zu dem Menschen gewandt: »Die Schwesternschaft will ihnen nicht besonders übel. Man muß sie auf Distanz halten, wie jedes andere gefährliche Tier. Aber wenn es sie nicht mehr gäbe, dann gäbe es auch keine Gelegenheit zum Kämpfen mehr.«

»Vielleicht sind sie derselben Ansicht«, meinte Flandry. »Da zuerst eure Leute auf das Meer gegangen sind, habt ihr ihnen Sorgen bereitet.«

»Die Meere sind groß. Sie sollten weit von unseren Inseln bleiben.«

»Das können sie nicht. Das Sonnenlicht bringt Leben hervor, und darum brauchen sie die seichten Gewässer, um Nahrung zu finden. Auch ihr fahrt eurerseits weit hinaus, um die großen Tiere zu jagen und Algen zu ernten. Und sie brauchen diese Dinge auch.« Flandry machte eine Pause und versuchte, sich mit der Hand durchs Haar zu fahren, traf aber nur den Helm. »Ich selbst bin nicht gegen den Frieden im Zletovar. Und sei es nur deswegen, um die vaz-Merseianer zu ärgern. Ihr wißt, daß sie angefangen haben, ein Volk gegen das andere zu bewaffnen. Und sie bereiten hier irgend etwas vor. Was sollte es schaden, mit den vaz-Siravo zu reden?«

»Wie sollten wir das machen?« konterte Iguraz. »Jede Toborko, die hinuntergehen würde, würde ohne Zögern abgeschlachtet, außer ihr rüstet sie so aus, daß sie das Schlachten besorgen kann.«

»Sei still«, befahl Dragoika. »Ich habe dich hergebeten, weil du die Berichte darüber hast, welche Schiffe im Hafen liegen, und Ferok, weil er Dommaniiks Freund ist. Aber diese Angelegenheit ist Frauensache.«

Die Tigerier akzeptierten die Zurechtweisung mit Humor. Flandry erklärte: »Die Delegierten wären Leute von uns. Aber wir wollen das Seevolk nicht unnötig aufschrecken, indem wir mit einem unserer eigenen Fahrzeuge kommen, andererseits brauchen wir eine Basis zur Hand. Eine Flotte von euch, die groß genug ist, um jeden Angriff abzuschrecken. Und natürlich müßte die Schwesternschaft allen Bedingungen zustimmen, die wir aushandeln.«

»Das ist nicht so leicht«, entgegnete Dragoika. »Die Janjevar vaz-Radovik reicht weit über kursovikianische Gewässer hinaus. Und das bedeutet, nehme ich an, daß in jeder allgemeinen Regelung auch die Interessen vieler verschiedener Siravogruppen berücksichtigt werden müßten.« Sie rieb ihr dreieckiges Kinn. »Wie dem auch sei . . . ein lokaler Waffenstillstand, wenn nicht sonst . . . hunh, man muß darüber nachdenken . . .«

Und dann kam ein Hornsignal von der Burg.

Gewaltig, ehern, im tiefen Baß heulte es durch die Stadt. Die Hügel warfen das Echo zurück. Vögel erhoben sich von den Bäumen. *Huu-huu! Feuer, Flut oder Feind! Zu den Waffen, zu den Waffen! Huu, huu-huu, huu-huu!*

»Was, zum Teufel?« Ferok war auf den Beinen und hatte sich Schwert und Schild geschnappt, bevor Flandry ihn sich bewegen sehen konnte. Iguraz griff zu seiner gewichtigen Streitaxt. Dragoika kauerte sich auf ihrem Platz zusammen und fletschte die Zähne. Bronze und Kristall erzitterten.

»Angriff?« schrie Flandry zwischen den Hornstößen. »Aber das ist doch gar nicht möglich!«

Er sah das Bild vor sich. Die Mündung der Goldenen Bucht wurde durch verankerte Flöße geschützt. Schwimmer unter Wasser konnten sich ihnen ziemlich dicht nähern, ungesehen von den Wachen, aber niemals daran vorbeikommen. Und selbst wenn das gelänge, wären immer noch mehrere Kilometer bis zu den Docks zurückzulegen, die mit der Seehandelsburg die gesamte Stadt beherrschten. Die Siravo hätten natürlich andersherum über Land kommen können, wenn sie ihre mechanischen Beine zur Hilfe nahmen. Die Stadt hatte keine Mauern. Aber nein, jedes äußere Haus war ein Verteidigungsposten, und Tausende von Tigeriern würden aus der Stadt geschwärmt kommen, um ihnen zu begegnen, und ...

Die Terraner hatten sich Sorgen über Angriffe auf die Archipelkolonien gemacht, aber Ujanka hatte seit Jahrhunderten keinen Kampf mehr erlebt, und das betraf auch solchen gegen andere Tigerier ... *Huu-huu!*

»Wir werden nachsehen.« Dragoikas prächtige Fellhaare waren steil aufgerichtet, ihr Schwanz stand starr nach oben, ihre Ohren zitterten; aber sie sprach wie jemand, der ein Dinner vorschlägt und glitt ohne sichtbare Hast von ihrer Couch. Im Gehen schwang sie sich ein Schwert über den Rücken.

Mit dem Blaster in der Hand folgte Flandry ihr in eine von einer drei Meter hohen verdrehten Steinstatue von den Eisinseln beherrschten Halle. Jenseits eines Bogenganges wand sich eine Treppe in Spiralen aufwärts. Seine Schultern schabten an den Wänden. Schießscharten ließen etwas Licht herein. Ferok marschierte hinter ihm, und Iguraz keuchte am Schluß.

Sie hatten die Treppe halb erklommen, als die Welt *Rrums* machte und die Steine erbebten. Dragoika wurde zurück gegen Flandry geworfen. Er fing sie auf. Sie fühlte sich an wie Stahl und Gummi in einer Umhüllung aus Samt. Das Rumpeln zusammenbrechenden Mauerwerks dröhnte in seinem Helm. Dünne und entfernte Schreie waren zu hören.

»Was ist passiert?« brüllte Iguraz. Ferok fluchte. Selbst in dieser Situation merkte Flandry sich einige seiner Ausdrücke für den späteren Gebrauch. Dragoika gewann wieder ihr Gleichgewicht. »Danke«, murmelte sie und strich über seinen Arm. »Kommt.« Sie lief weiter.

Sie kamen auf dem Turm des Hauses heraus, als es zur zweiten Explosion kam, die weiter weg war als die erste. Trotzdem rollte lauter Donner durch Starkads Luft. Flandry lief zur Brüstung. Er blickte über spitze, rotziegelige Dächer, deren breite Enden zu Blumen und Monsterköpfen ausgeschnitzt waren. Weiter im Norden, jenseits dieser alten grauen Wände, erhob sich, smaragdgrün, Villa an Villa, das Hohe Viertel. Er konnte den Turm der Zusammenkunft sehen, an dem der Weg des Stolzes, der Oberlandweg, die Große Oststraße und Die-Sonne-und-die-Monde zusammentrafen. Rauch bildete dort eine noch höhere Säule.

»Da!« Ferok schrie gellend. Er wies auf das Meer. Dragoika lief zu einem unter einem Schutzdach angebrachten Teleskop.

Flandry kniff die Augen zusammen. Das Licht auf dem Wasser blendete ihn. Er entdeckte die Flöße draußen jenseits der langen Molen. Sie standen in Flammen. Und weiter draußen ... Dragoika nickte grimmig und zog ihn an das Teleskop.

Dort, wo sich die Bucht erweiterte, zwischen den Weißstränden im Westen und dem Sorgenkliff im Osten, lag die Gestalt eines Wales in der Sonne. Seine Haut bestand aus nassem Metall. Mittschiffs erhob sich ein Geschützturm; Flandry konnte gerade erkennen, daß er offenstand und einige Gestalten beherbergte, die Menschen nicht unähnlich waren. Vorn und achtern gab es noch mehr Türme, flach, mit hervorstehenden Rohren. Noch während er beobachtete, spuckte eine dieser Drachenschnauzen Feuer. Einen Augenblick später erhob sich Rauch von den hohen quadratisch angelegten Wällen der Seehandelsburg. Steine purzelten auf die Kais herab. Eines der Schiffe, die im Hafen lagen, wurde unter ihnen begraben, der Mast zerbrach, und der Rumpf begann zu sinken. Lärm tobte von der Küste zu den Hügeln und wieder zurück.

»Teufel! Ein U-Boot!«

Es hatte keine Ähnlichkeit mit dem, das er bekämpft hatte. Dieses war ein merseianisches Fahrzeug, wahrscheinlich nukleargetrieben und ganz sicher mit Merseianern bemannt. Es war nicht sehr groß, etwa zwanzig Meter lang und mußte hier auf Starkad zusammengebaut worden sein. Seine Kanonen hatten zwar ein großes Kaliber, aber verfeuerten chemische Geschosse. Also führte der Feind keine Atomwaffe in den Krieg ein. (Noch nicht. Wenn das einer tat, würde die gesamte Hölle bald zum Picknick ausziehen.) Aber in dieser Suppe von einer Atmosphäre, waren die Schockwellen durchaus in der Lage, eine Stadt, die dagegen keinerlei Schutz hatte, zu zerstören.

»Wir werden verbrennen!« jammerte Ferok.

Auf diesem Planeten schämte sich niemand, wenn er Angst

vor dem Feuer hatte. Flandry versuchte, die Lage abzuschätzen. Teststunden und die Jahre des psychologischen Drills auf der Akademie zahlten sich aus. Er empfand Wut und Furcht, sein Mund war trocken, und das Herz hämmerte, aber die Gefühle beeinträchtigten seine Logik nicht. Ujanka würde nicht so schnell fallen. Im Verlauf der Jahrhunderte hatten Steine und Ziegel fast überall das Holz verdrängt. Aber wenn auf den Schiffen Feuer ausbrach, würde so ziemlich die Hälfte der kursovikianischen Kräfte vergehen. Und allzu viele Granaten waren dafür nicht erforderlich.

Dragoika hatte denselben Gedanken. Sie wandte sich um und blickte über den Pechaniki dorthin, wo sich das Zentrum der Schwesternschaft mit einer grünen Kupferkuppel über dem Westviertel erhob. Ihre Mähne flatterte wild. »Warum haben sie die Glocke nicht geschlagen?«

»Sicherlich wird niemand einer Warnung bedürfen«, schnaufte Iguraz. Und zu Flandry gewandt: »Es ist Gesetz, daß, wenn irgend etwas die Schiffe bedroht, sich deren Mannschaften an Bord zu melden haben und sie hinaus in die Bucht steuern.«

Eine Granate schoß über sie hinweg und detonierte in der Nähe der Humpback-Brücke.

»Aber heute könnten sie es tatsächlich vergessen«, preßte Dragoika zwischen den Zähnen hervor. »Sie könnten in Panik geraten. Diesen Alarmschlägern muß es so gegangen sein, da sie nicht an den Glockenseilen hängen.« Sie setzte sich in Bewegung. »Am besten gehe ich selbst. Ferok, sag auf der ARCHER Bescheid, daß sie nicht auf mich warten sollen.«

Flandry hielt sie wieder an. Sie miaute vor Ärger. »Entschuldige«, bat er. »Aber wir sollten erst versuchen, sie anzurufen.«

»Anzurufen . . . argh, ihr habt ihnen ein Radio gegeben, nicht wahr? Mein Gehirn scheint plattgeschlagen worden zu sein.«

Der Beschuß verstärkte sich. Bislang waren die Treffer überwiegend zufällig. Vermutlich stand die Absicht dahinter, Angst und Feuersbrünste so schnell wie möglich zu verbreiten.

Flandry hob den Armbandcom zum Helmlautsprecher und stellte das Wellenband der Schwestern ein. Seine Hoffnung, daß er jemand am anderen Ende erreichen würde, war nur gering. Er atmete auf, als sich dann doch eine weibliche Stimme meldete, insektenhaft zwischen Pfeifen und Donnern: »Ey ya, gehörst du zu den vaz-Terran? Ich konnte niemanden von euch erreichen.«

Die Verbindungen sind bestimmt alle von dem Gejammer unserer Leute in Ujanka überflutet, dachte Flandry. Er konnte ihre Kuppel in den Hügeln nicht sehen, sich aber die Szene vorstellen. Natürlich waren sie auch von der Marine – aber Ingenieure, Techniker, bislang ausschließlich mit der Wartung von ein paar Gerätschaften und der Ausbildung von Tigeriern beschäftigt. Ihr Stab war auch nicht gerade groß. Andere Regionen, in denen der Krieg heftig tobte, erforderten das meiste von dem, was Terra aufbieten konnte. (Etwa fünftausend Leute kann man nur furchtbar dünn über eine ganze Welt verteilen; und dann noch ein Drittel von ihnen kein technisches Personal, sondern Kampftruppen und Nachrichtendienstabteilungen, andernfalls hätte Runei die ganze Mission leicht verspeisen können.) Wie er besaßen die Leute vom Ujanka-Team Handwaffen und unbewaffnete Gleiter, sonst nichts.

»Warum werden die Glocken im Hauptquartier nicht geschlagen?« verlangte Flandry in einem Ton zu wissen, als ob er das Gesetz schon sein Leben lang gekannt hätte.

»Aber niemand dachte . . .«

»Dann fangt an zu denken!« Dragoika hielt ihre Lippen dicht an Flandrys Handgelenk. Ihr Busen drückte sich an ihn. »Ich sehe nichts davon, daß sich Schiffe zum Auslaufen bereitmachen.«

»Aber wenn dieses Ding da auf sie wartet?«

»Verstreut werden sie sicherer sein, als wenn sie alle im Dock liegen«, erwiderte Dragoika. »Läutet die Glocken!«

»Aye. Aber wann kommen die vaz-Terran?«

»Bald«, meinte Flandry. Er stellte die Teamwelle ein.

»Ich gehe jetzt«, gab Dragoika bekannt.

»Nein, bitte warte noch. Vielleicht brauche ich dich, damit du mir hilfst. *Ich wäre so einsam auf diesem Turm.*« Flandry betätigte den Signalknopf mit einem zitternden Zeigefinger. Seine Mikroeinheit konnte Highport nicht erreichen, solange der lokale Sender nicht funktionierte, aber er konnte die Kuppel erreichen, sofern jemand auf ein Signallicht acht gab, wenn nicht jeder Stromkreis unterbrochen war . . . BRRRUMM! Ein Weibchen sprang die Shiv-Allee hinab. Zwei Männchen folgten ihr schreiend, die Jungen in den Armen tragend.

»Ujanka Station, Leutnant Kaiser.« Granatendetonationen machten die Anglikworte fast unhörbar. Erschütterungen kamen wie Faustschläge durch. Der Turm schien zu schwanken.

»Hier Flandry.« Ihm fiel ein, daß er vergessen hatte, seinen Rang zu erwähnen, und verschärfte seinen Tonfall. »Ich bin hier unten auf der Ostseite. Haben Sie gesehen, was da in der Bucht liegt?«

»Haben wir. Ein U-. . .«

»Ich weiß. Ist Hilfe unterwegs?«

»Nein.«

»Was? Aber das Ding ist merseianisch! Es wird diese Stadt in Trümmer legen, wenn wir nicht zuschlagen.«

»Bürger«, sagte die Stimme rauh. »Ich habe gerade Nachricht vom Hauptquartier erhalten. Die Luftflotte der Grünhäute ist aufgestiegen, in der Stratosphäre direkt über Ihnen. Unsere Flieger haben sich aufgemacht, um Highport zu decken. Sie werden nirgendwo sonst hinfliegen.«

Ich wette, sie schaffen das nicht, dachte Flandry. *Wenn sich ein allgemeiner Krieg entwickelt, wird das Resultat für den Einsatz von Baggern geeignet sein. Ein Merseianer könnte sogar zur Hauptbasis durchbrechen und ein Ei dort hinlegen.*

»Ich habe gehört, daß Admiral Enriques versucht, seinen Kontrahenten zu erreichen und energisch Protest einzulegen«, höhnte Kaiser.

»Denken Sie nicht daran. Was können Sie selbst tun?«

»Nichts können wir tun, Bürger. Das HQ hat uns zwei Transportmaschinen versprochen, die zum Versprühen feuerlöschender Chemikalien ausgerüstet sind. Sie werden niedrig fliegen und ihre Identität über Radio verbreiten. Wenn die Schwanztypen sie nicht trotzdem abschießen, müßten sie in etwa einer halben Stunde hier eintreffen. Und wo sind Sie jetzt? Ich werde einen Gleiter schicken.«

»Ich habe selbst einen«, erwiderte Flandry. »Halten Sie sich für weitere Nachrichten bereit.«

Er schaltete den Sender ab. Von jenseits des Flusses erklang hohes und durchdringendes Glockenläuten.

»Nun?« Dragoikas Rubinaugen hingen an ihm.

Er erzählte es ihr.

Einen Augenblick lang sackten ihre Schultern herab, dann straffte sie sich wieder. »Wir werden nicht so einfach aufgeben. Wenn ein paar Schiffe mit Decksgeschützen zusammenarbeiten . . .«

»Keine Chance«, winkte Flandry ab. »Dieses Fahrzeug ist zu stark gepanzert. Außerdem könnte es euch vom zweifachen eurer eigenen Reichweite aus versenken.«

»Ich werde es trotzdem versuchen.« Dragoika klatschte mit den Händen. Sie lächelte. »Leb wohl. Vielleicht treffen wir uns im Land der Bäume wieder.«

»Nein!« entfuhr es ihm. Er wußte nicht, warum. Es war seine Pflicht, sich selbst zu erhalten, um in Zukunft noch einsatzfähig zu sein. Seine natürliche Neigung stimmte damit überein. Aber er konnte es nicht zulassen, daß eine Bande blasierter Merseianer diese Leute, mit denen er gesegelt war, auf den Grund schickte. Nicht, wenn er helfen konnte!

»Los, komm«, schlug er vor. »Zu meinem Gleiter.«

Ferok versteifte sich. »Ich soll fliehen?«

»Wer hat denn davon gesprochen? Es gibt doch Gewehre in diesem Haus, oder nicht? Sammelt sie ein, und auch ein paar Hilfskräfte.« Flandry kletterte die Stufen hinab.

Er trat mit einem Luftgewehr und seinem Blaster in der Hand auf die Allee. Die drei Tigerier folgten ihm, verschiedene moderne kleine Waffen zwischen sich tragend. Sie liefen in Richtung der Seehandelsburg.

Mengen bewegten sich kreuz und quer durcheinander. Keiner verfügte über den zivilisierten Impuls, bei Artilleriebeschuß in Deckung zu gehen. Aber kaum jemand lief in blinder Panik herum. Jede Panik würde hier am ehesten die Form annehmen, daß ein bewaffneter Mob zum Hafen strömen würde, mit Schwert und Bogen gegen die Pentanitro bewaffnet. Seeleute, denen die Glocken ihre Aufgaben wieder in das Gedächtnis gerufen hatten, schoben sich durch das Durcheinander.

In der Nähe schlug eine Granate ein. Flandry wurde in die

Marktbude eines Kleiderhändlers geschleudert. Mit dröhnenden Ohren und mit bunten Fetzen behängt, kam er wieder auf die Füße. Zwischen den Wänden lagen Körper verstreut. Blut versickerte zwischen den Kopfsteinen. Die Verwundeten heulten gräßlich unter einem Haufen herabgefallener Steine.

Dragoika torkelte auf Flandry zu. Ihr schwarzes und orangefarbenes Fell war rot verschmiert. »Alles in Ordnung mit dir?« schrie er.

»Aye.« Sie trottete weiter. Ferok begleitete sie. Iguraz lag mit zerschmettertem Schädel da, aber Ferok hatte seine Waffen aufgesammelt.

Als sie die Burg erreichten, taumelte Flandry nur noch. Er betrat den Vorhof, setzte sich neben dem Gleiter auf den Boden und schnappte nach Luft. Dragoika rief Männchen von den Brustwehren herab und bewaffnete sie. Nach einer Weile stellte Flandry seine Pumpe neu ein. Ein Ansteigen des Luftdrucks im Helm rief den Protest seiner mißhandelten Trommelfelle hervor, aber der zusätzliche Sauerstoff erhöhte seine Vitalität wieder.

Sie zwängten sich in den Gleiter. Es handelte sich dabei um eine einfache Passagiermaschine mit einem Fassungsvermögen von etwa zwanzig Personen, in der die Sitze den Mittelgang und das Heck in Anspruch nahmen. Flandry setzte sich an die Steuerkonsole und startete die Gravo-Generatoren. Die überfüllte Maschine stieg schwerfällig auf. Er hielt sie niedrig und rasierte fast die Köpfe der Tigerier draußen ab, bis er den Fluß überquert und die Docks hinter sich gelassen hatte und ein Wald ihn von der Bucht abschirmte.

»Du fliegst ja zu den Weißstränden«, protestierte Dragoika.

»Natürlich«, nickte Flandry. »Ich möchte die Sonne im Rücken haben.«

Sie begriff. Zweifellos war sie die einzige, die dies tat. Sie drängten sich zusammen, fingerten an ihren Waffen und murmelten. Er hoffte, daß ihr erster Flug sie nicht demoralisieren würde.

»Wenn wir aufsetzen«, sagte er laut, »springt jeder sofort hinaus. Auf dem Deck werdet ihr offene Luken finden. Versucht die zuerst zu besetzen. Anderenfalls könnte das Boot tauchen und euch dabei ertränken.«

»Ihre Schützen würden dann auch ertrinken«, meinte eine rachsüchtige Stimme hinter ihm.

»Sie haben Reserven.« Flandry verstand, plötzlich und niederschmetternd, wie gefährlich seine Vorgehensweise war. Wenn er nicht schon bei der Annäherung abgeschossen wurde, wenn ihm die Landung gelang, dann hatte er einen Blaster und ein paar Gewehre gegen wie viele merseianische Geschütze? Beinahe wäre er wieder umgekehrt. Aber nein, das konnte er nicht, nicht in Gegenwart dieser Wesen. Feigheit vor dem Feind, das war es, was ihn gepackt hatte.

Am Strand wendete er und betätigte die Notfallübersteuerung mit dem Fuß. Mit immer noch gräßlicher Langsamkeit flog das Fahrzeug kaum über der Wasseroberfläche dahin. Ein Windstoß schleuderte Sprühwasser gegen den Windschild. Unten lag das U-Boot, grau, undeutlich, schrecklich.

»Da!« kreischte Dragoika.

Sie deutete nach Süden. Rückenflossen wühlten das Meer auf. Fischgezogene Katapultboote kamen an die Oberfläche, so weit das Auge blicken konnte. *Natürlich,* sickerte es durch die Keller von Flandrys Bewußtsein. Das muß überwiegend eine Operation der Seetrolle sein, einmal, um die Mittel der Merseianer zu schonen, zum anderen, um den Schein zu wahren. Dieses U-Boot diente nur der Unterstützung . . . oder nicht? Nur Berater – nun gut, diesmal Freiwillige . . . an den Geschützen . . . nicht wahr? Aber wenn sie erst einmal Ujankas Verteidigung geschwächt hatten, würden die Seetrolle den Rest besorgen.

Ich pfeife darauf, was mit Charlie passiert.

Ein Energieblitz zerrte am dünnen Rumpf. Niemand wurde verletzt. Aber man hatte ihn gesehen.

Er unterflog die Kanone und befand sich über dem Deck.

Mit einer Vollbremsung kam die Maschine zum Stillstand, ein heftiger Stoß zeigte an, daß sie aufgesetzt hatte. Dragoika riß die Tür auf und führte laut schreiend den Ausfall an.

Flandry hielt den Gleiter im Gleichgewicht. Dies waren die schlimmsten Sekunden, die unwirklichen, in denen der Tod, der vielleicht nicht eintrat, an ihm nagte. Ungefähr zehn Merseianer mit Lufthelmen und schwarzen Uniformen befanden sich an Deck: drei an jedem Geschütz, drei oder vier im offenen

Kommandoturm. Im Augenblick war dieser Schild zwischen Flandry und der Crew achtern. Die übrigen trugen Blaster und Maschinenpistolen. Blitze zuckten durch die Luft.

Dragoika erreichte das Deck, rollte sich ab und schoß aus der Hüfte. Ihre Maschinenpistole spie Blei, Flammen strichen über sie hinweg. Dann war Ferok draußen und schoß mit seiner eigenen Waffe. Und mehr kamen, immer mehr.

Hinter der Deckung des Schanzkleides eröffneten die Offiziere auf dem Turm das Feuer. Und unter ihnen stürmte nun die Achtercrew hervor. Blitze und Schläge durchfuhren den Gleiter. Flandry zog seine Knie hoch, verkroch sich hinter dem Pilotenpult und betete fast.

Der letzte Tigerier war draußen. Flandry zog den Gleiter hoch. Das Glück war ihm treu geblieben; die Maschine war beschädigt, aber noch funktionstüchtig. (Am Rande nahm er eine Verbrennung an seinem Arm wahr.) In einem schwankenden Bogen überquerte er den Turm, drehte seitlich ab, und feuerte mit der Hand durch die offene Tür, während er sich mit der anderen festhielt. Die Schüsse der Merseianer verfehlten ihn. Wie unangebracht es auch sein mochte, er stand unter einem gewissen Schutz. Er fegte über die Merseianer hinweg.

Eine Explosion ließ seine Zähne aufeinanderschlagen. Mit totem Motor stürzte der Gleiter drei Meter tief auf den Kommandoturm. Nach einer Minute kam Flandry wieder zu Bewußtsein. Auf Händen und Füßen kroch er über den verzogenen, umgekippten Rumpf seiner Maschine, blickte kurz hinaus und ließ sich auf das Brückendeck fallen. Ein noch rauchender Körper lag ihm im Weg. Er schob ihn zur Seite und blickte über das Schanzkleid. Das Dutzend Tigerier, das noch kämpfte, hatte sich in den Besitz der Vorderkanone gebracht und blockierte den zweiten Gang unterhalb von Flandry. Aber Verstärkungen kamen aus der Achterluke.

Flandry stellte seinen Blaster auf weite Streuung und schoß dann.

Wieder. Und wieder. Die Mannschaft konnte nicht groß sein. Wie viele hatte er erledigt? . . . nicht die Turmluke vergessen, die zu seinem Platz führte! Nein, der Gleiter blockierte den Zugang . . .

Stille brach über ihn herein. Sie wurde nur vom Wind und dem Geräusch des Wassers unterbrochen und dem stetigen Schluchzen eines Merseianers, der ein Stück weiter weg lag, verbrannt, verblutend. Satan von Saturn, sie hatten es geschafft. Sie hatten es wirklich geschafft. Flandry starrte auf seine freie Hand und dachte auf eine seltsame Art, was für eine wundervolle Maschine sie doch war; er konnte die Finger beugen.

Es war nicht viel Zeit zu verlieren. Er stand auf. Eine Kugel pfiff an ihm vorbei. »Aufhören, du Hohlkopf! Ich bin es! Dragoika, lebst du noch?«

»Ja.« Sie trat triumphierend hinter der Kanone hervor. »Was nun?«

»Einige von euch gehen nach achtern. Erschießt jeden, der sich zeigt.«

Dragoika zog ihr Schwert. »Wir werden zu ihnen runtergehen.«

»Du wirst so etwas Idiotisches nicht tun«, tobte Flandry. »Du wirst Mühe genug haben, sie da unten festzuhalten.«

»Und du . . . jetzt«, schnaufte sie ekstatisch, »kannst du diese Kanonen nun auf die vaz-Siravo richten?«

»Das kommt auch nicht in Frage«, erwiderte Flandry. Gott, war er müde! »Erstens kann ich so ein schweres Ding nicht allein betätigen, ihr könnt mir dabei nicht helfen. Und zweitens kann es uns nicht recht sein, wenn irgendein heroischer Bastard da unten auf die Idee kommt, er diene seiner Sache damit am besten, indem er uns alle eintunkt.«

Er schaltete den Kommunikator ein. Er wollte dem Marineteam Bescheid sagen, ihn und seine Leute abzuholen. Wenn sie zuviel Angst vor gewalttätiger Politik hatten, um dieses Boot mit Lähmgas auszuräuchern und es als Prise zu nehmen, würde er selbst es versenken. Aber zweifellos würde man die Situation akzeptieren. Erfolge bringen einen nicht vor das Kriegsgericht, und Politik ist die Entschuldigung, deren man sich so weit es geht bedient, wenn man über Verstand verfügt. Auch die Schwesternschaft mußte angerufen werden. Sie mußte den Gefechtsbefehl läuten. Einmal organisiert, würden die kursovikianischen Schiffe die Armada der Seetrolle vertreiben, wenn diese nicht schon aufgab, nachdem ihre starke Unterstützung erledigt worden war.

Und dann... dann... Flandry wußte nicht mehr, was. Wenn er wählen durfte, eine Woche im Bett, danach ein Orden und ein Auftrag, auf Terra Propagandabänder mit ihm anzufertigen. Aber so würde es wohl kaum kommen. Merseia hatte den Krieg eine Stufe höhergetrieben. Terra mußte antworten oder aufgeben. Er blickte auf Dragoika hinab, wie sie ihre Gefolgsleute zur Wache einteilte. Sie sah ihn auch und grinste blitzend. Er entschied, daß er nach alldem nicht wünschte, jetzt aufzugeben.

7

Runei der Wanderer beugte sich vor, bis man den Eindruck haben mußte, daß die schwarz gekleideten Schultern und das finstere grüne Gesicht den Amtsraum der Suite ausfüllten. »Mylord«, sagte er, »Ihr kennt die rechtliche Position meiner Regierung. Das Seevolk ist der rechtmäßige Souverän über die starkadianischen Meere. Äußerstenfalls könnte man den Schiffen des Landvolkes ein begrenztes Transitrecht einräumen – vorausgesetzt, das Seevolk stimmt zu. Genauso dürfen auch Außenweltfahrzeuge nur mit Zustimmung der Seeleute über den Meeren fliegen. Ihr beschuldigt uns der Eskalation? Offen gesagt bin ich der Meinung, bemerkenswerte Geduld geübt zu haben, als ich den Angriff Eurer Leute auf ein merseianisches U-Boot nicht mit dem Einsatz meiner Luftflotte beantwortet habe.«

Hauksberg brachte ein Lächeln zustande. »Wenn ich in meiner Erwiderung auch frei sprechen darf, Kommandant, könnte nicht die Tatsache, daß auch die terranische Luftflotte zum Einsatz hätte kommen können, Ihnen die Hände gebunden haben. Hm?«

Runei zuckte die Achseln. »Wer hätte in dem Fall denn eskaliert?«

»Beim Einsatz einer rein merseianischen Einheit gegen eine, ah, toborkische Stadt, haben Sie Ihren Planeten direkt in den Krieg einbezogen.«

»Ein Gegenschlag, Mylord, und nicht von Merseia; vielmehr durch die Sixpoint vom Zletovar, die auch fremde Freiwillige eingesetzt haben, die vorübergehend von ihren Pflichten entbunden waren und ihre reguläre Einheit einsetzen durften. Es war doch Terra, das schon lange die Doktrin verkündet, daß ein begrenzter Gegenschlag nicht automatisch den Kriegsfall bedeutet.«

Hauksberg sah ihn finster an. Als Vertreter des Imperiums konnte er seine vollständige Ablehnung dieses Prinzips nicht zum Ausdruck bringen. »Das geht weit in unsere Geschichte zurück, bis in die Epoche der internationalen Kriege. Wir verwenden diese Doktrin heute, damit unsere Leute in entfernten Gebieten des Weltraums eine gewisse Handlungsfreiheit haben, wenn sich Schwierigkeiten ergeben, ohne dann gleich Kuriere nach Hause zu schicken, die Befehle einholen. Unglücklicherweise. Vielleicht könnte man die Doktrin abschaffen, zumindest zwischen Ihrer Regierung und meiner. Aber, wie Sie wissen, fordern wir Garantien als Gegenleistung.«

»Ihr seid der Diplomat, nicht ich«, entgegnete Runei. »Für heute fordere ich nur alle Gefangenen zurück, die Ihr haltet.«

»Ich wüßte nicht, daß es Überlebende gegeben hat«, sagte Hauksberg. Er wußte sehr gut, daß es einige gegeben hatte und daß Abrams sie nicht freilassen würde, solange sie nicht ausdauernd befragt und wahrscheinlich auch dem Hypnoverhör unterzogen worden waren; er hatte auch den Verdacht, daß Runei wußte, was er wußte. Außerordentlich peinlich. »Ich werde mich erkundigen, wenn Sie wollen, und darauf drängen, daß . . .«

»Danke«, meinte Runei trocken. Und nach einer Minute: »Ich will mich zwar nicht nach militärischen Geheimnissen erkundigen, aber welches wird der nächste Zug Eurer, khraich, Verbündeten sein?«

»Es sind keine Verbündeten. Das Terranische Imperium befindet sich nicht im Kriegszustand.«

»Erspart mir das«, schnaubte Runei. »Ich warne Euch, wie ich schon Admiral Enriques gewarnt habe, daß Merseia nicht untätig bleiben wird, wenn die Aggressoren versuchen sollten, das zu zerstören, was die Seeleute mit unserer Hilfe für die Verbesserung ihrer Lage geschaffen haben.«

Eine Eröffnung! »Tatsache ist«, meinte Hauksberg so beiläufig, wie er nur konnte, »daß wir seit dem Zurückschlagen des Angriffs auf Ujanka versuchen, die Kursovikianer zurückzuhalten. Sie verlangen heftig nach Vergeltung, aber wir haben sie dazu überredet, es mit Verhandlungen zu versuchen.«

Ein Muskel an Runeis Kiefer zuckte, die ebenholzschwarzen Augen weiteten sich, und eine halbe Minute lang saß er regungslos da. »Tatsächlich?« fragte er mit matter Stimme.

»Tatsächlich.« Hauksberg verfolgte die Initiative weiter, die er so gewonnen hatte. »In Kürze wird eine Flotte auslaufen. Wir hätten das Ihnen gegenüber nicht geheimhalten können, und auch nicht, daß wir mit den Siravoanern in Kontakt treten. Hiermit unterrichte ich Sie offiziell, und dabei kann ich Ihnen auch gleich mitteilen, daß die Flotte nicht kämpfen wird, es sei denn zur Selbstverteidigung. Ich vertraue darauf, daß keiner von diesen merseianischen Freiwilligen bei irgendeiner Gewalthandlung teilnehmen wird. Geschähe das, würden selbstverständlich terranische Streitkräfte intervenieren. Aber wir hoffen, daß es uns gelingen wird, Gesandte in die Tiefen des Meeres zu schicken, um über einen Waffenstillstand mit dem Ziel dauerhaften Friedens zu verhandeln.«

»So.« Runeis Finger trommelten auf seinem Schreibtisch.

»Wir verfügen nur über begrenzte xenologische Informationen«, fuhr Hauksberg fort. »Natürlich werden wir nicht sofort auf kindliches Vertrauen stoßen. Es wäre außerordentlich hilfreich, wenn Sie die, ah, Sixpoint drängen könnten, unsere Delegation zu empfangen und ihr zuzuhören.«

»Eine gemeinsame Kommission aus Terranern und Merseianern . . .«

»Jetzt noch nicht, Kommandant. Bitte, jetzt noch nicht. Diese Verhandlungen sollen nicht mehr tun als informieren.«

»Was Ihr sagen wollt«, meinte Runei, »ist, daß Admiral Enriques für jede Art von Maßnahmen, an denen Merseianer beteiligt sind, keine Männer zur Verfügung stellen wird.«

Richtig.

»Nein, nein. Es handelt sich nicht um so eine Unfreundlichkeit. Wir wollen nur Komplikationen vermeiden. Es gibt doch keinen Grund, warum die Seeleute Sie nicht auf dem laufenden halten sollten, oder? Aber wir müssen herausfinden, woran wir mit ihnen sind. Tatsächlich ist es erforderlich, daß wir sie wesentlich besser kennenlernen, bevor wir sinnvolle Vorschläge machen können; bedauerlicherweise lehnen Sie es ab, Ihre Daten mit uns zu teilen.«

»Ich habe meine Befehle«, stellte Runei fest.

»Richtig. Auf beiden Seiten wird die Politik modifiziert werden müssen, bevor wir in eine Kooperation treten könnten, die der Erwähnung wert ist, ganz zu schweigen von gemeinsamen Kommissionen. Wegen dieser Fragen werde ich nach Merseia weiterreisen.«

»Diese Hufe werden langsamer stampfen.«

»Wie? Oh. O ja. Wir würden von Rädern sprechen. Wir stimmen sicher darin überein, daß Eure Regierung mit dem besten Willen des Universums diesen Konflikt über Nacht beilegen kann. Aber wir können einen Anfang machen, Ihr und wir. Wir werden die Kursovikianer zurückhalten, Sie die Sixpoints. Bis auf weitere Nachrichten sind sämtliche militärischen Unternehmungen im Zletovar abzusetzen. Sie haben diesen Ermessensspielraum, da bin ich sicher.«

»Ich habe ihn«, bestätigte Runei. »Ihr habt ihn auch. Aber die Eingeborenen werden vielleicht nicht zustimmen. Wenn sie sich dazu entscheiden, eine Operation durchzuführen, welche Seite es auch sei, bin ich dazu verpflichtet, das Seevolk zu unterstützen.«

Oder wenn du sie in Marsch setzt, dachte Hauksberg. *Du kannst es. Und in dem Fall wird Enriques keine andere Möglichkeit haben, als zu kämpfen. Aber egal, ich nehme an, daß du ehrlich bist, daß du diese Affäre auch überwunden sehen möchtest, bevor die Dinge allen Händen entgleiten. Ich muß davon ausgehen. Sonst könnte ich gleich wieder nach Hause fliegen und Terra bei den Vorbereitungen für einen interstellaren Krieg helfen.*

»Sie werden die offiziellen Memoranden erhalten«, sagte er.

»Dies sind Sondierungsgespräche. Aber auch ich persönlich werde ein Auge darauf haben, was aus unserem Versuch einer Gesprächsrunde wird. Sie können mich jederzeit anrufen.«

»Ich danke Euch. Guten Tag, Mylord.«

»Guten Tag, Kom... Fodaich.« Obwohl sie Anglik gesprochen hatten, war Hauksberg ziemlich stolz auf sein Eriau.

Der Bildschirm wurde dunkel. Er zündete sich eine Zigarette an. Nun sitzt du da und wartest, mein Junge. Du wirst weiterhin Berichte entgegennehmen, Interviews durchführen, Inspektionsreisen unternehmen, aber wir befinden uns jenseits des Punktes nachlassender Erwiderungen, unter all diesen eisenfressenden Militaristen, die dich für einen zudringlichen Esel halten. Du wirst manche leere Stunde erleben. Es gibt hier nicht viel, wo man sich amüsieren könnte. Gut, daß du so vorausschauend warst, Persis mitzunehmen.

Er stand auf und begab sich vom Büro in das Wohnzimmer. Dort saß sie und sah sich einen Film an. Wieder Undine... armes Kind, die örtliche Bänderbibliothek bot keine große Auswahl an. Er setzte sich auf die Armlehne ihres Sessels und legte eine Hand auf ihre Schulter, die sich nackt aus einer tiefgeschnittenen Bluse erhob. Die Haut fühlte sich warm und weich an, und er nahm einen Hauch von Veilchenduft wahr.

»Bist du den Film noch nicht leid?« wollte er wissen.

»Nein.« Sie wendete den Blick nicht ab. Sie hatte eine dunkle Stimme, und ihr Mund war etwas unruhig. »Ich wünschte mir allerdings, ich wäre es.«

»Warum?«

»Er macht mir Angst. Er erinnert mich daran, wie weit wir von zu Hause weg sind, an die Fremdartigkeit, die... Und wir gehen noch weiter weg.«

Die halbmenschliche Seejungfrau schwamm durch Meere, die es nie gegeben hatte.

»Merseia wird vielleicht etwas mehr wie zu Hause sein«, meinte Hauksberg. »Als Menschen sie entdeckten, waren sie bereits industrialisiert. Den Gedanken an eine Raumfahrt haben sie schnell begriffen.«

»Macht sie das uns irgendwie ähnlich? Macht es uns zu dem, was wir sind?« Sie verschränkte ihre Finger. »Die Leute sprechen so beiläufig von ›Hyperantrieb‹ und ›Lichtjahr‹, ohne zu verstehen, wovon sie reden. Sie können oder wollen nicht verstehen. Sie sind zu oberflächlich.«

»Erzähl mir bloß nicht, du hättest diese Theorie begriffen«, neckte er sie.

»O nein. Ich bin dazu nicht klug genug. Aber ich habe es versucht. Eine Serie von Quantensprüngen, die die kleinen dazwischenliegenden Räume nicht durchqueren, addieren sich aus diesem Grund zu einer echten Geschwindigkeit und sind nicht der Lichtgeschwindigkeitsgrenze unterworfen . . . hört sich nett und wissenschaftlich an, nicht wahr? Und weißt du, wie ich finde, daß es sich anhört? Geister, die auf ewig durch die Finsternis ziehen. Hast du dir jemals überlegt, was ein Lichtjahr ist, ein einziges lumpiges Lichtjahr, wie riesig es ist?«

»Na.« Er streichelte ihr Haar. »Du wirst ja Gesellschaft haben.«

»Deinen Stab. Deine Diener. Kleine Männer mit kleinen Geistern. Routiniers, Ja-Sager, Karrieristen, die ihre Zukunft durch festgelegte Gleise bestimmen lassen. Sie sind nichts, was ins Gewicht fällt, zwischen mir und der Nacht. Und sie machen mich krank.«

»Du hast mich«, meinte er.

Sie lächelte ein wenig. »Anwesende ausgenommen. Aber du bist so oft beschäftigt.«

»Wir werden auch zwei oder drei Jungs von der Marine dabeihaben. Vielleicht interessieren sie dich. Sie sind anders als Höflinge und Bürokraten.«

Sie strahlte. »Wer?«

»Nun, Commander Abrams und ich haben darüber gesprochen, und da es naheliegend war, habe ich vorgeschlagen, daß er als unser Experte für das Wasservolk mitkommt. Wir könnten so einen gebrauchen. Zwar würde in der Beziehung dieser Ridenour besser passen, er ist auf dem Gebiet die wirkliche Autorität, insoweit Terra überhaupt eine hat. Aber geradewegs können wir hier auf ihn nicht verzichten.«

Hauksberg zog an seiner Zigarette. »Es liegen ganz offensichtliche Gefahren darin. Auch Abrams möchte seinen Posten lieber nicht verlassen, wenn er nicht der Meinung wäre, daß er auf Merseia die Chance hätte, mehr Informationen zu sammeln, als ihm das auf Starkad möglich ist. Das könnte unsere Mission kompromittieren. Ich weiß immer noch nicht wie, aber er hat mich klug dahin manövriert, daß ich mit ihm kooperieren werde.«

»Dieser alte Bär hat dich manipuliert?« Persis kicherte.

»Ein schlauer Bär. Und erbarmungslos, fast fanatisch. Aber er kann nützlich sein, und ich werde ein Auge auf ihn halten. Natürlich wird er einen oder zwei Mitarbeiter bei sich haben. Stattliche junge Offiziere, hm?«

»Du bist stattlich und jung genug für mich, Mark.« Persis rieb ihren Kopf an ihm.

Hauksberg drückte seine Zigarette aus. »Und ich bin auch nicht so schrecklich beschäftigt.«

Es war ein rauher und stürmischer Tag, mit weißen Kappen auf den Wellen einer bleiernen See. Wind pfiff in der Takelage, Spantenwerk knarrte, die *Archer* schaukelte. Achtern lag die Begleitflotte, die beigedreht hatte. Banner flatterten an Mastspitzen. Ein Deck war von einem terrakonditionierten Seehundzelt bedeckt. Aber Dragoikas Fahrzeug trug nur einen Tank und eine Handvoll Menschen. Sie und ihre Mannschaft sahen unentwegt zu, als Ridenour, der zivile Leiter der xenologischen Forschungen, sich daranmachte, den Siravo freizulassen.

Ridenour war ein großer Mann mit sandfarbenem Haar. Das Gesicht unter dem Helm war angespannt. Seine Finger glitten über die Konsole eines an dem Tang angebrachten Vokalisators. Geräusche ertönten, die sonst nur von der Stimmblase eines Meeresbewohners hätten erzeugt werden können.

Der lange Körper in dem Tank regte sich. Die so merkwürdig menschlichen Lippen bewegten sich. Eine Antwort war zu hören. John Ridenour nickte. »Sehr gut. Laßt ihn frei.«

Flandry half dabei, den Deckel abzuheben. Der Gefangene bog seinen Schwanz. Mit einem einzigen schwindelerregenden Sprung war er draußen und überflog die Flanke des Schiffes. Wasser spritzte über das Deck.

Ridenour trat an die Reling und starrte hinab. »Mach's gut, Evenfall«, sagte er.

»Ist das sein richtiger Name?« erkundigte sich Flandry.

»Das ist grob der Sinn seines Namens«, antwortete der Xenologe. Er straffte sich. »Wahrscheinlich wird sich einige Stunden lang nichts zeigen. Aber bereitet Euch auf 1500 vor. Ich muß noch einmal meine Notizen durchsehen.«

Er ging zu seiner Kabine, gefolgt von Flandrys Blick. *Wieviel weiß er?* fragte sich der Fähnrich. *Mehr, als möglicherweise Charlie oder frühere Berichte ihm mitteilen konnten, das ist sicher. Irgendwie hat Abrams es arrangiert . . . O Gott, die Granaten, die in Ujanka explodierten!*

Er ließ von diesem Gedanken ab und seinen Blick über das Team wandern, das tauchen sollte. Da waren zwei xenologische Assistenten; ein Ingenieursfähnrich und vier stämmige Matrosen mit etwas Taucherfahrung. Sie muteten ihm fast fremdartiger an als die Tigerier.

Der Ruhm, das Schlachtglück in der Goldenen Bucht gewendet zu haben, war von diesem beißenden Wind fortgeblasen worden. Und dies war die berauschende Konsequenz von alldem: daß er, Dominic Flandry, nicht länger ein Jüngling mit feuchten Ohren war, sondern so geschätzt wurde, wie er es verdiente; ihm eine rühmliche Erwähnung versprochen worden war, als der Held von ganz Kursoviki, der einzige Mann, der das Landvolk hatte überreden können, Friedensverhandlungen zuzustimmen. Wozu das in weniger romantischer Beziehung geführt hatte, war, daß er mit den terranischen Gesandten gehen mußte, so daß ihre Mission die volle Zustimmung der Tigerier hatte. Und Ridenour hatte ihm schroff erklärt, daß er sich heraushalten solle.

Jan van Zuyl hatte mehr Glück.

Aber egal . . . Flandry stellte so viel Lässigkeit zur Schau, wie er vermochte, und ging zu Dragoika. Sie sah ihn ernst an. »Ich mag es nicht, daß du mit runtergehst«, stellte sie fest.

»Unfug«, entgegnete er. »Es wird ein wundervolles Abenteuer. Ich kann es schon gar nicht mehr erwarten.«

»Dort unten, wo die Knochen unserer Mütter liegen, die sie ertränkten«, sagte sie. »Dort unten, wo es keine Sonne gibt, keine Monde, keine Sterne, nur Schwärze und kalte, gleitende Strömungen, auch Feinde und Schrecknisse. Der Kampf war besser.«

»Ich werde bald wieder zurück sein«, erwiderte er. »Dies erste Mal geht es nur darum, ob sie es uns erlauben, auf dem Meeresgrund eine Kuppel zu errichten. Wenn es die erst einmal gibt, kann eure Flotte zurück nach Hause fahren.«

»Wie lange wirst du selbst in der Kuppel sein?«

»Das weiß ich noch nicht. Ich hoffe, daß es nur ein paar Tage sein werden. Wenn die Angelegenheit vielversprechend verläuft, dann werde ich ...« gab Flandry an, »... nicht so sehr gebraucht werden. Sie werden mich an Land mehr benötigen.«

»Dann werde ich fort sein«, sagte Dragoika. »Die *Archer* hat immer noch eine nicht ausgelieferte Fracht, und die Schwesternschaft möchte Vorteile aus dem Waffenstillstand ziehen, solange er dauert.«

»Aber du wirst doch zurückkehren, nicht wahr? Laß es mich dann wissen, und ich werde schnellstens nach Ujanka kommen.« Er tätschelte ihre Hand.

Sie griff nach der seinen. »Eines Tages wirst du für immer fortgehen.«

»Mm ... dies ist nicht meine Welt.«

»Ich möchte deine gern kennenlernen«, sagte sie wehmütig. »Die Geschichten, die wir von ihr hören, die Bilder, die wir sehen; sie muß ein Traum sein. Wie die verlorenen Inseln. Vielleicht ist sie es in Wahrheit?«

»Ich fürchte, nicht.« Flandry fragte sich, warum sich das Garten-Eden-Motiv in allen Landkulturen von Starkad wiederfand. Das wäre sicher interessant zu erfahren. Gäbe es nicht diesen verdammten Krieg, könnten Menschen hierherkommen und diesen Planeten wirklich erforschen. Er dachte, daß es ihm gefallen könnte, dabei mitzumachen.

Aber das war illusorisch. Im ganzen Imperium stand die reine Forschung, aus Liebe zum Wissen, nicht mehr in großem Ansehen. Das nach außen gerichtete Denken war den Menschen abhanden gekommen. War das deswegen so, weil die Zeit der Sorgen die Zivilisation brutalisiert hatte? Oder weil der Mensch eingesehen hatte, daß er die Milchstraße nicht besitzen konnte, und es kaum schaffte, das bißchen, das er besaß, zu konsolidieren, daß er das Interesse an allem verloren hatte, was jenseits von hier lag? Ohne Zweifel war es möglich, den früheren Eifer wiederzugewinnen, aber dazu müßte das Imperium vielleicht erst untergehen. Und er hatte geschworen, es zu verteidigen. *Es wäre besser, wenn ich mehr in Abrams' Büchern lesen würde. Bislang haben sie mich in erster Linie verwirrt.*

»Du beschäftigst dich mit tiefgehenden Gedanken«, meinte Dragoika.

Er versuchte ein Lachen. »Ganz im Gegenteil. Ich denke an Essen, an Spaß und an Weibchen.«

»Ja, Weibchen.« Sie stand eine Weile still da, bevor auch sie lachte. »Ich kann trotzdem versuchen, für etwas Abwechslung zu sorgen. Was hältst du von einem Yavolak-Spiel?«

»Bislang habe ich diese verfluchten Regeln noch nicht ganz gemeistert«, erwiderte Flandry. »Aber wenn wir ein paar Spieler zusammenbekommen könnten, ich habe ein paar Karten bei mir und es gibt ein terranisches Spiel, das Poker genannt wird.«

... Ein blauer, glänzender Kopf erhob sich aus den Wellen. Flandry konnte nicht sagen, ob es der von Evenfall oder einem anderen war. Die Flossen schlugen dreimal auf das Wasser. »Unser Signal«, meinte Ridenour. »Los geht's.«

Er sprach über Radio. Das Team steckte in Rüstungen, von denen man annahm, daß sie den Druckverhältnissen bis einen Kilometer Tiefe standhalten würden. *Hätte doch lieber nicht an das Annehmen denken sollen,* bedauerte Flandry. Er trampelte über das Deck und wurde, als er an der Reihe war, seitlich ins Wasser gelassen. Er konnte noch einen kurzen Blick auf Dragoika werfen, die ihm zuwinkte. Dann war nur noch der Schiffsrumpf vor seiner Gesichtsplatte, dann das grüne Wasser. Er machte sich los, stellte seinen Kommunikator auf Schallwellen ein und warf den Motor auf seinem Rücken an. Blasen hinter sich herziehend, schloß er sich den anderen an. Für jemanden, der in Raumanzügen trainiert worden war, war es leicht, sich unter Wasser zurechtzufinden ... Verdammt! Er hatte vergessen, daß die Reibung ihn bremsen würde.

»Folgen Sie mir in geschlossener Formation«, hörte er Ridenours Stimme in seinen Ohrstöpseln. »Und seien Sie um Himmels willen nicht schießwütig.«

Das Wesen, das kein Fisch war, schwamm ihnen voraus. Es wurde dunkler. Aber selbst als sie den Grund erreichten, benötigten sie noch keine Scheinwerfer, denn das Meer war flach. Über ihm war ein Kreis matten Leuchtens, wie in einem zugefrorenen Hafen. Unter sich erblickte er einen Wald. Lange Wedel kräuselten sich in Grün, Braun, und Gelb aufwärts. Massive Stämme hatten Maschen aus dünnen Fäden an ihren Zweigen. Schalentiere, oft in dichten Schwärmen, umhüllt von dünnen Gehäusen, hielten sich an zartfarbenen Koralloiden fest. Ein Schwarm Krebstiere rasselte – kein anderes Wort würde dafür passen – über eine Unkrautwiese. Etwas wie ein Aal wand sich über ihnen. Mit zierlichen Flossen ausgestattete Tiere mit Regenbogenstreifen flitzten zwischen den Meeresbäumen umher. *Mann, war das schön hier.*

Der Charlie ... vielmehr Evenfall, hatte die Flotte an einen Punkt inmitten des Ozeans geführt, wo sonst nur selten Schiffe vorbeikamen. Wie er sich orientierte, war unerklärlich. Aber Shellgleam lag in der Nähe.

Flandry hatte erfahren, daß die vaz-Siravo von Zletovar in und zwischen sechs Städten lebten, die mehr oder weniger regelmäßig in einem Kreis angeordnet waren. Tidehome und Reefcastle lagen an den Enden der Kette. Die Kursovikianer kannten diese beiden Städte schon lange; manchmal hatten sie sie angegriffen, indem sie Steine abwarfen, manchmal waren die Städte aber auch der Ausgangspunkt für Überfälle auf tigerische Schiffe. Aber Shellgleam, Vault, Crystal und Outlier am Rand dieses gewaltigen Abfalles im Meeresboden, der ›die Tiefe‹ genannt wurde, waren bis dahin noch nicht entdeckt worden. Wenn man bedachte, wie die Linien des Verkehrs zwischen den Städten liegen mußten, so entschied Flandry, daß man die Sixpoint genausogut die Davidssterne nennen konnte. Aber von einer so fremdartigen Sprache konnte man sowieso keine guten Übersetzungen machen.

Ein Trommelklang dröhnte durch das Wasser. Hundert oder noch mehr Schwimmer kamen in Sichtweite, und sie schwammen in Formation. Sie trugen Schädelhelme und schuppige Lederharnische und waren mit Obsidianspitzenspeeren, Äxten und Dolchen bewaffnet. Evenfall sprach mit dem Anführer. Sie umringten die Delegation, und es ging weiter.

Sie überquerten nun das, was Flandry als landwirtschaftliches Gebiet zu erkennen glaubte. Er erblickte kultivierte Felder, Fische in Weidenkörben, zylindrisch gewebte Häuser, die durch Felsbrocken verankert waren. Ein Wagen glitt in der Ferne vorbei, eine mit Haut bekleidete Torpedofigur mit Stabilisierungsflossen, gezogen von einem elefantengroßen Fisch, den ein Siravo führte. Wahrscheinlich kam er aus irgendeiner Höhle oder Tiefe, denn er trug eine Laterne, die ganz offensichtlich mit Hilfe von Mikroorganismen leuchtete. Als sie sich der Stadt näherten, erspähte Flandry eine Mühle. Sie befand sich auf einem Hügel, eine Stange verlief vertikal zum außen angebrachten Drehrad. Er schaltete sein Laserlicht ein und benutzte die Linsen in seiner Gesichtsplatte als Teleskope, woraufhin er eine Sphäre am anderen Ende der Stange auf der Oberfläche schwimmend sah. Aha, ein Gezeitenmotor.

Shellgleam kam in Sicht. Die Stadt sah zerbrechlich und unwirklich aus. Was für eine Bühne für dieses Ballett! In dieser wetterlosen Welt hatten Wände und Dächer nur die Aufgabe, den Privatbereich abzuschirmen. Sie bestanden aus bunten Geweben, nur lose geflochten, so daß sie sich in den Strömungen bewegen konnten, an Punkten befestigt, die bei diesen Bewegungen die phantastischsten Formen hervorriefen. Die höheren Ebenen waren noch breiter angelegt als die niedrigeren. An den Ecken leuchteten ständig Laternen gegen die sich nähernde Nacht. Da es nicht viel Transport über den Boden gab, existierten auch keine Straßen. Aber sei es nun zur Kontrolle des Treibsandes oder wegen des schönen Anblicks, jedenfalls hatten die Erbauer die Flächen zwischen den Häusern mit Kies und Gärten bedeckt.

Eine Menge strömte zusammen. Flandry erblickte zahlreiche Weibchen, die Junge an ihre Brüste hielten und den schon etwas älteren Nachwuchs an Leinen. Nur wenige Leute trugen Kleider, nur hin und wieder Juwelen. Sie murmelten, ein tiefer an- und abschwellender Laut. Aber sie waren ruhiger und legten ein besseres Verhalten an den Tag, als Tigerier oder Menschen es getan hätten.

Inmitten der Stadt erhob sich auf einem eigenen Hügel ein aus bearbeiteten Steinen errichtetes Gebäude. Es war rechteckig, die meisten Teile ohne Dach und in Kolonnaden gestaltet; aber am rückwärtigen Ende erhob sich ein ebenso breiter Turm, hoch und immer höher, mit einem dicken Glasdach dicht unterhalb der Meeresoberfläche. Falls der Turm, wie es wahrscheinlich der Fall war, weiter unten ähnlich gestaltet war, mußte das Innere direkt mit Licht überflutet sein. Obwohl die Architektur insgesamt doch sehr andersartig war, erinnerte Flandry diese Weiße an das Parthenon auf Terra. Er hatte die Neukonstruktion einmal gesehen ... Sie wurden in Richtung des Turmes geführt.

Ein Schatten verdunkelte das von oben kommende Licht. Flandry wurde eines von Fischen gezogenen U-Bootes gewahr, das von mit merseianischen Gewehren bewaffneten Schwimmern eskortiert wurde. Plötzlich erinnerte er sich wieder daran, daß er sich unter Feinden aufhielt.

8

Nachdem außerhalb der Stadt eine Kuppel errichtet worden war, die man für einen längeren Aufenthalt von Menschen ausgerüstet hatte, erwartete Flandry, in Professor Abrams' Sofortkurs in Geschichtsphilosophie schnellen Fortschritt zu machen. Was sollte er auch schon anderes tun, ausgenommen die verschiedenen Arten und Weisen des Däumchendrehens auszuüben, bis das HQ entschieden hatte, daß genügend von seinem Prestige auf Ridenour abgefärbt hatte und sie ihn zurück nach Highport befahlen?

Statt dessen erlebte er *die* Zeit seines Lebens.

Die Seeleute waren an den Terranern genauso interessiert wie die Terraner an ihnen. Vielleicht noch mehr; und nach all den Horrorgeschichten, die die Merseianer ihnen erzählt haben mußten, war es überraschend, daß sie zu solch einem Versuch in der Lage waren, die Wahrheit für sich selbst herauszufinden. Obwohl sie notfalls ganz schön kämpfen konnten und in mancher Hinsicht ziemlich mitleidlos waren, schienen sie von Natur aus weniger grausam zu sein als Menschen, Tigerier oder Merseianer.

Ridenour und seine Kollegen hielten sich fast nur im Tempel des Himmels auf, wo sie endlose Gespräche mit den Mächtigen des Davidsterns führten. Wenn seine unbeschäftigten Gefolgsleute zu Touren eingeladen wurden, beschwerte der Xenologe sich: »Wenn sie doch nur ausgebildet wären, mein Gott, was könnten Sie alles lernen! – Nun, wir haben ganz einfach nicht mehr Fachleute, die wir hier einsetzen könnten, und so müssen eben Sie Amateure ran, und wenn Sie nicht detailliert beobachten, dann werde ich Sie persönlich mit einem Brotmesser operieren.«

Deshalb waren Flandry und einer oder zwei Gefährten oft für endlose Stunden draußen. Da keiner von ihnen die Eingeborenensprache oder Eriau verstand, war Isinglass ihr ständiger Begleiter. Er verstand etwas Kursovikianisch und war von den Merseianern im Gebrauch eines tragbaren Vokalisators unterwiesen worden. (Sie hatten die Landessprache schrittweise von Gefangenen gelernt. Flandry bewunderte die Genialität, mit denen letztere von ihren technologisch weniger entwickelten Kidnappern wochenlang am Leben erhalten worden waren, aber andererseits schauderte es ihn, und er hoffte von ganzem Herzen, daß der lange Konflikt tatsächlich endlich beigelegt werden konnte.)

Andere Seetrolle, die er kennenlernte, waren Finbright, Byway, Zoomboy und die weise Frau Allheiler. Es waren wirklich vollständige Individuen. Man konnte sie genausowenig wie Menschen in nur einem Satz charakterisieren.

»Wir sind froh, daß ihr diesen Anfang macht«, sagte Isinglass bei ihrem ersten Zusammentreffen. »So froh, daß wir die Merseianer, trotz ihres hilfreichen Verhaltens uns gegenüber, von hier fernhalten, solange ihr hier seid.«

»Ich habe bereits den Verdacht, daß wir und das Landvolk zu Figuren in einem größeren Spiel gemacht wurden«, fügte Allheiler durch Isinglass hinzu. »Es ist ein großes Glück, daß ihr damit aufhören wollt.«

Flandrys Wangen brannten unter seinem Helm. Er wußte nur zu gut, wie wenig Selbstlosigkeit hierbei im Spiel war. Ein Gerücht besagte, daß Enriques offen gegen Hauksbergs Vorschlag protestiert und erst dann nachgegeben hatte, als der

Vicomte drohte, ihn zum Pluto zurückversetzen zu lassen. Abrams hatte zugestimmt, weil er jede Möglichkeit wahrnahm, an Informationen zu kommen, aber er war nicht zuversichtlich.

Und Byway auch nicht. »Frieden mit den Jägern ist ein Widerspruch in sich. Sollen denn die Kiemenzähne mit den Schwanz-auf-dem-Kopf Seite an Seite schwimmen? Und solange uns die grünen Fremden Hilfe anbieten, müssen wir sie annehmen. Das ist unsere Pflicht gegenüber den Städten und unseren Abhängigen.«

»Aber es ist klar, daß, solange sie uns unterstützen, ihre Gegner dazu gebracht werden, die Jäger zu unterstützen«, meinte Finbright. »Vielleicht wäre es das beste, wenn beide Seiten von Fremden sich zurückziehen und das frühere Gleichgewicht zurückkehren würde.«

»Ich weiß nicht . . .« argumentierte Byway. »Wenn wir einen endgültigen Sieg erzielen könnten . . .«

»Sei dadurch nicht versucht, die Gefahr einer endgültigen Niederlage zu übersehen«, warnte Allheiler.

»In die Tiefen mit eurem Knochenpicken«, rief Zoomboy aus. »Wir kommen noch zu spät ins Theater.« Er schoß in einer übermütigen Kurve davon.

Flandry folgte dem Drama nicht, das in einer märchenhaften Koralloid-Grotte aufgeführt wurde. Er bekam nur mit, daß es sich um eine erst kürzlich verfaßte Tragödie nach klassischem Muster handelte. Aber die unheimliche Grazie der Bewegungen, die feierliche Musik der Stimmen, Streich- und Schlaginstrumente, das vollkommene Gleichgewicht zwischen den Elementen, rührten ihn in den Tiefen seiner Seele. Das Publikum reagierte mit vor- und zurückbrandenden Schreien, zum Schluß mit einem Tanz zu Ehren von Autor und Schauspielern.

Die Skulpturen und Ölgemälde, die Flandry gezeigt wurden, waren für ihn abstrakt, aber in dieser Form ansprechender als alles, was seit Jahrhunderten auf Terra produziert worden war. Er betrachtete Schriftrollen aus Fischhaut, beschrieben mit einer Tinte auf Fettbasis, und verstand sie nicht. Aber es waren so viele, daß auf ihnen wohl ein beträchtlicher Teil gesammelter Weisheit enthalten sein mußte.

Dann wandte er sich der Mathematik und Wissenschaft zu

und geriet fast in einen Rauschzustand. Die Tage, an denen diese Bereiche sich vor ihm entfaltet hatten, wie die Blätter einer Blume, waren noch nicht so lange her, so daß er zu schätzen wußte, was hier geschaffen worden war.

Denn die Leute (er wollte ihren kursovikianischen Namen ›Siravo‹ in ihrer eigenen Stadt nicht benutzen, konnte sie aber auch niemals wieder als ›Seetrolle‹ bezeichnen) lebten in einem Universum, das von seinem konzeptionell verschieden war. Und obwohl sie Hindernissen gegenüberstanden – sie kannten kein Feuer, abgesehen von vulkanischen Auswürfen, aus denen Glas als kostbares Material gewonnen wurde; sie kannten keine Metalle, waren nicht fähig, mehr als eine rudimentäre Astronomie zu entwickeln; die Gesetze der Bewegung, der Schwerkraft und des Lichtes waren durch das sie umgebende Wasser nur verzerrt erkennbar –, hatten sie Ideen entwickelt, die nicht nur Sinn ergaben, sondern die direkt zu einer Einsicht vorstießen, die dem Menschen bis zu Planck und Einstein verschlossen geblieben war.

Der Gesichtssinn war für sie nicht der wichtigste, wie für die Menschen. Keine Art Augen konnte unter Wasser weit sehen. Von daher waren sie für Flandrys Begriffe kurzsichtig, und es schien, daß das Sehzentrum ihres Gehirns eine geringere informationsverarbeitende Kapazität besaß. Andererseits war ihre Wahrnehmung von Berührungen, Wärme, Bewegungen, Gerüchen und weniger bekannter Zwischenformen unglaublich fein. Die Atmosphäre war Gift für sie; wie die Menschen gegenüber dem Wasser, so konnten sie gegenüber der Luft einen instinktiven Schrecken nicht überwinden.

So bedeutete der Raum für sie eher Beziehung als Ausdehnung. Er war für sie in ihrer alltäglichen Erfahrung unbegrenzt, aber endlich. Expeditionen, die den Planeten umrundet hatten, hatten diesem Begriff noch mehr Gewicht und Gedankentiefe verliehen.

Indem diese Unterwassermathematik diese primitive Bewußtheit widerspiegelte, wies sie den Begriff der Unendlichkeit zurück. Ein Philosoph, mit dem Flandry durch Isinglass sprach, behauptete, daß es empirisch bedeutungslos sei, von einer Zahl über dem Faktor N zu sprechen, wenn N die Summe der unterscheidbaren Partikel des Universums darstellte. Denn was sollte eine größere Zahl noch zählen? In ähnlicher Weise erkannte dieser Philosoph die Null als nützlichen Begriff an, als Entsprechung der Nullklasse, aber nicht als Zahl. Die kleinste mögliche Summe mußte die Umkehrung der größten sein. Man konnte von ihr aus bis hinauf zu N zählen, aber wenn man darüber hinausginge, würde man abnehmende Mengen erhalten. Die Zahlenreihe war nicht linear, sondern zirkular.

Flandry war nicht genug Mathematiker, um festzustellen, ob dieses System in sich geschlossen war oder nicht. Soweit er erkennen konnte, handelte es sich tatsächlich um ein geschlossenes System. Es enthielt sogar merkwürdige Versionen negativer, irrationaler und imaginärer Zahlen, des Näherungskalküls, der differentialen Geometrie, der Theorie der Gleichheit und vieles andere, dessen terranische Äquivalente Flandry nicht kannte.

Die physikalischen Theorien paßten zu dieser Mathematik. Der Raum wurde als quantifizierbar erachtet, Diskontinuitäten zwischen Arten des Raumes wurden anerkannt. Vielleicht handelte es sich dabei nur um eine Ausarbeitung des Jedestages – einer scharfen Trennung von Wasser, solidem Grund und Luft –, aber die Vorstellung eines in Schichten aufgebauten Raumes entsprach sehr wohl den experimentellen Daten und lehnte sich eng an das relativistische Konzept einer zwischen verschiedenen Punkten variierenden Metrik an, wie auch der wellenmechanischen Grundlage der Atomistik und des Hyperantriebs.

Auch die Zeit konnte in der Vorstellung dieser Leute nicht unendlich sein. Die Gezeiten, die Jahreszeiten, der Rhythmus des Lebens, all dies legte die Vorstellung von einem Universum nahe, das möglicherweise in sein Anfangsstadium zurückkehren konnte, aber das als endlos zu bezeichnen, semantisch ohne Bedeutung wäre. Aber da sie nicht über die Mittel verfügten, den Zeitverlauf präzise zu messen, waren die Philosophen zu der Annahme gelangt, daß er im wesentlichen nicht meßbar sei. Sie bestritten die Simultanität; wie sollte es auch möglich sein, zu sagen, daß ein entferntes Ereignis gleichzeitig mit einem mehr in der Nähe geschehenden stattgefunden hatte, wenn die Nachricht vom ersteren durch einen Schwimmer überbracht werden mußte, dessen durchschnittliche Geschwindigkeit nicht vorhergesagt werden konnte? Auch hier eine aufregende Parallele zur Relativität.

Die Biologie war in allen makroskopischen Aspekten hoch entwickelt, einschließlich der genetischen Gesetze. Die Alltagsphysik war im Gegensatz zu ihrem konzeptionellen Rahmenwerk noch früh-newtonisch, die Chemie war kaum aus einem embryonalen Stadium heraus. Aber beim Jupiter, dachte sich Flandry, gib diesen Burschen die nötige Ausrüstung, die sie unter Wasser benutzen können, und du wirst ihre Fortschritte sehen können!

»Nun komm schon«, drängte Zoomboy ungeduldig. »Wackel mit den Flossen. Es geht nach Reefcastle.«

Unterwegs tat Flandry sein Bestes, um eine grobe Vorstellung der sozialen Strukturen zu erhalten. Die fundamentale Weltanschauung entzog sich seinem Begreifen. Man konnte vielleicht sagen, daß die Leute des Davidsterns teilweise apollonianisch und teilweise dionysisch waren, aber diese Metaphern waren von der Anthropologie schon lange aufgegeben worden und in bezug auf Nichtmenschen noch mehr als nutzlos. Die Politik (falls *dieses* Wort anwendbar war) sah schon einfacher aus. Da sie geselliger und mehr zeremoniell eingestellt waren als die meisten Menschen, auch weniger impulsiv, und da Reisen für sie einfacher waren als für Landtiere, neigten die Seebewohner von Starkad zur Bildung großer Nationen ohne starke Rivalitäten.

Die Zletovar-Kultur war hierarchisch organisiert. Gouverneure ererbten ihre Stellung, wie es die Leute auch in anderen Bereichen (oder Meeren?) des Lebens taten. Auf der individuellen Ebene gab es eine Art von Leibeigenschaft, die nicht an ein Stück Territorium, sondern an die Person des Besitzers gebunden war. Die Weibchen hatten den Status der Leibeigenschaft gegenüber ihren polygam lebenden Ehegatten.

Trotzdem waren solche Begriffe irreführend. Die Entscheidungsträger schalteten und walteten keineswegs beziehungslos zu den anderen, und zwischen den verschiedenen Klassen gab es keine Formalitäten. Verdienst führte zur Beförderung; so hatte Allheiler ihre Unabhängigkeit und beträchtliche Autorität gewonnen. Versagen, ganz besonders das Versagen im Nachkommen der eigenen Verpflichtungen gegenüber seinen Abhängigen, führte zum sozialen Abstieg. Denn das System beruhte nicht auf dem Grundsatz, daß die einen die Rechte und die anderen die Pflichten hatten.

In der Theorie gab es auf Terra ähnliche Vorstellungen, aber sie hatten praktisch nie funktioniert. Menschen waren zu habgierig und zu faul. Aber bei diesen Leuten schien es zu funktionieren. Zumindest behauptete Isinglass, daß das System seit vielen Generationen stabil war, und Flandry konnte keinen Hinweis darauf entdecken, daß es sich anders verhielt.

Reefcastle ähnelte Shellgleam in keinster Weise. Die Häuser bestanden aus Steinen und Korallen und waren in die Riffe einer kleinen Insel hineingebaut. Die Bewohner waren rauher und weniger besinnlich eingestellt als ihre auf dem Meeresgrund lebenden Vettern, Isinglass bezeichnete sie spöttisch als eine Bande raffgieriger Händler. »Aber ich muß zugeben, daß sie einen unangemessenen Anteil an den Auseinandersetzungen mit den Jägern tapfer ertragen haben«, fügte er hinzu. »Sie haben an unserem kürzlichen Angriff als Vorhut teilgenommen, was einigen Mut erforderte, als niemand schon etwas von dem merseianischen Schiff wußte.«

»Wirklich niemand?« erkundigte Flandry sich überrascht.

»Ich wage zu behaupten, daß die Gouverneure es schon vorher wußten. Ansonsten wußten wir nicht mehr, als daß unsere mit den mechanischen Beinen ausgestatteten Truppen an Land gehen und so viel Verwüstungen wie nur möglich anrichten sollten, während unsere Schwimmer die Schiffe versenken sollten.«

»Oh.« Flandry erzählte nicht, wie er dazu beigetragen hatte, diese Pläne zu vereiteln. Er fühlte sich ungemein erleichtert. Denn wenn Abrams durch Evenfall etwas von dem geplanten Beschuß erfahren hätte, hätte er Gegenmaßnahmen in die Wege leiten müssen. Aber da diese Information nicht hatte gewonnen werden können . . . Flandry war froh darüber, nicht weiter nach Entschuldigungen für einen Mann suchen zu müssen, der sich schnell in ein Idol verwandelte.

Die Gruppe schwamm zwischen den Riffen zur Stadt hinab, um die Gezeitenspiele der Leute zu beobachten. Wellen brüllten, weit geschwungene azurblaue und smaragdgrüne Wogen unter einem strahlenden Himmel, der sie weiß blitzen ließ. Die Leute spielten ausgelassen, sprangen aus den Wellen, tauchten unbekümmert durch Kanäle, in denen sich Strömungen überkreuzten. Flandry tauschte die Schalheit seiner Tauchausrüstung gegen einen einfachen Helm aus und fühlte sich gleich wieder lebendig.

»Das nächstemal nehmen wir dich nach Outlier mit«, erklärte Isinglass auf dem Rückweg nach Shellgleam. »Es ist einzigartig. Unterhalb ihrem Fundament geht der Abgrund hinab in eine Nacht, in der die Fische und die Wälder leuchten. Die Felsen haben lebendige Farben und sind von der Zeit abgeschliffen. Das Wasser schmeckt nach Vulkan. Aber die Stille dort? Die Stille!«

»Ich freue mich darauf«, meinte Flandry.

». . . ? . . . Ach so. Du nimmst den Duft der Zukunft wahr.«

Als er durch die Luftschleuse wieder die terranische Kuppel betrat, fühlte er sich beinahe abgestoßen. Diese enge, stinkende, freudlose Blase mit ihren haarigen Körpern, die mit jeder Bewegung gegen ihr Gewicht kämpften! Er begann, sein Unterzeug abzustreifen, um eine Dusche zu nehmen.

»Wie war Ihr Ausflug?« erkundigte sich Ridenour.

»Wundervoll«, schwärmte Flandry.

»Alles in Ordnung, nehme ich an«, meinte Fähnrich Quarles, der mit dabeigewesen war. »Trotzdem schön, wieder hier zu sein. Wie wäre es mit einem Animierfilm?«

Ridenour schaltete den Recorder auf seinem Schreibtisch ein. »Die ernsten Dinge zuerst«, sagte er. »Zuerst Ihren Bericht.«

Flandry unterdrückte eine Obszönität. Abenteuer wurden verdorben, wenn man sie auf Daten reduzierte. Vielleicht wollte er wirklich kein Xenologe sein.

Am Schluß schnitt Ridenour eine Grimasse. »Ich wünschte mir, mein Teil des Jobs würde auch so gut verlaufen.«

»Ärger?« wollte Flandry alarmiert wissen.

»Stillstand. Das Problem ist, daß die Kursovikianer so verdammt tüchtig sind. Sie jagen, fischen, machen Pläne, ernsthaft in die Ressourcen einzugreifen, die nirgendwo so reichhaltig sind wie im Meer. Die Gouverneure lehnen alle Regelungen ab, die nicht auch beinhalten, daß die Landleute mit der Ausbeutung des Meeres aufhören. Und das können die letzteren nicht, ohne ihre eigene Wirtschaft zu untergraben und Hunger zu leiden. Also versuche ich, die Sixpoint dazu zu überreden, weitere merseianische Hilfeleistungen zurückzuweisen. Auf diese Weise könnten wir verhindern, daß Zletovar völlig in den Strudel des Krieges gerät. Aber sie haben zu Recht darauf hingewiesen, daß unsere Hilfeleistungen an die Kursovikianer das Gleichgewicht der Kräfte zerstört haben. Und wie sollten wir unsere Geschenke zurückbekommen? Wir würden die Tigerier damit gegen uns aufbringen, und ich kann mir nicht vorstellen, daß Runeis Agenten sich eine solche Gelegenheit, sich Vorteile zu verschaffen, entgehen ließen.« Ridenour seufzte. »Ich habe immer noch etwas Hoffnung, daß es gelingt, ein zweiseitiges Stillhalteabkommen zu erreichen, aber sie ist ziemlich klein geworden.«

»Wir können nicht wieder damit anfangen, diese Leute zu töten!« protestierte Flandry.

»Wirklich nicht?« fragte Quarles.

»Nach dem, was wir gesehen haben, was sie für uns getan haben . . .«

»Ach, werde doch erwachsen. Wir gehören dem Imperium an, nicht einer von Nasenkneifern gezwickten Gesellschaft von Xenos.«

»Sie werden sowieso vielleicht nicht weiter am Projekt beteiligt sein, Flandry«, meinte Ridenour. »Vor einigen Stunden kamen Befehle für Sie.«

»Befehle?«

»Sie sollen Commander Abrams in Highport Bericht erstatten. Ein Amphibienfahrzeug wird Sie morgen um 7.30 Uhr abholen, nach terranischer Zeit. Sonderauftrag, ich habe keine Ahnung, was.«

Abrams lehnte sich zurück, legte einen Fuß auf seinen abgenutzten Schreibtisch und zog intensiv an seiner Zigarre. »Wären Sie wirklich lieber auf dem Meeresgrund geblieben?«

»Für eine Weile, Sir«, sagte Flandry von der Kante seines Stuhles aus. »Ich meine, nun, abgesehen davon, daß ich interessant bin, wurde ich das Gefühl nicht los, irgend etwas zu erfüllen, in bezug auf Informationen, Freundschaft . . .« Seine Stimme versagte.

»Bescheidener Junge sind Sie, nicht wahr? Sich selbst als ›interessant‹ beschreiben . . .« Abrams blies einen Ring aus Rauch. »O natürlich, ich verstehe, was Sie meinen. Gar nicht schlecht. Stünden die Dinge anders, hätte ich Sie nicht heraufholen lassen. Vielleicht fragen Sie sich, was ich mit Ihnen vorhabe?«

»Sir?«

»In ein paar Tagen wird Lord Hauksberg nach Merseia weiterreisen. Ich werde ihn als Berater begleiten, wie meine Befehle besagen. Und ich brauche einen Helfer. Sind Sie interessiert?«

Flandry glotzte ihn an. Sein Herz machte einen Purzelbaum. Nach einer Minute fiel ihm auf, daß sein Mund offenstand.

»Offensichtlich«, fuhr Abrams fort. »Ich hoffe, reichlich Informationen sammeln zu können. Nichts Melodramatisches; ich hoffe, daß ich dazu zu kompetent bin. Ich werde meine Augen und Ohren offenhalten, und natürlich auch die Nase. Keiner unserer Diplomaten, Attachés, Handelsvertreter, keine unserer Quellen ist je sehr hilfreich gewesen. Merseia ist zu weit von Terra entfernt. Die fast einzige Ebene des Kontaktes war die der harten Machtpolitik. Diesmal könnten wir die Chance haben, uns unter geringeren Einschränkungen herumtreiben zu können.

Deshalb sollte ich eigentlich einen erfahrenen und erprobten Mann mitnehmen, aber wir können hier auf keinen verzichten. Für einen jungen Burschen haben Sie sich als ziemlich zäh und fähig erwiesen. Ein wenig Erfahrung im Nachrichtendienst würde Sie enorm weiterbringen, wenn ich es schaffe, Sie uns zuteilen zu lassen. Für Sie bedeutet das Ganze: Sie kommen von diesem elenden Planeten weg, reisen in einem luxuriösen Schiff, sehen das exotische Merseia, vielleicht auch andere Sachen, werden wahrscheinlich mit zurück nach Terra genommen und dann voraussichtlich nicht wieder auf Starkad eingesetzt, selbst wenn Sie Flieger bleiben sollten. Außerdem werden Sie einige höchst nützliche Kontakte knüpfen können. Wie wäre es?«

»J-j-j-ja, Sir«, stammelte Flandry.

Abrams kniff die Augen zusammen. »Werden Sie nicht übermütig, Junge. Dies wird keine Vergnügungsreise. Ich erwarte, daß Sie von jetzt an bis zu unserem Abflug den Schlaf vergessen und von Stimulanzpillen leben, während Sie lernen, was einer meiner Assistenten zu wissen hat. Sie werden über alles unterrichtet werden, angefangen von Sekretärsaufgaben bis zur Instandhaltung meiner Uniform. Unterwegs werden Sie einen Elektrokurs in Eriau machen und so viel von Merseiologie, wie Ihr Kopf fassen kann, ohne zu platzen. Ich habe es wohl kaum nötig, Sie darauf hinzuweisen, daß es sich hierbei nicht um Karneval handelt. Wenn wir einmal da sind, werden Sie sich glücklich schätzen, sich durch eine Reihe eintöniger Pflichten zu schinden. Wenn Sie kein Glück haben, wenn alles schiefgeht, werden Sie nicht länger ein federbuschgeschmückter Ritter des Himmels sein, sondern ein gejagtes Tier, und wenn sie Sie lebend bekommen, wird Ihnen ihre Verhörtechnik keinen Rest einer eigenständigen Persönlichkeit lassen. Denken Sie darüber nach.«

Das tat Flandry nicht. Das einzige, was er bedauerte, war, daß er Dragoika wahrscheinlich niemals wiedersehen würde, aber selbst das war ein nachlassender Schmerz. »Sir!« rief er aus. »Sie haben einen neuen Mitarbeiter!«

9

Die *Dronning Margrete* war aufgrund ihrer Größe nicht dazu geeignet, sicher auf einem Planeten zu landen. Ihre Beiboote waren selbst kleine Raumschiffe. Offiziell gehörte sie zu Ny Kalmar und war faktisch die Yacht des jeweiligen Vicomte; manchmal fuhr sie auch im Auftrag des Imperiums. In bezug auf den Komfort war sie eine enorme Verbesserung gegenüber allen Fahrzeugen der Marine. Sie verließ jetzt ihren Orbit um Starkad und beschleunigte mit Hilfe ihres Gravitationstriebwerkes. Schon nach kurzer Zeit war sie weit genug im leeren

Raum, daß sie auf den Hyperantrieb übergehen und das Licht hinter sich lassen konnte. Trotz ihrer Masse reichten die Kraft und die Phasenfrequenz ihrer Triebwerke aus, eine einem Kriegsschiff der Planetenklasse gleichkommende Pseudohöchstgeschwindigkeit zu erreichen. Die Sonne, die sie hinter sich ließ, war bald nur mehr ein Stern unter vielen anderen und kurz darauf gar nichts mehr. Wenn die Außenbildschirme die Aberration und den Dopplereffekt nicht kompensiert hätten, wäre der Anblick des Universums bis zur Unkenntlichkeit verzerrt worden.

Aber die Konstellationen änderten sich bis jetzt nur langsam. Tag um Tag ging vorbei, während sie den Raum zwischen den Sternen durchquerte. Nur einmal wurde die Routine durch einen Alarm unterbrochen, dem aber sofort wieder das *Alles klar* folgte. Die Schutzschirme, die Strahlung und interstellare Teilchen abwehrten, hatten eine Mikrosekunde lang Kontakt mit einem größeren Stück Materie, einem auf fünf Gramm geschätzten Steinchen. Obwohl ein Auftreffen desselben auf die Schiffshülle zu Beschädigungen geführt hätte, wenn man den Unterschied der kinetischen Geschwindigkeiten bedachte, und obwohl solche Meteoriten in der gesamten Galaxis vielleicht in einer Anzahl von 10^{50} vorkommen, war die Wahrscheinlichkeit einer Kollision zu gering, um sich darüber Sorgen zu machen. Einmal kam auch in einer Entfernung von innerhalb einem Lichtjahr ein anderes Schiff vorbei, so daß dessen ›Kielraum‹ angemessen werden konnte. Es bestand nach den Messungen aus Ymirite, bemannt durch Wasserstoffatmer, deren Zivilisation sowohl für die Menschen als auch die Merseianer nahezu bedeutungslos war. Sie unterhielten in diesen Regionen einen ziemlich umfangreichen Raumverkehr. Dieses Anzeichen von Leben war Gegenstand aufgeregter Gespräche. So groß ist der Kosmos.

Schließlich kam eine Zeit, in der Hauksberg und Abrams in endlose Gespräche vertieft waren. Bis dahin war ihre Beziehung distanziert und korrekt gewesen. Aber das Näherkommen ihres Zieles machte ihnen das beiderseitige Interesse, sich gegenseitig besser zu verstehen, bewußt. Der Vicomte lud den Commander zu einem Dinner zu zweit in seine Privatsuite. Sein Küchenchef übertraf sich für diese Gelegenheit selbst, und der Butler verwandte beträchtliche Zeit darauf, Weine auszusuchen. Später, als die Dinge sich im Kognak-Stadium befanden, bemerkte er, daß er einfach nur eine Flasche auf dem Tisch und eine in Reserve lassen müßte und verschwinden konnte, und er ging zu Bett.

Das Schiff machte sich durch das Flüstern seines Kraftwerkes, der Ventilatoren, und einen gelegentlichen gemurmelten Gruß bemerkbar, wenn zwei Mannschaftsmitglieder im Dienst draußen auf dem Korridor vorbeigingen. Bilder und Stoffe leuchteten sanft. Nach Starkad wirkte die von den Gravitoren erzeugte Terra-Schwerkraft geradezu angenehm. Abrams genoß ein Gefühl der Leichtigkeit und hatte im Schlaf oft Flugträume.

»Pioniertypen, eh?« Hauksberg zündete sich einen neuen Stummel an. »Hört sich interessant an. Eines Tages muß ich Dayan doch einmal besuchen.«

»Ihr würdet dort nicht viel nach Eurem Geschmack vorfinden«, brummte Abrams. »Alles gewöhnliche Leute.«

»Und das, was sie sich selbst aus einer Wildnis geschaffen haben. Ich weiß.« Der blonde Kopf nickte. »Natürlich sollten Sie bei einer solchen Herkunft ein bißchen chauvinistisch sein. Aber das ist eine gefährliche Haltung.«

»Gefährlicher ist es, dazusitzen und auf einen Feind zu warten«, sagte Abrams an seiner Zigarre vorbei. »Ich habe eine Frau und Kinder und eine Million Vettern. Es ist meine Pflicht ihnen gegenüber, die Merseianer einen langen Arm weit von ihnen entfernt zu halten.«

»Nein. Ihre Pflicht ist es, mitzuhelfen, daß so etwas nicht nötig ist.«

»Großartig, wenn die Merseianer mitmachen.«

»Warum sollten sie nicht? Nein, warten Sie.« Hauksberg hob eine Hand. »Lassen Sie mich ausreden. Ich bin nicht daran interessiert, wer mit allem angefangen hat. Das ist doch kindisch. Tatsache ist, daß wir *die* Großmacht unter den Sauerstoffatmern der bekannten Milchstraße waren. Nehmen Sie einmal an, die Merseianer wären das gewesen. Hätten Sie dann nicht auch den Wunsch, für die Menschen ein vergleichbares Imperium zu schaffen? Andernfalls wären wir Ihrer Gnade ausgeliefert gewesen. So wie es war, wollten sie nicht von unserer Gnade abhängig sein. Zu der Zeit, als wir uns wirklich um sie zu kümmern begannen, nahm Merseia Züge an, die uns alarmierten. Wir reagierten mit Propaganda, mit Bündnissen, mit Diplomatie, mit wirtschaftlichen Manövern, Subversion, hie und da mit bewaffneten Auseinandersetzungen. Alles war natürlich dazu geeignet, ihre schlechte Meinung über unsere Absichten zu bestätigen. Daraufhin haben sie wieder reagiert und unsere Furcht vergrößert. Ein positives Feedback. Man sollte damit Schluß machen.«

»Das hat man mir schon früher erzählt«, erwiderte Abrams. »Ich glaube kein Wort davon. Vielleicht sind in meinen Chromosomen Erinnerungen an die Assyrer, an Rom, an Deutschland gespeichert, ich weiß es nicht. Tatsache ist doch, wenn Merseia wirklich Freundschaft wollte, könnten sie sie sofort haben. Wir sind nicht mehr an weiterer Expansion interessiert. Terra ist alt und fett geworden. Merseia ist jung und voller Übermut. Es lechzt nach dem Universum. Wir stehen ihnen dabei im Wege. Deshalb müssen wir verspeist werden. Alles andere bildet dann den Nachtisch.«

»Na, kommen Sie«, meinte Hauksberg. »Die Merseianer sind doch nicht dumm. Eine galaktische Regierung ist ein Ding der Unmöglichkeit. Sie würde unter ihrem eigenen Gewicht zusammenbrechen. Wir tun alles, was wir können, um das zu kontrollieren, was wir besitzen, und schaffen es kaum. Örtliche Regierungen sind meist so stark, daß meiner Ansicht nach im Imperium tatsächlich feudale Strukturen entstehen. Können die Merseianer vielleicht nicht vorausblicken?«

»O Mylord, doch. Das können sie immer. Aber ich kann mir nicht vorstellen, daß sie vorhaben, uns nachzuahmen. Das Roidhunat ist anders als das Imperium.«

»Na ja, die Wahlmänner der Landclans wählen ihren obersten Anführer aus den Reihen der Landlosen, aber das ist ein Detail.«

»Ja, aus den Reihen der Vach Urdiolch. Aber das ist kein Detail. Es spiegelt das Konzept ihrer Gesellschaft wider. Sie stellen sich für die ferne Zukunft eine Ansammlung autonomer merseianisch-regierter Gebiete vor. Bei ihnen zählt die Rasse, nicht die Nation. Das macht sie im Vergleich zu simplen Imperiamisten wie uns so höllisch gefährlich. Wir wollen doch nur die Spitze sein und gestehen anderen Arten ein gleiches Existenzrecht zu. Auf jeden Fall gehe ich bei dieser Annahme von den Informationen aus, die wir haben. Ich hoffe, auf Merseia viel von ihren Philosophen lesen zu können.«

Hauksberg lächelte. »Seien Sie mein Gast. Seien Sie ihr Gast. Solange Sie nicht fanatisch werden und die Dinge durcheinanderbringen, indem Sie irgendeinen Mantel-und-Degen-Kram hineinbringen, sind Sie an Bord willkommen.« Das Lächeln verblaßte. »Wenn Sie Ärger machen, erledige ich Sie.«

Abrams blickte in diese blauen Augen. Sie blickten plötzlich kalt und reglos. In ihm wuchs das Gefühl, daß Hauksberg nicht der Geck war, der er zu sein vorgab.

»Danke für die Warnung«, sagte er. »Aber verflucht!« Er schlug mit der Faust auf den Tisch. »Die Merseianer sind nicht nach Starkad gekommen, weil angesichts des unterdrückten Seevolkes ihr Herz blutete. Und ich gehe auch nicht davon aus, daß sie zufällig in die Sache geraten sind und nach einer das Gesicht wahrenden Entschuldigung dafür suchen, sich wieder zurückzuziehen. Sie spekulieren darauf, daß es sich irgendwo für sie auszahlt.«

»Zum Beispiel wie?«

»Woher, zum Teufel, soll ich das wissen? Ich wette, daß es selbst keiner ihrer eigenen Leute auf Starkad weiß. Zweifellos hat nur ein Handvoll der höchsten Tiere auf Merseia selbst eine Ahnung davon, welches die große Strategie ist. Aber die Burschen auf Starkad funktionieren im Rahmen dieses Uhrwerks.«

»Vielleicht gibt es unter dem Meer wertvolle Mineralien?«

»Mittlerweile müßtet Ihr bemerkt haben, daß das lächerlich ist. Ähnlich wie jedes Gerücht davon, daß die Meeresbewohner über irgendein großes Geheimnis verfügen, wie zum Beispiel, daß sie universale Telepathen wären. Wenn der Planet Starkad selbst etwas Nützliches bieten würde, könnten die Merseianer es mit viel weniger Aufsehen an sich gebracht haben. Wenn es ein Stützpunkt ist, was sie dort wollen, vielleicht, um auf Beteigeuze Druck ausüben zu können, dafür hätten sie in dem Gebiet genug geeignetere Planeten. Nein, ich bin ganz sicher, daß sie die entscheidende Kraftprobe suchen.«

»Ich habe auch in diese Richtung spekuliert«, meinte Hauksberg nachdenklich. »Gehen wir einmal davon aus, daß einige fanatische Militaristen unter ihnen den entscheidenden Schlagabtausch mit Terra suchen. Sie müßten dafür rüsten. Die Nachrichtenwege sind so lang, daß keine Seite direkt im Zentrum der anderen angreifen kann. Wenn sie also die Situation auf einem wertlosen Planeten wie Starkad auf die Spitze treiben . . . nun, das könnte eventuell zur Konfrontation führen. Und zwar weit draußen, wo kein wichtiger Planet Schaden davontragen würde.«

»Möglicherweise«, entgegnete Abrams. »In der Tat ist das eine Art Arbeitshypothese von mir. Aber irgendwie riecht es irgendwie nicht ganz richtig.«

»Ich habe vor, sie zu warnen«, meinte Hauksberg. »Informell und privat, ihren Stolz zu bewahren, aber von einer Komplizierung der Verhältnisse Abstand zu nehmen. Wenn wir herausfinden, welches die vernünftigen Leute in ihrer Regierung sind, können wir mit ihnen zusammenarbeiten, äußerst diskret natürlich, um die Kriegsfalken in die Ecke zu stellen.«

»Das Problem ist«, warf Abrams ein, »sie alle sind völlig vernünftig. Aber ihre Vernunft arbeitet auf einer anderen Grundlage als die unsere.«

»Nein, Sie sind der Unvernünftige, alter Bursche. Sie sind über dieser Angelegenheit paranoid geworden.« Hauksberg füllte erneut ihre Gläser, ein deutlich hörbares Gurgeln in der Stille. »Trinken Sie noch einen, während ich Ihnen erkläre, wo der Irrtum in Ihren Gedanken liegt.«

Die Offiziersmesse wirkte verlassen. Persis hatte sich an der Bar einen halben Port bestellt, aber die Fluoreszenzlampen nicht eingeschaltet. Hier auf der Veranda gab es durch den Bildschirm, der sich vom Boden bis zur Decke erstreckte, genug Licht. Es war sanft und schattig, liebkoste eine Wange und eine Haarlocke und verging in einer flüsternden Dunkelheit.

Die Quelle des Lichtes waren die Sterne, unzählbar viele, weiße, blaue, gelbe, grüne, rote, kalt und starr vor dem Hintergrund der vollkommenen Nacht. Und die Milchstraße war wie leuchtender Rauch, und die Nebel und die Schwestergalaxien schimmerten am Rande des Blickfeldes. Der Anblick war von einer schrecklichen Schönheit.

Flandry war sich der Augen Persis' und der vom dünnen, leicht phosphoreszierenden Pyjama umhüllten Gestalt viel zu bewußt, wie sie ihn aus ihrem Sessel heraus begutachtete. Er selbst saß ganz steif in seinem Sessel. »Ja«, sagte er, »dieser leuchtende dort, Sie haben recht, Donna, ist eine Nova. Dasselbe . . . uh . . . dasselbe, was Saxo in Kürze sein wird.«

»Wirklich?« Ihre Aufmerksamkeit schmeichelte ihm.

»Ja. Ihr wißt, ein F-Typ. Die entwickeln sich schneller als die weniger massiven Sonnen wie Sol, und verlassen die Hauptreihe unter spektakulären Umständen. Das Stadium des Roten Riesen, wie Beteigeuze, ist nur kurz – dann macht es bang.«

»Aber die armen Eingeborenen!«

Flandrys Glucksen wirkte ein wenig gezwungen. »Macht Euch darüber keine Sorgen, Donna. Es dauert noch mindestens eine Milliarde Jahre bis dahin, wenn man von den spektroskopischen Anzeichen ausgeht. Bei weitem genug Zeit, einen Planeten zu evakuieren.«

»Eine Milliarde Jahre.« Sie erschauerte leicht. »Eine zu große Zahl. Vor einer Milliarde Jahre waren wir noch Fische in den terranischen Meeren, nicht wahr? Hier draußen sind alle Zahlen zu groß.«

»Ich, äh, ich bin wohl mehr mit ihnen vertraut.« Seine Lässigkeit wirkte nicht ganz überzeugend.

Er konnte kaum erkennen, wie sich ihre Mundwinkel nach oben zogen. »Da bin ich ganz sicher«, meinte sie. »Vielleicht können Sie mir auch dazu verhelfen?«

Der Kragen seiner Tunika stand offen, fühlte sich aber trotzdem zu eng an. »Beteigeuze ist ein interessanter Fall«, erklärte er. »Nach unseren Maßstäben hat dieser Stern sich nur langsam vergrößert. Die dortigen Lebewesen konnten eine industrielle Kultur entwickeln und nach Alfzar und den dahinter liegenden Planeten auswandern. Sie selbst haben den Hyperantrieb nicht entdeckt, aber als die Terraner kamen, hatten sie bereits eine mächtige interplanetare Zivilisation. Wenn wir ihnen nicht bessere Mittel zur Verfügung gestellt hätten, hätten sie das System sogar mit unterlichtschnellen Schiffen verlassen. Sie hatten es nicht so eilig. Es dauert noch eine Million Jahre oder länger, bis Beteigeuze so stark angeschwollen ist, daß Alfzar unbewohnbar wird. Aber sie hatten ihre Pläne schon gemacht. Eine faszinierende Lebensform.«

»Das ist wahr.« Persis nahm einen Schluck Wein und beugte sich vor. Eines ihrer Beine, seidig im Sternenlicht schimmernd, berührte seines. »Aber wie dem auch sei«, meinte sie. »Ich habe Sie nach dem Dinner nicht festgehalten, um Lektionen zu erhalten.«

»Was, äh, was kann ich für Euch tun, Donna? Ich würde mich freuen, wenn . . .« Flandry leerte seinen Trinkpokal mit einem einzigen Schluck. Sein Puls hämmerte.

»Reden Sie. Über sich selbst. Sie sind zu scheu.«

»Über mich?« quiekte er. »Wozu denn? Ich meine, ich bin doch niemand.«

»Sie sind der erste junge Held, der mir begegnet ist. Die anderen zu Hause sind alt und grau und mit Auszeichnungen behängt. Anstatt mit ihnen, könnte man sich genausogut mit dem Mount Narpa unterhalten. Um offen zu sein: Ich bin einsam auf dieser Reise. Sie sind der einzige, bei dem ich mich entspannen kann, der mir ein menschliches Gefühl vermittelt. Aber Sie zeigen Ihre Nase kaum außerhalb Ihres Büros.«

»Äh, Donna, Commander Abrams hält mich sehr beschäftigt. Ich hatte nicht die Absicht, ungesellig zu sein, aber, nun, dies ist das erstemal, daß er mir gesagt hatte, daß ich nur beim Schlafen nicht im Dienst wäre. Äh, Lord Hauksberg . . .«

Persis zuckte die Achseln. »Er versteht nichts. Nun, er ist gut zu mir, und ohne ihn wäre ich wahrscheinlich immer noch eine unterbezahlte Tänzerin auf Luna. Aber er versteht einfach nicht.«

Flandry öffnete seinen Mund, beschloß, ihn wieder zu schließen und füllte seinen Pokal.

»Wir sollten miteinander bekannt werden«, sagte Persis freundlich. »Für eine so kurze Zeit geht es so am besten. Warum waren Sie auf Starkad?«

»Befehle, Donna.«

»Das ist keine Antwort. Sie hätten einfach ein Mindestmaß

erledigen und ansonsten auf sich aufpassen können. Die meisten machen das anscheinend so. Aber Sie müssen irgendwie an das glauben, was Sie tun.«

»Nun, ich weiß nicht, Donna. Vermutlich konnte ich es einfach nicht lassen, bei einer ordentlichen Keilerei dabeizusein.«

Sie seufzte. »Ich habe besser von Ihnen gedacht, Dominik.«

»Verzeihung?«

»Zynismus ist langweiligerweise zur Mode geworden. Bei Ihnen hatte ich nicht damit gerechnet, daß Sie Angst haben würden, zu sagen, daß die Menschheit es wert ist, für sie zu kämpfen.«

Flandry zuckte zusammen. Sie hatte einen Nerv getroffen. »So etwas wird zu oft gesagt, Donna. Die Worte sind hohl geworden. Ich ... ich ziehe einige antike Worte vor. ›... die stärkste Festung ist die Liebe des Volkes‹. Von Machiavelli.«

»Mac, wer? Ach, egal. Mich kümmert es nicht, was irgendein toter Ire gesagt hat. Mich interessiert, welche Gedanken Sie sich machen. Sie sind die Zukunft. Was hat Terra Ihnen gegeben, daß Sie Ihr Leben als Gegenleistung anbieten?«

»Nun, einen Ort zum Leben. Schutz. Erziehung.«

»Dürftige Gaben«, winkte sie ab. »Waren Sie arm?«

»Eigentlich nicht, Donna. Unehelicher Sohn eines kleinen Edelmannes. Er schickte mich auf gute Schulen und dann zur Marineakademie.«

»Aber Sie waren selten zu Hause?«

»Ja. Ich hatte keine Gelegenheit. Meine Mutter war damals bei der Oper und hatte mit ihrer Karriere zu tun. Mein Vater ist ein Gelehrter und Enzyklopädist, und alles andere, äh, mehr nebenher oder zufällig. So ist er eben. Beide taten mir gegenüber ihre Pflicht, und ich habe keinen Anlaß, mich zu beschweren, Donna.«

»Jedenfalls tun Sie es nicht.« Sie berührte seine Hand. »Ich heiße Persis.«

Flandry schluckte.

»Was für ein hartes, rauhes Leben Sie haben«, meinte sie versonnen. »Und immer noch wollen Sie für das Imperium kämpfen.«

»Ich hatte wirklich kein schlechtes Leben ... Persis.«

»Gut. Sie machen Fortschritte.« Diesmal blieb ihre Hand liegen.

»Ich meine, nun, zwischen Unterricht und Drill hatte ich auch mein Vergnügen. Ich befürchte, daß ich in Berichten über Fehltritte auftauche. Aber das Verrückteste passierte erst später, nach zwei Ausbildungsfahrten.«

Sie beugte sich näher zu ihm hin. »Erzählen Sie.«

Er spann sein Garn so amüsant, wie er es konnte.

Sie lehnte ihren Kopf an ihn. »Damals konnten Sie es doch«, meinte sie. »Warum sind Sie heute mir gegenüber so zurückhaltend?«

Er zog sich in seinem Sessel zurück. »Nun . . . ich . . . ich hatte nie die Gelegenheit, äh, zu lernen . . . wie man sich in, nun, in einer Situation wie dieser benehmen soll . . .«

Sie war ihm so nahe, daß er unter ihrem Parfüm den Duft ihres Körpers verspürte. Ihre Augen waren halb geschlossen, der Mund leicht geöffnet. »Jetzt hast du die Gelegenheit«, flüsterte sie. »Du hast doch sonst vor nichts Angst, oder?«

Später, in seiner Kabine, erhob sie sich, stützte sich auf eine Hand und betrachtete ihn. Ihr Haar floß über seine Schulter. »Und ich dachte, ich wäre die erste für dich.«

»Warum, Persis?« er grinste.

»Ich hatte so ein Gefühl . . . Den ganzen Abend lang wußtest du genau, was du tatest.«

»Ich mußte etwas unternehmen«, erklärte er. »Ich liebe dich. Was könnte ich dagegen tun?«

»Erwartest du von mir, das zu glauben? Ach, zur Hölle, für diese Reise werde ich es glauben. Noch einmal.«

10

Ardaig, die ursprüngliche Hauptstadt, war so stark angewachsen, daß sie mittlerweile die gesamte Bucht umgab, in der der Oissfluß in das Wilwidhmeer mündete; das Hinterland war inzwischen ebenfalls ein Bestandteil der Megalopolis, die sich auf diese Weise bis zu den Vorbergen des Hun erstreckte. Trotzdem hatte die Stadt eine gewisse Atmosphäre des Altertümlichen bewahrt. Ihre Bewohner hingen mehr an Traditionen, Zeremonien und einer Art Lässigkeit, als dies die meisten anderen Merseianer taten. Ardaig war das kulturelle und künstlerische Zentrum Merseias. Aber auch, wenn sich der Großrat noch jährlich hier traf und die Burg Afon weiterhin als des Roidhun erste Residenz galt, wurde der größte Teil der Regierungsgeschäfte heutzutage in Tridaig erledigt, der Antipodenstadt zu Ardaig.

Die Nebenhauptstadt war jung, technologieorientiert, brodelnd vor Leben und Verkehr, aber auch vor Intrigen und gelegentlichen Ausbrüchen von Gewalt. Es hatte ein ziemlich großes Aufsehen erregt, als Brechdan Ironrede anregte, die neuen Marinebüros in Ardaig zu errichten.

Er war nur auf wenig Widerstand gestoßen. Nicht nur war er der Vorsitzende des Großrates; im Raumdienst hatte er schon den Rang eines Flottenadmirals erreicht, bevor er die Handschaft der Vach Invory erlangte, und die Marine war nach wie vor seine besondere Liebe und sein Fachgebiet. Wie es typisch für ihn war, hatte er seine Entscheidung kaum begründet. Es war sein Wille, also hatte es zu geschehen.

Tatsächlich konnte er sich seine Entscheidung nicht einmal selbst vollkommen logisch erklären. Wirtschaftliche Argumente waren ebenso widerlegbar wie die Hervorkehrung eines regionalen Gleichgewichts. Er mochte den Gedanken, daß die neuen Büros nicht weit von Dhangodhan entfernt sein würden, aber er hoffte und glaubte, daß ihn dieser Aspekt nicht beeinflußt hatte. Auf irgendeine merkwürdige Weise wußte er einfach, daß es richtig war, wenn das Werkzeug von Merseias Bestimmung seine Wurzeln in Merseias ewiger Stadt hatte.

Und so wuchs der Turm, ein leuchtender Wall über dem anderen, bis in der Dämmerung sein Schatten die Burg Afon umhüllte. Wie Seevögel schwärmten Flugzeuge um die höheren Bereiche des Bauwerkes. In der Nacht waren seine Fenster eine Konstellation von Koboldaugen und das Leuchtfeuer auf seinem Dach eine Fackel, die die Sterne verjagte. Aber Brechdan hatte dafür gesorgt, daß das Admiralitätshaus keinen architektonischen Widerpart zu den Brustwehren, Kuppeldächern und schroffen Spitzen des alten Sitzes abgab. Es war eher eine Vollendung der alten Elemente, ihre Antwort auf das moderne Stadtbild. Das höchste Stockwerk, über dem nur noch eine Ebene mit Verkehrskontrollautomaten lag, war sein eigener Horst.

Eines späten Abends saß er dort in seinem Sekretorium. Außer ihm gab es nur drei lebende Wesen, denen der Zutritt gestattet war. Nach Durchquerung eines leerstehenden Vorraumes, an dessen Eingang ein Posten Wache hielt, wurden Augen und Hände von Identifikatoren in der gepanzerten Tür untersucht. Bei positiver Identifizierung würde sich die Tür öffnen, bis sie eingetreten waren. Waren mehr als nur eine Person anwesend, öffnete sich die Tür erst, nachdem alle identifiziert waren. Die Einhaltung dieser Regelung wurde durch Alarmsysteme und robotische Blaster unterstützt.

Die dahinterliegende Stahlkammer war mit den auf Raumschiffen üblichen Lufterneuerungsanlagen und Thermostaten ausgestattet. Wände, der Boden und die Decke bildeten eine Finsternis, vor der Brechdans schwarze Uniform fast verschwand, während die Medaillen, die er an diesem Abend trug, doppelt grimmig glitzerten. Die Möblierung war bürotypisch – Schreibtisch, Kommunikatoren, Computer, Diktoschreiber. Aber im Zentrum des Raumes erhob sich auf einem wunderschön gemaserten Holzsockel ein opalisierender Kasten.

Er trat zu ihm hin und aktivierte einen zweiten Erkennungsstromkreis. Ein Summen und ein Wirbel aus matten Farben setzten ihn davon in Kenntnis, daß die Energiezufuhr eingeschaltet war. Seine Finger bewegten sich über die Konsole, und photoelektrische Zellen gaben Befehle an die Erinnerungsspeicher weiter. Elektromagnetische Felder traten mit verdrehten Molekülen in Wechselwirkung. Informationen wurden miteinander verglichen, eingeschätzt und zusammengefügt. In einer oder zwei Nanosekunden erschienen die Daten – ultrageheim, nur ihm und seinen drei engsten Vertrauten zugänglich – auf dem Bildschirm.

Brechdan hatte den Bericht schon vorher gesehen, aber auf interstellarer Ebene (jeder Planet war eine eigene Welt, alt und unendlich vielschichtig) war jeder Overlord gut beraten, wenn er sich daran erinnern konnte, daß ein bestimmtes Detail bekannt war, wenn auch nicht gerade an dessen Inhalt. Im Rat war eine beachtliche Fraktion dafür, aus diesem Grunde mehr entscheidungtreffende Maschinen zu errichten, aber Brechdan hatte sich widersetzt. Warum die Terraner nachäffen? Man mußte sich doch nur mal betrachten, in welchem Zustand sich ihr Herrschaftsbereich befand. Eine persönlichkeitsbestimmte Regierung, so weitgehend, wie sie überhaupt möglich war, wies zwar eine geringere Stabilität auf, aber dafür eine größere Flexibilität. In diesem unbekannten Universum konnte es nicht weise sein, sich auf einzelne Modelle völlig festzulegen.

Khraich. Sein Schwanz zuckte. Shwylt hatte vollkommen recht – man mußte sich sofort um die Angelegenheit kümmern. Ein unvorstellbar provinziell eingestellter Gouverneur war dabei, eine gute Möglichkeit, ein weiteres planetares System unter die Herrschaft der Rasse zu bekommen, verstreichen zu lassen.

Und doch ... Er nahm wieder an seinem Schreibtisch Platz. Seine Abwesenheit wahrnehmend, wurde der Datensichtschirm wieder dunkel. Brechdan drückte einen Kommunikatorknopf. Verschlüsselt und zerhackt ging sein Anruf um ein Drittel des Globus.

Shwylt Shipsbane knurrte. »Ihr habt mich geweckt. War es nicht möglich, eine günstigere Uhrzeit zu wählen?«

»Die für mich eine ungünstige sein würde«, lachte Brechdan. »Diese Therayn-Angelegenheit wird nicht auf für uns beide günstige Uhrzeiten warten. Ich habe die Sache untersucht und meine, daß es am besten wäre, so schnell wie möglich eine Flotte dorthin zu schicken, gemeinsam mit einem brauchbaren Ersatz für Gadrol.«

»Leicht gesagt. Aber Gadrol wird das zurückweisen, nicht ganz ohne Grund übrigens, und er hat mächtige Freunde. Außerdem sind da noch die Terraner. Sie würden von der Inbesitznahme hören, und auch wenn sie an der ihnen abgewandten Seite unseres Reiches stattfindet, würden sie reagieren. Wir müssen erst einmal abschätzen können, was sie eventuell tun könnten und untersuchen, wie das die Ereignisse auf Starkad beeinflussen würde. Ich habe Lifrith und Priadwyr alarmiert. Je schneller wir vier uns über diese Frage unterhalten können, desto besser.«

»Ich kann leider nicht. Die terranische Delegation ist heute angekommen. Noch heute abend muß ich an einem Willkommensfest teilnehmen.«

»Was?« schnappte Shwylt. »An einer *ihrer* dummen Riten? Meint Ihr das im Ernst?«

»Allerdings. Und anschließend muß ich für sie erreichbar bleiben. Terranischer Symbolik zufolge wäre es ein schwerwiegendes Vorkommnis, wenn der, gr-r-rum, der Premierminister von Merseia den Sonderbeauftragten seiner Majestät leichthin abfertigen würde.«

»Aber die ganze Angelegenheit ist eine Farce!«

»Das wissen sie nicht. Wenn wir sie auf der Stelle ihrer Illusionen berauben, werden die Dinge außer Kontrolle geraten. Abgesehen davon können wir durch eine Förderung ihrer Hoffnungen auf eine starkadianische Regelung die emotionale Auswirkung unserer Okkupation von Therayn auf sie besänftigen. Das bedeutet, daß ich die Gespräche über das hinaus zu verlängern haben werde, was ich ursprünglich vorhatte. Und schließlich und endlich möchte ich die herausragenden Mitglieder ihrer Gruppe persönlich kennenlernen.«

Shwylt rieb die Stacheln auf seinem Kopf. »Ihr habt einen merkwürdigen Geschmack, was Eure Freunde angeht.«

»Wie an Euch ersichtlich?« spottete Brechdan. »Seht her. Der Plan für Starkad ist einfach eine Straße, auf der wir uns mit der vorher kalkulierten Geschwindigkeit bewegen müssen. Sie muß beobachtet, gepflegt und gemäß neuen Entwicklungen verändert werden, fast Tag für Tag. Irgend etwas Unvorhergesehenes – ein hervorragender Zug von seiten der Terraner, ein Moralverlust bei ihnen, eine Veränderung in der Haltung der Eingeborenen – alles könnte unseren Zeitplan über den Haufen werfen und unsere Strategie vereiteln. Je vollständiger die Daten sind, über die wir verfügen, desto besser unsere Lagebeurteilung. Wir müssen mit ihren Emotionen ebenso umgehen wie mit ihrer militärischen Logik und dabei bedenken, daß sie eine fremdartige Rasse sind. Wir müssen geradezu eine Gefühlsübereinstimmung mit ihnen erzielen. Um in ihrer Sprache zu reden: Wir müssen unsere Rolle echt spielen.«

Shwylts Blick war hart. »Ich vermute, daß Ihr sie tatsächlich mögt.«

»Warum? Das ist doch kein Geheimnis«, erwiderte Brechdan. »Früher waren sie großartig. Sie könnten es wieder werden. Ich würde mich freuen, sie nach unserem Willen handeln zu sehen.« Sein narbiges Gesicht erschlaffte ein wenig. »Das ist natürlich unwahrscheinlich. Sie sind nicht dazu geschaffen. Möglicherweise werden wir uns gezwungen sehen, sie auszurotten.«

»Wie steht es mit Therayn?« wollte Shwylt wissen.

»Ihr drei kümmert euch darum«, meinte Brechdan. »Von Zeit zu Zeit werde ich mit Rat zur Verfügung stehen, aber Ihr habt die volle Autorität. Sobald sich die Konstellationen nach der Besetzung wieder ausreichend stabilisiert haben, um richtig eingeschätzt werden zu können, können wir alle zusammenkommen und besprechen, wie die Einflüsse auf Starkad sein werden.«

Er sagte nicht ausdrücklich, daß er sie gegenüber einem aufgebrachten Rat in Schutz nehmen und seine eigene Stellung riskieren würde, sollten sie einem ruinösen Irrtum erliegen. Shwylt wußte das auch ohne Worte.

»Wie Ihr wünscht«, nickte er. »Gute Jagd.« Brechdan unterbrach die Verbindung.

Eine Weile saß er ruhig da. Er hatte einen langen Tag hinter sich. Seine Knochen fühlten sich steif an, sein Schwanz schmerzte durch das auf ihm ruhende Gewicht. Ja, dachte er, man wird alt; erst nur kriechend, ein Nachlassen der Sinne und ein Schwinden der Kraft, nichts, das man mit einer Enzymtherapie behandeln könnte – dann plötzlich, über Nacht, findet man sich auf einem Strom wieder, so schnell, daß die Landschaft verschwimmt, und hört die Wasserfälle über sich donnern.

Er wünschte sich sehnlichst, nach Hause fliegen und die Reinheit rings um Dhangodhans Türme atmen zu können, über einer heißen Tasse mit Elwych zu reden und dann ins Bett zu taumeln. Aber man erwartete ihn in der terranischen Botschaft, und danach mußte er hierher zurückkehren und wen eigentlich treffen? Wie hieß dieser Agent, der beim Nachrichtendienst unten wartete? Dwyr der Haken, ach ja. Und danach wiederum konnte er für das, was von der Nacht noch blieb, auch gleich hierbleiben.

Er straffte seine Schultern, nahm eine Stimulanzpille und verließ die Stahlkammer.

Seine Admiralität arbeitete rund um die Uhr. Er hörte das Summen, Klicken, die Schritte und das Gemurmel durch die Tür des geschlossenen Vorraumes hindurch. Weil Brechdan wirklich keine Zeit dazu hatte, mit jedem Offizier, jedem Techniker, jeder Wache die dem Rang und Clan angemessenen Grüße auszutauschen, ging er selten dort entlang. Eine andere Tür führte direkt in seine Hauptbürosuite, und gegenüber eine dritte führte in einen Privatflur, der schwarz und schnurgerade zum Landeflansch führte.

Die Luft war kalt und feucht, als er auf ihn hinaustrat. Das Dach schirmte ihn von dem Signalfeuer ab, und so hatte er einen klaren Blick über Ardaig.

Es war keine terranische Stadt und wies deshalb auch während der Nacht nicht den hektischen, bunten Lichterglanz auf. Bodenfahrzeuge waren auf einige wenige Avenuen beschränkt, sonst verkehrten sie über Rohrstraßen. Die Straßen waren Fußgängern und Gwydh-Reitern vorbehalten. Man erholte sich überwiegend zu Hause oder in alten Theatern und auf Sportplätzen. Die Geschäfte – im Gegensatz zu den Handelszentren mit Kommunikations- und Liefersystemen – waren kleine Unternehmen und um diese Tageszeit geschlossen. Die meisten Geschäfte befanden sich seit Generationen im selben Haus und im Besitz derselben Familie. Tridaig toste. Ardaig murmelte unter einem milden, salzigen Wind. Erleuchtete Bürgersteige bildeten, an erleuchteten Fenstern vorbeiführend, ein Netzwerk über den Hügeln. Flugzeuge bewegten sich wie schwebende Laternen am Himmel, die Scheinwerfer auf Burg Afon betonten nur ihre Strenge. Zwei der vier Monde waren aufgegangen, Neiheviin und Seith, und ließen die Bucht unter ihnen schimmern und glitzern.

Brechdans Fahrer überkreuzte seine Arme und verneigte sich.

Es war eigentlich unlogisch, daß er diesen Alten weiterhin beschäftigte, wo sein Luftauto doch über einen Robotpiloten verfügte. Aber die Familie des Alten hatte den Ynvorys schon immer gedient. Wachposten salutierten knallend und bestiegen das Fahrzeug ebenfalls. Es stieg auf.

Die Stimulanzpille zeigte Wirkung, so daß Brechdan neuen Eifer in sich spürte. Was konnte er in dieser Nacht noch alles erfahren! *Entspannen*, befahl er sich selbst, *sei geduldig, warte auf das Juwel, das im Dunghaufen der Formalitäten verborgen liegt . . . Falls wir die Terraner ausrotten müssen, haben wir das Universum zumindest von einer Menge leerem Geschwätz befreit.*

Sein Ziel war eine Beleidigung für sich, eine Mischung aus Residenz und Bürohaus in dem prunkenden Luftblasenstil des Imperiums vor vierhundert Jahren. Damals war Merseia noch ein gerade aufstrebender Planet, zwar einer Gesandtschaft wert, aber nicht in der Lage, deren Architektur und Standort zu bestimmen. Die Qgoth-Höhen lagen außerhalb von Ardaig, aber später wuchs die Stadt um sie herum, aus der Gesandtschaft wurde eine Botschaft, und Merseia konnte es sich leisten, die Forderungen nach einem Ausbau zurückzuweisen.

Brechdan ging den Torweg allein entlang, zwischen den Rosensträuchern auf beiden Seiten. Er bewunderte diese verlorene Trotzigkeit. Ein Sklave nahm ihm den Mantel ab, ein Butler, so groß wie er selbst, rief ihn aus. Die übliche Bande von Zivilisten in Freizeitanzügen, die Dienstattachés in ihren Uniformen – und dort standen die Neuankömmlinge. Lord Oliveira von Ganymed, Kaiserlicher Botschafter bei Seiner Oberhoheit, dem Roidhun, kam herbeigehastet. Er war ein dünner und emsiger Mann, dessen Fähigkeiten Brechdan bei einer erinnerungswürdigen Gelegenheit ganz aus der Fassung gebracht hatten.

»Willkommen, Ratsherr«, sagte Oliveira auf Eriau und machte eine Verbeugung auf terranische Art. »Wir freuen uns, daß Ihr kommen konntet.« Er begleitete seinen Gast über das Parkett. »Darf ich den Gesandten Seiner Majestät vorstellen, Lord Markus Hauksberg, Vicomte von Ny Kalmar?«

»Ich bin erfreut, Sir.« (Die schleppende Sprechweise wurde von der physischen Kondition Lügen gestraft, aufmerksame

Augen blickten unter den Lidern hervor, die Stimme meisterte das Eriau gut.)

»... Commander Max Abrams.«

»Die Hand der Vach Invory ist mein Schild.« (Dichter Akzent, aber flüssig; Worte und Gesten waren präzise, der würdevolle Gruß von jemandem, der seinem Herrn im Rang nicht weit unterlegen ist, während der Herr auf derselben Stufe mit dem Angesprochenen steht. Eine kräftige Gestalt, angegraute Haare, große Nase, soldatischer Typ. Das war also der Bursche von Starkad, von dem der Kurier berichtet hatte. Vorsicht.)

Die Vorstellungen gingen weiter. Brechdan kam schnell zu der Auffassung, daß außer Hauksberg und Abrams keiner eine mehr als routinemäßige Aufmerksamkeit beanspruchte. Der Adjutant des letzteren, Flandry, machte einen alarmierenden Eindruck, aber er wirkte noch jung und unerfahren.

Eine Trompete blies das ›Rührt euch‹. Oliveira war besonders höflich und folgte örtlichen Bräuchen. Aber da das auch bedeutete, daß Frauen ausgeschlossen blieben, wußte niemand in seinem Stab, was er jetzt tun sollte. Sie standen alle in traurigen kleinen Grüppchen umher und versuchten, mit ihren merseianischen Gegenstücken ins Gespräch zu kommen.

Brechdan nahm ein Glas Arthbeerwein an, lehnte dann aber weitere Erfrischungen ab. Er ging eine Weile, die er persönlich für angemessen hielt, herum und ließ die Terraner wissen, daß er ihren Ritualen Genüge tun konnte, wenn er wollte. Dann trat er zu Lord Hauksberg.

»Ich hoffe, daß Ihr eine angenehme Reise hattet«, begann er.

»Ein wenig langweilig, Sir«, erwiderte der Vicomte. »Bis Eure Marineeskorte zu uns stieß. Ich muß sagen, sie haben eine großartige Show veranstaltet, und die Ehrengarde nach der Landung war sogar noch besser. Ich hoffe, daß meine Aufzeichnungen davon niemanden stören.«

»Sicherlich nicht. Vorausgesetzt, Ihr habt damit aufgehört, bevor Ihr Afon betratet.«

»Ha! Euer, ah, Außenminister ist ein wenig steif, nicht wahr? Aber er war doch ziemlich aufgeräumt, als ich ihm meine Beglaubigungspapiere überreichte, und versprach mir eine baldige Audienz bei Seiner Oberhoheit.«

Brechdan faßte Hauksberg am Arm und führte ihn in eine Ecke. Jedermann verstand, und der Rest der Gesellschaft hielt einen gewissen Abstand zu den beiden, die unter einem scheußlichen Portrait des Kaisers ins Gespräch vertieft waren.

»Wie war es auf Starkad?« fragte Brechdan.

»Wenn ich für mich selbst sprechen darf, ich fand es grimmig und faszinierend«, antwortete Hauksberg. »Wart Ihr jemals dort?«

»Nein.« Brechdan verspürte manchmal den Wunsch, dort einen Besuch abzustatten. Bei der Gottheit, es war schon lange her seit seinem letzten Besuch auf einem von der Zivilisation noch nicht vergewaltigten Planeten! Aber ein Besuch auf Starkad war für die nächsten Jahre undenkbar, solange die Bedeutung dieses Planeten heruntergespielt werden mußte. Dann schon eher gegen Ende ... Er entschied sich dafür, daß er hoffte, ein Besuch würde nicht erforderlich sein. Man konnte von einer Welt besser Gebrauch machen, wenn sie nur aus einer Sammlung von Berichten bestand und man ihre Einwohner nicht in ihrem eigenen Dasein erlebt hatte.

»Nun, wohl kaum Euer Interessengebiet, ah, Sir?« meinte Hauksberg. »Merseias, ah, Bemühungen haben uns nachdenklich gemacht.«

»Das Roidhunat hat seine Position immer wieder erläutert.«

»Selbstverständlich. Natürlich. Aber ich meinte, Sir, wenn Ihr schon Nächstenliebe praktizieren wollt, wie Ihr es offensichtlich tut, gäbe es dafür nicht näherliegende Möglichkeiten? Die erste Verpflichtung des Großrates ist die gegenüber Merseia. Ich wäre der letzte, der Euch beschuldigen würde, Euren Pflichten nicht nachzukommen.«

Brechdan zuckte die Achseln. »Eine weitere Handelsniederlassung in der Gegend von Beteigeuze wäre nützlich. Starkad ist zwar nicht ideal dafür, weder was die Position noch was die Eigenschaften betrifft, aber annehmbar. Und wenn wir gleichzeitig die Gunst einer talentierten und verdienstvollen Lebensform gewinnen können, dann gibt das einen Ausgleich.« Sein Blick wurde härter. »Die Reaktion Eurer Regierung war schmerzlich.«

»Aber vorhersehbar.« Hauksberg lehnte sich tiefer in seinen

antiken, mit Chromplatten versehenen Sessel zurück. »Um auf beiden Seiten Vertrauen zu schaffen, bis eine wirkliche allgemeine Regelung erreicht worden ist...« Verdienstvollerweise sagte er nicht: »zwischen unseren großen Rassen« – »... muß die Pufferzone zwischen unseren Reichen unverletzt bleiben. Ich könnte auch hinzufügen, daß das Landvolk nicht weniger verdient als das Seevolk. Es hätte keinen Sinn, darüber zu streiten, wer der ursprüngliche Angreifer ist. Die Regierung Seiner Majestät fühlt sich moralisch verpflichtet, den Untergang der Kulturen des Landvolkes zu verhindern.«

»Wer läßt jetzt die Praktizierung von Nächstenliebe näher am eigenen Planeten außer acht?« fragte Brechdan trocken.

Hauksberg wurde ernst. »Sir, es ist durchaus möglich, den Konflikt zu beenden. Wahrscheinlich habt Ihr schon die Berichte von unseren Bemühungen erhalten, im Zletovargebiet einen Frieden zu vermitteln. Wenn sich Merseias hervorragende Dienststellen mit den unsrigen zusammentun würden, könnte eine planetenumfassende Regelung erreicht werden. Und was Niederlassungen dort anbetrifft, warum sollten wir nicht eine gemeinsame einrichten? Es wäre doch ein großer Schritt in Richtung auf wirkliche Freundschaft, oder seht Ihr das anders?«

»Vergebt mir mögliche Schroffheit«, parierte Brechdan, »aber es kommt mir seltsam vor, daß der Leiter Eures Nachrichtendienstes auf Starkad an dieser Friedensmission teilnimmt.«

»Als Berater, Sir«, erklärte Hauksberg mit geringer Begeisterung. »Einfach als Berater, der mehr über die dortigen Eingeborenen weiß als jeder andere, der uns zur Verfügung stand. Möchtet Ihr Euch mit ihm unterhalten?« Er hob einen Arm und rief auf Anglik, das Brechdan besser verstand, als öffentlich zugegeben wurde: »Max! Bitte, Max, würden Sie einmal herkommen?«

Commander Abrams löste sich von einem Assistenten Oliveiras (Brechdan bemitleidete ihn: Dieser Bursche war der langweiligste in dem gesamten Gefolge des Botschafters) und grüßte den Ratsherrn: »Kann ich der Hand dienen?«

»Lassen Sie die Zeremonien, Max«, meinte Hauksberg auf Eriau. »Heute abend unterhalten wir uns nicht offiziell, sondern bewegen uns außerhalb von Protokoll und Aufzeichnern. Bitte berichten Sie über Ihre Absichten hier.«

»Jedem, der danach fragt, Tatsachen darzulegen und meine Ansichten zu erläutern, was immer sie wert sein mögen«, erklärte Abrams gedehnt. »Ich erwarte nicht, sehr oft zu Rate gezogen zu werden.«

»Warum sind Sie dann hier, Commander?« Brechdan sprach ihn mit dem Titel an, was ihm bei Hauksberg nicht eingefallen war.

»Nun, Hand, ich hoffe, möglichst viele Fragen stellen zu können.«

»Setzen Sie sich«, lud Hauksberg ihn ein.

»Wenn die Hand erlaubt?« fragte Abrams.

Brechdan berührte eine Braue mit dem Finger und war sich sicher, daß der andere ihn verstand. Seine Achtung vor diesem Mann wuchs, was bedeutete, daß Abrams aufmerksamer beobachtet werden mußte als sonst jemand.

Der Offizier machte es sich auf einem Stuhl bequem. »Ich danke der Hand.« Er hob grüßend sein Glas Whisky mit Soda, nippte daran und fuhr fort: »Auf Terra wissen wir so wenig über Euch. Ich wüßte nicht, wie viele merseiologische Bände überhaupt vorhanden sind, aber das spielt auch keine Rolle; sie könnten sowieso nicht mehr als nur einen Teil der Wahrheit enthalten. Es könnte sehr gut sein, daß wir die Merseianer in jeder nur erdenklichen Anzahl wichtiger Punkte mißverstehen.«

»Sie haben Ihre Botschaft«, erinnerte Brechdan. »In deren Stab befinden sich auch Xenologen.«

»Nicht genug, Hand. Nicht bei einem Kometenorbit. Und bei allem, was passiert, ist das meiste, was sie lernen, für meine Angelegenheiten irrelevant. Mit Eurer Erlaubnis, würde ich gerne frei und offen mit möglichst vielen verschiedenen Merseianern sprechen. Bitte überwacht diese Gespräche, um jeden Anschein schlechter Absichten zu vermeiden.« Brechdan und Abrams tauschten ein Grinsen aus. »Ebenso hätte ich gerne Zugang zu Euren Bibliotheken, Zeitschriften, alles, was an öffentlichen Informationen zur Verfügung steht, aber auf Terra noch nicht erhältlich ist.«

»Denken Sie dabei an besondere Themen? Ich helfe gerne, soweit ich kann.«

»Die Hand ist äußerst großzügig. Ich möchte nur einen typischen Punkt erwähnen. Er bereitet mir Kopfzerbrechen, ich habe alle unsere Unterlagen durchgesehen, ich habe selbst Leute darauf angesetzt, und habe immer noch keine Antwort. Was führte Merseianer zuerst nach Starkad?«

Brechdan versteifte sich. »Erforschung des Gebietes dort«, erwiderte er kurz angebunden. »Unbeanspruchter Raum ist für alle Schiffe frei.«

»Aber plötzlich, Hand, plötzlich waren Eure Leute auf diesem verflixten Planeten beschäftigt. Was genau hat Euer Interesse geweckt?«

Brechdan brauchte einen Augenblick, um seine Antwort zu formulieren. »Ihre Leute haben in früheren Zeiten dieses Gebiet nur sehr oberflächlich untersucht«, meinte er. »Wir sind weniger an kommerziellen Profiten interessiert, als das bei der Polesotechnischen Liga der Fall war. Dafür sind wir mehr auf Wissen aus, also haben wir eine systematische Forschung in Gang gesetzt. Die Eintragung über Saxo in einem Ihrer Pilotenhandbücher ließ uns Starkad einer Untersuchung wert erscheinen. Schließlich sind Planeten mit freiem Sauerstoff und flüssigem Wasser auch für uns reizvoll, seien sie auch auf anderen Gebieten noch so ungastlich. Wir fanden eine Situation vor, die des Eingriffes bedurfte, und gingen daran, eine Mission zu entsenden. Unvermeidlich orteten Schiffe, die für den Beteigeuze-Handel unterwegs waren, eine hohe Zahl von Kielräumen. Terranische Einheiten mischten sich ein, und so entwickelte sich die gegenwärtige unglückliche Lage.«

»Hm«, Abrams betrachtete sein Glas. »Ich danke der Hand. Aber es wäre schön, wenn ich mehr Einzelheiten erfahren dürfte. Vielleicht ist irgendwo dabei ein Indiz dafür, das unsere Seite mißverstanden hat – ich darf die semantische und kulturelle Barriere erwähnen.«

»Ich bezweifle, daß sich Ihre Erwartungen erfüllen werden«, erwiderte Brechdan. »Sie sind eingeladen, Untersuchungen durchzuführen, aber Sie werden Ihre Zeit verschwenden. Über die ersten merseianischen Expeditionen in die Nähe Saxos gibt es vielleicht gar keine Berichte. Wir sind nicht so darauf aus, alles aufzuzeichnen.« Hauksberg nahm Brechdans wachsende Kälte wahr und beeilte sich, das Gesprächsthema zu wechseln. Die Unterhaltung versickerte in Banalitäten. Noch vor Mitternacht entschuldigte sich Brechdan und verschwand.

Ein starker Gegner, dieser Abrams, dachte er. *Zu gut für meinen Seelenfrieden. Zweifellos müssen wir unsere Aufmerksamkeit auf ihn konzentrieren.*

Oder nicht? Würde ein wirklich kompetenter Spion furchteinflößend erscheinen? Er könnte . . . ja, sie bezeichnen so einen als Strohmann – für sonst jemanden oder etwas. Aber wiederum: Vielleicht ist es gerade das, was ich annehmen soll.

Brechdan kicherte. Dieser Kreis konnte endlos weitergedreht werden. Und es war nicht seine Aufgabe, den Wachhund zu spielen. Dafür gab es genug Offiziere bei der Sicherheit. Es verstand sich von selbst, daß außerhalb der Botschaft, die die Terraner mit aufreizendem Geschick wanzenfrei hielten, jeder Schritt eines ihrer Leute beobachtet wurde.

Trotzdem war er dabei, persönlich einen Agenten des Nachrichtendienstes zu besuchen, einen, der wertvoll genug gewesen war, nach Starkad geschickt zu werden, und dann wieder zurückgeschickt worden war, als der alte Runei entschied, daß er zu Hause von größerem Wert sei. Dwyr der Haken hatte möglicherweise Informationen, die es wert sein konnten, vom Präsidenten des Rates persönlich entgegengenommen zu werden. Danach konnte Brechdan Dwyr neue Befehle geben . . .

Das Ding wartete im eisigen Neonlicht eines ansonsten leeren Büros. Einmal war es ein junger Merseianer gewesen. Die unterste Gesichtshälfte war geblieben, eine von der Chirurgie erneuerte Maske. Ebenso war ein Teil des Rumpfes geblieben, der linke Arm und rechts ein Stumpf. Alles andere war Maschine.

Der zweifüßige Salut klang überraschend weich. Selbst aus dieser kurzen Entfernung konnten Brechdans gute Ohren das Summen im Innern von Dwyrs Körper kaum wahrnehmen. Die Energie stammte aus Kapazitoren, die selbst bei extremer Beanspruchung mehrere Tage lang hielten, und sie strömte durch mikrominiaturisierte Bausteine, die den Körper formten. »Ich diene meinem Oberherrn.« Die Stimme klang leicht metallisch.

Brechdan erwiderte den Gruß. Er war sich nicht darüber im klaren, ob er selbst in einem so verstümmelten Zustand noch den Mut haben würde, weiterzuleben. »Gut, daß du da bist, Arlech Dwyr. Steh bequem.«

»Die Hand der Vach Invory wünscht mich zu sehen?«

»Ja, ja.« Brechdan winkte ungeduldig. »Genug der Etikette. Sie steht mir bis zum Hals. Entschuldige, daß ich dich warten ließ, aber bevor ich mich sinnvoll mit dir über die Terraner unterhalten konnte, mußte ich sie erst einmal selbst kennenlernen. Nun denn, du hast im Stab des Nachrichtendienstkorps von Fodaich Runei gearbeitet und obendrein auch im Feld, nicht wahr? Also bist du gleichermaßen vertraut mit gesammelten Daten wie auch mit der Beschaffung von Informationen vor Ort. Gut. Sag mir in deinen eigenen Worten, warum du zurückgeschickt worden bist.«

»Hand«, antwortete die Stimme, »als Prothese war ich zwar nützlich, aber nicht unverzichtbar. Die einzige Aufgabe, die ich allein hätte ausführen können, scheiterte, nämlich der Einbruch in das Büro des terranischen Nachrichtendienstleiters.«

»Hast du mit einem Erfolg gerechnet?« Brechdan hatte nicht gewußt, daß Dwyr so gut war.

»Ja, Hand. Ich kann mit elektromagnetischen Sensoren und Leitungen ausgerüstet werden, die dazu geeignet sind, jeden verborgenen Stromkreis ausfindig zu machen. Außerdem habe ich eine Empathie zu Maschinen entwickelt. Ich bin mir darüber im klaren, wenn auch unterhalb der Schwelle des Bewußtseins, wozu sie dienen, und kann mein Vorgehen daraufhin ausrichten. Das ist ein Prozeß analog zu meinem früheren, zu wissen, was in meinen merseianischen Kameraden vor sich ging, anhand von Nuancen im Ausdruck, Stimmfall, Haltung. Also konnte ich die Tür öffnen, ohne den Alarm auszulösen. Aber unglücklicherweise und unerwartet standen lebende Wachposten bereit. Was körperliche Kraft, Schnelligkeit und Beweglichkeit angeht, ist dieser Körper meinem früheren unterlegen. Also konnte ich keinen von ihnen töten, ohne daß seine Kameraden es gemerkt hätten.«

»Glaubst du, daß Abrams über dich Bescheid weiß?« fragte Brechdan scharf.

»Nein, Hand. Es ist erwiesen, daß er gewohnheitsmäßig übervorsichtig ist. Die Terraner, die mich später im Dschungel beschädigt haben, konnten mich nicht richtig sehen. Ich habe Abrams in Begleitung des anderen, dieses Hauksberg, gesehen. Deshalb konnten wir frühzeitig davon ausgehen, daß er ihn nach Merseia begleiten würde, zweifellos in der Hoffnung, spionieren zu können. Aufgrund meiner besonderen Fähigkeiten und meiner Vertrautheit mit Abrams' Vorgehensweise, war Fodaich Runei der Ansicht, daß es vorteilhaft wäre, wenn ich vor den Terranern hier ankäme und ihre Ankunft erwartete.«

Khraich. »Ja, das ist richtig.« Brechdan zwang sich, Dwyr als ein vollständig lebendiges Wesen anzusehen. »Du kannst in andere Körper eingepflanzt werden, oder nicht?«

»Jawohl, Hand«, kam es hinter dem leeren Gesicht hervor. »In Fahrzeuge, Waffen, Detektoren, Werkzeuge, alles, was geeignet ist, meine organische Komponente und die wesentlichen Bestandteile der Prothese aufzunehmen. Ich brauche nicht lange, um mich daran anzupassen. Unter Seiner Oberhoheit stehe ich zu Eurer Verfügung.«

»Du wirst Arbeit erhalten«, meinte Brechdan. »Darauf kannst du dich verlassen. Ich weiß noch nicht genau, wie ich dich einsetze. Es könnte sogar sein, daß ich von dir verlange, in das Schiff des Gesandten dort oben auf seiner Kreisbahn einzubrechen. Aber für den Anfang müssen wir auf jeden Fall unsere Vorgehensweise gegen unseren Freund Abrams planen. Er wird das übliche erwarten; du kannst ihm eine Überraschung bereiten. Wenn dir das gelingt, wirst du nicht ohne die entsprechende Ehrung bleiben.«

Dwyr der Haken erwartete weitere Erläuterungen.

Brechdan konnte nicht umhin, sich eine Minute der rein fleischlichen Kameradschaft zu widmen. »Wie bist du derartig verletzt worden?« erkundigte er sich.

»Bei der Eroberung von Janair, Hand. Eine nukleare Detonation. Im Feldhospital wurde mein Leben gerettet, anschließend wurde ich zur Basis zurückgeschickt, um mich wieder zu erholen. Aber dort fanden die Chirurgen heraus, daß die Strahlenschäden meiner zellularen Chemie zu groß waren. Damals wünschte ich mir den Tod. Aber man erklärte, daß neue Techniken von Gorrazan eine Alternative eröffnen könnten. Obendrein eine, die meine Dienste wertvoll werden ließ. Sie hatten recht.«

Einen Augenblick lang war Brechdan erschrocken. Was Dwyr erzählt hatte, schien nicht richtig zu sein . . . Nun, er war eben kein Biomediziner.

Sein Geist verdunkelte sich. Warum Mitleid vortäuschen? Man kann kein Freund der Toten sein. Und Dwyr war tot, seine Knochen, seine Sehnen, seine Drüsen, sein Geschlecht, seine Eingeweide, alles außer dem Gehirn, das so simpel dachte wie eine Maschine. So sollte man ihn auch gebrauchen. Zu dem, wozu Maschinen gut waren.

Brechdan wanderte durch den Raum, die Hände auf dem Rücken, mit ruhelosem Schwanz, dem Blut in der Narbe pochend. »Gut«, meinte er. »Dann wollen wir uns über die Vorgehensweise unterhalten.«

11

»O nein«, hatte Abrams gesagt. »Ich danke der Regierung Seiner Oberhoheit demütigst für dieses großzügige Angebot, aber ich würde es mir nicht im Traum einfallen lassen, so unnötigen Aufruhr und überflüssige Ausgaben zu verursachen. Es ist wahr, daß die Botschaft kein Luftboot für mich übrig hat. Aber das Schiff, mit dem wir gekommen sind, verfügt über zahlreiche Beiboote, die im Moment nicht gebraucht werden. Ich kann eines davon nehmen.«

»Wir schätzen die Höflichkeit des Commanders«, verbeugte sich der Offizielle am anderen Ende der Vidiphonverbindung. »Aber bedauerlicherweise erlaubt das Gesetz es niemandem, der nicht zur merseianischen Rasse gehört, innerhalb des Korychan-Systems ein Fahrzeug zu benutzen, das über einen Hyperantrieb verfügt. Der Commander wird sich sicher daran erinnern, daß ein merseianischer Pilot und Ingenieur das Schiff seiner Lordschaft für den letzten Unterlichtschritt der Reise hierher führte. Stimmen meine Informationen, daß die Beiboote des so beeindruckenden Schiffes seiner Lordschaft außer Gravmotoren auch über Hyperantriebe verfügen.«

»Das trifft zu, verehrter Kollege. Aber die beiden größten davon haben ja ein Luftboot als eigene Hilfseinheit an Bord. Ganz sicher hätte Lord Hauksberg nichts dagegen, mir eines davon für meinen Bedarf zu leihen. Das ist kein Grund, Ihre Abteilung zu beschäftigen!«

»O doch!« Der Merseianer warf seine Hände in einer ziemlich menschlichen Geste des Schreckens empor. »Der Commander ist nicht weniger als seine Lordschaft ein Gast Seiner Oberhoheit. Wir können doch nicht dadurch Schande über Seine Oberhoheit bringen, daß es uns nicht gelingt, zu zeigen, zu welcher Gastfreundschaft wir in der Lage sind. Morgen wird ein Fahrzeug für den persönlichen Gebrauch des Commanders ankommen. Die Verzögerung beruht nur darauf, daß es für Terraner komfortabel ausgestattet wird und die Kontrollen terranischen Modellen angepaßt werden. Das Boot kann sechs Personen aufnehmen, und wir werden seine Küche mit allem ausstatten, was gewünscht wird und hier erhältlich ist. Es kann in der gesamten Atmosphäre verkehren und wurde auch für orbitalen Gebrauch ausgebaut. Nötigenfalls könnte es den entferntesten Mond erreichen. Ich bitte um die Zustimmung des Commanders.«

»Verehrter Kollege, nehmen Sie, unter Seiner Oberhoheit, meinen aufrichtigsten Dank entgegen«, strahlte Abrams.

Das Strahlen verwandelte sich in schallendes Gelächter, sobald die Verbindung unterbrochen war. Natürlich würden die Merseianer ihn nicht unbewacht herumreisen lassen, nicht, solange sie seine Transportmöglichkeiten mit Wanzen bestücken konnten. Und natürlich erwarteten sie von ihm, nach den üblichen Gerätschaften zu suchen. Deswegen konnte er auf diese langweilige Suche gleich verzichten.

Aber das tat er nicht. Nachlässigkeit hätte nicht zu ihm gepaßt. Den Merseianern, die das Boot überbrachten, erklärte er, daß die von ihm eingesetzten Techniker die Aufgabe hatten, seine Funktionen verstehen zu lernen. Verschiedene Kulturen bedingen auch verschiedene Techniken, nicht wahr. Das routinemäßige Dementi stieß auf die routinemäßige Vortäuschung, es zu glauben. Das Luftboot enthielt keinerlei Spionageausrüstung, außer der einen, auf die er gehofft hatte. Er fand sie auf die simple Weise, daß er einfach wartete, bis er allein an Bord war, und dann fragte. Die Methode, mit dem es verborgen war, erfüllte ihn mit Bewunderung.

Aber danach lief er gegen eine steinerne Wand, oder besser, in einen Leimtopf. Tage kamen und gingen – die langen Siebenunddreißig-Stunden-Tage von Merseia. Er verlor einen nach dem anderen davon, indem er in den Raum von Burg Afon gerufen wurde, in dem Hauksberg und sein Stab mit Brechdans Marionetten konferierten. Üblicherweise erfolgte die Vorladung durch einen Merseianer, der die Erläuterung eines äußerst trivialen Umstandes auf Starkad wünschte. Aber nachdem er die Erklärung abgegeben hatte, konnte Abrams trotzdem nicht wieder gehen. Das Protokoll verbot es ihm. Er mußte dort sitzen und zuhören, wie die Unterredung ausgedehnt wurde, mit Tiraden und Streitereien über Themen, von denen jedes Kind erkennen konnte, daß sie unwesentlich waren ... o ja, diese Grünhäute besaßen wirklich Talent dafür, Verhandlungen endlos weiterzuspinnen.

Abrams äußerte einmal diese Auffassung Hauksberg gegenüber, als sie wieder zurück in der Botschaft waren. »Ich weiß«, schnappte der Vicomte. Er war blaß und hohläugig geworden. »Sie sind uns gegenüber so mißtrauisch. Aber dafür kann man uns einen Teil der Schuld geben, nicht? Wir müssen unseren guten Glauben zeigen. Solange wir reden, kämpfen wir nicht.«

»Sie kämpfen auf Starkad«, knurrte Abrams an seiner Zigarre vorbei. »Terra kann nicht ewig auf Brechdans Kommazählung warten.«

»Ich werde in Kürze einen Kurier schicken, um Bericht zu erstatten und Erläuterungen abzugeben. Vergessen Sie nicht: Irgend etwas werden wir erreichen. Sie sind ausdrücklich daran interessiert, eine ständige Konferenz auf mittlerer Ebene zwischen den Regierungen einzurichten.«

»Bah. Eine prächtige Idee mit der politischen Hebelwirkung, den Gefälligkeitspolitikern bei uns so lange entgegenzukommen, wie Brechdan der Meinung ist, daß die ständigen Diskussionen nützlich für ihn sind. Und ich dachte, wir seien hierhergekommen, um den Streit um Starkad beizulegen.«

»Und ich dachte, ich sei der Leiter dieser Mission«, gab Hauksberg zurück. »Das reicht, Commander.« Er gähnte und streckte sich steif. »Noch einen Drink und dann ins Bett. Lordimperator, bin ich müde!«

An Tagen, an denen er nicht außer Gefecht gesetzt war, arbeitete sich Abrams durch Bibliotheken und Gespräche. Die Merseianer waren äußerst höflich und hilfsbereit. Sie überschütteten ihn mit Büchern und Zeitschriften. Offiziere und Offizielle unterhielten sich endlos mit ihm. Und das war das Problem. Aber abgesehen von einem Gefühl für die grundlegenden Strukturen, das er gewann, erfuhr er doch überhaupt nichts, was wirklich von Bedeutung war.

Aber er gab sich selbst gegenüber zu, daß das auch eine Art Anzeichen war. Vielleicht war es wirklich so, wie Brechdan gesagt hatte, daß das Fehlen wirklich harter Informationen über frühe merseianische Expeditionen in die Saxo-Region auf Nachlässigkeit zurückzuführen war, was das Anfertigen von Aufzeichnungen anging. Aber bei Überprüfung dieser These durch einen Blick auf andere Planeten stellte sich heraus, daß über diese weit genauere Berichte vorlagen, und zwar in allen Fällen. Es schien, daß Starkad eine geheime Bedeutung aufwies. *Also was nun?*

Zuerst hatte Abrams Flandry, der ihm aushalf. Dann traf eine Einladung ein, ob Fähnrich Flandry zum Zwecke der besseren Verständigung zwischen den Rassen und auch aus Gründen der Gastfreundschaft dazu bereit sei, den Planeten in Begleitung einiger junger Merseianer zu bereisen, deren Rang mehr oder weniger dem seinen entsprach?

»Möchten Sie?« wollte Abrams wissen.

»Warum . . .« Flandry straffte sich hinter seinem Schreibtisch. »Hölle, ja. Ich habe so das Gefühl, als sollte man Bomben auf jede Bibliothek im Universum werfen. Aber ich nehme an, Sie brauchen mich hier.«

»Richtig. Dies ist ein ganz gemeiner Dreh, um mich noch stärker zu behindern. Aber Sie können trotzdem fahren.«

»Meinen Sie das ernst?« staunte Flandry.

»Sicher. Wir treten hier auf der Stelle. Sie könnten etwas Neues entdecken.«

»Danke, Sir!« Flandry schoß von seinem Stuhl hoch.

»Halt, brr, mein Sohn. Es handelt sich dabei nicht um eine Ferienreise. Sie werden die Rolle des dekadenten terranischen Nichtsnutzes zu spielen haben. Wir wollen doch nicht ihre Erwartungen enttäuschen. Und es wird auch Ihre Chancen vergrößern. Natürlich sollen Sie Ihre Augen und Ohren offenhalten, aber vergessen Sie die Anweisungen, den Mund geschlossen zu halten. Schwatzen Sie. Stellen Sie Fragen. Überwiegend dumme Fragen; und achten Sie höllisch darauf, nicht allzu eindringlich zu werden, damit man Sie nicht als Spion verdächtigt.«

Flandry runzelte die Stirn. »Äh, Sir, es würde ihnen doch merkwürdig vorkommen, wenn ich nicht hinter Neuigkeiten her wäre. Am besten sollte ich möglichst ungeschickt und augenfällig dabei vorgehen.«

»Ausgezeichnet. Sie machen rasch Fortschritte. Ich wünschte, Sie hätten mehr Erfahrungen . . . aber jeder muß einmal anfangen. Ich hoffe, daß Sie nicht in etwas geraten, was zu groß für Sie ist. Also, verschaffen Sie sich selbst ein paar Erfahrungen.«

Abrams sah dem Jungen nach, und ein Seufzer entrang sich ihm. Im großen und ganzen empfand er, daß er stolz darauf sein könnte, wenn Dominic Flandry sein Sohn wäre. Wahrscheinlich würde beim Ausflug des Fähnrichs nichts Wichtiges herauskommen, aber er würde ein weiterer Test für dessen Fähigkeiten sein. Wenn er ihn gut bestand, mußte Abrams ihn wahrscheinlich eigenhändig den Wölfen zum Fraß vorwerfen.

Es war einfach nicht möglich, die Dinge so lange in der Schwebe zu lassen, wie es Brechdan gefiel. Die ganze Situation enthielt Möglichkeiten, die nur ein Verräter nicht ausnutzen würde. Aber wie die Dinge standen, nun da die Mission für unbestimmte Zeit auf Merseia festgehalten wurde, konnte Abrams nicht mehr so vorgehen, wie er das ursprünglich geplant hatte. Die klassischen Methoden, die ihm vorgeschwebt hatten, mußten einer explosiven Taktik weichen.

Und Flandry war der Sprengstoff.

Wie fast alle intelligenten Spezies hatten die Merseianer im Verlaufe ihrer Geschichte Tausende von Sprachen und Kulturen entwickelt. Dann war genau wie auf Terra eine aufgetaucht, die die anderen beherrscht und langsam in sich aufgenommen hatte. Aber auf Merseia war dieser Prozeß nicht ganz so weit gegangen. Die Gesetze und Gebräuche der Länder rings um das Wilwidhmeer waren in anderen Teilen des Planeten kaum mehr als eine dünne Tünche. Zwar war Eriau die Einheitssprache, aber es gab immer noch Leute, die ihre eigene Muttersprache hatten und sie besser verstanden als das Eriau.

Vielleicht war Lannawar Belgis aus diesem Grund nie über den Rang eines Yqan hinausgekommen und momentan eine Art Laufbursche der Gruppe. Er konnte selbst seinen Dienstgrad nicht richtig aussprechen. Mit dem ›q‹, das einem ›k‹, gefolgt von einem weichen englischen ›th‹ entsprach, hatte er ähnliche Probleme wie jemand, der Anglik sprach. Oder vielleicht hatte er einfach keine Ambitionen. Denn ganz sicher hatte er große Fähigkeiten, wie sein unerschöpflicher Vorrat an Geschichten über seine Jahre im Weltraum bewies. Zudem war er ein liebenswerter alter Bursche.

Er saß entspannt mit dem Terraner und Tachwyr dem Dunklen beisammen, dessen Rang eines Mei etwa dem eines Leutnants entsprach. Flandry gewöhnte sich langsam an die Formalitäten des Umgangs zwischen Offizieren und Mannschaften im merseianischen Dienst. Anstelle der strikten wechselseitigen Trennung auf terranischen Schiffen gab es bei den Merseianern mehr Vertrautheit, eine Art fortdauernden Tanz.

»Aye, Vorausseher«, polterte Lannawar, »es war eine merkwürdige Kreisbahn, und ich hatte Glück, daß ich kaum etwas davon mitbekam. Aber irgendwie, warum, weiß ich auch nicht, war unser Schiff niemals mit viel Glück behaftet, bei dem, was danach kam. Nichts klappte mehr, wie es sollte, versteht ihr? Ohne schlecht vom Kapitän oder der Mannschaft sprechen zu wollen, war ich doch froh, auf die *Bedh-Arvrich* zu kommen. Ihr Kommandant war Runei der Wanderer, und mit ihm sind wir weit herumgekommen.«

Tachwyrs Schwanzspitze zuckte, und er öffnete seinen Mund. Irgend jemand war immer da, um Lannawars Geschwätzigkeit zu bremsen. Flandry, der schon halb eingeschlummert gewesen war, fuhr alarmiert auf. Er war eine Millisekunde schneller als Tachwyr, als er ausrief: »Runei? Der jetzt Fodaich auf Starkad ist?«

»Warum . . . aye, Vorausseher, ich denke schon.« Schielende Augen prägten das tätowierte Gesicht über dem Tisch. Eine grüne Hand kratzte den Wanst, über dem sich die Alltagstunika ausbeulte. »Nicht, daß ich viel wüßte. Von Starkad hatte ich überhaupt noch nichts gehört, bis man mir sagte, warum ihr Terraner hier seid.«

Flandrys Geist arbeitete so fieberhaft, daß er geradezu jede einzelne Ebene spürte, auf der er tätig war. Er mußte nach allem greifen, was ihm das Glück nach so vielen fruchtlosen Tagen anbot. Er mußte sich der Versuche Tachwyrs erwehren, dem Glück die Wirksamkeit zu nehmen, und wenn es auch nur eine Minute lang oder auch zwei gutging. Gleichzeitig mußte er bei seiner Rolle bleiben. (Dekadent, wie es Abrams vorgeschlagen hatte, und es hatte ihm Spaß gemacht, wann immer seine Begleiter ihn zu Vergnügungsplätzen mitnahmen. Aber einfältig, nein; er hatte schnell bemerkt, daß er weiterkommen würde, wenn sie ihn ein wenig respektierten und seine Gesellschaft sie nicht langweilte. Er war naiv, hatte große Augen und war von der pathetischen Hoffnung erfüllt, etwas für Mutter Terra zu erreichen, und gleichzeitig von dem beeindruckt, was er hier sah. In nachdenklichen Augenblicken gestand er sich ein, daß dies kaum ein vorgetäuschter Charakterzug war.) Auf tieferen Ebenen des Bewußtseins öffnete die Aufregung die Schleusen der Wahrnehmung.

Einmal mehr wurde er sich des Hintergrundes bewußt. Sie saßen auf Bänken in einer mit komplizierten Arabesken und einer Zwiebelkuppel ausgestatteten Marmorlaube. Mit bitterem Bier gefüllte Krüge standen vor ihnen. Merseianische Speisen und Getränke waren für Terraner durchaus nahrhaft und oft auch geschmackvoll. Sie hatten dieses Restaurant auf einer Hügelspitze, das gleichzeitig ein von den Anhängern eines altertümlichen Glaubens gehüteter Schrein war, wegen der Aussicht und zum Ausruhen nach dem Umherstreifen durch Dalgorad aufgesucht. Die unterhalb von ihnen liegende Gemeinde war halb von sanft leuchtenden Blumen und dunkelgrünen Stämmen bedeckt; es gab ein paar moderne Bauwerke und zahlreiche ausgehöhlte Bäume, die bereits ungezählte Generationen einer zivilisierten Gesellschaft beherbergt hatten. Jenseits des Flughafens erstreckte sich ein Gebiet aus rotem Sand. Ein Ozean, dessen tiefblaue Farbe fast in Schwarz überging, warf gewaltige Wellen an die Küste. Ein nach Zimt duftender Wind trug ihr entferntes Donnern zu Flandry. Korych schien mit subtropischer Gewalt auf sie herab, aber die Monde Wythna und Lythyr waren schwach wie Gespenster erkennbar.

Innere Wahrnehmungen: in Oberschenkeln und Bauch angespannte Muskeln, Rauschen des Blutes in den Trommelfellen, kalte Handflächen; Merseias Schwerkraft war nur um wenige Prozent größer als die Terras. Die Luft, das Wasser, die Biochemie, das tierische und pflanzliche Leben waren eng mit dem verwandt, unter dem sich der Mensch entwickelt hatte. Beide Welten waren nach den Begriffen der anderen schön.

Und genau das machte beide Rassen zu Feinden. Sie strebten beide den gleichen Zustand an.

»Also hatte Runei mit den ersten Missionen nach Starkad nichts zu tun?« erkundigte sich Flandry.

»Nein, Vorausseher. Wir waren jenseits von Rigel unterwegs.« Lannawar griff nach seinem Krug.

»Aber ich kann mir vorstellen«, fuhr Flandry rasch fort, »daß ihr von Zeit zu Zeit, wenn die Forschungsraumer zusammentrafen, wie in der Taverne Geschichten ausgetauscht habt?«

»O ja, was sonst? Ausgenommen, wenn man uns angewiesen hat, den Mund darüber zu halten, wo wir gewesen waren. Aber das ist auch dann nicht einfach, selbst wenn es sich um ein Marinegeheimnis handelt, glaube mir, wenn man die andere Mannschaft beim Prahlen damit übertrumpfen kann.«

»Aber du hast doch wohl viel von der Gegend um Beteigeuze mitbekommen.«

Lannawar hob seinen Krug und bekam auf diese Weise Tachwyrs Stirnrunzeln nicht mit. Aber er unterbrach den Faden des Gesprächs, und der Offizier fing das entwirrte Ende geschickt auf.

»Bist du wirklich an Anekdoten interessiert, Fähnrich? Ich

fürchte, daß unser guter Yqan dir nicht mehr zu bieten hat.«

»Nun ja, Mei, ich bin generell am Beteigeuze-Sektor interessiert«, meinte Flandry. »Schließlich grenzt er an unser Imperium. Ich habe bereits in der Gegend gedient, auf Starkad, und weiß nicht, ob es noch einmal dazu kommt. Deshalb bin ich für alles dankbar, was ihr mir erzählen könnt.« Lannawar setzte seinen Krug ab, um Luft zu holen. »Falls du, Yqan, nie selbst dort warst, vielleicht kennst du jemanden, der es war. Natürlich bin ich nicht hinter Geheimnissen her, nur Geschichten.«

»Kh-r-r.« Lannawar wischte den Schaum von seinem Kinn. »Gibt nicht viele davon hier, von denen, die dort waren. Entweder sind sie wieder im All oder tot. Da war zum Beispiel der alte Ralgo Tamuar, ein Kasernenfreund aus früheren Tagen der Ausbildung. Er war oft dort. Wie er lügen konnte! Er hat sich auf eine Kolonie zurückgezogen, laß mich nachdenken, welche ist es denn?«

»Yqan Belgis.« Tachwyr sprach ruhig und ohne besondere Betonung, aber Lannawar wurde steif. »Ich hielte es für das beste, wenn wir von diesem Thema abkommen. Die Lage auf Starkad ist ziemlich unglücklich. Wir versuchen, uns unserem Gast gegenüber wie Freunde zu verhalten, und ich hoffe, mit Erfolg; aber bei dem Streit zu verweilen, wäre ein unnötiges Hindernis.« Zu Flandry gewandt meinte er sardonisch: »Ich hoffe, der Fähnrich stimmt zu.«

»Wie du willst«, murmelte der Terraner.

Verdammt, verdammt, verdammt durch die Kraft der Hölle! Er hatte eine Spur gefunden, darauf hätte er seinen Kopf verwettet, und jetzt fühlte er sich frustriert.

Ein Schluck Bier besänftigte ihn wieder. Nie war er idiotisch genug gewesen, zu erwarten, daß er selbst eine spektakuläre Entdeckung machen würde, irgendeinen großen Wurf machen könnte. (Nun ja, es gab da gewisse Tagträume, aber die zählen ja nicht wirklich.) Was er jetzt in Erfahrung gebracht hatte, war, daß die frühen merseianischen Expeditionen nach Starkad etwas Wichtiges und Merkwürdiges gefunden haben mußten. Das Geheimnis war offen zutage getreten. Offiziere und Mannschaften, die entweder die Wahrheit kannten oder vermuteten, waren dem Zugriff entzogen. Ermordet? Nein, das sicher nicht.

Die Merseianer waren nicht die Monster, als die sie die terranische Propaganda darstellte. Denn wären sie es, dann wären sie nie so weit gekommen und nie so gefährlich geworden. Man konnte den Mund eines Raumfahrers verschließen, indem man ihn versetzte oder in ein Exil schickte, das möglicherweise so komfortabel war, daß er es nie als solches erkannte.

Selbst für den Posten des starkadianischen Kommandanten hatte Brechdan jemanden ausgewählt, der nichts über das Vorher wußte, und dem niemand die verborgene Wahrheit hatte eröffnen können. Warum das alles . . . abgesehen von Forschungspersonal, das nicht weiter zählte, gab es im Universum vielleicht ein halbes Dutzend Wesen, die Bescheid wußten.

Tachwyr gehörte offensichtlich nicht dazu. Er und seine Gefährten hatten einfach die Anweisung erhalten, mit Flandry über bestimmte Themen zu sprechen.

Der Terraner glaubte, daß sie ehrlich waren, und zwar die meisten von ihnen, was ihre Freundlichkeit ihm gegenüber anging wie auch ihr Wunsch, daß die gegenwärtige Mißstimmung beseitigt werden würde. Es waren gute Burschen. Flandry fühlte sich ihnen verwandter als vielen Menschen.

Trotzdem dienten sie dem Feind, einem wirklichen Feind. Dieser Feind waren Brechdan Ironrede und sein Großrat, die irgend etwas Furchtbares in Gang gebracht hatten. Wind und Wellenschlag klangen auf einmal wie das Geräusch einer sich nähernden Maschine.

Ich habe nichts herausgefunden, was Abrams nicht bereits vermutet, dachte Flandry. *Aber ich habe seinen Verdacht etwas stärker untermauert. Gott! Noch vier Tage, bis ich es ihm erzählen kann.*

Sein Mund fühlte sich trocken an. »Wie wäre es mit einer weiteren Runde?« schlug er vor.

»Wir machen einen Ausflug«, erklärte Abrams.

»Sir?« Flandry blinzelte.

»Kleine Vergnügungsfahrt. Meinen Sie nicht, daß ich auch mal eine machen könnte? Und zwar geht's zum Gethwyd-Wald, ein, sagen wir, nicht registriertes Gebiet.«

Flandry blickte an der wuchtigen Gestalt seines Chefs vorbei durch das Fenster. Ein Gartenroboter war mit den Rosen beschäftigt und dem Versuch, die für ihr Gedeihen erforderliche Mikroökologie aufrechtzuerhalten. Ein Sekretär des diplomatischen Stabes flirtete außerhalb einer der Residenzblasen mit der Frau des Assistenten des Marine-Attachés. Hinter ihnen streckten sich Ardaigs moderne Türme brutal in den Himmel. Der Nachmittag war heiß und still.

»Äh . . . Sir«, zögerte Flandry.

»Wenn Sie mich in diesen Tagen privat mit ›Sir‹ anreden, wollen Sie etwas von mir«, meinte Abrams. »Na los.«

»Nun, äh, könnten wir vielleicht Donna d'Io einladen?« Flandry spürte, wie er unter dem Blick dieser krähenfüßigen Augen rot wurde. Er versuchte, den Vorgang unter Kontrolle zu halten, verschlimmerte ihn aber bloß. »Sie, äh, nun, sie ist wahrscheinlich ziemlich einsam, wenn seine Lordschaft mit Gefolge nicht in der Stadt sind.«

Abrams grinste. »Was, ich bin nicht dekorativ genug für Sie? Tut mir leid. Es würde nicht gut aussehen. Los, kommen Sie.«

Flandry starrte ihn an. Mittlerweile kannte er diesen Mann. Zumindest konnte er es spüren, wenn etwas, das nicht zugegeben wurde, unter der Oberfläche vorhanden war. Es kribbelte in seinem Rückgrat. Nachdem er über seine Reise Bericht erstattet hatte, war er davon ausgegangen, zur Schreibtischarbeit und nur nachts unterbrochenen Langeweile zurückzukehren. Aber schließlich mußte es ja einmal richtig losgehen. Sosehr er auch gemurrt hatte, so sarkastisch er sich auch über das glitzernde Leben in romantischen, fremdartigen Hauptstädten ausgelassen hatte, er war sich doch nicht sicher, ob er diesen Wechsel mochte.

»Sehr gut, Sir.«

Sie verließen das Büro und begaben sich zu den Garagen. Die merseianischen Techniker erschienen regelmäßig, um das Abrams' geliehene Luxusboot zu begutachten, aber heute war nur ein diensthabender Mensch dort. Mit neidischen Blicken ließ er den langgezogenen blauen Tränentropfen aus der Garage gleiten. Abrams und Flandry stiegen ein, verschlossen die Tür und ließen sich im Salon nieder. »Gethwyd-Wald, Hauptparkbereich«, sagte Abrams. »Fünfhundert Stundenkilometer, die Flughöhe ist egal.«

Die Maschine nahm Kontakt zu anderen Maschinen auf. Die Freigabe erfolgte, und die Strecke wurde zugewiesen. Das Boot erhob sich geräuschlos. Auf Terra wäre es möglich gewesen, seinen Kurs zu überwachen, aber die überheblichen Häuptlinge Merseias hatten den Einbau einer solchen Möglichkeit verhindert, um ihren Einsatz gegen sie zu verhindern. Das Verkehrskontrollsystem außerhalb nicht registrierter Gebiete war automatisch und anonym. Solange sie es nicht verfolgten oder verwanzten, waren merseianische Sicherheitsoffiziere nicht in der Lage, ein solches Fahrzeug unter Beobachtung zu halten. Abrams war das nur recht, sowohl aus Prinzip als auch, weil es ihm entgegenkam.

Er fummelte in seiner Tunika nach einer Zigarre. »Wir könnten etwas trinken«, schlug er vor. »Ich nehme Whisky und Wasser.«

Flandry besorgte das Gewünschte und sich selbst einen Kognak. Als er von der Bar zurückkam, hatten sie die Höhe von sechstausend Metern erreicht und flogen nordwärts. Es würde bei dieser Geschwindigkeit zwei Stunden dauern, bis sie das von den Vach Dathry für die Öffentlichkeit freigegebene Schutzgebiet erreichten. Flandry war schon einmal dort gewesen anläßlich eines Ferienausfluges, den Oliveira für Hauksberg und sein Gefolge organisiert hatte. Er konnte sich an feierlich große Bäume erinnern, an Vögel mit goldenem Gefieder, den Duft von Humus und den wilden Geschmack des Frühlings. Und höchst lebendig geblieben war für ihn der Anblick der auf Persis' dünnem Kleid tanzenden Sonnenlichtflecken. Nun konnte er über den Bildschirm die Krümmung des Planeten sehen, im Westen den schimmernden Ozean, und er nahm den Übergang der Riesenstadt in ländliches Gebiet mit Farmen und einzelnen Burgen wahr.

»Setzen Sie sich«, befahl Abrams. Seine Hand klopfte auf einen Sessel, und Rauch umgab ihn.

Flandry gehorchte und befeuchtete seine Lippen. »Sie haben mir etwas zu sagen, nicht wahr?«

»Sie liegen schon mit der ersten Annahme völlig richtig! Und um sich das Abzeichen des Jungspions und den Taschendekodierer zu verdienen, sagen Sie mir, was ein Elefant ist.«

»Häh, Sir?«

»Ein Elefant ist eine gemäß Regierungsanweisungen gebaute Maus. Oder andersherum ist eine Maus eben ein transistorisierter Elefant.« Abrams sah nicht jovial aus. Er zögerte mit etwas.

Flandry nahm einen nervösen Schluck. »Wenn es vertraulich ist, sollten wir dann nicht lieber woanders sein?«

»Hier ist es sicherer als in der Botschaft. Die ist nur wahrscheinlich wanzenfrei, nicht sicher, und das altmodische Lauschen an der Tür ist nie ganz aus der Mode gekommen.«

»Aber ein merseianisches Abhörgerät . . .«

»Wir sind sicher, mein Wort darauf.« Abrams starrte die Zigarre an, die er zwischen seinen Fingern drehte. »Junge, ich brauche Sie für einen Job, und zwar dringend. Er könnte gefährlich sein, und ganz sicher wird er unangenehm sein. Sind Sie dabei?«

»Ich sollte besser, nicht wahr?« Flandrys Herz raste.

Abrams nickte ihm zu. »Sie sind schlagfertig für einen neunzehn Jahre alten Burschen. Aber meinten Sie das eben wirklich, tief bis auf Ihre Knochen?«

»Ja, Sir.« Ich *hoffe* es.

»Ich glaube Ihnen. Ich muß einfach.« Abrams nahm einen Schluck und einen tiefen Zug. Plötzlich sagte er:

»Wir wollen einmal die Umstände durchsprechen, wie sie sind. Ich gehe davon aus, daß Sie genug gesunden Menschenverstand haben, zu lesen, was auf Ihren Augäpfeln steht, daß nämlich Brechdan nicht das geringste Interesse daran hat, den Konflikt auf Starkad beizulegen. Eine Weile lang dachte ich, daß er vielleicht erwog, uns den Frieden anzubieten als Gegenleistung für etwas anderes, das er wollte. Aber wenn das der Fall gewesen wäre, hätte er die Verhandlungen nicht dermaßen lahmgelegt. Nach dem unvermeidlichen Minimum verschwendeter Mühe wäre er zur Sache gekommen. Merseianer teilen nicht das Vergnügen der Menschen am Juristischen. Wenn Brechdan irgendeinen konkreten Verhandlungsgewinn angestrebt hätte, wäre Hauksberg jetzt schon wieder auf Terra, um einen einleitenden Bericht zu erstatten.

Statt dessen haben Brechdans Verhandlungsführer mit einer irrelevanten Streiterei nach der anderen die Verhandlungen zum Stillstand gebracht. Selbst Hauksberg wird das langsam zuviel. Ich glaube, daß genau dies der Grund ist, warum Brechdan ihn und sein Gefolge für eine oder zwei Wochen zum Jagen und Fischen nach Dhangodhan eingeladen hat. Einmal ergibt das eine erneute Verzögerung; zum anderen dient es als Geste des guten Willens, die das Gemüt unseres Vicomte besänftigen soll.« Die höhnische Betonung des ›guten Willens‹ war unüberhörbar. »Ich bin ebenfalls eingeladen worden, aber ich habe mich mit Hinweis auf meine Nachforschungen entschuldigt. Wenn er nur daran gedacht hätte, hätte Brechdan beinahe die hiesigen Sitten durchbrochen und sogar Donna Persis eingeladen, als eine weitere Verführung für Hauksberg, in den Bergen zu bleiben. Trotzdem hat er für Abwechslung für seine Gäste gesorgt. Es gibt Menschen in merseianischen Diensten, wie Sie wissen.«

Flandry nickte. Eine Sekunde lang fühlte er sich enttäuscht. Hauksbergs Abwesenheit bei seiner Rückkehr war ihm als eine noch bessere Gelegenheit erschienen als die ständige Erschöpfung des Vicomte in Ardaig. Aber die Aufregung schlug ihn in ihren Bann. Nur nicht an Persis denken. Sie war ein vorzüglicher Zeitvertreib, sonst nichts.

»Beinahe bin ich versucht, wie Seine Lordschaft davon auszugehen, daß Brechdan es im Grunde ehrlich meint«, sagte er. »Der durchschnittliche Merseianer ist ehrlich, da bin ich mir sicher.«

»Natürlich sind Sie sich sicher. Und Sie haben recht. Das macht schon einen Unterschied.«

»Aber wie dem auch sei, Starkad ist zu wichtig. Haben Sie das diesem Idi... Lord Hauksberg nicht erklärt?«

»Ich war es nach einiger Zeit müde, es immer wieder zu erklären«, erwiderte Abrams. »Was habe ich auch schon als Basis meiner Argumentation als ein Vorurteil, das auf Erfahrungen beruht, die er nie gemacht hat?«

»Ich frage mich, warum Brechdan überhaupt dem Empfang einer Delegation zugestimmt hat.«

»Oh, es war leichter anzunehmen als abzusagen, nehme ich

an. Oder vielleicht paßt es auch gut in seine Pläne. Noch will er den totalen Krieg nicht. Aber ich bin mir sicher, daß er ihn ursprünglich in Bälde geplant hatte. Aus gewissen Hinweisen entnehme ich, daß ihn nun etwas anderes beschäftigt, daß er eine ganz andere Maßnahme plant, die nichts mit Starkad zu tun hat, und daß er sie in einem besseren Licht erscheinen lassen will, indem er uns besänftigt. Gott allein weiß, wie lange er uns aufhalten wird. Es kann noch Wochen dauern.«

Abrams beugte sich vor. »Und inzwischen kann einiges passieren. Bei unserer Ankunft habe ich gehofft, kurz vor der Abreise ein höllisches Ding zu drehen. Und es sah zuerst auch ganz gut aus. Es könnte uns die Wahrheit über Starkad enthüllen. Nun, die Dinge haben sich entwickelt, Anordnungen haben sich verschoben, meine Gelegenheit droht, mir zu entgleiten. Wir müssen uns beeilen, oder unsere Chancen werden mächtig klein werden.«

Das ist es, dachte Flandry, während ein Teil von ihm über die Banalität spottete und er mit angehaltenem Atem wartete.

»Ich will Ihnen nicht mehr erzählen als nötig«, meinte Abrams.

»Nur dies: Ich weiß jetzt, wo Brechdans geheimste Akte zu finden ist. Das war nicht weiter schwer herauszufinden. Jeder weiß es. Ich glaube, daß man dort einen Agenten hineinbekommen kann. Das nächste und schwerste Problem wird sein, die Information herauszubekommen und niemanden erfahren zu lassen, daß wir es tun.

Ich kann nicht mehr warten, bis wir alle zurückfliegen. Das ließe zu vielen unangenehmen Dingen Zeit, zu geschehen. Ich kann auch nicht selbst frühzeitig abreisen. Dazu bin ich verdammt zu auffällig. Es würde zu sehr danach aussehen, als hätte ich das ins reine gebracht, worauf ich aus sei. Hauksberg selbst könnte mir verbieten zu gehen, und zwar genau deshalb, weil er mich verdächtigt, seine Frie-rie-riedensmission zu schädigen. Oder sonstwas ... Merseianer würden mich aus dem System fliegen. Brechdans Schergen könnte einen Unfall inszenieren, nur als Vorsichtsmaßnahme. Sie könnten mich auch einem Hypnoverhör unterziehen, und was mir dort geschehen würde, wäre noch wenig im Vergleich zu dem, was danach auf unsere Streitkräfte zukäme. Ich möchte nicht melodramatisch sein, Junge, aber so liegen die Dinge eben.«

Flandry saß reglos da. »Sie wollen, daß ich die Daten rausbringe, falls Sie sie bekommen.«

»Ah, Sie wissen also, was ein Elefant ist.«

»Sie müssen wirklich eine brauchbare Quelle beim merseianischen HQ haben.«

»Ich hatte schon schlechtere«, meinte Abrams selbstgefällig.

»Das konnte nicht im voraus arrangiert werden.« Flandry betonte jedes Wort einzeln. Die Erkenntnis machte ihn frieren. »Und wenn doch, warum sind Sie dann selbst hierhergekommen? Es muß etwas sein, das Sie auf Starkad in die Hand bekommen haben, und worüber Sie niemandem etwas erzählen konnten, dem Sie getraut hätten und auf den man hätte verzichten können.«

»Lassen Sie uns über Ihren Auftrag sprechen«, sagte Abrams schnell.

»Nein. Ich möchte das letztere klären.«

»Sie?«

Flandry starrte wie ein Blinder an Abrams vorbei. »Wenn der Kontakt so gut war«, meinte er, »dann hätten Sie vor dem U-Boot-Angriff auf Ujanka warnen sollen. Aber das haben Sie nicht getan. Es gab keine Vorbereitungen. Nur ein Zufall hätte die Stadt retten können.« Er stand auf. »Ich habe Tigerier auf den Straßen sterben sehen.«

»Setzen Sie sich!«

»Ein Mörder auf den Kais hätte dieses Boot erledigen können.« Flandry setzte sich in Bewegung. Seine Stimme wurde lauter. »Männchen und Weibchen und Junge wurden zerfetzt oder lebendig unter Schutt begraben, und Sie haben nichts getan!«

Abrams sprang auf die Füße und folgte ihm. »Bleiben Sie stehen!« bellte er.

Flandry wirbelte herum. »Warum, zum Teufel, sollte ich?«

Abrams ergriff seine Handgelenke. Flandry versuchte, sich zu befreien, aber Abrams schaffte es, ihn festzuhalten. Zorn ließ das dunkle Chaldäergesicht noch dunkler werden. »Hören Sie mir zu«, begann Abrams. »Ich wußte Bescheid. Ich wußte, was passieren würde, wenn ich nichts unternehme. Als Sie diese Stadt gerettet haben, bin ich vor Gott auf die Knie gefallen. Ich hätte es vor Ihnen getan, wenn Sie mich hätten verstehen können. Aber nehmen wir an, ich hätte reagiert. Runei ist kein Dummkopf. Er hätte annehmen müssen, daß ich eine Quelle habe, und es gab nur eine Möglichkeit dafür. Er hätte sie verschüttet. Aber ich war schon dabei, die Linie bis in Brechdans eigene Akten hinein zu erweitern. In die Wahrheit über Starkad. Wie viele Leben könnte das retten? Nicht nur menschliche. Tigerier, Siravo, Hölle, auch Merseianer! Gebrauchen Sie Ihr Hirn, Dom. Zwischen Ihren Ohren muß es doch zwei Zellen geben, die funktionieren. Natürlich ist es ein schmutziges Spiel. Aber es hat einen praktischen Aspekt, der auch etwas mit Ehre zu tun hat. Man gibt seine Quellen nicht preis! Das tut man nicht!«

Flandry rang nach Luft. Abrams ließ ihn los, und der Fähnrich fiel in seinen Sessel zurück, sank darin zusammen und nahm einen tiefen Schluck. Abrams wartete ab.

Flandry blickte auf. »Es tut mir leid, Sir«, brachte er hervor. »Überarbeitet, nehme ich an.«

»Sie brauchen sich nicht zu entschuldigen.« Abrams klopfte ihm auf die Schultern. »Einmal mußten Sie es ja erfahren. Warum dann nicht jetzt. Und wissen Sie: Sie geben mir einen Hauch Hoffnung. Ich habe schon begonnen, mich zu fragen, ob es noch irgendeinen auf unserer Seite gibt, der dieses Spiel aus einem anderen Interesse als zu seinem eigenen Vorteil spielen würde. Sobald Sie im Rang aufsteigen . . . nun, warten wir's ab.«

Er setzte sich ebenfalls. Eine Zeitlang herrschte Schweigen zwischen ihnen.

»Ich bin wieder klar, Sir«, ließ Flandry vernehmen.

»Gut«, grollte Abrams. »Sie werden so viel Klarheit benötigen, wie Sie auftreiben können. Der meiner Ansicht nach beste Weg, die Informationen herauszuschmuggeln, beinhaltet auch einen ziemlich schmutzigen Trick. Er beinhaltet auch Schande. Eine andere Möglichkeit wäre mir lieber, aber ich habe vergebens versucht, eine herauszufinden.«

Flandry schluckte. »Und?«

Abrams ging behutsam vor. »Es handelt sich um folgendes Problem«, erklärte er. »Ich glaube, daß wir diese Akten unerkannt rauben können. Besonders jetzt, wo Brechdan nicht da ist, und auch nicht die drei anderen, von denen ich in Erfahrung gebracht habe, daß sie als die einzigen außer Brechdan Zugang zu einem bestimmten Raum haben. Aber trotzdem würde es merkwürdig aussehen, wenn gleich darauf jemand von uns ohne stichhaltigen Grund abreist. Sie könnten einen haben.«

Flandry versteifte sich. »Was?«

»Nun, wenn Lord Hauksberg Sie ›in flagrante delicto‹ mit seiner schmackhaften Reisebegleitung erwischt . . .«

Das hätte auch eine weit erfahrenere Person aus der Fassung gebracht. Flandry sprang auf. »Sir!«

»Setzen Sie sich, Junge. Erzählen Sie mir bloß nicht, daß die Mäuse nicht miteinander gespielt haben, während die Katzen anderswo waren. Sie waren geschickt genug, daß es außer mir niemand sonst bemerkt hat, selbst in unserer geschwätzigen kleinen Enklave nicht. Das spricht sehr für Ihre Karriere beim Nachrichtendienst. Aber ich arbeite in Ihrer Nähe. Wenn Sie beim morgendlichen Bericht schlampig aussehen, nachdem Lord Hauksberg abends zuvor so erschöpft war, daß er ein Schlafmittel einnahm; wenn ich nicht schlafen kann und mitten in der Nacht ein paar Arbeiten erledigt haben möchte, Sie aber nicht in Ihrem Zimmer sind; wenn Sie und Persis Blicke austauschen . . . muß ich jedes einzelne Wort buchstabieren? Egal. Ich verdamme Sie nicht. Wäre ich nicht ein alter Mann mit exzentrischen Ideen über seine Ehe, wäre ich sogar eifersüchtig.

Aber das gibt uns unsere Chance. Alles, was wir tun müssen, ist, es vor Persis geheimzuhalten, wann ihr Herr und Meister zurückkommt. Sie beschäftigt sich mit dem Rest der Gesellschaft nicht allzusehr – nur zu verständlich –, und Sie können die Ablenkung durchführen, die alles sicherstellt. Dann lassen wir die Sache durchsickern – nichts gegen Persis persönlich, nur, um die Diener dazu zu bringen, daß sie es jedem erzählen –; ich werde aufpassen, daß sie nichts mitbekommt. Was das übrige angeht, lassen wir der Natur ihren Lauf.«

»Nein!« tobte Flandry.

»Sie brauchen wegen ihr keine Angst zu haben«, entgegnete Abrams. »Man wird sie höchstens schelten. Lord Hauksberg ist ziemlich tolerant. Nun, das muß er auch sein. Sollte sie ihre Stellung verlieren . . . nun, unser Korps hat ausreichende Mittel zur Verfügung. Wir können sie auf Terra ausreichend unterstützen, bis sie jemand anderen gefunden hat. Ich habe wirklich nicht den Eindruck daß es ihr das Herz brechen würde, wenn Lord Hauksberg sich ein neues Modell anschaffen müßte.«

»Aber . . .« Zum Teufel mit der Schamröte! Flandry starrte zu Boden und schlug mit den Fäusten auf die Knie. »Sie vertraut mir. Ich kann nicht.«

»Ich sagte schon, daß unser Geschäft schmutzig ist. Schmeicheln Sie sich selbst damit, daß sie Sie liebt?«

»Nun . . . äh . . .«

»Sie tun es. Ich täte das nicht. Aber angenommen, sie liebt Sie wirklich, eine psychische Behandlung für einen so einfachen Menschen ist billig, und sie ist kühl genug, um eine zu bekommen. Ich mache mir um Sie mehr Sorgen.«

»Was ist denn mit mir?« fragte Flandry elend.

»Lord Hauksberg wird sich an Ihnen zu rächen haben. Unabhängig von seinen persönlichen Gefühlen, kann er so etwas nicht durchgehen lassen. Die ganze Enklave, vielleicht ganz Terra wird davon erfahren, wenn Sie die Sache richtig inszenieren. Er hat vor, einen oder zwei Tage nach seiner Rückkehr von Dhangodhan einen Kurier nach Hause zu schicken, der einen Bericht über die Fortschritte zu überbringen haben wird. Sie werden, in Ungnade gefallen, mit demselben Schiff gehen, belastet mit einem Verbrechen von der Art: Respektlosigkeit gegenüber ererbter Autorität.

Im passenden Augenblick? Die Einzelheiten muß ich noch ausarbeiten – wird mein Agent die Informationen erhalten und an mich weiterleiten. Ich werde sie dann Ihnen zukommen lassen. Einmal auf Terra, werden Sie einem bestimmten Mann ein Wort sagen, das ich Ihnen noch mitteile. Sie sollten nicht so herumzappeln. Eigentlich sollten Sie mir eher die Stiefel dafür lecken, daß ich Ihnen eine solche Gelegenheit biete, mit Männern bekannt zu werden, die wirklich zählen. Meine Stiefel müßten dringend geputzt werden.«

Flandry wandte sich ab und blickte durchs Fenster auf die Wolken hinaus, die über dem grünen und braunen Gesicht Merseias schwebten. Er spürte den Motor in seinem Schädel summen.

»Was wird mit Ihnen und den anderen?« fragte er schließlich.

»Wir bleiben hier, bis die Farce endlich ein Ende findet.«

»Aber ... nein, warten Sie, Sir ... es könnte so viel verkehrt laufen. Tödlich verkehrt.«

»Ich weiß. Das ist Ihr Risiko.«

»Ihres noch mehr.« Flandry schwang sich wieder herum zu Abrams. »Ich könnte ohne Schaden herauskommen. Aber wenn es später einen Verdacht gibt ...«

»Um Persis würden sie sich kaum kümmern«, erwiderte Abrams. »Sie wäre den Aufstand nicht wert. Auch Hauksberg wäre kaum in Gefahr. Er ist ein akkreditierter Diplomat, und ihn zu verhaften, würde verdammt nahe an eine Kriegshandlung herankommen.«

»Aber Sie, Sir! Sie könnten zu ihm gerechnet werden, aber ...«

»Lassen Sie das«, meinte Abrams. »Ich habe vor, im fortgeschrittenen Greisenalter zu sterben. Wenn es den Anschein bekommt, daß die Entwicklung anders verläuft, habe ich immer noch meinen Blaster. Sie kriegen mich nicht lebendig, und ich wäre nicht der einzige, der den Kosmos verlassen würde. Also: Sind Sie dabei?«

Es erforderte Flandrys ganze Willenskraft, zu nicken.

12

Zwei Tage später verließ Abrams die Botschaft wieder in seinem Boot. Am Horizont über dem Meer glühte ein Rest des Sonnenuntergangs. Die erleuchteten Straßen Ardaigs wurden stärker sichtbar, als die Dämmerung der Nacht wich. Fenster erwachten zum Leben, und das Signalfeuer auf der Admiralität erschien plötzlich wie eine rote Sonne. Es herrschte dichter Verkehr, und der Robotpilot hatte demzufolge eine ganze Menge Signale zu verarbeiten, in sich selbst, solche von anderen Robotpiloten und von der nächstgelegenen Leitstelle. Die Computer in allen Stationen standen in intensivem Kontakt miteinander, bildeten ein Netzwerk des Datenaustausches. Das Zentralgeflecht war die Hauptkontrolle, wo das Gesamtschema ausgearbeitet und das dreidimensionale Gebilde der Luftstraßen von Minute zu Minute den Erfordernissen eines möglichst reibungslosen Verkehrsablaufes angepaßt wurde.

Es war nicht schwer, in diesen endlosen Datenstrom eine passend überlagerte und verschlüsselte Botschaft einzuschleusen. Außer dem Sender und dem Empfänger konnte keiner etwas davon erfahren. Es hätte schon eines großen Aufwandes an Wahrscheinlichkeitsanalyse bedurft, um überhaupt herauszufinden, daß eine solche Botschaft transportiert worden war, aber selbst dann hätte niemand den Inhalt entziffern können. Weder das Boot noch die terranische Botschaft verfügte über die entsprechende Ausrüstung.

Aus der Dunkelheit heraus, die ihn umgab, sprach Dwyr der Haken seine Botschaft aus. Er sandte sie nicht, er sprach sie im Sinne eines Stimmgebrauchs, denn seine Nervenenden waren direkt an die Stromkreise des Fahrzeuges angeschlossen und er fühlte die Gezeiten des elektronischen Meeres, das Ardaig erfüllte, wie ein lebendes Geschöpf seinen eigenen Blutkreislauf wahrnimmt.

»Hauptbeobachter Drei an Abteilung Dreizehn.« Dann folgte eine Sequenz von Symbolen. »Empfang des Berichtes vorbereiten.«

Einige Kilometer entfernt merkte ein Merseianer an seinem Schreibtisch auf. Er gehörte zu den wenigen, die über Dwyr Bescheid wußten; sie wechselten sich schichtweise ab, so daß rund um die Uhr einer von ihnen zur Verfügung stand. Bislang hatten sie keine Neuigkeiten in Erfahrung bringen können. Aber das war gut so, denn es bewies, daß der terranische Agent, vor dem man sie gewarnt hatte, nichts erreicht hatte.
»Abteilung Dreizehn an Haupt Drei. Dhech hier. Berichte.«

»Abrams ist allein an Bord und hat den Piloten angewiesen, ihn an folgenden Ort zu bringen.« Dwyr gab die Koordinaten durch. Sie lagen in einem hügeligen Vorort, was ihm nichts weiter sagte, denn Ardaig war nicht seine Stadt.

»Ah ja«, nickte Dhech. »Das Haus Fodaich Qwynns. Wir wußten bereits, daß Abrams heute abend dort sein würde.«

»Wird irgend etwas passieren?« wollte Dwyr wissen.

»Nein, du wirst für einige Stunden geparkt werden und ihn dann zur Botschaft zurückbringen. Er hat sich bereits längere Zeit um eine Einladung bei Qwynn bemüht, um mit ihm privat und ausführlich über bestimmte Fragen von beiderseitigem Interesse zu reden. Heute drängte er dermaßen, daß Qwynn es ihm nicht abschlagen konnte, ohne unhöflich zu sein.«

»Hat das etwas zu besagen?«

»Kaum. Wir gehen davon aus, daß Abrams es einfach deswegen eilig hat, weil sein Häuptling morgen zusammen mit der Hand der Vach Invory, unser aller großem Protektor, zurückkehren wird. Für danach steht nicht mehr zu erwarten, als daß er es wieder mit diplomatischen Manövern zu tun haben wird. Heute könnte seine letzte Chance sein, mit Qwynn zusammenzutreffen.«

»Ich könnte das Boot verlassen und sie überwachen«, bot Dwyr an.

»Nicht nötig. Qwynn ist verschwiegen und wird uns selbst Bericht erstatten. Wenn Abrams sich etwas von dem Gespräch verspricht, wird er enttäuscht sein. Aber wahrscheinlich ist sein Interesse akademischer Natur. Es sieht so aus, als hätte er alle Spionagepläne aufgegeben.«

»Unter meiner Beobachtung hat er ganz sicher nichts Verdächtiges unternommen«, meinte Dwyr. »Und das in einem Boot, von dem er annehmen muß, daß es ein idealer Ort für Komplotte ist. Ich werde froh sein, sobald er wieder weg ist. Das war ein langweiliger Auftrag.«

»Aber eine Ehre für dich«, meinte Dhech. »Niemand außer dir hätte das so lange durchgehalten.« Eine plötzliche Störung ließ ihn auffahren. »Was ist das?«

»Ärger mit dem Kommunikator«, entgegnete Dwyr, der die Störung hervorgerufen hatte. »Man müßte ihn möglichst schnell einmal untersuchen. Vielleicht verliere ich sonst den Kontakt.«

»Wir werden uns eine Ausrede ausdenken, in etwa einem Tag einen Techniker rüberzuschicken. Gute Jagd.«

»Gute Jagd.« Dwyr unterbrach die Verbindung.

Durch die Augen der Elektronik konnte Dwyr sowohl das Innere als auch die Umgebung des Bootes beobachten. Das Boot senkte sich seinem Zielort entgegen. Abrams war aufgestanden und legte sich einen Mantel an. Dwyr aktivierte einen Lautsprecher. »Ich habe mit Abteilung Dreizehn gesprochen. Sie haben keine Ahnung. Ich habe ihnen weisgemacht, daß etwas mit meinem Sender nicht stimmen könnte, falls sie aus irgendeinem Grund versuchen sollten, während meiner Abwesenheit Kontakt aufzunehmen.«

»Gut gemacht.« Abrams' Tonfall war ziemlich ruhig, aber er zog nervös an seiner Zigarre und drückte den Stummel ziemlich heftig aus. »Und denk daran! Ich werde einige Stunden brauchen. Das sollte für dich reichen, deine Aufgabe zu erledigen und zurückzukehren. Aber falls irgend etwas schiefgeht, vergiß nicht, daß es die Informationen sind, um die es geht. Da wir keine sichere Ablage für sie haben und mein Gastgeber genügend Leute haben wird, um mich festnehmen zu können, mußt du im Notfall versuchen, Fähnrich Flandry Bescheid zu geben. Er müßte sich in Lord Hauksbergs Suite aufhalten, anderenfalls in seinem eigenen Zimmer; ich habe einen Plan der Botschaft für dich aufgezeichnet. Also, sei dir verdammt sicher, daß das Sprechgerät mit dem Piloten verbunden ist, so daß du oder er das Boot zu ihm steuern könnt. Ich habe ihm nichts von dir erzählt, ihn aber angewiesen, jedem zu vertrauen, der das Kodewort kennt. Erinnerst du dich?«

»Ja, natürlich. *Meschugge.* Was bedeutet es?«

»Kümmer dich nicht darum«, Abrams grinste.

»Wie steht's damit, dich zu retten?«

»Kommt nicht in Frage. Du würdest nur zur Trauerfeier kommen. Und überhaupt sind meine persönlichen Chancen besser, wenn ich diplomatische Immunität in Anspruch nehme. Aber ich hoffe, daß das Unternehmen gelingen wird.« Er sah sich um. »Ich kann dich nicht sehen, Dwyr, und dir auch nicht die Hand schütteln, aber ich möchte es gerne. Und eines Tages werde ich es tun.« Das Boot setzte auf. »Viel Glück.«

Dwyrs elektronische Augen folgten der aufrechten Gestalt nach draußen, die Rampe hinab und über den schmalen Parkstreifen in den Garten. Ein paar Clanangehörige grüßten den Terraner und folgten ihm zum Eingang. Sie waren bald hinter Bäumen verschwunden. Das Boot lag still im Schatten.

Dann wollen wir mal anfangen, dachte Dwyr. Die Entscheidung beunruhigte ihn nicht. Sobald er die Furcht schmecken würde und das Herz donnern fühlte, würden ihn die geliebten Bilder seiner Frau und seiner Kinder und ihres Heimes auf dem fernen Tanis überfallen. Dann würde sich der Mut erheben, das Gefühl eines hehren Zieles, die Freude, die eigene Männlichkeit zu beweisen, indem er dem Tod zwischen den Hörnern hindurchsprang. So wäre das Gefühl des wirklich Lebendigseins! Aber all das war mit seinem Körper gestorben. Er konnte sich nicht mehr erinnern, wie das alles war. Das einzige Gefühl, das ihn nie verlassen hatte, war der sehnliche Wunsch, wieder aller Emotionen teilhaftig werden zu können.

Ein paar hatte er durchaus noch. Geschicklichkeit erfüllte sein Gehirn mit Freude, Haß und Zorn konnten immer noch brennen, wenn auch kalt, sehr kalt. Er fragte sich, ob das nicht nur bloße Gewohnheiten waren, eingegraben in die Synapsen seines Gehirns.

Er regte sich in der mutterschoßähnlichen Kammer, in der er sich befand. Anschluß um Anschluß löste sein lebendiger Arm seine maschinellen Teile von der Bootskonstruktion. Einen Augenblick lang war er total abgeschnitten. Wie lange würde es dauern, bis der Sinnesverlust zum Zusammenbruch seiner Vernunft führen würde? Er war mit Eindrücken der Außenwelt versorgt worden, und im Schlaf träumte er nie. Aber wenn er so bliebe, in einem licht-, geräusch- und bewegungslosen Nichts? Wenn die Halluzinationen kämen, würde er sich dann wieder auf Tanis erblicken? Oder würde Sivilla, seine Frau, ihm erscheinen? Unfug. Sein Ziel war es, vollständig zu ihr zurückzukehren. Er öffnete eine Klappe und glitt hindurch. Die Systeme, die ihn funktionstüchtig hielten, waren in einem winzigen Gravoschlitten untergebracht. Als erstes wollte er sie austauschen, um einen beweglicheren Körper zu erhalten.

Er verließ das Boot und glitt dicht über dem Boden dahin,

wobei er darauf achtete, in der Deckung der Büsche und Schatten zu bleiben. Hier, jenseits der Stadt und des Signalfeuerglanzes am Fuß der Hügel, waren die Sterne deutlicher sichtbar. Er erkannte die Sonne von Tanis unter ihnen, wo Merseianer zwischen Bergen und Wäldern ihre Häuser gebaut hatten und wo immer noch Sivilla mit den Kindern lebte. Sie hielt ihn für tot, aber man hatte ihm berichtet, daß sie sich nicht wieder verheiratet hatte und es den Kindern gut ging.

Aber war nicht auch das eine Lüge?

Die Aufgabe, unerkannt in die Stadt zurückzukehren, beanspruchte kaum mehr als ein Fragment von Dwyrs Aufmerksamkeit. Seine künstlichen Sinne waren für solche Aufgaben geschaffen, und er verfügte über ein Jahrzehnt der Erfahrungen mit ihnen. Überwiegend war er jetzt damit beschäftigt, Erinnerungen nachzuhängen.

»Ich habe gezögert, fortzugehen«, hatte er Abrams auf Starkad gestanden. »Ich war glücklich. Was bedeutete mir schon die Eroberung von Janair? Es gehe um den Ruhm der Rasse, hieß es. Aber ich sah nichts anderes als die andere Rasse, vernichtet, niedergebrannt, versklavt, während wir vordrangen. Ich hätte genauso wie sie für meine Freiheit gekämpft. Aber statt dessen habe ich unter dem Anspruch der Militärpflicht dafür gekämpft, ihnen ihr Geburtsrecht zu nehmen. Verstehe das nicht falsch. Ich blieb meinem Roidhun und meinem Volk treu. Es waren sie, die mich betrogen haben.«

»So sicher, als hätte es die siebte Hölle getan«, meinte Abrams.

Das war nach der Offenbarung, die Dwyrs Universum zerstört hatte. »Was?« hatte Abrams gebrüllt. »Du konntest nicht regeneriert werden? Unmöglich!«

»Aber ich hatte Strahlenschäden bis in die Zellen . . .«

»Wenn das zugetroffen hätte, wärst du tot. Das grundlegende genetische Muster kontrolliert den Organismus das ganze Leben lang. Wenn alles auf einmal verändert würde, bedeutete das den Tod; aber der Regenerationsprozeß benutzt die Chromosomen als chemische Schablone. O nein, es handelte sich um etwas anderes: Sie sahen die einzigartige Chance, dich in ein einzigartiges Werkzeug zu verwandeln, und haben dich belogen. Wahrscheinlich haben sie dir einen unbewußten mentalen Block implantiert, der dich daran hindert, selbst grundlegende Biomedizin zu studieren, und der Situationen vermeidet, in denen dir sonst jemand etwas erzählen könnte. Mein Gott! In meinem Dienst habe ich scheußliche Tricks kennengelernt, aber dieser hält den Purpurstab, mit ganzen Schwärmen von Ananas.«

»Könnt ihr mich heilen?« schrie Dwyr.

»Unsere Chemochirurgen können es. Aber langsam, laß uns ein wenig nachdenken. Ich könnte es sofort anordnen und würde es aus ethischen Gründen auch tun. Aber du wärst nach wie vor von deiner Familie getrennt. Wir sollten sie also auch herausschmuggeln; man könnte euch auf einem Imperiumsplaneten eine Bleibe bieten. Aber ich habe nicht die Autorität, alles zu arrangieren. Nicht, solange du es dir nicht verdient hast, und zwar als Doppelagent.«

»Dann bin ich auch für dich nur ein Werkzeug.«

»Nicht so hastig. Das habe ich nicht gesagt, sondern nur, daß es dir nicht billig kommen wird, deine Familie zurückzugewinnen. Es wird ziemlich gefährlich für die Mannschaft sein, die sie abholt. Du wirst dir einen Anspruch uns gegenüber verdienen müssen. Bist du bereit?«

»O ja, nur zu sehr!«

Als er zwischen den Trümmern der Stadt hinabtauchte, war er nicht verdächtiger als ein Nachtvogel. Es war nicht schwer, den bestimmten Platz zu erreichen, der sich auf einem hohen Niveau einer Kontrollstation befand, in der es nur Computer gab. Niemand bemerkte ihn. Das war sogar durch Brechdan Ironrede selbst ermöglicht worden, der darum besorgt war, Dwyrs Existenz geheimzuhalten. Ein Erkennungsschloß öffnete sich vor ihm, und er glitt in einen mit seinen Körpern und Zusatzausrüstungen vollgestopften Raum. Sonst gab es dort nichts; eine amputierte Persönlichkeit trägt nicht die kleinen Schätze einer sterblichen mit sich herum.

Das Nötige hatte er sich bereits ausgesucht. Er löste sich von dem Schlitten und koppelte sich an einen zweifüßigen Körper, der wie eine metallene Leiche dalag. In solchen Momenten waren die einzigen Sinne, die er besaß, das Gesicht, das Gehör, ein schwaches Tastgefühl und Kinestesie, ein Schmerz, der durch das ihm verbliebene Gewebe zuckte. Als er die neuen Verbindungen hergestellt hatte, atmete er innerlich auf.

Er erhob sich und sah sich nach etwas um, das er vielleicht sonst noch gebrauchen konnte, als da waren: Spezialwerkzeuge, Sensoren, ein Gravschubgerät und ein Blaster. Wie schwach und unbeholfen er so war! Er zog es vor, ein Fahrzeug oder ein Geschütz zu sein. Metall und Plastik konnte Zellen, Nerven, Muskeln und die wunderbare Struktur des Skeletts nur unzulänglich nachbilden. Aber in dieser Nacht war er auf eine unspezialisierte Gestalt angewiesen.

Zuletzt kam die Verkleidung an die Reihe. Nach dem, was ihm zugefügt worden war, konnte er nicht als Merseianer gelten, aber sich durchaus als Mensch oder Iskeled im Raumanzug ausgeben. Letztgenannte Rasse beugte sich schon seit langem der Vorherrschaft seiner eigenen und stellte viel loyales Personal. Nicht wenigen Iskeled war die merseianische Bürgerschaft verliehen worden. Diese hatte zwar keine so große Bedeutung wie die vergleichbare Ehrung auf Terra, brachte aber trotzdem einige schätzenswerte Privilegien mit sich.

Fertig. Dwyr verließ den Raum und erhob sich wieder in die Luft, diesmal allerdings ganz offen. Das Gebäude der Admiralität wurde rasch vor ihm größer; es wirkte wie ein finsterer Berg, dessen Höhlen leuchteten, und das Signalfeuer markierte einen Vulkanausbruch. Rings um ihn schwangen die Geräusche von Maschinen in der Luft, und er nahm ihre Abstrahlungen als Leuchten, als Ton und anschwellende Welle wahr. Höher steigend näherte er sich der verbotenen Zone und gab in Gestalt einer kurzen Sendung die Kodeworte durch, die Brechdan ihm mitgeteilt hatte. »Äußerste Geheimhaltung«, fügte er hinzu. »Meine Gegenwart ist vertraulich zu behandeln.«

Bei seiner Landung auf der Parkfläche hatte sich ein Offizier zu den Wachen gestellt. »Was hast du für Aufgaben auf dieser Ebene?« verlangte der Merseianer zu wissen. »Die Hand, unser Protektor, ist nicht in Ardaig.«

»Ich weiß«, erwiderte Dwyr. »Ich bin in seinem eigenen Auftrag hier, um drin etwas zu erledigen. Mehr darf ich dir nicht mitteilen. Du und diese Männer werden mich hineinlassen, nach einer Weile wieder herauslassen und vergessen, daß ich jemals hiergewesen bin. Unter keinen Umständen darf irgend jemandem jemals etwas davon erzählt werden. Es handelt sich um eine geheime Angelegenheit.«

»Unter welchem Kode?«

»Dreifachstern.«

Der Offizier salutierte. »Passieren.«

Dwyr ging den Korridor hinab. Seine Schritte erzeugten ein leichtes Echo. Im Vorraum angekommen, hörte er die Arbeitsgeräusche aus den angrenzenden Büros, aber an der Tür der Stahlkammer war er allein. Diesen Ort hatte er zuvor niemals gesehen, allerdings war sein Plan kein Geheimnis und leicht zu erhalten gewesen.

Die Tür selbst war jedoch schon etwas anderes. Er näherte sich ihr mit äußerster Vorsicht, jeder Sinn auf höchste Wahrnehmungsintensität eingestellt. Die elektronischen Augen sahen, daß er nicht autorisiert war, zu passieren, und konnten Alarm schlagen. Nein. Nichts. Schließlich wurde dieser Raum zu bestimmten Aufträgen von allen möglichen Leuten durchquert. Er entfernte die falsche Hand von seinem Robotarm und fuhr Fühler in Richtung der Schaltungen aus.

Sie reagierten. Durch Induktion spürten seine künstlichen Neuronen, wie Signale in die Vergleichseinheit gelangten und zurückgewiesen wurden. Auf diese Weise mußte er jetzt Impulse eingeben, die als die richtigen Augen- und Handmuster interpretiert würden. Langsam . . . langsam, mit mikrometrischer Exaktheit wuchs er in die Anlage hinein, fühlte mit ihr, rief die Antwort hervor, die er wollte, eine Verführung, die die Instinkte anregte, bis seine Herz- und Lungenmaschine schneller wurde und er völlig aus der äußeren Welt ausgeschlossen war . . . dort!

Die Tür öffnete sich, schwerfällig und geräuschlos. Er schritt hindurch, und sie glitt hinter ihm wieder zu. In dem dunklen Raum stand er einem opalisierenden Ding gegenüber.

Abgesehen von einem eigenen Erkennungsauslöser, unterschied sich die Melekülakte nicht von den anderen, die er schon gesehen hatte. Immer noch eins mit dem Fluß der Elektronen und dem Netzwerk ihrer Felder, immer noch halb im Traum, aktivierte Dwyr die Akte. Der Kode war ihm unbekannt, aber er erkannte, daß hier nicht viel Informationen verborgen waren. Der Gedanke ging durch den Hintergrund seiner Aufmerksamkeit, daß kein Individuum mit einer Hand ein Imperium steuern konnte. Die Geheimnisse, die Brechdan sich selbst und seinen drei Kameraden vorbehielt, konnten nicht viele an der Zahl sein, wie wichtig sie auch sein mochten. Er, Dwyr der Haken, bedurfte keiner aufwendigen Suche, um an die Daten über Starkad zu kommen.

EIDHAFOR: Bericht über eine andere Hand, die sich Brechdan oft im Rat entgegenstellte; Daten, die dazu benutzt werden konnten, im Bedarfsfall diese Hand zu stürzen.

MAXWELL CRAWFORD: Ha, des terranischen Kaisers Gouverneur im Arachnean-System stand in merseianischen Diensten. Ein Schläfer, der in Reserve gehalten wurde.

THERAYN: Das war es also, was Brechdans Freunde vorbereiteten. Abrams hatte also recht; Hauksberg wurde aufgehalten, um präsent und beeinflußbar zu sein, wenn die Nachrichten kamen.

STARKAD! Eine Folge von Zahlen erschien auf dem Bildschirm: 0.17847,3°, 14′22″, 591, 1818 h, 3264 . . . Dwyr speicherte sie automatisch, während der Schrecken ihn im Bann hielt. Etwas war mit der Akte geschehen. Ein Impuls war hindurchgegangen. Strahlung hatte sich seinen Nerven im Sekundenbruchteil eines Erschauerns mitgeteilt. Vielleicht war es ohne Bedeutung, trotzdem war es besser, Schluß zu machen und zu verschwinden, so schnell es ging.

Der Bildschirm erlosch. Dwyrs Finger bewegten sich mit rasender Geschwindigkeit. Die Zahlen kehrten zurück . . . was, war das das ganze Geheimnis? Es war alles über Starkad, aber er wußte nicht, was es bedeutete.

Sollte Abrams dieses Rätsel lösen. Dwyrs Aufgabe war erfüllt, wenigstens fast.

Er näherte sich wieder der Tür, die sich öffnete und ihn in den Vorraum treten ließ. Deren jenseitige Tür, die zu den Hauptbüros führte, stand offen, und in ihr ein Wachposten mit angeschlagenem Blaster. Zwei weitere eilten herbei. Angestellte wichen ihnen aus.

»Was ist denn los?« polterte Dwyr. Angst und Schrecken waren ihm fremd, aber die blaue Flamme des Zorns flackerte in ihm auf.

Auf der Stirn des Wachpostens glänzte Schweiß, der bis über die Brauen rann. »Du warst im Sekretorium«, flüsterte der Mann.

Also ist die Magie dieser Zahlen von so schrecklicher Bedeutung, daß der Computer über eine besondere Schutzmaßnahme für sie verfügt. Sobald sie abgerufen werden, erfolgt ein Hilferuf.

»Ich bin autorisiert«, erwiderte Dwyr. »Wie hätte ich denn anderenfalls eintreten können?«

In Wirklichkeit glaubte er nicht daran, daß sein Einbruch lange unentdeckt bleiben würde. Zu viele hatten ihn gesehen. Aber ein paar Stunden waren möglicherweise zu gewinnen. Seine Stimme bellte. »Niemand hat zu irgend jemandem etwas darüber zu berichten, nicht einmal unter euch selbst. Die Angelegenheit unterliegt einem Kode, der dem heute abend diensthabenden Offizier bekannt ist. Er kennt auch dessen Bedeutung und kann sie euch erklären. Laßt mich durch.«

»Nein.« Der Blaster zitterte.

»Möchtest du wirklich wegen Insubordination bestraft werden?«

»Ich . . . ich muß das Risiko auf mich nehmen, Vorausseher. Wir alle müssen es. Du stehst unter Arrest, bis die Hand selbst über dich entscheidet.«

Dwyrs Motor lief an. Er schoß selbst, während er sich zur Seite warf. Donnerndes Feuer schoß durch den Raum, der Merseianer brach inmitten der sengenden Hitze zusammen. Aber er hatte zuerst geschossen und Dwyrs noch lebenden Arm zerstört.

Dwyr erlitt keinen Schock. So lebendig war er nicht. Schmerz durchzuckte ihn, einen Moment lang taumelte er blind, aber dann reagierten die Homöostaten in seinen Prothesen. Chemische Stimulanzien wurden aus ihren Röhren in die Venen abgegeben. Ein Mikrocomputer leitete elektronische Impulse in die Nervenstränge, vertrieb so die Agonie und stillte das Bluten des Fleisches. Dwyr wirbelte herum und rannte los.

Die anderen jagten ihm nach. Wieder sprachen die Gewehre, und die Schüsse ließen ihn stolpern. Er sah an sich herab und erblickte ein Loch, das vom Rücken bis zur Brust reichte. Der Energiestrahl mußte einen Teil des Mechanismus, der sein Gehirn am Leben hielt, zerstört haben, aber er wußte nicht genau, welchen. Auf jeden Fall nicht den Kreislauf, denn er konnte sich weiterhin bewegen. Vielleicht das Filtersystem, den Reinhalter, die osmotische Balance? Er würde es schnell genug herausfinden. Krasch! Sein linkes Bein wurde bewegungslos, und er stürzte. Es schepperte laut im Korridor. Warum hatte er nur nicht an den Impeller gedacht? Er schaltete ihn jetzt mit einem Willensimpuls ein, aber immer noch lag er wie ein Stein da. Die Merseianer kamen rufend näher. Er betätigte den Handschalter und stieg auf.

Die Tür zur Parkfläche stand offen, und er schoß mit Höchstgeschwindigkeit hinaus. Der Feuerstoß eines Postens ließ seine Panzerung in allen Farben des Regenbogens schillern. Weiter ... über den Rand hinaus ... hinunter in die Schatten!

Und die Schatten verschluckten ihn. Seine Maschinerie mußte tatsächlich einen lebensbedrohenden Schaden erlitten haben. Es wäre schön, zu sterben. Aber nein, jetzt noch nicht. Er mußte noch eine Weile lang durchhalten und auf geheimen Wegen in die terranische Botschaft gelangen; Abrams war zu weit weg, und, wenn die Sache bekannt wurde, wohl in jedem Fall ein Gefangener. Zur Botschaft ... nicht versagen! ... diesen Flandry finden ... wie sein Kopf dröhnte ... das Luftboot herbeirufen ... die Tatsache, daß seine Verfolger nicht wußten, wer er war, solange sie Brechdan nicht informiert hatten, könnte hilfreich sein ... versuchen, zu entkommen ... wenn ich es nicht schaffe, zuerst verstecken, nicht sterben, nicht sterben ... vielleicht kann Flandry mich retten ... Wenn es auch sonst nichts mehr gibt, werde ich mich wenigstens ein bißchen gerächt haben, wenn ich ihn finde. Dunkelheit und ein großes, brausendes Wasser.

Dwyr der Haken floh allein über die nächtliche Stadt hinweg.

13

An diesem Nachmittag hatte Abrams das Büro betreten, in dem Flandry arbeitete. Er schloß die Tür und sagte: »Alles klar, Junge, es kann losgehen.«

»Gott sei Dank«, erwiderte Flandry. Eine Serie transkribierter Interviews für den Computer vorzubereiten, war nicht gerade seine Lieblingsbeschäftigung, besonders dann nicht, wenn die Chance, daß sie etwas Wertvolles enthielten, praktisch null war. Er schob die Papiere über seinen Schreibtisch, lehnte sich zurück und dehnte seine verkrampften Muskeln. »Wie läuft's?«

»Lord Hauksbergs Kammerdiener hat sich gerade an den hiesigen Majordomus gewandt. Sie werden morgen früh zurückkommen, genauer, sie haben vor, in Periode Vier wieder hier zu sein.«

Flandry atmete tief ein, drehte seinen Stuhl und blickte seinen Chef an. »Heute nacht . . .?«

Abrams nickte. »Ich werde nicht da sein. Aus Gründen, die Sie nicht zu kennen brauchen, abgesehen davon, daß ich ihre Aufmerksamkeit auf mich richten möchte, werde ich auf eine Einladung bei einer örtlichen Größe dringen.«

»Und ein teilweises Alibi, wenn es schiefgeht.« Flandry war nur mit halber Aufmerksamkeit dabei. Der Rest versuchte, Puls, Lungen, Schweißabsonderung und Spannung zu kontrollieren. Es war eine Sache gewesen, impulsiv ein merseianisches Wasserfahrzeug anzugreifen, aber es würde ein ganz anderes sein, gegen unkalkulierbare Risiken vorzugehen, und das unter Regeln, die sich von Minute zu Minute ändern würden, wobei er stundenlang kaltblütig würde sein müssen.

Sein Blick wanderte zur Uhr. Persis schlief zweifellos. Im Gegensatz zu Marineleuten, die darauf trainiert waren, sich an nichtterranische Tagesperioden zu gewöhnen, hatten die Zivilisten der Botschaft Merseias Rotationsdauer in zwei Hälften geteilt, ganze ›Tage‹, und Persis hielt es auch so. »Ich nehme an, daß ich auch als Reserve bereitstehen muß«, meinte Flandry. »Ein weiterer Grund für unser getrenntes Vorgehen.«

»Smarter Junge«, bestätigte Abrams. »Sie haben sich ein

Frühstück verdient. Ich hoffe, daß unsere Dame Sie damit versorgen wird.«

»Ich mag den Gedanken immer noch nicht, sie so auszunutzen.«

»An Ihrer Stelle würde ich jede Sekunde auskosten. Abgesehen davon, vergessen Sie nicht unsere Freunde auf Starkad. Auf sie wird geschossen.«

»Ja.« Flandry stand auf. »Wie steht es mit, äh, Vorgehensweisen im Notfall?«

»Seien Sie erreichbar, entweder in Persis Zimmer oder Ihrem eigenen. Unser Agent wird sich durch ein Wort identifizieren, das ich mir noch ausdenken werde. Er wird merkwürdig aussehen, aber vertrauen Sie ihm. Besondere Anweisungen kann ich Ihnen leider nicht geben, und zwar unter anderem auch deswegen, weil es mir nicht ganz gefällt, auch nur soviel hier zu äußern, sosehr auch behauptet wird, daß die Botschaft nicht verwanzt sein kann. Tun Sie immer das, was Ihnen richtig erscheint, und handeln Sie nicht voreilig. Selbst wenn ich geschnappt werde, können Sie es noch schaffen, die Sache zu einem guten Ende zu bringen. Aber zögern Sie auch nie zu lange. Wenn Sie verschwinden müssen, dann beachten Sie folgendes: keine Heldentaten, keine Rettungsunternehmungen, kümmern Sie sich um keine lebende Seele! Setzen Sie alles darein, die Informationen rauszubekommen!«

»Aye, aye, Sir.«

»Klingt mehr wie ›I-yi-yi, Sir‹«, Abrams lachte. Er schien ziemlich entspannt zu sein. »Hoffen wir, daß sich das ganze Unternehmen als langweilig und schmutzig erweisen wird. Gute Unternehmen verlaufen so, müssen Sie wissen. Und nun werden wir noch ein paar Einzelheiten durchgehen . . .«

. . . Später, als es über der Stadt dämmerte, machte sich Flandry auf den Weg zur Hauptsuite für Gäste. Der Flur war verlassen. Im Idealfall sollte seine Unverschämtheit eine vollständige Überraschung für Lord Hauksberg sein. Auf diese Weise würde der Vicomte leichter in Wut zu bringen sein. Aber wenn es so nicht klappte, wenn Persis schon wußte, daß und wann Hauksberg zurückkehrte, würde er dafür sorgen müssen, daß die ganze Gesellschaft von dem Skandal erfuhr. Er hatte einen Plan dafür.

Er klopfte an die Tür. Nach einer Weile kam ihre verschlafene Stimme: »Wer ist da?« Er winkte in Richtung der Scanner. »Oh. Was gibt's, Fähnrich?«

»Kann ich reinkommen, Donna?«

Sie hielt beim Umlegen des Morgenmantels inne. Ihr Haar war noch zerzaust, und die Röte in ihrem Gesicht wirkte charmant. Er trat ein und schloß die Tür hinter sich. »Wir brauchen nicht so vorsichtig zu sein«, sagte er. »Niemand beobachtet uns. Mein Boß ist heute abend und den größten Teil des morgigen Tages nicht da.« Er umfaßte ihre Taille mit den Händen. »Ich konnte mir diese Chance nicht entgehen lassen.«

»Ich auch nicht.« Sie verabreichte ihm einen langen Kuß.

»Warum bleiben wir nicht einfach hier drin?« schlug er vor.

»Das würde ich schon gerne, aber Lord Oliveira . . .«

»Ruf den Butler und erkläre ihm, daß du dich nicht wohl fühlst. Du möchtest bis morgen nicht gestört werden. Hm?«

»Schäbig. Hölle, ich mache es. Wir haben so wenig Zeit, Liebling.«

Flandry hielt sich außerhalb des Erfassungsbereiches des Vidiphons, während sie das Gespräch führte. Falls der Butler ihr sagte, daß Hauksberg erwartet wurde, mußte er Plan B starten. Aber dazu kam es nicht, so kurz und barsch, wie Persis sprach. Sie befahl, daß man ihr schnellstens Speisen und Getränke zu bringen habe, und schaltete wieder aus. Er trennte das Gerät von der Energiezufuhr. »Ich möchte nicht abgelenkt werden«, erklärte er.

»Was für wunderbare Ideen du hast«, lächelte sie.

»Gerade jetzt habe ich sogar noch bessere.«

»Ich auch.« Persis trat zu ihm.

Ihre Ideen beinhalteten auch Erfrischungen. Die Speisekammer der Botschaft war verschwenderisch ausgestattet, und die Suite verfügte über einen Kocher, auf dem Persis hervorragend Mahlzeiten herzustellen wußte. Sie begannen mit Eiern, Kaviar, Aquavit und Champagner. Einige Stunden später gab es perigordianische Ente mit Zutaten und Bordeaux-Wein. Flandrys Seele dehnte sich aus. »Mein Gott«, brach es aus ihm hervor, »wo war all dies bislang in meinem Leben?«

Persis kicherte. »Es sieht so aus, als hätte ich dir zu einer neuen Karriere verholfen. Du hast das Zeug zu einem Gourmet erster Klasse.«

»Es gibt also zwei Gründe, aus denen ich dich nie vergessen werde.«

»Nur zwei?«

»Nein, ich bin dumm, es gibt mindestens unzählige viele Gründe. Schönheit, Geist, Charme ... aber warum rede ich eigentlich nur?«

»Weil ich mich auch einmal ausruhen muß, und ich liebe es, dich reden zu hören.«

»Hm? Das liegt mir eigentlich nicht so sehr. Nach all den Leuten und Orten, die du schon kennst ...«

»Was für Orte?« fragte sie mit plötzlicher, überraschender Bitterkeit. »Vor dieser Reise war ich noch nie weiter als bis Luna. Und die Leute, diese artikulierten, verschwenderischen, brüchigen Leute, ihre Intrigen, ihr Geschwätz, ihre Abenteuer nur Schattenspiele, das einzige, was ihre Worte lebendig macht – Worte, nichts als Worte, wieder und wieder und wieder –, nein, Dominic, Liebster, du hast mir erst gezeigt, was ich vermißt habe. Du hast eine Mauer eingerissen, die mich vom Universum trennte.«

Habe ich dir irgendeinen Gefallen erwiesen? Er wagte nicht, das Gewissen sprechen zu lassen, er ertränkte seine Stimme in der Fülle des Augenblicks.

Sie lagen nebeneinander, genossen ein Stück antiker Musik, als der Türmechanismus Lord Hauksberg identifizierte und ihm Eintritt gewährte.

»Persis? Ich ... Großer Imperator!«

Er erstarrte unter dem Torbogen des Schlafzimmers. Persis schrie auf und griff nach ihrem Morgenmantel. Flandry sprang auf die Füße. *Es ist doch noch dunkel! Was ist passiert?*

Der blonde Mann machte in der grünen Jagdkleidung und mit dem Blaster im Gürtel einen ganz anderen Eindruck als sonst. Sonne und Wind hatten sein Gesicht gebräunt. Einen Augenblick lang sprach Überraschung aus diesem Gesicht. Dann zogen sich die Linien zusammen. Die Augen blitzten wie blaue Sterne, die Hand griff nach der Waffe. »So, so«, meinte er.

»Mark . . .« rief Persis aus.

Er kümmerte sich nicht um sie. »Sie sind also die Ursache ihres Unwohlseins«, sagte er zu Flandry gewandt.

Nun passiert es, nicht ganz planmäßig, aber immerhin. Der Junge spürte sein Blut, als sei es zähflüssig, Schweiß rann an ihm herab; und schlimmer noch als die Angst war die Vorstellung, wie lächerlich er aussehen mußte. Er brachte ein Grinsen zustande. »Nein, Mylord, das seid Ihr.«

»Was meinen Sie damit?«

»Ihr wart nicht Manns genug.« Flandrys Bauch wurde steif angesichts des Blasters. Mozart im Hintergrund bildete eine merkwürdige Diskrepanz.

Der Blaster blieb im Halfter stecken. Hauksberg holte lediglich Atem. »Wie lange geht das schon so?«

»Es war mein Fehler, Mark!« schrie Persis. »Nur meiner.« Tränen strömten an ihren Wangen herab.

»Nein, Süße, ich bestehe darauf, daß es allein meine Idee war«, erwiderte Flandry. »Ich muß schon sagen, Mylord, es war nicht nett von Euch, unangemeldet zu kommen. Und was jetzt?«

»Jetzt stehen Sie bei einem Edelmann unter Arrest, Sie Frischling«, antwortete Hauksberg. »Ziehen Sie sich etwas an. Gehen Sie in Ihr Quartier und bleiben Sie dort.«

Flandry gehorchte. Oberflächlich gesehen lief alles sauber ab, sogar besser als erwartet. Aber besser als gut sein konnte.

Persis näherte sich ihm. »Ich sage es dir doch, Mark, daß ich schuld habe«, weinte sie. »Laß ihn gehen. Tu mit mir, was du willst, aber nicht mit ihm!«

Hauksberg schob sie zur Seite. »Hör auf zu plappern«, schnappte er. »Glaubst du wirklich, daß mich unter den gegebenen Umständen deine Sünden auch nur einen Dreck kümmern?«

»Was ist passiert?« fragte Flandry scharf.

Hauksberg drehte sich um und starrte ihn eine volle Minute lang schweigend an. »Ich frage mich, ob Sie es wirklich nicht wissen«, meinte er schließlich. »Das frage ich mich wirklich.«

»Mylord, ich weiß wirklich nichts!« Flandry schwamm der Kopf. Etwas *war* schiefgegangen.

»Als wir es in Dhangodhan erfuhren, sind wir natürlich so schnell wie möglich zurückgekehrt«, erklärte Hauksberg. »Im Moment sind sie hinter Abrams her, auf meine Veranlassung. Aber Sie . . . was ist Ihr Anteil an der Sache?«

Ich muß herauskommen. Abrams' Agent muß mich erreichen können. »Ich weiß überhaupt nichts, Mylord. Ich werde mein Quartier aufsuchen.«

»Halt!«

Persis saß auf dem Bett, das Gesicht in den Händen, und schluchzte leise.

»Bleiben Sie genau dort«, drohte Hauksberg. »Machen Sie keinen Schritt, verstanden?«

Der Blaster drohte. Hauksberg trat zurück zum Vidiphon, wobei er Flandry im Auge behielt. »Hm. Abgeschaltet, wie?« Er legte den Schalter um. »Lord Oliveira.«

Die Stille lag schwer im Raum, während der Ruf durch die Verbindungen eilte. Der Bildschirm flackerte, und der Botschafter erschien. »Hauksberg! Was zum Teufel ist los?«

»Gerade zurückgekommen«, erwiderte der Vicomte. »Wir haben von einem Versuch gehört, Premier Brechdans Akten zu durchsuchen. Es könnte sogar erfolgreich gewesen sein, und der Agent ist entkommen. Der Premier hat mich beschuldigt, meine Finger mit darin zu haben. Ein naheliegender Gedankengang. Jemand möchte meine Mission sabotieren.«

»Ich . . .« Oliveira faßte sich. »Nicht unbedingt. Terra ist keineswegs Merseias einziger Rivale.«

»Das habe ich ihm auch gesagt. Bereitet Euch vor, das gleiche ausführlich darzulegen, wenn man Euch offiziell unterrichten wird. Aber uns bleibt keine Wahl, als guten Willen zu zeigen. Ich habe die Merseianer autorisiert, Commander Abrams festzunehmen. Man wird ihn hierherbringen. Stellt ihn unter Bewachung.«

»Lord Hauksberg! Er ist ein kaiserlicher Offizier und Mitglied des diplomatischen Korps!«

»Er wird von Terranern festgehalten werden. Durch die Kraft der Autorität meines Auftrages, den Seine Majestät mir gab, fordere ich Gehorsam. Keine Rückfragen, wenn Ihr nicht Eures Postens enthoben werden wollt.«

Oliveira wurde bleich und verbeugte sich. »Sehr gut, Mylord. Ich muß die Erteilung dieser Anweisung in angemessener Form erwarten.«

»Das wird geschehen, sobald ich die Gelegenheit dazu finde. Nun zu diesem Burschen Flandry, Abrams' Assistent. Ich habe ihn persönlich erwischt und vor, ihn eine Weile selbst zu befragen. Aber haltet zwei Leute bereit, um ihn abzuführen, sobald ich die entsprechende Anordnung gebe. Inzwischen setzt Euren Stab von der Angelegenheit in Kenntnis, bereitet Pläne vor, Erklärungen, Dementis, und erwartet einen Besuch von Brechdans auswärtigem Dienst.«

Hauksberg unterbrach die Verbindung. »Genug«, sagte er. »Fangen Sie an und berichten Sie mir alles.«

Flandry fühlte sich wie in einem Alptraum. Durch seinen Hinterkopf ging der Gedanke: *Abrams hatte recht. Man verzichtet in diesen Dingen lieber auf das Dramatische.*

Was wird mit ihm geschehen?

Mit mir, mit Persis, mit Terra?

»Setzen Sie sich.« Hauksberg wies mit seiner Waffe auf einen Sessel, wechselte sie in die andere Hand und zog eine flache Schachtel aus seiner Tunika hervor. Er schien ziemlich entspannt zu sein; begann er, Gefallen an der Situation zu finden?

Flandry setzte sich. *Psychologischer Nachteil, wenn man aufblicken muß. O ja, wir haben seine Lordschaft gewaltig unterschätzt.* Persis stand in der Tür des Schlafzimmers, mit roten Augen, die Arme um sich geschlungen und schluckte.

Hauksberg öffnete die Schachtel – ein Teil von Flandrys Bewußtsein bemerkte das Schimmern des gravierten Silbers unter der Fluoreszenz – und steckte sich eine Zigarre zwischen die Zähne. »Welches war Ihre Rolle?« wollte der Vicomte wissen.

»Keine, Mylord«, stammelte Flandry. »Ich weiß überhaupt nicht . . . ich meine, wenn . . . wenn ich beteiligt gewesen wäre, wäre ich dann heute nacht hier?«

»Könnte möglich sein.« Hauksberg steckte die Schachtel zurück und zog ein Feuerzeug hervor. Sein Blick wanderte zu Persis. »Und wie steht's mit dir, meine Liebe?«

»Ich weiß überhaupt nichts«, flüsterte sie. »Und er auch nicht. Das schwöre ich.«

»Ich bin geneigt, dir zu glauben.« Das Feuerzeug klickte, die Flamme leckte hervor. »Aber in diesem Fall wärest du ziemlich zynisch benutzt worden.«

»Das würde er nicht tun!«

»Hm.« Hauksberg legte das Feuerzeug auf einem Tisch ab und blies Rauch aus seinen Nasenlöchern hervor. »Vielleicht seid ihr beide nur Spielfiguren. Wir werden es herausfinden, wenn wir Abrams hypnoverhört haben.«

»Das könnt Ihr nicht tun!« rief Flandry. »Er ist ein Offizier!«

»Auf Terra können sie es ganz gewiß, mein Junge. Wenn wir die nötige Ausrüstung dafür hätten, würde ich es jetzt schon anordnen und die Auswirkungen in Kauf nehmen. Natürlich, die Merseianer haben alles Erforderliche. Falls notwendig, werde ich noch mehr riskieren und ihn ihnen übergeben. Meine Mission ist zu wichtig für juristische Kleinkrämerei. Sie können uns viel Sorgen ersparen, wenn Sie uns alles erzählen, Fähnrich. Wenn Ihre Aussage beweist, daß wir Terraner nicht beteiligt waren . . . kapieren Sie?«

Gib ihm eine Story, irgendeine, alles, was dich hier rausbringt. Flandrys Gehirn war wie gelähmt. »Wie hätten wir denn alles arrangieren sollen?« stotterte er. »Ihr wißt, wie wir überwacht werden.«

»Schon mal was von Provokateuren gehört? Ich habe nie geglaubt, daß Abrams zum Vergnügen mitgekommen ist.« Hauksberg stellte das Phon auf Aufzeichnung ein. »Beginnen Sie am Anfang, erzählen Sie alles und hören dann auf. Was hat Abrams zuerst darauf gebracht, Sie als Mitarbeiter zu nutzen?«

»Nun, ich . . . weil er Unterstützung brauchte.« *Was ist eigentlich passiert? Alles verlief so geradlinig, Schritt für Schritt. Ich habe mich noch gar nicht dafür entschieden, zum Nachrichtendienst zu gehen, aber irgendwie ist es passiert, ich bin mittendrin.*

Persis straffte ihre Schultern. »Dominic hat sich auf Starkad bewährt«, meinte sie elend. »Er hat für das Imperium gekämpft.«

»Fein, eine feierliche Phrase.« Hauksberg tippte die Asche

von der Zigarrenspitze. »Bist du wirklich in diesen Schurken vernarrt? Spielt keine Rolle. Vielleicht kannst du ja erkennen, daß ich selbst für das Imperium arbeite. Arbeit klingt weniger romantisch als Kampf, ist aber auf lange Sicht nützlicher, nicht? Los, erzählen Sie weiter, Flandry. Was hat Ihnen Abrams über seine Absichten berichtet?«

»Er . . . er hoffte, einige Dinge in Erfahrung bringen zu können. Das hat er doch nie bestritten. Er ist schließlich nicht dumm, Mylord.« *Man hat ihn einfach ausgetrickst.* »Ich frage Euch, wie hätte er es einrichten sollen, Ärger zu machen?«

»Überlassen Sie mir die Fragen. Wann und warum sind Sie zuerst mit Persis in Kontakt gekommen?«

»Wir . . . ich . . .« Flandry sah die Angst auf ihrem Gesicht und erkannte zur Gänze, was es bedeutete, ein fühlendes Wesen als Instrument zu benutzen. »Mein Fehler. Hört nicht auf sie. Unterwegs . . .«

Die Tür ging auf. Diesmal gab es ebensowenig eine Vorwarnung wie beim Eintreten von Hauksberg. Das Ding aus versengtem und verbogenem Metall, aus dessen verstümmeltem Arm Blut hervorströmte, fiel klappernd zu Boden. In dem, was vom Gesicht übriggeblieben war, war die graue Haut über den Knochen zusammengeschrumpft.

»Fähnrich Flandry«, rief es. Die Stimme war noch hörbar, aber nicht mehr unter Kontrolle, sie schwankte durch die Tonleiter und war gänzlich ohne Modulation. In den Augen flackerte das Licht, ging aus und dann wieder an.

Flandry biß die Zähne zusammen. Abrams' Agent? Lag dort Abrams' Hoffnung vernichtet und sterbend zu seinen Füßen?

»Weiter«, keuchte Hauksberg. Die Hand krampfte sich um den Blaster zusammen. »Reden Sie mit ihm.«

Flandry schüttelte so heftig seinen Kopf, daß das schweißdurchtränkte Haar wehte.

»Reden Sie, sage ich«, befahl Hauksberg, »oder ich werde Sie töten und Abrams ganz sicher den Merseianern ausliefern.«

Das vor der jetzt geschlossenen Haupttür liegende und blutende Geschöpf schien die Situation nicht wahrzunehmen. »Fähnrich Flandry, welcher ist es? Schnell. *Meschugge.* Er befahl mir, *Meschugge* zu sagen.«

Flandry bewegte sich, ohne nachzudenken, stand aus dem Sessel auf und kniete in dem Blut nieder. »Hier bin ich«, flüsterte er.

»Hör zu!« Der Kopf drehte sich, die Augen flackerten immer matter, ein Servomotor ließ ausgetrocknete Lager im Körperinneren rattern. »Präg es dir ein. Diese Zahlen, aus der Starkad-Akte.«

Flandrys Ausbildung kam zum Tragen, während das Geschöpf die Zahlen im Zwölfersystem des Eriau hervorhustete. Er brauchte nicht zu verstehen, welchen Sinn sie hatten, und tat es auch nicht; er fragte nicht nach Wiederholung; jede einzelne war sofort in sein Gehirn eingebrannt.

»Ist das alles?« fragte er mit der Stimme eines anderen.

»Ja, alles.« Eine Hand mit Metallfühlern griff suchend umher, bis er sie ergriff. »Wirst du dich an meinen Namen erinnern? Ich war Dwyr von Tanis, einmal der Glückliche genannt. Sie haben das aus mir gemacht. Ich war in das Luftboot eingebaut. Commander Abrams hat mich geschickt. Darum ist er von hier weggeflogen, damit ich unerkannt herauskonnte. Aber in der Starkad-Akte gab es eine Alarmsicherung, bei der Flucht wurde ich zerstört. Ich wäre schon eher gekommen, aber ich werde immer schwächer. Ruf das Boot, flieh. Erinnere dich an Dwyr . . .«

»Wir werden uns immer an dich erinnern.«

»Gut. Laß mich jetzt sterben. Wenn du die Hauptplatte öffnest, kannst du mein Herz abstellen.« Die Worte waren schrecklich verzerrt, aber noch deutlich erkennbar. »Ich werde mich nicht mehr lange an Sivilla erinnern können. Mein Gehirn ist vergiftet, auch Sauerstoff fehlt. Die Zellen gehen kaputt, eine nach der anderen. Stell mein Herz ab.«

Flandry löste die Fühler von seiner Hand und langte nach der Platte, aber Hauksberg trat zu und seine Hand zur Seite. »Weg da, sage ich. Wir wollen ihn lebend.«

Flandry richtete sich schwankend auf. »Das könnt Ihr nicht.«

»Ich kann und werde.« Hauksbergs Lippen waren zurückgezogen, seine Brust hob und senkte sich, die Zigarre war aus seinem Mund in die Blutlache hinabgefallen. »Großer Imperator! Jetzt ist mir alles klar. Dies ist Abrams' Doppelagent; er sollte die Informationen besorgen, an Sie weitergeben, und Sie sollten in Ungnade gefallen nach Hause zurückkehren, sobald ich Sie mit Persis erwischte.« Er nahm sich die Zeit, einen Blick voller Triumph auf das Mädchen zu werfen. »Hast du kapiert, meine Liebe? Du warst nur ein Objekt.«

Sie wich zurück, eine Hand vor dem Mund, mit der anderen die Welt abwehrend. »Sivilla, Sivilla«, erklang es am Boden. »Bitte, schnell.«

Hauksberg trat ans Vidiphon. »Ich werde einen Arzt rufen. Wenn wir uns beeilen, können wir den Burschen retten.«

»Aber versteht Ihr denn nicht?« flehte Flandry ihn an. »Diese Zahlen . . . es gibt ein Geheimnis um Starkad . . . Ihre Mission hatte nie eine Chance. Unser Volk muß davon erfahren!«

»Lassen Sie das meine Sorge sein«, erwiderte Hauksberg. »Man wird Sie wegen Verrats anklagen.«

»Für den Versuch, dem Imperium aus der Patsche zu helfen?«

»Für den Versuch, eine offizielle Delegation zu sabotieren. Für den Versuch, zusammen mit Abrams Ihre eigene Politik zu betreiben. Halten Sie sich für Seine Majestät? Sie werden eines Besseren belehrt werden.« Flandry trat einen Schritt vor, und der Blaster ruckte hoch. »Zurück! Ich schieße schneller, als Sie denken.« Hauksbergs freie Hand griff nach dem Schalter.

Flandry stand über Dwyr gebeugt.

Persis eilte herbei: »Mark, nein!«

»Weg mit dir.« Hauksberg hielt die Waffe auf den Fähnrich gerichtet.

Persis umschlang ihn mit ihren Armen und griff ganz plötzlich nach seinem rechten Handgelenk. Sie warf sich zu Boden und zog den Blaster mit sich. »Nicky!« schrie sie.

Flandry sprang. Hauksberg schlug mit der Faust nach Persis, aber sie fing den Schlag mit dem Kopf ab und klammerte sich weiterhin fest. Flandry war heran, Hauksberg schlug nach ihm, aber Flandry wehrte die Hand mit einem Arm ab. Mit seiner anderen Hand stieß er Hauksberg die steifen Finger in den Solarplexus, und Hauksberg brach zusammen, nachdem ihm Flandry auch noch einen Schlag hinter das Ohr versetzt hatte.

Flandry nahm den Blaster und hieb auf die Vidiphonkonsole. »Luftboot zur Botschaft«, befahl er auf Eriau.

Er ging zu Dwyr zurück, kniete neben ihm nieder und öffnete die Vorderplatte. Welches war der Schalter? Er löste das Sicherheitsschloß. »Goodbye, mein Freund«, sagte er.

»Vor einem Moment . . .« erklang die an- und abschwellende Stimme der Maschine, ». . . habe ich sie verloren. Es ist so dunkel. Lärm . . . jetzt.«

Flandry zog den Schalter. Die Lichter in den Augen gingen aus, und Dwyr regte sich nicht mehr.

Persis brach von einem Weinkrampf geschüttelt neben Hauksberg zusammen. Flandry hob sie hoch. »Jetzt brennt mir die Zeit unter den Fingern«, meinte er. »Vielleicht schaffe ich es nicht. Willst du mitkommen?«

Sie klammerte sich an ihn. »Ja, ja, ja. Sie hätten dich getötet.«

Er umfaßte sie mit einem Arm, während er mit dem anderen den Blaster auf Hauksberg richtete, der sich wieder regte und nach Luft schnappte. Die Frage dämmerte in Flandry wie der Morgen. »Warum hast du mir geholfen?« fragte er mit leiser Stimme.

»Ich weiß nicht. Bring mich weg von hier!«

»Nun . . . vielleicht hast du etwas Großes für die menschliche Rasse getan, falls diese Botschaft wirklich wichtig ist. Sie muß es sein. Los, zieh dir ein Kleid und Schuhe an, und kämm dir die Haare. Bring mir eine frische Unterhose, diese hier ist völlig blutig. Schnell!«

Sie rannte los. Er tippte Hauksberg mit dem Fuß an. »Los, steht auf, Mylord.«

Hauksberg gelangte wieder auf die Füße. »Sie sind wahnsinnig«, schnappte er. »Meinen Sie wirklich, daß Sie entkommen können?«

»Ich habe wirklich vor, es zu versuchen. Gebt mir den Halftergürtel.« Er legte ihn sich um. »Wir werden zu dem Boot gehen. Sollte jemand fragen, so seid Ihr mit meiner Story zufrieden. Ich habe Euch Neuigkeiten überbracht, die nicht warten können, und wir sind unterwegs, um den merseianischen Behörden persönlich Bericht zu erstatten. Beim ersten Anzeichen von Ärger werde ich anfangen, mir den Weg freizuschießen, und der erste Schuß wird Euch treffen. Klar?«

Hauksberg rieb die Beule hinter seinem Ohr und nickte.

Nun, da die Initiative bei ihm lag, warf Flandry alles Zaudern über Bord. Das Adrenalin sang ein Lied in seinen Venen. Niemals zuvor war sein Wahrnehmungsvermögen schärfer gewesen – der überelegante Raum, die blutunterlaufenen Augen vor ihm, der liebliche Anblick von Persis, die mit einem feuerroten Kleid angetan wieder eintrat, der Geruch von Schweiß und Zorn, ein Seufzen des Ventilators, die Hitze unter seiner Haut, das Spielen von Muskeln, der Winkel des Ellenbogens, in dem er den Blaster hielt, bei der Ewigkeit, er war am Leben!

Frisch eingekleidet gab er seine Anordnungen: »Los geht's. Ihr zuerst, Mylord, ich einen Schritt dahinter, wie es dem Rang entspricht. Persis neben Euch. Beobachte sein Gesicht, Darling. Er könnte den Versuch starten, damit Signale zu geben. Sobald er mit seiner Nase eine Rakete abschießt, sag es mir, und ich werde ihn töten.«

Ihre Lippen zitterten. »Nein. Das kannst du nicht machen. Nicht mit Mark.«

»Er hätte es mit mir gemacht. Wir sind beide belastet, und das in keinem sehr vornehmen Spiel. Benimmt er sich, bleibt er vielleicht am Leben. Los!«

Beim Hinausgehen grüßte Flandry das, was auf dem Boden lag.

Er vergaß dabei jedoch nicht, den Anblick des Dings mit seinem Körper zu verdecken, bis die Tür sich wieder hinter ihnen geschlossen hatte. Hinter der nächsten Ecke schon trafen sie zwei junge Leute des Stabes, die in ihre Richtung eilten. »Alles klar, Mylord?« wollte einer wissen. Flandry hielt die Finger dicht neben dem Griff der im Halfter steckenden Waffe. Er hustete vernehmlich.

Hauksberg nickte. »Bin unterwegs nach Afon«, erklärte er. »Es eilt.«

»Vertrauliches Material liegt in der Suite«, fügte Flandry hinzu. »Gehen Sie auf keinen Fall hinein, und achten Sie darauf, daß es auch sonst niemand tut.«

Er spürte ihre Blicke fast wie Kugeln, die seinen Rücken trafen. Konnte er sich wirklich den Weg freibluffen? Wahrscheinlich. Dies war kein Polizei- oder militärisches Zentrum, nicht auf Gewaltmaßnahmen eingerichtet, sondern verursachte nur Gewalt, mit der andere fertig zu werden hatten. Die Gefahr wartete jenseits der Enklave. Sicherlich war sie längst umzingelt. Es kam einem Wunder gleich, daß Dwyr es geschafft hatte, unbemerkt einzudringen.

In der Vorhalle wurden sie erneut angehalten, kamen aber wiederum mit ihren Behauptungen durch. Draußen leuchteten Lythyr und eine Sichel von Neihevin auf dem Tau im Garten. Es war kalt. Abrams' Fahrzeug war bereits da. *O Gott, ich muß ihn zurücklassen!* Es stand mit offener Tür auf dem Parkstreifen. Flandry nötigte Hauksberg und Persis an Bord, schloß die Tür und schaltete die Lichter an. »Nehmt am Steuer Platz«, befahl er seinem Gefangenen. »Mylord, wir werden uns einen Weg durch ihre Sicherheitslinien hindurchreden. Persis, ein Handtuch, bitte. Werden sie uns glauben, daß wir aus ganz harmlosen Gründen nach Dhangodhan unterwegs sind?«

Hauksbergs Gesicht war verzerrt. »Wenn Brechdan nicht dabei ist? Machen Sie sich doch nicht lächerlich. Los, beenden Sie die Komödie, ergeben Sie sich und machen Sie alles leichter für sich.«

»O nein, wir werden den schweren Weg gehen. Wenn sie uns anrufen, gebt durch, daß wir unterwegs auf Euer Schiff sind, um Material zu besorgen, das Ihr Brechdan bezüglich dieser Angelegenheit vorlegen wollt.«

»Bilden Sie sich wirklich ein, daß sie so etwas glauben werden?«

»Ich meine, daß sie es vielleicht tun. Merseianer gehen nicht so schablonenhaft vor wie Terraner. Es liegt ihnen im Blut, daß ein Edelmann auf eigene Faust handelt, ohne vorher zwanzig verschiedene Dokumente auszufüllen. Wenn sie uns nicht glauben, werde ich die entsprechenden Sicherungen zerstören und einen ihrer Flieger rammen, denkt daran«, Persis reichte Flandry das Handtuch. »Ich werde Eure Hände binden. Fügt Euch, oder ich werde Euch verdreschen.«

Er wurde sich dessen bewußt, was Macht bedeutete und wie sie funktionierte. Man mußte die Initiative behalten. Die Instinkte des anderen waren solche des Gehorsams, es sei denn, er besaß Meisterschaft über sich selbst. Aber man durfte keine Sekunde lang mit dem Druck nachlassen. Hauksberg fiel in seinen Sitz und machte keinen Ärger.

»Du wirst ihm doch nichts tun, Nicky?« flehte Persis.

»Nicht, wenn es sich vermeiden läßt. Haben wir nicht schon genug Sorgen?« Er nahm im Sitz des Piloten für die Handsteuerung Platz und ließ das Boot aufsteigen.

Ein Summen ertönte in der Konsole. Flandry schaltete ein, und ein uniformierter Merseianer blickte aus dem Bildschirm. Er konnte nur ihre Oberkörper sehen. »Stop!« befahl er. »Sicherheit.«

Flandry stieß Hauksberg an, und der Vicomte antwortete: »Ah . . . wir müssen auf mein Schiff . . .« Kein Mensch hätte die Geschichte geglaubt, so lahm kam sie hervor, und auch ein mit den Feinheiten des menschlichen Verhaltens vertrauter Merseianer wäre mißtrauisch geworden. Aber dieser war nur ein Offizier der planetaren Polizei, der seinen Auftrag nur hatte, weil er gerade Dienst tat. Flandry hatte darauf vertraut.

»Ich werde das untersuchen«, meinte das grüne Gesicht.

»Verstehst du nicht?« schnappte Hauksberg. »Ich bin Diplomat. Eskortiere uns, wenn dir danach ist. Aber du hast kein Recht, uns aufzuhalten. Weiter, Pilot.«

Flandry beschleunigte mit dem Grav, und das Boot stieg hoch. Ardaig fiel wie ein schimmerndes Gewebe nach unten weg, wurde zu einem Lichtpunkt. Auf dem Heckbildschirm erkannte Flandry zwei schwarze Objekte, die ihn verfolgten. Sie waren zwar kleiner als sein Fahrzeug, aber bewaffnet und gepanzert.

»Das habt Ihr letzten Endes gut gemacht, Mylord«, meinte er.

Hauksberg gewann sein Gleichgewicht rasch zurück. »Sie haben selbst geschickt gehandelt«, entgegnete er. »Ich beginne zu verstehen, warum Abrams sich so viel von Ihnen erwartet.«

»Danke.« Flandry konzentrierte sich darauf, zu beschleunigen. Das Beschleunigungsschutzfeld funktionierte nicht ganz so, wie es sollte; er fühlte schwach einen Druck, der ihm den Atem abgedrückt hätte, wäre er nicht kompensiert gewesen.

»Aber es wird nicht klappen, wissen Sie«, fuhr Hauksberg fort. »Schon jetzt gehen Botschaften kreuz und quer durch den

Äther. Unsere Eskorte wird sicher die Anweisung bekommen, uns zum Rückflug zu zwingen.«

»Ich hoffe nicht. Wenn ich Merseianer wäre, würde ich mich daran erinnern, daß die *Queen Maggy* von ihrem merseianischen Piloten für harmlos erklärt worden ist. Ich würde meine Streitkräfte alarmieren, aber ansonsten abwarten und zuschauen, was Ihr macht. Schließlich muß sich Brechdan davon überzeugen, daß Ihr ehrlich seid.«

Ardaig war mittlerweile verschwunden. Berge leuchteten im Licht der Monde, und Wolken bildeten eine weiße Decke um den Planeten. Das Heulen der verdrängten Luft wurde dünner und erstarb schließlich. Die Sterne leuchteten auf.

»Je mehr ich darüber nachdenke«, warf Hauksberg ein, »desto mehr wünschte ich mir, Sie stünden auf der richtigen Seite. Der Frieden benötigt tüchtige Männer noch mehr als der Krieg.«

»Zuerst wollen wir einmal Frieden schaffen, nicht?« Flandrys Finger fuhren über die Computereingabe. Er hatte sich die sechs Elemente der Schiffskreisbahn routinemäßig gemerkt. Die Abweichung durfte noch nicht allzu groß sein.

»Das ist es doch, was ich versuche. Wir können ihn haben, sage ich Ihnen. Sie haben diesem Fanatiker Abrams zugehört, hören Sie doch mir einmal zu.«

»Aber sicher.« Flandry sprach nur mit halber Aufmerksamkeit. »Fangt damit an, mir zu erklären, warum Brechdan Geheimnisse um Starkad wahrt.«

»Bilden Sie sich ernsthaft ein, daß wir keine Geheimnisse haben? Brechdan muß sich auch selbst verteidigen. Wenn Furcht und Haß sich gegenseitig emporschaukeln, werden wir natürlich den Krieg haben.«

»Wenn wir zulassen, daß Terra in die Enge getrieben wird, dann, das gebe ich zu, Mylord, werden die Planetenzerstörer fliegen.«

»Haben Sie die Sache jemals vom merseianischen Standpunkt betrachtet?«

»Ich habe nicht vorgeschlagen, ihnen nur den Ausweg zu lassen, zu versuchen uns zu vernichten.« Flandry zuckte die Achseln. »Aber das ist eine Sache für Staatsmänner, hat man mir erzählt. Ich arbeite nur vor Ort. Bitte seid still und laßt mich die Annäherungskurve berechnen.«

Flammend stieg Korych über dem Rand der Welt auf, ein Sonnenaufgang aus Gold und Amethyst unter Millionen von Sternen.

Der Kommunikator summte wieder. »Vorausseher«, meldete sich der Merseianer, »Ihr könnt Euer Schiff für eine begrenzte Zeitspanne betreten, sofern Ihr unsere Begleitung zulaßt.«

»Bedaure«, erwiderte Hauksberg, »aber das ist unmöglich. Ich hole Material ab, das nur für die Augen von Protektor Brechdan bestimmt ist. Du bist an Bord willkommen, sobald ich das Material hier im Boot habe, um mich geradewegs nach Burg Afon zu eskortieren.«

»Ich werde die Worte des Voraussehers an meine Vorgesetzten weitergeben und ihre Entscheidung erwarten.« Der Bildschirm wurde weiß.

»Du bist wundervoll«, meinte Persis.

Hauksberg lachte bellend. »Bewundere deinen unverschämten jungen Helden auf seinen göttlichen Pfaden nicht zu sehr.« Und ernst: »Ich nehme an, daß Sie vorhaben, mit einem Beiboot zu fliehen, aber das kann nicht gutgehen. Die Raumpatrouille wird Sie einholen, bevor Sie in den Hyperdrive gehen können.«

»Nicht, wenn ich aus dem Stand in den Hyperdrive gehe«, entgegnete Flandry.

»Aber . . . alle Schlangen, Junge! Sie kennen doch die Materiedichte so nahe an einer Sonne! Wenn ein Mikrosprung Sie auch nur mit einem kleinen Steinchen zusammenbringt . . .«

»Darauf lasse ich es ankommen. Unsere Chancen stehen gut, besonders, wenn wir ganz normal auf der Ebene der Ekliptik fliegen.«

»Ein Lichtjahr weit können Sie kommen, und sie werden Sie immer noch orten können. Ein schnelleres Schiff kann und wird Sie dann immer noch einholen.«

»Ihr werdet nicht dabeisein«, wies Flandry ab. »Seid jetzt still, ich bin beschäftigt.«

Die Minuten verstrichen. Er nahm den Anruf kaum zur Kenntnis, der die Erlaubnis gab, daß Hauksbergs Gruppe allein an Bord gehen durfte. Er verstand jedoch die Gedanken hinter dieser Zustimmung. Die *Dronning Margrete* war unbewaffnet und leer, und nur zwei oder drei Leute hätten Stunden gebraucht, sie Fahrt aufnehmen zu lassen, und schon lange vorher konnte ein Kriegsschiff zur Stelle sein. Man hielt Hauksberg für ehrlich, ließ ihm freie Hand und wartete darauf, was dabei herauskam.

Der große, vorn spitz zulaufende Zylinder kam in Sicht. Flandry nahm Kontakt mit den schiffsinternen Geräten auf, und eine Bootsluke öffnete sich. Das Boot glitt hindurch. Die Luke ging wieder zu, der Luftdruck baute sich auf. Flandry schaltete den Motor ab und stand auf. »Ich muß Euch außer Gefecht setzen, Mylord. Sie werden Euch finden, sobald sie an Bord kommen.«

Hauksberg betrachtete ihn. »Sie überlegen es sich nicht anders?« wollte er wissen. »Terra sollte jemanden wie Sie nicht verlieren.«

»Nein, tut mir leid.«

»Ich warne Sie, Sie stellen sich außerhalb des Gesetzes. Ich habe nicht vor, herumzusitzen und Sie schalten und walten zu lassen. Nach dem, was geschehen ist, ist der beste Weg für mich, meinen guten Willen zu beweisen, der, den Merseianern zu helfen, Sie auszuschalten.«

Flandry faßte an seinen Blaster, und Hauksberg nickte. »Sie werden die Angelegenheit kurzfristig behindern, indem Sie mich töten.«

»Habt keine Furcht. Persis, ich brauche noch drei oder vier Handtücher. Legt Euch auf den Boden, Mylord.«

Hauksberg tat wie geheißen. Er blickte das Mädchen an und sagte: »Mach doch da nicht mit, bleib bei mir. Ich werde ihnen sagen, daß du auch eine Gefangene warst. Ich hasse es, Frauen zu verschwenden.«

»Es gibt hier in der Gegend nur wenige«, stimmte Flandry ihm zu.

»Du tust besser, was er sagt, Persis.«

Sie überlegte eine Weile. »Meinst du damit, daß du mir vergibst, Mark?« fragte sie.

»Nun ja«, bestätigte Hauksberg.

Sie beugte sich herab und küßte ihn flüchtig. »Ich glaube dir. Aber nein, danke. Ich habe meine Wahl getroffen.«

»Nach dem, wie dein Freund dich behandelt hat?«

»Er mußte so handeln, und ich muß das glauben.« Persis half dabei, Hauksberg zu binden.

Sie und Flandry verließen das Boot. Die Korridore leuchteten und warfen den Schall zurück, während sie entlanggingen. Es war nicht weit zu einer anderen Schleuse. Der schlanke Rumpf eines großen Beibootes erhob sich vor und über ihnen. Flandry kannte das Modell: ein prächtiges Ding, zäh und beweglich, mit Treibstoff und Vorräten für eine Reise über mehrere hundert Parsec. Schnell war es obendrein noch, zwar nicht schneller als ein richtiges Kriegsschiff, aber eine harte Jagd war eine lange Jagd, und obendrein hatte er ein paar Ideen, was zu tun war, sobald der Feind in die Nähe kam.

Er führte eine Schnellkontrolle aller Systeme durch. Im Kontrollraum fand er Persis im Sitz des Kopiloten. »Störe ich dich?« fragte sie.

»Ganz im Gegenteil«, erwiderte er. »Bleib still, bis wir im Hyperdrive sind.«

»Das werde ich«, versprach sie. »Ich bin keine völlige Null, Nicky. Man lernt zu überleben, wenn man eine Tänzerin aus niedriger Kaste ist. Anders als im Raum, das ist klar. Aber dies ist das erstemal, daß ich etwas für jemand anderen als mich selbst getan habe. Es fühlt sich gut an. Irgendwie anders, aber gut.«

Er fuhr mit der Hand durch das wirre dunkle Haar, die weichen Wangen und das hübsche Profil, bis seine Finger ihr Kinn umfaßten und er einen Kuß auf ihre Lippen drückte. »Ich schulde dir Dank, mehr als ich in Worte fassen kann«, murmelte er. »Ich habe es überwiegend für Max Abrams getan. Es wäre kalt um mich geworden, allein mit seinem Geist loszufliegen. Aber jetzt habe ich dich.« Er nahm Platz und schaltete die Maschine an. »Los geht's«, meinte er.

14

Es dämmerte über Ardaig, und von dem Turm auf dem Eidh-Hügel kam das altertümliche Gebet der Kesseltrommeln. Der Schatten des Admiralitätshauses fiel über den Oiss, über die blauen Nebel, die den frühen Flußverkehr noch verbargen. Tiefer im Inland dräuten schwarze Schatten rings um Burg Afon.

Brechdan Ironrede hatte sich allerdings dafür entschieden, die Terraner hier zu empfangen, anstatt in seinem neuen HQ. *Er ist durcheinander,* dachte Abrams. *Er geht schnell vor, aber er braucht die Hilfe seiner Vorfahren.*

Beim Eintritt in den Audienzsaal mußte eines Menschen Verstand wie in einem Traum verschwimmen. Man brauchte erst einen Augenblick, bevor man den Sinn dessen erkennen konnte, was man sah. Die Proportionen des langen, beflaggten Flures, die hohen Wände, die sowohl oben wie unten in Bogen endenden Fenster, die säbelzahnförmige Dachpanzerung waren nach terranischen Maßstäben völlig unstimmig, hatten aber trotzdem ihre eigene Gültigkeit. Die Maskenhelme auf leeren Rüstungen grinsten wie Dämonen; die Muster verblaßter Wandbehänge und alter Banner enthielten keine einem Menschen verständliche Symbolik. Dies war Alt-Wilwidh, bevor die Maschinen kamen und die universale Eintönigkeit mit ihnen. Hier war der Ursprung Merseias. Man mußte einen solchen Ort gesehen haben, bevor man wirklich in der Lage war, sich bewußt zu machen, daß man sich mit den Merseianern nie würde verwandt fühlen können.

Ich wünschte, meine Vorfahren wären hier. Abrams erstieg die Steinplatten neben Hauksberg, die Stiefeltritte hallten hohl wider. Er nahm einen bitteren Geruch wahr, und er stellte sich Dyan im Geist vor. *Auch ich habe einen Platz im Kosmos. Ich darf das nicht vergessen!*

Bekleidet mit einer schwarzen Robe, erwartete sie die Hand der Vach Invory unter einem in schwarzes Holz gravierten Drachen. Die Männer verneigten sich vor ihm. Er hob einen kurzen Speer und schmetterte ihn zum Gruß zu Boden. Brüsk sagte er:

»Das, was geschehen ist, ist eine üble Sache.«

»Gibt es Neuigkeiten, Sir?« erkundigte sich Hauksberg. Seine Augen wirkten hohl, und ein Mundwinkel zuckte.

»Nach dem jüngsten Bericht hat ein Zerstörer Flandrys Hyperwelle aufgespürt. Er kann ihn noch einholen, aber es wird seine Zeit erfordern, und in der Zwischenzeit sind beide Fahrzeuge aus unserem Ortungsbereich gelangt.«

»Der Protektor kann sich meines tiefsten Bedauerns gewiß sein. Ich bereite Anklagen gegen den Übeltäter vor. Wenn er lebendig gefangen wird, kann er als gewöhnlicher Pirat behandelt werden.«

Ja, dachte Abrams. *Im Hypnoverhör ausgewrungen. Nun ja, er verfügt über keine militärischen Informationen von vitaler Bedeutung, und was er von mir weiß, kann mich auch nicht tiefer in die Sache ziehen, als ich schon bin. Aber hoffentlich hat er einen raschen Tod.*

»Mylord«, sagte er, »ich muß Euch und der Hand gegenüber einen formellen Protest vorbringen. Dominic Flandry handelt in kaiserlichem Auftrag. Das Gesetz sieht für ihn mindestens ein Kriegsgericht vor, und seine diplomatische Immunität kann auch nicht einfach per Dekret außer Kraft gesetzt werden.«

»Er wurde nicht durch die Regierung Seiner Majestät akkreditiert, sondern durch mich«, schnappte Hauksberg. »Dasselbe gilt für Sie, Abrams.«

»Seid ruhig«, befahl ihm Brechdan. Hauksberg starrte die massive grüngesichtige Gestalt ungläubig und mit offenem Mund an. Brechdans Blick ruhte auf Abrams. »Commander«, begann er, »als Sie vergangene Nacht verhaftet wurden, bestanden Sie darauf, über Informationen zu verfügen, die nur für mich bestimmt sind. Als man mir davon erzählte, war ich einverstanden. Wollen Sie mit mir allein sprechen?«

Weiter so. So ist's richtig. Ich habe Dominic gegenüber einmal geprahlt, sie würden mich unter keinen Umständen zum Schwatzen bringen, und sie müßten für alles bezahlen, was sie bekämen. Nun, hier bin ich, noch ganz, wenn auch unbewaffnet. Um die Prahlerei zu rechtfertigen, muß mich meine Schlagfertigkeit in der Befragungszelle bewahren. »Ich danke der Hand«, antwortete Abrams, »aber die Angelegenheit betrifft Lord Hauksberg gleichermaßen.«

»Sprechen Sie frei. Wir haben heute keine Zeit für lange Umschweife.«

Abrams' Herz jagte, aber er sprach gleichmäßig. »Eine Frage des Gesetzes, Hand. Im Abkommen von Alfzar bestätigte Merseia, die auf Terra entwickelten Gesetze des Krieges und der Diplomatie zu akzeptieren. Sie haben sich aus denselben Gründen überhaupt entwickelt, aus denen Ihr sie übernommen habt: sie funktionieren. Nun, wenn Ihr vorhabt, uns zu unerwünschten Personen zu erklären und abzuschieben, wird die Regierung Seiner Majestät keinen Grund haben, sich zu beschweren. Aber wenn Ihr gegen einen von uns Weitergehendes beabsichtigt, unabhängig davon, wo wir akkreditiert sind, wäre das ein Grund für uns, die Beziehungen abzubrechen, wenn nicht für Krieg.«

»Diplomatisches Personal ist nicht dazu berechtigt, zu spionieren«, meinte Brechdan.

»Richtig, Hand. Aber die Regierung, zu der es entsandt ist, hat auch nicht das Recht, gegen die Botschaft zu spionieren. Es ist doch eine Tatsache, daß Dwyr der Haken als Spion auf mich angesetzt worden ist. Das ist wohl kaum ein freundlicher Akt, Hand, um so weniger, wenn gerade dringliche Verhandlungen laufen. Nun kam es, daß Dwyrs Sympathien bei Terra lagen . . .«

Brechdans Lächeln war dünn. »Das glaube ich nicht in der Form, Commander. Ich habe den bestimmten Eindruck, daß sie ihn dahin manövriert haben, wo er mit Ihnen in Kontakt kommen mußte. Kompliment für Ihre Geschicklichkeit.«

»Hand, die Regierung Seiner Majestät wird jede solche Behauptung zurückweisen.«

»Wie können Sie es wagen, für das Imperium zu sprechen?« explodierte Hauksberg.

»Wie könnt Ihr es wagen, Mylord?« verlangte Abrams zu wissen. »Ich mache nur eine Vorhersage. Aber ist die Hand nicht auch der Meinung, daß sie wahrscheinlich richtig ist?«

Brechdan rieb sein Kinn. »Vorwurf und Gegenvorwurf, Dementi und Gegendementi . . . ja, kein Zweifel. Was meinen Sie, was das Imperium unternehmen wird?«

»Das liegt beim Politischen Rate, Hand, und wie der entscheidet, beruht auf zahlreichen Faktoren, einschließlich der Stimmungslage. Wenn Merseia eine Politik verfolgt, die in terranischen Augen vernünftig erscheint, wird Terra auf gleiche Weise reagieren.«

»Ich gehe davon aus, daß eine Politik nach vernünftigen Maßstäben für uns auch bedeutet, Anklagen gegen Sie selbst fallenzulassen«, meinte Brechdan trocken.

Abrams hob die Schultern und breitete die Arme aus. »Was sonst? Sollen wir sagen, daß Dwyr und Flandry eigenmächtig gehandelt haben, ohne mein Wissen? Wäre es nicht weise, davon Abstand zu nehmen, die Ehre ganzer Planeten in die Sache einzubeziehen?«

»Khraich. Ja. Der Punkt ist gut vorgetragen. Obwohl Sie offen sind, bin ich von Ihnen enttäuscht. Ich würde einen Untergebenen nicht im Stich lassen.«

»Hand, was mit ihm geschieht, liegt nicht mehr bei Euch oder mir. Er und sein Verfolger sind außer Reichweite. Es mag sich pompös anhören, aber ich möchte mich selbst retten, um dem Imperium weiterhin dienen zu können.«

»Das werden wir noch sehen«, warf Hauksberg giftig ein.

»Ich habe Euch angewiesen, den Mund zu halten«, sagte Brechdan. »Nein, Commander, auf Merseia klingen Ihre Worte ganz und gar nicht pompös.« Er senkte seinen Kopf. »Ich grüße Sie. Lord Hauksberg wird mich sicher entschuldigen, wenn ich Sie für unschuldig erachte.«

»Sir!« protestierte der Vicomte. »Sicher werden wir ihn doch auf das Gelände der Botschaft verbannen, solange unser Aufenthalt noch dauert. Was mit ihm nach seiner Rückkehr geschieht, liegt bei seinem Dienst und seiner Regierung.«

»Ich fordere in der Tat vom Commander, die Enklave nicht mehr zu verlassen«, erwiderte Brechdan und beugte sich vor. »Und jetzt zu Euch, Gesandter. Wenn Ihr bereit seid, die laufenden Gespräche fortzusetzen, dann sind wir es ebenfalls. Aber wir haben gewisse Vorbedingungen. Flandry könnte noch entkommen, und er ist im Besitz militärischer Geheimnisse. Deshalb müssen wir einen Kurier zum nächstgelegenen regionalen terranischen Hauptquartier schicken, der Botschaften von uns beiden überbringt. Wenn Terra Flandry ausstößt und Merseia dabei hilft, ihn gefangenzunehmen oder zu vernichten, wird es seinen Wunsch nach friedlichen Beziehungen unter Beweis gestellt haben. Der Großrat Seiner Oberhoheit wird dann bereit sein, seine Politik entsprechend anzupassen. Seid Ihr dazu bereit?«

»Natürlich, Sir! Natürlich!«

»Aber das terranische Imperium ist weit entfernt«, fuhr Brechdan fort. »Ich erwarte nicht, daß Flandry es erreichen kann. Unsere Patrouillen werden die wahrscheinlichsten Fluchtwege überwachen, um ganz sicherzugehen. Die nächstgelegene menschliche Ansiedlung liegt auf Starkad, und wenn er es irgendwie schafft, unserem Zerstörer zu entkommen, wird er entweder dorthin oder nach Beteigeuze fliegen. Es ist eine riesige und wenig bekannte Region, und von daher hätten unsere Scouts nur geringe Chancen, ihn zu erwischen . . . bis er seinem Ziel nahe ist. Wenn er also entkommt, möchte ich, daß die Annäherungswege bewacht werden. Aber da unsere Regierung genausowenig wie die Eure daran interessiert ist, den Konflikt weiter anzuheizen, muß Ihr Kommandant auf Starkad davon in Kenntnis gesetzt werden, daß diese Einheiten keine Bedrohung für ihn sein werden und er keine Verstärkung wird anfordern müssen. Er sollte eher mit uns zusammenarbeiten. Würdet Ihr entsprechende Anordnungen für ihn ausarbeiten?«

»Sofort, Sir«, erwiderte Hauksberg. Er war mit neuer Hoffnung erfüllt und widmete Abrams' Blick keinerlei Aufmerksamkeit.

»Es sieht so aus, als würde dies alles jedoch nicht erforderlich sein«, fügte Brechdan hinzu. »Auf dem Zerstörer schätzte man, daß Flandry in drei Tagen eingeholt sein wird. Der Kommandant wird dann noch einmal etwas länger als soviel brauchen, um hier Bericht zu erstatten. Wenn es soweit ist, können wir uns erleichtert fühlen, die Regierung Seiner Majestät desgleichen. Aber um der Sicherheit willen machen wir uns am besten gleich an die Arbeit. Bitte begleitet mich in das angrenzende Büro.«

Er stand auf und begegnete eine Sekunde lang Abrams' Blick.

»Commander, Ihr junger Mann läßt mich stolz darauf sein, daß ich ein fühlendes Wesen bin. Was könnten unsere Rassen alles erreichen, wenn sie sich vereinigen würden? Gute Jagd.«

Abrams brachte kein Wort hervor, zu sehr verschlossen unvergossene Tränen seine Kehle. Er verbeugte sich und ging. Von der Tür an begleiteten ihn merseianische Wachen.

Auf den Bildschirmen tummelten sich die Sterne in ihrem gnadenlosen Glanz vor dem Hintergrund der endlosen Nacht. Die große Geschwindigkeit ließ das Raumboot dröhnen.

Flandry und Persis kehrten von ihrer Arbeit zurück. Sie hatte ihm Werkzeuge gegeben und Mahlzeiten bereitet, alles, was sie tun konnte, um seinen Forderungen zu genügen, die da lauteten: »Halte mich satt und mit allem versorgt.« In einem formlosen Coverall, das Haar von einem Kopftuch gebändigt und mit einem Schmierflecken auf der Nase, wirkte sie irgendwie noch begehrenswerter als jemals zuvor. Oder war das nur die Auswirkung des drohenden Todes?

Der merseianische Zerstörer hatte die Aufforderung zum Stoppen schon lange gegeben, vor Zeitaltern schon, wie es schien, als er in Reichweite eines Hypersenders gestanden hatte. Flandry hatte abgelehnt. »Dann bereite deinen Geist auf die Gottheit vor«, hatte der Kommandant daraufhin gesagt und die Verbindung getrennt. Minute um Minute, Stunde um Stunde war Flandry in dem Boot herumgekrochen, bis überall die Instrumente von seiner Gegenwart kündeten.

Persis ergriff Flandrys Hand, sie war kalt. »Ich verstehe das nicht«, sagte sie mit dünner Stimme. »Du hast mir erzählt, daß er unsere Bugwelle verfolgen kann. Aber der Raum ist doch so riesig. Warum können wir nicht einfach unter die Lichtgeschwindigkeit gehen und ihn nach uns suchen lassen?«

»Er ist zu nahe dran. Er war schon zu dicht dran, als wir von ihm erfuhren. Wenn wir den Hyperantrieb abschalten würden, hätte er einen guten Begriff davon, wo wir ungefähr sind, und müßte ein entsprechend kleines Raumvolumen nur so lange absuchen, bis er die Neutrino-Emmissionen unseres Kraftwerkes aufspürt.«

»Könnten wir das nicht auch abschalten?«

»Dann wären wir nach einem Tag tot. Alles hängt von der Energie ab. Es wäre nur noch nicht ganz klar, ob wir ersticken oder erfrieren. Wenn wir die nötige Ausrüstung fürs Einfrieren hätten ... aber die haben wir eben nicht. Dies ist kein Kriegsschiff, sondern ein Erkundungsboot, eben das größte Rettungsboot, auf das die Queen Maggy zu unseren Gunsten verzichtet hat.«

Sie näherten sich dem Kontrollraum. »Was wird geschehen?« wollte Persis wissen.

»In der Theorie, meinst du?« Er war dankbar für die Gelegenheit zum Reden. Die Alternative wäre eine trostlose Stille im Schiff gewesen. »Nun, sieh mal. Wir fliegen schneller als das Licht, weil wir pro Sekunde eine ganze Reihe von Quantensprüngen durchführen, die den dabei zurückgelegten Raum nicht durchqueren. Man könnte sagen, daß wir uns die meiste Zeit nicht im realen Universum aufhalten, obwohl wir das so häufig tun, daß wir gar keinen Unterschied merken. Unser Freund nun muß versuchen, sozusagen sich unserer Sprungfrequenz anzupassen. Dadurch wird jedes der beiden Schiffe gegenüber dem anderen ein solider Gegenstand, so als ob beide unter Lichtgeschwindigkeit flögen, unter Anwendung der normalen Schwerkraftmotoren mit einer wirklichen Geschwindigkeit.«

»Aber du hast etwas über das Feld gesagt.«

»O ja, das. Nun, was uns die Quantensprünge durchführen läßt, ist ein pulsierendes Kraftfeld, das von der Sekundärmaschine erzeugt wird. Das Feld umschließt uns, umfaßt aber noch mehr Raum mit einem bestimmten Radius. Wie groß der Radius ist und wieviel Masse erfaßt werden kann, hängt von der Kapazität des Generators ab. Ein großes Schiff kann praktisch ein kleineres seitlich in Schlepp nehmen, da es ein größeres und stärkeres Feld hat; auf diese Weise werden die meisten Enterunternehmen durchgeführt. Allerdings ist ein Zerstörer im Vergleich zu uns nicht groß genug, um so vorzugehen. Er müßte so dicht herankommen, daß sich unsere Felder überlappen, denn sonst könnte seine Artillerie uns gar nicht erreichen.«

»Warum verändern wir nicht unsere Frequenz?«

»Das wäre schon eine geradezu standardisierte Vorgehensweise, und ich bin sicher, daß unsere Freunde genau das erwarten. Aber sie könnten die Frequenz genauso schnell ändern wie wir, und dabei fortlaufende Berechnungen über unsere Muster anstellen, so daß sie unsere Frequenzen vorhersagen können. Früher oder später würden sie dann wieder lange genug die gleiche Phase haben, um eine Waffe einzusetzen. Aber wir werden nicht erwartungsgemäß vorgehen. Nein, unsere einzigartige Chance ist die Sache, an der wir gearbeitet haben.«

Sie drückte sich an ihn, so daß er spüren konnte, wie sie zitterte. »Nicky, ich habe Angst.«

»Denkst du, ich nicht?« Beider Lippen waren trocken, als sie sich küßten. »Komm, wir müssen auf den Posten. In ein paar Minuten wissen wir Bescheid. Wenn es schiefgeht . . . Persis, einen besseren Gefährten hätte ich mir nicht denken können.« Als sie sich gesetzt hatten, fügte er hinzu, weil er es nicht wagte, ernst zu bleiben: »Obwohl wir nicht lange zusammenbleiben würden. Du bist für den Himmel bestimmt, während meine Richtung zweifellos die entgegengesetzte ist.«

Sie griff erneut nach seiner Hand. »Meine auch. Du kannst mir nicht so leicht entkommen.«

Der Alarm schrillte. Ein Schatten legte sich über die Sterne, wurde immer dichter, während die Frequenzen sich anglichen. Jetzt konnte man die Torpedogestalt erkennen, wenn auch immer noch durchsichtig; die Geschütztürme und Raketenplattformen waren deutlich sichtbar. Alle Sterne außer den hellsten waren verdunkelt. Flandry überflog das Zielkreuz seiner improvisierten Feuerleitung. Seine Finger ruhten auf einem Knopf, von dem aus sich Drähte verzweigten.

Der merseianische Zerstörer wurde ein Teil ihrer Wirklichkeit. Das Sternenlicht schimmerte auf seinem Rumpf. Flandry wußte, wie dünn dieses Metall war. Kraftfelder schützten es gegen feste Materie, aber nichts vermochte es gegen nukleare Energien zu schützen, nichts außer der Geschwindigkeit, mit der es ihnen ausweichen konnte, was eine geringe Masse voraussetzte. Trotzdem hatte er das Gefühl, daß sich ihm ein Dinosaurier näherte.

Das Bild des Zerstörers auf dem Bildschirm schwoll an. Er manövrierte geruhsam, wußte, daß seine Beute waffenlos war, nur zu Ausweichmanövern bereit. Flandrys rechte Hand glitt zum Steuerruder. So . . . und so . . . er wußte, wo sich die Maschinen im Zerstörer befanden.

Meßgeräte flackerten, als es zur ersten Berührung zwischen den Hyperfeldern kam. In einer Sekunde würde die Berührung ausreichen, um eine Rakete oder einen Feuerstoß von der einen Schiffshülle zur anderen durchzulassen. Persis, die seinen Anweisungen folgend die Fahrtanzeiger ablas, schrie gellend: »Jetzt.«

Flandry bremste. Er hatte nicht all die Instrumente und Computer eines Marinekanoniers, sondern selbst alles schätzen müssen. Er drückte den Knopf.

Auf dem Bildschirm schoß der Zerstörer vorwärts. Aus einer offenen Luke des Bootes kam ein Beiboot des Beibootes heraus, ein Atmosphärenfahrzeug, das aber überall mit Gravitationswellen gesteuert werden konnte. Mit hoher Relativgeschwindigkeit traf es auf den Zerstörer.

Flandry konnte nicht erkennen, was passierte. Er hatte die Frequenz gewechselt und versucht, der Hölle zu entkommen. Wenn alles planmäßig klappte, würde sein Luftboot mit ruinöser Geschwindigkeit durch die Hülle des Zerstörers hindurchstoßen. Aber der Zerstörer war noch nicht zerstört, dazu war der Angriff zu schwach gewesen, und eine Reparatur würde möglich sein. Aber vor deren Abschluß würde das Boot bereits außer Orterreichweite sein. Flog Flandry noch im Zickzack, wäre eine erneute Entdeckung praktisch ausgeschlossen.

Er raste zwischen den Sternen davon. Eine Minute verging, dann zwei, drei, vier, fünf. Flandry rang nicht länger nach Luft, und Persis brach in Tränen aus. Nach zehn Minuten fühlte er sich sicher genug, auf Automatik zu stellen, lehnte sich zu seiner Begleiterin hinüber und hielt sie fest.

»Wir haben es geschafft«, flüsterte er. »Satan von Sirius! Eine jämmerliche Gig hat ein Marinefahrzeug erledigt!«

Dann hielt es ihn nicht mehr in seinem Sitz. Er sprang auf und im Boot hin und her, bis es widerhallte. »Wir haben gewonnen! Ta-ran-tu-la! Her mit dem Champagner! Wir müssen hier auch Champagner an Bord haben! Gott ist für alles andere zu gut!«

Er zog Persis hoch und tanzte mit ihr über das Deck. »Los, komm, du! Wir haben gewonnen! Schwing deine Dame herum! Ich freue mich, ich freue mich, ich freue mich!«

Schließlich beruhigte er sich jedoch wieder, und Persis hatte sich auch wieder in der Gewalt. Sie löste sich von ihm und warnte: »Es ist noch weit bis Starkad, Liebling, und am Ende der Reise wartet wieder die Gefahr.«

»Ah«, erwiderte Fähnrich Dominic Flandry, »aber du vergißt, daß wir uns am Anfang der Reise befinden.«

Ein Lächeln umspiegelte ihre Lippen. »Was meinst du damit im einzelnen, Sir?«

Seine Antwort brachte einen lüsternen Seitenblick mit sich. »Daß es tatsächlich noch ein weiter Weg bis Starkad ist.«

15

Unter Myriaden anderer Sterne glitzerte Saxo, aber er war immer noch so fern, daß andere Sterne ihn überstrahlten. Am hellsten leuchtete Beteigeuze. Flandrys Blick fiel auf diesen karmesinroten Funken und verweilte dort. Mehrere Minuten lang saß er mit auf die Handflächen gestütztem Kinn an der Pilotenkonsole; außer dem Hämmern des Antriebes und dem Gemurmel der Ventilatoren war nichts zu hören.

Persis trat in den Kontrollraum. Während der Reise hatte sie versucht, die an Bord vorhandenen Kleidungsstücke etwas zum Glanzvollen hin umzugestalten, aber sie waren zu sehr auf Nützlichkeit gefertigt worden. Also begnügte sie sich meistens mit Shorts, die aus kaum mehr als ihren Taschen bestanden. Ihr Haar hing lose herab, dunkel und leuchtend wie das All; eine Locke kitzelte Flandry, als Persis sich über seine Schulter beugte, und er nahm ihren leichten, sonnigen Duft wahr. Aber diesmal reagierte er nicht darauf.

»Sorgen, Liebling?« erkundigte sie sich.

»Es ist nicht die Arbeit, sondern vielmehr diese verdammten Entscheidungen«, zitierte er abwesend.

»Du meinst, wohin wir uns wenden sollen?«

»Ja. Wir müssen uns jetzt entscheiden: Saxo oder Beteigeuze?«

Er hatte die jeweiligen Argumente schon so oft wiederholt, daß sie sie längst auswendig kannte, aber er fuhr trotzdem fort: »Entweder das eine oder das andere Ziel. Wir können uns nicht faul auf einem unentdeckten Planeten niederlassen. Das Imperium ist zu weit weg; jeder weitere Reisetag erhöht die Chancen der Merseianer, unseren Kielraum wieder aufzuspüren. Sie werden Kuriere überallhin geschickt haben – mit jeder Art von Schiff, das schneller ist als unseres –, nachdem sie von unserer erfolgreichen Flucht gehört haben. Vielleicht sogar vorher. Ihre Einheiten werden dabeisein, die hiesigen Gebiete abzusuchen.

Saxo steht näher. Aber gegen jede Annäherung dorthin steht die Überlegung, daß sie dort ziemlich streng Wache halten können, ohne dafür ein Kriegsschiff in das System zu bringen. Jeder große und schnelle Frachter könnte uns einfangen und die Mannschaft uns mit Handwaffen entern. Aber wenn wir in Funkreichweite wären, könnte ich das terranische HQ auf Starkad anrufen und unsere Informationen dorthin weiterleiten. Dann könnten wir die Hoffnung haben, daß die Merseianer keinen weiteren Sinn mehr darin sähen, uns zu vernichten. Aber das ist alles mit zu vielen Wenn und Aber behaftet.

Beteigeuze ist eine mit niemandem verbündete Macht und wacht eifersüchtig über seine Neutralität. Fremde Patrouillen werden dort auf Distanz bleiben müssen und so weit verstreut sein, daß wir durchschlüpfen könnten. Einmal in Alfzar, könnten wir uns an den terranischen Botschafter wenden. Allerdings: Die Beteigeuzeaner werden uns nicht unbemerkt in ihr System eindringen lassen. Sie haben ihre eigenen Patrouillen. Wir müßten von jenseits des äußersten Planeten an alle Grenzformalitäten durchlaufen, und das könnten die Merseianer beobachten. Ein Jäger könnte blitzschnell durchbrechen und uns zerpusten.«

»Das würden sie nicht«, meinte Persis.

»Süßes, sie wagen praktisch alles, und entschuldigen sich hinterher. Du weißt nicht, was auf dem Spiel steht.«

Sie nahm neben ihm Platz. »Du erzählst mir ja auch nichts davon.

»Stimmt.«

Er hatte sich bis zur Wahrheit durchgebissen. Stunde um Stunde während ihrer Flucht durch den merseianischen Herrschaftsbereich hatte er sich mit Papier, Stift und Rechner abgemüht. Ihr Flug war nicht dramatisch, sondern verlief einfach durch Gebiete, von denen man annehmen konnte, daß die Feinde der Merseianer dort nur selten auftauchten. Warum sollten Wesen mit menschenähnlichen biologischen Bedürfnissen von einem matten roten Zwergstern zu einem planetenlosen blauen Riesen und weiter zu einer sterbenden Cepheid Variablen gehen? Flandry hatte ausreichend Muße für seine Arbeit.

Persis beschwerte sich gerade darüber, als die Eröffnung erfolgte. »Du könntest es mir ruhig sagen.«

»Mache ich«, murmelte er, ohne dabei die Augen von seinem Schreibtisch zu heben. »Und ebenso werde ich dich lieben. Beides mit größtem Vergnügen. Aber nicht gerade jetzt, bitte!«

Sie warf sich auf einen Sitz. »Weißt du, was wir an Unterhaltung an Bord haben?« wollte sie wissen. »Vier Filme: einen merseianischen Reisebericht, eine Standardkomödie, eine Rede des Kaisers und eine cynthianische Oper mit der einundzwanziger Tonleiter. Zwei Romane: GESETZLOSER MIT BLASTER und PLANET DER SÜNDE. Ich kenne sie auswendig, ich träume schon von ihnen. Außerdem haben wir eine Flöte, auf der ich nicht spielen kann, und eine Sammlung von Bedienungshandbüchern.«

»M-hm.« Er versuchte, Brechdans Zahlen in eine andere Reihenfolge zu bringen. Die Übersetzung von der merseianischen in die terranische Arithmetik war leicht gewesen. Aber was zum Teufel bedeuteten die Symbole. Winkel, Zeiträume, verschiedenartige Mengen ohne spezifizierte Dimensionen . . . Rotationen? Von was? Nicht von Brechdan; das wäre viel des Glücks gewesen.

Ein Nichtmensch hätte durch etwas von Terra genauso durcheinandergebracht werden können, er hätte sich nicht daran orientieren können, welche Zusammenhänge aufgezeichnet waren, welche standardisierten Formen es für Quantenzahlen gab, noch an der Tatsache, daß Logarithmen sich immer auf die Basis Zehn bezogen, solange nicht ausdrücklich eine andere genannt wurde. Und noch mehr hätte er wissen müssen, bevor er in der Lage gewesen wäre, die Tabelle zu lesen.

»Du brauchst das Problem gar nicht zu lösen«, schmollte Persis. »Du hast mir selbst gesagt, daß ein Experte die Bedeutung auf einen Blick erkennen kann. Es macht dir einfach nur Spaß.«

Flandry hob irritiert den Kopf. »Es könnte höllisch wichtig für uns sein, Bescheid zu wissen; irgendeine Idee über das, was uns erwartet. Was in Copros Namen kann auf Starkad so wichtig sein? So ein verlassener Planet!«

Und er wußte es auf einmal. Er wurde so starr, blickte so wild auf das Universum hinaus, daß Persis erschrak. »Nicky, was ist los?« Er hörte sie nicht. Mit einer konvulsivischen Bewegung griff er sich einen leeren Bogen Papier und begann zu kritzeln. Als er fertig war, starrte er das Ergebnis an. Schweiß glänzte auf seiner Stirn. Er stand auf, ging in den Kontrollraum, kehrte mit einem Band zurück, das er in den Mikroleser steckte. Wieder schrieb er, schrieb Zahlen vom Bildschirm ab. Seine Finger tanzten auf dem Tischcomputer. Persis wagte nicht, sich zu bewegen.

Schließlich nickte er. »Das ist es«, sagte er mit kalter Stimme. »Das muß es sein.«

»Was denn?« traute sie sich zu fragen.

Er rutschte auf seinem Stuhl herum und starrte sie eine Sekunde lang an. Etwas hatte sich in seinem Gesicht verändert; beinahe wirkte er wie ein Fremder.

»Ich kann es dir nicht sagen.«

»Warum nicht?«

»Du könntest lebend gefangen werden. Sie würden dich ausfragen und alles herausbekommen, was du weißt. Wenn sie dich nicht sofort umbringen, werden sie dein Gehirn leeren – für meinen Geschmack ist das letztere noch schlimmer.«

Er zog ein Feuerzeug aus der Tasche, verbrannte alles Papier auf seinem Schreibtisch und wischte die Asche in den Abfallbeseitiger. Danach schüttelte er sich wie ein Hund, der beinahe ertrunken wäre, und ging zu ihr.

»Entschuldige«, lächelte er. »Es war eine Art Schock für mich. Aber jetzt ist alles in Ordnung. Und von jetzt an werde ich mich wirklich um dich kümmern.«

Sie genoß den Rest ihrer Reise, selbst nach der Veränderung, die an ihm vorgegangen war, das, was verschwunden war und niemals ganz zurückkehren konnte: die Jugend.

Der Ortungsalarm summte. Persis riß den Mund auf und klammerte sich an Flandrys Arm. Er machte sich wieder frei und langte nach dem Hauptschalter des Hyperdrive.

Aber er zog ihn nicht, um zum normalen Zustand der kinetischen Geschwindigkeit zurückzukehren. Die Knöchel traten auf seiner Hand weiß hervor, sein Puls hämmerte. »Ich habe vergessen, was ich bereits entschieden hatte. Wir haben keinen sehr guten Detektor. Wenn das ein Kriegsschiff ist, haben sie uns schon seit einiger Zeit auf den Schirmen.«

»Aber diesmal kann es nicht sein, daß es direkt auf uns aus war.« Ihre Stimme klang ziemlich normal, denn sie war es mittlerweile gewohnt, gejagt zu werden. »Es gibt genug Platz, wo wir uns verstecken könnten.«

»Ehm. Wenn nötig, werden wir es versuchen. Aber zuerst wollen wir einmal schauen, welchen Kurs dieser Bursche drauf hat.« Er veränderte den eigenen Kurs. Die einzige Wahrnehmung vom Umschwenken war die Bewegung der Sterne auf den Bildschirmen. »Wenn wir eine Spur finden, auf der die Intensität gleichbleibt, können wir davon ausgehen, parallel zu ihm zu fliegen und daß er nicht versucht, sich uns zu nähern.« Voraus brannte Saxo tödlich im Raum. »Ich nehme an, er fliegt dorthin . . .«

Die Minuten schlichen dahin, und Flandry entspannte sich. Sein Coverall war feucht. »Wuuu! Was ich gehofft habe! Sein Ziel ist Saxo, und wenn sein Kurs mehr oder weniger geradlinig war, ist es wahrscheinlich, daß er aus dem Imperium kommt.«

Er wurde regsam, rechnete, und schimpfte über die verkommene Zivilistenausrüstung. »Wir können ihn treffen. Also los!«

»Aber es könnte doch ein Merseianer sein«, widersprach Persis. »Er muß keineswegs von einem terranischen Planeten kommen.«

»Darauf lassen wir es ankommen. Unsere Chancen sind nicht schlecht. Er fliegt nämlich langsamer als wir, von daher schließe ich auf ein Handelsschiff.« Flandry wechselte wieder den Kurs, lehnte sich zurück und streckte sich. Er grinste. »Mein Dilemma ist gelöst. Wir sind unterwegs nach Starkad.«

»Wie? Warum?«

»Ich habe es bisher noch nicht erwähnt, um keine falschen

Hoffnungen bei dir zu wecken. Anstatt direkt nach Saxo oder Beteigeuze zu fliegen, bin ich erst hierhergekommen, weil dies eine Route für terranische Schiffe ist, die Menschen und Vorräte nach Starkad bringen oder von dort wieder abholen. Und wenn wir uns einer Fahrt anschließen können . . . verstehst du?«

In ihr wurde Eifer geweckt, verging aber schnell wieder. »Warum haben wir nicht einen heimwärtigen Kurs eingeschlagen?«

»Ich bin froh, daß wir überhaupt jemanden gefunden haben, und auf diese Weise können wir unsere Nachrichten erheblich schneller überbringen.« Flandry ging die Zahlen noch einmal durch. »In einer Stunde sind wir in Funkreichweite. Wenn es doch ein Merseianer ist, haben wir immer noch Chancen, ihm wieder zu entkommen.« Er stand auf. »Jetzt brauche ich einen harten Drink.«

Persis hob ihre Hände. Sie zitterten. »Wir brauchen wirklich etwas für unsere Nerven«, stimmte sie zu. »Aber es gibt auch Psychopharmaka an Bord.«

»Whisky ist unterhaltsamer. Und wenn wir schon von Unterhaltung sprechen . . . wir haben eine Stunde Zeit.«

Sie fuhr durch seine Haare. »Du bist unmöglich.«

»Nein«, erwiderte er, »nur unwahrscheinlich.«

Bei dem Schiff handelte es sich um den Frachter *Rieskessel*, eine auf Nova Germania registrierte Einheit, die jedoch vom Grenzplaneten Irumclaw aus operierte. Es war ein großes, faßbäuchiges, plumpes und verwahrlostes Schiff, mit einem großen, faßbäuchigen, plumpen und verwahrlosten Kapitän. Er donnerte ein nicht ganz nüchternes Willkommen, als Flandry und Persis an Bord kamen.

»Oh, ho, ho, ho! Menschen! Ich habe nicht erwartet, so schnell wieder Menschen zu sehen, und noch dazu so wundervolle.« Eine haarige Hand umschloß Flandrys, die andere tätschelte Persis unter dem Kinn. »Ich bin Otto Brummelmann.«

Flandry blickte an dem aufrechten bärtigen Kopf vorbei die Zugänge zur Luftschleuse hinab. Angerostetes Metall schepperte unter dem Dröhnen eines schlecht eingestellten Antriebes. Zwei vielbeinige Wesen mit leuchtendblauer Haut blickten von ihrer Arbeit auf; sie waren doch tatsächlich damit beschäftigt, mit ihren Händen das Deck zu scheuern. Die Lichter schimmerten rötlichorange, die Luft schmeckte metallisch und war kalt genug, um den Atem sichtbar werden zu lassen. »Sind Sie der einzige Terraner hier, Sir?« fragte Flandry.

»Nicht Terraner. Ich nicht. Ich bin Germanianer, aber schon seit Jahren auf Irumclaw. Mein Reeder besteht auf einer irumclagischen Mannschaft, weil sie billiger kommt. Während meiner Fahrten höre ich keine menschlichen Worte; sie können nicht richtig betonen.« Brummelmanns kleine Augen ruhten auf Persis, die sich wieder ihr Kleid angezogen hatte; gleichzeitig versuchte er, einige Falten aus seiner eigenen schmutzigen Tunika herauszuzupfen. »Ich bin ziemlich einsam. Schön, euch getroffen zu haben. Als erstes sichern wir euer Boot, dann nehmen wir in meiner Kabine ein paar Drinks zu uns, oder?«

»Wir sollten uns am besten sofort unterhalten, Sir«, meinte Flandry. »Unser Boot – nein, warten wir, bis wir unter uns sind.«

»Du wartest. Ich bleibe allein mit der kleinen Dame, hm? Hoh, ho, ho!« Brummelmann schwenkte seine Tatze zu ihr hinüber, was sie dazu veranlaßte, auf Distanz zu gehen.

Unterwegs hielt ein Mannschaftsmitglied, das Fragen hatte, den Kapitän an. Flandry nutzte die Gelegenheit, Persis ins Ohr zu zischen: »Beleidige ihn nicht. Wir haben phantastisches Glück!«

»Meinst du?« Sie rümpfte die Nase.

»Ja, denk doch nach. Egal, was passiert, keiner von diesen Xenos würde uns ausliefern. Sie können nicht. Alles, was nötig ist, ist, daß wir uns mit dem Skipper gut stellen. Das sollte nicht zu schwierig sein.«

Er hatte in historischen Dramen schon Schweineställe gesehen, die sich in einem besseren Zustand befunden hatten als Brummelmanns Kabine. Ohne sich um die darin befindenden Kaffeereste zu kümmern, füllte der Germanianer drei Krüge mit einem Getränk, das im Magen wie mit Fangzähnen zubiß. Seinen Krug leerte er mit dem ersten Schluck zur Hälfte. »So!« rülpste er. »Unterhalten wir uns. Wer hat euch mit einer Nußschale so tief ins All geschickt?«

Persis verzog sich in die entfernteste Ecke, während Flandry in Brummelmanns Nähe blieb und ihn begutachtete. Der Mann war ein Versager, ein Faulpelz, ein Wrack von einem Alkoholiker. Zweifellos hatte er seinen Posten nur noch deshalb inne, weil die Reederei auf einem menschlichen Kapitän bestand und zu dem Lohn, den sie zu zahlen bereit war, sonst niemanden bekam. Es spielte eigentlich auch keine allzu große Rolle, solange wenigstens der Maat etwas von seiner Arbeit verstand. Überwiegend flog sich das Schiff ohnehin selbst, wenn auch die Systeme ziemlich antiquiert sein mußten.

»Sie sind unterwegs nach Starkad, nicht wahr, Sir?« erkundigte sich Flandry.

»Ja, ja, meine Gesellschaft hat einen Kontrakt mit der Marine. Der Umschlaghafen liegt auf Irumclaw. Im Moment besteht meine Fracht aus Lebensmitteln und Bauausrüstung. Ich hoffe, daß ich schnell neue Ladung bekomme, denn in Highport kann man sich nicht so gut unterhalten. Aber wir sollten uns doch über euch unterhalten.«

»Ich kann nichts sagen, nur daß ich einen Sonderauftrag habe. Es ist von äußerster Wichtigkeit, daß ich geheim in Highport ankomme. Wenn Donna d'Io und ich mit Ihnen fliegen können, und Sie dies nicht vorausfunken, werden Sie dem Imperium einen unermeßlichen Dienst erweisen.«

»Sonderauftrag ... mit einer Dame?« Brummelmann versetzte Flandry einen Stoß gegen die Rippen. »Ich kann mir vorstellen, was für eine Art Auftrag das ist. Ho, ho, ho!«

»Ich habe sie gerettet«, erklärte Flandry geduldig. »Deshalb waren wir auch in einem Beiboot. Ein Angriff der Merseianer. Der Krieg verschärft sich, und ich habe dringende Informationen für Admiral Enriques.«

Brummelmanns Lachen brach ab. Er schluckte hinter dem verfilzten Bart, der ihm bis zum Nabel reichte. »Angriff, sagtest du? Das kann nicht sein; die Merseianer haben sich nie um zivile Schiffe gekümmert.«

»Sie werden sich auch um dieses nicht kümmern, Kapitän. Nicht, solange sie nicht wissen, daß ich an Bord bin.«

Brummelmann fuhr sich über den Schädel. Wahrscheinlich stellte er sich selbst in der großen, alten Tradition der frühen Raumfahrerzeiten vor. Aber nun drohten seine Tagträume,

Wirklichkeit zu werden. »Mein Reeder«, meinte er schwach. »Ich habe Verpflichtungen meinem Reeder gegenüber. Ich bin für sein Schiff verantwortlich.«

»Ihre erste Pflicht ist die gegenüber dem Imperium.« Flandry erwog, das Schiff mit der Waffe zu übernehmen; nein, nicht, solange es auch anders ging; es würde von zu vielen Zufällen abhängen. »Und alles, was Sie tun müssen, ist, Starkad wie üblich anzufliegen, wie üblich in Highport zu landen und uns rauszulassen. Die Merseianer werden nie davon erfahren; das schwöre ich.«

»Ich . . . aber ich . . .«

Ein Geistesblitz überkam Flandry. »Was Ihren Reeder angeht, dem können Sie auch einen guten Dienst erweisen. Es wäre am besten, unser Boot hier im Raum zurückzulassen, weil der Feind seine Beschreibung hat. Wenn wir uns den Punkt gut merken, und das Kraftwerk wegen der Neutrinospuren laufen lassen, können Sie es auf dem Rückweg wieder aufnehmen und zu Hause verkaufen. Es ist mindestens soviel wert wie dieses Schiff.«

Er blinzelte. »Natürlich werden Sie Ihrem Reeder darüber Bericht erstatten.«

Brummelmanns Augen leuchteten. »Nun, ja, selbstverständlich.« Er schüttete den Rest seines Drinks hinunter. »Bei Gott, ja, einverstanden!«

Er bestand darauf, auch Persis die Hand zu schütteln. »Ugh«, sagte sie zu Flandry, als sie mit ihm in einem ausgeleerten Schrank allein war, in dem eine Matratze ausgebreitet worden war. Sie hatte das Angebot des Kapitäns, bei ihm zu logieren, abgelehnt.

»Wie lange ist es noch bis Starkad?«

»Zwei Tage.« Flandry war damit beschäftigt, die Raumanzüge zu checken, die er aus dem Boot geholt hatte, bevor es im Raum zurückgelassen worden war.

»Ich weiß nicht, ob ich das aushalte.«

»Sorry, aber jetzt können wir nicht mehr zurück. Ich bleibe bei meiner Auffassung daß wir unheimliches Glück haben.«

»Du hast eine merkwürdige Auffassung vom Glück«, seufzte sie. »Oje, es kann wenigstens nicht mehr schlimmer werden.«

Aber das konnte es doch.

Fünfzehn Stunden später saßen Flandry und Persis im Salon. Die Coveralls schützten sie vor der Kälte, aber sie mußten trotzdem zittern, die Schleimhäute schmerzten wegen der Trockenheit; sie versuchten, sich die Zeit mit Rommé-Spielen zu vertreiben, hatten dabei aber keinen großen Erfolg.

Brummelmanns Stimme dröhnte aus dem Interkom. »Sie! Fähnrich Flandry! Auf die Brücke!«

»Huh?« Er sprang auf, Persis desgleichen. Sie folgte ihm durch die Räume und Gänge. Auf den Bildschirmen leuchteten die Sterne, aber da der optische Kompensator nicht funktionierte, wiesen sie fremdartige Farben auf und waren bug- und heckwärts dicht gepackt, während das Schiff sich durch eine andere Wirklichkeit bewegte.

Brummelmann schwang einen Schraubenschlüssel, der Erste Maat neben ihm eine Laserfackel, ein primitiver Ersatz für ein Gewehr, aber auf kurze Entfernung tödlich. »Hände hoch!« rief der Kapitän mit schriller Stimme.

Flandry hob die Arme. Er fühlte sich krank. »Was hat das zu bedeuten?«

»Lies.« Brummelmann warf ihm den Ausdruck zu. »Du Lügner, du Verräter, dachtest du wirklich, du könntest mich austricksen? Sieh dir an, was da gekommen ist.«

Es handelte sich um eine Standardform, die Umschrift eines Hyperfunkspruches von einem der verschiedenen um Saxo herum postierten automatischen Sender. *Amt von Vizeadmiral Juan Enriques, Kommandant der Kaiserlichen Terranischen Marineeinheiten der Region.* Flandry überflog den Text:

> *Allgemeine Anweisung gemäß Kriegsrecht: Durch Bekanntgabe seiner Exzellenz Lord Markus Hauksberg, Vicomte von Ny Kalmar auf Terra, Sonderbeauftragter des Imperiums beim Roidhunat von Merseia . . . Fähnrich Dominic Flandry, Offizier der Marine Seiner Majestät und Mitglied der Delegation . . . meuterte und entführte ein Raumboot des Fürstentums Ny Kalmar; Beschreibung wie folgt . . . des Hochverrats angeklagt . . . Gemäß interstellarem Recht und kaiserlicher Politik ist Fähnrich Flan-*

dry zu verhaften und zu seinen Vorgesetzten nach Merseia zurückzubringen . . . Alle Schiffe, einschließlich terranische, werden vor der Landung auf Starkad von merseianischen Inspektoren durchsucht werden . . . Terraner, denen es gelingt, diesen Kriminellen zu ergreifen, haben ihn sofort und persönlich den nächst erreichbaren merseianischen Behörden zu übergeben . . . Staatsgeheimnisse . . .

Persis schloß die Augen und krampfte die Finger ineinander. Alles Blut war aus ihrem Gesicht gewichen.

»Nun?« grollte Brummelmann. »Was hast du dazu zu sagen?«

Flandry lehnte sich gegen das Schott. Er war sich nicht sicher, ob seine Beine ihn weiterhin tragen würden. »Ich . . . kann nur sagen . . . dieser Bastard, dieser Brechdan . . . denkt auch an alles.«

»Hast du erwartet, mich für dumm verkaufen zu können? Hast du erwartet, ich würde die Arbeit eines Verräters erledigen? O nein!«

Flandry blickte von ihm zum Maat und dann zu Persis. Schwäche verwandelte sich in Wut, ohne das präzise Funktionieren seines Verstandes zu hemmen. Er senkte die Hand mit dem Telegramm. »Am besten erzähle ich Ihnen die ganze Wahrheit«, meinte er heiser.

»Nein, ich will sie nicht hören, ich möchte keine Geheimnisse erfahren.«

Flandry ließ die Knie einknicken. Im Fallen riß er den Blaster heraus. Die Flamme der Laserfackel waberte blau an der Stelle, die er eine Sekunde zuvor eingenommen hatte. Sein eigener Schuß jedoch vernichtete dieses Instrument. Der Maat heulte auf und ließ den rotglühenden Gegenstand fallen. Flandry stand wieder auf.

»Werfen Sie den Schraubenschlüssel weg«, forderte er.

Der klapperte zu Boden. Brummelmann wich zurück, an seinem vor Schmerzen stöhnenden Maat vorbei. »Du wirst nicht durchkommen«, krächzte er. »Wir sind längst geortet worden, das ist sicher. Wenn du uns zum Umkehren zwingst, wird uns ein Kriegsschiff verfolgen.«

»Ich weiß«, erwiderte Flandry. Seine Gedanken wirbelten

durcheinander, als rutschten sie auf Eis aus. »Hören Sie mir zu, die ganze Sache ist ein Mißverständnis. Man hat Lord Hauksberg betrogen. Ich verfüge tatsächlich über Informationen, und sie müssen dringend an Admiral Enriques weitergegeben werden. Von Ihnen will ich ja nicht mehr, als nach Highport gelangen. Ich werde mich den Terranern ergeben, aber nicht den Merseianern. Nur den Terranern. Was sollte daran verkehrt sein? Sie allein werden wirklich im Sinne des Kaisers handeln, und wenn es wirklich nötig ist, können sie mich immer noch an den Feind ausliefern. Aber auf keinen Fall, bevor ich nicht mitgeteilt habe, was ich weiß. Wenn Sie ein Mann sind, Kapitän, handeln Sie auch wie einer!«

»Aber man wird uns entern«, winselte Brummelmann.

»Sie können mich doch verstecken. Es gibt tausend verschiedene Möglichkeiten dafür auf diesem Schiff. Solange sie keinen Grund haben, uns zu mißtrauen, werden sie nicht alles durchsuchen. Das könnte tagelang dauern. Ihre Mannschaft würde auch nichts ausplaudern, denn die Merseianer sind ihnen so fremd wie wir. Sie haben mit ihnen weder die Sprache noch die Gesten, noch die Interessen oder sonst etwas gemein. Lassen Sie die Grünhäute ruhig an Bord kommen, ich werde mich bei der Fracht oder sonstwo verstecken. Benehmen Sie sich ganz normal, und es spielt auch keine Rolle, wenn Sie sich angespannt zeigen. Ich bin sicher, daß es niemandem anders ergangen ist, den sie durchsucht haben. Übergeben Sie mich den Terranern, und in einem Jahr könnten Sie zum Ritter geschlagen worden sein.«

Brummelmanns Augen blickten nervös in der Gegend umher. Sein Atem ging rasselnd.

»Die andere Möglichkeit«, fuhr Flandry fort, »ist, daß ich Sie einsperre und das Kommando übernehme.«

»Ich ... nein ...« Tränen kamen aus Brummelmanns Augen und flossen in den schmutzigen Bart hinab. »Bitte, es ist zu riskant ...« Und dann plötzlich und verschlagen, nach einem tiefen Atemzug: »Warum nicht. Ich werde tun, was du vorschlägst. Ich weiß auch schon ein gutes Versteck.«

Und wirst es ihnen sagen, sobald sie an Bord sind, dachte Flandry. *Ich habe die Oberhand gewonnen und es nützt nichts. Was soll ich nur tun?*

Persis meldete sich. Sie näherte sich Brummelmann und nahm seine Hände in die ihren. »Oh, vielen Dank«, jubelte sie.

»Eh? Ho?« Er glotzte sie an.

»Ich wußte, daß Sie ein richtiger Mann sind, wie einer der alten Helden der Liga, ins Leben zurückgekehrt.«

»Aber ... meine Dame ...«

»Die Botschaft besagt nichts über mich«, schnurrte sie. »Mir ist nicht danach, in einem dunklen Loch herumzusitzen.«

»Sie ... Sie sind nicht an Bord registriert. Sie werden die Liste sicher lesen, oder nicht?«

»Und wenn sie es tun? Werde ich dann registriert sein?«

Hoffnung erfaßte Flandry und ließ ihn fast schwindelig werden. »Sehen Sie, es gibt schon sofort ein paar Belohnungen, wie Sie sehen«, sagte er.

»Wie ... was ...« Brummelmann straffte sich und zog Persis an sich. »So also. Oh, ho, ho! So also!«

Sie warf Flandry einen Blick zu, den er am liebsten vergessen hätte.

Er kroch hinter der Kiste hervor und ließ seinen Helmscheinwerfer kurz aufleuchten, um sich orientieren zu können. Es war ein merkwürdiges Gefühl, sich im Raumanzug zwischen den Kisten zur Luke vorzuarbeiten.

Es war ruhig im Schiff. Nichts war zu hören außer dem leisen Summen des Kraftwerkes und der Ventilatoren. Der Scheinwerfer ließ groteske Schatten hervortreten. Das Schiff befand sich in einer Kreisbahn um Starkad, während es auf die erforderliche Landefreigabe wartete. Er hatte überlebt. Die Merseianer waren nur wenige Meter an ihm vorbeigegangen; er hatte sie reden gehört und die Finger um den Abzug gekrümmt; aber sie waren wieder verschwunden, und die *Rieskessel* hatte erneut Fahrt aufgenommen. Persis hatte Brummelmann also unter Kontrolle behalten; Flandry wagte nicht zu überlegen, wie sie das geschafft hatte.

Die Richtung, die er offensichtlich einschlagen mußte, war genau die, die er auch im voraus geplant hatte, nämlich sich vom Planeten anziehen zu lassen und dann in die Atmosphäre einzudringen. Auf diese Weise würde er die Botschaft, über die er allein verfügte, mit Sicherheit durchbringen können. (Er hatte sich überlegt, ob er Persis die Zahlen mitteilen sollte, sich aber doch dagegen entschieden. Eine für sie angefertigte Liste hätte eine weitere Möglichkeit dazu eröffnet, doch noch geschnappt zu werden; ihr untrainierter Geist hätte die Zahlen nicht exakt behalten können, und schon eine Narcosynthese hätte sie aus dem Unterbewußtsein hervorholen können.) Er wußte jedoch nicht, wie Enriques reagieren würde. Der Admiral war kein Roboter; er würde die Botschaft irgendwie nach Terra weiterleiten. Möglicherweise hätte er Flandry ausgeliefert, und aller Wahrscheinlichkeit nach hätte er keinen bewaffneten Scout ausgeschickt, um Nachprüfungen durchzuführen und Bestätigungen einzuholen, ohne vom Hauptquartier autorisiert worden zu sein. Nicht angesichts der Botschaft Hauksbergs und des Befehles, keine Eskalation des Konfliktes auszuführen ohne einen vorherigen merseianischen Angriff.

Die offensichtliche Richtung hätte also bestenfalls dem Feind Zeit verschafft, die er möglicherweise gut hätte nutzen können. Obendrein enthielt sie eine hohe Wahrscheinlichkeit dafür, daß Brechdan Ironrede erfahren konnte, wie die Dinge standen. Max Abrams *(Lebst du noch, Vater?)* hatte gesagt: »Was dem anderen am meisten hilft, ist, zu wissen, was du weißt.« Und schließlich hatte Dominic Flandry nicht vor, wieder ein gottverdammter Bauer zu werden.

Er öffnete die Luke und blickte in einen leeren Korridor. Vom Bug her erklang nichtmenschliche Musik. Kapitän Brummelmann hatte es mit der Landung nicht eilig, und die Mannschaft nutzte die Chance, um sich zu entspannen.

Flandry suchte das nächstliegende Beiboot. Wenn es jemand merkte, nun, dann mußte er eben nach Highport. Aber andererseits war das Stehlen eines Bootes noch das kleinste Verbrechen auf seiner Sündenliste. Er betrat die Schleuse, schloß das innere Ventil und seine Helmklappe und betätigte die Handsteuerung. Pumpen dröhnten und schöpften die Luft ab, woraufhin er in das Boot stieg und dessen eigene Luftschleuse sicherte. Automatisch öffnete sich das äußere Ventil der Bootsschleuse.

Vor ihm erstreckte sich das Universum. Mit äußerster Schubkraft schoß er hinaus. Vor ihm drehte sich Starkad als ein gigantisches Rad der Dunkelheit, rot eingefaßt und mit dem blauen Schimmer des Tages über einer Hälfte. Ein aufgehender Mond glitzerte zwischen den Sternen. Die Gewichtslosigkeit vermittelte Flandry das Gefühl eines endlosen Sturzes.

Es verschwand jedoch, als er die Innenschwerkraft einschaltete. In Spiralen näherte er sich dem Planeten, an dessen Kartographie er sich deutlich erinnerte. Er konnte ohne Schwierigkeiten Ujanka erreichen – Ujanka, die Stadt, die er gerettet hatte.

16

Dragoika ließ sich fließend auf einer Couch nieder, stützte sich auf einen Ellenbogen und winkte Flandry zu sich her. »Lauf doch nicht wie eingesperrt herum, Dommaniik«, forderte sie. »Setz dich neben mich. Wir haben nur wenig Zeit zusammen, wir zwei Freunde.«

Außer ihrer Stimme konnte man durch das Fenster die Geräusche trippelnder Füße hören, das Klappern von Waffen, ein an- und abschwellendes Brummen. Auf der Shiv-Allee drängten sich bewaffnete Kursovikianer. Sie strömten zwischen grauen Wänden, steilen roten Dächern und mit Schnitzereien verzierten Tragebalken hindurch auf die ›Straße in der sie kämpften‹, und bildeten einen Kreis um Dragoikas Haus. Speerspitzen, Äxte und Helme blitzten im grellen Licht Saxos; Banner klatschten im Wind, auf Schildern prangten gespenstisch bemalte Ungeheuer und Blitze. Es handelte sich um die Streitkräfte von Ujanka, aufgerufen von der Schwesternschaft. Krieger bewachten die Zinnen der Seehandelsburg, die Schiffe lagen auslaufbereit in der Goldenen Bucht.

Teufel! dachte Flandry halb erschreckt. *Habe ich das alles hervorgerufen?*

Er blickte Dragoika an. Ihre rubinroten Augen und das orange-weißgestreifte Fell schienen vor dem Hintergrund des düsteren Raumes mit seinen barbarischen Reliefs zu leuchten, und die Kurven ihres Körpers machten einen faszinierenden Eindruck. Sie streifte ihre blonde Mähne zurück und lächelte mit ihrem halbmenschlichen Gesicht, dessen warmer Ausdruck auch durch die Fangzähne nicht gemindert wurde. »Wir waren mit zu vielen Dingen beschäftigt, seit du gekommen bist«, meinte sie. »Aber jetzt können wir uns unterhalten, während wir warten. Komm.«

Er schritt über den zu seiner Ehre mit aromatischen Blättern bestreuten Boden zu ihr hin und nahm auf der Couch Platz. Zwischen ihnen stand ein blumenförmiger Tisch, auf dem ein Schiffsmodell und eine Flasche standen. Dragoika nahm einen Schluck. »Möchtest du auch aus meiner Tasse trinken, Dommaniik?«

»Nun . . . danke.« Er konnte nicht ablehnen, wenn der starkadianische Wein für Menschen auch äußerst bitter schmeckte. Außerdem war es besser für ihn, sich an die Speisen der Eingeborenen zu gewöhnen; möglicherweise mußte er eine geraume Weile bei ihnen leben. Er installierte eine Röhre an seinen Helmverschluß und nahm einen winzigen Schluck.

Nach der Enge des Raumanzuges war es wohltuend, wieder einen Meereshöhenanzug zu tragen, mit Sauerstoffhelm, Coverall und Stiefeln. Der Gesandte, den Dragoika für ihn zur terranischen Station im Hohen Haus geschickt hatte, hatte darauf bestanden, eine solche Ausrüstung mitzunehmen.

»Wie ist es dir ergangen?« erkundigte sich Flandry lahm.

»Wie immer. Wir haben dich vermißt, ich und Ferok und deine anderen alten Kameraden. Wie ich mich freue, daß die *Archer* zur rechten Zeit im Hafen lag!«

»Glück für mich!«

»O nein, jeder hätte dir geholfen. Die Leute da draußen, die einfachen Seeleute, die Handwerker, Händler, Bauern, sie sind so aufgebracht wie ich.« Dragoikas Fühler stellten sich auf. Ihr Schwanz zuckte, die flügelartigen Ohren spreizten sich. »Daß diese vaz-Giradek es gewagt haben, dich zu beißen!«

»Hoy«, meinte Flandry, »das hast du nicht richtig verstanden. Ich habe mich keineswegs gegen Terra gestellt, vielmehr ist mein Volk ganz einfach Opfer einer Lüge, und unsere Aufgabe ist es, die Dinge zu klären.«

»Sie haben dich zum Gesetzlosen erklärt, nicht wahr?«

»Ich weiß nicht, wie die Lage ist, und ich traue mich auch nicht, über Funk Verbindung aufzunehmen. Die vaz-Merseian könnten mithören. Deswegen habe ich deinem Gesandten aufgetragen, unseren Leuten eine Nachricht für Admiral Enriques zu überbringen, in der er gebeten wird, einen vertrauenswürdigen Mann hierherzuschicken.«

»Das hattest du mir bereits erzählt. Und ich habe dir erklärt, daß ich den vaz-Terran klarmachen würde, daß ein Versuch, meinen Dommaniik gefangenzunehmen, Krieg mit uns bedeutet.«

»Aber . . .«

»Sie werden sich danach richten. Sie brauchen uns mehr, als wir sie, um so mehr, da sie es nicht geschafft haben, ein Abkommen mit den vaz-Siravo von Zletovar zu treffen.«

»Allerdings, wie ich es immer vorhergesagt hatte. Oh, es waren keine weiteren merseianischen U-Boote da. Eine terranische Einheit hat die Siravobasis vernichtet, als wir es nicht geschafft haben, aber die vaz-Merseian haben die Terraner hochgejagt. In jener Nacht brannte der Himmel. Seitdem sind unsere Schiffe häufig dem Gewehrfeuer von Schwimmern ausgesetzt, aber die meisten kommen trotzdem durch. Sie haben mir die Nachricht überbracht, daß Gefechte zwischen Terran und Merseian woanders auf der Welt häufiger geworden sind.«

Ein weiterer Schritt die Leiter hinauf, dachte Flandry. *Immer mehr Menschen, Tigerier und Seeleute werden getötet. Mittlerweile täglich, nehme ich an. Und in einer vorbestimmten Sache.*

»Du hast nicht sehr viel von deinen Taten berichtet«, fuhr Dragoika fort. »Nur, daß du ein großes Geheimnis bei dir trägst. Welches?«

»Es tut mir leid.« Auf einen plötzlichen Impuls hin streckte Flandry die Hand aus und streichelte ihre Mähne. Sie rieb den Kopf an seiner Handfläche. »Selbst dir kann ich es nicht sagen.«

Sie seufzte. »Wie du willst.« Sie nahm das Modellschiff in die Hände. Ihre Finger fuhren über die Spiere und die Takelage. »Ich möchte gerne etwas von deinen Reisen erfahren. Erzähle mir davon.«

Er versuchte es, und sie, ihn zu verstehen. »Merkwürdig dort draußen«, meinte sie. »Die kleinen Sterne dehnen sich zu Sonnen aus, unsere Welt schrumpft zu einem Staubkorn; die Fremdartigkeit anderer Rassen, die furchtbar großen Maschinen . . .« Sie umklammerte das Modell. »Ich wußte noch nicht, wie sehr mich eine Geschichte erschrecken kann.«

»Du wirst es lernen, mit der ganzen Weite deines Herzens im Universum zu leben.« *Dir bleibt nichts anderes übrig.*

»Sprich weiter, Dommaniik.«

Er tat es, aber verschwieg etwas. Nicht, daß es Dragoika etwas ausgemacht hätte, daß er mit Persis zusammen gereist war; aber sie könnte der Ansicht sein, er zöge die Frau ihr als Freund vor, und das hätte ihr weh getan.

». . . die Bäume werden auf Merseia größer als hier und tragen ganz andere Blätter . . .«

Sein Armbandcom summte. Er drückte den Sendeknopf. »Fähnrich Flandry.« Für ihn selbst klang seine Stimme ziemlich hoch. »Ich bin bereit.«

»Admiral Enriques«, kam es aus dem Lautsprecher. »Ich komme mit zwei weiteren Männern in einer Boudreau X-7. Wo soll ich landen?«

Enriques persönlich? Mein Gott, wie tief stecke ich in dieser Sache! »A-a-aye, Sir.«

»Ich habe gefragt, wo ich landen soll, Flandry.«

Der Fähnrich stammelte seine Anweisungen. Ein Gleiter, den er in seinem Brief vorgeschlagen hatte, konnte auf dem Turm von Dragoikas Haus landen. »Wissen Sie, Sir, die Leute hier . . . nun, sie sind alle bewaffnet. Vermeiden Sie möglichst alle Auseinandersetzungen, Sir.«

»Ihr Werk?«

»Nein, Sir. Nicht wirklich, meine ich. Aber . . . nun, Sie werden das ganze Volk in Waffen sehen und in Gefechtsbereitschaft. Sie wollen mich an niemanden ausliefern . . . äh . . . von dem sie meinen, er wäre mir gegenüber feindlich eingestellt. Sie drohen mit – äh – einem Angriff auf unsere Station, wenn . . . Im Ernst, Sir, ich habe Ihnen keinen Verbündeten abspenstig gemacht. Ich kann es erklären.«

»Das wäre wirklich zu empfehlen«, erwiderte Enriques. »Nun

gut, Sie stehen unter Haftbefehl, aber wir verzichten im Augenblick darauf, Sie in Verwahrung zu nehmen. Wir sind in etwa drei Minuten da. Aus.«

»Was hat er gesagt?« zischte Dragoika mit gesträubtem Fell.

Flandry übersetzte es für sie. Sie glitt von der Couch und nahm ein Schwert von der Wand. »Ich werde ein paar Krieger zusammenrufen, um sicherzustellen, daß er sein Versprechen hält.«

»Das wird er. Da bin ich ganz sicher. Äh . . . der Anblick seines Fahrzeuges könnte Aufregung hervorrufen. Wäre es möglich, in der ganzen Stadt bekanntzugeben, daß sie nicht anfangen sollen, zu kämpfen?«

»Natürlich.« Dragoika benutzte dazu einen Kommunikator, den sie kürzlich erworben hatte. Sie sprach mit dem Zentrum der Schwesternschaft auf der anderen Seite des Flusses. Glocken läuteten den Gesang der Waffenruhe. Ein erregtes Murmeln ging durch die Reihen der Tigerier, aber sie blieben, wo sie waren.

Flandry wandte sich zur Tür. »Ich werde sie auf dem Turm in Empfang nehmen.«

»Das wirst du nicht«, meinte Dragoika. »Sie kommen aufgrund deiner großzügigen Einladung hierher. Lirjoz ist oben; er wird sie herabbegleiten.«

Flandry setzte sich wieder und schüttelte wie betäubt den Kopf.

Er schoß empor, um zu salutieren, als Enriques eintrat. Der Admiral mußte seine Leute im Gleiter zurückgelassen haben, denn er war allein. Auf ein Signal Dragoikas hin kehrte Lirjoz wieder um, um sie zu beobachten. Langsam legte sie ihr Schwert auf dem Tisch nieder.

»Rühren«, sagte Enriques mit schneidender Stimme. Er war grauhaarig, hatte eine kantige Nase und war hager wie eine Vogelscheuche. Seine Uniform war steif wie eine Rüstung. »Würden Sie mich freundlicherweise meiner Gastgeberin vorstellen?«

»Äh . . . Dragoika, Kapitänsdirektor der Janjevar va-Radovik . . . Vizeadmiral Juan Enriques von der Kaiserlich Terranischen Marine.«

Der Neuankömmling schlug die Hacken zusammen, seine Verbeugung hätte auch der Kaiserin Genüge getan. Dragoika musterte ihn eine Weile lang und berührte dann Stirn und Brüste zum Gruß der Ehre.

»Ich verspüre jetzt mehr Hoffnung«, meinte sie zu Flandry gewandt.

»Übersetzen«, befahl Enriques. In seinen engen Schädel war zuviel hineingestopft worden, um noch Platz für viele Sprachen zu lassen.

»Sie . . . äh . . . schätzt Sie, Sir.«

Unter dem Helm umspielte die Andeutung eines Lächelns einen von Enriques' Mundwinkeln. »Ich gehe davon aus, daß sie nur dazu bereit ist, mir bis hin zu einer klar umrissenen Grenze zu trauen.«

»Möchte sich der Admiral nicht setzen?«

Enriques starrte Dragoika an. Sie ließ sich entspannt auf ihrer Couch nieder, Enriques setzte sich steif auf eine andere. Flandry blieb stehen. Der Schweiß juckte ihn.

»Sir«, fragte er errötend, »bitte, geht es Donna d'Io gut?«

»Durchaus, abgesehen von ihrem schlechten Nervenzustand. Sie landete, kurz nachdem Ihre Botschaft ankam. Der Kapitän der *Rieskessel* hatte immer wieder eine neue Entschuldigung dafür, im Orbit zu bleiben. Als wir dann von Ihnen erfuhren, daß Donna d'Io an Bord war, haben wir ihm gesagt, daß wir ein Boot schicken wollten, um sie abzuholen, und schon landete er. Was ging dort vor?«

»Nun, Sir . . . ich meine, ich kann es nicht sagen, weil ich nicht dabei war. Hat sie Ihnen über unsere Flucht von Merseia Bericht erstattet?«

»Wir hatten auf ihr Verlangen eine private Unterhaltung. Ihr Bericht skizzierte die Vorgänge nur grob, scheint aber Ihre Behauptungen zu unterstützen.«

»Sir, ich weiß, was die Merseianer planen. Es ist fürchterlich. Ich kann es beweisen . . .«

»Sie werden einen wirklich stichhaltigen Beweis erbringen müssen, Fähnrich«, sagte Enriques scharf. »Lord Hauksberg hat Sie kapitaler Vergehen angeklagt.«

Flandry fühlte die Nervosität von ihm abgleiten. Er ballte

seine Fäuste und schrie mit Tränen des Zorns in den Augen: »Sir, ich habe Anspruch auf ein Kriegsgericht meines eigenen Volkes, und Sie möchten mich den Merseianern übergeben!«

Das magere Gesicht des Admirals zeigte kaum eine Regung. Die Stimme klang flach. »Die Verordnungen sehen vor, daß unter Anklage stehende Personen auf Forderung ihren Vorgesetzten zu übergeben sind. Das Imperium ist zu groß, als daß eine andere Regelung funktionieren würde. Aufgrund seines Adels verfügt Lord Hauksberg über einen dem Kapitän entsprechenden Reserverang, der automatisch in Kraft trat, als Commander Abrams ihm zugeteilt wurde. Solange Sie nicht aus Ihrer Zuweisung unter sein Kommando entlassen sind, ist er ihr befehlsführender Offizier. Er hat in angemessener Form erklärt, daß Staatsgeheimnisse und seine Mission im Auftrag des Imperiums durch Sie in Gefahr gebracht worden sind. Die Merseianer werden Sie ihm wieder überstellen, damit er Sie befragen kann. Es ist richtig, daß ein Kriegsgericht auf einem kaiserlichen Schiff oder Planeten abgehalten werden muß, aber der Zeitpunkt kann von ihm innerhalb eines Jahres selbst festgelegt werden.«

»Dazu würde es nie kommen! Sir, sie würden mir das Gehirn leeren und mich töten!«

»Beherrschen Sie sich, Fähnrich.«

Flandry schluckte. Dragoika bleckte ihre Zähne, blieb aber sonst ruhig. »Kann ich die genauen Anklagen gegen mich erfahren, Sir?«

»Hochverrat«, erklärte Enriques ihm. »Meuterei, Desertation, Entführung und Bedrohung, Angriff und Körperverletzung, Diebstahl, Ungehorsam. Soll ich die ganze Liste aufzählen? Hoffentlich nicht. Sie haben kürzlich selbst noch weitere Dinge hinzugefügt. Als Sie wußten, daß Sie gesucht wurden, haben Sie sich nicht freiwillig gestellt. Sie haben Mißverständnisse zwischen dem Imperium und einem assoziierten Land hervorgerufen, und dies, wie auch andere Dinge, gefährden die Streitkräfte Seiner Majestät auf Starkad. Und momentan widersetzen Sie sich der Festnahme. Fähnrich, Sie werden mächtig viel zu erklären haben.«

»Ich werde Ihnen antworten, Sir, aber nicht diesen . . . diesen verdammten Krokodilen, und auch keinem Terraner, der so sehr damit beschäftigt ist, sich bei ihnen einzuschmeicheln, daß es ihn nicht mehr kümmert, was aus seinen Mitmenschen wird. Mein Gott, Sir, Sie gestatten es Merseianern, Schiffe des Imperiums zu durchsuchen!«

»Ich hatte meine Befehle«, erwiderte Enriques.

»Aber Sie haben einen höheren Rang als Hauksberg!«

»Formell und in bestimmten Angelegenheiten, aber er verfügt über einen direkten Auftrag des Imperiums. Er berechtigt ihn dazu, vorübergehende Abkommen mit Merseia zu treffen, die politisch bindend sind.«

Flandry hörte die Andeutung des Unbehagens in der Stimme des Admirals und stürzte sich darauf. »Sie haben gegen Ihre Befehle protestiert, nicht wahr, Sir?«

»Ich habe meine Meinung gegenüber dem Grenzhauptquartier dargelegt. Bislang ist keine Antwort gekommen. Wie dem auch sei, es sind nur sechs merseianische Kampfschiffe hier, keines davon über die Planetenklasse, und dazu einige unbewaffnete Frachter, die ihnen Hilfe leisten.«

Enriques hieb auf sein Knie. »Warum argumentiere ich eigentlich mit Ihnen? Schließlich hätten Sie an Bord der *Rieskessel* bleiben können, wenn Sie mich wirklich sprechen wollen.«

»Um danach an die Merseianer ausgeliefert zu werden, Sir?«

»Vielleicht. Diese Möglichkeit hätte Sie nicht beeinflussen sollen. Erinnern Sie sich an Ihren Eid?«

Flandry wanderte im Kreis durch das Zimmer, die Hände hinter dem Rücken verschränkt. Dragoikas Hand schloß sich um den Schwertgriff. »Nein«, sagte er auf Kursovikianisch zu ihr, »auf gar keinen Fall.«

Er drehte sich auf den Fersen und sah Enriques ins Gesicht. »Sir, ich hatte einen weiteren Grund. Ich habe eine Reihe von Zahlen von Merseia mitgebracht, und zweifellos hätten Sie sie direkt weitergeleitet. Aber sie benötigen eine sofortige nochmalige Untersuchung, um sicherzugehen, ob ich sie auch richtig interpretiere. Und wenn ich recht habe, dann stolpern wir in einen Krieg, einen Raumkrieg. Die Eskalation, die man Ihnen verboten hat. So, wie man Sie gebunden hat, hätten Sie nie entsprechend reagieren können; Sie hätten um Genehmigung ersuchen müssen. Und auf welcher Grundlage? Auf der Grundlage meiner Behauptungen, der Behauptungen eines noch grünen Ex-Kadetten, eines Meuterers, eines Verräters. Sie werden sich vorstellen können, was dabei herauskommen würde, bestenfalls würde ein vorteilhafter Entscheid mehrere Wochen in Anspruch nehmen. Wahrscheinlich sogar Monate. Und in der Zwischenzeit ginge der Krieg weiter. Menschen würden getötet, Menschen wie mein Kumpel, Jan van Zuyl, dessen Leben gerade erst angefangen hat, das Leben mit vierzig oder fünfzig Jahren des Dienstes für das Imperium.«

Enriques sprach so leise, daß man durch die altertümlichen Straßen draußen den Seewind pfeifen hören konnte. »Fähnrich van Zuyl ist vor vier Tagen gefallen.«

»O nein.« Flandry schloß die Augen.

»Der Konflikt hat ein Ausmaß erreicht ... Wir und die Merseianer respektieren nach wie vor die Basisgebiete des anderen, aber es kommt ständig zu Luftkämpfen.«

»Und *immer* noch erlauben Sie ihnen, uns zu suchen.« Flandry schwieg einen Moment. »Es tut mir leid, Sir. Ich weiß, daß Sie keine Wahl hatten. Bitte lassen Sie mich ausreden. Es ist sogar möglich, daß meine Informationen nichts wert sind, daß nie nach ihnen gehandelt wurde. Schwer vorstellbar, aber ... nun, es gibt viele Bürokraten, so viele hochgestellte Leute wie Lord Hauksberg, die darauf bestehen, daß der Feind es nicht wirklich böse meint ... und Brechdan Ironrede, mein Gott, er ist schlau ... Ich konnte es nicht riskieren. Ich mußte so vorgehen, daß Sie, Sir, keine Wahl mehr haben.«

»Sie?« Enriques hob die Brauen. »Fähnrich Dominic Flandry, ganz aus eigener Kraft?«

»Ja, Sir. Sie haben doch die Autorität, in außergewöhnlichen Situationen die Maßnahmen zu ergreifen, die Sie für richtig halten, ohne vorher beim HQ anzufragen, nicht wahr?«

»Selbstverständlich, wie es die Luftkämpfe bezeugen.« Enriques beugte sich vor und vergaß seinen Sarkasmus.

»Nun, Sir, dies ist eine außergewöhnliche Situation. Man erwartet von Ihnen, die Freundschaft mit den Kursovikianern zu wahren. Aber wie Sie sehen, bin ich der Terraner, um den sie sich sorgen. Sie sind geistig entsprechend beschaffen, barbarisch, an persönliche Führer gewohnt; eine ferne Regierung ist für sie keine Regierung; sie fühlen sich mir durch das Blut verbunden und so. Um also die Allianz fortzusetzen, müssen Sie sich mit mir auseinandersetzen. Ich bin ein Renegat, aber Sie haben keine Wahl.«

»Und was soll ich tun?«

»Wenn Sie keinen Scout in den Raum schicken, werde ich die Schwesternschaft ersuchen, das Bündnis zu lösen.«

»Was?« fuhr Enriques auf. Dragoikas Fell sträubte sich.

»Ich werde das ganze terranische Unternehmen hier sabotieren«, erwiderte Flandry. »Terra hat auf Starkad nichts zu suchen.

Wir sind in die Falle gegangen, betrogen worden. Wenn Sie physikalische Belege erbringen, Photos, Messungen, können wir alle nach Hause. Hölle, ich wette mit Ihnen acht zu eins, daß die Merseianer nach Hause gehen, sobald Sie dem alten Runei mitteilen, was Sie getan haben. Schicken Sie zuerst Ihren Kurier, versteht sich, um sicherzugehen, daß diese Kriegsschiffe uns nicht zum Schweigen bringen. Aber rufen Sie ihn dann an und sagen ihm Bescheid.«

»Es gibt keine terranischen Kampfeinheiten in diesem System.«

Flandry grinste. Das Blut rauschte in ihm. »Sir, ich glaube nicht, daß das Imperium so dumm ist. Es muß einfach ein gewisser Schutz gegen Merseias neue Maßnahmen dasein, und seien es nur ein paar Kampfeinheiten, die draußen ihre Kreise ziehen. Wir können Leute dorthin schicken, am besten ein planmäßiges Schiff, so daß der Feind davon ausgehen muß, es handele sich um ein normal heimfliegendes Schiff. Richtig?«

»Nun . . .« Enriques stand auf. Dragoika blieb, wo sie war, hielt aber den Schwertknauf fest umklammert. »Sie haben Ihre gewaltigen Geheimnisse bis jetzt noch nicht bekanntgegeben«, stellte der Admiral fest.

Flandry teilte ihm die Zahlen mit.

Enriques stand still und aufrecht da wie ein Totempfahl. »Ist das alles?«

»Ja, Sir. Mehr war nicht erforderlich.«

»Wie interpretieren Sie sie?«

Flandry erklärte es ihm.

Enriques sagte für eine ganze Weile nichts mehr. Auf der Shiv-Allee erklangen die Stimmen von Tigeriern. Er wandte sich um, ging ans Fenster, sah hinab und dann hinauf in den Himmel.

»Glauben Sie daran?« fragte er ruhig.

»Ja, Sir«, erwiderte Flandry. »Nichts anderes würde passen, und ich hatte genug Zeit, es zu versuchen. Ich würde mein Leben darauf verwetten.«

Enriques wandte ihm wieder das Gesicht zu. »Würden Sie wirklich?«

»Ich tue es bereits, Sir.«

»Vielleicht. Angenommen, ich ordne eine Überprüfung an. Wie Sie selbst sagten, ist es nicht unwahrscheinlich, daß wir den Merseianern ins Messer laufen. Wollen Sie mitkommen?«

In Flandrys Kopf dröhnte es. »Jawohl, Sir!« brüllte er.

»Hm, Sie vertrauen mir so sehr, wie? Und es wäre wirklich ratsam für Sie, mitzukommen: als Geisel für Ihre Behauptungen, mit besonderer Erfahrung, die sich als nützlich erweisen kann. Obwohl, wenn Sie nicht hierher zurückkehren, wird es Ärger geben.«

»Sie würden Kursoviki nicht mehr brauchen«, meinte Flandry. Er begann zu zittern.

»Ja, wenn Sie recht haben.« Enriques schwieg wieder. Die Stille wurde drückend.

Plötzlich sagte er: »Sehr gut, Fähnrich Flandry. Die gegen Sie erhobenen Anklagen werden ausgesetzt und Sie selbst zeitweilig unter meinen Befehl gestellt. Sie werden mit mir nach Highport zurückkehren und weitere Anordnungen abwarten.«

Flandry salutierte begeistert. »Aye, aye, Sir!«

Dragoika erhob sich. »Was hast du gesagt, Dommaniik?« wollte sie ängstlich wissen.

»Entschuldigen Sie, Sir, ich muß ihr etwas erklären.« Und auf Kursovikianisch: »Das Mißverständnis wurde ausgeräumt, zumindest für den Augenblick. Ich werde mit meinem Vorgesetzten zurückkehren.«

»Hr-r-r.« Sie blickte zu Boden. »Und was dann?«

»Nun, wir gehen dann auf ein Flugschiff und in einen Kampf, der den ganzen Krieg möglicherweise beendet.«

»Du hast nur sein Wort«, warf sie ein.

»Hältst du ihn nicht für aufrichtig?«

»O doch. Aber ich könnte mich irren. Sicherlich wird es in der Schwesternschaft welche geben, die einen Betrug wittern, vom einfachen Volk gar nicht zu sprechen. Blut bindet uns an dich. Ich glaube, es wird am besten sein, wenn ich dich begleite. Auf diese Weise gäbe es eine lebendige Bürgschaft.«

»Aber . . . aber . . .«

»Und obendrein«, fuhr Dragoika fort, »ist dies auch unser Krieg. Soll da nicht jemand von uns teilnehmen?« Ihre Augen wanderten zu ihm zurück. »Sowohl im Namen der Schwesternschaft als auch meinem eigenen beanspruche ich ein Recht. Du wirst nicht ohne mich gehen.«

»Probleme?« bellte Enriques.

Hilflos versuchte Flandry, es ihm zu erklären.

17

Die imperialen Schiffe nahmen Gefechtsordnung ein und beschleunigten. Es war keine sonderlich große Streitmacht hier versammelt. Zwar bildete die *Sabik*, ein Schiff der Sternklasse, den Kern der Formation; aber sie war alt und abgenutzt, in vielen Teilen überholt; Saxo war für sie die letzte Station vor der Verschrottungskreisbahn. Niemand hatte eigentlich erwartet, daß sie noch einmal einen Einsatz flöge. Der leichte Kreuzer *Umbriel* flankierte sie, ein nicht weniger altes Schiff; er wurde von den Zerstörern *Antarktica, New Brazil* und *Murdoch's Land* begleitet. Die beiden Scoutschiffe *Encke* und *Keya-Sek* zählten nicht zu den Kampfeinheiten; sie hatten zusammen eine zerlegte Energiekanone an Bord, die möglicherweise gegen atmosphärische Flugzeuge eingesetzt werden konnte – ihr eigentlicher Wert lag jedoch in Geschwindigkeit und Manövrierfähigkeit. Sie hatten den eigentlichen Auftrag auszuführen, die Kampfschiffe waren nur zu ihrer Unterstützung da. An Bord jedes einzelnen Schiffes befand sich ein von Admiral Enriques unterzeichnetes Dokument.

Zu Anfang flog die Schwadron nur mit Schwerkrafttriebwerken, hatte jedoch keineswegs vor, die ganze Reise so zurückzulegen. Die zurückzulegende Entfernung betrug ein paar Lichttage, die beim Hyperdrive gar nicht ins Gewicht fielen, bei wahrer Geschwindigkeit aber eine furchtbar große Strecke ergaben. Jedoch würde ein plötzlicher Ausbruch von Kielräumen am Rande des Systems sicher von den Merseianern geortet werden und sie wahrscheinlich äußerst nervös machen; ihre Stärke im Saxo-System war der von Kapitän Einarsens Flotte mindestens vergleichbar. Einarsen hatte vor, sich ganz vorsichtig in diese Gewässer vorzutasten, denn sie waren tief.

Als jedoch vierundzwanzig Stunden ohne Zwischenfall abgelaufen waren, befahl er der *New Brazil*, mit Überlicht zum Ziel vorzustoßen. Beim ersten Anzeichen eines dort wartenden Feindes hatte sie sofort zurückzukehren.

Flandry und Dragoika saßen zusammen mit dem wachhabenden Leutnant Sergei Karamzin in einem Wachraum der *Sabik*. Über die Möglichkeit, neue Gesichter zu sehen und Neues aus dem Universum zu erfahren, war dieser so begeistert wie jeder andere an Bord auch. »Fast ein Jahr auf Station«, meinte er. »Ein Jahr meines Lebens verloren, einfach bäng, und weg. Nur geschah es nicht so plötzlich, verstehen Sie. Ich habe mehr das Gefühl, ein Jahrzehnt hinter mir zu haben.«

Flandrys Blick wanderte durch die Kabine. Man hatte den Versuch unternommen, sie mit Bildern und zu Hause gewebten Behängen zu verschönern; jedoch war dieser Versuch nicht sonderlich erfolgreich verlaufen. Jetzt jedoch war dieser Ort unter dem dumpfen Dröhnen der Triebwerke zum Leben erwacht, einem tiefen und bis auf die Knochen gehenden Geräusch. Der Geschmack von Öl war deutlich in der auf einmal wieder rasch zirkulierenden Luft wahrzunehmen. Dragoika sah die Sache aus ihrem eigenen Blickwinkel; das Schiff verwirrte, bestürzte, erschreckte und verzückte sie, denn nie zuvor hatte sie ein solches Wunderwerk gesehen! Sie rutschte mit gesträubtem Fell in ihrem Sitz herum, ihr Blick sprang kreuz und quer durch die Kabine.

»Sie hatten doch Ihre Surrogate, nicht wahr?« fragte Flandry. »Pseudosinnliche Eingaben und so 'n Zeug.«

»Sicher«, antwortete Karamzin, »und die Küche ist auch gut. Aber das ist eben alles nur Medizin, die einen daran hindert, völlig verrückt zu werden.« Seine jugendlichen Gesichtszüge wurden hart. »Ich hoffe, daß wir auf Widerstand stoßen, wirklich.«

»Ich weniger«, meinte Flandry. »Ich hatte genug Widerstand, das reicht für eine geraume Weile.«

Sein Feuerzeug entzündete eine Zigarette. Er fühlte sich merkwürdig, wieder in Himmelblau und mit Düsenflammen auf den Schultern dazusitzen, ohne einen Blaster im Gürtel: zurück auf einem Schiff, mit all der Disziplin und Tradition. Er war sich nicht sicher, ob es ihm gefiel.

Zumindest war seine Position erfrischend anomal. Kapitän Einarsen war völlig bestürzt gewesen, als Dragoika an Bord gekommen war – eine Wilde aus der Eisenzeit auf *seinem* Schiff? Aber Enriques' Befehle waren eindeutig. Dragoika war eine VIP, die darauf bestanden hatte, mitzukommen, und die beträchtliche Sorgen bereiten konnte, wenn man ihr nicht zu Willen war. Also hatte man Fähnrich Flandry zum Verbindungsoffizier ernannt. Unter vier Augen war allerdings der Zusatz gekommen, daß er seinen Schützling entweder aus dem Weg halten oder zum Matrosen degradiert werden würde. (Niemand hatte etwas davon gesagt, daß er eigentlich ein Gefangener war. Einarsen hatte den Funkspruch empfangen, aber es für zu gefährlich empfunden, seine Männer wissen zu lassen, daß Merseianer terranische Schiffe anhielten, und Enriques' Botschaft hatte sein Empfinden bestärkt.) Wie hätte Flandry im Alter von neunzehn Jahren der Versuchung widerstehen sollen, den Eindruck zu vermitteln, daß seine VIP tatsächlich ein bißchen von Astronautik verstand und über Entwicklungen auf dem laufenden gehalten werden sollte? So hatte man ihm eine Verbindung zur Brücke bewilligt.

Trotz all des Jubels und der Aufregung verspürte er den Knoten der Spannung in sich. Er hatte sich ausgerechnet, daß die Nachricht von der *New Brazil* jede Minute eintreffen konnte.

»Entschuldigung«, sagte Dragoika. »Ich muß auf das . . . wie nennt ihr es . . .« Sie hielt diese Einrichtung für das Lustigste auf dem ganzen Schiff.

Karamzin blickte ihr nach. Ihr geschmeidiger Gang wurde durch den Helm, den sie in der terranischen Atmosphäre tragen mußte, in keiner Weise beeinträchtigt. Das Hauptproblem hatte darin bestanden, ihre Hähne im Helm unterzubringen. Ansonsten bestand ihre Kleidung aus einem Schwert und einem Messer.

»Wow«, brummte Karamzin. »Was für eine Figur! Wie ist sie?«

»Seien Sie so gut und reden Sie nicht so über sie«, drohte Flandry.

»Was? Ich meinte es nicht böse. Sie ist doch nur ein Xeno.«

»Sie ist mein Freund und so viel wert wie hundert imperiale Schafe. Und das, was sie sich gegenüber sieht, was sie überleben muß, für den Rest ihres Lebens . . .«

»Worum handelt es sich? Was für einen Auftrag führen wir eigentlich durch? Ich nehme an, daß wir uns etwas ansehen sollen, was die Krokodile in den Raum gebracht haben; mehr wurde uns nicht gesagt.«

»Mehr darf ich auch nicht sagen.«

»Man hat mir aber nicht befohlen, mit dem Denken aufzuhören. Und Sie wissen doch auch, daß diese Starkad-Affäre ein Blindgänger ist, daß sie hier draußen den Krieg vorbereiten, und nur unsere Aufmerksamkeit auf dieses Schlammloch lenken, und dann bäng, werden sie irgendwoanders zuschlagen.«

Flandry blies einen Rauchring. »Vielleicht.« *Ich wünschte, ich könnte es dir sagen. Du hast kein militärisches Recht darauf, aber nicht vielleicht ein menschliches?*

»Wie sieht es überhaupt auf Starkad aus? Auf der Einsatzbesprechung ist nicht gerade viel gesagt worden.«

»Nun . . .« Flandry suchte nach Worten, aber sie waren bestenfalls blutleer. Man konnte zwar beschreiben, es damit aber nicht wirklich werden lassen: die weiße Dämmerung über dem wogenden Meer; die schweren, langsamen Winde, die an bewaldeten Bergen brüllten; eine alte und stolze Stadt, die Lieblichkeit des schattigen Meeresgrundes, der große Ball selbst . . . Er suchte immer noch, als Dragoika zurückkam. Sie nahm schweigend Platz und blickte ihn an.

». . . und eine sehr interessante paläolithische Kultur gibt es auf der Insel Rayadan . . .«

Der Alarm heulte.

Karamzin war als erster zur Tür hinaus. Füße trappelten, Metall klang, Stimmen riefen, und alles wurde von dem schrillen Heulen übertönt, das im gesamten Schiffsrumpf widerhallte.

Dragoika nahm das Schwert von der Schulter herab. »Was ist los?« schrie sie.

»Gefechtsalarm.« Flandry bemerkte, daß er Anglik gesprochen hatte. »Ein Feind ist . . . gesichtet worden.«

»Wo?«

»Draußen. Steck die Klinge weg. Kraft und Mut werden dir jetzt nicht helfen. Komm mit.« Flandry führte sie in den Korridor hinaus.

Sie mußten sich zwischen Männern hindurchkämpfen, die selbst auf ihre Stationen eilten. In der Nähe der Brücke gab es einen für audiovisuelle Kommunikation ausgerüsteten Kartenraum. Der Erste Offizier war der Meinung, daß er deshalb für die VIP und ihren Begleiter nützlich sein könnte. Zwei Raumanzüge hingen bereit, wovon einer für die Bedürfnisse eines Starkadianers modifiziert worden war. Dragoika hatte unterwegs zur Schwadron einige Übungen damit durchgeführt, trotzdem hielt Flandry es für besser, ihr zu helfen, bevor er sich seinen eigenen anzog. »Hier, da festmachen. Und jetzt den Atem anhalten, während wir die Helme wechseln . . . Warum bist du mitgekommen?«

»Ich wollte dich nicht allein an meiner Stelle handeln lassen«, meinte Dragoika, nachdem der Helm geschlossen war.

Flandry ließ seinen eigenen offenstehen. Er hörte Dragoika durch seine Ohrstöpsel. Der Alarm durchdrang sie, kurz danach eine Stimme:

»Alle zuhören, alle zuhören, Kapitän an alle Offiziere und Mannschaften. Die *New Brazil* hat bei Annäherung zwei aktivierte Hyperantriebe angemessen. Bei ihrer Rückkehr wurde sie verfolgt. Wir werden weiter vorstoßen. Fertig für Hyperantrieb. Bereit zum Gefecht. Ruhm dem Kaiser.«

Flandry bediente die Kommunikatorschaltungen. Er schaltete

sich zu einem Brückenbildschirm zu und sah auf seinem eigenen Monitor den schwarzen und sternenübersäten Raum. Der Kosmos verschwamm für einen Augenblick, während das Quantenfeld aufgebaut wurde, danach waren die Kompensatoren eingeschaltet und die Aussicht wieder klar.

Die *Sabik* ließ jetzt das Licht hinter sich und warf Kilometer schneller hinter sich, als es irgendeinem Vorstellungsvermögen faßbar sein konnte. Die Kraftwerke gaben löwenartiges Brüllen von sich, das in jeder Zelle von Flandrys Körper widerhallte.

»Was hat das zu bedeuten?« fragte Dragoika, die sich schutzsuchend an ihn preßte. Flandry schaltete einen Überblick über die Formation ein. Sieben grüne Punkte von unterschiedlicher Größe bewegten sich vor dem Hintergrund der Sterne. »Das sind unsere Schiffe, und das große dort ist dieses hier.« Zwei rote Punkte tauchten auf. »Das ist der Feind, so nahe, daß wir seine Positionen feststellen können. Um-m-m, sieh dir einmal die Größe dieser Einheiten an; deshalb haben wir so energiestarke Maschinen angemessen. Ich würde sagen, daß eines in etwa unserem Schiff entspricht, aber sicher neuer und besser bewaffnet. Das andere scheint ein schwerer Zerstörer zu sein.«

Sie schlug ihre Panzerhandschuhe gegeneinander. »Das ist ja wie Zauberei!« rief sie begeistert.

»Hat aber tatsächlich keinen großen Nutzen, außer eben, einen schnellen Überblick zu erhalten. Der Kapitän benutzt natürlich Zahlen und Berechnungen unserer Computer.«

Dragoikas Enthusiasmus erstarb. »Immer nur Maschinen«, meinte sie sorgenvoll. »Ich bin froh, daß ich nicht in deiner Welt leben muß, Dommaniik.«

Es wird dir aber nichts anderes übrigbleiben, fürchte ich, dachte er. *Zumindest für eine Weile. Sofern wir überleben.*

Er schaltete zum Kommunikationsraum durch. Wie hypnotisiert saßen Männer vor Bänken von Meßgeräten. Gelegentlich berührte jemand eine Kontrollschaltung oder wechselte ein paar Worte mit seinem Nachbarn. Elektromagnetischer Funk war außerhalb des Schiffsrumpfes nutzlos, aber bei laufendem Hyperdrive war es möglich, durch eine leichte Modulation des Kielraumes Botschaften weiterzugeben. Die *Sabik* konnte augenblicklich senden und empfangen.

Während Flandry zuschaute, wurde ein Mann in seinem Sitz steif. Mit zitternden Händen riß er einen Ausdruck ab und reichte ihn an seinen herbeieilenden Vorgesetzten weiter. Dieser Offizier begab sich an einen Interkom und rief die Kommandobrücke. Flandry hörte zu und nickte.

»Sag mir doch, was los ist«, bat Dragoika. »Ich fühle mich hier so einsam.«

»Schhhh.«

Es erfolgte eine Bekanntmachung: »An alle, an alle, Kapitän an Offiziere und Mannschaften. Wir wissen, daß sich sechs merseianische Kriegsschiffe im Orbit um Saxo befinden. Sie sind in Hyperdrive gegangen und versuchen, eine Phasengleichheit mit den beiden Pötten herzustellen, die hinter der *New Brazil* her sind. Wir haben zerhackte Funksprüche zwischen den verschiedenen Einheiten aufgefangen und erwarten, angegriffen zu werden. Erster Kontakt in ungefähr zehn Minuten. Bereithalten, um auf Kommando das Feuer zu eröffnen. Die Zusammensetzung der feindlichen Schwadron ist folgende . . .«

Flandry zeigte Dragoika die Szenerie. Ein halbes Dutzend Funken entfernte sich von dem Leuchtflecken, der ihre Sonne darstellte. »Ein leichter Kreuzer, ungefähr wie unsere *Umbriel* und fünf Zerstörer. Und vorneweg, wie eben schon gesehen, ein Schlachtschiff und ein ziemlich schwerer Zerstörer.«

»Acht gegen fünf von uns.« Hinter der Frontplatte von Dragoikas Helm stellten sich die Fühler auf, das Fell zuckte, das verlorene Kind war auf einmal nicht mehr vorhanden, als sie mit leiser und vibrierender Stimme sagte: »Aber die ersten beiden werden wir allein schnappen.«

»Richtig. Ich frage mich noch . . .« Flandry versuchte eine andere Schaltung, die eigentlich blockiert sein mußte; aber jemand hatte es übersehen, und so konnte er über Kapitän Einarsens Schulter blicken. Tatsächlich, ein Merseianer auf dem Bildschirm, und obendrein ein hoher Rang.

». . . Sperrgebiet«, sagte die Stimme mit einem schwer akzentuierten Anglik. »Kehren Sie sofort um.«

»Die Regierung Seiner Majestät erkennt Sperrgebiete in nicht beanspruchtem Raum nicht an«, erwiderte Einarsen. »Sie greifen uns auf eigene Gefahr an.«

»Wohin sind Sie unterwegs, und zu welchem Zweck?«

»Das geht Sie nichts an, Fodaich. Mein Kommando ist in rechtmäßigen Absichten unterwegs. Können wir friedlich vordringen oder müssen wir kämpfen?«

Im Zuhören übersetzte Flandry gleichzeitig für Dragoika. Der Merseianer schwieg, und sie flüsterte: »Natürlich wird er sagen, daß wir weiterfliegen können. Auf diese Weise können seine nachfolgenden Einheiten aufschließen.«

Flandry zog die Brauen hoch. Es war heiß in der Kabine und in seinem Raumanzug stank es nach Schweiß. »Ich wünschte, du wärst bei uns geboren worden«, meinte er. »Du hast einen Marineverstand.«

»Fliegen Sie weiter«, sagte der Merseianer langsam. »Ich lasse Sie unter Protest passieren.«

Der terranische Kommandeur erwiderte: »Sehr gut. Aber in Anbetracht der Tatsache, daß weitere Einheiten unterwegs sind, um zu Ihnen aufzuschließen, fordere ich Garantien für Ihre guten Absichten. Sie werden sofort mit voller Geschwindigkeit in Richtung galaktischer Norden Fahrt aufnehmen, und zwar ohne Halt, bis ich nach Saxo zurückkehre.«

»Unverschämtheit! Sie haben nicht das Recht . . .«

»Ich habe das Recht, das meine Verantwortung für diese Schwadron mir gibt. Wenn Ihre Regierung bei meiner Protest einlegen will, so mag sie es tun. Sofern Sie nicht wie gefordert abdrehen, betrachte ich Ihr Verhalten als feindselig und werde die angemessenen Mittel ergreifen. Ich grüße Sie, Sir, guten Tag.« Das Bild verblaßte.

Zitternd schaltete Flandry das Bild von Einarsens ausdruckslosem Gesicht aus. In ihm herrschte Aufruhr, in dem der Gedanke auftauchte: *Ich nehme an, ein alter Offizier hat genausoviel Verstand wie ein frisch gefangener Fähnrich.*

Als er Dragoika vom neuesten Stand in Kenntnis setzte, meinte sie kühl: »Zeig mir noch mal die Formation.«

Die vorderen merseianischen Einheiten kamen den terranischen Forderungen nicht nach. Sie entfernten sich voneinander, offensichtlich in der Hoffnung, eine Verzögerung herbeizuführen, bis Hilfe ankam. Aber Einarsen machte das Spiel nicht mit. Die *New Brazil* stürzte sich wie ein Wolf auf den kleineren ihrer

Verfolger, wobei ihr die *Murdochs-Land* zur Hilfe eilte. Die *Umbriel* und die *Sabik* selbst beschleunigten in Richtung des merseianischen Schlachtschiffes. Die *Antarktica* setzte als Begleitschiff für die beiden Scoutboote den bisherigen Kurs fort.

»Jetzt geht es los«, sagte Flandry durch seine zusammengebissenen Zähne. Seine erste Raumschlacht, so erschreckend, aufrührend und erhebend wie seine erste Frau. Es verlangte ihn danach, in einem Geschützturm zu sitzen. Nach dem Verschließen seines Helmes schaltete er einen Blick nach draußen ein.

Eine Minute lang war außer den Sternen nichts zu erkennen. Dann dröhnte das Schiff und schüttelte sich, als es eine Raketensalve abfeuerte, eine mit den gewaltigen Raketen, die nichts Kleineres als ein Schlachtschiff überhaupt transportieren konnte, die ihren eigenen Hyperantrieb und Frequenzanpassungscomputer hatten. Flandry konnte ihr Einschlagen nicht erkennen, denn dazu war die Entfernung noch zu groß. Aber ganz in der Nähe glühten Explosionen im All auf, ein gewaltiger Feuerball nach dem anderen schwoll an, tobte und verging wieder. Wenn der Bildschirm ihre tatsächliche Leuchtkraft übertragen hätte, wären Flandrys Augäpfel geschmolzen. Der Stoß der expandierenden Gase drang durch das Vakuum, ließ das Deck sich aufbäumen und den Schiffsrumpf erdröhnen.

»Was war das?« schrie Dragoika.

»Feindliches Feuer, aber wir haben seine Raketen mit eigenen, kleineren, abgeschossen. Sieh.« Ein langgestrecktes metallenes Etwas zog seine Bahn über den Bildschirm. »Es steuert sich selbst zu seinem Ziel. Wir haben eine ganze Wolke davon abgeschossen.«

Wieder und wieder tobten die Energieausbrüche. Ein Treffer riß Flandry fast von den Füßen, es summte in seinen Ohren. Er schaltete die Schadenskontrolle ein. Die Explosion war so dicht am Schiff erfolgt, daß die Hülle aufgerissen worden war. Schotten dichteten die betroffene Sektion ab. Die gewaltige Panzerung und das elektromagnetische Schutzfeld hatten die Mannschaft vor einer tödlichen Strahlendosis bewahrt; vorausgesetzt, die erhaltene Strahlung wurde innerhalb eines Tages medizinisch neutralisiert. Aber die Mannschaft eines getroffenen Geschützturmes, der völlig zerstört worden war, hatte es erwischt; ein weiterer, in der Nähe der Schadensstelle befindlicher Turm war nach wie vor einsatzfähig. Alle Männer blieben auf ihren Posten.

Flandry überblickte erneut die Szenerie. Schneller als die beiden Schlachtschiffe, hatte die *Umbriel* ihren mächtigen Gegner eingeholt. Als die Hyperantriebsfelder sich berührten, ging sie außer Phase, gerade so weit, daß sie selbst nicht getroffen werden konnte, aber nicht so weit, daß ihre Masse den Gegner nicht mehr behinderte. Der Merseianer mußte versuchen, mit ihr wieder in Phase zu kommen und sie auszulöschen ... aber da kam schon die *Sabik* heran!

Die gewaltigen Generatoren weiteten ihre Felder zu einem großen Radius aus. Bei der ersten Überlappung wirkte der Feind wie ein zwischen den Sternen verlorenes Spielzeug. Aber dann wurde er größer, ein Hai, ein Wal, ein stählerner Leviathan, waffenstarrend und blitzeschleudernd.

Es waren keine lebendigen Geschöpfe, die im Kampf den Ausschlag gaben. Sie bedienten nur die Geschütze, warteten die Maschinen und starben. Denn wenn solche Geschwindigkeiten, Massen und Intensitäten aufeinandertrafen, nahmen die Roboter das Geschehen in die Hand. Rakete raste gegen Rakete; Computer versuchten, sich mit Frequenzänderungen auszutricksen. Menschliche und merseianische Hände bedienten die Energiekanonen, die durch Metall schnitten wie Messer durch Fleisch. Aber ihre Chance, dem Gegner einen entscheidenden Schlag zu versetzen, war in den kurzen Zeiträumen, die sie zu nutzen hatten, ziemlich klein.

Feuer ergoß sich durch das Weltall, Donner ließ Schiffshüllen erzittern, Decks verzogen sich. Träger brachen auseinander, Platten schmolzen. Die Erschütterung einer Explosion warf Flandry und Dragoika zu Boden. Mit Quetschungen, blutend, taub, lagen sie einander in den Armen, während die Hölle toste.

Und vorüberging.

Langsam und ungläubig kamen sie wieder auf die Füße. Rufe von draußen zeigten ihnen, daß ihre Trommelfelle nicht geplatzt waren. Die Tür hing lose, Rauch kam durch die Ritzen, chemische Feuerlöscher zischten. Eine schmerzverzerrte Stimme rief nach einem Arzt.

Der Bildschirm war noch in Funktion. Flandry konnte einen kurzen Blick auf die *Umbriel* werfen, bevor die Relativgeschwindigkeit sie unsichtbar werden ließ. Ihr Rumpf klaffte offen, ein Geschützturm wirkte wie zerknüllt und Stahlplatten wie Schaum auf Meereswogen, wo sie verflüssigt worden waren und sich wieder verfestigten. Aber die *Umbriel* flog noch und die *Sabik* ebenfalls.

Er beobachtete und lauschte eine Zeitlang, bevor er Dragoika alles erklären konnte. »Wir haben sie erwischt. Unsere beiden Zerstörer haben sich um die des Feindes gekümmert, ohne großen Schaden dabei erlitten zu haben. Wir selbst sind an verschiedenen Stellen getroffen worden, drei Türme und eine Raketenplattform wurden zerstört, einige Leitungen des Hauptcomputers sind durchtrennt, und obendrein fliegen wir mit Hilfe von Ersatzgeneratoren, bis die Ingenieure das Hauptwerk wieder repariert haben; außerdem haben wir starke Verluste erlitten. Aber wir sind noch operationsfähig, und wir sind durch.«

»Was ist mit dem Schiff, gegen das wir gekämpft haben?«

»Wir haben es im Zentrum getroffen, mit einer Megatonne, glaube ich . . . aber damit kennst du dich nicht aus, jedenfalls besteht es nur noch aus Staub und Gas.«

Die Schwadron formierte sich wieder und nahm Fahrt auf. Zwei winzige grüne Flecken auf dem Bildschirm lösten sich voneinander und eilten davon. »Siehst du das? Unsere Scoutboote. Wir müssen sie decken, während sie ihren Auftrag durchführen. Das bedeutet, daß wir gegen die Merseianer von Saxo kämpfen müssen.«

»Sechs von ihnen gegen fünf auf unserer Seite«, zählte Dragoika. »Nun, das Verhältnis hat sich zu unseren Gunsten verschoben. Und obendrein haben wir jetzt das größte Schiff unter den Beteiligten.«

Flandry sah zu, wie die grünen Lichter verschwanden. Nun galt es, jeden einzelnen der roten Funken daran zu hindern, durchzubrechen und die Scouts anzugreifen. Das bedeutete ihre Vernichtung, aber . . . ja, ganz offensichtlich hatte der merseianische Kommandeur einen seiner Zerstörer auf einen der beiden terranischen angesetzt; damit standen sein Kreuzer und zwei seiner Zerstörer gegen die *Sabik* und die *Umbriel*, was für die beiden letzteren sehr gut gewesen wäre, wären sie nicht schon halb zerstört gewesen. »Kein sehr günstiges Verhältnis«, meinte Flandry. »Aber es kann genügen. Wenn wir dem Feind für ein paar Stunden standhalten, nehme ich an, wird das genügen.«

»Wofür, Dommaniik? Du hast nur etwas von einer Bedrohung hier draußen gesagt.« Dragoika faßte ihn an den Schultern und blickte ihm in die Augen. »Kannst du es mir denn nicht sagen?«

Er konnte es, ohne jetzt noch irgendein wichtiges Geheimnis zu verraten. Aber er wollte nicht. Er versuchte, sie hinzuhalten, und hoffte, daß die nächste Phase des Kampfes beginnen würde, bevor sie merkte, was er tat. »Nun«, begann er, »wir haben etwas von einem, äh, Objekt hier draußen erfahren. Die Aufgabe der Scouts ist es, herauszufinden, um was es sich handelt, und seinen Kurs zu berechnen. Sie werden das auf eine interessante Weise tun. Sie werden schneller als das Licht zurückkehren, so daß sie Bilder davon bringen können, wo es in diesem Augenblick ist und wo es sich schon verschiedene Male befunden hat. Da sie wissen, wo sie zu suchen haben, werden sie es von einem Lichtjahr Entfernung an ausmachen können. Das bedeutet, über mehr als ein Jahr des Zeitablaufes hinweg. Auf dieser Grundlage werden die Scouts dann berechnen können, wie sich das Ding in den nächsten Jahren bewegen wird.«

Wieder regte sich das Grauen in ihren Augen. »Sie können über die Zeit selbst hinweggelangen?« flüsterte sie. »Zu den Geistern der Vergangenheit. Ihr maßt euch zuviel an, ihr vaz-Terran. Eines Nachts werden die verborgenen Mächte ihren Zorn an euch auslassen.«

Er biß sich auf die Lippen und zuckte zusammen, denn sie war noch geschwollen vom Aufschlag des Gesichts auf einen Schalter. »Ich frage mich oft, ob so etwas geschehen kann, Dragoika. Aber was sollen wir machen? Die Richtung unserer Entwicklung wurde schon vor Zeitaltern festgelegt, bevor wir jemals unsere Heimatwelt verließen, und es gibt kein Zurück.«

»Dann ... dann seid ihr sehr tapfer.« Sie richtete sich auf.

»Ich will es nicht weniger sein. Sag mir, was das für ein Ding ist, das ihr durch die Zeit jagt.«

»Es . . .« Ein donnernder Ruck ging durch das Schiff. »Da sind Raketen abgefeuert worden! Es geht wieder los!«

Eine weitere Salve folgte, dann noch eine. Offenbar war Einarsen dabei, seine sämtlichen Hyper-Waffensysteme zu verfeuern. Falls zwei oder drei von ihnen zusammentrafen, vermochten sie den Ausgang des Gefechts eventuell zu entscheiden. Aber auch falls nicht, würde keiner seiner augenblicklichen Gegner auf gleiche Weise antworten können.

Flandry beobachtete, wie sich die merseianischen Zerstörer verstreuten. Sie konnten wenig mehr tun, als den Versuch wagen, den Geschossen auszuweichen oder sie beim Feldkontakt durch Phasenveränderung abzuwehren. Als sich die Formation auflöste, stürzten sich die *Murdochs-Land* und die *Antarktica* auf einen einzelnen Feind ihrer Klasse. Es würde einen Schlagabtausch mit kleineren Raketen, Energiekanonen und Artillerie geben, langsamer und vielleicht weniger brutal als das beinahe abstrakte Zusammentreffen zwischen zwei Gigantschiffen, aber auch irgendwie menschlicher.

Das Salvenfeuer hörte auf. Dragoika heulte vor Begeisterung: »Sieh, Dommaniik! Ein rotes Licht ist ausgegangen! Da! Das erste Blut für uns!«

»Ja . . . ja, wir haben einen der Zerstörer erwischt. Hurra!« Der Erste Offizier gab es über Interkom bekannt, und man konnte die entfernten Jubelrufe derjenigen hören, die ihre Helme noch nicht geschlossen hatten. Den übrigen Raketen waren die Merseianer ausgewichen, oder sie hatten sie abgewehrt. Die Raketen zerstörten sich jetzt selbst, um keine Gefahr für die Navigation zu werden. Max Abrams würde das ein Hoffnungszeichen genannt haben.

Ein weiteres merseianisches Schiff beeilte sich, dem einen zu Hilfe zu kommen, auf das sich zwei Terraner einschossen, während die *New Brazil* und ein drittes Feindschiff aufeinander zustrebten. Die *Umbriel* hatte einen Abfangkurs für den schweren Kreuzer eingeschlagen, der zusammen mit seiner Begleiteinheit auf die *Sabik* zuhielt, die abwartete und ihre Wunden leckte.

Die Lichter flackerten und erstarben, dann kehrten sie schwach zurück. Also gab es auch Schwierigkeiten mit dem Reservekraftwerk. Und verdammt noch mal, Flandry konnte nichts anderes tun als nur dasitzen und über die Monitore zuschauen.

Die Eskorte des Kreuzers löste sich von diesem und hielt auf die *Umbriel* zu, um sie abzufangen. Flandry preßte die Zähne zusammen, bis ihm die Kiefern schmerzten. »Die Grünhäute haben gemerkt, daß wir hier Probleme haben«, meinte er. »Sie haben sich ausgerechnet, daß ein Kreuzer für uns genügt, und vielleicht haben sie recht.«

Rot und Grün kamen einander näher. »Bereithalten für direkten Zusammenstoß bei Phasenüberlappung«, kam es aus dem Interkom.

»Was bedeutet das?« wollte Dragoika wissen.

»Wir können nicht ausweichen, bis eine bestimmte Maschine dazu eingestellt worden ist.« Besser konnte es Flandry auf Kursovikianisch nicht ausdrücken, daß eine Frequenzänderung nicht möglich war. »Wir werden stillhalten und schießen müssen.«

Aber die *Sabik* war noch nicht ganz zur flügellosen Ente geworden. Sie konnte sich unter Licht zurückfallen lassen, obwohl das nichts anderes als ein Verzweiflungsmanöver war. Über Licht mußte der Feind mit ihr in Phase kommen, um ihr Schaden zufügen zu können, und würde dabei in gleicher Weise verletzlich sein. Aber der Kreuzer besaß nun eine zusätzliche Möglichkeit, dem Feuer seines Gegners auszuweichen, und die *Sabik* besaß keinen anderen Schutz mehr als ihre Antiraketen. Aus Sicherheitsgründen war sie mit diesen besser versorgt worden.

Er sah so aus, als ob es ein Fuß-an-Fuß-Match geben würde.

»Hyperfeldkontakt«, kam es aus dem Interkom. »Feuer frei, nach eigenem Ermessen.«

Flandry schaltete auf Außenbeobachtung. Der Merseianer vollführte einen Zickzackkurs vor dem Hintergrund der Sterne. Manchmal verschwand er, tauchte aber immer wieder auf. Es handelte sich um ein ausschließlich im Raum operierendes Fahrzeug, mit einem Bauch in der Mitte, der ihm das Aussehen einer Birne und zwei Enden gab. Sternenlicht und Schatten ließen seine Bewaffnung hervortreten. Dragoika atmete zischend. Erneut brach Feuer aus.

Die Faust eines Riesen schlug zu. Ein so gewaltiger Lärm, daß er die Grenzen des Hörbaren überschritt, dröhnte durch die Schiffshülle. Schotten zersplitterten. Das Deck schlug gegen Flandry, und er wirbelte ins Dunkel.

Nur Augenblicke später gewann er das Bewußtsein zurück. Er stürzte, stürzte, immer weiter, und blind . . . nein, dachte er inmitten des Hallens in seinem Schädel, die Lichter waren aus, die Gravos waren aus, und er schwebte inmitten des Stöhnens entweichender Luft. Blut, das aus seiner Nase strömte, formte gewichtslose Tropfen, die ihn zu ersticken drohten. »Dragoika!« rief er mit rauher Stimme. »Dragoika!«

Ihr Helmscheinwerfer blitzte auf. Sie wirkte wie ein Schatten hinter ihm, aber ihre Stimme ertönte klar und angespannt: »Dommaniik, bist du in Ordnung? Was ist passiert? Hier, hier ist meine Hand.«

»Wir haben das Feuer voll abbekommen.« Er schüttelte sich, jedes Glied einzeln; zwar empfand er überall tobende Schmerzen, aber wie durch ein Wunder schien nichts Ernsthaftes verletzt worden zu sein. Nun, Raumanzüge wurden schließlich dafür konstruiert, Stöße abzufangen. »Hier drin funktioniert nichts mehr, daher weiß ich nicht, in welchem Zustand sich das Schiff befindet. Am besten versuchen wir, hier rauszukommen. Ja, halt dich an mir fest. Stoß dich von irgend etwas ab, aber möglichst nicht zu fest. Es geht so ähnlich wie Schwimmen. Ist dir schlecht?«

»Nein. Ich fühle mich nur wie in einem Traum.« Sie begriff die grundlegende Technik der Bewegung bei Gewichtslosigkeit schnell.

Sie betraten den Korridor. Ihr gebündeltes Scheinwerferlicht bildete trübe Pfützen in der Finsternis. Verkrümmte Verstrebungen und geschmolzene Platten tauchten auf. Der halbe Körper eines Mannes in einem Raumanzug schwebte in einer Blutwolke, die sich Flandry vom Helm wischen mußte. Keine Funksprüche waren zu hören. Es herrschte Grabesstille.

Der nukleare Gefechtskopf, der das Schiff getroffen hatte,

konnte nicht allzu groß gewesen sein; aber wo er getroffen hatte, war alles zerstört. An anderen Stellen hatten Kraftfelder, Schotten, Prallplatten und Trennlinien einigen Schutz gewährt. Flandry und Dragoika hatten dadurch überlebt. War sonst noch jemand am Leben? Flandry rief und rief, aber er erhielt keine Antwort.

Vor ihm gähnte ein von Sternen erfülltes Loch. Flandry wies Dragoika an, zu bleiben, wo sie war, und flog mit Hilfe seines Grav-Antriebs darauf zu. Saxo, das hellste der ihn umgebenden diamantenen Lichter, durchdrang den Geisterbogen der Milchstraße und gab ihm genug Licht, um etwas erkennen zu können.

Das Fragment eines Schiffes, aus dem er jetzt hervorkam, rotierte langsam – welch ein Glück, daß ihm und auch ihr durch die Corioliskraft nicht schlecht geworden war. Ein Turm mit Energiekanonen tauchte auf und sah noch intakt aus.

Er versuchte erneut, einen Funkspruch abzusetzen, jetzt, wo er sich außerhalb des abschirmenden Metalls aufhielt. Nachdem auch ihre Sekundärmaschinen nicht mehr funktionierten, waren die Reste der *Sabik* unter Licht zurückgefallen. »Fähnrich Flandry aus Sektion Vier. Bitte kommen, irgend jemand bitte kommen!«

Eine Stimme erklang vor dem Hintergrund kosmischer Interferenzen. »Commander Ranjit Singh in Sektion Zwei. Ich beanspruche das Kommando, bis ein ranghöherer Offizier sich unter den Überlebenden findet. In welchem Zustand befinden Sie sich?«

Flandry berichtete. »Sollen wir zu Ihnen kommen, Sir?« schloß er.

»Nein. Untersuchen Sie dieses Geschütz, das Sie gesehen haben, und teilen Sie mir mit, ob es noch funktioniert. Tut es das, bemannen Sie es.«

»Aber Sir, wir können nicht mehr kämpfen. Der Kreuzer kämpft jetzt woanders. Niemand wird sich um uns kümmern.«

»Das wird sich noch herausstellen, Fähnrich. Wenn der Verlauf des Kampfes einen Pott übrigläßt, wird man dort vielleicht der Meinung sein, daß es am besten wäre, bei uns auf Nummer Sicher zu gehen. Stellen Sie sich an Ihr Geschütz!«

»Aye, aye, Sir.«

In dem Turm schwebten Leichen herum. Sie waren offenbar nicht verletzt, aber eine tödliche Strahlungsdosis mußte all die Abschirmungen durchdrungen haben. Flandry und Dragoika schafften die Leichen hinaus und ließen sie davonschweben. Und während sie zwischen den Sternen davontrudelten, sangen Flandry und Dragoika für sie den Gesang der Trauer. *Ein solcher Abgang würde mir nichts ausmachen, dachte Flandry.*

Das Geschütz war einsatzfähig, und Flandry unterwies Dragoika in der manuellen Notbedienung. Sie würden das hydraulische Zielsystem einsetzen und bedienten das Handrad, das die Batterien neu auflud. Dragoika erwies sich als ebenso stark wie er.

Danach warteten sie. »Ich hatte nie damit gerechnet, an einem solchen Ort zu sterben«, meinte sie. »Aber ich werde im Kampf sterben, und dazu mit dem besten aller Kameraden. Was für Geschichten wir im Land der Bäume auf der anderen Seite erzählen können!«

»Noch können wir vielleicht überleben«, erwiderte er. Das Sternenlicht blitzte auf den Zähnen in seinem mitgenommenen und blutverschmierten Gesicht.

»Mach keinen Narren aus dir, dazu bist du zu schade.«

»Zu Schade! Ich habe einfach nicht vor, stillzusitzen, bis ich tot bin!«

»Ich verstehe. Vielleicht ist es das, was auch vaz-Terran groß gemacht hat.«

Die Merseianer kamen.

Es handelte sich um einen Zerstörer. Die *Umbriel,* im Kampf mit dem schwer getroffenen feindlichen Kreuzer befindlich, hatte auch dem Zerstörer schweren Schaden zugefügt. Die *Murdoch's Land* war vernichtet, die *Antarktica* außer Gefecht, solange sie nicht repariert wurde, aber sie hatten zwei erwischt. Die *New Brazil* lag im Gefecht mit dem dritten. Dieser vierte, der jetzt näher kam, hatte Schwierigkeiten mit dem beschädigten Hyperdrive. Solange die schwitzenden Ingenieure an Bord ihn nicht repariert hatten, war seine Überlichtgeschwindigkeit nur ein besseres Kriechen. Jedes Fahrzeug in besserem Zustand hätte den Zerstörer aus dem Universum gefegt. Daher hatte sich der Kapitän dazu entschieden, die Trümmer der *Sabik* aufzusuchen, um die Reparaturzeit mit deren Vernichtung zu nutzen.

Die allgemeine Anweisung lautete nämlich, daß nur Merseianer dieses Gebiet lebendig befahren durften.

Der Zerstörer kam heran. Seine Raketen waren samt und sonders verschossen worden, aber die Geschütze spuckten Feuerzungen und Geschosse aus. Der größte Teil des verwüsteten Schlachtschiffes fing die Wirkung der Treffer auf, glühte, zerbrach und erwiderte den Angriff.

»Yuuu...« schrie Dragoika triumphierend. Sie drehte das Handrad mit dämonischer Schnelligkeit. Flandry rutschte in den Kanoniersstuhl und schwenkte die Kanone herum. Er hatte den Eindruck, als würde sich der Turm drehen. Er richtete den Zielsucher ein, nahm den hinteren Teil des Zerstörers ins Fadenkreuz und feuerte.

Kapazitoren gaben ihre Energie ab. Ihr Gehalt daran war nur mehr stark begrenzt, weswegen die Kanone von Hand eingestellt werden mußte, um noch das letzte bißchen an Energie zum Schießen nutzen zu können. Die Flammen schossen über Kilometer hinweg und trafen auf Stahl. Eine Wunde öffnete sich darin, Luft brach hervor, durch kondensierten Wasserdampf weiß gefärbt.

Der Zerstörer erwiderte das Feuer. Flandry ebenfalls, hielt seinen Strahl immer auf dieselbe Stelle gerichtet, ließ ihn immer tiefer und tiefer in das feindliche Schiff eindringen. Vier andere Teile der *Sabik* spien den Tod aus.

Die Rotation trug ihn außer Sicht, und rauchend wartete er ab. Als er wieder zielen konnte, war der Zerstörer weiter entfernt und hatte eine Sektion des Schlachtschiffes vergast. Aber der Rest kämpfte weiter. Flandry schoß ebenfalls wieder. Der Feind zog sich mit dem Schwerkraftantrieb zurück. Warum zur Hölle gingen sie nicht auf Hyper und verschwanden hier? Vielleicht konnten sie gar nicht mehr. Er hatte selbst auf ihren Quantenfeldgenerator gezielt und möglicherweise Erfolg gehabt.

»Kursoviki!« schrie Dragoika an ihrem Rad. »Bogenschützen vor! Für die Janjevar va-Radovik!«

Eine Kanone wurde auf sie gerichtet. Flandry konnte sie

erkennen, winzig, entfernt, dünn und tödlich. Er zielte selbst und zerschoß sie.

Der Zerstörer setzte sich ab, aber plötzlich war die *New Brazil* da. Flandry schoß von seinem Sitz empor, zog Dragoika an sich, drückte ihre Gesichtsplatte gegen seine Brust und schloß selbst die Augen. Als sie wieder sehen konnten, bestand der Merseianer nur noch aus weißglühenden Meteoriten. Sie umarmten sich gegenseitig in ihren Raumanzügen.

Die *Umbriel*, die *Antarktica* und die *New Brazil* verzogen, halb wrack, lahm, mit schrecklich Verwundeten an Bord, in Gedanken bei ihren Gefallenen, aber siegreich, siegreich näherten sie sich dem Planeten. Die Scoutschiffe hatten ihre Aufgabe längst erledigt und waren in Richtung des Imperiums abgeflogen. Aber Ranjit Singh war jetzt dazu bereit, seinen Männern einen Blick auf den Preis zu gönnen, den sie gewonnen hatten.

Flandry und Dragoika standen auf der Brücke des Kreuzers neben ihm. Der Planet füllte den Bugbildschirm aus. Er war kaum größer als Luna. Wie Terras Mond, besaß auch er keine Luft, kein Wasser, kein Leben; über Milliarden Jahre hinweg hatte er all das an den Raum verloren. Berge reckten sich wie Zähne den Sternen entgegen, erhoben sich dräuend über Ascheebenen, Öde, leer und blind wie ein Totenschädel flog der Himmelskörper seiner Bestimmung entgegen.

»Ein Planet«, schnaufte der amtierende Kapitän. »Ein wüster, sonnenloser Planet.«

»Er reicht, Sir«, meinte Flandry. Die Erschöpfung überkam ihn in großen, sanften Wellen. Schlafen, schlafen . . . und träumen . . .

»Auf Kollisionskurs mit Saxo, und in fünf Jahren wird er sie treffen. Er hatte eine Masse, die für drei Jahre stellarer Strahlung ausreicht, und die in wenigen Minuten freigesetzt werden wird. Bei Saxo handelt es sich um einen F5, kurzlebig, bereit, innerhalb eines Begajahres zu expandieren, und die Instabilität baut sich bereits auf. Der Zusammenprall . . . Saxo wird sich in eine Nova verwandeln. Explodieren.«

»Und unsere Flotte . . .«

»Ja, Sir, was sonst? Es ist zwar ziemlich unwahrscheinlich. Interstellare Entfernungen sind so gewaltig, und das Universum ist noch viel größer. Es spielt keine Rolle, wie unwahrscheinlich etwas ist, alles, was möglich ist, wird auch einmal geschehen. Und hier haben wir so eine Gelegenheit. Merseianische Explorer haben den Zeitpunkt des Zusammenstoßes erfahren, und Brechdan erkannte, was das bedeutete. Er konnte den Konflikt auf Starkad so entwickeln, Schritt für Schritt, ihn beeinflussen, hegen und planmäßig verlaufen lassen, bis unsere Hauptmacht hier zusammengezogen gewesen wäre, kurz vor der Explosion der Nova. Wir hätten diesen Planeten hier nur schwer entdeckt. Er kommt fast senkrecht zur Ekliptik, hat einen niedrigen Albedo und wäre gegen Ende seiner Reise schon von Saxo überstrahlt worden. Obendrein ist er schneller als 700 Kilometer in der Sekunde. Wir hätten auch gar nicht in seine Richtung geschaut, denn unsere Aufmerksamkeit wäre auf Brechdans Flotte gerichtet gewesen. Und sie wäre vorbereitet gewesen, nachdem die Kapitäne ihre versiegelten Befehle geöffnet hätten. Sie hätten dann gewußt, wann sie mit Hyperdrive hätten verschwinden müssen. Und wir . . . nun, die anfängliche Strahlung würde sich mit Lichtgeschwindigkeit fortbewegen und würde die Mannschaften getötet haben, bevor sie etwas merkten. Etwa eine Stunde später würden die Schiffe in der ersten Welle der expandierenden Gase vergehen. Das Imperium wäre so stark angeschlagen gewesen, daß die Merseianer hätten eindringen können. Darum führen sie den Krieg auf Starkad.«

Ranjit Singh zupfte seinen Bart. Der Schmerz schien ihn zu stärken. »Können wir etwas tun? Dieses Ding mit Bomben zerstören?«

»Ich weiß nicht, Sir. Offen gesagt, ich bezweifle es. Zu viele Fragmente würden auf im wesentlichen demselben Kurs bleiben, glaube ich. Natürlich können wir Starkad evakuieren. Es gibt genug andere Planeten.«

»Richtig, das können wir machen.«

»Erzählst du mir jetzt, worum es geht?« erkundigte sich Dragoika.

Flandry tat es. Er hatte gar nicht gewußt, daß sie weinen konnte.

18

Es war still in Highport. Männer füllten die scheußlichen Baracken, wanderten über die staubigen Straßen und sehnten sich nach Hause. Die Geräusche der Bauarbeiten, des Verkehrs und der in den Kampf startenden Flugzeuge hatten aufgehört. Aber nach den ersten stürmischen Feiern war es wieder ruhig geworden, zu sehr hatte das plötzliche Ende des Krieges die Leute verwirrt. Zuerst hatte es die lapidare Bekanntmachung von Admiral Enriques gegeben, daß Fodaich Runei einem Waffenstillstand zugestimmt hatte, während beide jeweils mit ihrer Regierung verhandelten. Dann folgten Tage der Ungewißheit. Dann kamen die Schiffe; mit ihnen kam die Proklamation, daß, da Starkad zum Untergang verurteilt war, das Imperium und das Roidhunat eine gemeinsame Beendigung des Konfliktes zwischen den beiden Rassen anstrebten; dann zogen die Merseianer ab und ließen nur einige Beobachter zurück, woraufhin auch das meiste Personal der kaiserlichen Marine abzog. Zivile Experten kamen an, um einleitende Untersuchungen für ein terranisches Großprojekt ganz anderer Art durchzuführen. Und die ständigen Gerüchte und das Gerede, daß der oder jener genau wußte, daß ... wie konnte man weiterleben, als wäre nichts geschehen? Nichts würde jemals wieder ganz normal sein. Nachts blickte man zu den Sternen auf und erschauerte.

Dominic Flandry ging schweigend durch den Abend. Seine Stiefel erzeugten ein weiches, rhythmisches Geräusch. Kalte Luft umgab ihn, Saxo leuchtete an einem tiefblauen Himmel. Auf den Gipfeln jenseits des Mount Narpa brachte ein Mond die Schneeflächen zum Glitzern. Niemals zuvor hatte der Planet so schön ausgesehen.

Die Tür des xenologischen Büros stand offen, und er trat ein. Die Schreibtische waren nicht besetzt, denn John Ridenours Leute waren vor Ort beschäftigt. Nur ihr Chef war zurückgeblieben und vertrieb den Schlaf mit Stimulanzien, während er versuchte, die Bemühungen seiner Leute rund um eine ganze Welt zu koordinieren. Gerade unterhielt er sich mit einem Besucher. Flandrys Herz klopfte in seiner Kehle. Lord Hauksberg!

Jeder wußte, daß die *Dronning Margrete* gestern angekommen war, damit der Beauftragte Seiner Majestät eine letzte Inspektion durchführen konnte. Flandry hatte eigentlich vorgehabt, sich abseits zu halten. Er salutierte.

»Ach nein.« Der Vicomte blieb auf seinem Stuhl sitzen. Nur das scharfgeschnittene Gesicht unter dem blonden Haar hatte sich gewendet. Der elegante Körper blieb entspannt, die Stimme klang amüsiert. »Wen haben wir denn da?«

»Fähnrich Flandry, Sir. Ich ... ich bitte um Entschuldigung. Ich wollte nicht stören. Auf Wiedersehen.«

»Nein, setzen Sie sich. Ich hatte sowieso vor, Sie aufzusuchen. Obwohl es sich vielleicht merkwürdig anhört, erinnere ich mich an Ihren Namen.« Hauksberg nickte Ridenour zu. »Fahren Sie fort. Um was für ein Problem handelt es sich?«

Der Xenologe nahm den Neuankömmling kaum zur Kenntnis. Er saß müde auf seinem Stuhl und sagte mit heiserer Stimme. »Ich kann es am besten mit einer typischen Szene veranschaulichen, Mylord. Sie wurde letzte Woche bei der Schwesternschaft von Ujanka aufgenommen.«

Ein Bildschirm zeigte einen Raum, dessen Wandmalereien von uraltem Ruhm zeugten. Ein Terraner und mehrere weibliche Tigerier mit den Federn und Mänteln ihrer Befehlsgewalt saßen vor einem Vidiphon. Flandry erkannte einige wieder; er verfluchte den Zufall, der ihn gerade jetzt hierhergeführt hatte. Sein Lebewohl in der Stadt hatte ihm weh getan.

Ostrova, die oberste Schwester, starrte das Fischgesicht auf dem Bildschirm an. »Niemals«, schnappte sie. »Unsere Rechte und Bedürfnisse sind unantastbar. Eher sterben wir, als daß wir aufgeben, für dessen Erreichung unsere Mütter starben.«

Die Szene wechselte auf den Meeresgrund, wo auch ein menschliches Team dabei war, zu beobachten und aufzuzeichnen. Wieder sah Flandry das Innere des Tempels des Himmels. Licht durchdrang das Wasser und verwandelte es in einen Smaragd, in dem die Herren des Seevolkes schwammen. Sie hatten Isinglass und Evenfall als Experten herbeigerufen. *Ihnen konnte ich nicht auf Wiedersehen sagen,* dachte Flandry, *und werde es niemals können.* Durch die Kolonnaden erblickte er den elfischen Shellgleam.

»Ihr wollt also wieder alles stehlen, wie schon bisher«, sagte der Seevolk-Sprecher. »Das sollte nicht sein. Wir brauchen diese Quellen, wenn die große Plage über uns kommt. Vergeßt nicht, wir behalten unsere Gewehre.«

Der Bericht schloß auch die Übersetzungen ein, die Ridenours Leute auf beiden Seiten besorgten, und so folgte Flandry dem erbitterten Disput auf Kursovikianisch. Hauksberg konnte das nicht und wurde unruhig. Nach einigen Minuten meinte er: »Höchst interessant, aber ich nehme an, Sie werden mir noch sagen, um was es geht.«

»Unsere Station auf Chain hat eine Zusammenfassung angefertigt«, entgegnete Ridenour. Er legte einen Schalter um, und eine Lagune, auf deren kleinen Wellen das Sonnenlicht glitzerte und an deren weißen Stränden Bäume im Wind rauschten, erschien auf dem Bildschirm. Es war herzzerreißend schön dort. Der Blick erfolgte aus der Kabine eines Bootes, in der ein Mann mit dunkel umrandeten Augen saß. Er gab Datum und Thema bekannt und stellte fest:

»Beide Seiten fahren fort, Exklusivrechte für die Fischgründe des Archipels zu beanspruchen. Durch Zurechtbiegung der Argumente bei der Übersetzung haben es unsere Teams verhindert, daß die Stimmung zu aggressiv wird, aber ein Kompromiß ist nicht in Sicht. Wir werden weiter auf ein ausgewogenes Abkommen drängen. Der Erfolg ist programmiert, allerdings dürfte es noch lange dauern.«

Ridenour schaltete ab. »Seht Ihr, Mylord?« fragte er. »Wir können diese Leute nicht einfach auf Raumschiffe verladen. Wir müssen erst einmal festlegen, welcher Planet von mehreren möglichen am besten geeignet ist; und wir müssen sie vorbereiten, sowohl durch Organisation wie durch Erziehung. Selbst unter idealen Bedingungen wird der psychische und kulturelle Schock furchtbar sein. Allein das Erarbeiten der Grundlagen wird Jahre benötigen, und in der Zwischenzeit müssen beide Rassen sich um sich selbst kümmern.«

»Und über etwas streiten, das in einem halben Jahrzehnt nur noch eine Gaswolke sein wird? Sind solche Idioten es wert, sie zu retten?«

»Es sind keine Idioten, Mylord. Aber unsere Nachricht, daß

ihre Welt zum Untergang verurteilt ist, war niederschmetternd. Die meisten von ihnen werden lange brauchen, bis sie sich damit abgefunden haben werden, bis sie rational über die Folgen werden nachdenken können. Vielen wird das überhaupt nie gelingen. Und, Mylord, es spielt gar keine Rolle, wie logisch jemand zu sein glaubt, wie modern eingestellt jemand zu sein glaubt, er bleibt trotzdem ein Tier. Sein Großhirn ist nur der Diener seiner Instinkte. Wir haben keinen Grund, auf diese Starkadianer herabzuschauen. Wenn wir und die Merseianer, wir großen, wunderbaren raumerobernden Rassen, mehr Verstand hätten, dann würde es keinen Krieg zwischen uns geben.«

»Es gibt auch keinen«, warf Hauksberg ein.

»Das wird sich herausstellen, Mylord.«

Hauksberg wurde rot. »Danke für Ihren Vortrag«, meinte er kalt. »Ich werde ihn in meinem Bericht erwähnen.«

»Wenn Eure Lordschaft die Notwendigkeit betonen würden«, sagte Ridenour, »daß hier mehr ausgebildetes Personal eingesetzt werden muß ... Ihr habt selbst gesehen, was auch nur in diesem kleinen Teil des Planeten alles zu tun ist; und darüber hinaus gibt es noch Millionen von Individuen, Tausende von Gesellschaften. Viele sind uns noch gar nicht bekannt, nicht einmal dem Namen nach, sie sind bloße Markierungen auf der Karte. Wir müssen mit ihnen Verbindung aufnehmen, wir müssen sie retten. Aber diese Markierungen sind von Leben erfüllt, von denkenden und fühlenden Wesen. Wir werden sie gar nicht alle erreichen, aber alle, die wir retten können, werden eine Berechtigung mehr für die Menschheit sein, zu existieren. Und Gott weiß, Mylord, daß wir jede erdenkliche Berechtigung brauchen, um zu bestehen.«

»Sehr beredt«, meinte Hauksberg. »Die Regierung Seiner Majestät wird darüber zu entscheiden haben, wie groß das Bürokratenreich sein soll, das zum Nutzen einiger Primitiver aufgebaut werden soll. Das liegt nicht mehr bei mir.« Er stand auf, Ridenour tat desgleichen. »Guten Tag.«

»Guten Tag, Mylord«, gab der Xenologe zurück. »Danke für Euren Besuch. Oh, Fähnrich Flandry. Was kann ich für Sie tun?«

»Ich kam, um Auf Wiedersehen zu sagen.« Flandry stand in Habachtstellung. »Mein Transporter geht in ein paar Stunden.«

»Nun, also Auf Wiedersehen, und viel Glück.« Ridenour

ging sogar noch so weit, daß er Flandry die Hand schüttelte. Aber noch bevor Hauksberg und direkt dahinter Flandry zur Tür hinaus waren, saß er schon wieder an seinem Schreibtisch.

»Kommen Sie, machen wir einen Spaziergang da hinab«, schlug Hauksberg vor. »Ich muß mir etwas die Beine vertreten. Nein, kommen Sie an meine Seite. Wir haben einige Dinge zu besprechen, mein Junge.«

»Ja, Sir.«

Es wurden keine weiteren Worte gewechselt, bis sie auf einer Wiese aus hochstehendem, silbernem Quasigras stehenblieben. Eine Brise kam von den Gletschern herab, unter denen die Berge träumten. Ein Vogel zog über ihnen seine Kreise. Selbst wenn auch noch das letzte fühlende Wesen auf Starkad gerettet würde, wäre es nur ein winziger Teil all des Lebens, das sich auf diesem Planeten seines Daseins erfreute.

Hauksbergs Mantel flatterte, und er zog ihn fester um sich. »Nun«, sagte er und blickte Flandry geradewegs an. »So treffen wir uns wieder, hm?«

Flandry zwang sich dazu, den Blick zu erwidern. »Ja, Sir. Ich hoffe, daß Mylord die weitere Zeit auf Merseia als angenehm empfanden.«

Hauksberg brachte ein Lachen zustande. »Sie sind wirklich schamlos! Damit werden Sie es noch weit bringen, es sei denn, jemand erschießt Sie vorher. Ja, man kann durchaus sagen, daß Ratsherr Brechdan und ich einige interessante Gespräche miteinander führten, nachdem die Neuigkeit von hier angekommen war.«

»Ich . . . ich vermute, daß Ihr und er darin übereinstimmen, daß Mißverständnisse der beiden Kommandanten über ihre Befehle zu der Raumschlacht führten.«

»Richtig. Merseia war so bestürzt wie wir, als unsere Streitkräfte den Irrläufer zufällig fanden.« Hauksbergs Freundlichkeit war auf einmal wie weggeblasen. Er packte Flandrys Arm mit unerwarteter Kraft und sagte mit fester Stimme: »Jede gegenteilige Information zu offenbaren, und sei es auch nur andeutungsweise, wird als Hochverrat erachtet. Ist das klar?«

»Ja, Mylord. Man hat mich davon unterrichtet.«

»Es ist auch zu Ihrem Nutzen«, fügte Hauksberg mit milderer

Stimme hinzu. »Das Geheimnis zu wahren beinhaltet notwendigerweise, die Anklagen gegen Sie fallenzulassen. Schon die Tatsache, daß sie überhaupt erhoben wurden, daß überhaupt etwas Besonderes geschah, nachdem wir Merseia erreicht hatten, kommt in die Streng-geheim-Akte. Sie sind in Sicherheit, Junge.«

Flandry verschränkte die Hände hinter dem Rücken, um zu verbergen, daß sie sich zu Fäusten ballten. Er hätte zehn Jahre seines Lebens dafür gegeben, in das lächelnde Gesicht vor ihm schlagen zu dürfen. Aber statt dessen mußte er sagen: »Wäre Mylord so freundlich, seine persönliche Vergebung hinzuzufügen?«

»O natürlich, gerne!« strahlte Hauksberg und klopfte ihm auf die Schulter. »Sie haben völlig richtig gehandelt. Aus zwar sicherlich den falschen Gründen und durch bloßes Glück haben Sie den Zweck meiner Reise an meiner Statt erreicht: den Frieden mit Merseia. Warum sollten wir da weiter Groll gegeneinander hegen?« Er blinzelte. »Und betreffs einer bestimmten Dame, eine Sache zwischen Freunden, hm? Vergessen und vergeben.«

Flandry konnte sich nicht mehr beherrschen. »Aber wir haben doch gar keinen Frieden!« explodierte er.

»Wie? Nun, nun, Sie standen schließlich unter Streß und so weiter, aber . . .«

»Mylord, sie hatten vor, uns zu vernichten. Wie können wir sie jetzt einfach davonkommen lassen, selbst ohne Verweis?«

»Beruhigen Sie sich. Ich bin sicher, daß sie so etwas gar nicht im Sinn hatten. Es war eine Waffe, die sie gegen uns wenden wollten, sollten wir sie dazu zwingen, sonst nichts. Hätten wir den echten Wunsch zur Kooperation an den Tag gelegt, hätten sie uns rechtzeitig gewarnt!«

»Wie könnt Ihr so etwas sagen?« würgte Flandry. »Habt Ihr nie etwas aus der Geschichte gelernt? Habt Ihr nie merseianischen Reden zugehört, merseianische Bücher gelesen, die Toten und Verwundeten gesehen, nachdem wir die Merseianer im All getroffen haben? Sie möchten uns am liebsten aus dem Universum fegen!«

Hauksbergs Nasenflügel bebten.

»Das reicht, Fähnrich. Überschätzen Sie sich nicht. Und ersparen Sie mir das Abspulen von Propaganda. Die komplette

Geschichte dieses Zwischenfalles wird geheimgehalten, weil sie leicht zum Gegenstand von Ihrer Art Mißverständnis werden und so die künftigen Beziehungen zwischen beiden Regierungen belasten könnte. Brechdan hat sein Verlangen nach Frieden bereits unter Beweis gestellt, indem er seine Streitkräfte völlig von Starkad zurückgezogen hat.«

»Um das teure Rettungsunternehmen allein uns zu überlassen. Natürlich.«

»Ich habe Ihnen befohlen, sich zu beherrschen, Fähnrich. Sie sind noch nicht alt genug, die Richtlinien imperialer Politik festzulegen.«

Flandry schluckte den schlechten Geschmack hinunter. »Ich bitte um Entschuldigung, Mylord.«

Hauksberg blickte ihn eine Minute lang an. Plötzlich lächelte er wieder. »Nein, ich habe mich an Ihnen geweidet. Ich habe mich bei Ihnen zu entschuldigen. Ich habe wirklich nichts Schlechtes im Sinn, und auch Sie meinen es gut. Eines Tages werden Sie weiser sein. Lassen Sie uns daraufhin die Hände reichen.«

Flandry hatte keine Wahl. Hauksberg blinzelte wieder. »Ich glaube, ich werde meinen Spaziergang allein fortsetzen. Wenn Sie sich von Donna d'Io verabschieden wollen, sie ist in der Gästesuite.«

Flandry entfernte sich mit langen Schritten.

Als er das HQ erreicht und die Prozedur der Eintrittserlaubnis hinter sich gebracht hatte, war die Wut bereits wieder abgeklungen. An ihrer Stelle gähnte Leere in ihm. Er betrat das Wohnzimmer und blieb stehen. Warum weitergehen? Warum überhaupt etwas tun?

Persis lief auf ihn zu. Sie trug ein goldenes Kleid und Diamanten im Haar. »O Nicky, Nicky!« Sie drückte ihren Kopf an seine Brust und schluchzte.

Er tröstete sie mechanisch. Sie hatten nicht viel Zeit miteinander verbringen können, seitdem er von dem Wanderer zurückgekehrt war. Es hatte zuviel Arbeit für ihn gegeben, im Auftrag Ridenours in Ujanka. Sie hatte ihn so beschäftigt, daß er selbst Gelegenheiten zur Rückkehr nach Highport hatte verstreichen lassen. Persis war tapfer, intelligent und vergnüglich, und zweimal war sie zwischen ihn und die Katastrophe getreten, aber sie stand nicht dem Ende ihrer Welt gegenüber. Es konnte niemals sein, daß er und sie dieselbe Welt hatten.

Sie nahmen auf einem Diwan Platz. Er legte einen Arm um ihre Taille, in der anderen hielt er eine Zigarette. Sie blickte zu Boden. »Werde ich dich auf Terra sehen?« fragte sie lahm.

»Das weiß ich nicht«, erwiderte er. »Auf jeden Fall längere Zeit nicht, fürchte ich. Ich habe mittlerweile offiziell meine Befehle erhalten und muß zur Ausbildung auf die Akademie des Nachrichtendienstes. Commander Abrams hat mich gewarnt, daß sie die Kandidaten hart herannehmen.«

»Könntest du nicht wieder heraus? Ich bin sicher, daß ich einen Auftrag für dich erwirken könnte . . .«

»Einen hübschen, langweiligen Bürojob mit regelmäßigen Arbeitszeiten? Nein danke, ich habe nicht vor, jemandes Hauspersonal zu werden.«

Sie versteifte sich, als hätte er sie geschlagen. »Es tut mir leid«, brachte er hervor. »So habe ich es nicht gemeint. Es ist nur so, nun ja, ich habe einen Job, für den ich geeignet bin, der einem wirklichen Zweck dient. Wenn ich ihn nicht annehme, welchen Sinn hat das Leben dann noch für mich?«

»Ich könnte darauf antworten«, meinte sie leise, »aber ich vermute, du würdest es nicht verstehen.«

Er wußte nicht mehr, was er noch sagen sollte.

Ihre Lippen berührten seine Wangen. »Alles Gute«, sagte sie. »Fliege.«

»Äh . . . hast du auch keine Schwierigkeiten, Persis?«

»Nein, nein. Mark ist wirklich ein zivilisierter Mensch. Vielleicht bleiben wir auf Terra sogar noch eine Weile zusammen. Nicht, daß das noch einen Unterschied machte. Es spielt keine Rolle, wie sehr alles zensiert werden mag, einiges von meinen Abenteuern wird doch die Runde machen. Ich werde etwas Neues bedeuten, werde begehrt sein. Mach dir keine Sorgen um mich. Tänzer lernen es, auf die Füße zu fallen.«

Glücksempfinden begann, sich in Flandry zu regen, überwiegend deshalb, weil er sich nun nicht mehr um sie sorgen mußte. Er gab ihr einen Lebewohlkuß, bei dem er sehr geschickt Zärtlichkeit vortäuschte.

Tatsächlich hatte er sich so wohl gefühlt, daß das Gefühl seiner Einsamkeit mit doppelter Stärke zurückkehrte, sobald er wieder auf die Straße getreten war. Er floh zu Max Abrams.

Der Commander saß in seinem Büro und brachte ein paar Sachen zu Ende, bevor er mit demselben Transporter heimflog, auf dem auch Flandry reisen würde. Von Terra aus ging es für ihn weiter nach Dayan. Er lehnte seine massige Gestalt zurück, als Flandry hereingeplatzt kam. »Ach hallo, Held«, meinte er. »Was treibt Sie denn an?«

Der Fähnrich warf sich auf einen Stuhl. »Warum machen wir eigentlich weiter, wo ist der Sinn dabei?« rief er.

»Ho, ho. Sie brauchen einen Drink.« Abrams schnappte sich eine Flasche und füllte zwei Gläser. »Darüber würde ich mir keine Gedanken machen. Ich hatte kaum wieder einen Fuß auf Starkad gesetzt, als man mir schon sagte, daß ich weiter müßte.« Er hob sein Glas. *Shalom.*

Flandrys Hand zitterte, und er trank seinen Whisky mit einem Schluck. Er brannte auf dem Weg nach unten.

Abrams zündete sich eine Zigarre an. »Alles klar, Sohn«, meinte er. »Schießen Sie los.«

»Ich habe Hauksberg getroffen«, brachte Flandry hervor.

»Und? Ist das so schlimm?«

»Er . . . er . . . der Bastard kann frei nach Hause zurück. Nicht einen Flecken auf seiner verdammten weißen Weste. Wahrscheinlich verleiht man ihm sogar noch einen Orden. Und er schwätzt immer noch vom Frieden!«

»Langsam, langsam. Er ist keineswegs ein Schurke, er leidet nur unter einem starken Willen zu glauben. Seine politische Karriere steht in engem Zusammenhang mit der Haltung, die er einnimmt. Er kann nicht zugeben, daß er sich geirrt hat, nicht einmal sich selbst gegenüber, kann ich mir vorstellen. Es wäre nicht fair, ihn zu vernichten, vorausgesetzt, wir könnten das überhaupt. Es empfiehlt sich nicht, denn unsere Seite braucht ihn.«

»Sir?«

»Denken Sie nach. Vergessen Sie einmal die Öffentlichkeit, und denken Sie daran, was der Politische Rat zu hören bekommen wird. Als was er ihn erachten wird. Wie gut man ihn wird unter Druck setzen können, wenn er noch einen Sitz darin bekommt, was ich hoffe. Keine Erpressung, nein, so etwas nicht, besonders dann nicht, wenn die Wahrheit ja geheim bleiben soll. Aber eine zu einem strategisch bedeutsamen Zeitpunkt hochgezogene Augenbraue. Eine Erinnerung, jedesmal, wenn er den Mund öffnet, daran, wohin er uns einmal beinahe geführt hatte. Sicherlich wird er bei der Masse populär sein. Er wird Einfluß haben. Gut so. Besser er als jemand anders mit denselben Ansichten, den man aber nicht so gut im Griff behalten kann. Wenn Sie etwas Mitleid empfinden könnten, junger Mann – was in Ihrem Alter niemand kann –, würde Ihnen Lord Hauksberg leid tun.«

»Aber ... ich ... nun ...«

Hinter einer Rauchwolke runzelte Abrams die Stirn. »Auch auf lange Sicht gesehen, brauchen wir die Pazifisten als Gegengewicht gegen die Schreibtischgeneräle. Wir können den Frieden nicht schaffen, aber einen richtigen Krieg führen können wir auch nicht. Alles, was wir tun können, ist, den Kurs beizubehalten. Und der Mensch ist von Natur aus kein sonderlich geduldiges Tier.«

»Also war alles umsonst?« schrie Flandry fast. »Einfach das wenige bewahren, das wir haben?«

Der ergraute Kopf senkte sich. »Wenn der Herrgott uns das gewährt«, meinte Abrams, »läßt er Gnade vor Recht ergehen.«

»Aber Starkad ... Tod, Qualen, Zerstörung, und dann wieder nur der verrottete Status quo! Was haben wir hier eigentlich gemacht?«

Abrams zwang Flandry, ihm in die Augen zu blicken, und ließ ihn nicht mehr los. »Ich werde es Ihnen erklären. Wir mußten kommen. Die Tatsache, daß es geschehen ist, so vergeblich es auch scheinen mag, so entfernt und fremdartig und nach geht-uns-nichts-an diese armen Leute hier auch aussehen, gibt mir ein wenig Hoffnung für meine Enkelkinder. Wir haben dem Feind widerstanden, haben es abgelehnt, irgendeine Art von Aggression ungestraft zu lassen, haben die Chance ergriffen, ihn niederzuringen, als er sie uns bot. Und wir haben es ihm bewiesen, uns, dem Universum, daß wir ihm nicht das kleinste bißchen von letzterem kampflos überlassen werden. O ja, wir haben hier etwas erreicht.«

Flandry schluckte; er hatte keine Worte mehr.

»In diesem besonderen Fall«, fuhr Abrams fort, »können wir nur deswegen, weil wir überhaupt hierhergekommen sind, zwei intelligente Rassen retten und damit alles, was sie vielleicht für die Zukunft bedeuten. Es gab keine Möglichkeit, das im voraus zu wissen; aber wir waren hier, als es Zeit wurde. Nehmen Sie einmal an, es wäre anders gekommen. Nehmen Sie einmal an, wir hätten gesagt, es ginge uns nichts an, was der Feind hier treibt. Hätte er dann die Eingeborenen hier gerettet? Ich bezweifle es. Nicht, wenn er nicht einen politischen Profit daraus gewinnen kann. Er ist so beschaffen.«

Abrams wurde noch deutlicher. »Sie wissen, daß, seit Echnaton in Ägypten herrschte, wahrscheinlich auch schon früher, es immer eine Denkrichtung gegeben hat, die forderte, wir sollten die Waffen niederlegen und auf die Liebe vertrauen, und wenn die Liebe nicht funktioniert, würden wir wenigstens schuldlos sterben. Normalerweise gestehen selbst die Gegner dieser Idee einen moralischen Wert zu, aber ich sage, sie ist grundfalsch. Sie leugnet unsere Pflicht, im Leben zu *handeln.* Denn wie könnten wir handeln, wenn wir unsere Möglichkeiten dazu aufgeben würden.

Nein, Sohn, wir sind sterblich. Und das bedeutet, daß wir unwissend, dumm und sündig sind, aber das sind nur Hindernisse. Unser Stolz liegt darin, daß wir trotzdem, jetzt und immer, unser Bestes tun. Und manchmal werden wir dabei Erfolg haben. Was könnten wir mehr verlangen?«

Flandry schwieg.

Abrams kicherte und goß noch einmal ein. »Ende des Unterrichts«, er lachte. »Jetzt schauen wir uns einmal an, was Sie erwartet. Normalerweise würde ich so etwas keinem Burschen in Ihrem arroganten Alter sagen, aber da Sie ein wenig Ermunterung brauchen . . . nun, ich möchte sagen, wenn Sie einmal zuschlagen, gnade Gott dem Gegner!«

Er redete noch eine Stunde lang. Und Flandry verließ das Büro schließlich pfeifend.

ENDE
DES ERSTEN BUCHES

Höllenzirkus

Ins Deutsche übertragen
von Yoma Cap

1

Diese Geschichte erzählt von einem vergessenen Schatz, den sonderbare Ungeheuer bewachen, von einer Verfolgungsjagd durch Untiefen und Riffe, an denen ein Schiff zerschellen kann; sie berichtet von Gefangenschaft auf einem wilden fremden Planeten, von der Rivalität zweier Imperien – und, wie es sich für eine gute Geschichte gehört, darin kommen auch eine schöne Frau vor, ein Zauberer und ein paar Spione. Sie begann, wie sich Flandry später eingestand, mit einem sehr unbedeutenden Zufall.

Dieser Zufall war seine Begegnung mit Tachwyr dem Dunklen auf dem Planeten Irumclaw, 200 Lichtjahre von Sol entfernt, an den Grenzen des terranischen Imperiums. Genaugenommen war dieses Zusammentreffen gar nicht so unwahrscheinlich, da sie beide den gleichen Beruf hatten und ihnen auch die Abenteuerlust der Jugend gemeinsam war.

Dominic Flandry, Leutnant der Raumflotte Terras, war erst vor kurzem nach Irumclaw versetzt worden und hatte sich zähneknirschend in diesen vergessenen Winkel des menschlichen Einflußbereichs begeben; mit der Zeit erst begriff er, daß Irumclaw, dieses Abstellgleis des Imperiums, einiges zum Ausgleich zu bieten hatte.

Tachwyr kam mit dem merseianischen Kriegsschiff *Brythioch*, das einen Freundschaftsbesuch auf Irumclaw machte. In dieser Gegend des Raumes, einer Pufferzone, die weder von Terras Imperator noch von Merseias *Roidhun* beansprucht wurde, war ein solches friedliches Treffen möglich. Keine der beiden Regierungen hätte es einem feindlichen Kriegsschiff gestattet, tiefer in das eigene Gebiet einzudringen, doch hier an der Grenze konnte man ›Freundschaftsbesuche‹ erlauben – sie brachten Abwechslung in das monotone Leben des Stützpunkts, und man konnte immer hoffen, auf irgendwelche triviale Kleinigkeiten zu stoßen, die gesammelt eine Information lieferten, die der Gegner lieber für sich behalten hätte.

Bei dieser Gelegenheit war es jedoch Merseia, das aus der Begegnung einen Vorteil zog – zumindest anfangs.

Man tauschte die üblichen Bezeigungen der Gastfreundschaft aus. Für die Terraner lag ein eigenartiger, meist unbewußter Reiz im Zusammensein, in der Unterhaltung mit Wesen, die trotz aller beschönigenden diplomatischen Phrasen – ihre Feinde waren. Flandry jedoch war sich dieses außerprotokollarischen Vergnügens durchaus bewußt; seine Erfahrungen waren etwas umfangreicher als die des durchschnittlichen Zwanzigjährigen. Er wußte, daß man die dienstfreien Merseianer unten in der alten Stadt freigibigst mit Drinks traktierte und in gewissen Fällen noch andere Vergnügungen arrangierte, die über das Gebot bloßer Gastfreundschaft hinausgingen.

Und warum auch nicht? Die *Brythioch* war mindestens 140 Lichtjahre von ihren äußersten Heimatwelten entfernt, etwa zehn Tage Fahrt bei maximaler Hypergeschwindigkeit – aber für jedes denkende Wesen ein Abgrund, unvorstellbar und außerhalb jeder greifbaren Realität. Es würde den Leuten guttun, sich ein paar Stunden gehenzulassen, das Leben zu genießen, ob nun ihre Gastgeber Feinde waren oder nicht.

Was wir eigentlich nicht sind, dachte Flandry. *Wir sollten es wohl sein, aber die meisten von uns sind nicht wirklich feindlich eingestellt.* Er grinste. *Ich ja auch nicht.*

Er hätte gerne bei dem Spaß unten in der Altstadt mitgemacht, doch es wäre ihm auf keinen Fall möglich gewesen. Laut Protokoll hatten die Unteroffiziere des Irumclaw-Stützpunkts einen Empfang für ihre rangmäßigen Kollegen aus dem fremden Schiff zu geben. (Die höheren Offiziere taten das gleiche, natürlich in einem eigenen Gebäude. Die Merseianer, irritiert oder auch amüsiert durch diese pedantische Einhaltung der Rangordnung, richteten sich nach ihren Gastgebern. Bei ihnen wurde mehr Gewicht auf Zeremoniell und Tradition gelegt, als bei den Menschen dieser Ära üblich war.)

Einige der Besucher sprachen zwar angloterranisch, doch

hatte sich herausgestellt, daß Flandry der einzige Mensch auf dem Planeten war, der Eriau konnte. Da außerdem die Offiziersmesse keinen Anschluß an den Linguistik-Computer besaß und für eine provisorische Zuleitung keine Zeit blieb, wurde Flandry zum Empfang seiner Vorgesetzten befohlen. Wobei auf sein Dolmetschen vermutlich mehr Wert gelegt wurde als auf seine Anwesenheit, obwohl er in seiner Galauniform durchaus Ehre einlegen konnte.

Er betrat die Messehalle pünktlich zur festgesetzten Stunde, salutierte unter Commander Abdullas starrem Blick vor dem Bild des Imperators – nicht mit dem gewohnten beiläufigen Armschlenkern, sondern so zackig, daß es ihm fast das Schultergelenk ausriß. Er ging sogar so weit, die Hacken zusammenzuknallen. Da noch eine Reihe Leute vor ihm wartete, hatte er Zeit, sich umzusehen.

Der Raum sah ungewohnt kahl aus, da man die Tische bis auf einen mit Erfrischungen entfernt hatte – ebenso die Stühle, um den Brauch der Gäste zu ehren. Bilder von ehemaligem Personal, Lobesdekrete für vergangene Heldentaten, hingen an den Wänden und wirkten verstaubt und deprimierend. Eine Kine-Darstellung zeigte einen Park auf Terra, Bäume, die sich im Wind bewegten, hin und her huschende Lichtpunkte von Luftfahrzeugen, und im Hintergrund der nach dem Himmel greifende Wohnturm einer wohlhabenden Familie; dieser Anblick deprimierte Flandry nicht weniger, da er ihm bewußt machte, wie weit er von den Annehmlichkeiten der Erde entfernt war. Ihm war die Dunkelheit des echten Fensters lieber. Es stand offen, und eine warme Brise trug unirdische Gerüche herein.

Die Merseianer waren ein interessanter Anblick – sie erinnerten einen wenigstens daran, daß es außerhalb der Verlassenheit und Öde von Irumclaw noch ein Universum gab. Vierzig Fremde standen aufgereiht da und ließen das Vorstellungsritual mit der gelassenen Würde einer Kriegerrasse über sich ergehen.

Äußerlich glichen sie übergroßen Menschen – bis zu einem gewissen Grad. Die Gesichter waren gefurcht und rauh, doch die meisten konnten auch nach menschlichen Maßstäben als gutaussehend bezeichnet werden. Ihre Hände hatten vier Finger und einen Daumen, und auch Proportionen und Form der Körperteile waren weitgehend anthropoid. Ihre vorwärtsgeneigte Haltung jedoch, mit der sie einen mächtigen Schwanz ausbalancierten, hatte nichts Menschliches. Die durch Sandalen kaum verhüllten Füße waren breit, mit hautverbundenen Klauen. Ihre Haut war haarlos, sah ein wenig wie die eines Reptils aus und hatte je nach Subspezies eine andere Farbe: von dem häufigsten Hellgrün über Goldbraun bis Elfenbeinweiß gab es alle Schattierungen. Ihr Schädel wies anstelle menschlicher Ohren zwei schneckenförmige knochige Öffnungen auf. Ein Zackenkamm zog sich von ihrem Scheitel über das Rückgrat bis zum Schwanzende.

Im wesentlichen aber war ihre Anatomie durch die Uniformen verdeckt: lose Tunika, anliegende Hosen, schwarz mit silbernem Besatz und silbernen Abzeichen, die nicht nur Rang und Einheit angaben, sondern auch Familienzugehörigkeit und gesellschaftlichen Status. Die Merseianer hatten aus Höflichkeit ihre Waffen abgelegt; jedenfalls trug keiner eine Handfeuerwaffe im breiten Gürtel, doch ihre Gastgeber hatten nicht darauf bestanden, daß auch die großen Kampfmesser mit dem schlagringförmigen Griff – das Symbol des Kriegers – zurückgelassen wurde.

Es waren nicht die Unterschiede, die die beiden Rassen zu Feinden machten, überlegte Flandry, es waren die Gemeinsamkeiten. Ähnliche Mutterplaneten bedingten gleiche Interessen bei Gebietserweiterungen; beide Rassen wurden als Warmblüter von der gleichen Energie belebt; gemeinsames Erbe an Instinkten von jagenden Urahnen und die stolze Kampftradition kriegerischer Rassen – das alles ließ Menschen und Merseianer immer wieder aneinandergeraten ...

»*Afal* Ymen, darf ich Leutnant Flandry vorstellen«, dröhnte Abdulla feierlich, und der junge Mann verbeugte sich vor dem grünen Riesenkörper, dessen Eigentümer einen dem Commander vergleichbaren Rang trug, und bekam ein Nicken des schimmernden Zackenkamms zurück. Und weiter ging es in der Vorstellungsreihe. Flandry fragte sich, wann wohl diese Farce enden würde und man etwas zu trinken bekäme. Wahrscheinlich, dachte er, ist den Merseianern ähnlich zumute.

»Leutnant Flandry.«

»*Mei* Tachwyr.«

Sie blieben stehen, starrten sich mit offenem Mund an.

Flandry erholte sich als erster, wohl weil ihm peinlich bewußt wurde, daß er die Begrüßungsparade aufhielt. »Also, ah ... das ist aber eine Überraschung«, stotterte er in seiner eigenen Sprache. Dann gewann er seine Fassung zurück und grüßte formell in Eriau: »Gruß und glückliches Schicksal, Tachwyr vom Vach Rueth.«

»Und ... Gesundheit und Stärke, Dominic Flandry ... von Terra«, antwortete der Merseianer.

Ihre Augen, schwarz gegen grau, trafen noch einmal aufeinander, bevor der Terraner in der Reihe weitergehen mußte.

Nach einiger Zeit überwand er seine Erregung; es war zwar ein unerwarteter Zufall, doch maß er dieser Wiederbegegnung mit Tachwyr zunächst weiter keine Bedeutung bei. Trotzdem entledigte er sich seiner gesellschaftlichen Pflichten nur automatisch, übersetzte, ohne bei der Sache zu sein, in verschiedenen Unterhaltungen, und immer wieder irrten seine Gedanken und sein Blick zu dem Merseianer ab. Tachwyr selbst war auch zu jung, um erfolgreich verbergen zu können, daß er darauf brannte, mit Flandry zu sprechen.

Nach einigen Stunden ergab sich endlich eine Gelegenheit, als sie beide ihren Gesprächsgruppen entkommen konnten und sich am Büfett trafen. »Was darf ich Ihnen einschenken?« fragte Flandry und fügte mit einer Handbewegung des Bedauerns hinzu: »Außer dem Telloch haben wir nichts aus Ihrer Heimat.«

»Was das betrifft, so tut es mir leid, aber Sie sind, wie sagt man bei euch ... übers Ohr gehauen worden. Diese Marke ist absolut das letzte. Aber ich mag Ihren, hm, Skosksch ... oder wie das heißt.«

»Ha, das nennt man gleichen Geschmack!« Flandry füllte die Gläser.

»Ah ... Cheers«, sagte Tachwyr und hob sein Glas. Seine Kehle gab dem angloterranischen Wort einen Klang, den Menschen weder nachzuahmen noch zu bezeichnen wußten.

Flandry hatte mit der Aussprache des Merseianischen weniger Schwierigkeiten, er sprach es fast ohne Akzent. »Tor ychwei.« Mit beiden Händen hielt er dem Merseianer sein Glas entgegen, damit dieser den ersten Schluck tun konnte.

Tachwyr schüttete diesem Schluck sofort noch die Hälfte seines eigenen Glases nach. *»Arrach!«* Er legte den Kopf zur Seite und lächelte. Seine Augen jedoch sahen den Menschen unter ihrem Knochenbalken hervor forschend, abschätzend an. »Also«, begann er. »Wie sind denn Sie hierher gekommen?«

»Ich wurde herversetzt. Für ein ganzes terranisches Jahr, verdammt. Und Sie?«

»Nun, ich wurde vor einiger Zeit ebenfalls versetzt, auf die *Brythioch* . . . Sie sind jetzt im Aufklärungskorps?«

»Wie Sie.«

Tachwyr der Dunkle – seine Schuppenhaut zeigte ein tieferes Grün, als man gewöhnlich um den Wilwidh-Ozean findet – konnte einen ärgerlichen Blick nicht unterdrücken. »Ich war von Anfang an in dieser Branche, aber Sie waren doch Pilot, als Sie nach Merseia kamen.« Pause. »Oder etwa nicht?«

»Nein, das stimmt schon, aber ich habe später umgesattelt«, sagte Flandry.

»Auf Commander Abrams' Wunsch?«

Flandry nickte. »Im wesentlichen ja. Er ist übrigens jetzt Captain.«

»So hat man mir erzählt. Wir . . . nun, wir interessieren uns für ihn.«

Das glaube ich, nach der Starkad-Affäre! dachte Flandry. *Wir zwei, Max Abrams und ich, haben immerhin einen Plan vereitelt, den niemand Geringerer als Brechdan Ironrede, der Protektor des Roidhun-Großrates, ausgeheckt hatte.*

Wieviel weißt du darüber, Tachwyr? Du warst ja auf mich angesetzt, solltest mir eure Welt zeigen und mich ganz nebenbei aushorchen, als Abrams und ich mit der Hauksberg-Mission auf eurem Planeten waren. Die Wahrheit über Starkad wurde aber nie publik, das konnten sich die Beteiligten nicht leisten . . .

Aber immerhin, Tachwyr, du erinnerst dich sehr gut an uns – zumindest weißt du, daß wir Merseia irgendwie Ärger gestiftet haben. Es paßt dir nicht sehr, daß ich jetzt hier bin, und außerdem in einer unserer Abwehrabteilungen. Warum?

Wechseln wir lieber das Thema. »Sie sind doch morgen noch

da? Irumclaw hat wohl sehr viel weniger zu bieten als Merseia, aber ich möchte mich für Ihre damalige Gastfreundschaft erkenntlich zeigen.«

Tachwyr zögerte. »Danke, aber ich bin nicht frei. Ich habe schon mit einigen von uns vereinbart, die Gegend anzusehen.« Die Eriau-Redewendung deutete eine Verpflichtung an, der sich kein ehrbewußter Merseianer entziehen konnte.

Flandry überlegte, daß das recht unüblich war – sich in einer so unwichtigen Angelegenheit so fest zu binden.

Was soll's, dachte er. *Vielleicht wollen sie bloß die berühmte terranische Dekadenz einmal selber ausprobieren, und Tachwyr ist es unangenehm, wenn ich sehe, daß es unter Umständen mit der ebenso berühmten merseianischen Tugend nicht so weit her ist.* »Bleiben Sie aber immer bei Ihrer Gruppe«, warnte er. »Einige dieser Bars sind fast so gefährlich wie das Zeug, das es dort gibt.«

Tachwyr lachte – so heiser, wie es nur seiner Rasse möglich war –, machte es sich auf dem Stativ von Füßen und Schwanz bequem und begann zu erzählen. Flandry stand ihm nicht nach, und sie unterhielten sich bestens mit höchst unwahrscheinlichen Raumfahrergeschichten, bis der Terraner weggerufen wurde, um bei einer langwierigen Diskussion zwischen zwei Tech-Offizieren zu übersetzen.

2

Das war das Vorspiel gewesen. Er hatte es schon beinahe vergessen, als das eigentliche Abenteuer begann, in einer Nacht etwa acht Monate später.

Einige Zeit nach Untergang der gelbroten Sonne verließ er das Gelände des Stützpunkts und wanderte den Hügel hinunter zur Stadt. Man kümmerte sich nicht um ihn. Früher hatte einmal ein Kommandant versucht, seine Männer den mitunter tödlichen Vergnügungen der Alten Stadt fernzuhalten, hatte innerhalb des Stützpunkts ein Freizeitzentrum geschaffen, komplett mit einem ehrlich geführten Spielklub und medizinisch einwandfreien Mädchen. Die Bosse unten hatten aber gewußt, an wen man sich wenden mußte, und der Kommandant war auf einen noch gottverlasseneren Posten versetzt worden. Sein Nachfolger hatte alle Einrichtungen wieder entfernen lassen, hatte den Männern jovial mitgeteilt, was sie außerhalb ihrer Dienstzeit täten, wäre ihre eigene Angelegenheit, und seine Nebeneinkünfte waren, wie man sich erzählte, beachtlich.

Flandry spazierte höchst elegant dahin. Die Kometen auf den Schulterstücken seiner Uniform schimmerten noch so neu, daß man eigentlich etwas weniger Selbstsicherheit erwartet hätte. Seine Kappe war jedoch kühner in die Stirn gezogen, als es eine strenge Auslegung der militärischen Regeln erlaubt hätte, und sein Galarock glitzerte noch viel unmilitärischer; die schneeweißen Hosen in den handgenähten Kalbslederstiefeln und der in phosphoreszierenden Mustern durch die Dunkelheit leuchtende Mantel, der im Wind flatterte – seine ganze Erscheinung, verbunden mit seinem selbstbewußten Auftreten, ließ verstehen, warum er zwar bei seinen Kameraden beliebt und bei den Mädchen unten begehrt war, sich aber nicht des unbedingten Wohlwollens seiner Vorgesetzten erfreute.

Während er jetzt dahinschlenderte, trällerte er ein altes Lied über die Abenteuer eines schottischen Kesselflickers.

Niemand hätte vermutet, daß er heute nacht nicht auf Vergnügungen ausging.

Außerhalb des Stützpunktes ragten die noch immer eindrucksvollen Villen der Reichen und Mächtigen in die kalte Nachtluft, nun leere Schalen, verlassen wie der ganze Planet, zurückgelassen wie Strandgut von der sich immer weiter zurückziehenden Flut des Imperiums. In einigen der Gebäude hauste Gesindel, das bei Gelegenheit die Leute des Stützpunkts überfiel und ausraubte; in der Stadt unten herrschte das Verbrechen, und die Eingeborenen warfen die fremde Kultur ab, die sie einst ehrfürchtig nachgeahmt hatten.

Das Wohnviertel ging nun über in enge Gassen, gesäumt von Lagerhäusern und Werkstätten, die düster im Schatten kauerten. Flandry hielt die Hand an der Nadelstrahlpistole unter dem Mantel und ging wachsam und vorsichtig weiter. In dieser

Gegend waren Morde und Raubüberfälle an der Tagesordnung. Der Kommandant, dem die Polizei fehlte, um hier aufzuräumen – vorausgesetzt, daß er das überhaupt wollte –, hatte es bei der Warnung bewenden lassen, nicht allein durch das Viertel zu gehen.

Diese Zustände hatten Flandry, als er auf Irumclaw ankam, zutiefst empört. »Wir könnten doch selber Streifen organisieren – wenn der Alte sich darum kümmerte! Ist ihm das denn völlig gleichgültig? Was zum Teufel ist das für ein Chef?«

Er hatte sich privat bei einem Kollegen, Oberleutnant Eisenschmitt, der ebenfalls Patrouillendienst machte, über die Mißstände ausgelassen. Dieser war schon ein wenig länger auf Irumclaw und hatte nur die Schultern gezuckt. »Genau die Sorte, die ein Ort wie dieser verdient. Wir sind für die Oberbosse auf der Erde unwichtig, also kriegen wir die ganzen Versager, das korrupte Gesindel. Gute Offiziere werden anderswo zu dringend gebraucht. Wenn einer mal auf Irumclaw landet, dann ist das ein Zufall. Und er bleibt auch nicht lange.«

»Hölle und Chaos, wir sitzen doch hier an der Grenze!« Flandry zeigte zum Fenster hinaus, wo Beteigeuze blutrot unter den Sternen des Niemandslandes glühte. »Seit wann sind denn die Grenzen nicht wichtig? Da draußen – da wartet Merseia!«

»Mhm. Und unsere lieben eidechsenschwänzigen Freunde breiten sich in alle Richtungen aus, wo wir ihnen nicht den Weg versperren. Ich weiß. Aber für die Regierung des Imperiums, die nicht weiter sieht, als ihre in Wohlgerüchen begrabene Nase reicht, für die ist Irumclaw das äußerste Ende des Nirgendwo. Du kommst doch gerade von der Erde, Dom, du solltest das besser verstehen als ich. Ich nehme an, daß wir uns innerhalb einer Generation aus dem Sektor Irumclaw völlig zurückziehen.«

»Nein! Das können sie nicht tun, damit wäre unsere Flanke für mindestens sechs Parsek nach innen völlig ungedeckt ... wir könnten den Handel in dem Gebiet nicht mehr schützen, wir hätten ohne den Stützpunkt hier ja überhaupt nichts mehr zu sagen ...«

»Genau.« Eisenschmitt nickte. »Andererseits ist der Regionalhandel ohnedies nicht mehr sehr einträglich und wird es jedes

Jahr weniger. Denk doch bloß, welche Ersparnis es für das Schatzamt bedeutet, wenn der Stützpunkt aufgelassen wird. Unser Imperator, lang möge er leben, könnte sich ein Dutzend neue Paläste komplett mit Harem anschaffen!«

Flandry hatte damals die gleichgültige Einstellung seines Freundes nicht begreifen können – noch vor zu kurzer Zeit hatte er einer Kampfeinheit angehört und danach eine harte Ausbildung durchgemacht, bei der Pflichtbewußtsein und optimale Leistungen erwartet wurden. In den kommenden Monaten erkannte er nach und nach, wie die Dinge lagen, und zog resignierend seine eigenen Schlußfolgerungen.

Zu manchen Zeiten wäre ihm in seinem hilflosen Zorn ein Kampf mit Banditen willkommen gewesen. Doch niemand griff ihn an, und auch diese Nacht, auf seinem Gang in die Alte Stadt, geschah nichts.

Rund um ihn begann das Vergnügungsviertel aus dem Boden zu wachsen, zerbröckelnde Gebäude noch aus Pionierzeiten, mitunter die bienenkorbförmigen Lehmhütten der Eingeborenen, die oberflächlich für andere Lebensformen adaptiert worden waren.

Straßen und Gassen wanden sich unter den zuckenden Lichtern von Bars, Bordellen und Spiegelhäusern. Obwohl der Verkehr hauptsächlich aus Fußgängern bestand, war der Lärm ohrenbetäubend. Geklapper, Getöse, Geschrei in hundert verschiedenen Sprachen, wirre, exotische Musikfetzen, manchmal ein erstickter Schrei oder wütendes Gebrüll. Gleichermaßen überwältigend waren die Gerüche von Körpern, Abfall, Rauch, Parfüm, Rauschgiften. Menschen waren zahlenmäßig am stärksten vertreten, aber eine Menge Eingeborene und Raumfahrer, Reisende der verschiedensten Rassen, mischten sich unter sie.

Flandry blieb bei einem ganz bestimmten Freudenhaus stehen – man hatte es ihm genau beschrieben. Am Eingang lehnte ein Irumclawier, der mittels eines Vokalisators die Attraktionen des Lokals anpries. ». . . Unterhaltung! Jede Art von Getränken, Stimulantia, Narkotika, Halluzinogene – ganz nach Wunsch, Geschmack und Geldbeutel! Jede Art von Sex – die Techniken von siebzehn intelligenten Rassen, Mutationen und Bioskulp-

Variationen nicht mitgerechnet. Kommen Sie . . .!« Flandry ging hinein, streifte dabei einige der Arme des Ausrufers. Das blaue Gewebe fühlte sich kalt an in der Winterluft.

Im Vorraum war es heiß und stickig. Ein überdimensionaler Terraner in bunter Phantasiuniform sprach ihn an: »Willkommen, Sir, welche Wünsche dürfen wir Ihnen erfüllen?«, während er ihn mit steinernen schwarzen Augen musterte.

»Sie sind Lem?« gab Flandry zurück.

»Mja. Und Sie . . .?«

»Ich werde erwartet.«

»Aha. Nehmen Sie den Gravlift bis ganz rauf, in den sechsten Stock, gehen Sie dann links durch die Halle bis Zimmer 666, stellen Sie sich vor das Sucherauge, und warten Sie. Wenn die Tür aufgeht, dann gehen Sie die Treppe rauf.«

»666? Bürger Ammon hat, scheint's, Humor . . .«

»Keine Namen« – Lem ließ eine Hand auf den schweren Paralysator an seinem Gürtel fallen – »und jetzt los, mein Junge.«

Flandry gehorchte, ließ sich widerstandslos nach Waffen durchsuchen – seine Pistole wurde ihm abgenommen – und war froh, als er endlich bei der Tür Nr. 666 eingelassen wurde. Es war dies das Sado-Maso-Stockwerk.

Er kam in einen Raum, der, groß und reich ausgestattet, auf der Erde hätte sein können. Das prachtvolle Kine-Bild eines Rosengartens in der einen Wand verstärkte zunächst diesen Eindruck. Als Flandry näher hinsah, bemerkte er jedoch die Schäbigkeit der alten Möbel, die aufdringliche Billigkeit der neuen Gegenstände.

In dem Raum befand sich nur ein Mensch – Leon Ammon. Und in einem Winkel stand wie eine hagere Statue ein Söldner von Gorzunia. Auch als Flandry ihm den Rücken zuwandte, wurde er durch die staubig-moschusähnliche Ausdünstung der Kreatur daran erinnert, daß man ihn, wenn er sich nicht benahm, in alle Einzelteile zerlegen konnte.

»'n Abend«, sagte der Mann am Schreibtisch. Er war übermäßig fett, kahl und schwitzte. Seine scharlachrote Tunika war zwar vom besten Material, doch nicht sonderlich sauber. »Sie wissen ja, wer ich bin«, sagte er mit der hohen und heiseren

Stimme, die man bei dicken Menschen oft findet. »Setzen Sie sich. Zigarre? Brandy?«

Flandry nahm beides an, stellte fest, daß es von hervorragender Qualität war, und sagte das seinem Gastgeber auch.

»Wenn Sie auf meine Vorschläge eingehen, werden Sie sich viel Besseres leisten können«, gab Ammon zurück. »Sie haben doch niemandem von meiner Einladung erzählt, oder?«

»Natürlich nicht, Sir.«

»Nun, mir würde es nichts ausmachen; ist ja nichts Ungesetzliches dabei, jemand zu einem Drink und einer kleinen Plauderei einzuladen. Aber Ihnen könnte es Unannehmlichkeiten bereiten. Und nicht nur mit Ihrem Kommandanten.«

Flandry hatte den wahrscheinlich berechtigten Verdacht, daß einige der Menschen im letzten Stockwerk nicht mit ihrer Zustimmung hier waren – aber was hieß schon Zustimmung, nach einer Gehirnimprägnierung und formchirurgischer Änderung des Aussehens ... Er musterte die Spitze seiner Zigarre. »Ich kann mir nicht vorstellen, daß Sie mich nur hergebeten haben, um mir zu drohen – wenn Sie glaubten, das wäre bei mir nötig, hätten Sie sich nie an mich gewandt.«

»Stimmt. Aber Sie gefallen mir, Dominic«, sagte Ammon. »Schon lange, seit Sie in die Alte Stadt kommen, um hier Ihren Spaß zu haben. Ihre Eskapaden waren immer gut organisiert, wie ein militärisches Manöver.« Er lehnte sich zurück. »Sie sind tüchtig, nüchtern, und können den Mund halten. Ich habe Ihre Vergangenheit überprüfen lassen.«

Flandry wurde nun manches klar – Zwischenfälle, bei denen man ihm auf die eine oder andere Weise auf die Zehen gestiegen war, gewannen ein anderes Gewicht. Man hatte sehen wollen, wie er reagierte. »Da gab es wohl nicht viel zu überprüfen, möchte ich meinen. Ein frischgebackener Abwehroffizier, früherer Pilot, nach der Ausbildung auf Terra hierher versetzt zum Aufklärungsdienst – ich wüßte gerne, was Sie da interessiert.«

»Wenn man Sie zu einem Spion machen will, wozu müssen Sie da erst ein Jahr lang in dem System hier herumkutschieren? Das verstehe ich nicht.«

»Ich habe noch zu wenig Erfahrung in Erkundungsflügen, speziell zu wenig bekannten Planeten. Außerdem ist es nützlich, wenn sich unsere Patrouillenboote häufiger im Niemandsland sehen lassen – unsere merseianischen Freunde könnten etwa heimlich, still und leise einen vorgeschobenen Stützpunkt errichten oder sonstwie Unangenehmes im Schilde führen.«

Vielleicht haben sie das ohnehin schon getan.

»Diese Erklärung bekam ich schon von anderer Seite – ich sehe es als verschwendete Mühe an. Aber reden wir von Ihnen – ich weiß noch ein wenig mehr über Sie: diese Starkad-Geschichte, da hatten Sie ganz maßgeblich die Finger drin . . .«

Flandry sagte sich ziemlich erschüttert, daß die Fäulnis der Korruption schon schrecklich um sich gegriffen haben mußte, wenn einem Gangsterboß dritter Garnitur auf so einem lausigen Grenzplaneten diese Information zugänglich war.

»Also. Ihr Jahr hier ist bald um, und Sie haben trotz Ihrer Fähigkeiten so gut wie nichts gewonnen. Wenn ich Ihnen nun die Möglichkeit böte, noch ein hübsches Sümmchen zu verdienen . . .?« Ammon rieb sich die fetten Hände. »Wirklich ein nettes Andenken an Ihren Dienst hier, ein umwerfendes Andenken, möchte ich sagen.«

»Das kommt darauf an«, sagte Flandry. Wenn man seine Verhältnisse wirklich so gründlich erforscht hatte, wie es aussah, dann war es sinnlos, so zu tun, als wäre er finanziell gut gestellt und hätte nicht für seine Karriere größere Geldmittel bitter nötig – Ehrgeiz genügte heutzutage nicht mehr. Er sah Ammon ins Gesicht. »Ich habe dem Imperium den Treueid geschworen.«

»Gewiß – es würde mir auch nicht im Traum einfallen, etwas von Ihnen zu verlangen, das gegen die Interessen Seiner Majestät geht. Ich bin schließlich Bürger des Imperiums. Wenn Sie darüber absolutes Stillschweigen bewahren, werde ich Ihnen jetzt genau sagen, was ich von Ihnen will.«

»Wie ich Sie kenne, würde mir Reden kaum gut bekommen.«

Ammon kicherte. »Sie sind gescheit!« Er fügte mit abschätzendem Blick hinzu: »Und bei Ihrem guten Aussehen . . .«

»Für einen Augenblick will ich mal mit der Gescheitheit vorliebnehmen«, unterbrach Flandry, »das gute Aussehen kauf' ich mir später.« Er hatte tatsächlich schon mit dem Gedanken gespielt, sein seiner Ansicht nach zu schmales Gesicht bioformen zu lassen.

Ammon kam mit einem Seufzer wieder zum Thema. »Ich möchte, daß Sie für mich einen Planeten untersuchen. Auf Ihrem nächsten Aufklärungsflug. Sie berichten mir – und bekommen eine volle Million dafür, in kleinen Noten, oder in jeder gewünschten Form.«

Eine Million. Götter des Chaos – eine Million! Flandry mußte sehr an sich halten, um seine Aufregung nicht zu zeigen. Nun ja, genaugenommen kein Riesenvermögen – aber genug, übergenug für ein angenehmes Leben, die so wichtigen gesellschaftlichen Kontakte, eine mehr als gesunde Grundlage für seine Karriere, keine elende Knauserei mehr auf jedem Urlaub . . . Ein Teil seines Ichs registrierte mit Genugtuung, daß seine Stimme unbeteiligt blieb. »Ich muß meinen Auftrag ausführen.«

»Klar. Ich will ja gar nicht, daß Sie Ihre Befehle mißachten. Ich habe Ihnen gesagt, ich bin ein gesetzestreuer Bürger«, warf Ammon mit Überzeugung ein. »Sie brauchen nur ein wenig von der befohlenen Flugroute abweichen, das kostet Sie nicht mehr als ein paar Wochen länger . . .«

»Das kostet mich den Kopf, wenn man mir draufkommt«, sagte Flandry kühl.

Ammon nickte. »Ja. So kann ich wenigstens sicher sein, daß Sie nicht darüber reden. Und Sie können mir trauen, denn Bestechung eines Offiziers ist ein Kapitalverbrechen – insbesondere in einem Fall wie diesem, wo der Steuerbehörde etwas entgeht.«

»Warum schicken Sie nicht ein eigenes Schiff hin?«

»Ich habe keins«, antwortete Ammon offen. »Und gegen einen Zivilisten hätte ich auch keinerlei Druckmittel. Überhaupt, bei den Typen hier in der Stadt kann man sich nur auf eins verlassen: Wenn sich erst mal herumgesprochen hat, um was es hier geht, würden die mir schnellstens den Hals durchschneiden. Ich gebe zu, daß ich nicht einmal auf diesem Dreckklumpen von Planeten viel zu sagen habe – aber«, er beugte sich vor, »das wird sich ändern.«

In seinen Augen, seiner Stimme flackerte die verzehrende Gier, hochzukommen – es schüttelte Ammon förmlich. »Wenn ich erst einmal von Ihnen weiß, daß sich die Sache lohnt, dann kratze ich alles zusammen, was ich habe und borgen kann, beschaffe mir Leute und Ausrüstung. Die ersten paar Jahre werde ich über den Schwarzhandel verkaufen müssen und jeden Gewinn wieder reinstecken . . . aber später kann ich dann alles legal machen, mir eine plausible Geschichte zurechtlegen, Steuern zahlen, nach Terra übersiedeln – vielleicht ein Adelspatent kaufen, in die Politik gehen, ich weiß noch nicht – aber dann *werde* ich etwas zu sagen haben! Verstehen Sie mich?«

Viel zu gut, dachte Flandry.

Ammon trocknete sein schwitzendes Gesicht. »Sie könnten einen mächtigen Freund nicht schlecht gebrauchen, was?« sagte er.

Verbündeten bitte, dachte Flandry, *vielleicht einen Verbündeten, wenn es soweit kommt. Niemals Freund.*

»Ich könnte die Eintragungen im Logbuch so hinbiegen, daß es aussieht, als hätte mich eine Panne aufgehalten. Das Boot ist eine alte Kiste, die Maschinen werden höchst selten überprüft, da kann schon einmal ein Schaden auftreten. Schnell genug ist es wenigstens noch. Aber Sie haben mir noch immer nicht gesagt, worum es hier überhaupt geht.«

»Ich komme schon dazu.« Ammon schluckte seine Erregung hinunter. »Es ist ein vergessener Schatz, könnte man sagen. Hören Sie gut zu. Vor rund fünfhundert Jahren besaß die Polesotechnische Liga hier eine Niederlassung. Sie haben wohl davon gehört.«

Flandry, der sich ebenso wie Ammon zusammennehmen mußte, um seiner Aufregung Herr zu werden, nickte sehnsüchtig – das waren Zeiten gewesen; damals, in dieser glorreichen Ära der Menschheit, da terranische Handelsfürsten das Universum beherrschten, damals hätte er leben mögen statt jetzt, in der Abenddämmerung des Imperiums. »Ja. Die Niederlassung wurde aber doch während des Zusammenbruchs zerstört?«

»Schon, aber einige unterirdische Anlagen sind erhalten geblieben – nicht gerade in gutem Zustand, und es ist gefährlich, sich da hinunter zu wagen. Gänge stürzen ein, und allerhand Gelichter hat dort seinen Unterschlupf. Jedenfalls habe ich alles erforschen lassen, ich dachte, die Gewölbe könnten nützlich sein für . . . egal. Wir fanden einen Mikrofilmbericht, in dem die Koordinaten und die galaktische Bahn eines Planetensystems angegeben sind. Die Gesellschaft ›Marsminerale‹ betrieb auf einem der Planeten Abbau. Sie haben natürlich die Sache möglichst geheim gehalten – Sie wissen ja, zu welchen Auswüchsen der Konkurrenzkampf führte, als es mit der Liga zu Ende ging. Deshalb geriet dieses System auch völlig in Vergessenheit. Aber damals mußt dort schon etwas los gewesen sein . . .«

»Viele Schwermetalle«, warf Flandry ein.

Ammon blinzelte. »Woher wissen Sie das?«

»Nichts anderes würde den Abbau lohnen, so weit von allen Zivilisationszentren entfernt.« Flandry spürte, wie die Begeisterung in ihm hochstieg. »Ein junger Stern, metallreich, mit entsprechenden Planeten, auf einem eine Roboterbasis – es müssen Roboter gewesen sein, nicht? Ein Zentralcomputer, der mindestens Bewußtseinsniveau aufweist, der die ganzen Maschinen für den Abbau, die Verarbeitung und Verladung dirigiert, der vielleicht auch Ersatzteile für sie herstellen – und seine eigenen Fähigkeiten erweitern kann. Ein Planet mit einer hohen Konzentration giftiger Elemente ist ja für eine bemannte Basis nicht gerade das Richtige. Einfacher und billiger auf lange Sicht, wenn man gleich alles automatisiert.«

»Genau. Genau!« Ammons Kinne zitterten beim Nicken. »Eigentlich der Mond eines Planeten, der etwa die tausendfache Erdmasse besitzt, von seiner Schwere aber auf ein geringeres Volumen als Jupiter zusammengedrückt wurde. Der Mond, er heißt Wayland, hat nur etwa drei Prozent der Erdmasse, aber das halbe Oberflächenpotential! So dicht ist er!«

Mittleres spezifisches Gewicht etwa elf, rechnete Flandry. *Uran, Thorium, vielleicht sogar noch etwas Neptunium und Plutonium, – und Osmium, Platin – guter Gott, da soll man nicht gierig sein! Ein Schatz, der nur darauf wartet, gehoben zu werden.*

Er sagte mit mühsam aufrechterhaltener Gelassenheit: »Eine Million kommt mir nicht gerade üppig vor, bei diesen Aussichten.«

»Mehr als genug, für einmal Umsehen«, knurrte Ammon. »Ich habe schließlich die ganzen Risiken zu tragen, nicht Sie.

Erstens gibt's die Möglichkeit, daß Sie vielleicht doch in der Hoffnung auf eine Belohnung die ganze Geschichte Ihren Vorgesetzten erzählen. Zweitens könnte sich die Sache als Seifenblase erweisen, und ich bin um eine Million ärmer, um mehr als eine Million – ich muß einen Begleiter für Sie bezahlen, Vorräte, Ausrüstung für ihn – nein, eine Million ist noch großzügig.«

»Moment mal. Begleiter?«

Ammon grinste spöttisch. »Sollte ich Sie vielleicht allein fahren lassen? Die ideale Möglichkeit für Sie – Sie könnten Ihren Vorgesetzten dann leicht weismachen, Sie seien zufällig auf Wayland gestoßen – aber ich garantiere Ihnen, Sie würden sehr enttäuscht. Ich kenne die Bürokratie. Tausend zu eins, daß Ihre ›Entdeckung‹ zum Staatsgeheimnis erklärt und irgendwo in den Akten begraben würde. Man ist doch viel zu träge, um eine solche Chance zu nützen!«

Er lehnte sich zurück. »Wie dem auch sei, Sie werden einen Begleiter mitnehmen, als Absicherung für mich. Er gibt Ihnen die Koordinaten erst unterwegs und weicht Ihnen dann nicht von der Seite, bis Sie mir berichtet haben. Und nachher wird er als ein Zeuge, der notfalls auch unter Hypnosondierung aussagt, meine Garantie dafür sein, daß Sie sich nicht später einmal anders besinnen.«

Flandry stieß einen Rauchring aus. »Wie Sie wollen. Wird zwar eng werden, zwei in einem Komet-Boot, aber ich könnte eine Notkoje einbauen ... aber darüber können wir noch reden. Ich akzeptiere den Job – unter gewissen Bedingungen.«

»Bedingungen? Von Ihnen?« Ammon hätte die Haare aufgestellt, wenn er noch welche gehabt hätte.

Flandry schwenkte lässig die Zigarre. »Nichts Unvernünftiges, Sir. Größtenteils Vorsichtsmaßnahmen, an die Sie vielleicht schon selbst gedacht haben. Und dann der Begleiter. Nicht ›er‹ bitte. Ich habe nicht die geringste Lust, wochenlang auf engstem Raum mit irgendeinem ungewaschenen Kerl zusammenzuleben. Ich bin sicher, daß Sie ein ebenso fähiges wie attraktives weibliches Wesen dafür auftreiben können. In Ordnung? Gut.«

Er kämpfte innerlich noch immer um seine Fassung. Das

Herz schlug ihm bis zum Hals – nicht nur wegen des Geldes, der Gefahr, des Abenteuers. Er war auf einen Impuls hin hergekommen, der zweifellos gleichermaßen durch Neugier wie durch Langeweile ausgelöst worden war. Er hatte sich Ammons Vorschlag angehört – immer mit dem Gedanken, die Sache, wenn sie zu gefährlich schien, doch zu melden und schnellstens um Versetzung zu bitten. Aber jetzt wurde sein Verstand plötzlich von einer neuen Idee erfüllt, einer Vision, nebelhaft, undeutlich und gigantisch.

3

Es gab nur mehr wenige Dinge, die Djana noch erschrecken konnten. Als sich aber die Tür des Apartments hinter ihr geschlossen hatte und sie sah, was auf sie wartete, da war ihr »Nein!« fast ein unterdrückter Schrei.

»Sie brauchen keine Angst zu haben«, sagte das im Zimmer kauernde Wesen. Ein Vokalisator formte das Zischen und Pfeifen aus seinem Schnabel zu verständlichen angloterranischen Wörtern. »Es wird Ihr Schaden nicht sein.«

»Aber . . . ein Mensch hat mich angerufen!«

»Ein Strohmann. Ammon darf nicht erfahren, daß ich mit Ihnen allein zusammengetroffen bin – er läßt Sie sicher überwachen.«

Unauffällig tastete Djana hinter ihrem Rücken nach der Tür, die sich aber automatisch versperrt hatte. Sie preßte ihre große Abendtasche an sich – der kleine Paralysator darin hatte ihr schon bei früheren Gelegenheiten nützliche Dienste geleistet.

Sie raffte sich zusammen. »Hören Sie, ich mach's nicht mit Xenos –«, und fügte hastig hinzu, aus Furcht, den Fremden zu beleidigen, »ich meine, mit nichtmenschlichen Sophonten.«

»Ich vermute, daß ein entsprechender Betrag Ihre Hemmungen beseitigen würde«, sagte ihr Gegenüber. »Sie sind für Ihre Geldgier bekannt.« Das Wesen stelzte näher, ein grauer klumpiger Körper auf vier dünnen Beinen. Sein Kopf reichte Djana gerade bis zur Mitte. In einem der Tentakel hielt es den Vokalisator, den es höchst geschickt einsetzte – es brachte tatsächlich einen einschmeichelnden Tonfall zustande. »Ich will aber etwas ganz anderes von Ihnen. Und Sie brauchen sich wirklich nicht vor mir zu fürchten – ich bin Rax, nur der harmlose alte Rax, der einzige meiner Rasse auf diesem Planeten. Wissen Sie, mein Fortpflanzungsmechanismus ist so verschieden von dem menschlichen, daß ich Ihre Befürchtungen über meine Wünsche nur komisch finden kann.«

Djana entspannte sich etwas – ja, sie hatte schon von Rax gehört in den drei Jahren, die sie selbst auf Irumclaw lebte. Er (es?) war, wenn sie sich recht erinnerte, Drogenhändler, mehr oder weniger auf der illegalen Seite, von . . . wie hieß doch sein Heimatplanet? Egal, man konnte den Namen ohnehin nicht aussprechen. Vermutlich hatte Rax seinen Planeten aus ›Gesundheitsgründen‹ eilends verlassen müssen, und war – wie so viele andere – auf dieser so angenehm toleranten Welt gestrandet.

Schließlich, wer konnte schon die Namen aller Rassen kennen, mit denen die Menschheit zusammengetroffen war; das Imperium erstreckte sich immerhin über ein Kugelvolumen mit einem Radius von rund 200 Lichtjahren, in dem es etwa vier Millionen Sonnen gab – und sehr viele von ihnen besaßen Planeten.

Djanas Blick streifte über den Raum. Die Einrichtung war entsetzlich geschmacklos, aber für menschliche Bedürfnisse gedacht. Der Anrufer von vorhin wohnte wahrscheinlich hier. Jetzt war jedoch, das spürte sie, außer ihr und Rax niemand in der Wohnung. Die Stille bedrückte sie. Entfernt drangen Geräusche von der Straße herauf, und die wenigen Lichter draußen konnten sich nicht gegen die Dunkelheit vor dem Fenster behaupten. Ihr wurde plötzlich der Geruch ihres eigenen Parfüms bewußt. *Verdammt zu süßlich*, dachte sie.

»Aber setzen Sie sich doch.« Rax schwankte unbeholfen noch etwas näher – offenbar besaß sein Heimatplanet eine bedeutend geringere Schwerkraft als Irumclaw mit seinen 0,96 g.

Djana holte tief Luft, warf ihr Haar zurück und bemühte sich um eine forsche Miene. »Hören Sie mal, ich muß mir meinen Lebensunterhalt verdienen.«

»Schon gut.« Rax fischte mit seinem linken unteren Tentakel in einen Beutel und hielt ihr eine Geldnote hin. »Bitte – das ist, soviel ich weiß, das Doppelte Ihres üblichen Stundenhonorars. Sie brauchen mir dafür nur zuzuhören, und Sie können sehr viel mehr bekommen, wenn Sie mir gut zuhören.«

»Von mir aus ...« Sie schob das Geld in ihre Tasche, ließ sich in einen Sessel fallen und steckte sich eine Zigarette an, inhalierte den Rauch mit einem tiefen Zug. Die Verkrampfung in ihrem Innern (Angst vor Ammon, wie sie sich eingestand, denn offensichtlich sollte sie ihn irgendwie hintergehen ...) machte Neugier und Aufregung Platz: Vielleicht brachte ihr diese Sache endlich einmal *wirklich* etwas ein – genügend Credits, um dieses schreckliche Leben endgültig hinter sich lassen zu können?

Rax beobachtete sie. Sein Gesichtsausdruck sagte ihr nichts, denn wie sollte sie die Mienen dieses schnabelbewehrten Gallertklumpens deuten? Am ehesten war er noch mit einem Kraken aus Terras Meeren zu vergleichen.

»Zunächst will ich Ihnen sagen, was meine ... Auftraggeber wissen«, erklang es aus dem Vokalisator, während hinter dem Übertragungsgerät die fremde Sprache summte und zischte. »Ein hier stationierter Leutnant des Patrouillendienstes, Dominic Flandry, wurde mehrmals bei geheimen Zusammenkünften mit Leon Ammon beobachtet.«

Warum interessiert das bloß jemanden so besonders, überlegte Djana verwundert, konzentrierte sich aber sofort wieder auf die Worte ihres Gegenübers.

»Uns wurde bekannt, daß Ammons Leute bei Ausgrabungen in der Umgebung der Alten Stadt auf etwas Interessantes gestoßen sind – etwas, das nur ihm und einigen Vertrauten bekannt ist, denn wir vermuten, daß er andere, die damit zu tun hatten, für eine Erinnerungslöschung bezahlte. Nur einer scheint sich der Amnesiebehandlung widersetzt zu haben – seine Leiche wurde in Mutter Chickenfoots Gasse gefunden. In der Folge kamen auch Sie mit Ammon und später mit Flandry zusammen.«

»Na und«, sagte Djana, »dafür gibt's wohl eine naheliegende Erklärung!«

»Das nehmen wir Ihnen nicht ab – zudem Flandry Sie sich

schwerlich leisten kann, bei seinem Sold. Wir wissen außerdem, daß Ammon heimlich Vorräte und Ausrüstungsgegenstände besorgt hat und von einem Frachtschiffer höchst zweifelhaften Rufs auf den äußersten Planeten dieses Systems schaffen ließ – in ein Versteck, das durch ein Radarsignal gekennzeichnet ist, das automatisch von einem nahe genug vorbeikommenden Schiff ausgelöst wird. Es ist klar, was er damit bezweckt.«

Djana begriff nun, warum Kapitän Orsini sie nach seiner Rückkehr aufgesucht hatte – und ganz ungewöhnlich großzügig gewesen war. Rax' Auftraggeber hatte ihn bestochen.

Sie atmete tief ein. »Ich weiß nicht, worauf Sie hinauswollen.« Der Rauch der Zigarette brannte ihr in den Augen.

»O doch«, kam es zurück. »Flandry ist Patrouillenflieger. Ammon bezahlt ihn höchstwahrscheinlich dafür, auf seinem nächsten Dienstflug einen Extraauftrag zu erfüllen. Da die auf Planet Acht versteckte Ladung Ausrüstungsgegenstände wie Düsenschlitten aufweist, soll Flandry für Ammon offensichtlich einen Planeten draußen im Niemandsland begutachten. Ebenso offensichtlich ist demnach, daß Ammons Entdeckung wahrscheinlich sehr wertvoll ist. Sie werden als sein Beobachter mitgeschickt – auch offensichtlich, wenn man Flandrys Neigungen kennt. Natürlich mußten Sie beide sich kennenlernen, um sicherzugehen, daß sie es wochenlang in dem engen Boot miteinander aushalten würden.

Orsini bringt Sie nach Acht, Flandry landet heimlich dort, nimmt Sie und die Vorräte an Bord – und nachher machen Sie das Ganze in umgekehrter Reihenfolge und treffen sich bei Ammon zur Berichterstattung.«

Djana schwieg.

»Sie verraten nichts, wenn Sie das bestätigen«, stellte Rax fest. »Das sind längst keine Vermutungen mehr, wir *wissen* es. Aber wo ist der vergessene Planet? Und worin besteht sein Geheimnis?«

»Für wen arbeiten Sie?« flüsterte Djana.

»Das braucht Sie nicht zu interessieren.« Rax sagte es ohne jede Schärfe, aber Djana verstand. Neugier in dieser Richtung war ungesund.

»Sie schulden Ammon nichts«, drängte Rax. »Im Gegenteil – da Sie unabhängig arbeiten und damit den professionellen Häusern Konkurrenz machen, müssen Sie für seinen ›Schutz‹ bezahlen.«

Djana seufzte. »Er oder ein anderer – was macht das schon aus?«

Rax holte ein Paket Geldscheine hervor und ließ sie knistern. Es mußten – Djana schnappte nach Luft – etwa zehntausend Credits sein! »Das wäre für die Beantwortung meiner Fragen«, sagte er. »Und wahrscheinlich nur ein Anfang, wenn Sie vernünftig sind.«

Sie überlegte fieberhaft. *Wenn die Sache zu gefährlich aussieht, könnte ich immer noch zu Leon gehen, ihm weismachen, daß ich nur zum Schein mitgemacht habe – aber wenn die da erfahren, daß ich geredet habe – ich müßte schleunigst verschwinden. Nein,* dachte sie zornig, *diesmal werde ich nicht wieder davonrennen müssen!*

Vorsichtig begann sie: »Man hat mir nur sehr wenig gesagt; verstehen Sie, ich werde auch kaum mehr erfahren, bis zum letzten Augenblick jedenfalls. Ihre Überlegungen stimmen, aber weiter weiß ich auch nichts.«

»Hat Ihnen denn Flandry nichts erzählt?«

Sie entschied sich. »Also gut. Er hat. Geben Sie mir das Geld.«

Nachdem sie das Paket Scheine in ihrer Tasche verstaut hatte, berichtete sie, was ihr der Pilot verraten hatte – sein Mißtrauen ihr gegenüber war in ihren Armen recht schnell dahingeschmolzen (sonderbar, auch sie selbst hatten diese zwei kurzen Nächte tiefer berührt; aber es war besser, nicht zuviel daran zu denken). »Er kennt aber die Koordinaten noch nicht«, schloß sie. »Nicht einmal den Typ der Sonne – bis auf das mit den Metallen. Aber das System kann nicht weit abseits seiner Flugroute liegen. Er sagt, das läßt immer noch Tausende von Möglichkeiten offen.«

»Oder mehr . . .« Rax vergaß, den Tonfall zu regulieren. War der Singsang, der jetzt aus dem Gerät kam, das Äquivalent eines ehrfürchtigen Flüsterns? »So unvorstellbar viele Sterne . . . hundert Milliarden allein in diesem winzigen Staubkorn von

Galaxie ... und wir hier am Rande, in einem Spiralast, wo die Sterne weniger werden, wo das Nichts beginnt ... was wissen wir schon?«

Seine Stimme wurde wieder kühl und geschäftsmäßig. »Diese Sache könnte sich für uns lohnen. Wir würden Sie für einen Bericht gut bezahlen. Unter gewissen Umständen – eine Million.«

Soviel wie Nicky bekommen soll. Und Leon zahlt mir lausige Hunderttausend. Djana schüttelte den Kopf: »Ich werde sicher noch länger beobachtet, Rax, wenn Wayland sich wirklich als wertvoll herausstellt. Und wenn man mich umbringt, nützt mir auch ein Vermögen nichts.« Mit plötzlichem Schaudern dachte sie an eine noch schlimmere Möglichkeit. »Oder sie ... sie könnten mich einer Gehirnimprägnierung unterziehen und – nein!« Aber eine Million, dachte sie wild, davon könnte man leben, und endlich glücklich und frei sein!

»Nur keine Panik – wir würden selbstverständlich Ihr Verschwinden organisieren.«

»Heißt das, wir würden ... das Boot würde nicht mehr zurückkommen?«

»Richtig. Natürlich wird die Flotte eine Suche veranstalten – ohne Resultat. Ammon wird nicht so bald einen anderen Patrouillenflieger finden, und in der Zwischenzeit kann man ihn von der Sache abbringen oder beseitigen. Sie würden wir auf einen entsprechend weit entfernten Planeten bringen, nach Terra, wenn Sie wollen.«

Djanas Zigarette begann ihr die Finger zu verbrennen. Sie drückte sie aus und zündete sich eine neue an. »Und was wird mit ihm?«

»Leutnant Flandry? Ihm braucht weiter nichts zu geschehen, wenn die Angelegenheit richtig durchgeführt wird – bei den Summen, um die es hier geht, kann man hochqualifizierte Leute und die entsprechenden Geräte bekommen, so daß man eine bestimmte Zeitspanne in seinen Erinnerungen löschen könnte, ohne seine Persönlichkeit zu gefährden. Er kann dann irgendwo abgesetzt werden, wo er bald gefunden wird. Seine Vorgesetzten werden annehmen, daß er von den Merseianern gefangengenommen und mit einer Hypnosonde verhört wurde.« Rax schaukelte vorwärts. »Ich will unser Angebot präzisieren: Wenn Wayland wertlos ist, dann berichten Sie Ammon wie vereinbart, und später erzählen Sie mir alle Einzelheiten. Insbesondere sind wir daran interessiert, soviel wie möglich über Flandry selbst zu erfahren – ob er zum Beispiel jetzt noch andere Ziele im Auge hat, als nur sein Bestechungsgeld zu verdienen? Ein käuflicher Flottenoffizier könnte für meine Auftraggeber auch anderweitig nützlich sein. In diesem Fall bekommen Sie einhunderttausend Credits, da keine besondere Gefahr oder Mühe damit verbunden ist.«

Zusätzlich zu dem, was ich schon in der Tasche habe, dachte sie triumphierend, *und dem, was Leon zahlt!*

»Und wenn der Mond wertvoll ist?« murmelte sie.

»Dann müssen Sie sich des Bootes bemächtigen. Das sollte nicht allzu schwierig sein, da Flandry nichts ahnt. Außerdem werden wir dafür sorgen, daß die Düsenschlitten, die in der Ausrüstung auf Acht enthalten sind, verschwinden. Das Versteck ist nicht bewacht.«

Djana runzelte die Stirn. »Wozu denn das? Wie kann er den Mond überprüfen, wenn er nicht in der Gegend herumfliegen kann?«

»Um das, was er wissen will, festzustellen, ist so weitgehende Beweglichkeit nicht erforderlich – und er hat dann eine Möglichkeit weniger, Ihnen Schwierigkeiten zu machen oder zu entwischen. Wir wollen nicht, daß Sie gefährdet werden.«

»Wie rücksichtsvoll«, grinste Djana.

»Wenn Sie Flandry gefangengesetzt haben, werden Sie das Boot in ein Raumvolumen bringen, dessen Koordinaten Sie noch erfahren«, endete Rax. »Damit gelangen Sie in den Sensorenbereich eines unserer Schiffe, das dann Kontakt herstellt und Sie an Bord nimmt. Ihre Belohnung in diesem Fall beträgt eine Million Credits.«

»Hm ...« *Du mußt jede Möglichkeit in Betracht ziehen – vergiß nur eine, und du sitzt in der Falle.* Djana dachte mit einem Schauder daran, wie gefährlich es war, sich einflußreichen Persönlichkeiten zu widersetzen. Sie versuchte auszuweichen. »Warum verfolgen Sie nicht einfach das Patrouillenboot?«

»Ein eingeschalteter Hyperantrieb verursacht Schwingungen des Raumes, die augenblicklich in einem Umkreis von etwa einem Lichtjahr festgestellt werden können«, erklärte Rax geduldig. »Aus diesem Grunde sind über größere Entfernungen nur materielle Kommunikationsmittel wie Kurierraketen brauchbar. Wenn unser Schiff Flandrys Boot entdecken kann, dann ist ihm das genauso möglich, und er würde Gegenmaßnahmen treffen.«

»Ich verstehe.« Djana saß da und tastete sich zu einem Entschluß durch. Schließlich sah sie auf und sagte: »Bei Gott, es *ist* eine Versuchung für mich. Aber, um ehrlich zu sein, ich habe zuviel Angst. Ich weiß genau, daß ich auf Schritt und Tritt beobachtet werde, seit ich mich mit Leon geeinigt habe, und was ist, wenn er sich's in den Kopf setzt, mich in einem Narkoquiz zu überprüfen?«

»Auch daran haben wir gedacht.« Rax streckte ein Tentakel vor. »Hinter der Tür dort befindet sich eine Hypnosonde mit Amnesiezusatzgeräten. Ich kann sehr gut damit umgehen. Wenn Sie uns für die erwähnte Belohnung helfen wollen, dann gebe ich Ihnen die Rendezvous-Koordinaten und Sie lernen sie auswendig. Danach werde ich jede Erinnerung an diese Nacht aus Ihrem Bewußtsein löschen.«

»Was!« Sie sank zusammen, die Zigarette entfiel ihr. Schrecken preßte ihr wie eine Hand die Kehle zusammen.

»Sie brauchen keine Angst zu haben«, sagte Rax. »Das hat nichts mit der Beseitigung des freien Willens zu tun. Es werden keine Zwangshandlungen einprogrammiert – es sei denn, Sie sehen eine posthypnotische Anweisung als solche an: Sie werden nur den Wunsch haben, Flandry auszuhorchen und zu lernen, wie man mit dem Boot umgeht. Morgen werden Sie etwas verwirrt aufwachen und sich nicht mehr erinnern können, was hier geschah, nachdem Sie hereinkamen. Eine Suggestiverinnerung wird Sie auf den Gedanken bringen, daß Sie unter Drogeneinfluß standen, und das Geld in Ihrer Tasche wird der beste Beweis dafür sein, daß es eine einträglich verbrachte Nacht war.«

»Aber ... aber das ist nicht gut möglich – ich weiß doch, daß ich nie stärkere Drogen nehme ...«

»Nun, vielleicht hat Ihnen Ihr Kunde etwas in einen Drink geschüttet. Aber weiter: Ihre Erinnerungen sind aus dem Bewußtsein gelöscht – kein bloßes Narkoquiz könnte sie zutage bringen – und nur zwei bestimmte Situationen können sie wieder aus dem Unterbewußtsein holen: entweder, wenn Flandry Ammon berichtet, daß Wayland wertlos ist. Oder, wenn er Ihnen noch auf Wayland sagt, der Mond sei wertvoll. In beiden Fällen kehrt die volle Erinnerung ins Bewußtsein zurück, und Sie können entsprechend handeln.«

Djana schüttelte entsetzt den Kopf. »Nein. Nein, bitte nicht! Ich hab' Leute gesehen, denen mit einer Gehirnimprägnierung der Wille genommen, die Persönlichkeit ausgebrannt wurde . . . nein!« keuchte sie. »Nein – ich kann einfach nicht!«

»Sie denken an Sklavenkonditionierung, aber das würde Sie viel zu eingleisig werden lassen. Und es würde auch länger als die eine Stunde dauern, die ich hierbleiben kann. Es geht hier doch nur um eine freiwillige Vereinbarung, die eben sicherheitshalber eine harmlose Amnesie mit situationsbedingter Aufhebung einschließt.«

Djana stand auf – irgendwie schienen sie ihre Beine nicht richtig tragen zu wollen. »Sie . . . Sie könnten einen Fehler machen. Nein, ich gehe. Lassen Sie mich raus.« Sie griff in ihre Tasche.

Es war zu spät. Sie sah in die Mündung einer Schockschleuder. »Du wirst nicht gehen. Du wirst tun, was ich dir sage.« Rax bemühte sich nicht mehr, einen beruhigenden Tonfall zustande zu bringen. »Wenn nicht, dann stirbst du. Jetzt. Ist es da nicht vernünftiger, ein Risiko einzugehen und vielleicht eine Million zu gewinnen? Damit kannst du dich von diesem Leben freikaufen.«

4

Das nächste Stadium des Abenteuers, und mit ihm die Gefahr, begann einen Monat später.

Die Sonne, die die Menschen einmal Mimir getauft hatten, brannte mit der vierfachen Helligkeit von Sol; in der Entfernung von fünf astronomischen Einheiten war sie indessen nur ein kleiner blauweißer Fleck, aber immer noch zu hell für das ungeschützte Auge. Nur mehr vier Millionen Kilometer vom Patrouillenboot entfernt schwamm der Riesenplanet Regin im Licht seiner Sonne. Wolken in der ungeheuer dichten Atmosphäre warfen blendend die Strahlung zurück, und selbst seine Nachtseite zeigte noch einen aschgrauen Schimmer – teilweise von dem Licht, das ein gutes Dutzend Monde reflektierte.

Einer dieser Monde war Wayland. Obwohl er nicht größer als Luna war, beherrschte er jetzt den vorderen Bildschirm: Das Boot stieß aus der Umlaufbahn direkt auf ihn hinunter. Eine sehr dünne Luftschicht verwischte kaum die Konturen der scharfen Felszacken, Eisfelder und Krater.

Flandrys Hände huschten über das Instrumentenbord. Das Boot, ein veralteter Typ der Kometklasse, war technisch nur dürftig ausgerüstet. Da es nur einen sehr primitiven Navigationscomputer besaß, mußte die Landung vom Piloten durchgeführt werden – was Flandry nichts ausmachte. Die nötigen Daten hatte er schon während des freien Falles um den Mond gewonnen und brauchte jetzt nur den Gravantrieb entsprechend regulieren. Es war für ihn ein Tanz mit dem Boot als Partner, ein Tanz nach der Melodie der kosmischen Kräfte; und tatsächlich pfiff er einen Walzer vor sich hin.

Und doch verspürte er eine ungewohnte Spannung. Djana, neben ihm auf der zweiten Andruckliege festgeschnallt, bemerkte mit einem nervösen Unterton in der Stimme: »Du landest ja gar nicht beim Zentrum!«

Er warf ihr einen Blick zu. »Na klar«, sagte er.

»Was? Warum?«

»Das ist doch offensichtlich. Es wäre schön unvorsichtig, Hals über Kopf gleich beim Zentralcomputer zu landen – hier geht etwas verdammt Sonderbares vor, und solange ich nicht weiß, was los ist, werde ich mich lieber langsam und vorsichtig hinunterschleichen.« Er lachte. »Obwohl ich in der Zeit was Besseres anzufangen wüßte.«

Ihr Gesicht verhärtete sich. »Laß die blöden Witze jetzt – und versuch keine Extratouren!«

Er wandte seine Aufmerksamkeit wieder den Instrumenten

zu und fuhr beiläufig fort: »Ich bin wirklich überrascht, daß so ein ausgekochter, wenn auch reizender Typ wie du es nicht als selbstverständlich ansieht, daß man zuerst die Lage peilt. Wir werden in dem Krater dort landen. Der Boden sollte fest sein – aber wir werden natürlich sondieren, bevor wir die Maschinen abschalten. Mit ein bißchen Glück halten uns diese komischen fliegenden Dinger, die wir vorhin entdeckt haben, einfach für einen Meteorit. Dann werde ich sehr vorsichtig einen kleinen Erkundungsgang machen, während du hier bleibst. Wenn alles gut geht, können wir uns dann weiter vortasten. Und was das betrifft, so wünsche ich dem Schweinehund, der Sauerstoffflaschen in die Behälter der Düsenschlitten gepackt hat, ein speziell widerwärtiges Schicksal!«

Er hatte das leider erst entdeckt, als sie schon in der Nähe von Regin waren und die Landungsausrüstung zusammenstellten. Das Patrouillenboot selbst besaß keinerlei Individualtransport-Einheiten – auf einem normalen Erkundungsflug brauchte man so etwas nicht, Landungen standen kaum auf dem Programm, und wenn man in Schwierigkeiten kam, konnte einem auch ein Einmann-Düsenschlitten nicht die Haut retten.

Ich hätte das ganze Zeug schon auf ›Acht‹ überprüfen sollen. Möchte nicht wissen, was Abrams zu so einer Unterlassungssünde zu sagen hätte! Aber auch in dem Job lernt man, scheint's, erst aus Fehlern . . .

Er hatte nach dieser Entdeckung, die er mit Bemerkungen kommentierte, die sogar Djana erröten ließen, ernstlich erwogen, die ganze Sache abzublasen. Aber es würde keine zweite Chance geben. Er konnte schwerlich vorgeben, zweimal hintereinander durch eine technische Panne aufgehalten worden zu sein. Und was konnte ihnen schon auf diesem unbelebten Felsbrocken zustoßen?

Was allerdings das unbelebt betraf, so begann er einige Zweifel zu hegen. Diese sonderbaren Flugwesen, die sie aus der Umlaufbahn beobachtet hatten, waren – obwohl sie ihn beunruhigten – der eigentliche Anstoß für seinen Entschluß, doch zu landen. Oder war es eher die Tatsache, daß er sich schämte, seine Besorgnis einer Frau gegenüber zuzugeben?

Welche geheimnisvollen Gefahren hielt wohl die Welt, auf die sie hinunterglitten, für sie bereit? Von den Zentralgebäuden ausgehend waren über Hunderte Quadratkilometer kreuz und quer unerklärliche Linien gezogen, und anstelle von Bergbaumaschinen tummelten sich unvorstellbare Dinge über die Ebene. Wirklich beunruhigend. Was war geschehen, während der Computer Jahrhunderte hindurch auf die Wiederkehr der Menschen gewartet hatte? Unter normalen Umständen hätte Flandry einfach Verstärkung angefordert, was aber jetzt wohl nicht ratsam war.

Er spürte, daß Djana Angst hatte, Trost suchte. Irgendwie hatte er Mitleid mit ihr, obwohl er genau wußte, daß sie etwa so schutzbedürftig, sanft und liebevoll wie ein Kryogenbohrer war. Aber sie war unbezweifelbar schön und anziehend – und für Flandry wog das alle sonstigen Mängel auf. Djanas Aussehen – schlank und grazil, ein feingeschnittenes Gesicht, große, graue Augen, honigfarbenes Haar – und ihre speziellen Talente (die Höchstpreise wert waren) hatten es Flandry gewissermaßen angetan. Er hatte sich die Unvorsichtigkeit geleistet, sich ein wenig in Djana zu verlieben.

Er streckte die Hand aus, wollte sie beruhigen, aber das immer stärker werdende Heulen, das durch den Bootsrumpf drang, das rüttelnde Bocken des ganzen Schiffs zeigten ihm, daß sie jetzt in die dünne Atmosphäre des Mondes eintraten.

»Jake – mein gutes Stück, jetzt geht's aufs Ganze!«

»Warum nennst du das Boot immer *Jake*?« fragte seine Begleiterin, der offenbar eine Ablenkung willkommen war – die scharf aufragenden Felszacken, auf die sie hinunterzustürzen schienen, waren nicht eben beruhigend.

»*Giacobini-Zinner* ist ein bißchen umständlich«, antwortete er, »und die Codebuchstaben sind leider für einen Spitznamen nicht brauchbar.« *Ich frage dich ja auch nicht, welchen Namen du als Kind hattest – der Gedanke an eine, hm, Hermintrud Bugglethwaite oder dergleichen, die sich sowohl einen neuen Namen als auch eine totale Bioskulp-Behandlung geleistet hat, dreht mir den Magen um . . .* »Bitte, still jetzt, ich muß aufpassen. Dünne Luft kann hohe Windgeschwindigkeiten bedeuten.«

Der Antrieb röhrte auf. Die Pseudogravanlage konnte das

Schlingern des Decks unter ihnen nicht ganz kompensieren. Flandry war mit Händen und Füßen beschäftigt, das Boot glatt durch die turbulente Atmosphäre hinunterzubringen – etwas, das er schon oft, auch unter schwierigeren Bedingungen, zustande gebracht hatte. Die Landung würde ohne Pannen vor sich gehen.

Plötzlich waren die Flieger da.

Flandry wurde nur Sekunden vorher gewarnt – Djana schrie auf, als die Flugwesen aus einem grauen Wolkenschleier herausstießen. Sie glänzten metallisch im Licht der Riesensichel Regins, ihre breiten metallenen Schwingen trugen stabförmige Körper, krallen- und schnabelbewehrt. Sie waren viel kleiner als das Raumschiff, aber sie kamen in Scharen.

Und griffen an. Mehrere Dutzend stürzten sich auf das Boot, kratzten und hackten auf seinen Rumpf ein. So leicht und schwach ein Kometboot auch verglichen mit einem richtigen Raumschiff war, direkten Schaden anrichten konnten die Angreifer nicht.

Der wiederholte Anprall der kreisenden, zustoßenden Flieger schüttelte aber das Boot gehörig durch. Und sie verdeckten die Sicht – nicht nur auf dem optischen Schirm, schlimmer: Radar, Echolot, sämtliche Sensoren des Schiffes wurden durch die Metallkörper geblendet. Flandry stellte plötzlich fest, daß er blind flog, auf die Instrumente war kein Verlaß mehr. Der Wind stieß das Boot hin und her.

Flandry ließ die kleine Energiekanone in der Bootsnase Feuer spucken. Ein Metallvogel zerspritzte in Rauch und Splitter. Ein weiterer, dem der Strahl die Flügel abgeschmolzen hatte, stürzte in immer enger werdenden Kreisen hinunter. Aber es waren noch zu viele übrig, und sie reagierten zu rasch. »Wir müssen da raus!« schrie Flandry und rammte den Beschleunigungshebel bis zum Anschlag durch.

Der Stoß riß ihn fast aus den Gurten. Metall kreischte. Die Bildschirme zeigten wirbelndes Chaos. Einen Sekundenbruchteil lang konnte er sehen, was passiert war: Sie waren in der turbulenten Atmosphäre ohne Sicht schon viel weiter unten, als er geahnt hatte. Durch den Beschleunigungsstoß hatten sie eine Bergspitze angekratzt.

Aber es blieb ihm gar keine Zeit, vor Angst zu schwitzen. Zwei Schubkegel arbeiteten noch, damit mußte er das Boot hinunterbringen. *Es mußte genügen!* Er ignorierte die Metallvögel, für eine Flucht brachte er ohnehin nicht mehr genug Schub zustande, und raffte sein ganzes Können zusammen, um das Boot wieder unter Kontrolle zu bringen. Wenn er – falls er – das Boot aufrecht halten konnte, es auf dem Kraftfeld reitend langsam hinuntergleiten ließ, dann würde er wenigstens nach unten freie Sicht haben und eine visuelle Landung versuchen können.

Das Heulen ebbte zu einem Pfeifen ab; Metallschnäbel hackten am Rumpf, die Maschine stotterte. Flandry wurde plötzlich bewußt, daß Djana sprach. Er warf ihr einen raschen, erstaunten Blick zu. Sie saß in sich zusammengesunken, die Handflächen aneinandergelegt, die Augen geschlossen und murmelte uralte Worte: »Vater unser, der du bist im Himmel . . .«

Und er hatte sich eingebildet, sie zu kennen!

Der Aufprall der Landung ließ ihnen die Zähne zusammenschlagen. Altersschwache Teile im Schiff kreischten auf und klapperten zu Boden. Sie waren gelandet . . .

Hastig beugte sich Flandry über die Instrumente der Energiekanone und ließ den blauen Strahl in rascher Schußfolge in die über ihnen kreisenden Angreifer zischen. Eines der Flugwesen kippte seitlich ab und stürzte hinter den Wall des Kraters, in dem sie gelandet waren. Andere schienen stark beschädigt zu sein, jedenfalls zogen sie sich zurück, und in ein paar Minuten war keiner mehr zu sehen.

Oder? Hoch oben, außer Schußweite, schwebte ein glänzender Punkt. Flandry stellte den Sucher ein und schaltete auf Vergrößerung. »Ja, ja«, nickte er, »einer dieser metallenen Aasgeier hält Wache.«

Djana ließ einen Jammerton hören.

»Verdammt, nimm dich zusammen – wir haben schon genug Schwierigkeiten«, schnappte er. Schon während er sich losschnallte, hatte er die Instrumente besorgt gemustert. Sie hatten wohl etwas Luft verloren – der Rumpf mußte einige Risse abbekommen haben, klein genug, daß die automatische Abdichtung damit fertig geworden war. Weniger gefiel ihm, daß das innere Schwerefeld des Bootes zusammengebrochen war; seine leichten mühelosen Bewegungen in Waylands halbem weckten keinerlei Begeisterung in ihm. Und das schönste war, daß der Reaktor den Geist aufgegeben hatte: sämtliche Energie für Licht, Wärme, Luft- und Wasserkreislauf kam aus den Akkumulatoren.

»Halt die Augen offen«, sagte er zu Djana, »und wenn dir irgend etwas nicht geheuer vorkommt, dann darfst du aus vollem Hals losbrüllen.«

Er ging nach hinten, durch das Chaos in der Pantry, durch das weniger in Mitleidenschaft gezogene Instrumentenabteil, zum Maschinenraum. Nach einer Stunde hatte er sich überzeugt, daß seine schlimmsten Befürchtungen nicht eingetroffen waren. *Jake* konnte wieder raumtüchtig gemacht werden, und es würde nicht einmal lange dauern – allerdings: nicht ohne ein Reparaturdock.

»Das ist vielleicht ein Lichtblick«, murmelte er und kehrte in die Steuerkanzel zurück. Dort war Djana inzwischen nicht müßig gewesen. Sämtliche Handwaffen, die sich an Bord befanden, lagen hinter ihr auf der Andruckliege – der Standardstrahler und die Nadelpistole, selbst sein merseianisches Kampfmesser, alles bis auf Djanas eigenen Paralysator, den sie an der Hüfte trug, eine nicht ganz ruhige Hand auf dem zierlichen Perlplastgriff.

»Also, was zum Kuckuck ist in dich gefahren?« fragte Flandry empört und ging auf sie zu.

»Bleib stehen.« Ihre Stimme war ausdruckslos. Sie hatte die Waffe gezogen und zielte auf ihn. Er blieb stehen.

»Was ist los? Du scheinst mich auf einmal gar nicht mehr zu mögen, hm?«

Djana, noch immer blaß, hielt nichtsdestoweniger die Waffe sehr ruhig auf ihn gerichtet. »Ich möchte bloß sichergehen, daß nicht etwas schiefgeht – mit meinen Plänen. Das hat nichts damit zu tun, ob ich dich mag oder nicht, Nicky«, fügte sie ernsthaft hinzu. »Ich hab' sehr früh gelernt, daß man diese Dinge auseinanderhalten muß. Was fehlt dem Boot?«

Er sagte es ihr.

Sie nickte. Bernsteinfarbene Haarsträhnen streiften sanft

über hohe Backenknochen. »Das dachte ich mir, mehr oder weniger. Was willst du tun?«

Flandry änderte vorsichtig seine Stellung, kratzte sich am Hals. »Das ist die Frage. Wir können nicht einfach dasitzen und auf bessere Zeiten warten – die Energie reicht für drei Monate, die Lebensmittel zwar für länger, aber bei mehr als hundert Grad unter Null ist selbst das saftigste Steak verdammt hart.«

»Oh, warum mußt du jetzt noch Witze reißen«, fauchte sie. »Wir brauchen Hilfe!«

»Ja, aber es hat keinen Sinn, um Hilfe zu funken«, sagte Flandry. »In einer so dünnen Atmosphäre kann nur eine recht verhungerte Ionosphäre existieren, so daß wir mit Radiowellen nicht über den Horizont kommen.«

Sie starrte ihn überrascht an. »Funken?«

»Ja. Wir könnten den Computer des Bergbaustützpunkts anfunken – wenn wir in Sichtweite wären. Was immer mit ihm in der Zwischenzeit passiert ist, ursprünglich war das ein Supercomputer mit selbständigem Bewußtsein, der sich um Instandhaltungs- und Reparaturmaschinen kümmern mußte. Also genau das, was wir brauchten.« Flandry grinste schief. »Ich wünschte, ich hätte ihn aus der Umlaufbahn angefunkt. Aber diese komischen Metallfledermäuse haben mir jede Lust genommen, voreilig in irgend etwas hineinzutappen, bevor ich nicht ganz genau weiß, was da gespielt wird. Wir werden eben zu Fuß losziehen müssen und die Lage in Augenschein nehmen.«

»Nein, mein Lieber. Wir werden nicht – das ist mir zu riskant«, sagte sie düster.

»Was sollen wir sonst . . .«

Aber noch bevor sie geantwortet hatte, wußte er, was sie beabsichtigte. Sein Herzschlag setzte für einen Augenblick aus.

»Jedes Kometboot führt mehrere Kurierraketen mit. Die beste Chance für uns ist, wenn wir eine davon losschicken, nach Irumclaw, mit einer Nachricht, wo wir gestrandet sind und was wir entdeckt haben!«

»Aber wenn die Metallvögel wieder angreifen!« protestierte er. »Es ist höchst unwahrscheinlich, daß sie uns wochenlang – während der Kurier unterwegs ist – in Ruhe lassen! Wir sollten uns lieber irgendwo in den Felsen verstecken . . .«

»Vielleicht. Das können wir immer noch tun. Aber die einzige sichere Rettung ist, ein Flottenschiff zu rufen.« Djana lachte erstickt. »Ja. Ich weiß, woran du denkst. Wenn die mich hier, in einem Patrouillenboot finden? Und die Behörden würden noch weiter nachbohren, draufkommen, daß Ammon dich gekauft hat – es würde für dich zumindest lebenslange Sklaverei bedeuten.«

»So, und dir würde nichts passieren?« gab er wütend zurück.

Ihre Lippen wölbten sich spöttisch. Sie sah ihn unter lässig gesenkten Lidern an: »Ach, ich – ich bin eben ein Opfer der Umstände; glaubst du nicht, daß ich Admiral Julius davon überzeugen könnte? Wir sind nämlich alte Freunde.«

»Du wirst ohne meine Hilfe nicht einmal die Wartezeit überstehen«, sagte Flandry, »schon gar nicht, wenn wir nochmals angegriffen werden.«

»Mag sein«, erwiderte sie. Ihr Blick wurde weicher. »Nicky, müssen wir uns denn streiten? Wir haben doch immer noch Zeit, einen Ausweg für dich auszudenken. Du könntest dich irgendwo hier verstecken . . . ich würde dich später abholen, ich schwöre dir, ich würde es tun!« Sie machte einen Schritt zu ihm hin. »Du warst so wundervoll zu mir, ich will dich nicht verlieren!«

»Dessen ungeachtet«, sagte er, »willst du eine Nachricht abschicken.«

»Ja.«

»Kannst du eine Kurierrakete zum Abschuß bringen? Und wenn ich nicht mitspiele?«

»Dann foltere ich dich, bis du einwilligst«, sagte sie tonlos und hob die Waffe. »Ich kenne eine Reihe Methoden.«

Plötzlich brach es aus ihr heraus: »Du hast ja keine Ahnung – du mit deiner Prahlerei, was du alles durchgemacht hast! Ich weiß, wie die Hölle aussieht, sechzehn Jahre meines Lebens habe ich auf dem Sklavenplaneten Black Hole verbracht. Und ich werde bei Gott nicht mehr in diese Hölle zurückkehren!«

Dann reichte sie ihm einen Papierstreifen. »Hier ist die Nachricht.«

Flandry stand auf dem Sprung – vielleicht, vielleicht konnte er sie überrumpeln, wenn er schnell war . . .

Blitzartig traf ihn die Erkenntnis, daß dieses Risiko unnötig war. Erleichtert atmete er auf.

»Was ist?« Djanas Frage hatte einen hysterischen Unterton.

Er riß sich zusammen. »Gar nichts«, sagte er. »Also gut. Du hast gewonnen.«

Die Kurierraketen waren neben der Hauptluftschleuse. Flandry ging vor Djana, die weiterhin ihre Waffe auf ihn gerichtet hielt. Wahrscheinlich hätte sie auch allein herausgekriegt, wie die Torpedos zu bedienen waren, dachte er. Sie hatte schließlich auch sehr schnell begriffen, wie man das Boot auf einen bestimmten Kurs brachte, als er ihr den Umgang mit den Navigationsinstrumenten erklärte (auf dieser Vorsichtsmaßnahme hatte sie gleich zu Anfang der Reise bestanden). Mit den Kurierraketen war noch leichter fertig zu werden.

Die torpedoförmigen Apparate – etwa 120 Zentimeter lang, mit einem Gewicht, das ein Mann unter Normschwere gerade noch bewältigen konnte – besaßen nur das absolute Minimum an Hyperantriebs- und Gravschub-Einrichtungen, Sensoren und einen sehr primitiven Navigationscomputer, der die Rakete auf ein eingestelltes Ziel hinlenken konnte, Akkumulatoren zur Energieversorgung, sowie einen Sender, um die Ankunft anzuzeigen. Ein winziges Fach blieb für die eigentliche Ladung – ein Dokument, ein Recorderband, ein kleiner Gegenstand.

Flandry öffnete den Behälter, ließ Djana ihren Brief hineinlegen, stellte dann an den Kurskontrollschaltern die Koordinaten Irumclaws ein und schob die Rakete auf die Abschußrampe. »Ich stelle den Start mit sechzig Sekunden Verzögerung ein, damit wir von der Steuerkanzel aus beobachten können, wie das Ding startet.« Er richtete sich auf. »Um zu sehen, *ob* es startet.«

Der Blick auf den Krater hinaus zeigte eisige Öde. Der schwarzdunkle Fels hatte weiße Streifen und Flecken, Kohlensäure- und Ammoniakschnee, der im zunehmenden Sonnenlicht zu verdunsten begann. (Ein Tag auf Wayland entsprach sechzehn terranischen Tagen.) Nebelfetzen kochten, Dunstschleier dampften und gaben hin und wieder den Blick auf den blauen Glanz von ewigem Wassereis frei.

Die *Jake* lag in der Nähe des aufragenden Kraterwalls, dessen

Zacken drei Kilometer über ihnen in den Himmel stachen – einen tiefvioletten, fast noch schwarzen Himmel mit nur mehr wenigen, erlöschenden Sternen: Mimirs Feuerscheibe hatte sich über den Horizont erhoben.

Der Wind wisperte an den Schiffswänden. Flandry hörte hinter sich Djana sagen: »Wenn der Kurier fort ist, bitte, Nicky, nimm mich fest in die Arme, und sei ein bißchen nett zu mir ...«

Er antwortete nicht. Er spürte, wie die Spannung seine Magenmuskeln schmerzhaft verkrampfte.

Der Torpedo stieg langsam aus dem Abschußrohr; das kretinhafte Pseudohirn erkannte, wo oben war, und begann seine Steuertätigkeit. Außerhalb der Atmosphäre würde es sich nach Leitsternen wie Beteigeuze richten und Kurs nach Irumclaw nehmen, wenn nicht ...

Ja! Djana schrie verzweifelt auf, Flandry holte erleichtert Atem.

Der wachehaltende Punkt hoch oben hatte zugestoßen. Als ein einziger glänzender Metallfleck taumelten die beiden Maschinen über den Himmel.

Flandry stürzte zum Sucherschirm, schaltete die Vergrößerung ein. Der Torpedo hatte nur eine hauchdünne Aluminiumhülle, die der Schnabel des Metallvogels binnen Sekunden zerfetzte. Die Kurierrakete besaß zwar noch die Energie, ihren Angreifer abzuschütteln, aber ihr Gehirn war derartigen Situationen nicht gewachsen. Als ein lebenswichtiger Stromkreis unterbrochen wurde, war es aus. Stahlklauen ließen einen Haufen nutzlosen Schrotts fallen.

»Das dachte ich mir«, murmelte Flandry.

Der Metallvogel hatte wieder seine Beobachtungsposition eingenommen. »Es hat wohl wenig Sinn, noch weitere Kuriere zu opfern ... Wir brauchen ihre Akkus anderweitig viel notwendiger!«

Djana, die wie betäubt dagestanden hatte, schleuderte ihre Waffe weg und stolperte ihm weinend in die Arme. Er strich ihr übers Haar und versuchte, sie zu beruhigen.

Nach einer Weile flüsterte sie mit tränenrauher Stimme: »Du bist froh darüber, nicht?«

»Mhm, ich kann nicht sagen, daß es mir leid tut«, gab er zu.
»Du . . . du wärst lieber tot als . . .«
». . . als Sklave? Es klingt zwar abgedroschen, aber so ist es.«
Sie sah ihn lange an und sagte schließlich ganz leise: »Ja. Ja, ich auch.«

5

Er hatte den Ringwall erklettert, als ihn die Käfer überfielen.

Während Djana die Ausrüstung für den Marsch zusammenpackte, hatte er sich auf die Suche nach dem abgeschossenen Metallvogel gemacht. Vielleicht konnte er einen Hinweis erhalten, was mit dieser Welt passiert war.

Anfangs ereignete sich gar nichts. Mit dem Radio in seinem Raumanzug suchte er den gesamten Empfangsbereich ab und fand ein einziges Band, das eine Modulierung aufwies: das Ticken eines so schnell gesendeten Codes, daß es ihm wie ein endloses Pfeifen erschien. Es juckte ihn, auf diesen Frequenzen eine kurze Botschaft zu senden, aber der Gedanke, die Flieger auf sich aufmerksam zu machen, hielt ihn davon ab. Vielleicht konnten die Biester ihn aus der großen Höhe gar nicht wahrnehmen.

Auf den übrigen Frequenzen blieb sein Empfänger stumm bis auf das knisternde, an- und abschwellende Rauschen des Kosmos. Um ihn herum war außer dem Jammern des Windes und dem Knirschen des Schnees unter seinen Stiefeln nichts zu hören.

Immer wieder ließ er den Blick argwöhnisch nach oben gleiten, aber den einzigen Ärger stifteten zunächst nur die Lufterneuerung und der Temperaturregler seines Anzugs. Es dauerte nicht lange, und er war in Schweiß gebadet, und die Luft wurde immer stickiger.

Bevor wir losgehen, muß ich das in Ordnung bringen, dachte er. *Und wenn wir – falls wir – zurückkommen, werde ich den Instandhaltungsleuten die Hölle heiß machen, das ist sicher.*

Plötzlich erschien ihm alles aussichtslos. *Wozu? Niemand bemüht sich mehr, weil Gleichgültigkeit, Unfähigkeit und Korruption sich überall breit machen, weil die hohen Tiere zu satt sind, um sich über Grenzen Sorgen zu machen. Vor zwei Generationen beherrschten wir unseren Einflußbereich wirklich; zu Zeiten meines Vater hieß das Schlagwort ›Entspannung‹, und heute, während des kurzen Tages meines eigenen Lebens, bricht vielleicht für die Menschheit die letzte lange Nacht herein.*

Er riß sich zusammen, überwand die letzten vereisten Felsbrocken vor der Kammhöhe mit durch Zorn vermehrter Energie. *Wir werden ja sehen – vielleicht kann gerade ich etwas dagegen tun!*

Da kamen die Käfer.

Sie sprangen hinter Eisklumpen, aus Felsritzen hervor und stürzten sich auf ihn. Metallvögel, und jetzt eine Art Metallheuschrecken – einen Moment dachte Flandry, er hätte den Verstand verloren. Die alten Aufzeichnungen hatten Wayland als unbelebt bezeichnet, und etwas anderes war unvorstellbar. Leben *konnte* sich nicht auf einer Welt entwickeln, die durch ihre ewige Kälte, ihre dünne Atmosphäre, ihre hohe radioaktive Strahlung zur Leblosigkeit verdammt war. Und das ganze System war außerdem viel zu jung, als das Leben überhaupt Zeit zur Entwicklung gehabt hätte.

Diese Überlegungen zuckten Flandry durch den Kopf, aber da waren seine Angreifer schon über ihm. Etwa dreißig Zentimeter lang, mit einem gegabelten Schwanz, zehn langen, gegliederten, krallenbewehrten Beinen und einem halben Dutzend schwankender Fühler auf dem Kopf – sie ähnelten terranischen Heuschrecken nur vage, aber Flandry schöpfte schwachen Trost daraus, sie wenigstens so zu bezeichnen: Wenn man etwas benennen konnte, verlor es einiges von seinem Schrecken.

Zwei waren auf seinem Helm gelandet. Andere kauten an seinen Stiefeln, und einige hatten sich in das Metallplastik seines Anzuges gekrallt.

Flandry hatte immer gehört, daß außer einem Ilynathawrischen Elefantenwolf kein Lebewesen mit dem Material eines Raumanzugs fertig werden könne – jetzt sah er entgeistert zu, wie unter den Kiefern der Heuschrecken sich die Metallspäne kräuselten und glitzernd zu Boden fielen; aus dem ersten nadelgroßen Loch an seinem linken Knöchel zischten Luft und Wasserdampf, der sofort kondensierte. Das Metallinsekt nagte eifrig weiter.

Flandry stieß einen Fluch aus und trat mit dem anderen Fuß nach dem Ding, was seinen Zehen erstaunlich weh tat, das Insekt aber kaum störte.

Behindert durch einen an seinem Arm festgekrallten Käfer zog er den Strahler, stellte auf geringe Intensität und engen Strahl und hielt die Mündung an den Metallpanzer.

Nichts geschah. Das Wesen rauchte nicht, explodierte nicht – aber nach einigen Sekunden ließ es los, fiel zu Boden und blieb bewegungslos liegen.

Flandry briet die übrigen genauso, bis sie herunterfielen, und wunderte sich, daß so kräftig gepanzerte Wesen seinen kurzen Energiestößen so schnell erlagen.

Die letzten zwei auf seinem Rücken konnte er nicht sehen. Er stellte seine Waffe auf breiten Fächerstrahl und fegte damit die Käfer von der Lufterneuerungsanlage herunter. Augenblicklich stiegen die Temperatur und der Druck in seinem Anzug, in seinen Ohren knackte es schmerzhaft, die plötzliche Hitze ließ ihn taumeln. Sein Kopf dröhnte.

Nur sein strenges Training befähigte ihn, automatisch Dichtungspaste auf die Löcher zu klatschen und die Luftversorgung auf den Reservetank umzuschalten. Erst dann ließ er sich auf einen Stein fallen und nahm nach ein paar tiefen, keuchenden Atemzügen einen Schluck aus dem Wasserröhrchen in seinem Helm.

Schließlich raffte er sich auf und untersuchte die toten Käfer. Er stopfte zwei in seinen Behälter und hielt nach dem abgestürzten Vogel Ausschau. Er entdeckte die zersplitterten Teile in den Eiszacken am Hang unterhalb. Er sammelte einige Trümmer ein und kehrte nachdenklich zu *Jake* zurück.

Djana, von Alleinsein und Unsicherheit ziemlich niedergedrückt, stürzte ihm entgegen. Er küßte sie flüchtig, verlangte Essen und eine große Kanne Kaffee und verzog sich mit seiner seltsamen Beute in die Bordwerkstatt.

Zehn Stunden später brachen sie auf. Am ›Abend‹ zuvor hatten sie nach einem festlichen Essen mit romantischer Musik miteinander geschlafen, aber da vor allem Djana nicht vergessen konnte, daß es vielleicht das letzte Mal war, blieb es eine für beide unbefriedigende Angelegenheit. Flandry hatte Verständnis, aber er ließ doch den Gedanken fallen, eine längere Verbindung mit Djana zu versuchen.

Sie hatten 200 Kilometer vor sich. So weit mußten sie gehen, um in Sichtweite eines der riesenhaften Radiomaste zu kommen, die Flandry aus der Umlaufbahn gesehen hatte. Dann mußte ein Funkkontakt mit dem alten Computerzentrum möglich sein.

Ihre Route hielt sich immer in der Deckung von Kraterwänden und Schluchten. Dies würde den Weg länger und beschwerlicher machen, aber so würden sie vielleicht überhaupt nicht entdeckt werden und hatten jedenfalls bei einem Angriff bessere Chancen.

Flandry erlaubte nur zehn Minuten Rast in der Stunde. Als Djana, nachdem sie einen Hang mit vereistem Geröll hinaufgestolpert waren, sich einfach fallen ließ und erklärte, sie könne nicht mehr, sagte er: »Ich sehe schon, du bist nur in der Horizontale zu etwas brauchbar.« Zischend vor Wut sprang sie wieder auf die Füße.

Als er jedoch sah, daß sie zu taumeln begann und immer wieder stolperte, entschloß er sich, das Lager aufzuschlagen.

Er mußte fast alle Arbeiten allein tun. Djana lehnte erschöpft an einem Felsblock, während er das luftdichte Ballonzelt im Schutz einer überhängenden Klippe aufrichtete und mit der Handpumpe die Isolierschicht aufpumpte und dann ebenfalls per Hand das Innere des Zeltes evakuierte; ein sehr gutes Vakuum war ohnehin nicht nötig, da Waylands Atmosphäre hauptsächlich aus Edelgasen und Stickstoff bestand. Der tragbare Lufterneuerer, den er zusammen mit einem Heizgerät ins Innere gestellt hatte, würde mit den restlichen giftigen Dämpfen und dem Zuviel an Kohlendioxid fertig werden. Schließlich ließ er 200 Millibar Sauerstoff in die kleine Kuppel strömen, das war mehr als genug, da ja bei Waylands halber Erdschwere erst die doppelte Gasmenge wie auf der Erde diesen Druck ergab.

Natürlich waren die Geräte, die sie für diese Annehmlichkeiten mitschleppen mußten, eine Belastung, aber Flandry rechnete, daß sie mindestens fünfzehnmal davon profitieren würden – und Djana würde nicht weit kommen, wenn sie nicht wenigstens zum Schlafen den Raumanzug loswerden konnte.

Während der kleine Heizstrahler, der auch als Kocher verwendet werden konnte, das Zeltinnere auf eine brauchbare Temperatur brachte, schlug Flandry Wassereissplitter los, füllte sie in das Destelliergerät und stellte es, als sie beide durch die winzige Luftschleuse ins Zelt gekrochen waren, auf den Ofen. Nachdem sie den Druck angeglichen hatten, schälten sie sich erleichtert aus ihren Anzügen. Djana blieb einfach am Boden liegen, mit vor Erschöpfung glasigen Augen. Schließlich raffte sie sich zu einem Flüstern auf. »Warum müssen wir das Wasser destillieren?«

»Es könnte Schwermetallsalze enthalten – und du brauchst wirklich nur eine Mikrodosis von, sagen wir, Plutonium abzubekommen, um hier, so weit von allen Med-Zentren entfernt, scheußlich zugrunde zu gehen.«

Das Essen brachte Djana wieder etwas zu sich. Sie saß mit angezogenen Beinen am Boden, das Kinn auf den Knien, und sah ihm zu, wie er die Eßutensilien reinigte und verstaute. »Du hattest schon recht – ohne dich hätte ich nicht den Hauch einer Chance«, sagte sie trübselig.

»Nja – in Anbetracht der zwei Sorten Ungeheuer, die sich hier aus unerfindlichen Gründen herumtreiben, können wir beide noch eine gute Portion Glück gebrauchen, zudem diese Biester ebenso schlechte wie unerklärliche Manieren haben.«

»Aber sie sind doch Maschinen!«

»Sind sie das?«

Sie starrte ihn unter einem wirren Vorhang goldbrauner Haarsträhnen an. Er sagte nachdenklich: »Wo liegt die Grenze zwischen Roboter und Organismus? Seit Hunderten von Jahren kennen wir komplizierte Einheiten aus Sensoren, Computern und Maschinen, die als Individuen funktionieren, Energie umsetzen, sich reparieren, lernen, Bewußtsein besitzen, ja selbst ihre Art fortpflanzen – wenn man das hier vielleicht unpassende Wort ›fortpflanzen‹ verwenden will. Sagen wir, sie sind fähig, andere ihrer Art zu bauen. Natürlich unterscheidet sich ihre Funktionsweise von der organischer Tiere oder Sophonten – aber ist das wichtig?

Diese Metallheuschrecken haben unter ihrem Panzer elektronische Innereien; deshalb sind sie auch so schnell den Hitzestößen des Strahlers erlegen: Ihre Bauteile sind natürlich für die tiefen Temperaturen Waylands konstruiert. Es sind jedenfalls die kompliziertesten Maschinen, die ich je ruiniert habe. Ihre Fühler sind phantastisch empfindliche Sensoren für jede Art von Impulsen, magnetische, elektrische, thermische, radionische. Es ist wirklich Haarspalterei, ob man sie nun Roboter nennen soll oder künstliche Tiere. Nur . . .«

Er war mit dem Aufräumen fertig, lehnte sich zurück, und sehnte sich nach einer Zigarette.

»Nur . . .?« fragte Djana.

»Ich könnte mir eine Roboter-Ökologie vorstellen, etwa auf der Basis sich reproduzierender Solarzellen, die die Rolle der Photosynthese übernehmen könnten. Aber diese Dinger, die ich zerlegt habe, besitzen keinerlei Äquivalent von Stoffwechsel- und Reproduktionsorganen. Ihre Energie holen sie aus etwas veralteten Akkus. Und die beschädigten Exemplare werden einfach liegengelassen. Ökologisch gesehen ist aber nur ein geschlossener Kreislauf sinnvoll. Diese Maschinen haben keinerlei Ziel und Zweck, außer Zerstörung. Es ist eine Sackgasse.«

Er holte tief Luft. »Trotzdem«, sagte er, »glaube ich nicht recht daran, daß sie gebaut wurden, um diese Welt zu bewachen. Dann hätte man sie mit Schußwaffen ausgestattet.

Irgendwie, irgendwann, Djana, wurde Wayland mit diesen monströsen Apparaten verseucht. Bis wir nicht genau wissen, welche Sorten uns noch bevorstehen, müssen wir von der Annahme ausgehen, daß alles, was hier herumkriecht oder fliegt, nur darauf aus ist, uns zu töten.«

Immer wieder in den nächsten sieben Erdtagen mußten sich die beiden Menschen verstecken, weil sie ein Metallwesen ausmachten. Sie sahen hoch oben kreisende Flieger, und einmal stieß einer von ihnen auf eine unsichtbare Beute herunter; mitunter trabten hundegroße Jagdmaschinen vorbei, die mit Sensoren gespickt waren und deren riesige Gebisse keinen Zweifel über ihre Absichten offenließen; oder ein größeres Wesen, mit Hörnern und einem stachelstarrenden Schwanz, rumpelte auf Raupenketten über einen Kraterboden. Zweimal beobachtete Flandry, hinter einem Felsen versteckt, einen Kampf: Metallheuschrecken, die eine rote Kugel mit hummerähnlichen Scheeren überfielen; eine metallklirrende Riesenschlange, die sich um einen Rammbock auf Rädern wand und ihn mit blechernem Knirschen zerdrückte. In beiden Fällen bestätigte der Ausgang Flandrys Überlegungen: Die Besiegten wurden liegengelassen, die Sieger machten sich erneut auf die Jagd.

Im übrigen blieb die Reise ein ermüdendes Voranschleppen. Beide waren längst zu abgekämpft, um weiter über die Bedeutung der Metallbevölkerung nachzudenken, und zu gleichgültig, um noch viel Angst zu haben.

Flandry stellte fest, daß der Funkverkehr auf dem Band, das die Roboter benutzten, immer lebhafter wurde, je mehr sie sich dem Zentrum näherten.

Schließlich kam der Augenblick, da er und Djana am Fuß des Kraterwalls standen, der ihr Ziel war. Sie fanden eine durch steile Felstürme geschützte Höhle, in der sie ihr Kuppelzelt aufrichteten. »Wir werden das Zelt hierlassen müssen«, sagte der Mann. »Abgesehen davon, daß das Aufschlagen ziemlich Zeit kostet und daß wir jedesmal Sauerstoff verlieren, weil wir nicht alles zurückpumpen können – wir können es nicht riskieren, durch die Last behindert zu sein, wenn wir gejagt werden sollten. Hier können wir uns leichter verteidigen.«

»Wann werden wir es mit einem Funkkontakt versuchen?« fragte das Mädchen.

»Nach einem Genesungsschlaf von mindestens zwölf Stunden«, antwortete Flandry. »Ich möchte ausgeschlafen sein, wenn wir, bildlich gesprochen, den Kopf auf den Richtblock legen; wer weiß, wie der Computer auf einen Anruf reagiert – vielleicht ist er wirklich übergeschnappt. Obwohl«, er lachte dünn, »ein Elektronengehirn dafür weit weniger anfällig ist als ein organisches Hirn. Wenn ein Computer merkt, daß irgend etwas nicht funktioniert, wie es sollte, dann schaltet er sich in neunundneunzig von hundert Fällen einfach ab. Und dieser hier scheint mir recht normal zu sein, sonst könnte er nicht so komplizierte Maschinen entwerfen, bauen und steuern . . .«

Sie waren beide so müde, daß sie sofort einschliefen.

Am nächsten ›Morgen‹ hatte Flandry einen guten Teil seiner Unbekümmertheit zurückgewonnen. Er pfiff vor sich hin, als sie den Hang hinaufkletterten, und auf dem Gipfel des Felszackens, der den Kraterwall noch überragte, sagte er feierlich: »Hiermit taufe ich dich Mädchenspitze.« Seine Gedanken konzentrierten sich jedoch die ganze Zeit auf das, was vor ihm lag.

Um sie herum lag das übliche vereiste Geröll, teils im Licht glitzernd, teils in kobaltblauen Schatten. Über ihnen spannte sich ein dämmriger Himmel mit vereinzelten blassen Sternen, rasch ziehende Wolken ließen die Schatten lebendig werden. Mimirs weiß glühende Scheibe stand schon nahe am hellen Rand des düsteren Riesenschilds Regin. Der Wind zerrte wimmernd an ihren Anzügen, deren warme, wenn auch stickige Geborgenheit ihnen Zuversicht gab.

Vor ihnen fiel der Hang so steil ab, wie es nur in der geringen Schwere möglich war. Unten dehnte sich bis zum flachen Horizont hin die Ebene mit den sonderbaren Quadraten. Irgendwo dort hinten mußten die Zentralgebäude sein – und wer wußte, was dort wartete? Durch das Fernglas konnte er die kreuzförmigen Spitzen von vier Radiomasten erkennen. Sie waren erst errichtet worden, als die Menschen diese Welt verlassen hatten.

Er packte den leichten Sendeapparat aus, klappte das zugehörige Stativ auseinander und schloß schließlich sein Helmradio mit einem Kontaktstecker an. Sich niederhockend, zielte er mit der Richtantenne auf den nächsten Radiomast. Djana sah zu. Ihre Augen glänzten immer noch fiebrig vor Ermüdung.

»Es geht los«, sagte Flandry.

»O Gott, sei gnädig mit uns, hilf uns«, hörte er sie in seinem Helmempfänger flüstern. Er überlegte kurz und mit einem dumpfen Gefühl des Mitleids, daß vielleicht Religion das einzige war, das sie aufrecht erhielt – schon seit dem Alptraum ihrer Kindheit. Er mußte sie jedoch bitten, still zu sein, und gab auf dem Standardband das Rufsignal.

»Zwei Menschen, schiffbrüchig, brauchen Hilfe. Antworte.«

Und wieder. Und wieder. Niemand antwortete, nur das Knistern der kosmischen Energien klang höhnisch aus dem Empfänger.

Er probierte es auf dem Roboterband. Der Digitalcode plapperte weiter, ohne erkennbare Änderung.

Er versuchte andere Frequenzen.

Nach einer Stunde stöpselte er sein Helmradio ab und erhob sich ächzend. Seine Muskeln schmerzten, die Zunge klebte ihm am Gaumen. »Stocktaub, der gute Computer«, murmelte er heiser.

Djana, die während seiner fruchtlosen Versuche immer mehr in sich zusammengesunken war, starrte ausdruckslos vor sich hin. »Also ist es aus«, sagte sie tonlos.

»Die Umstände sind nicht besonders rosig, ja. Der Computer müßte auf einen Notruf augenblicklich reagieren.« Er seufzte, zögerte. Der Wind flüsterte, die Sterne blinkten hämisch. Flandry richtete sich auf. »Ich werde mir die Sache näher ansehen.«

»In die offene Ebene hinaus?« Djana kämpfte sich auf die Füße. Ihre Handschuhe griffen krampfhaft nach seinen. »Die Bestien werden dich überfallen und umbringen!«

»Wahrscheinlich nicht. Wir haben schon im Boot von oben gesehen, daß hier auf der Ebene andere Gesetze zu herrschen scheinen als im Hinterland. Hier gibt's zum Beispiel nirgends diese Schrottansammlungen, die als Ausgang eines Kampfes entstehen. Und wir haben ohnehin keine andere Wahl.« Flandry tätschelte sie. »Du wartest unten im Zelt auf mich.«

Djana befeuchtete die Lippen. »Nein . . . ich komme mit!« sagte sie.

»Ha! Und wenn du unterwegs schlappmachst?«

»Mir ist alles lieber, als im Zelt zu verhungern, wenn du nicht zurückkommst. Ich werde dich nicht belasten, Nicky, nicht mehr jetzt, wo wir doch nichts mehr zu schleppen brauchen. Ich kann mit dir Schritt halten, bestimmt! Und zwei sehen mehr als einer!«

Er überlegte. »Na gut, wenn du unbedingt willst.« *Sie wird mir vielleicht wirklich eine Hilfe sein, mit ihrem ausgeprägten Überlebenswillen.*

Natürlich, dachte er sardonisch, *sie hat ja noch einen ande-*

ren, sehr stichhaltigen Grund. Nämlich, daß ihr ja nichts entgeht, wenn ich etwas entdecke. Nicht, daß eine gewinnverheißende Entdeckung so wahrscheinlich wäre.

6

Als sie die Ebene erreichten, begann die Finsternis.

Mimirs Feuerfleck tauchte rasch hinter die große dunkle Scheibe Regins. Nur an den Rändern des Riesenplaneten wurde das Licht seiner Sonne in der Atmosphäre gebrochen und umgab ihn mit einem düster-roten Ring.

Flandry hatte das erwartet. In dieser Gegend würde die Finsternis etwa zwei Stunden dauern. Die Zentralstation befand sich nach seinen Berechnungen gerade außerhalb des Bereichs der Finsternisse, die – weil Wayland Regin immer die gleiche Seite zuwandte – jeweils am Mittag eines Wayland-Tages einen breiten Gürtel in Schatten tauchten. Eine solche Lage bedeutete für die Station den zusätzlichen Vorteil, daß Regin hoch am Nachthimmel stand und die gesamte Hemisphäre mit sanftem reflektierten Licht übergoß. In der vollen Phase um Mitternacht mußte der Planet ein überwältigender Anblick sein.

Den auf dieser Welt wahrscheinlich niemand zu würdigen wußte, dachte Flandry. *Obwohl ... der Zentralcomputer – ja, es muß so sein: Ein Gehirn, das sich seiner Existenz bewußt ist, kann auch Langeweile empfinden. Es wird sich neben der Routinearbeit andere Interessen schaffen. Sein eigentliches Ziel, sein Wunsch wird sein, anthropomorph zu werden, um seinen menschlichen Herren besser dienen zu können. Und da seine Kapazität nie ausgelastet ist – in den langen Jahrhunderten der Einsamkeit gewiß nicht –, wendete es vielleicht seine Sensoren dem Nachthimmel zu und ... bewunderte?*

Flandry setzte seine Stiefel mit Vorsicht auf den Boden, den er plötzlich kaum mehr sehen konnte, da um sie herum die Gase der Luft kondensierten, zu Nebelfetzen wurden und gefroren. Er hatte sich nicht vorgestellt, daß die Temperatur so schnell und so stark sinken würde. Nur kurz hatten unzählige Sterne über die verfinsterte Sonne triumphiert – jetzt verhüllte ein peitschender Schneesturm den Himmel. Wohl hauptsächlich Kohlensäureschnee, vermutete Flandry, vielleicht auch etwas gefrorenes Ammoniak.

Djana packte seinen Arm. »Sollten wir nicht lieber warten«, schrie sie über das Heulen des Windes.

Er schüttelte den Kopf; dann fiel ihm ein, daß sie ihn bestenfalls als undeutlichen Schatten wahrnehmen konnte, und rief: »Nein, so werden wir wenigstens nicht entdeckt!«

»O Gott, danke! Das hilft uns vielleicht doch durch!«

Flandry sagte ihr nicht, daß sie bei diesem Wetter aber auch nicht sehen konnten, wo sie hineingerieten – vielleicht zu weit auf feindliches Gebiet . . . Aber was hatten sie schon zu verlieren?

Einmal glaubte er, im Audiphon seines Helms ein fernes Rumpeln schwerer Maschinen zu hören. Ihm schien, daß der Grund unter ihren Füßen leicht bebte. Er änderte die Richtung ein wenig, ohne dem Mädchen etwas zu sagen.

Langsam begann wieder Tageslicht durch das Schneetreiben zu sickern. Der Sturm erstarb zu einem Flüstern.

Flandry sagte leise durchs Audiophon: »Funkstille. Möglichst leise gehen!« Die Radioempfänger ihrer Helme schnatterten laut im Digitalcode, und voraus hörten sie ein metallisches Rattern.

Wieder hatte Wayland Unvorhergesehenes für sie bereit. Kaum hatte der Niederschlag aufgehört, da verdampften die gefrorenen Gase, zogen in dicken nassen Schwaden über Eis und Geröll. Flandry hatte erwartet, daß sich die Nebel langsam heben würden wie bei Tagesanbruch, so daß sie sich umsehen konnten, bevor sie entdeckt wurden. Aber die dampfenden weißen Wände um sie herum teilten sich, lösten sich auf; kleine Nebelreste verschwanden eilig. *Ich Narr,* dachte Flandry. *Zwischen einem halben Monat Nacht und einer zweistündigen Sonnenfinsternis bestehen eben doch Unterschiede!*

Djana schrie entsetzt auf.

Flandrys Hand zuckte nach dem Strahler. Sie standen in der Nähe einer der gigantischen Linien, die die Ebene in riesige Quadrate teilten. Der Strich bestand aus harten schwarzen Körnern, die in den Fels gehämmert waren. Aber das wurde ihm nur undeutlich bewußt.

Was er jetzt klar und deutlich sah, und was Djana gesehen hatte, das waren die Maschinen.

Nur hundert Meter rechts trabten drei sechsbeinige Jagdroboter. Etwas weiter weg, rechts vor ihnen, rollte ein hornbewehrter Tank. Noch entfernter – aber nicht so weit, daß ihnen die beiden Menschen hätten entkommen können – tummelten sich die bizarren Gestalten eines guten Dutzends verschiedener Monstren. Ein reiches Sortiment an Heuschreckenkäfern sprang und krabbelte über die Ebene, Metallvögel strichen über den Himmel. Flandry warf einen raschen Blick nach hinten. Eine Kreissäge auf vier Beinen schnitt ihnen den Rückzug ab.

Djana fiel auf die Knie. Flandry lauerte hinter ihr mit klopfendem Herzen und gezogener Waffe auf den ersten Angreifer.

Es kam keiner.

Die Kampfmaschinen stürzten sich nicht auf sie, ja kümmerten sich gar nicht um sie! Sie kümmerten sich auch nicht umeinander.

Für Flandry kam das nicht ganz unerwartet – er hatte auf eine Art Burgfrieden gehofft –, aber die ungeheure Erleichterung ließ seine Gedanken durcheinanderwirbeln. Als er seine Sinne wieder beisammen hatte, bemerkte er, daß die Maschinen sich alle auf einen Punkt unter dem Horizont zubewegten. Er wußte, was ihr Ziel war, obwohl er es nicht sehen konnte: das Zentralgebäude.

Djana begann zu lachen, hoch und wild und sinnlos. Flandry fand, daß sie sich hysterische Ausbrüche nicht leisten konnten, und packte sie: »Hör sofort auf mit dem Gewieher, oder ich schüttle dir die Stimmbänder raus!« Worte schienen nicht zu ihr durchzudringen, also machte er seine Drohung wahr.

Das Lachen ging abrupt in schluckendes Schluchzen über. Er hielt sie nun sanfter und beobachtete über ihre Schulter hinweg die Roboter. Die meisten waren in einem elenden Zustand, sah er jetzt, mit Löchern und Beulen in den Panzern, halb losgerissenen Teilen – kein Wunder, daß er im Nebel ihr Klappern und Rattern gehört hatte. Einigen schien nichts zu fehlen: Sie mußten wahrscheinlich nur ihre Akkus aufladen lassen.

Als Djana sich beruhigt hatte, versuchte er ihr zu erklären, was er von der Situation hielt. »Ich glaube, das Zentrum ist eine Art Reparaturwerkstätte für die Roboter, die es noch bis dorthin schaffen ... Hier herrscht Waffenstillstand. Überall sonst sind sie darauf programmiert, über alles herzufallen, das nicht von ihrer eigenen Art ist ...«

»Wir sind ... sind wir hier sicher?«

»Ich würde nicht Gift darauf nehmen, Liebling; wir wissen noch nicht, warum und wozu dieses ganze Sortiment von Ungeheuern gebaut wurde. Aber ich denke, wir können uns weiter vorwagen.«

»Wohin?«

»Zum Zentrum natürlich. Wobei wir einen weiten Bogen um alles machen, was da krabbelt, rollt und fliegt.«

Flandry marschierte zuversichtlich los und zog Djana mit. Noch lebten sie!

Regin begann, eine dünne silberne Sichel zu werden, ein schmaler Lichtbogen hinter Mimirs glühender Pfeilspitze.

Djana stolperte schweigend hinter Flandry her, gleichgültig vor Erschöpfung. Er indessen pfiff vor sich hin, als sie die nächste Linie erreichten und überschritten ...

Einen Augenblick später ergriff er ihren Arm und zeigte nach vorn. »Schau mal«, sagte er.

Aus dem Innern des Quadrats kam ihnen eine neue Variante Roboter entgegen. Er war etwas größer als ein Mensch, und seine Metallhaut schimmerte goldfarben. Licht spielte auf großen Fledermausflügeln. Sein Körper, ein aus Metallringen zusammengesetztes waagerechtes Rohr, trug einen vage pferdeähnlichen Kopf mit einer Mähne starrender Antennen. Die Maschine bewegte sich mit zwei kräftigen federnden Beinen mit Hufen und Sporen springend vorwärts. Am vorderen Teil des Körpers war eine bedrohlich aussehende Lanze drehbar befestigt.

»Wir könnten das Ding Känguruh-Pegasus nennen, hm?« sagte Flandry.

Sie starrte ihn an. Die Namen ausgestorbener oder legendärer Tiere waren offensichtlich nicht ihre Stärke.

Als der Roboter sich herumwarf und in riesigen Sprüngen auf

sie zukam, blieb ihr die Antwort in der Kehle stecken. Die Lanze zielte auf sie.

Djana stand wie gelähmt. »Lauf!« brüllte Flandry und versuchte, dem Pegasusroboter den Weg abzuschneiden. Die Waffe in seiner Hand spuckte Feuer, Funken spritzten auf, wo der Strahl das Metall traf.

Das Mädchen rannte los. Der Roboter schlug einen Haken und folgte. Er kümmerte sich nicht um Flandry, dessen Schüsse nicht das geringste auszurichten schienen.

Aha, diese neue Sorte ist gegen Energiestrahlen geschützt ... Er stellte seine Waffe auf höchste Intensität. Funkengarben sprühten an der Metallhaut der Maschine herunter, die unbeirrt weiter das Mädchen verfolgte.

»Zu mir rüber!« schrie Flandry. Sie hörte es und machte kehrt. Da traf sie die Lanze von hinten, am Lufttank, was ihr das Leben rettete. Der Stoß warf Djana jedoch zu Boden. Sie rollte sich zur Seite, kam wieder auf die Füße und rannte weiter. Metallschwingen sausten. Der Roboter sprang um sie herum, um sie von vorne angreifen zu können, und kam dabei an Flandry vorbei.

Der warf einen Arm über den Hals des Pferdekopfes und zog sich auf den Rücken der Maschine. Hinter ihm schlugen die riesigen Schwingen auf und nieder.

Das Ding kümmerte sich nicht um seinen Reiter und jagte weiter seiner Beute nach. Flandrys Gewicht behinderte es jedoch. Mit einigen Verrenkungen brachte er es fertig, einen Feuerstoß auf den rechten Flügel abzugeben – Stahlblech glühte auf und zerriß, eine Metallstrebe bog sich durch und brach; um sich schlagend fiel der Roboter, Flandry hatte Mühe, sich auf dem Rücken der Maschine zu halten. Er preßte die Mündung des Strahlers an den Pferdekopf und hielt den Abzug niedergedrückt. Die Sichtscheibe seines Helms verdunkelte sich, um die intensive Strahlung aufzufangen, die Hitzewelle traf sein Gesicht wie ein Stoß.

Plötzlich hörte jede Bewegung unter ihm auf; die Mordmaschine war zerstört.

Erschöpft, schweißgebadet und am ganzen Körper schmerzend von dem wahnwitzigen Ritt, lag er ebenso bewegungslos wie sein Opfer auf dessen Rücken. Er versuchte, sich aufzurappeln, aber erst als Djana neben ihm stand, gelang es ihm, wieder auf die Füße zu kommen.

Ein Schluck Wasser und eine Stimulanskapsel, die er sich aus einem Röhrchen im Helm in den Mund gleiten ließ, brachten ihn wieder einigermaßen zu sich. Nachdenklich betrachtete er den Pegasusroboter. Es war eigentlich schön, dieses schimmernde Fabelwesen, das er da zerstört – getötet? – hatte.

Djana, die der Schock bei weitem mehr mitgenommen hatte als ihn, drehte sich um und stolperte langsam, mechanisch, in die Richtung, aus der sie gekommen waren.

Flandry riß sich aus seiner Versenkung, holte sie mit drei Schritten ein und packte sie an der Schulter. »He, wohin denn so eilig?«

»Fort«, sagte sie tonlos, »bevor uns wieder etwas überfällt.«

»So – und dann setzen wir uns ins Zelt und warten, bis wir verhungert sind. Nein – besten Dank.« Er drehte sie herum, sie war zu ausgepumpt, um sich zu wehren. »Komm, schluck auch eine Stim-Kapsel, das bringt dich wieder auf die Beine.«

Er selbst hatte nur mehr einen Funken Hoffnung. Bis zum Zentrum waren es noch gut zehn Kilometer – und wenn die Roboter hier darauf programmiert waren, Menschen zu töten, welche Chance blieb ihnen da noch? Aber es war sinnlos, einfach auf den Tod zu warten. Genausogut konnten sie weitergehen – sie hatten nichts mehr zu verlieren.

Eine neue Maschine tauchte voraus auf – zuerst nur ein Blitzen reflektierten Mimirlichts am Horizont – und raste genau auf sie zu. Binnen weniger Minuten konnten sie die Umrisse erkennen. Die Maschine war riesig!

Flandry fluchte und zerrte Djana mit sich zu einem großen Meteoritenblock. Vielleicht konnten sie sich auf den Felsen retten, sich dort verteidigen . . .

Der Roboter brummte vorbei.

Djana flüsterte einen Dank an ihren Gott, Flandry erkannte, nachdem er sich von seinem Schock erholt hatte, daß diese Maschine nicht zum Kampf ausgerüstet war. Sie besaß nur zwei Kranarme an der Seite der riesigen Ladefläche.

Das geschlagene Lanzenpferd wurde hinaufgehoben, die Maschine machte kehrt und fuhr zurück.

»Ein Abschleppwagen!« krächzte Flandry. »Das ist es. Kein Wunder, daß hier herum kein Schrott zu sehen ist.« Er legte einen Arm um das Mädchen und sprach langsam weiter. »Es gibt also zwei Sorten von Mordmaschinen. Die eine zieht frei durch die Gegend, kämpft mit jedem Gegner, den sie trifft, und kommt, wenn sie noch dazu imstande ist, zur Reparatur hierher; dann geht sie vermutlich erneut auf die Jagd. Hier auf der Ebene hält diese Sorte Frieden.

Die zweite Art bleibt hier, kämpft auch nur hier – läßt aber die erste Art und die Reparaturmaschinen zufrieden und wird abgeholt, wenn ihr was passiert ist.«

Er schüttelte verwirrt den Kopf. »Ich habe keine Ahnung, was das für uns bedeutet.« Er musterte Djana. »Wie fühlst du dich jetzt?«

Die Droge hatte auch sie etwas belebt. Sie würden beide eine Weile frisch und reaktionsfähig sein – aber das Stimulans gab natürlich nicht verbrauchte Energie zurück. *Wir sollten uns besser auf den Weg machen, bevor wir die metabolische Rechnung präsentiert kriegen,* dachte Flandry.

Djana lächelte trübselig. »Wird schon gehen«, sagte sie. »Bist du sicher, daß wir weitergehen sollen?«

»Nein. Aber was hilft's?«

Die nächsten beiden Quadrate, die sie durchquerten, waren unbesetzt. In einem links von ihnen stand eine hochaufragende Maschine. Die beiden Menschen behielten sie gespannt im Auge, aber sie rührte sich nicht. Es war ein Zylinder auf Raupenketten, breiter und viel größer als ein Mensch, mit zwei Armen, die in riesigen Greifern endeten. Sein Kopf, oder besser sein oberes Ende, wo sich die Sensoren befanden, war von Zinnen gekrönt wie eine vorgeschichtliche Burg. Der Anblick weckte irgend etwas in Flandrys Gedächtnis, eine vage Idee geisterte ihm durch den Kopf und verschwand, bevor er ihrer habhaft werden konnte. Aber das konnte warten – sie mußten jederzeit auf einen neuen Angriff gefaßt sein.

Djana sagte abrupt: »Nicky, bleiben diese Roboter immer in ihren eigenen Quadraten?«

»Und verteidigen nur dieses Gebiet gegen Eindringlinge?« Flandrys Gedanken rasten. »Beim Chaos – ich glaube, du hast's!« Er blieb aufgeregt stehen. »Das könnte eine Art Wachsystem für das Zentrum sein ... ziemlich verrückt, hmm ... Die Roboter hier kennen die Jagdmaschinen und die Reparaturmaschinen – aber wir gehören zu keiner der beiden Sorten, also greifen sie uns an!«

»Aber es sind längst nicht alle Quadrate besetzt«, wandte sie ein.

Er zuckte die Schultern. »Vielleicht sind gerade viele Robotwächter in Reparatur.« Seine Aufregung nahm zu. »Für uns ist nur wichtig, daß wir durchkommen können! Wir brauchen bloß die Quadrate zu vermeiden, die bewacht sind!« Er umarmte sie begeistert. »Schatz, ich glaube, wir schaffen es!«

Diese hoffnungsvolle Aussicht beschwingte sie beide.

Als sie einen flachen Hügel überschritten, kam eine neue Gestalt in Sicht, etwa zwei Kilometer vor ihnen. Djana stieß einen überraschten Ruf aus. »Nicky, ein Mensch!« Er stoppte und hob zweifelnd das Fernglas an die Augen. Ja – die Gestalt sah wirklich beunruhigend ähnlich aus wie ein großer Mensch in einem Raumanzug. Aber verschiedenes stimmte nicht – und die Arme endeten in Schwert und Schild. *Ein Roboter.* Und er stand ebenso bewegungslos wie die turmartige Maschine. Flandry ließ das Glas sinken.

»Pech gehabt, das ist kein Mensch. Und wenn ich es mir genauer überlege, ist das eher ein Glück – ein Mensch, der von dieser Welt Besitz ergriffen hat, würde die Konkurrenz kaum freundlich begrüßen ... Nein, es ist nur eine Sorte Wächter. Wir müssen also wieder einen Umweg machen.«

Flandry änderte die Richtung. »Wir werden ihn umgehen und dann an dem Quadrat dieses harmlos aussehenden Burschen vorbei um die Ecke wieder auf unseren Kurs zurückkehren.«

Djanas Blick folgte seiner Geste. In der Ferne schimmerten mehrere bewegungslose Gestalten; sie konnte einen weiteren Pferdetyp und drei Schwert-und-Schild-Roboter erkennen. Flandry hatte auf eine der näheren Maschinen gewiesen. Es war wieder ein Zylinder, größer und schlanker jedoch als der Zinnen-Roboter. Die glatte, glänzende Oberfläche wurde durch keinerlei Glieder unterbrochen, und die Maschine schien auch keine Waffen zu tragen. Der kegelförmige Kopf war senkrecht bis zur Mitte gespalten und trug einen Ring von Instrumenten.

»Vielleicht bloß ein Beobachter«, meinte Flandry.

Als sie am Quadrat der hohen, abstrakten Figur vorbei in ein neues Feld traten, zuckte er zusammen: Das Ding hatte sich in Bewegung gesetzt!

Jetzt überquerte es die Linie zu ihrem Quadrat. Die Maschine schwebte etwa einen Meter über dem Boden, Staub und glitzernde Eiskristalle wirbelten auf. Aha, Luftkissen, dachte Flandry automatisch. Gehetzt sah er sich um – keine Deckung weit und breit! »Lauf!« schrie er Djana zu und zog sich selbst mit schußbereiter Waffe einige Schritte zurück.

Ein dünner weißer Feuerstrich blitzte aus dem gespaltenen Haupt und verfehlte ihn nur um weniges. Wo er eben gestanden hatte, zischte und brodelte der Dampf auf. Ein kurzer, scharfer Donnerschlag war dem Schuß gefolgt.

»So – diese Sorte hat sogar eine Energiekanone!« Instinktiv schoß er zurück. Der Feuerstoß prallte funkensprühend und ohne Schaden anzurichten an der Hülle des Roboters ab. Flandry drückte nochmals auf den Abzug und wandte sich zur Flucht.

Vielleicht kann ich diese fliegende Blechbüchse ablenken, dachte er und glaubte jeden Augenblick den sengenden Feuerstrahl zu verspüren.

Er rannte in die entgegengesetzte Richtung wie Djana und hoffte, ganz unbewußt den ritterlichen Beschützer spielend, der Roboter würde ihn verfolgen – er hatte die längeren Beine und war noch besser bei Kräften. Und Djanas Paralysator war nur gegen organische Wesen wirksam ...

Er hatte fast die nächste Linie erreicht, als ihm bewußt wurde, daß es keinen zweiten Blitz und Donner gegeben hatte. Er bremste und starrte zurück.

Der Roboter war gleich nach dem Schußwechsel stehengeblieben. Sein Sensorenring drehte sich langsam, als suche er etwas. Gleich würde er den Mann entdecken.

Die Maschine brauste los – hinter Djana her!

Flandry fluchte und rannte zurück, um dem Mädchen zu helfen. Sie hatte zwar einen guten Vorsprung, aber die Maschine war so viel schneller! Sein Puls klopfte rasend, als er mit polternden Sprüngen über das Eisgeröll hetzte. Sein nach mehr Sauerstoff lechzendes Hirn ließ ihm die Szene vor den Augen verschwimmen. Jetzt war er nahe genug, um einen Schuß zu versuchen – daneben! Er keuchte weiter. Wieder ein Schuß, und diesmal traf er.

Der Roboter wurde langsamer, wandte seine Sensoren Flandry zu, als wollte er abschätzen, ob dieser neue Angreifer gefährlich sei, und nahm dann die Verfolgung Djanas wieder auf. Flandry hielt den Finger auf den Abzug gepreßt und ließ den Feuerstrahl über das Metall flackern – die Maschine scherte sich nicht darum. Das Mädchen stolperte über die nächste Linie.

Der Roboter blieb augenblicklich stehen.

Flandrys Gedanken wirbelten. *Was zum . . .*

Der Roboter hob sich erneut auf sein Luftkissen und drehte sich zu Flandry um. Er bewegte sich zögernd, ein wenig schwankend – sicher nicht, weil er beschädigt war, nein, es war eher wie . . . verwundert?

Ich sollte keinen Strahler haben, begriff Flandry. *Bei meiner Gestalt müßte ich Schild und Schwert tragen!*

Die volle Erkenntnis traf ihn wie ein Schlag.

Er überlegte nicht weiter – jetzt war zunächst nur wichtig, lebenswichtig, auf das gleiche Feld wie Djana zu kommen. Ein Schild-und-Schwert-Roboter konnte nicht gut auf allen vieren kriechen, also tat Flandry genau das. Die schlanke hohe Metallfigur folgte ihm nur zögernd – ihr beschränktes künstliches Hirn konnte sich nicht klar darüber werden, zu welchem Typ Flandry nun gehörte.

Flandry erreichte die Linie. Der Roboter ließ sich auf den Boden sinken.

Flandry erhob sich und stolperte zu Djana hin. Sie war einige Meter hinter der Linie zusammengebrochen. Ihm wurde schwarz vor den Augen. Erst nach einigen Minuten, als die Luft in seinem Anzug sich langsam regenerierte, regten sich seine Lebensgeister wieder.

Djana setzte sich auf, fiel halb in seinen Schoß und begann zu weinen. »Es hat keinen Sinn, Nicky. Wir schaffen's nicht.

Wir werden umgebracht. Und wenn wir doch durchkommen – was finden wir? Irgend etwas, das Mordmaschinen baut. – Kehren wir um ... dann können wir wenigstens noch kurze Zeit leben, beisammen sein!«

Er hielt sie und tröstete sie, bis die Kälte des Felsens, auf dem er saß, seinen Anzug zu durchdringen begann. Dann stand er auf, jeder Muskel steif und schmerzend, und half ihr auf die Füße. Seine eigene Stimme klang ihm fremd und fern. »Sieh mal, Djana – ich wäre jetzt langsam soweit, daß ich dir zustimmen würde – aber ich glaube, ich weiß, was hier gespielt wird. Hast du nicht gesehen, wie sich der Läufer verhielt?«

»L-l-läufer ...?«

»Überleg doch. Wie der Springer – unser Pegasuskänguruh – greift auch der Läufer immer nur dann an, wenn eine andere Figur auf die von ihm bedrohten Felder kommt. Dann entscheidet der Ausgang des folgenden Kampfes. Auf diesem Schachbrett, auf das wir hier geraten sind, ist es nicht automatisch die angreifende Figur, die schlägt. Und der Läufer konnte natürlich nur entlang der Diagonalen angreifen.«

Flandry starrte in Richtung eines unsichtbaren Ziels. »Ich glaube, die menschenähnlichen Roboter mit Schwert und Schild sind die Bauern. Vielleicht, weil das die zahlreichsten Figuren sind und der Computer nach Menschen Sehnsucht hatte?«

»Der Computer?« Verständnislos sah sie ihn an und preßte sich schutzsuchend an ihn.

»Natürlich. Wer sonst könnte das alles aufgebaut haben? Der Computer hat die nötigen technischen Hilfsmittel. Er hat sich nicht die Mühe gemacht, die Figuren und Felder zu färben, da er jederzeit sehr gut weiß, auf welche Seite eine Figur gehört. Deshalb habe ich auch die längste Zeit nicht begriffen, daß wir auf einem ungeheuren Schachbrett herumlaufen.« Er verzog das Gesicht. »Wenn mir das nicht klargeworden wäre, hätten wir uns irgendwo zum Sterben hingesetzt ... Komm weiter!«

»Wir können nicht! Es hat keinen Sinn!« jammerte sie. »Wir werden ja doch angegriffen.«

»Ach wo. Wir brauchen uns nur auf den unbedrohten Feldern zu halten.«

Nach einigen Schritten sprach er weiter: »Weißt du, der Computer wird seine Aufmerksamkeit geteilt haben. Einer oder mehrere Teile seines Denkens beschäftigen sich mit den Jagdrobotern, und zwei – ohne Verbindung zueinander – sind Schachgegner. Vielleicht ist er einfach zu beschäftigt, um uns zu hören, um zu bemerken, daß irgend etwas Neues in seine Welt gekommen ist.«

Im Zickzack verließen sie das Spielfeld und gelangten endlich auf den sicheren unmarkierten Teil der Ebene. Am Rand entlang wanderten sie auf die Zentrale zu. Unterwegs sah Flandry eine Figur, die ein König sein mußte. Vier Meter hoch ragte die goldglänzende Gestalt, menschenähnlich, in der Kleidung vergangener Jahrhunderte, gekrönt mit geschliffenen Steinen. Sie trug keine Waffen. Flandry erfuhr später, daß jede vom König angegriffene Figur verloren war – durch ›göttliches Recht‹, wie der Computer es nannte.

Sie erreichten die alten Gebäude, die in gutem Zustand waren. Die Instandhaltungsmaschinen hatten jahrhundertelang ihre Pflicht erfüllt. Flandry blieb vor dem Haupttrakt stehen und stellte sein Funkgerät auf die Standardfrequenz ein: »Bei dieser geringen Entfernung«, sagte er zu dem Bewohner des Gebäudes, »mußt du uns einfach hören!«

In seinem Empfänger klickte ein Code, dann, langsam, unsicher, kamen Worte, wie von einem Menschen, der aus langem tiefen Schlaf erwacht: »Ist das ... bist du ... ein Mensch? ... Endlich zurückgekommen ... Zwei Menschen, erkenne ich ...«

Auf der Ebene kamen Metallmonstren und Schachfiguren zum Stillstand.

Die Stimme wurde sicherer. »Tretet ein ... Die Luftschleuse hier ... legt die Raumanzüge ab – es gibt Kabinen mit Erdbedingungen. Eine Überprüfung zeigt unverdorbene Nahrungsmittelvorräte an ... Ich hoffe, ihr werdet alles in Ordnung finden. Störungen sind möglich ... Die Zeit war lange und leer ...«

7

Djana stolperte in eine Schlafkabine, fiel ins Bett und rührte sich über dreißig Stunden nicht mehr. Flandry brauchte weniger Schlaf. Nach einem ausgiebigen Frühstück begann er sich umzusehen. Was er sah und erfuhr, ließ ihn bedauern, daß er nicht genug Zeit hatte, die Geschichte dieser vergangenen fünf Jahrhunderte auf Wayland eingehender zu erforschen.

Er saß im Hauptkontrollraum und unterhielt sich mit dem Zentralcomputer, als der Lautsprecher an der Instrumentenwand in seinem steifen, altmodischen Terranisch sagte: »Ich habe gemäß Instruktion Ihre Begleiterin unter Beobachtung gehalten; ihre Augenlider bewegten sich soeben.«

Flandry stand auf. »Danke«, sagte er automatisch. Man vergaß so leicht, daß hinter den Instrumenten und Datenausgabe-Schirmen keine lebende Person war – ein Gehirn, das wußte, daß es existierte, ja, aber doch in vieler Hinsicht dem Gehirn eines organischen Sophonten unterlegen.

»Ich werde wohl besser zu ihr gehen. Ach, und laß einen Servitor heiße Suppe und, hm, Tee und Buttertoast bringen – möglichst bald.«

Er schritt durch Korridore, in denen das Summen von Maschinen das einzige Geräusch war, an Wohnkabinen vorbei, in denen vergessene Besitztümer moderten, von Männern, die lange tot waren, und fand schließlich Djanas Raum.

»Nicky ...« Schlaftrunken sah sie zu ihm auf und streckte unsicher die Arme nach ihm aus. Wie dünn und blaß sie geworden war! Er beugte sich nieder und küßte sie sanft. Ihre Lippen blieben passiv.

»Nicky ... ist alles ... in Ordnung?« Der Hauch ihres Flüsterns berührte leise sein Ohr.

»Natürlich.« Er streichelte ihr die Wange. »Alles bestens.«

»Und draußen?«

»Auch.« Flandry richtete sich auf. »Beruhige dich. In ein paar Minuten gibt's was zu essen. Du mußt wieder ein bißchen Fleisch auf die Knochen kriegen – denn so hübsch die auch sind, ich bin mehr für das Drumherum ...«

Sie runzelte die Stirn, schüttelte verwirrt den Kopf, versuchte sich aufzusetzen. »He, laß dir mal Zeit«, sagte er und drückte sie sanft zurück. »Der Onkel Doktor verschreibt Bettruhe, und nicht zu knapp. Wenn du wieder so weit beisammen bist, daß dir langweilig wird, dann werden wir Unterhaltungsbänder projizieren lassen. Der Computer sagt, es sind noch welche von damals erhalten. So alte Filme sind schon wieder interessant.«

Sie wehrte sich schwach gegen seine Hände, atmete rasch. Alarmiert fragte er: »Djana, was ist los mit dir?«

»Weiß . . . nicht. Mir ist . . . schwindlig . . .«

»Na, du hast ja auch einiges durchgemacht.«

Kalte Finger krallten sich in seinen Arm. »Nicky. Dieser Mond. Ist er . . . wertvoll?«

»Hm?«

»Geld!« schrillte sie. »Ist er viel Geld wert?«

Warum regt sie sich darüber ausgerechnet jetzt so auf? fragte sich Flandry. *Aber in ihrem Leben ist das wohl immer das Wichtigste gewesen . . .*

»Und ob.«

»Bist du sicher?« keuchte sie.

»Meine Liebe – der gute Ammon wird sich sehr bemühen müssen, *nicht* der reichste Mann des Imperiums zu werden.«

Ihre Augen verdrehten sich, bis nur mehr das Weiße sichtbar war. Sie sackte zusammen.

Flandry erhob sich vom Rand des Bettes und kratzte sich einigermaßen verwundert den Kopf. Djana war sonst nicht der Typ, der so leicht in Ohnmacht fiel. »Computer – welche medizinische Angaben enthalten die Datenbanken?«

Nach einer Weile, als Djana wieder zu sich gekommen war, begann sie zu schluchzen. Sie wollte oder konnte ihm keinen Grund sagen. Der Computer suchte ein Beruhigungsmittel aus, das Flandry ihr eingab.

Als sie wieder aufwachte, war sie ruhiger, äußerlich zumindest, aber sehr schweigsam. Sie nahm nur wenig Nahrung zu sich und lag dann, stundenlang die Decke anstarrend, auf dem Bett, die Hände zu Fäusten verkrampft. Er ließ sie in Ruhe.

Später wurde sie lebhafter und war nach einigen Tagen beinahe wie früher.

In der Zeit vor dem Start von Wayland sahen sie jedoch nur mehr wenig voneinander. Djana schlief viel, um wieder zu Kräften zu kommen. Flandry mußte sich um die Reparatur der *Jake* kümmern: Es durfte nicht der geringste Hinweis zurückbleiben, daß Roboter am Boot gearbeitet hatten. Es lag ihm natürlich sehr daran, daß nicht irgendeine Kleinigkeit die Glaubwürdigkeit seiner Logbucheintragung – Ausfall des Hyperdrive-Oszillators – umwarf und man ihm nicht abnahm, daß er sich drei Wochen geplagt hatte, um die Sache allein wieder in Ordnung zu bringen.

Wayland, düster und eisig, fiel hinter ihnen zurück, der Riesenplanet Regin schrumpfte auf den Bildschirmen, und schließlich erlosch auch Mimirs Leuchtfeuer.

Flandry saß mit Djana in der Steuerzentrale – der einzige halbwegs bequeme Aufenthaltsraum. Ausgeruht, gebadet, gesättigt, in frischem Coverall, mit ausreichend guter, sauberer Luft – Flandry fühlte sich zum Bäumeausreißen. Unter seinen Füßen pochte gleichmäßig die Kraft, die sie nach Irumclaw heimbringen würde. Die Pseudogravanlage des Bootes produzierte ein angenehmes g, nicht mehr, nicht weniger. Flandry tätschelte Djanas Hand, lächelte sie an (ihr Anblick war wieder so erfreulich wie eh und je). »Auftrag erfüllt«, sagte er. »Ich hoffe, du wirst mir deine Dankbarkeit in angemessener Weise bezeugen.«

»Mmmmm«, schnurrte sie. Und nach kurzem Schweigen: »Nicky, wie bist du nur auf alles draufgekommen?«

»Hm?«

»Du hast mir schon früher mal erklärt, was mit Wayland passiert ist, aber da war ich wohl zu kaputt, um es mitzukriegen.«

»Ganz einfach«, Flandry räusperte sich, nur zu bereit, ihr zu zeigen, was für ein gescheiter Bursche er war. »Als ich begriffen hatte, daß wir in ein Schachspiel geraten waren, da ergab sich alles andere von selbst. Die Kampfmaschinen in der Wildnis – das war nur ein weiteres Spiel, das sich der Computer aufbaute; mehr dem Zufall unterworfen und damit unterhaltsamer als Schach, auch als die Art Duell-Schach, die er entwickelte, als die übliche Spielart zu langweilig wurde. Und er probierte immer neue Typen von Jagdmaschinen aus. Unser Boot, und später auch wir selbst, wurden von den Robotern für solche Neuerscheinungen gehalten – sie hatten keinerlei Informationen über Menschen gespeichert bekommen und waren oft außer Radiokontakt mit dem Zentrum, da Funk hier nur auf Sichtweite funktioniert.«

»Ja eben – und wie wir um Hilfe gefunkt haben, da...«

»Du meinst von der ›Mädchenspitze‹? Die ›wilden‹ Roboter besitzen nicht die Fähigkeit, einen normalen Funkspruch zu verstehen, selbst wenn sie ihn deutlich hereinbekommen. Und der Zentralcomputer, nun, der hat so konzentriert seinen Geschöpfen zugehört, daß unsere Stimmen ausgefiltert wurden – genauso, wie Menschen oft nicht richtig hinhören, wenn etwas anderes sie beschäftigt.

Die Radiomasten sind nur Relaisstationen für die Hochfrequenzsendungen der Roboter, für diesen Digitalcode, den wir gehört haben; darum konnte unser Funkruf im Bereich der Masten auch nichts ausrichten. Der Computer hat zwar einen kleinen Teil seines Gehirns für einen Anruf auf den Standardfrequenzen freigehalten; er nahm jedoch an, daß die Menschen, wenn sie je überhaupt wiederkamen, direkt bei den Gebäuden landen würden, wie sie es damals taten.«

Flandry sog an seiner Zigarette, stieß den Rauch aus, der sich in einem dünnen Schleier vor den Sichtschirm legte, wie um den Abgrund draußen zu verhüllen. »Na ja – nach all den Jahren war der arme Kerl eben doch nicht mehr ganz richtig im Kopf, will sagen in den Schaltkreisen«, sagte er. »Verstehst du – alles was der Computer unternahm, das Schachspiel, das Duellschach, die Jagd mit ihren Zufallsergebnissen, das alles hat er nur getan, um nicht verrückt zu werden.«

»Wieso das«, sagte Djana überrascht.

»Sieh mal, ein Gehirn, das nichts zu tun hat außer Routine, nichts Neues, Dekade um Dekade – und sich dessen bewußt ist...« Flandry schauderte. »Du weißt, was Isolierung bei organischen Sophonten bewirkt: keine neuen Sinneseindrücke für einige Zeit, und das Gehirn verkümmert, schnappt über. Die einfachste und älteste Art von Gehirnwäsche. Ein solches

Hirn kann dann mit beliebigen fremden Gedanken imprägniert werden ... Unser Computer hat sich seinen gesunden Verstand bewahrt, indem er etwas Kompliziertes und Unberechenbares schuf, das er beobachten konnte.« Er schwieg einen Augenblick und fügte dann mit leichtem Sarkasmus hinzu: »Muß ich auf eine mögliche Analogie zu dem Schöpfergott hinweisen, an den du glaubst?«

Er bedauerte die Bemerkung, als sich ihr Gesicht verhärtete. »Ich will detailliert wissen, was du dem Computer gesagt hast!« schnappte sie.

»Aber gern«, sagte er. »Als ich den Weißen König aus seinen Schlachtenträumen weckte ...« Die Metapher ging sichtlich über ihren Horizont, also fuhr er fort: »Der Computer ist geradezu rührend ungeduldig, seine einstige Tätigkeit wieder aufzunehmen. Freund Ammon wird ein Vermögen an Metallen vorbereitet finden, wenn sein erstes Schiff landet.

Ich glaube wirklich, du bist einfach moralisch verpflichtet, mich für eine Extraprämie zu empfehlen, und er ist moralisch verpflichtet, mir eine solche zu zahlen – hm?«

»Moralisch!« Bitterkeit schlug ihm entgegen, die Bitterkeit eines Lebens, das ihr niemals gestattet hatte, *diese* Seite aller Dinge zu berücksichtigen. Sie übertrieb ihren Gefühlsausbruch aber irgendwie, dachte er, wie um eine Entschuldigung für ihren Angriff zu finden. »Rede du nur von Moral, Dominic Flandry, du, der du geschworen hast, dem Imperium zu dienen, und dich bezahlen ließest, um Leon Ammon zu dienen!«

Das traf ihn. »Was hätte ich denn tun sollen?« gab er wütend zurück.

»Ablehnen.« Ihr Ausdruck milderte sich. Sie schüttelte die bernsteinfarbenen Strähnen aus dem Gesicht, lächelte traurig und drückte seine Hand. »Nein ... ach, Nicky, vergiß das. Ich weiß, das wäre heutzutage zu viel verlangt. Laß uns korrupt sein, uns beide, und freundlich miteinander, bis wir Lebewohl sagen müssen.«

Er betrachtete sie nachdenklich, starrte hinaus zu den Sternen, und ließ seinen Blick in die endlose Ferne gerichtet, während er sprach: »Ich glaube, ich sollte dir sagen, weshalb ich es getan habe. Ich werde das Geld annehmen, weil ich es brauche.

Und das Risiko, überführt und verurteilt zu werden, das will ich für den Rest meines Lebens gerne tragen: Es scheint mir ein kleiner Preis für die Befestigung einer Grenze . . .«

Ihre Augen weiteten sich. »Ich verstehe dich nicht.«

»Irumclaw sollte aufgegeben werden«, sagte er. »Jeder weiß das. Man hat es deutlich genug gesehen: Die ganze Garnison wurde unfähig und korrupt. Die Zivilbevölkerung verließ den Planeten, nahm ihr Kapital mit. Der strategische und ökonomische Wert Irumclaws nahm rapide ab. Und eines Tages hätte das Imperium den Stützpunkt aufgegeben – und wir müßten die Grenze um mehrere Parsek zurücknehmen. Unsere großen Gegner und Konkurrenten bei der Beherrschung dieser Milchstraße hätten wieder an Raum gewonnen . . .«

Er seufzte. »Leon Ammon ist ein schmutziger Verbrecher. Unter anderen Umständen würde ich dafür plädieren, daß man ihn mit einem Putzlappen erwürgt. Aber er ist tatkräftig, in gewissem Sinn mutig, und ein geschickter Planer.

Ich besuchte ihn, um seine Absichten kennenzulernen. Als er sie mir erklärte, sagte ich zu, weil . . . nun . . . wenn die Bürokraten des Imperiums Wayland angeboten bekämen, wüßten sie nichts damit anzufangen. Zehn zu eins, daß sie die Sache zum Staatsgeheimnis erklären und in den Akten begraben – nur damit sie nicht die Initiative ergreifen müssen. Auch wäre die ›Entspannungspolitik‹, die ihnen so am Herzen liegt, nicht recht mit der Ausbeutung einer Welt im Niemandsland zu vereinbaren . . .

Ammon hingegen hat Initiative – weil er auf einen persönlichen Gewinn hofft. Er wird sich auf Wayland festsetzen, seine Gier als Triebfeder, und wird so reich werden, daß sein politischer Einfluß die Regierung zwingt, seine Interessen zu schützen. Das heißt, der Stützpunkt auf Irumclaw bleibt. Und damit können wir diese Grenze halten – sogar noch darüber hinaus einen gewissen Einfluß ausüben.

Kurzum«, schloß Flandry, »er mag zwar ein Schweinehund sein, aber er ist *unser* Schweinehund.«

Er drückte die Zigarette mit einer heftigen Bewegung aus und wandte sich dem Mädchen zu. Er wollte vergessen, wieviel auf dem Spiel stand.

Sonderbarerweise reagierte sie abweisend, obwohl sie noch Minuten vorher sich anschmiegsam-verständnisvoll gegeben hatte. Die grauen Augen zeigten eigentümliche Besorgnis. »Bitte, Nicky, laß mich . . . laß mich nachdenken über das, was du mir erzählt hast.«

Er ließ sie los und lehnte sich zurück. »Ein Weilchen werde ich mich wohl beherrschen können«, grinste er, »aber bitte denke nicht zu lange nach . . .«

Sie verzog das Gesicht. »Ich hätte nie gedacht, daß du dir über die Zukunft des Imperiums Sorgen machst«, sagte sie unsicher.

Er war in einer Gesellschaft aufgewachsen, die Idealismus als verschroben ansah, und so zuckte er nur die Schultern: »Nun ja, schließlich lebe ich im Terranischen Imperium.«

»Aber wenn nun . . .« Sie lehnte sich vor, zögerte. »Nicky, glaubst du wirklich, daß Wayland einen so großen Unterschied ausmacht?«

»Ich hoffe es. Aber warum fragst du das? Ich kann mir nicht vorstellen, daß du dich um das Wohlergehen zukünftiger Generationen auch nur einen Deut scherst!«

»Ja eben. Was mich interessiert – was wäre, wenn . . . wenn Ammon irgend etwas passiert, so daß er Wayland nicht ausbeuten kann? Was würde das für uns bedeuten, für dich und mich?«

»Tja, das Imperium würde ein bißchen abbröckeln, was wir wahrscheinlich gar nicht merken würden.« Er zögerte. »Oder doch? Wirtschaftlicher Rückschritt, politische Folgen auch auf Terra, Unruhen . . . also sicher kann man da gar nichts sagen.«

»Wir könnten uns auf jeden Fall einen netten sicheren Kolonialplaneten suchen«, meinte Djana, »weit genug weg von allen Unruhen, nicht zu primitiv natürlich . . .«

»Ja, schon. Aber was beim Chaos wurmt dich, Mädchen? Wir berichten Ammon, und dann brauchen wir nur noch zu kassieren!«

Sie nickte, und beide schwiegen eine Weile. Auf dem Sichtschirm wob die Milchstraße einen funkelnden Heiligenschein über Djanas Kopf.

Langsam kam ein zu diesem Anblick schlecht passender,

schlauberechnender Ausdruck in ihr Gesicht. Sie lächelte und murmelte: »Es würde überhaupt keinen Unterschied machen, wenn nicht Leon Ammon, sondern ein anderer von Irumclaw Wayland kriegt, oder?«

»Vermutlich nicht, wenn du einen seiner Berufsgenossen damit meinst.« In Flandry machte sich ein ungutes Gefühl breit. »Hör mal, Mädel, was heckst du da aus? Versuchst du etwa, noch mehr Butter aufs Brot zu kriegen, indem du das Geheimnis an die Konkurrenz verkaufst? Würde ich nicht tun. Das ist pestilenzialisch gefährlich, kann ich dir sagen!«

»Du tätest . . .«

»So etwas sicher nicht. Ich bin ja nicht lebensmüde – mit dem Geld in Aussicht! Und während meiner restlichen Dienstzeit auf Irumclaw werde ich auch unbeschreiblich brav und pflichtbewußt sein. Keine Ausflüge ins Vergnügungsviertel mehr – o nein; ich werde mich dem Studium Strategischer Handbücher widmen, oder so was in der Richtung. Ein Glück, daß ich nicht mehr lange auf Irumclaw abzusitzen habe.«

Flandry ergriff ihre Hände, hielt sie zwischen seinen fest. »Ich möchte nicht einmal einen Besuch bei dir riskieren«, erklärte er. »Und du solltest auch sehr vorsichtig sein. Das Universum wäre ohne dich um vieles ärmer . . .«

Djana preßte die Lippen zusammen. »Du willst mich bloß loswerden.«

»Glaubst du?« Flandry setzte ein hungriges Grinsen auf. »Nur gut, daß wir noch eine Menge Zeit haben bis dahin – so daß ich dir beweisen kann, daß dem vorläufig nicht so ist. Bereit zur Beweisaufnahme – hm?«

Sie schlug die Augen nieder, warf ihm dann einen schmelzenden Blick unter langen Wimpern zu, fiel ihm in den Schoß, umarmte ihn, warm, weich, lächelnd. »Hmmm . . . natürlich«, gurrte sie.

Den schönen Traum beendete eine Explosion – Stille. Leere. Schweben im Nichts.

Er wachte auf und bereute es augenblicklich. Jemand schien ihm den Schädel gespalten und den Reaktor des Bootes hineingepreßt zu haben.

Nein . . . Er versuchte, sich herumzuwälzen und konnte es nicht.

Als er stöhnte, hob eine Hand seinen Kopf an, eine kühle Flüssigkeit benetzte seine Lippen. »Trink das«, hörte er Djanas Stimme aus weiter Ferne sagen.

Als das Stimulans in dem Getränk zu wirken begann, wurde das Bild vor seinen schmerzenden Augen etwas schärfer. Djana stand an der Schlafkoje und sah auf ihn herunter; ihr Gesicht war ausdruckslos. Er reckte den Hals – was auch verdammt weh tat – und konnte dadurch erkennen, daß er mit Fuß- und Handgelenken an den Kojenrahmen gefesselt war. Mit Draht – eine saubere, professionelle Arbeit.

»Geht's wieder?« Auch ihre Stimme war ausdruckslos.

»Ich nehme an, du hast mir mit deinem Paralysator eins versetzt, sobald ich eingeschlafen war«, krächzte er.

»Tut mir leid, Nicky.« Klang hier, für einen kurzen Augenblick, doch ein Gefühl durch?

»Warum hast du's getan?«

Sie erzählte ihm von Rax und schloß: »Wir sind bereits auf Kurs für das Rendezvous. Wenn ich alles richtig verstanden habe, was du mir erklärt hast, dann müßten es vierzig bis fünfzig Lichtjahre sein. Natürlich habe ich den Autopiloten auf maximale Hypergeschwindigkeit gestellt.«

Er war noch zu betäubt, um sich sofort über alle Konsequenzen im klaren zu sein. Eine jedoch traf sein verwirrtes Hirn wie ein Hammerschlag: »Vier oder fünf Tage! Willst du mich so lange angebunden lassen?!«

»Tut mir leid«, wiederholte sie. »Ich kann nicht riskieren, daß du den Spieß umdrehst.« Sie zögerte. »Ich werde mich, so gut ich kann, um dich kümmern. Ich habe nichts gegen dich, im Gegenteil. Es ist diese Million Credits, verstehst du das?«

»Und du hegst also den frommen Glauben, daß deine unbekannten Auftraggeber ihre Seite des Vertrages erfüllen.«

»Wenn Wayland wirklich so wertvoll ist, wie du behauptet hast, dann ist ein Megacredit ein Tropfen in einem Ozean für sie.« Dann fügte sie mit plötzlich stählerner Entschlossenheit hinzu: »Für mich bedeutet es, daß ich endlich nur mir selbst gehören kann.«

Flandry versank in dem hämmernden Schmerz seiner mißhandelten Nerven.

Die Schmerzen vergingen, aber die Unannehmlichkeiten seiner Lage wurden mit jeder Stunde schlimmer. Er konnte wegen der einschneidenden Drähte nur wenige isometrische Übungen machen. Sein ganzer Körper brannte, obwohl er stundenlang die wenigen Muskeln bewegte, die von den Fesseln nicht daran gehindert wurden.

Djana hielt ihr Versprechen und pflegte und massierte ihn und las ihm über die Bordsprechanlage stundenlang von den Buchbändern vor, die er mit hatte.

Sie bot ihm sogar an, mit ihm zu schlafen. Nach drei Tagen akzeptierte er.

Die meiste Zeit verbrachten sie jedoch jeder für sich. Die Spannungen zwischen ihnen beschränkten die Unterhaltung auf das Notwendigste. Flandry fand anfangs noch genügend Stoff für seine Gedanken – Erlebnisse, Ideen, mit denen er spielen konnte. Selbstdisziplin half ihm über die ersten Tage hinweg, doch später erschien ihm jede Stunde als ein leeres Jahrhundert.

Als endlich die Detektoren summten, die Funksprechanlage Worte dröhnte, wurde ihm in seinem dämmernden Dahinvegetieren die Bedeutung der Geräusche erst nach einer Weile klar. Dann überschwemmte Freude jeden anderen Gedanken.

Als die Schiffe aber ihre Hypergeschwindigkeit angeglichen hatten und in Phase waren, als die Luftschleusen mit einem dumpfen ›Tschump‹ ankoppelten, und die andere Besatzung an Bord kam, schrie Djana entsetzt auf.

Jetzt wußte sie, für wen Rax arbeitete.

8

Die Merseianer behandelten ihn äußerst korrekt. Man band ihn los, führte ihn an Bord des fremden Schiffes – eines Zerstörers –, wo er von einem Arzt untersucht wurde, der auf andere Rassen spezialisiert war. Er bekam Gelegenheit, sich zu waschen, und man gab ihm seine Besitztümer zurück, selbstverständlich mit Ausnahme der Waffen. Eine kleine Kabine wurde ihm und dem Mädchen zur Verfügung gestellt. Man brachte ihnen Essen und gleichzeitig für Djana eine Gebrauchsanleitung für die Toilettenanlage am Ende des Ganges. Vor der Kabine wurde ein Wachtposten aufgestellt, der sie aber nicht weiter behelligte. Kurzum, sie wurden mit aller Rücksicht behandelt, die Gefangenen gegenüber auf einem Kriegsschiff dieser Klasse möglich war – und lange würde die Reise ja nicht dauern.

Djana jammerte immer wieder: »Ich habe gedacht, es wären Menschen! Nicky, glaub mir ... irgendeine andere Bande aus der Alten Stadt ...« Sie klammerte sich an ihn. »Was werden sie mit uns machen?«

»Was weiß ich«, sagte er ohne das geringste Mitgefühl, »nur bin ich ganz sicher, daß sie dafür sorgen werden, daß wir unser Wissen nicht nach Hause bringen!«

Zum Beispiel die Tatsache, daß auf Irumclaw ein Spionagering unserer grünen Freunde existiert – mit diesem Rax als Chef, dessen Heimatplanet zweifellos im Roidhunat, nicht im Imperium ist ... oder daß die Merseianer wahrscheinlich tatsächlich einen Stützpunkt hier im Niemandsland errichtet haben – verdammt nahe an unserer Grenze. Es überlief ihn kalt. *Und wenn man im merseianischen Hauptquartier von meiner Gefangennahme erfährt, wird jemand ganz Bestimmter sich mit mir persönlich beschäftigen wollen – Ironrede.*

Der Zerstörer packte das Raumboot mit riesigen Greifern, hielt es längsseits fest und setzte sich mit einem weichen Ruck des Hyperantriebs in Bewegung.

Flandry versuchte, mit dem Wachsoldaten ins Gespräch zu kommen, doch der schwieg beharrlich – vermutlich auf

Befehl. Der Merseianer, der ihnen die nächste Mahlzeit brachte, war aber wenigstens bereit, den Wunsch Flandrys an seine Vorgesetzten weiterzugeben, daß er bei Anflug und Landung zusehen wolle. Zu seinem Erstaunen wurde es ihm gestattet. Wieder ein Hinweis darauf, daß die Pläne der Merseianer ihre Freilassung nicht einschlossen – da konnten sie sich schon großzügig zeigen.

Die Rendezvouskoordinaten, die Rax Djana gegeben hatte, sollten sie offensichtlich in den Bereich eines Wachschiffes bringen – und Wachschiffe pflegten sich nie weit von ihrer Basis zu entfernen. So war Flandry nicht überrascht, als er schon nach einigen Stunden abgeholt wurde; er ging ohne ein Wort an Djana – *soll sie doch in ihrem Gejammer ersaufen, dummes Weibsbild* – mit seinem bewaffneten Führer nach vorne zur Steuerzentrale.

Im großen und ganzen war das Schiff ähnlich den terranischen gebaut; nur Details variierten, bedingt durch andere physische und psychische Veranlagung, durch die fremde Kultur der Besatzung.

Aber auch hier herrschte das dumpfe Dröhnen und allgegenwärtige Vibrieren, auch hier strich ein warmer, ölig riechender Hauch aus Lüftungsgittern, und die Besatzung ging sehr ähnlichen Pflichten nach wie eine menschliche.

Die Besatzung: grüne, haarlose Riesen mit Zackenschwänzen; schwarze, fremdartige Uniformen, im Gürtel die zeremoniellen Kampfmesser. Kleine Gesten, bestimmte Rituale des täglichen Lebens – eine Anrede, ein Gruß – wurden mit der Gewohnheit einer jahrhundertealten Tradition ausgeführt. Hier und da persönliche Kleinigkeiten, ein Bild oder ein Andenken, die auf einen kühleren und abstrakteren Geschmack hinwiesen, als ihn ein terranischer Raumsoldat haben würde. Die Ausdünstungen der Körper in den engen Räumen und Gängen rochen schärfer, trockener als die von Menschen; die dunklen Augen, die Flandry folgten, zeigten keinerlei Weiß.

Broch (etwa ›Zweiter Offizier‹) Tryntaf der Hagere begrüßte Flandry im Navigationsraum. »Selbstverständlich, Leutnant, kommen wir Ihnen so weit wie möglich entgegen. Sie wurden zwar wegen Verletzung unseres Hoheitsgebiets gefangengenommen, aber unsere Reiche befinden sich schließlich nicht im Kriegszustand.«

»Ich danke dem *Broch*«, sagte Flandry in seinem besten Eriau und machte die rituelle Geste der Dankbarkeit. Er enthielt sich der Bemerkung, daß das Übereinkommen von Alfzar beiden Mächten verbot, in der Pufferzone Hoheitsrechte zu beanspruchen. Aber wahrscheinlich hatte man hier den so oft geübten Trick wiederholt: Man schloß einen ›gegenseitigen Beistandspakt‹ mit einem Haufen freundlich-gleichgültiger oder eingeschüchterter Eingeborener. Auf Starkad etwa war das so gespielt worden ...

Interessiert trat Flandry an die Sichtscheibe und überlegte, daß er wahrscheinlich auf der Welt, die er erblickte, sterben würde.

Die Sonne gehörte einem ähnlichen Typ wie Mimir an, etwas weniger dicht und hell, doch gleichermaßen wild in seinem weiß glühenden Feuer, den kochenden Flecken und den gierig über den Rand leckenden Protuberanzen. Aus der augenblicklichen Entfernung nahm der Stern einen Winkeldurchmesser ein, der um ein Drittel größer war als der Sols von Terra gesehen.

»Spektraltyp F5«, sagte Tryntaf. »Masse 1,34, Helligkeit 3,06, Radius 1,25.« Er bezog die Daten natürlich auf seine eigene Heimatsonne, Korych; aber Flandry rechnete die Werte mit der Schnelligkeit langer Übung in Sol-bezogene Angaben um. »Wir nennen diese Sonne Siekh. Der Planet, auf dem wir landen werden, heißt Talwin.«

»Aha«, der Terraner nickte. »Haben Sie sonst noch Helden Ihrer Bürgerkriege in diesem System verewigt?«

Tryntaf warf ihm einen überraschten Blick zu. *Verdammt,* dachte Flandry, *mußt du immer zeigen, wie gescheit du bist! Der Gegner sollte einen besser unterschätzen ...*

»Es erstaunt mich, daß Sie unsere Geschichte vor der Entstehung des Roidhunats kennen, Leutnant«, sagte der Merseianer. »Aber da unsere sämtlichen Wachschiffe Auftrag hatten, nach Ihnen Ausschau zu halten, ist es klar, daß Sie ein Terraner von überdurchschnittlicher Bedeutung sind.«

»Nicht doch«, sagte Flandry bescheiden.

»Um Ihre Frage zu beantworten – es gibt in diesem System nur wenige Himmelskörper, die einen Namen verdienen. Asteroiden in jeder Menge, aber nur vier größere Planeten, von denen der kleinste wahrscheinlich nur ein ausgekommener Mond ist. Die Umlaufbahnen verlaufen in ganz verschiedenen Ebenen und sind stark exzentrisch. Unsere Astronomen vermuten, daß irgendwann in der Frühzeit dieses Systems ein anderer Stern vorbeizog und alles in Unordnung brachte.«

Flandry studierte die Welt, die unter ihm immer größer wurde. Das Schiff war vom Hyperantrieb zum Gravtrieb übergegangen, und damit auf eine Geschwindigkeit, die wesentlich unter der des Lichtes lag. Talwins blendend weiße Sichel mit den verwaschenen Rändern ließ vermuten, daß der Planet wie Venus vollkommen wolkenbedeckt war.

»Schaut nicht sehr gemütlich aus«, bemerkte Flandry. »Sind wir nicht besonders sonnennah?«

»Der Planet ist es zu dieser Zeit«, sagte Tryntaf. »Es ist jetzt Spätsommer – überall, da die Achse kaum geneigt ist. Jahreszeiten entstehen hier nur durch die Bahnexzentrizität – die aber ist gewaltig. Talwin ist im Periastron nur 0,87 astronomische Einheiten von Siekh entfernt, im Apastron jedoch 2,62! – Sie sollten sich leichtere Kleidung besorgen, bevor Sie von Bord gehen, Leutnant. Die Temperaturen sind immer noch sehr hoch.«

Flandry stieß einen Pfiff aus. »Verrückt. Ich kann mir nicht vorstellen, daß es da überhaupt Leben gibt – was nicht gekocht wird, wird eben gebraten«, bemerkte er, in der schwachen Hoffnung, die alberne Bemerkung werde den anderen überzeugen, daß er doch nicht ein geniales Wundertier war, das man mit viel Glück eingefangen hatte.

»Falsch«, lautete die Antwort. »Die dichte feuchte Atmosphäre mit den dichten Wolken und die ausgedehnten Ozeane mildern das Klima ausreichend. Photosynthese sorgt für eine atembare Sauerstoff-Stickstoff-Luft.«

»Hm, und ... Krankheiten?« *Nun übertreib's mal nicht – die Biochemie ist im ganzen Universum die gleiche, und wenn auch unter extremen Bedingungen Erreger entstehen können, die für uns oder die Merseianer fremd sind, so wird die moderne Medi-*

zin damit jedenfalls fertig. »Äh, ich meine, sind nicht Allergien und Gifte ein Problem?«

»Mitunter. Aber damit können wir leicht fertig werden. Sie oder ich könnten ohne weiteres eine Weile von den einheimischen Nahrungsmitteln leben, wenn wir sie sorgfältig auswählen. Für längere Zeit brauchten wir Zusatzdiät – wir haben für Notfälle schon eine solche zusammengestellt.«

Flandry versuchte, noch weitere Informationen aus Tryntaf herauszubekommen, doch der sagte bald, er hätte zu tun, und ließ den Terraner mit der Wache allein, die an der Tür auf den Schwanz gestützt lehnte.

Die Aussicht ließ ihn für eine Weile die Sorgen um sein Schicksal vergessen. Es war immer wichtig, alle Einzelheiten zu beobachten, Schlüsse daraus zu ziehen – kein Wissen war je ganz umsonst.

Talwin besaß keinen Mond. Flandry bemerkte jedoch das Aufblitzen von zwei Relais-Satelliten, deren Stellung ihm verriet, daß sie zu einem synchronen Dreieck gehörten – die für Kommunikationssatelliten übliche Anordnung. Wenn die Merseianer sich bisher nichts Besseres geleistet hatten, dann war der Stützpunkt wahrscheinlich eine magere Sache.

Aber so weit von ihrem Heimatplaneten entfernt konnte man nicht mehr erwarten: Talwin war nur ein Außenposten, eine Beobachtungsstation, ein Kontaktpunkt für Agenten von Grenzplaneten, wie Rax etwa. Flandry überlegte, ob Terra im Roidhunat einen ähnlichen Geheimstützpunkt besaß. Wahrscheinlich nicht – die Regierung des Imperiums war zu träge und den Ausgaben für derartige Aktionen zu abgeneigt.

Die Anflugdaten waren berechnet; der Zerstörer glitt jetzt in einer langen Spirale rund um den Planeten hinunter. Vermutlich war der Kurs so festgelegt worden, daß Sturmzyklonen vermieden wurden: das große Energieangebot, der hohe Luftdruck (um zwanzig Prozent höher als der Terras, hatte Tryntaf gesagt) und eine Tagesdauer von rund achtzehn Stunden würden zusammen ein Wetter bewirken, gegen das alles, was die Atmosphäre Terras zustande brachte, nur ein Sturm im Wasserglas war. Und ein langgestrecktes, schlankes Schiff wie ein Zerstörer war unangenehm turbulenzempfindlich.

Als sie auf der Tagseite unter die hohen Wolken stießen, konnte Flandry den einzigen Kontinent Talwins fast zur Gänze überblicken. Nahezu keilförmig reichte er vom Nordpol fast bis zum Äquator, die Keilspitze im Süden. Sonst gab es nur unzählige verstreute Inseln.

Flandry vermutete, daß die Bildung und das Wiederabschmelzen riesiger Eiskappen im Laufe eines Jahres – das zwei terranischen Jahren entsprach – das isostatische Gleichgewicht störten. Auf Talwin (etwas kleiner und weniger dicht als Terra) würden demnach wahrscheinlich tektonische Prozesse wie Gebirgsbildung, Absinken von alten Landmassen und Auftauchen von neuen, schneller ablaufen, und Erdbeben und Vulkantätigkeit würden recht häufig sein.

Er konnte eine Gebirgskette erkennen, die den Kontinent in mittlerer Breite teilte – Berge, die Terras Himalaja unbedeutend erscheinen ließen. Nackte, kahle Felsen – und im Norden dieser unüberwindlichen Mauer war das Land eine flache, sumpfige Tundra. *Nicht schlecht!* Das heißt, die nördliche Eiskappe wächst im Winter bis 45frei Breite nach Süden – die Gletscher schleifen alle Erhebungen zu feinem Löß . . .

Im Süden kochten Staubstürme über sonnenüberglühten Steppen. Flandry stellte sich vor, daß die Flüsse und Seen im Hochsommer nicht erst austrockneten, sondern zu kochen begannen.

Außerhalb des verbrannten Tropengürtels, in mittleren Breiten, wucherte eine üppige Pflanzenwelt alles verschlingender Urwald, vor allem an den Küstenstrichen, wo noch genügend Regen fiel; jetzt zu Beginn der Trockenzeit konnte man jedoch schon ausgedörrte Flecken sehen, und Waldbrände wüteten und schufen Platz für neuen Wachstum im nächsten Jahr. Auf den Grasebenen bewegten sich Herden weidender Tiere nur unmerklich vorwärts; Luft und Wasser waren ebenso von Leben erfüllt.

Die vorherrschende Farbe der Vegetation war Blau, Blau in vielen Schattierungen. Das Photosynthese-Molekül war also nicht Chlorophyll, aber wahrscheinlich etwas chemisch sehr Ähnliches. Hier und da Brauntöne, Rot, Gelb, und selten ein heimatlich anmutendes Fleckchen Grün.

Mit Donner im Kielwasser zog das Raumschiff in einer Schleife über die Nachtseite des Planeten. Flandry ergänzte seine Beobachtungen mittels der Infrarotverstärker.

Und dann tauchte das Schiff wieder in das Sonnenlicht ein, niedrig nun und zur Landung ansetzend. Der riesige Gebirgswall dämmerte im Norden, und die Vorgebirge seiner Vorgebirge – immer noch mächtig – reckten sich dem Schiff entgegen. Flandry entdeckte einen Vulkan unter ihnen, der Rauch und Asche in den Himmel spie. Ein Fluß zwängte sich durch Felsenengen, donnerte über Steilstufen, bevor er breit und ruhig die waldigen Ebenen im Süden durchströmte. Das diffuse Licht verwandelte ihn in stumpfes Blei, das sich durch die azurblauen Wälder wälzte und schließlich weit im Süden in eine breite Bucht mündete.

Das grüngraue Meer warf schäumend weiße Brandung gegen die Küsten; weit ins Land hinein war der Boden mit salzigem Schlick bedeckt, und nur wenige Pflanzen waren diesen Bedingungen gewachsen. Hmmm, überlegte Flandry, das Abschmelzen der Eiskappen im späten Frühjahr muß natürlich das Meeresniveau um etliche Meter erhöhen, und Gezeiten und Stürme treiben die Wassermassen landeinwärts, und von den Gebirgen kommen die Sturzfluten der Frühsommerregen: eine Sintflut wahrhaftig ... Djanas Gott brauchte sich da nicht schämen. – Gesetzt den Fall, alles das hat einen Sinn, weil irgendein Gott es so will, was bezweckt er mit diesem wilden Planeten?

Und mit mir?

In einem einzigen Augenblick wurde Flandry bis in das letzte Nervenende bewußt, daß das Leben etwas ungeheuer Kostbares war, ob es nun einen tieferen Sinn hatte oder nicht, und daß er nicht sterben wollte. *Nicht jetzt schon ...*

Er riß sich zusammen.

Selbstmitleid würde ihn nur für die eine Chance blind machen, die vielleicht doch noch kam.

Die Landschaft auf dem Sichtschirm kippte. Die Maschinen dröhnten tiefer. Das Schiff landete.

Der Stützpunkt der Merseianer war auf einem breiten Felsplateau oberhalb des Flusses errichtet worden, etwa dreißig Kilometer von der Meeresbucht entfernt. Der Raumhafen war winzig, die technischen Anlagen dementsprechend dürftig, wie Flandry schon vermutet hatte. Mehr als ein paar Zerstörer und kleine Schiffe konnten von hier aus nicht operieren. Es gab jedoch einige größere Gebäude, die aber nicht militärischen Zwecken zu dienen schienen.

Ich wüßte gerne, ob sie mit Talwin noch irgendwelche Hintergedanken haben... Könnte durchaus sein. Für einen gewöhnlichen Stützpunkt hätten sich selbst die spartanischen Merseianer einen angenehmeren Planeten ausgesucht – oder einen besser zu tarnenden, etwa einen seiner Sonne entkommenen größeren Asteroiden... Irgendwie scheint mir der Spionage-Aspekt sekundär zu sein.

Das Schiff hatte mit einem leichten Stoß aufgesetzt. Der Luftdruck im Innern war schon während des Abstiegs langsam auf den Außendruck angeglichen worden. Als die innere Pseudoschwerkraft abgeschaltet wurde und die des Planeten Flandry in den Griff nahm, fühlte er sich leichter: Er schätzte die Schwerkraft auf etwa 0,9 g.

Tryntaf erschien in der Tür, bellte einen Befehl und verschwand wieder, Flandry wurde von seinem Bewacher zur Schleuse geführt. Djana war schon dort, ebenfalls unter Bewachung neben der grünen Riesenechse und sah unglaublich dünn und zerbrechlich aus.

»Nicky«, stammelte sie und streckte flehend die Hände nach ihm aus, »Nicky, bitte verzeih mir, sei mir nicht böse. Ich wußte es nicht! Ich versteh' nicht einmal, was sie sagen.«

»Das kann dir doch gleich sein, was ich von dir halte«, schnappte er, »weil ich wahrscheinlich bald überhaupt nicht mehr in der Lage sein werde, etwas zu denken!«

Sie verbarg ihr Gesicht in den Händen und wich erschrocken zurück. Er bedauerte daraufhin seine Antwort ein wenig – schließlich konnte sie wirklich nicht viel dafür, daß ihm jetzt eine Gehirnsondierung und Schlimmeres drohte. Und ihre Geldgier war, nach dem Leben, das sie geführt hatte, verständlich, ja entschuldbar. Sie war das Werkzeug in einer Intrige gewesen, die die Merseianer gleichsam vorbeugend gestartet hatten.

Die Schleuse öffnete sich.

Djana taumelte; Flandry prallte zurück, wütend über sich selbst. *Narr! Sie haben dich doch gewarnt, daß es heiß wird!*

Die Hitze hüllte ihn ein, drang in seinen Körper und erstickte ihn langsam. Die Temperatur mußte um 80frei C betragen, auf der Erde nur 20frei unter dem Siedepunkt von Wasser . . .

Ein Windstoß, sengend wie die Abgase einer Rakete, röhrte dumpf über den Stahlbeton, der in der Hitze flimmerte. Flandry war in wenigen Augenblicken mit klebriger Feuchte bedeckt. Wasserdampf kondensierte an seiner Haut, in seinen Lungen, da seine Körpertemperatur weit unter der Lufttemperatur lag; das Atmen war ein langsames Ertrinken.

Geräusche drangen in der dichten Luft ungewohnt laut an seine Ohren. Die vom Dschungel herüberdringenden Gerüche waren scharf, schwer und stanken zeitweise etwas nach Schwefel.

Das nächste Gebäude zeichnete sich klobig gegen die hellen Wolken ab; auf seinem Dach ein Gong, mit dem zum Gebet an einen Gott gerufen wurde, dessen Welt 200 Lichtjahre entfernt lag. Die diffuse Beleuchtung ließ keine Schatten zu – Entfernungen waren so recht schwer abzuschätzen. War dieses gesegnete Gebäude mit seiner Klimaanlage wirklich so weit entfernt?

Die Besatzung lief in diszipliniertem Trab darauf zu. Das Bodenpersonal, das draußen beschäftigt war, trug weiße Klimakontroll-Anzüge.

»Weiter, Terraner!« rief Flandrys Wächter. »Oder gefällt dir unser Wetter so gut?«

Flandry setzte sich in schnellere Bewegung. »Hab' schon gemütlichere Espressomaschinen gesehen«, erwiderte er; da der andere aber nie von Espresso, geschweige denn von Kaffee gehört hatte, stieß seine Bemerkung wieder einmal auf Verständnislosigkeit.

9

Der Amtsraum von Ydwyr dem Sucher war der spartanischen Tradition des Vach-Adels gemäß einfach eingerichtet und enthielt außer Schreibtisch und Ablageborden keinerlei Möbelstücke. Ydwyr und Morioch Sonnenauge saßen nach ihrer Sitte auf den stützenden Schwanz gekauert einander gegenüber. Die beiden selbst für Wilwidh-Merseianer riesigen Reptilkörper, die schwache, fremdartige Ausdünstung, die rollenden tiefen Kehltöne des Eriau, dies alles schuf eine bedrohliche Atmosphäre, die Djana, da sie kein Wort verstand, am stärksten bewußt wurde. Sie spürte, daß Flandry besorgt war, und ihre kalten Finger umklammerten seine Hand. Er rührte sich nicht und versuchte, aus dem Gespräch der beiden anderen eine Erklärung für die seltsame Spannung zu finden, die im Zimmer herrschte.

»Der *Datholch* wurde vielleicht über die Hintergründe dieser Angelegenheit nicht richtig informiert«, sagte Morioch mit gezwungener Höflichkeit. Flandry kannte die Bedeutung des Titels nicht – bei den Merseianern waren Anreden, Grade und Titel nicht so leicht zu durchschauen –, aber es war sicher ein hoher Grad, da Morioch die ehrerbietig-indirekte Form der Anrede verwendete.

»Ich werde hören, was mir der *Qanryf* dazu noch zu sagen hat«, gab Ydwyr zurück, in der gleichen Form der Anrede, die bei ihm aber offensichtlich bloße Höflichkeit war. Flandry hatte das Wort *Qanryf* (der erste Buchstabe wurde etwa als ›kß‹ ausgesprochen) schon des öfteren gehört, und das silberne Kreuz auf Moriochs Uniform besagte, daß er Kommandant des Stützpunktes war, zumindest, soweit es um militärische Angelegenheiten ging.

Er erklärte eben nachdrücklich: »Der *Datholch* muß wissen, daß dies nicht ein gewöhnlicher Patrouillenflieger ist. Schon die Anwesenheit des weiblichen Terraners beweist das. Aber ich möchte Euch nicht durch meine Angelegenheiten von der Arbeit abhalten.«

Die Begleiter des Kommandanten hatten vor der Tür Posten bezogen – in Rufweite, dachte Flandry. Auf der gegenüberliegenden Seite flimmerte durch ein Fenster die tödliche Hitze des Talwin-Sommers. Graublau ballte sich eine Gewitterwolke auf. Auf der Außenmauer knatterten die Banner derjenigen Vach-Sippen im Wind, von denen sich Angehörige im Stützpunkt befanden.

Ydwyrs Mund preßte sich zu einer dünnen Linie zusammen. »Man hat mich in jedem Fall zu informieren«, sagte er mit einem strengen Unterton. War irgendein Vorrecht verletzt worden? Wer *war* Ydwyr?

Er trug eine graue Robe ohne Insignien, an seinem Gürtel hing nur ein Beutel aus silbrigem Leder. Er war größer als Morioch, doch hager, runzlig, alt. Anfangs hatte er gleichmütig, ja sanft gesprochen, als die beiden Terraner zu ihm gebracht worden waren, sobald er von ihrer Ankunft erfahren hatte. Kaum hatte der Kommandant aber die leisesten Zeichen von Eigenwilligkeit zu erkennen gegeben, hatte Ydwyr sich aufgerichtet und schien jetzt eine kalte Macht auszustrahlen, die allen im Raum bewußt wurde.

Der Kommandant trotzte ihr. »Das bedarf nicht der Erwähnung«, sagte er beharrlich. »Ich hoffe jedoch, der *Datholch* sieht, daß kein Grund vorlag, ihn mit Angelegenheiten zu behelligen, die außerhalb seiner Kompetenzen liegen.«

»Der *Qanryf* kennt den vollen Umfang meiner Kompetenzen hier?« Ein gefährlich warnender Unterton lag in Ydwyrs Stimme.

»Nein ... aber ...« Doch etwas eingeschüchtert sagte Morioch formell: »Der *Datholch* möge eine Erklärung gestatten.«

Ydwyr machte eine zustimmende Bewegung. Morioch holte tief Atem und begann:

»Als die *Brythioch* vor einigen Monaten hier anlegte, erhielt ich von dem Geheimdienstoffizier des Schiffes einen Bericht, der mir damals noch unbedeutend erschien. Wir Ihr wißt, hatte dieser Kreuzer einen Besuch auf Irumclaw, einem terranischen Grenzposten, gemacht. Ein *Mei* – sein Name ist mir im Moment entfallen – traf dort einen Patrouillenflieger, den er von früher kannte. Dieser Pilot, der männliche Terraner hier, war mit einem bedeutenden terranischen Agenten auf Merseia gewesen. Diese beiden waren in eine mir nicht enthüllte Angelegenheit verwickelt, die dem Roidhunat große Schwierigkeiten verursachte. Protektor Brechdan Ironrede soll sehr erzürnt gewesen sein.«

Ydwyr war leicht zusammengezuckt. Langsam hob er eine grüne knochige Hand und sagte: »Man nenne mir den Namen des Gefangenen!«

»Der *Datholch* möge wissen, daß dies Leutnant Dominic Flandry ist.«

Schweigen herrschte im Raum; nur das schrille Pfeifen des immer stärker werdenden Windes drang durch die dick isolierten Wände. Ydwyrs Blick bohrte sich in Flandry. Djana flüsterte ein Stoßgebet an ihren Gott. Flandry wurde heiß; er mußte sich zusammennehmen, um die Haltung zu bewahren.

»Ja«, sagte der Ydwyr endlich, »mir ist einiges über ihn bekannt.«

»Dann wird der *Datholch* diesen Fall eher überblicken können als ich«, sagte Morioch erleichtert, »denn ich habe von Flandry erstmals gehört, als die *Brythioch* . . .«

»Fahren Sie fort«, unterbrach ihn Ydwyr kalt und ohne das höfliche Anredezeremoniell.

Moriochs Erleichterung verschwand wie Tau an der Sonne, und er sprach eilig weiter: »Wie der *Datholch* wünscht. Flandry selbst schien mir unwichtig, doch arbeitete er mit diesem anderen Agenten zusammen. *Kraich* . . . jetzt erinnere mich mich . . . Max Brams ist sein Name, und er ist ein Unruhestifter der ärgsten Sorte. Vielleicht ist Flandry nicht nur sein Mitarbeiter, sondern längst sein Vertrauter? Vielleicht hat seine Versetzung nach Irumclaw noch einen verborgenen Zweck?«

»Dies berichtete der *Mei* dem Abwehroffizier der *Brythioch*; dieser beauftragte unsere Agenten in der Stadt Irumclaw« – *Rax und seine Leute,* dachte Flandry – den Terraner zu überwachen. Sobald er etwas Ungewöhnliches unternähme, sollte das genau untersucht werden.

»Wir hörten dann längere Zeit nichts mehr von der Sache. Vor kurzem jedoch kam eine Kurierrakete mit der Botschaft, daß Flandry im geheimen mit dem Anführer einer Verbrecherbande zusammenarbeite. Unser Agent dachte zuerst, daß dies nur ein Merkmal der allgemeinen Korruption sei.« Verachtung färbte Moriochs Stimme. »Diese Angelegenheit wurde jedoch laut Instruktion untersucht, und wir fanden heraus, worum es ging.«

Er beschrieb Wayland – soweit Ammon davon Kenntnis gehabt hatte. Ydwyr nickte. »Ja«, sagte der alte Merseianer. »Ich verstehe. Das System ist für uns zu weit entfernt, um gegenwärtig eine Besetzung zu rechtfertigen, aber es ist natürlich nicht wünschenswert, daß sich die Terraner dort festsetzen.«

»Unsere Irumclaw-Agenten sind tüchtig«, sagte Morioch. »Sie mußten selbständig entscheiden und handeln. Ihr Plan hatte Erfolg. Der *Datholch* stimmt mir zu, daß sie eine Extrabelohnung verdienen?«

»Wir sollten ihnen wohl besser eine geben«, sagte Ydwyr trocken, »oder sie könnten zu dem Schluß kommen, daß die Terraner eventuell großzügiger wären. Sie müssen noch Auftrag geben, daß alle, die von dem vergessenen Planeten wissen, beseitigt werden. – Nun, und was für einen schlauen Plan hatten unsere Agenten?«

»Der *Datholch* sieht diesen weiblichen Terraner. Nachdem Flandry den Mond untersucht hatte, setzte sie ihn gefangen und brachte sein Raumboot in den Bereich unserer Wachschiffe.«

»Hmmm . . . gehört sie denn zu unseren Leuten?«

»Nein, ihr wurde Bezahlung versprochen. Sie dachte, daß sie für eine terranische Konkurrenzbande arbeiten würde. Vielleicht ist der *Datholch* auch der Meinung, daß sie für diese Art Arbeit Begabung zeigt.«

Flandrys Hoffnungslosigkeit wurde von Mitleid für Djana überflutet, und so beugte er sich zu ihr hinüber und murmelte: »Hab keine Angst. Sie sind zufrieden mit deiner Arbeit. Es scheint, daß sie dich bezahlen und laufen lassen . . .«

Um gegen uns zu spionieren – durch Erpressung oder Bezahlung dazu bewegt. Natürlich könntest du ins innere Imperium entwischen . . . Es sei denn . . . vielleicht gefällt dir die Sorte Arbeit – deine eigene Rasse ist ja nie sonderlich gut mit dir umgesprungen . . .

»Das ist alles, *Qanryf*?« fragte Ydwyr.

»Ja«, antwortete Morioch. »Der *Datholch* erkennt nun die

Konsequenzen. Schlimm genug, daß wir das Boot kapern mußten. Damit provozieren wir vermutlich eine ausgedehnte Suchaktion, die zur Entdeckung unseres Stützpunkts hier auf Talwin führen könnte. Bei der Schlamperei in der terranischen Flotte ist das zwar unwahrscheinlich . . . nun, es blieb uns ohnedies keine Wahl. Es ist jedoch völlig unmöglich, Flandry freizulassen.«

»Davon sagte ich nichts«, erwiderte Ydwyr scharf, »aber ich sagte, und ich sage es nochmals, daß ich diese beiden in meine Obhut zu nehmen wünsche!«

»Aber . . .!«

»Fürchten Sie, daß ich sie entkommen lasse?«

»Nein, natürlich nicht! Aber der *Datholch* muß wissen, wie wertvoll eine Befragung dieses Gefangenen wäre . . .«

»Die Methoden Ihrer Leute würden nur bewirken, daß er für sonst nichts mehr von Wert ist«, schnappte Ydwyr. »Und er kann nicht mehr Informationen besitzen, als wir bereits haben. Sie werden wohl kaum an seinem Privatleben interessiert sein, *Qanryf*?«

»Ich kann nicht glauben, daß er nur durch Zufall diesen Auftrag bekam, daß hinter dieser Wayland-Affäre nicht mehr steckt!«

»Ich schon. Und ich habe meine eigene Verwendung für ihn, und ich wünsche nicht, daß sein Geist zerstört wird. Auch das weibliche Wesen interessiert mich. Beide sind mir zu übergeben.«

Morioch fuhr auf und rief mit schlecht verhehlter Empörung: »Der *Datholch* vergißt, daß Flandry mit Abrams gemeinsam gegen den Protektor intrigierte!«

Ydwyr hob eine Hand und fuhr mit einer knappen Bewegung, die Handfläche nach unten gekehrt, quer über seine Brust. Flandry schnappte nach Luft. Diese Geste wurde selten verwendet, und niemals von jemandem, der nicht das vererbte Recht dazu besaß. Morioch schluckte, neigte den Kopf über gefaltete Hände und murmelte: »Ich bitte den *Datholch* um Vergebung.«

»Gewährt«, sagte Ydwyr. »Sie können gehen.«

»*Cha* . . . der *Datholch* möge verstehen, daß ich einen Bericht verfassen muß, mit allen Angaben, die meine Pflicht fordert?«

»Gewiß. Ich werde ebenfalls einen Bericht senden. Er wird keine Kritik enthalten.« Ydwyrs Strenge milderte sich. Obwohl sein Lächeln nicht wie das eines Menschen war, sondern nur die Zähne entblößte, spürte Flandry Freundlichkeit. Und auch die Anrede zeigte, daß Morioch verziehen war. »Jagt erfolgreich, Morioch Sonnenauge.«

»Ich danke ... und wünsche auch Euch eine gute Jagd.« Morioch kippte auf die Füße, salutierte und ging.

Draußen war der Himmel nun vollends schwarz geworden. Blitz auf Blitz flackerte in der Schwärze, Donner rollte, der Wind peitschte heulend einen Regenschauer um den anderen gegen die Fenster, über das Flugfeld. Die prasselnden Tropfen verdampften, kaum daß sie den Grund berührt hatten. Djana klammerte sich an Flandry; sie hielten sich gegenseitig aufrecht.

Schließlich ließ er sie los und wandte sich zu Ydwyr. Er vollführte einen formvollendeten merseianischen Ehrensalut – so gut ein Mensch ihn überhaupt zustande bringen konnte – und sagte in seinem besten Eriau: »Ich danke dem *Datholch* mit meinem ganzen Geist.«

Ydwyr lächelte neuerlich. Die Fluoroplatte an der Decke hatte sich automatisch erhellt, als das Gewitter den Himmel verdüsterte, und machte den Raum zu einer gemütlichen Höhle. »Setzen Sie sich, wenn Sie mögen«, sagte Ydwyr freundlich.

Die beiden Menschen nahmen das Angebot dankbar an. Sie setzten sich auf den gummiartigen Boden und lehnten sich an eines der Borde an, die – gefüllt mit Film- und Buchrollen – die Wände bedeckten. Ihren schwachen Knien tat das gut, dachte Flandry, aber diese Stellung hatte psychologisch gesehen einen Nachteil. Ydwyr ragte vor ihnen auf wie eine heidnische Gottheit.

Aber sie werden mich nicht mit Drogen vollstopfen und mein Gehirn leerbrennen oder mich erschießen. Nicht heute wenigstens. Vielleicht ... vielleicht einmal ein Gefangenenaustausch ...

Ydwyr betrachtete sie würdevoll, scheinbar gleichgültig. *Ich darf ihn nicht warten lassen.* Erleichterung pumpte neue Energien in Flandrys Glieder. Er sagte: »Darf ich den *Datholch* bitten, mir seine Stellung zu erklären, damit ich versuchen kann, die ihm gebührenden Ehren zu erweisen?«

»Wir lassen hier in meinem Arbeitsteam Formalitäten weitgehend beiseite«, antwortete der Merseianer. »Aber ich bin erstaunt, daß jemand, der Eriau so fließend spricht und unseren Heimatplaneten besucht hat, diesen Titel nicht kennt.«

»Oh ... Wenn ich dem *Datholch* erklären darf, seine Sprache wurde mir in einem Schnellkurs beigebracht, sozusagen; und mein Aufenthalt auf seiner interessanten Welt war nur kurz; meine Ausbildung betraf im wesentlichen ...«

»Ich habe Ihnen schon gesagt, Leutnant, daß ich auf Förmlichkeiten verzichte.« Ydwyrs Lächeln bekam einen grimmigen Zug. »Und ich weiß sehr genau, wie Sie Ihren Satz lieber nicht beendeten. Ihre Ausbildung lehrte Sie, uns nur als militärische Gegner zu sehen.« Er seufzte. »Auf unserer Seite macht man es genauso, und daran wird sich nichts ändern, bevor nicht unsere Regierungen sich besinnen. Ich hoffe, daß wir zumindest hier privat zu einem gewissen gegenseitigen Verständnis gelangen ...

Was Ihre Frage betrifft: *Datholch* ist eher ein ziviler als ein militärischer Rang.« Ydwyr verwendete nicht die genau entsprechenden Wörter für ›zivil‹ und ›militärisch‹; die Merseianer unterschieden zwischen den beiden Begriffen nicht so streng, wie man es auf Terra tat, aber Flandry konnte den Sinn erraten. »Diesen Titel trägt ein Aristokrat, der ein Unternehmen befehligt, das sich die Erweiterung der Grenzen der Rasse zum Ziel gesetzt hat.« (Welche Grenzen? Die Grenzen des Wissens, die Grenzen von wirtschaftlichem oder politischem Einfluß? Vermutlich würde auch eine solche Unterscheidung für einen Merseianer bedeutungslos sein.) »Was meine Stellung betrifft, so gehöre ich dem Vach Urdiolch an und« – er erhob sich und berührte mit der Linken die Stirn – »mir ist die hohe Ehre zuteil geworden, daß ein Bruder meines edlen verstorbenen Vaters durch den Glanz des Gottes der Allmächtige Roidhun ist von Merseia, der Rasse und allen Untertanen der Rasse.«

Flandry sprang auf die Füße und riß Djana hoch. »Salutiere!« zischte er ihr auf Terranisch ins Ohr. »So wie ich! Dieser Bursche da ist der Neffe ihres Imperators!«

Der Roidhun, gewählt aus dem Vach Urdiolch, dem einzigen landlosen Adelsgeschlecht – was seiner Macht gewisse Grenzen setzte –, war Vertreter des Gottes, Sinnbild der Einigkeit und Träume eines kriegerischen Volkes, und selbst der eigenwilligste Protektor brachte seinem Roidhun nur Ehrfurcht und Achtung entgegen . . . Flandry wirbelten die Gedanken durch den Kopf.

»Danke«, sagte Ydwyr. »Aber setzen Sie sich nur wieder. Ich selbst bin einfacher Wissenschaftler.« Er beugte sich vor. »Natürlich habe ich eine Zeitlang in unserer Flotte gedient und bin jetzt noch Reserveoffizier, doch meine Interessen liegen auf dem Gebiet der Xenologie. Der Stützpunkt ist auch im wesentlichen eine Forschungsstation. Talwin wurde zufällig gefunden, vor 15 terranischen Jahren. Die Astronomen hatten in der Nähe einen höchst interessanten Typ von Pulsar entdeckt – einen sehr alten, beinahe erloschenen. Eine Forschungsexpedition wurde ausgesandt. Auf dem Rückweg stieß man auf das durcheinandergebrachte Planetensystem von Siekh – und sah es sich näher an.«

Flandry überlegte niedergeschlagen, daß Terra ebensogut Talwin hätte entdecken können – die alten Pilotenhandbücher enthielten sicher den Pulsar, der als seltenes Himmelsobjekt für die Navigation nützlich war. Aber die Menschen seiner Zeit würden sich schwerlich bis vor die Haustür einer feindlichen Macht wagen, nur um ihre Neugier zu befriedigen.

Ydwyr fuhr fort: »Als ich von den bemerkenswerten Eingeborenen dieses Planeten erfuhr, beschloß ich, sie zu studieren, auch wenn diese Sonne ungemütlich nahe an Ihren Grenzen liegt.«

Flandry konnte sich vorstellen, daß es auch auf Merseia einiges an Überredungskunst bedurft haben mußte, um wenigstens diese Kompromißlösung zu erreichen, daß Talwin nicht nur Forschungsstation, sondern auch vorgeschobener Stützpunkt wurde.

»Ihr seid sehr freundlich«, sagte Flandry und verwendete die Anrede, die eine Stufe unter der ehrfürchtig-indirekten lag. (Ydwyr benützte seinen Gefangenen gegenüber eine Entsprechung des terranischen ›Sie‹, das bei Gleichgestellten und gegen Untergebene üblich war, während das ›du‹ nur verächtlich oder in intimer Freundschaft verwendet wurde.) »Wie können wir Euch dienen?«

»Ich möchte Sie besser kennenlernen, und durch Sie die menschliche Rasse«, sagte Ydwyr offen. »Ich finde es nicht richtig, über die Menschheit, unsere einstmaligen Retter und Lehrer, weniger Bescheid zu wissen als über die Eingeborenen dieses Planeten.

Weiterhin sollen Sie mir bei meinen xenologischen Studien hier behilflich sein. Als Agent des Aufklärungskorps haben Sie die nötige Ausbildung, und als Angehöriger einer anderen Rasse können Sie vielleicht Einblicke gewinnen, die sich uns verschließen. Und schließlich interessieren Sie mich auch persönlich. Durch meine Verbindungen erfuhr ich von den Geschehnissen hinter der Starkad-Affäre. Sie sind entweder sehr tüchtig, Dominic Flandry, oder Sie haben sehr viel Glück ... ich frage mich, ob nicht ein Schicksal in Ihnen liegt ...«

Das Wort, das Ydwyr verwendete, war Flandry unbekannt, wahrscheinlich archaischen Ursprungs, und er konnte nur aus dem Zusammenhang seine ungefähre Bedeutung erraten. *Fatum? Mana? Kismet? Eigenartige Wortwahl für einen Wissenschaftler ...*

»Ich meinerseits«, schloß Ydwyr, »werde mein Bestes tun, Sie zu schützen.« Er fügte mit der charakteristischen Offenheit seiner Rasse hinzu: »Ich verspreche nicht, daß es mir auf die Dauer gelingt.«

»Glaubt Ihr ... daß ich jemals freigelassen werden könnte?« fragte Flandry.

»Nein. Nicht mit den Informationen, die Sie jetzt besitzen. Oder jedenfalls nicht ohne eine so tiefgreifende Gedächtnislöschung, daß von Ihrer Persönlichkeit etwas übrigbliebe. Aber das Leben in meinen Diensten ist nicht so unangenehm.«

Ja, dachte Flandry, *wenn ich diese adelige Eidechse zufriedenstellen kann. Oder wenn nicht jemand noch höher oben ein zu persönliches Interesse an meinem Schicksal nimmt.* »Dessen bin ich sicher. Darf ich Euch einen Vorschlag machen, der Euch meinen guten Willen zeigen mag?«

Ydwyr sagte nichts und wartete.

»Ich hörte Euch und den *Qanryf* darüber sprechen, daß mein Auftraggeber auf Irumclaw beseitigt werden solle. Ich rate da zur Vorsicht. Ihr werdet verstehen, daß das Verschwinden eines Patrouillenbootes selbst in einem so schläfrigen Stützpunkt wie Irumclaw einen Aufruhr mit intensiven Nachforschungen hervorrufen muß. Abwarten ist deshalb am sichersten.

Ammon selbst kann ja nichts unternehmen. Er besitzt kein eigenes Raumschiff, und bevor er die ganze Sache noch einmal von vorne organisiert hat – wenn er einen geeigneten Patrouillenflieger findet –, vergeht gut ein Jahr oder mehr, da er vorerst versuchen wird herauszufinden, was diesmal schiefgegangen ist.

Ihr seht also, daß es am günstigsten ist, wenn man wartet, bis sich die ganze Aufregung gelegt hat. Eine überstürzte Aktion gegen Ammon würde nur nochmals alles aufrühren!«

»*Kraich.*« Ydwyr strich sich mit dem Handrücken über das Schuppenkinn; das Schmirgelpapiergeräusch war trotz des Sturmes draußen deutlich zu hören. »Ihre Argumente klingen überzeugend. Ja, ich glaube, ich werde Morioch diese Vorgehensweise empfehlen. Und wenn er auch in militärischen Angelegenheiten theoretisch die größere Autorität besitzt, so ist in der Praxis . . .«

Seine Augen blitzten auf. »Es ist mir natürlich vollkommen klar, Dominic Flandry, daß Sie diesen Vorschlag viel weniger als Beweis Ihres guten Willens machten als in der Hoffnung, die Dinge auf Irumclaw in der Schwebe zu halten, bis Sie – vielleicht doch, entkommen können.«

»Hm, nein . . . ah . . .«

Ydwyr brachte ein nahezu menschliches Schmunzeln zustande. »Sie brauchen mir nicht zu antworten. Ich war auch einst ein junger Krieger. Aber ein Fluchtversuch wäre wirklich unsinnig. Wenn Sie aus dem Stützpunkt hinauskommen, bringt Sie der Planet um. Gelingt Ihnen die Flucht nicht, dann müßte ich Sie Moriochs Inquisitoren übergeben.«

10

Der Luftbus war, um den Unwettern Talwins widerstehen zu können, besonders massiv gebaut und besaß auch einen stärkeren Motor als üblich. Als Flandry zu dem Domrath aufbrach, dampfte die Atmosphäre jedoch bewegungslos unter der hohen grauen Wolkendecke.

Es war einige Tage – Talwins achtzehnstündige Tage – nach ihrer Ankunft auf dem Planeten. Ydwyr hatte den beiden Terranern einen Raum in dem Gebäude zugewiesen, in dem auch sein Forschungsteam wohnte. Die Wissenschaftler behandelten sie eher als interessante Gäste denn als Gefangene. Wenn sich auch Flandry manchmal über die Zukunft Sorgen machte und ihm zudem die Zigaretten ausgegangen waren, so fanden sie beide ihren erzwungenen Aufenthalt auf Talwin doch recht angenehm.

Flandry verbrachte seine Tage damit, körperlich wieder in Form zu kommen und möglichst viel über den Planeten zu erfahren. Während der Nächte feierte er Versöhnung mit Djana, deren Wiedergutmachungsbemühungen er höchst erfreulich fand.

Djana, wie eine Katze wieder einmal sicher auf den Füßen gelandet, gewöhnte sich rasch an ihre Umgebung und sprach viel mit den rund dreißig Wissenschaftlern – sie verstand zwar keine der merseianischen Sprachen, mit Ausnahme der gebräuchlichsten Lehnwörter natürlich, und ihre Gastgeber sprachen nur spärlich angloterranisch. Für die Arbeit mit den Eingeborenen war jedoch ein Linguistikcomputer vorhanden, dessen Datenbank natürlich sämtliche wichtigen Sprachen des bekannten Weltraums enthielt.

Sie kommt immer durch, dachte Flandry, *ihre Sorte ist nicht umzubringen . . .*

Dann bot ihm Ydwyr eines Tages Gelegenheit, eine Gruppe zu den Siedenden Quellen zu begleiten, und Flandry nahm sofort begeistert an. Einmal aus Neugierde, und dann aus der Überlegung heraus, daß er sich Ydwyr warmhalten mußte, denn als halber Sklave, der er doch war, hätte er leicht einen schlechteren Herrn bekommen können. Außerdem hatte er natürlich nicht die Hoffnung aufgegeben, eines Tages doch noch die Freiheit wiederzugewinnen, und dabei konnte ihm jede Kleinigkeit nutzen, die er erfuhr.

Ein halbes Dutzend Merseianer nahmen an der Expedition teil. »Es wird ganz interessant werden«, sagte Cnif hu Vandem, ein Xenophysiologe, mit dem Flandry recht gut Freund geworden war. »Die Domrath beginnen jetzt die Herbstwanderung in ihre Winterlager – im Falle dieser Gruppe geht es von den Siedenden Quellen zum Unterdonnerberg. Wir haben sie dabei noch nie beobachtet. Sie haben einige sonderbare Sommerbräuche, also werden wir vielleicht auch jetzt etwas Neues zu sehen bekommen.« Er stieß einen tiefen Seufzer aus. »Diese Handvoll Wissenschaftler ... und ein ganzer Planet zu erforschen!«

»Ah ja«, sagte Flandry verständnisvoll, »meine wissenschaftlichen Bekannten jammern auch immer über zu geringe Forschungsmittel – und darauf läuft es ja hinaus. Das scheint im ganzen Universum so zu sein. Aber was kann man erwarten? Unsere beiden Rassen haben ihre eigenen Heimatplaneten praktisch erst seit gestern richtig kennengelernt, wenn man in galaktischen Zeiträumen mißt ...«

Cnif war ein typischer Fall dafür, Menschen und Merseianer waren junge, ungeduldige Rassen, die in unbekannte Tiefen des Raumes vorstießen, bevor sie ihre Mutterwelten richtig verstanden ... Der behäbige, gelbhäutige und etwas flachgesichtige Merseianer gehörte keinem Vach an; er war auf einem Kolonialplaneten geboren und aufgewachsen, und er hatte Merseia erst kennengelernt, als er dort seine Ausbildung vervollständigte; immer noch war ihm vieles an den Bräuchen und Sitten des Hauptplaneten unverständlich und fremd.

Der Bus glitt vorwärts. Die erste Klappe der Hitzeschleuse des Hangars schloß sich hinter ihm, die äußere öffnete sich, und das Gefährt stieg mit brummendem Motor durch die vorbeipfeifende Luft auf. In rund fünf Kilometer behielt es dann die Höhe bei und nahm Kurs nach Nordosten, einen Kurs, der im wesentlichen einem großen Fluß folgte. Die Passagiere saßen schweigend in der großen Hauptkabine, bereiteten ihre

Instrumente vor oder hingen ihren Gedanken nach. Merseianer hatten für sinnloses Geplauder nichts übrig. Cnif jedoch erklärte Flandry die Landschaft, soweit sie sie durch die gewölbten Aussichtsluken sehen konnten.

»Schau, da hinten an der Flußmündung liegt die Barrierebucht. Wir nennen sie so, weil sie im Frühwinter durch Eisberge und aufgetürmte Schollen vollkommen eingedämmt wird. Wenn die Eisbarriere im Frühjahr schmilzt, gibt es unvorstellbare Überschwemmungen.«

Der Fluß wand sich wie eine schläfrige Schlange durch die Blautöne des Urwalds. »Wir haben ihn Goldfluß getauft, seine lößbraune Farbe entsteht durch die Mitführung goldhaltiger Sande. – Die meisten planetographischen Bezeichnungen stammen notgedrungen von uns. Einige sind grobe Übersetzungen von Domrath-Wörtern. Die Ruadrath kennen keine Ortsnamen in unserem Sinn.«

Die Namen für die beiden Eingeborenenrassen waren künstlich gebildet worden; ›Dom‹ war die ungefähre phonetische Wiedergabe des Namens, den sich die als erste entdeckte Eingeborenengruppe selbst gab, während ›-rath‹ eine Eriau-Wurzel mit der Bedeutung ›Volk, Leute‹ war. ›Ruadrath‹ wiederum war ursprünglich die Bezeichnung für nächtliche, übernatürliche Wesen der merseianischen Mythologie gewesen – ›Geistervolk‹.

Die bewaldete Ebene ging in zunehmend steilere Vorgebirge über. Das graue schattenlose Licht ließ Einzelheiten verschwimmen, aber Flandry sah, daß der Goldfluß hier durch tiefe Schluchten schäumte. »Diese Cañons sind bis zum Rand gefüllt, wenn im Frühjahr die Schmelzfluten von den Bergen kommen«, sagte Cnif. »Jetzt ist die Verdunstung noch so stark, daß der Fluß nur relativ wenig Wasser führt. Bald werden auch die Regenfälle aufhören, dann kommt Nebel, später Schnee und Hagel. Der Herbst beginnt.«

Flandry überdachte nochmals alles, was er im Stützpunkt über diese Welt gelesen und gehört hatte. Talwin bewegte sich um Siekh in einer sehr flachen Ellipse, in deren einem Brennpunkt natürlich die Sonne stand. Die Jahreszeiten konnte man etwa folgendermaßen definieren: Wenn man sich durch die

Sonne eine Linie senkrecht zur Hauptachse der Ellipse dachte, dann bezeichneten die beiden Schnittpunkte dieser Linie mit der Umlaufbahn Beginn und Ende des Sommers – sechs Monate, in denen Talwin den sonnennächsten Abschnitt seiner Bahn durchlief. Der Herbst entsprach den rund sechs Wochen, in denen der Planet sich vom Sommerendpunkt bis zum Schnittpunkt mit der Nebenachse der Bahnellipse bewegte. Winter war in den fünfzehn Monaten, in denen Talwin von diesem Punkt über den sonnenfernen Teil seiner Bahn zum gegenüberliegenden Nebenachsenschnittpunkt zog. Dann war wieder etwa sechs Wochen lang Frühling, bis der Planet erneut den Punkt seiner Bahn erreichte, der den Sommeranfang definierte.

In Wirklichkeit waren die Verhältnisse jedoch wesentlich komplizierter. Die drei Grad Achsenneigung, verschiedene Landschaftszonen mit erheblichen topographischen Unterschieden und die verschiedenen thermischen Eigenschaften von Festland, Luft und Ozean – dies alles trug auf einem Planeten mit dichter Atmosphäre und einer so starken Schwankung des jahreszeitlichen Strahlungsangebotes zu einem wechselhaften, heftigen Klima bei, dessen Darbietungen die Merseianer immer wieder verblüffte.

Jetzt tauchten die wüsten Zacken der Höllenkesselberge durch den Dunst. Rauchfahnen zogen sich hier und da über den düsteren Himmel. Ein einzelner Bergriese reckte seine grotesken schwarzen Lavaflanken bis in die grauen Wolkenfetzen und endete hoch oben in einem Kegel mit Krater – der ›Unterdonnerberg‹. Der Luftbus zog eine Schleife nach links und ging über einem Nebenast des Goldflusses hinunter. Dampf wirbelte und kochte über dem Wasser. ›Das ist der Neverfreeze – nahezu alle Flüsse, selbst die mächtigsten, frieren im Winter zu, dieser nicht; er wird von heißen vulkanischen Quellen gespeist. Darum kommen die Wirrda-Ruadrath so gern hierher. Das Leben in den Gewässern hier überdauert den Winter und liefert ihnen den Großteil ihrer Nahrung‹.

Der Bus hielt am Rande eines Plateaus, von dem rauchende Wasser in die Tiefe stürzten. Der Wald war hier dünner und ging in der Ferne in dampfende Schlammpfützen, Geysire und Fumarolen über. Auf einer Lichtung in der Nähe konnte Flandry eine Art Dorf erkennen. Das Luftgefährt schwebte in einigen Metern bewegungslos über dem Boden, während der Expeditionsleiter in die Außensprechanlage redete. »Wir haben Handfunkgeräte an die Eingeborenen ausgeteilt«, erklärte Cnif. »Es ist besser, vor der Landung um Erlaubnis zu fragen. Wir haben zwar nichts von ihnen zu befürchten, aber wir möchten sie nicht erschrecken – diese Leute werden noch ganz von ihren Instinkten geleitet.«

Sein Ton war – soweit ein Mensch das beurteilen konnte – nicht unfreundlich, schien aber anzudeuten: Diese armen Kreaturen wissen es eben nicht besser.

Ihr Supereidechsen sonnt euch schon irgendwie im Gefühl, zu den zukünftigen Herren des Universums bestimmt zu sein, dachte Flandry. *Diese Sorte Überheblichkeit ist nicht gerade eine Hilfe bei der Erforschung fremder Rassen. Ydwyr scheint das begriffen zu haben . . .*

Da Radioverbindung mit dem Stützpunkt bestand, brauchte der Expeditionsleiter sich nicht mit einem Vokalisator zu plagen – er sprach einfach Eriau zum Computer der Basis, der seine Worte in den hier gesprochenen Dialekt übertrug, soweit dieser seinem Gedächtnis bekannt war. Grunzende, klickernde Laute kamen aus den Miniempfängern im Dorf. Der umgekehrte Prozeß funktionierte mit dem Bus als Relaisstation. Eine maschinell erzeugte merseianische Stimme sagte: »Seid willkommen. Wir haben die Arme tief in Arbeit, aber ein Teilen der Gedanken kann sein.«

»Um so mehr, wenn wir euch mit dem Transport eurer Sachen helfen«, bot der Merseianer an.

Der Dom zögerte. *Der typische Argwohn eines Primitiven,* dachte Flandry, *er weiß nicht, ob unsere Maschinen nicht Unglück bringen oder irgendein Tabu verletzen.* Die Stimme sagte: »Kommt zu uns.«

Das war nicht so leicht. Zunächst mußten alle die Hitzeschutzanzüge anlegen. Man hatte für Flandry einen umgeändert. Er bestand aus einem weißen Coverall, der mit Taschen und Halftern und Schnallen übersät war, aus Stiefeln, Handschuhen – alles aus dickem, isolierendem Stoff über einem Gewebe von wärmeleitenden Drähten. Der runde Helm war mit einer Minischleuse für Nahrungsaufnahme, mit einer automatischen Wischeranlage und dem üblichen Helmradio ausgerüstet, das die Verbindung zum Bus und zum Basiscomputer aufrechthielt. Die Wärmepumpe, die an das Geflecht von Thermoleitern angeschlossen war und mit einem Akku betrieben wurde, war auf einem Tragrahmen befestigt, das ganze Gerät war zwar schwer, aber wenigstens war das Gewicht gut verteilt. Als Flandry an die Saunaatmosphäre dachte, der sie ohne diesen Schutz ausgesetzt wären, kam ihm die Last viel leichter vor. *Nicht, daß wir nicht eine Zeitlang überleben könnten – nach einer Weile in dieser feuchten Bruthitze würde einem nur nichts mehr daran liegen...*

Als alle ihre Ausrüstung angelegt hatten, setzte der Bus auf, und sie traten hinaus.

Flandry war das Gefühl der Eingeschlossenheit, das leise Puckern von Pumpen und die völlige Unmöglichkeit, sich eine juckende Körperstelle zu kratzen, von seinem Raumanzug her vertraut. Nur war hier die Luft, die er atmete, die echte Luft eines Planeten – gekühlt, getrocknet, aber mit fremdartigen Gerüchen von wachsenden und vermodernden Pflanzen und vulkanischen Gasen, und nicht die immer nach Vakuumfett riechende Luft aus einer Erneuerungsanlage. Wahrscheinlich war das sonderbare Gefühl, das ihn beschlich, auf diese Diskrepanz und auf den ungewohnten hohen Sauerstoffgehalt der Luft zurückzuführen. Flandry unterdrückte es und besah sich seine Umgebung.

Der Fluß schäumte an einer weiten Wiesenlichtung vorbei, Dampf kochte über seine Ufer. Dahinter und ringsum war der Dschungel: hohe, schwammig wirkende Bäume, üppige Büsche, gezackte blaue Blätter dichtgedrängt überall, tropfende, dicke Lianen. Aber schon fielen vereinzelte Blätter ab – das kurze Leben des Sommerwaldes ging seinem Ende zu.

Die Lichtung war mit einer Pflanze bewachsen, die die Merseianer ›Wair‹ nannten: so weit verbreitet, robust und von ökologisch fundamentaler Bedeutung wie die Gräser auf Terra. Dieses ›Gras‹ wuchs jedes Frühjahr neu aus harten Samenkapseln, bildete rasch einen knöchelhohen Teppich aus fiedrigen Blättern und zehrte im Herbst von einer knollenartigen Wurzel, um die Samenkapseln zum Ausreifen zu bringen. Jetzt begann das Wair langsam zu welken.

Über den blauen Baumwipfeln drohte der schwarze Kegel des Unterdonnerberges, der mit einem leichten Vibrieren des Bodens und einem Rumpeln ab und zu daran erinnerte, daß er beileibe nicht erloschen war...

Die Domrath kamen der Expedition entgegen. Flandry betrachtete sie neugierig.

Wie auf den meisten erdähnlichen Planeten war die Evolution auf Talwin ähnliche Wege gegangen. Das Leben gehorchte universellen Gesetzen, und Abweichungen waren selten schwerwiegend. So waren hier zwar auch wassergelöste L-Amino-Proteine die Bausteine aller Gewebe, wie bei Flandry oder Cnif, doch der Metabolismus arbeitete nicht mit Dextrose, sondern mit linksdrehenden Zuckern. Ein Mensch konnte von dem leben, was der Planet bot (wenn er die giftigen Abarten von Pflanzen und Tieren mied), mußte seine Nahrung aber durch die von den Merseianern entwickelten Diätkapseln ergänzen.

Auch hier war die übliche Trennung von Photosynthese-Pflanzen und sauerstoffatmenden Tieren eingetreten. Die höheren Tiere waren dem Körperbau nach alle ähnlich – Innenskelett, vier Gliedern, Augen, Ohren paarweise angeordnet –, und die Domrath sahen, wenn man an andere Sophonten dachte, erstaunlich humanoid aus.

Sie waren aufrechtgehende Zweifüßler, mit auffallend langen Beinen und breiten, dicksohligen Füßen (die ausgedörrte, heiße Erde im Sommer hätte ihnen sonst wohl die Sohlen versengt). Ihre Hände hatten vier Finger. Ihre Haut war glatt und glänzend, blaugetönt mit braunen und schwarzen Flecken, die sich bunt zu verfärben begannen, da die Paarungszeit nahte. Die Köpfe erinnerten ein wenig an Elefanten: rund, mit Knopfaugen und großen, abstehenden Ohren, die als Kühlfläche dienten, und einem kurzen Rüssel, der während der Frühjahrsfluten als Schnorchel gebraucht wurde und sonst Geruchs- und Geschmacksorgan war. Die männlichen Dom besaßen auch noch dicke, nach unten gekrümmte Stoßzähne.

Alle trugen nur Lendenschurze, lose geflochtene Strohumhänge, um Talwins ›Insekten‹ abzuhalten, und Halsketten sowie anderen Schmuck aus Knochen, Muscheln, Horn und Tierzähnen. Einige ihrer Werkzeuge und Waffen waren kunstvoll aus Bronze gehämmert, andere unerklärlicherweise aus Stein – paläolithische grobe Urformen der Metallgegenstände.

Die Domrath waren wie die Merseianer größer als Menschen – die erwachsenen Männer maßen mehr als zwei Meter und mochten wohl über hundert Kilogramm wiegen; die Frauen waren noch größer und massiger.

Soviel zeigte der erste Eindruck. Flandry wußte aber aus Gesprächen mit Ydwyrs Wissenschaftlern noch mehr über diese Rasse: Sie waren zum Beispiel keine Säuger – die Mütter fütterten ihre Kleinkinder mit wieder ausgewürgter Nahrung. Und sie waren auch keine Warmblütler; ihre Lebensfunktionen hingen wie bei den terranischen Reptilien von der Temperatur ab. Beide Eigenschaften waren nur geringfügige Abweichungen vom universellen Schema und kamen immer wieder nicht nur bei höheren Tieren, sondern auch bei Sophonten vor.

Obwohl es für die Intelligenzentwicklung ein schweres Hindernis bedeutete, dachte Flandry, wenn das gesamte Leben und Denken, alle körperlichen und geistigen Funktionen so ausschließlich von der Temperatur bestimmt wurden; wenn man nicht nur nachts schlief, sondern zudem zwei Drittel seines Lebens in den nebelhaften Halbträumen des Winterschlafs verbrachte.

Die Gruppe der Eingeborenen – ein halbes Dutzend Erwachsene und einige Kinder – blieb ein paar Meter vor ihnen stehen. Der Anführer rollte seinen Rüssel ein und senkte die Streitaxt. Sein Mund formte Laute, die nachzuahmen Menschen wie Merseianern unmöglich war. Flandry hörte in seinem Helmlautsprecher die Stimme des Computers: »Hier ist Siedende Quellen. Ich bin« – keine Übersetzung, nur eine annähernde phonetische Wiedergabe des Namens – »Gung, der dieses Jahr für unseren Stamm spricht. Warum kommt ihr?«

Die Frage war nicht feindselig, ebensowenig wie das Fehlen eines Begrüßungsrituals. Die Domrath besaßen kaum territoriale Instinkte, und mit Ausnahme ihrer Winterhöhlen stand Besuchern alles offen. Gung wollte ganz einfach den Grund wissen, der die Merseianer hergeführt hatte.

Das Volk von den Siedenden Quellen unterschied sich von anderen Domrath darin, daß es im Frühjahr immer wieder hier in die festen Häuser zurückkehrte und nicht einfach provisorische Unterkünfte errichtete, wie es die anderen Stämme taten, die mehr ein Nomadendasein führten.

»Wir haben unsere Gründe gesagt, als wir das letzte Mal zu euch kamen – mit Geschenken«, erinnerte der Expeditionsleiter die Eingeborenen. Seine Kollegen trugen auch diesmal alle möglichen Gegenstände, metallene Werkzeuge, Schmuck, die bisher die Empfänger erfreut angenommen hatten. »Wir möchten vieles über euren Stamm erfahren.«

»Ich verstehe.« Weder Gung noch seine Begleiter schienen sonderlich begeistert zu sein.

Die Domrath hatten nie Furcht vor den Merseianern gezeigt. Ihre Welt enthielt für sie so viele Geheimnisse und Wunder, daß außerplanetarische Wesen in fliegenden Maschinen nichts Erschreckendes waren; Ydwyr hatte außerdem immer darauf gesehen, daß seine Leute sich streng korrekt verhielten. Warum also zögerten die Eingeborenen?

Gungs Antwort erklärte den Grund. »Früher kamt ihr im Hochsommer. Die Nahrung war reich, und unsere Gedanken scharf. Jetzt arbeiten wir, um unsere Vorräte zu den Winterplätzen zu bringen, bevor uns die Kälte betäubt. Wenn wir dort sind, werden wir feiern und uns paaren, bis wir schläfrig werden. Jetzt haben wir keine Zeit und kein Verlangen, Gedanken mit Fremden zu teilen.«

»Verstanden, Gung«, sagte der Merseianer. »Wir wollen euch nicht stören oder uns einmischen – wir wollen nur zuschauen. Wir haben schon andere Stämme beobachtet, als der Herbst kam – aber nicht deinen Stamm, und ihr unterscheidet euch von den Tieflandleuten in vieler Beziehung. Wir bieten euch Geschenke für die Erfüllung unserer Bitte – und möglicherweise die Hilfe unseres fliegenden Hauses beim Transport euer Vorräte.«

Die Domrath wechselten schnaubend Worte.

»Wir werden euren Vorschlag mit den anderen teilen, wenn wir uns abends versammeln«, entschied Gung. »Jetzt bleibt noch viel Arbeit, bevor es finster wird.« Er sprach keine Einladung aus, das war bei seinem Volk nicht Brauch, sondern wandte sich wortlos zurück. Die Merseianer und Flandry folgten der Gruppe.

Das Dorf war sorgfältig geplant: Die Gebäude waren in einer Art Radspeichenmuster angelegt; sämtliche Bauten, vom Vorratsschuppen bis zum Wohnhaus, waren aus Stein, mit eigenartigen reichen Ornamenten versehen. Massive Holzbalken stützten die steilen Lehmziegeldächer, die noch mit Strohschichten geschützt waren. Sowohl die Bauweise als auch die Proportionen – niedrige Decken, enge Türen, Fensterschlitze mit schweren Läden – zeigten, daß die Domrath die Gebäude zwar benutzten, sie aber nicht selbst errichtet hatten.

Gung führte sie auf eine Art Dorfplatz, wo die Alten das gemeinsame Mahl über einer Feuergrube bereiteten, und wies ihnen dort Sitze zu. »Ich werde mit den anderen sprechen«, sagte er. »Wenn der Tag endet, werden wir hier Gedanken teilen über das, was ihr vorschlagt. Sage mir jetzt: Würden die Ruadrath euren Plan billigen?«

»Ich versichere dir, die Ruadrath haben nichts dagegen«, sagte Cnif.

Nach allem, was ich gehört habe, bin ich da nicht so sicher, dachte Flandry.

»Ich sah einmal eine Ruad – glaube ich –, als ich jung war und das Tauen früh kam«, sagte eine alte Dom-Frau. »Daß ihr sie jedes Jahr trefft . . .« Sie wanderte fort, erstaunt den Rüssel schwenkend.

Flandry steckte neugierig den Kopf in ein großes Haus am Rande des Dorfplatzes – Cnif hatte gesagt, das würde niemand übelnehmen. Er sah Lehmboden, einen Herd mit Rauchabzug, einen breiten Mauervorsprung auf beiden Seiten des Raumes, der offenbar als Bank diente. Bunte, fremdartige Muster leuchteten an Wänden und geschnitzten Dachbalken. In einer Ecke stand eine fertig beladene Trage. Von den Dachstreben hingen jedoch noch dicke Bündel getrockneter Früchte herab, geräuchertes Fleisch stapelte sich auf Wandborden – obwohl die Domrath kaum Fleisch aßen. Ein Dom-Mann saß auf der Mauerbank und reinigte sorgfältig Bronzegeräte – Messer, Schalen, eine Axt, eine Säge. Seine Gefährtin wies ihre Sprößlinge bei der Reinigung des Raumes an, sie selbst breitete frisches Stroh auf die Steinbänke.

Flandry grüßte die Familie und wies auf die Vorräte. »Wird das alles hiergelassen?« fragte er über sein Radio, und der Computer übersetzte.

»Was sonst – wo es die alten Gesetze so sagen?« antwortete der Mann. Er unterbrach seine Arbeit nicht, schien auch nicht zu bemerken, daß Flandry kein Merseianer war. In seinen Augen war der Unterschied wahrscheinlich unerheblich. »Das Metall gehört den Ruadrath, auch das Haus. Wir lassen Gaben als Bezahlung hier, damit sie zufrieden sind, wenn sie aus dem Ozean kommen.« Er machte eine Geste – ehrerbietig oder furchtsam, wer konnte das sagen? –, doch unverkennbar in der Einstellung eines sterblichen Wesens dem Unbekannten, Übernatürlichen gegenüber. »Das ist das Gesetz, durch das unsere Ahnen lebten, während andere sterben mußten. Tcha ra!«

Ruadrath: Geisterleute, Wintergötter.

11

Djana verbrachte die Zeit von Flandrys Abwesenheit mit alltäglichen Dingen, und auf Ydwyrs Wunsch auch damit, die Geschichte, Kultur und Sprache Merseias kennenzulernen. Von Tag zu Tag löste sie sich mehr von ihrem früheren Leben.

Wenn Ydwyr seinen Zauber um sie webte, aber auch im Leben des Alltags, im engen Kontakt mit Wesen, die zu fürchten sie aufhörte, wurde ihr klar, daß sich in ihr selbst etwas veränderte, daß sie an der Schwelle einer wichtigen Erkenntnis stand.

Warum?

Ihr Leben folgte einem einfachen Rhythmus von Schlafen, Essen und Lernen. Vor den Mahlzeiten, wenn die Merseianer ein kurzes, religiös-patriotisches Ritual vollzogen, blieb sie achtungsvoll beiseite, beobachtete und hörte zu. Es war eigenartig und eindrucksvoll, die mächtigen Körper mit gezogenen

Kampfmessern, die dröhnenden Stimmen, das Pochen der Trommeln. Danach setzte sie sich mit ihnen zum Essen – grobes Brot, rohe Gemüse, Käse aus Gwydh-Milch und Tee, der von Terra stammte und jetzt im ganzen Roidhunat verbreitet war. Am Abend gab es gedünstetes Fleisch, Obst, und eine Art Bier. Danach folgten Unterricht, Gespräche, Unterhaltung in Form eines Konzertes oder Films, und von Zeit zu Zeit ein Abend mit Ydwyr.

Anfangs hatten sie sich nur unterhalten. Sein Interesse an ihren Erfahrungen, Gewohnheiten und Meinungen war das wissenschaftliche Interesse eines Xenologen. Sie trafen sich immer in Ydwyrs Amtsraum – allein. »So brauche ich nicht der Neffe des Roidhun sein«, sagte er trocken.

Einen Augenblick lang wurde sie von der alten Furcht gepackt. Ydwyr warf ihr einen leicht tadelnden Blick zu. »Niemand hört unseren Übersetzerkanal ab.«

Sie nahm all ihren Mut zusammen und sagte: »Aber der Qanryf . . .«

»Wir mögen wohl Differenzen haben«, antwortete Ydwyr, »aber Morioch ist ein Krieger von Ehre.«

Djana dachte: Wie viele Offiziere im Imperium würden sich in einer solchen Situation auf die Ehrbegriffe ihrer Kollegen verlassen?

Ihr schien es manchmal, als wäre sie aus einem stickigen Raum hinaus in die frische, würzige Brise des Meeres getreten. Die entwurzelten, ziellosen, vollgefressenen, perversen Bürger des Imperiums mit ihrer stinkenden Psyche waren es, die Merseia bedrohten! Nicht umgekehrt, wie man ihr immer weisgemacht hatte: Merseia, der Aggressor, die hungrig lauernden Reptile hinter Beteigeuze . . .

Hier lernte sie, daß diese Widersacher des Imperiums Individuen waren wie sie selbst, mit Wünschen, Sehnsüchten und kleinen Lastern; sie kannten Musik und Kunst, Sport, Unterhaltung, Späße. Vor allem aber hatten sie ein Ziel, eine feste Weltanschauung. Sie suchten nicht das Universum zu unterjochen, nein, sie wollten nur Bewegungsfreiheit für ihre Rasse, Freiheit des Geistes; sie griffen nach der Unendlichkeit und glaubten an einen Gott jenseits der Unendlichkeit und blieben doch dem

Leben verwurzelt, das sie neugierig erforschten ... Djana schien es charakteristisch, daß der Erste eines Vach – einer Sippe – nicht sein Haupt, sondern seine Hand genannt wurde.

Ydwyr hatte ihr einen für Menschen geeigneten Sessel bauen lassen und bot ihr immer ein Glas Wein aus Arth-Beeren an, wenn sie sich unterhielten. Bald freute sie sich auf diese Abende, das entspannte, freundliche Gespräch, Ydwyrs Erinnerungen an Abenteuer auf fernen Planeten, an denen er sie teilhaben ließ. Mitunter sprach er auch von seiner Heimat, seinen Eltern, den Dienern, deren Väter schon seinen Vätern gedient hatten seit vielen Generationen, und Djana spürte die Wärme seines Gefühls durch die Worte hindurch.

Einmal gegen Ende des Sommers – es war dunkel draußen, und Wetterleuchten tauchte die Baumskelette vor dem Fenster in grelles Licht –, ließ Ydwyr sie rufen; als sie aber in sein Büro kam, erhob er sich und sagte: »Wir wollen heute in meine Privaträume gehen.«

Er lächelte. »Ich möchte dir etwas zeigen, das sonst nur wenige kennen«, sagte er. »Du wirst vielleicht verstehen, wo sie verständnislos sind.«

Djana starrte ihn fragend an. Sie verstand mittlerweile einzelne Worte seines Eriau, doch die Bedeutung eines Satzes wurde erst durch das flache Terranisch der Computerübersetzung klar. Aber oft sagte ihr der Ton seiner Stimme mehr, als je eine Maschine in Worte fassen konnte. Jetzt hatte sie irgendwie die Stimme ihres Vaters gehört, eines Vaters, den sie nie gekannt hatte.

Ydwyr ergriff ihre Hände und hielt sie zwischen seinen rauhen, kühlen Handflächen fest. »Djana, was fehlt dir?«

Sie versuchte, ihre Benommenheit abzuschütteln. *Mir fehlen Menschen, ein Mensch: Nicky ist schon viel zu lange fort. Und immer wieder vergesse ich, daß ich nicht Ydwyrs Rasse angehöre ...* »Nichts. Ihr seid sehr freundlich. Ich bin nur ein bißchen müde, das ist alles.«

»Komm und ruhe dich aus.« Er beugte sich zu ihr hinunter, nahm ihren Arm – sie hatte ihm von dieser bei den Menschen üblichen Geste erzählt –, und führte sie durch einen Teppichvorhang in sein Apartment.

Der erste Raum zeigte nichts Überraschendes; Ydwyr pflegte hier die Offiziere des Stützpunktes zu empfangen. An einer Wand das Wappen des Vach Urdiolch; das Kinebild einer Szene von Merseia, an der ein Ozean, aufgerührt von den Gezeiten der vier Monde, an waldige Hügel brandete; Bücher und Erinnerungsgegenstände, Waffen, ein geschnitzter, eingelegter Tisch aus schwarzem Holz, ein Stein in einer flachen, wassergefüllten Kristallschale: ein weiter Raum von kühler Eleganz. Ein offener Türbogen gab teilweise den Blick auf ein spartanisch einfaches Schlafkabinett und eine Erfrischungszelle frei.

Ydwyr führte sie durch eine mit einem Teppich verdeckte Tür. Djana blieb auf der Schwelle stehen, im grauen Dämmerlicht, und stieß einen erstaunten Ausruf aus.

»Willst du dich setzen?« Er half ihr auf eine mit Polstern belegte Bank, hob sie fast hinauf – das mit einer glatten Reptilhaut überzogene Möbelstück war nicht für einen Menschenzwerg bemessen. Djana wußte nicht, was sie zuerst ansehen sollte. Aber die Dinge sahen sie an.

Zwei Tierschädel, einer mit ausladendem Gehörn, der andere mit gebleckten Reißzähnen; Röhren, Glasspiralen und Flaschen in engem Durcheinander in einer dunklen Ecke; ein Monolith, auf den Zeichen eingegraben waren, die halb mit dem Schatten verschmolzen; ein ledrig-geflügeltes Ding mit langem Schnabel hockte blicklos starrend auf einem knorrigen Aststück; und vieles andere, hier und dort aus dem Schatten tauchend, wenn das flackernde Licht der Fackeln es traf, die in eigenartig geschmiedeten Haltern an der Wand steckten, und deren scharfduftender Rauch und dünnes Knistern Djana an etwas erinnerte, das sie längst vergessen hatte.

Ydwyr sagte: »Du brauchst dich nicht zu fürchten«, seine ruhige, tiefe Stimme füllte einschläfernd den Raum, »dies sind keine Werkzeuge der Finsternis; es sind nur Wegweiser, die einem manchmal helfen, sie zu ergründen.«

Er setzte sich auf seinen Schwanz zurück, sein Zackenscheitel war nun auf gleicher Höhe mit Djanas Gesicht. Die flackernden Flammen ließen seine Augen unter dem Brauenbalken aufglühen. Als er weitersprach, war seine Stimme jedoch nachdenklich, fast sehnsüchtig.

»Die vom Vach Urdiolch sind die Landlosen. So bestimmt das Gesetz, damit sie Zeit und Unparteilichkeit haben, der Rasse zu dienen. Unsere Heimstätten sind uns vor Jahrhunderten als Lehen gegeben worden – sie gehören uns nicht. Unser Reichtum stammt meist von dem, was wir auf fremden Planeten gewannen. Und so sind wir die Sippe, die die äußersten Grenzen unserer Rasse kennt und die als erste von den Geheimnissen fremder Welten berührt wird, Welten, die niemals unsere sein werden.

Meine Kinderfrau war eine Zauberin. Sie hatte uns schon gedient, als meines Großvaters Zackenkamm noch weich war. Sie hatte vier Arme und sechs Beine, und etwas wie ein Gesicht zwischen den oberen Schultern. Sie sang mir vor in Tönen, die ich manchmal nicht hören konnte, und sie übte den Zauber ihrer Heimat. Sie war gut zu uns und treu, und sie fand in mir einen gelehrigen Schüler.

Ich glaube, so kam ich dazu, die dunklen Wege fremder Völker zu erforschen. Und, Djana, ich fand nicht immer nur primitiven Aberglauben. Eine Droge, ein alter Brauch, eine Legende, eine Philosophie ... wie können wir es wagen, alles als Aberglauben abzutun, wo wir doch nicht einmal uns selbst wirklich kennen? Bei Völkern, die nie Maschinen schufen, sah ich Dinge, die keine Maschine zustande brächte.

Vielleicht machte mich das zum Mystiker – vielleicht auch nicht, denn wer kennt die Grenzen zwischen Wirklichkeit und Übernatürlichem?

Einmal bekam ich Gelegenheit, Chereion zu besuchen. Das ist ein geheimnisumwobener Planet, ein Protektorat unseres Reiches – aber nur deshalb, glaube ich, weil es den Bewohnern dieser Welt so in ihre Absichten paßt, was immer diese Absichten sein mögen. Sie sind sehr alt. Vor einer Million Jahren griff ihre Zivilisation vielleicht über diese Galaxis hinaus – wo wir, deine und meine Rasse, gerade erst beginnen, am Ende eines Spiralarms herumzuspielen. Diese Zivilisation verschwand, und sie können oder wollen uns nicht sagen, warum. Einige von ihnen haben – wer weiß, aus welchen Gründen – Merseia unterstützt, und wir schätzen ihre Hilfe als so wertvoll, daß sogar wir mächtigen Eroberer auf dieser Welt leise auftreten.

Man nahm mich unter die Schüler des Aycharaych auf, in seinem Schloß in Raal. Er hat tief in das Wesen aller Dinge, in den Geist des Universums geschaut und weiß vieles, von dem wir nie ahnen werden. Er lehrte mich, alle Fähigkeiten des Ichs auszuschöpfen bis zum Grund, Fähigkeiten, derer wir uns selbst nie bewußt werden und ohne die ich kaum so viel erreicht hätte.

Denke doch, in einer einzigen Dekade haben wir eine Verständigung mit beiden Rassen Talwins erreicht.

Djana, ich will nicht in deinen Geist eindringen, sondern dir helfen, ihn zu erforschen. Ich möchte erkennen, was es heißt, Mensch zu sein, und vielleicht wirst du einiges von dem begreifen, was unser Wesen ausmacht.«

Die Flammen tanzten und wisperten in den huschenden Schatten, die Zeichen auf dem Monolith schienen zu leben, der Rauch drehte sich vor ihren Augen, und die einschläfernde Stimme des Vaters hüllte sie ein.

»Fürchte dich nicht vor diesen Dingen, Djana. Sie sind archaisch und berichten von heidnischen Kulten, von Dämonenbeschwörungen. Das ist so, weil sie von dem Tier stammen, das der Anfang jeder Rasse ist, bevor der Geist in ihr aufflammt. Eines Tages brauchen wir vielleicht keine solchen Symbole mehr. Oder sind sie doch tiefer im Wesen aller Lebenden verwurzelt? Sie werden helfen, Djana, unser Bewußtsein zu verschmelzen, mir deine Gedanken eröffnen und dein Menschsein. Ich werde die Herrlichkeit und die Tragik deines Lebens begreifen können.

Bestimmte Riten, bestimmte Symbole, Djana, helfen, die begrabenen Teile der Seele aufzudecken. Dann wird es möglich, diese Teile des Ichs zu verstehen, zu lenken, stärker zu machen. So wie man geistige Disziplin auf bewußter Ebene lernen kann, so ist dies auch im Unterbewußtsein möglich.

Djana, du kannst *stark* werden.«

»Ja«, sagte sie.

Und sie starrte in das Wasser, in das Feuer und den Kristall und in die Schatten darin.

Rotgoldene Flammen springen. Eine Frau in einer langen Robe, ein Kind auf dem Schoß.

Wind. Ein schwarzer Vogel am Fenster. Sein Schnabel schlägt gegen die Scheibe.

Endlose Stiegen hinuntersteigen, dunkel, so dunkel; vorne geht einer, der sich nie umsieht. Das Boot. Der Fluß.

Auf der anderen Seite des Flusses haben sie keine Gesichter.

»Erzähle mir deine Träume«, sagte Ydwyr. »Wenn sie zu schlimm werden, ruf mich über meinen Privatanschluß, und ich komme zu dir, gleich, welche Zeit es ist.«

Die Schlange, die das Universum umschlingt, hebt das Haupt. Ihre Fänge drohen. Schreie. Laufe!

Zischen folgt. Sumpf saugt die Füße fest. Jeder Schritt dauert ein Jahr. Blitze flammen. Versinken in schwarzen Wassern.

Er hielt sie, nachts in ihrem Zimmer. »Von meinem Standpunkt betrachtet«, sagte er trocken mit tröstend alltäglicher Stimme, »sind die Erfahrungen mit menschlicher Geistesentwicklung, die du mir vermittelst, einfach einzigartig.« Eine große, rauhe Hand strich ihr übers Haar. Seine Stimme wurde weich. »Aber du bist mehr als ein Ding, Djana. Du wirst mir wie ein Kind, weißt du, das ich beschützen möchte und hinausführen aus diesem Tal der Schatten, das du durchqueren mußt, bevor du aus eigener Stärke leben kannst.«

Bei Morgenanbruch ging er. Sie schlief noch ein wenig, frühstückte dann mit den anderen und nahm ihre tägliche Lernroutine auf. Doch die ganze Zeit über lebte sie in ihren Träumen.

Draußen zogen die ersten Herbstnebel über die nasse Erde.

Im Wasser ist Friede. Träumen, schlafen . . . nein, die Schlange ist nicht tot.

Die Schlange ist nicht tot.

Giftgeschwollene Fänge. Schreien. Die warmen schützenden Wasser sind mit hohlem Brüllen zurückgeflutet. Hohl. Hohl.

Der hohle Klang von Hufen auf einer Brücke, die neun tote Könige nicht erschüttern konnten. Licht.

Die Schlange fürchtet das Licht.

Heb die Hände zum Licht. Aber beuge dich vor seinem Glanz.

Das Licht kommt vom Speer eines Gottes.

Ydwyr . . .

»Djana, es wäre interessant, zu wissen, ob eine Abtreibung versucht wurde, als du im Mutterleib schliefst. Aber es ist nicht wichtig. Wichtig ist nur, daß du es überlebt hast; du mußt lernen, daß man mit allem fertig werden kann, wenn man weiß, was es ist.

Fühlst du dich gut? Bist du bereit für eine neue Sitzung heute abend? Ich möchte, daß du dich diesmal auf den Figurenstein konzentrierst. Er scheint ähnliche Eigenschaften zu besitzen wie jenes Symbol, das die terranischen Weisen Mandala nennen . . .«

Ein Spiegel. Und ein Gesicht darin. Auf lautlosen Füßen kommt einer und hält einen Spiegel vor den Spiegel.

Unendlichkeit schrumpft zu Endlichem. Zu Nichts.

Im Herzen des Nichts ein weißer Funken. Er flammt auf, und das Nichts zuckt zurück und flieht ins Unendliche, und triumphierend tönen Trompeten.

»Arrh – rh«, Ydwyr brummt über die Ergebnisse eines Tests. Sie saßen in der ruhigen Strenge seines Wohnzimmers. »Etwas Neues wächst in dir, das ist klar«, sagte er.

Er starrte sie an, lange, und sagte schließlich mit einem gewissen Bedauern: »Ich kann dich auf diesem Weg nicht weiter führen, meine Liebe. Ich bezweifle, daß es außer dem Aycharaych noch jemand im Universum könnte.«

»Hm?« sagte sie abwesend. »Ydwyr – ich weiß, ich habe deinen Geist berührt, ich fühle dich.«

»Wenn du es weniger mystisch formulierst, kann ich dir beistimmen. Telepathie ist ein rein physikalisches Phänomen, über das wir natürlich weniger wissen, als die Psychologen im allgemeinen wahrhaben wollen. Es sind sehr lange elektromagnetische Wellen, die allen entsprechenden Naturgesetzen gehorchen, selbstverständlich, und die durch unsere Gedanken moduliert werden. Nur die ungeheuren zeitlichen und individuellen Empfindlichkeitsschwankungen ließen uns früher die Existenz dieses Phänomens bezweifeln.

Unsere letzten Experimente zeigen jedoch mehr. Du wirst nicht einfach ein telepathischer Empfänger, eher umgekehrt. Die Meßgeräte zeigten da etwas an, kaum über den Schwellenwerten. Eine Analyse zeigt, daß die Daten, die ich dir in zufälliger Folge geben sollte, nicht einer Zufallsverteilung folgen.

Irgendwie, unbewußt, hast du mich beeinflußt, die Daten in einer Folge zu bringen, die du dir dachtest.«

»Ich wollte dich erreichen«, murmelte Djana.

Ydwyr sagte streng: »Ich sage nochmals, wir haben jetzt das Ende unserer Straße erreicht. Ich bin nicht fähig, dich weiter zu führen. Die Gefahren sind zu groß – primär für dich, sekundär möglicherweise auch für mich. Vielleicht einmal der Aycharaych . . . Jetzt müssen wir aufhören. Keine Zauberei mehr für dich, Djana. Morgen werde ich dich mit Gymnastik, und anstrengender, langweiler Arbeit mit Eriau beschäftigen – das wird dich in die Realität zurückbringen.«

Talwins kurzer Herbst ging zu Ende, als das Schiff von der Zentrale kam (nicht Merseia, kein Riesenreich wie das Roidhunat kann von einem einzigen Planeten aus regiert werden), und es brachte eine Botschaft vom Protektor selbst.

Der Zerstörer stand auf dem Flugfeld, schimmernd, ominöse Kraft ausstrahlend, und ließ die Schiffe Moriochs veraltet und irgendwie hilflos erscheinen. Das gekaperte terranische Patrouillenboot kauerte wie ein Zwerg in einer Ecke.

Die Luft war kühl und feucht. Früher Frost hatte die schwammigen Stämme der Bäume zersprengt, die zerfielen und zu Erde wurden.

Am Boden lagen Nebelfetzen, aber der Himmel spannte sich tiefblau unter der Sonne Siekh.

Djana war nicht zu den Empfangszeremonien gebeten worden. Sie hatte es auch nicht erwartet.

Sie machte eine Wanderung. Kilometerlang durch die Hügel am Goldfluß, und zurück durch den ehemaligen Dschungel, der jetzt mehr und mehr zur offenen Tundra wurde. Freiheit, berauschend frische Luft, angenehme Müdigkeit.

Ich habe mich geändert, dachte sie. *Ich weiß noch nicht, wie sehr.*

Die Wochen unter Ydwyrs – Führung? – waren nebelhaft in ihrer Erinnerung. Oft konnte sie die Wirklichkeit nicht von den Träumen dieser Zeit unterscheiden. Mit der Zeit fand sie zu sich selbst zurück – aber es war nicht mehr das gleiche Selbst.

Die alte Djana war von Furcht geknüppelt gewesen, gierig mit der Gier der Einsamen, einsam durch die Lieblosigkeit dessen, der nicht zu lieben wagt. Die neue Djana . . . nun, sie begann sich selbst zu erforschen. Sie konnte jetzt etwa die Farbe einer späten Blüte bewundern und Schönheit fühlen. Sie konnte sich ehrlich, in einer einfachen tierhaften Weise nach Nicky sehnen und von etwas Dauerndem zwischen ihnen träumen und wußte doch, daß sie weder ihn noch sonst jemanden brauchte, sie vor Ungeheuern zu beschützen.

Vielleicht gab es gar keine. Gefahren wohl. Aber Gefahren konnten einen nur töten, und wie sie in den Vachs sagten ›Man kann das Leben nicht ehren, wenn man nicht den Tod ehrt‹. *Aber warte.* Es gab Ungeheuer: im Imperium. Sie hatte sie gesehen und gefürchtet. Und obwohl sie jetzt nicht mehr in der Erinnerung daran zusammenzuckte, wußte sie, daß diese Monster vernichtet werden mußten, bevor sie die guten Menschen – ja Menschen – wie Ydwyr und Nicky und Ulfangryf und . . . nun ja, auch Morioch, vergifteten.

Was Ydwyr in mir geweckt hat, weiß ich noch nicht. Auch nicht, ob ich es je kontrollieren kann. Er nennt es telepathische Projektion. Mit der Zeit werde ich diese neue Fähigkeit ganz kennenlernen, so wie er mich gelehrt hat, mich selbst zu kennen. Wie kann ich ihm jemals danken?

Als sie zurückkam, war niemand zu sehen. Offenbar feierten alle die Ankunft des Schiffes. Die Dämmerung zog rasch herauf, und es wurde empfindlich kälter. Sie eilte in ihr Zimmer.

Das Lämpchen des Kommunikationsrecorders brannte. Sie drückte die Abspieltaste. »Melden Sie sich sofort nach Rückkehr im Amtsraum des *Datholch*«, die Zeitangabe lautete auf eine merseianische Stunde früher; das waren fast vier terranische Stunden, da auf Merseia der Tag dekadisch unterteilt wurde.

Ihr Herz hämmerte. Sie tippte die Kennziffer ein. »Ydwyr, bist du dort?«

»Wie du hörst«, sagte seine tiefe ruhige Stimme. Sie brauchte jetzt nur mehr selten die Übersetzung des Computers.

Durch leere Hallen lief sie zu ihm. Entfernt hörte sie heiseres Singen. Wenn die Merseianer feierten, dann taten sie das nicht zu knapp.

Heftig atmend stieß sie den Vorhang zu seinem Raum beiseite. Ydwyr blickte auf und sagte: »Komm.« Er führte sie in sein geheimes Zimmer zu den Fackeln, und dann erst begann er zu sprechen:

»Das Schiff brachte endgültige Befehle. Du bist sicher. Solange du den Terranern nicht dein Wissen mitteilen kannst ... Aber Dominic Flandry hat mächtige Feinde – wie sein Mentor Max Abrams. Er wird mit dem Zerstörer abtransportiert. Die Sondierung wird ihn zu einem willenlosen Fleischklumpen machen, den man wahrscheinlich vernichten wird.«

»Mein Gott – Nicky!« sagte sie, und in ihr zerbrach etwas.

Er legte seine großen Hände auf ihre Schultern, sah sie unverwandt an und fuhr fort: »Ein Protest meinerseits würde nichts ausrichten – jetzt nicht mehr. Aber ich respektiere ihn, und du, glaube ich, liebst ihn. Es wäre nicht gut, für ihn nicht, und genausowenig für Merseia, wenn wir das zulassen. Hast du gelernt, einen sauberen Tod zu ehren?«

Sie richtete sich auf. Die Eriau-Sprache zeigte ihr, was sie zu sagen hatte. »Ja, Ydwyr, mein Vater.«

»Wie du weißt, ist dein Kommunikationsgerät an den Linguistik-Computer angeschlossen – dieser wieder steht in Verbindung mit der Expedition. Es werden von Privatgesprächen keine Aufzeichnungen gemacht, und von seinen Gefährten versteht keiner terranisch. Du kannst ihm also sagen, was du möchtest. Er kann ... einfach fortgehen. Die Kälte ist ein sanfter Henker.«

Sie sagte mit neuer Stärke: »Ja, Ydwyr.« – Wieder in ihrem

Zimmer warf sie sich jedoch aufs Bett und weinte lange. Ein Gedanke aber stand deutlich über ihrem Kummer: *Es ist gut. Er will nicht, daß sie Nicky das Gehirn ausbrennen. Ein Terraner würde sich nicht darum scheren. Ydwyr ist gut, wie die meisten seiner Rasse . . .*

12

Der Herbst ging zu Ende, und Nebel hüllte den Unterdonnerberg in nasses Grau. Die Sicht betrug nur wenige Meter. Flandry fröstelte und fuhr sich mit den Fingern durch die Haare, um das Regenwasser abzustreifen. Der steinige, naßglänzende Boden war warm, und hin und wieder zitterte die Erde.

Seine merseianischen Gefährten stiegen schemenhaft vor und hinter ihm den engen Gebirgspfad hinauf. Die Domrath, denen sie folgten, waren längst in den Nebeln untergetaucht.

Die Kälte setzte ihnen zu, sie waren kaum mehr ansprechbar, geistig und körperlich träge; schläfrig stolperten sie dahin.

Die Herbstwanderung: von den Siedenden Quellen in die Vorberge zum Herbstlager; Abladen der Vorräte, Flechten einfacher Hütten. Für die Domrath war das die fröhlichste Zeit des Jahres. Die hektische Betriebsamkeit, zu der sie die Glut des Sommers angeheizt hatte, ging in gemütliches Faulenzen über. Im wesentlichen war der Herbst eine einzige lange Orgie. Sie stopften sich voll, bis sie praktisch aus den Nähten platzten, und paarten sich, bis jedes fortpflanzungsfähige weibliche Wesen befruchtet war. Dazwischen sangen und tanzten und spielten sie. Um ihre Gäste kümmerten sie sich kaum.

Aber Talwin hatte sich immer weiter von seiner Sonne entfernt. Die Gußregen wurden heftiger und kälter, ebenso die Nächte, dann auch die Tage. Das Wair und die Bäume starben, die Tiere verschwanden in ihre Winterschlupfwinkel; am Morgen waren die Pfützen mit einer dünnen Eisschicht überzogen. Die Domrath wurden immer träger, ihre Vorräte hatten sie sich bald zur Gänze einverleibt, und ein Trupp nach dem anderen brach nach den Winterhöhlen auf, zu denen jetzt die letzten unterwegs waren.

Und dann können wir endlich in den gemütlichen Stützpunkt zurück! frohlockte Flandry, dem die Kleider an allen Gliedern klebten. *Bei allen Göttern des Chaos – es wird gut sein, wieder mit Djana in ein warmes Bett zu kriechen! Warum hat sie nur so lange nichts von sich hören lassen?*

Der Pfad endete auf einem Felssims, hinter dem ein schwarzer Höhleneingang im dunklen Basalt klaffte. Wahrscheinlich hatte hier einmal ein Nebenkrater des Vulkans geendet. Das Gestein im Innern war merkbar wärmer als draußen. Das Volk der Siedenden Quellen besaß vulkangeheizte Winterhöhlen. Und doch genügte das nicht gegen die unvorstellbare Kälte des Winters: Im Herbst wurde die Körperflüssigkeit der Domrath stark salzhaltig – ein natürliches Frostschutzmittel in ihrem Kreislauf.

Der krasse Unterschied der Jahreszeiten hatte die Entwicklung von zwei ökologischen Systemen bewirkt: die Winterschläfer und die Sommerschläfer. Wie es keine perennierenden Pflanzen gab, so herrschte auch eine ausgeprägte Trennung zwischen den Lebewesen, die im Sommer wach waren und hauptsächlich von Früchten lebten, und den jagenden, fleischfressenden Tieren des Winters. Für die winterschlafenden Domrath waren diese ein Problem, für das sie verschiedene Verteidigungsmechanismen entwickelt hatten. Sie verkrochen sich in Höhlen, manche Gruppen ließen sich sogar von den vorstoßenden Gletschern einschließen. Wurden sie im Winterschlaf gestört, dann schlugen sie in einem kurzen Ausbruch blinder Wut um sich. Das hatte Raubtiere mit der Zeit gelehrt, sie in Ruhe zu lassen.

Frierend, die Hände tief in die Jackentaschen gestopft, beobachtete Flandry, wie Gung die letzten, schlafwandlerisch heranschwankenden Nachzügler in die Höhle trieb. »Ich denke, wir können auch hinein«, murmelte der Merseianer neben ihm. »Am besten alle gleichzeitig. Man weiß nie, wie sie reagieren. Als wir sie fragten, sagten sie nur, sie erinnerten sich an diese Zeit nur sehr undeutlich.«

»Am besten körperlichen Kontakt vermeiden«, riet ein anderer.

Die Merseianer, unter ihnen Flandry, der als einziger keine Waffe trug, traten in die Höhle. Die Domrath schienen sie überhaupt nicht zu bemerken.

Am Höhlenboden waren schon früher dürre Blätter, Heu und grob gewebte Decken ausgebreitet worden. Schläfrig grunzend gruben sich die Domrath in das dumpfige Lagerzeug, legten sich eng nebeneinander, die Starken die Schwächeren schützend.

Nur noch Gung war auf den Füßen. Schwerfällig durch das Halbdunkel tappend, machte er sich daran, das Tor am Höhleneingang zu schließen. Das war ein Holzgestell, mit Häuten überzogen und mit einer Lederschlaufe zuzuhängen.

»Ngugakatsch«, murmelte er wie jemand, der im Schlaf spricht. *»Schoa t'kuhkch.«* Vom Computer kam keine Übersetzung. Er kannte diese Wörter nicht. Eine Zauberformel? Ein Gebet, ein Wunsch? Wie lange würde es dauern, bis sie das wissen würden?

»Gehen wir lieber«, flüsterte ein Merseianer, ein Schatten im nebligen Dunkel der Höhle.

»Nein, wir können uns hinausschleichen, sobald sie eingeschlafen sind, und die Tür von außen wieder verschließen, der Spalt ist weit genug«, antwortete der Expeditionsleiter ebenso leise. »Schaut euch das an. Beobachtet gut. Etwas Derartiges findet man selten.«

Die Linse eines Filmapparats schimmerte.

Nun würden diese freundlichen elefantenköpfigen Riesen länger als ein terranisches Jahr schlafen, dachte Flandry, in einem tiefen, todähnlichen Dämmerzustand.

Die ersten, die in der schwachen Wärme des beginnenden Frühlings aufwachten, waren die schwangeren Frauen, die die ersten frischen Pflanzen und was sonst an Nahrung zu finden war, zunächst für sich allein hatten. Später krochen die übrigen aus den Höhlen, abgezehrt und übelgelaunt, und aßen sich erst einmal wieder rund und voll.

Zu der Zeit trafen sich die Domrath-Stämme dieser Region an traditionellen Plätzen, um das Ende der Fastenzeit zu feiern, eine religiöse Zeremonie, die die Beziehungen zwischen den Stämmen und den Individuen stärkte.

Darauf trennten sich die einzelnen Gruppen wieder und zogen in ihre angestammten Wohngebiete. Die Jungen wurden geboren.

Der Hochsommer brachte die Reife der Wair-Wurzeln und anderer Nahrungspflanzen, und seine Hitze ließ die Tatkraft und geistige Regsamkeit der Domrath zur vollen Entfaltung kommen. Das war auch nötig, denn in dieser Zeit mußten sie die Vorräte für den Herbst sammeln.

Und wieder Herbst: Rasten, Feiern; die Paarungszeit.

Winter und der lange Schlaf.

Gung mühte sich mit dem Torverschluß. Plötzlich erklang aus Flandrys Handfunkgerät – und aus denen der Merseianer – die Stimme Cnif hu Vandens: »Dominic Flandry!«

»Still!« zischte der Expeditionsleiter.

»Ja – ich gehe hinaus«, murmelte der Mann. Er schlüpfte durch das Tor, das sich mit einem Knarren hinter ihm schloß, und stand allein auf dem Felssims. Nebel wirbelte über die Steine, es nieselte. Die Dunkelheit kroch aus den Tälern herauf. Es wurde kälter.

»Schalte auf Nahfunkfrequenz, Cnif«, sagte er und stellte sein Gerät um. Seine freie Hand ballte sich zusammen, bis er die Nägel auf der Handfläche spürte. »Was ist los?«

»Ein Anruf vom Stützpunkt für dich«, sagte der Xenophysiologe, der den Bus bewachte, während die übrigen Expeditionsmitglieder die letzten Domrath begleiteten. Er schien verwundert zu sein. »Von deiner Terranerfrau. Ich sagte ihr zwar, daß du fort bist und später zurückrufen könntest, aber sie bestand darauf, daß es wichtig sei!«

»Was beim Chaos . . .?«

»Ah, dir kommt das auch sonderbar vor. Wochenlang nie eine Nachricht, kein Wort, und jetzt möchte sie auf einmal brandeilig mit dir sprechen – und sie hat auch inzwischen Eriau gelernt: viel zu gut für meinen Geschmack, sie hat mich richtig angefahren! Das kommt alles von eurer unsinnigen Gleichberechtigung der Geschlechter. – Na, ich habe ihr gesagt, ich würde versuchen, dich aufzutreiben, und durchschalten. Soll ich?«

»Ja, natürlich«, sagte Flandry. »Ich danke dir.« Er hatte in

Cnif wirklich einen guten Freund gefunden, dessen Gesellschaft in den vergangenen Wochen lange, ungemütliche, naßkalte Abende erträglich gemacht hatte. Er konnte zufrieden sein – ein Leben mit Freunden wie Cnif ... und Djana ...

Ein Klicken, ein schwaches Knistern, und dann ihre Stimme, ungewohnt beherrscht: »Nicky?«

»Bin da – wollte, ich wär's nicht«, meldete er sich in bewußt unbeschwertem Ton.

»Laß dir nichts anmerken«, kam es schnell aus dem Empfänger, »ich habe schreckliche Nachrichten für dich.«

»Ich bin allein«, antwortete er. *Sehr allein;* die Nacht verschluckte die Gegend um ihn.

»Nicky, mein Liebster, ich muß dir Lebewohl sagen. Für immer.«

»Was? Heißt das, du ...« Seine eigene Stimme dröhnte ihm in den Ohren, die ihre klang wie sehr weit entfernt ...

»Nein. Du. Hör zu. Man könnte mich jede Minute unterbrechen.«

Während sie sprach, begann er sich zu fragen, was sie so verändert hatte. Sie berichtete knapp und gefaßt, wo sie früher unzusammenhängend gestammelt, ja geweint hätte. »Du wirst gehört haben, daß ein Schiff vom Hauptquartier gelandet ist. Sie wollen dich zum Verhör mitnehmen. Du wirst ein willenloses Tier sein, bevor sie dich töten. Die Expedition soll bald zurückkommen. Flieh vorher, Nicky – such dir einen sauberen Tod. Stirb frei und als denkendes Wesen.«

Es war sonderbar, wie wenig ihn die Nachricht berührte – so als wäre es ein anderer, dem dies geschah. Vielleicht hatte er es wirklich nicht begriffen. Er hatte tödlich Verwundete gesehen, die auf ihre Wunden starrten und es einfach nicht erfaßten, daß das Leben aus ihnen herausströmte. Eine psychische Notbremse angesichts des Todes ... »Djana, woher weißt du das? Du bist so sicher!«

»Ydwyr – warte, es kommt jemand. Wenn es jemand vom Schiff ist ... Bleib dran.«

Stille. Nebel; die Nacht sickerte über den Boden, dessen Nässe zu gefrieren begann.

»In Ordnung, Nicky. Ich habe ihn dazu gebracht, weiterzugehen. Ich glaube, seine Absicht hereinzukommen war nicht sehr ausgeprägt, sonst hätte es nicht funktioniert . . .«

»Wovon redest du?« fragte Flandry verwirrt und immer noch seltsam betäubt.

»Ich habe . . . Ydwyr hat mich gelehrt, eine Art Talent zu entwickeln. Ich kann mir wünschen, daß eine Person oder ein Tier etwas Bestimmtes tut, und wenn ich Glück habe, dann klappt es. Aber lassen wir das!« Ihre Beherrschung begann zusammenzubrechen, sie klang nun wieder mehr wie das Mädchen, das er gekannt hatte. »Ydwyr hat mich gewarnt, er will dir das ersparen . . . O Nicky, beeil dich!«

»Was geschieht mit dir?« fragte er automatisch, mehr, um ihre Stimme noch weiter hören zu können.

»Ydwyr wird für mich sorgen. Er ist . . . edel. Die Merseianer sind alle gut, bis auf wenige. Wir wollen dich vor denen retten. Wenn nur . . .« Ihre Stimme wurde undeutlich, schwankte. »Geh fort, mein Lieber, bevor es zu spät ist. Ich möchte dich so in Erinnerung behalten, wie du warst – Gott schütze dich!« Sie schluchzte auf und brach die Verbindung abrupt ab.

Er stand betäubt da, er wußte nicht wie lange, bis Cnifs Stimme fragte: »Was ist denn geschehen, Dominic?«

»Ach . . . eine verworrene Geschichte.« Flandry schüttelte sich. Zorn flutete in ihm hoch. *Nein! Ich werde mich nicht brav für die Gehirnwäsche melden. Und auch nicht mir in aller Stille die Kehle durchschneiden, oder in den Hügeln als Eiszapfen entschlafen! Wenn ihr euch mit mir anlegt, dann werdet ihr zu tun kriegen!*

»Dominic, bist du noch dran?«

»Ja.« Flandrys Kopf war plötzlich klar, und er wog eiskalt verschiedene Ideen und Möglichkeiten ab. Informationen tauchten aus dem Gedächtnis auf. Ja! Wenn diese Eidechsen sich einbildeten, er hätte schon alle Munition verschossen . . .!

»Ja . . . Was sie mir gesagt hat, hat mich ein bißchen hart getroffen. Sie will zum Roidhunat überlaufen!« Das konnte er ruhig sagen, es mußte ohnehin allen klar sein. Sollten sie ruhig annehmen, daß ihn diese Nachricht zum Überschnappen gebracht hatte. *Aber es ist besser, niemand vermutet, daß sie mir das Verhör ersparen will – und Ydwyr wird das auch in den*

Kram passen ... Wer weiß, vielleicht brauche ich das Mädchen noch ... »Du verstehst ... ich bin bestürzt. Ich habe hier ohnehin nichts mehr zu tun. Ich werde jetzt gleich zurückkommen und mir das alles durch den Kopf gehen lassen.«

»Ja, komm«, sagte Cnif freundlich. »Ich werde dich alleinlassen.« Er bedauerte sicher nicht, daß seine Seite einen neuen Agenten gewann, aber er hatte Verständnis für das vermeintliche patriotische Bedauern des Freundes. »Danke«, sagte Flandry und grinste in sich hinein.

Er begann, den Pfad hinunterzusteigen. Die Dunkelheit und der Nebel machten das Gehen schwierig, und er stolperte öfter oder glitt auf einem Eisfleck aus. Der Strahl seiner Taschenlampe war nur eine geringe Hilfe. Weder der schwierige Weg noch die Kälte waren ihm jedoch bewußt, da er vollauf damit beschäftigt war, seine nächsten Aktionen zu planen.

Cnif würde natürlich die anderen verständigen, daß der Terraner nicht auf sie wartete. Dadurch gewann er etwas Zeit, denn sie würden sich dann mit der Rückkehr nicht so sehr beeilen. Dann würde Cnif seinem bekümmerten Freund einen tröstenden Schnaps eingießen ... *hmmm* ...

Gelbes Licht schimmerte durch die großen runden Fenster des Luftbusses, beleuchtete schwach die schon zerfallenden Herbsthütten der Domrath. Cnifs flaches Gesicht preßte sich an die vordere Scheibe, hielt besorgt Ausschau. Flandry knipste die Lampe aus und bückte sich.

Bald hatte er gefunden, was er suchte: einen Stein, der gerade in seine Faust paßte. Er richtete sich auf und ging schnell auf das Gefährt zu. Er passierte die Hitzeschleuse, die jetzt als Schutz gegen die Kälte diente.

Die Wärme im Innern kam ihm tropisch vor. Cnif wartete wie vorausgesehen mit einem Glas in der Hand. Er lächelte unsicher.

»Hier«, sagte er, und streckte Flandry in der unkomplizierten Art des Kolonialbürgers den Schnaps einfach entgegen.

Der Mann nahm das Glas, setzte es aber auf ein Bord ab. »Ich danke dem Höflichen«, sagte er in formellem Eriau. »Würde mein Freund mit mir trinken? Ich brauche Gesellschaft.«

»Oh ... kraich ... ich bin zwar im Dienst«, murmelte der

Merseianer verlegen, »aber … ja, gern. Ich hole mir etwas, während du die nassen Kleider ablegst.« Er wandte sich um; sein Schwanz streifte leicht über Flandrys Hüfte – Merseias Geste des Trostes.

Schnell! Er ist mindestens zwanzig Kilogramm schwerer als du!

Flandry sprang los. Sein linker Arm hakte um Cnifs Hals, die rechte Hand schlug mit dem Stein zu, unterhalb des Ohrs. Seine Ausbilder hatten ihm gesagt, daß die Merseianer dort eine schwache Stelle hatten.

Der Schlag traf mit einem Knirschen. Flandry ließ fast den Stein fallen. Der andere bäumte sich und fegte mit dem Schwanz wild herum und erwischte Flandry an den Beinen, schleuderte ihn zu Boden. Der Aufprall nahm ihm die Luft. Bewegungsunfähig lag er am Boden, die riesige Gestalt ragte schwankend vor ihm auf.

Aber Cnifs Gegenwehr war reiner Reflex gewesen. Er taumelte, knickte dann in den Knien ein und krachte zu Boden. Der ganze Bus dröhnte.

Nachdem Flandry sich von der Last des teilweise auf ihn gefallenen Merseianers befreit hatte, untersuchte er besorgt sein Opfer.

Obwohl die Wunde stark blutete – das gleiche rote Hämoglobin wie bei einem Menschen –, atmete Cnif schwach, aber regelmäßig. *Gut.* Flandry strich leicht über das kahle Zackenhaupt. Als er ein ledriges Augenlid hob, sah er das normale Jettschwarz, nicht den weißen Ring, der bei Kontraktion auftrat. *Gut, alter Freund. Es hätte mir leid getan, wenn ich dich umgebracht hätte …*

Beeil dich, du Narr, jeden Moment können die anderen kommen, und die haben Waffen!

Trotzdem trug er noch einen Heizstrahler hinaus, nachdem er Cnif aus dem Bus gezogen hatte, und stellte ihn daneben. Außerdem hüllte er den Merseianer in eine Decke. Damit würden Cnif und die anderen durchkommen müssen, bis Ydwyr ihnen einen Flieger schickte.

Flandry sprang in den Bus zurück und schloß die Schleuse. Er hoffte, mit der Steuerung fertig zu werden, da das Grundprinzip von Terras Techno-Zivilisation übernommen war. Der Pilotensessel war für eine menschliche Sitzfläche denkbar ungeeignet . . .

Die Motoren surrten los. Die Beschleunigung drückte ihn zurück. Der Bus stieg auf.

Als er hoch oben im Nachthimmel schwebte, hielt er die Maschine ruhig und beugte sich über die verschiedenen Karten, die in dem Gefährt waren. Er wußte, daß er den Bus nicht behalten durfte. Auf einem von Natur aus elektrizitätlosen und sehr metallarmen Planeten würde ein Suchschiff ihn in Sekunden entdecken. Nein – er mußte irgendwo landen, alles Brauchbare aus dem Bus mitnehmen und ihn dann mit eingestelltem Autopiloten in eine möglichst irreführende Richtung starten lassen.

Aber wo konnte er sich verstecken, wo im Winter überleben?

Flandry rief sich in Erinnerung, was er auf dem Stützpunkt erfahren hatte. Er nickte – ja, das war eine Möglichkeit: Die Ruadrath, die ›Wintergötter‹, würden bald den Ozean verlassen. Und da bot sich eine Chance zu überleben. Wenn es nicht klappte, war die Hölle los. Auf jeden Fall würde er den Merseianern eine hübsche Suppe einbrocken.

13

Als sie erwachten, hatten die Winterleute noch keine Namen. Der, der sich auf dem Lande Rrinn nannte, war am Grunde des Ozeans ein Tier.

Die Veränderungen im Meer weckten ihn: Der Winter türmte ungeheure Schnee- und Eismassen über die Kontinente, bis der Meeresspiegel sank – so weit, daß die Kontinentalschelfe aus dem Wasser tauchten. Mit dem Sinken des Meeresniveaus nahm auch der Wasserdruck ab, und die niedrigeren Temperaturen bewirkten eine höhere Gleichgewichtskonzentration von Sauerstoff. Rrinn war sich dieser Wandlung seiner Umgebung nicht bewußt. Er wußte nur – ohne zu wissen, daß er es wußte –, daß die Zeit des Kleinen Todes vorüber war und die Kleine Geburt bevorstand. Er spürte es instinktiv, denn es würde noch einige Zeit dauern, bevor er und sein Volk Gedanken formen konnten.

Lange Zeit lag er bewegungslos im Schlamm. Langsam kam das Aufwachen und mit ihm der Hunger. Seine Kiemenschlitze zitterten; der Schließmuskel dahinter pumpte immer stärker, um den höheren Sauerstoffgehalt seines Körpers zu befriedigen. Als er kräftig genug war, stieß er sich mit Händen, Füßen und Schwanz aus dem Schlick. Er schwamm.

Er spürte, daß sich um ihn herum auch andere bewegten; für seine Augen waren sie nur dunkle Schemen im schwarzen Wasser, denn in diese Tiefe drang kein Lichtstrahl vor.

Die verschiedenen Ruadrath-Gruppen hatten unterschiedliche Methoden entwickelt, um sich während des Kleinen Todes vor den Raubtieren des Meeres zu schützen. Manche rollten Felsen vor ihre Unterwasserhöhlen, und die Zennevirr hatten sogar einen Trupp Flossenschlangen zum Wachehalten abgerichtet. Die Wirrda schliefen in einem Käfig aus Holzbalken mit einem dichten Netz dazwischen, der jedes Frühjahr, wenn sie vom Land zurückkehrten, repariert wurde, solange sie noch Luft atmen konnten: Dann waren sie nämlich noch zu schwerer Arbeit unter Wasser fähig und atmeten nur ein oder zwei Stunden mit ihren wieder in Funktion tretenden Kiemen. Die meisten waren jedoch damit beschäftigt, für den Stamm zu jagen.

Wenn dann ihre Lungen vollends ruhten, wurden die Wirrda träge und schläfrig. Auch brannte die Sonne zu der Zeit schon mit furchtbarer Kraft, die Luft war wie flüssiges Feuer, ausdörrend und brennend. Sie waren froh, im kühlen Dunkel der Tiefe Schlaf und Ruhe zu finden.

Jetzt aber begann droben der Winter. Schneeregen peitschte eine lange Dünung. Nach und nach fanden sich die Wirrda zusammen, etwa zweihundert stark, und schwammen in loser Formation auf die Küste zu, nachdem sie vorsichtig aufgetaucht waren: Ihre Augen mußten sich erst langsam an die Helle gewöhnen.

Sie stießen auf einen Schwarm fischartiger Wesen und veranstalteten eine Treibjagd. Immer wieder tauchte Rrinn, packte zu und stillte den ersten Hunger; jagte dann für die Jungen weiter, die im letzten Winter geboren worden waren, zwar mit Zähnen, aber noch für Jahre nicht fähig, selbst Beute zu machen.

Eigentlich waren die Winterleute nicht für ein Leben in der See geschaffen – ein langwieriger Anpassungsprozeß hatte sie allmählich befähigt, unter Wasser zu überleben, zu schlafen. Vor Zeitaltern hatten ihre Vorfahren den Kontinentalschelf bewohnt und hatten, um Fluten und Hitze überstehen zu können, Kiemen entwickelt, sowie die Gewohnheit, vor der Glut des Sommers unter das Wasser zu fliehen. Aber sie waren aufrecht gehende Zweibeiner und als solche mehr für das Leben auf dem festen Lande geeignet.

Ein merseianischer Paläontologe hatte Rrinn diese Theorie erklärt, und wenn sein Gehirn erwachte, würde er sich daran und an vieles andere erinnern.

Jetzt zog es ihn zur Küste. Tagelang, nächtelang schneite es aus grauem Himmel in graue Wogen. Von Tag zu Tag wurden die Wirrda sich ihrer Umgebung stärker bewußt. Immer länger blieben sie an der Oberfläche, immer weniger brannte die Luft in den wiedererwachenden Lungen.

Schließlich hörte es auf zu schneien. In einer sternklaren Winternacht kamen sie zu den Küsteninseln. Rrinn ließ sich am Rücken treiben und starrte zu den Myriaden Sonnen auf. Die Namen der hellsten fielen ihm ein, und auch der Name seiner eigenen Sonne. Und er wußte aufs neue, daß sie die gewohnte Stelle an der Küste erreichen würden, wenn er den Stern Ssarro, den Ewigen Wächter, links von ihrem Weg sah, gerade über seiner Schulter. Er schwamm in diese Richtung los, und die anderen folgten ihm, und er erinnerte sich, daß er ihr Anführer war.

Am späten Nachmittag des nächsten Tages erreichten sie die Bucht, die die ihre war.

Rrinn freute sich, wieder festes Land zu betreten. Schäumend brachen sich die Wellen an den schwarzglänzenden runden Felsen, hier und dort knirschten Eisschollen an den Strand. Die Luft über dem Schelf war herrlich kühl und roch nach Schnee und Salz und frischem Wachstum: Auf dem Faulschlamm, den zerfallenden Resten der Sommerpflanzen, gediehen die des Winters, Salz und Alkohol im Gewebe, um nicht zu gefrieren, und fleckten den Boden mit Ockerbraun und Rot. Aus dem Landesinnern kamen die Pflanzenfresser, um die kurze Blüte des Schelflandes auszunützen, und ihnen folgten die Raubtiere, alle auf Nahrungsuche und selbst wiederum Nahrung für die Winterleute.

Die Wirrda füllten sich die Bäuche, bis sie alle eine dicke, isolierende Fettschicht unter dem glatten Pelz hatten. Jetzt begannen sie auch wieder, Waffen zu fertigen und Werkzeuge. Und sie waren nicht mehr nur Jäger. Sie erinnerten sich an Lieder, an Tänze und an ihre Sprache. Immer wieder setzte sich einer stundenlang hin, allein, und starrte gedankenverloren zu den Sternen auf, und fühlte die Erinnerungen aus der Tiefe emporsteigen, so wie er selbst aus der Tiefe gekommen war.

Eines Tages bemerkte Rrinn die Frau, die sich immer in seiner Nähe gehalten hatte. Beide blieben stehen, zuerst stumm im schrillen Pfeifen des Schneesturms, und sahen einander suchend an. Sie war schlank, und ihr Fell glänzte. Er rief freudig: »Aber du bist ja Cuwarra!«

»Und du bist Rrinn«, sagte sie, und sie umarmten sich, Mann und Frau.

Bei den Winterleuten blieben die meisten Paare ihr ganzes Leben beisammen, und nur während des Kleinen Todes vergaßen sie einander.

Als die Wirrda weiter ins Land vordrangen, trafen sie auf die Brrao und Hruff, wie jedes Jahr. Obwohl sie ihre eigentlichen Jagdgebiete sonst untereinander wütend verteidigten, gehörten der Schelf und die nahen Küstengebiete allen Stämmen.

Die drei Völker mischten sich fröhlich untereinander, feierten und tanzten, erzählten Geschichten und handelten Hochzeiten aus, jagten gemeinsam. Ihre Gehirne waren nun voll aktiv, ihre Lungen tätig, die Kiemen ausgetrocknet und außer Funktion.

Und dann begann das Schelfland zu sterben, nach seiner kurzen frühwinterlichen Üppigkeit. Die Pflanzen welkten, die Tiere zogen weg – die Pflanzenfresser begannen ihren Winterschlaf –, und die Jagdbeute wurde mager. Rrinn dachte an Wirrda (Die Winterleute unterschieden nicht zwischen Ortsnamen, Besitzbezeichnungen und Stammesnamen) oben in den Vorbergen über der winterlichen Tundra, wo ein Fluß den ganzen Winter nicht gefror, wo heiße Quellen dampften. Er kletterte auf einen Felsen und rief zum Sammeln. Einige der Jungen murrten – wenn eine Heirat mit Brraos oder Hruffs gefährdet schien. So wurden zahlreiche Verabredungen in Eile ausgemacht. (Im Hochwinter reisten die Winterleute viel, zu Fuß, im Schlitten, Schiern und Eisbooten. Obwohl Jagdgebiete gegen Eindringlinge bitter verteidigt wurden – da Fleisch ihre Hauptnahrung war –, waren friedliche Gäste immer willkommen. Manche Gruppen trafen sich zu bestimmten Zeiten für Feste und Handel.)

Rrinn führte seinen Stamm langsam nach Norden, wo sie Geräte und Vorräte in einem Lagerhaus wußten; jedes Frühjahr füllten sie dieses Lager wieder auf, um dann bei der Herbstwanderung darauf zurückzugreifen. Sie konnten die Vorräte und Werkzeuge erst weiter im Binnenland lagern, denn bevor sie voll erwacht waren, wußten sie mit letzteren nichts anzufangen; auch war die Küste im Sommer zu unsicher. Rrinns merseianische Bekannte hatten ihm bewegte Bilder gezeigt, auf denen er zum ersten Mal in seinem Leben die Küste während der heißen Jahreszeit sah: im Frühjahr überflutet, im Sommer ein fruchtbarer Sumpf, später ausgetrocknet und rissig.

Jetzt, wo das Schelfland abgestorben war, kamen immer seltener Tiere zur Küste, deshalb beeilte sich Rrinn, das Vorratshaus zu erreichen.

Über Eis und Schnee zogen sie nordwärts. Die Kälte machte ihnen nichts aus. Sie waren Warmblüter mit einem hohen Grundumsatz und dementsprechend großem Nahrungsbedarf. Ihr Fell und eine dicke Fettschicht schützten sie vor wirklich tiefen Temperaturen – jetzt war es für sie sogar noch etwas zu warm, um angenehm zu sein.

Nach drei Tagen anstrengenden Marsches durch weiße Wüste erreichten sie ihr Ziel.

Das Gebäude stand auf dem nächsten Hügel, aus Steinen gefügt, mit einem Lehmdach, das jetzt eine dicke Schneemütze trug. Dahinter dehnte sich die Bucht, starrend vor Eis in phantastischen Formen, die aufgetürmt in der Sonne glitzerten. Die Luft unter dem blassen Himmel war diamantklar.

»Los!« rief Rrinn fröhlich und warf sich auf den Bauch und

schlitterte den Hang hinunter. Die anderen folgten ihm unter Gelächter und Geschrei.

Als sie näher zum Haus kamen, öffnete sich die Tür. Rrinn blieb stehen und zischte empört. Sein Fell stand wie Bürstenhaare auf. Ein Tier...

Nein, ein Merseianer. Was wollte ein Merseianer in ihrem Vorratshaus? Sie hatten den Himmelsschwimmern alles gezeigt und gesagt, daß die Sachen hier nicht angerührt werden durften, und die Fremden hatten es versprochen und...

Kein Merseianer! Zu aufrechtstehend. Kein Schwanz. Hellbraunes Gesicht, teilweise mit Haaren bewachsen...

Wütend über die Verletzung ihres Gebietes, ihres Eigentums, stürzte Rrinn an der Spitze seiner Krieger vorwärts.

Nach Einbruch der Dunkelheit beherrschten unzählige Sterne in majestätischer Pracht den Himmel. Ihr Licht war kalt, klirrend kalt. Für Flandry war die Luft wie eine eisige, ätzende Flüssigkeit.

Und der Winter hatte gerade erst begonnen!

Die Ruadrath standen in einem Halbkreis um ihn herum, zehn oder mehr hintereinander. Er sah sie nur als dichte, schattige Mauer, in der mitunter Augen aufblitzten, wenn sie das Licht traf, das aus der Tür hinter ihm fiel. Rrinn, der ihm näher gegenüber stand, war deutlich zu erkennen.

Flandry hatte sein Exil in der Eiswüste recht gut überstanden, dank der vielen Dinge, die er aus dem Bus hatte mitgehen lassen: Kleider, Waffen, Nahrungsmittel, Werkzeuge – alles, was nur im entferntesten brauchbar war. Er hatte auch einen Heiz-Koch-Strahler. Die dicken Wände des Vorratsgebäudes hielten die Kälte ab, und der eine Raum war immer angenehm warm.

(Allerdings waren die Energiezellen des Heizstrahlers inzwischen fast leer, seine Lebensmittelvorräte nahezu erschöpft. Er hatte nicht gewagt, die Vorräte der Eingeborenen anzugreifen, und hatte auf der Jagd nur spärlich Beute gemacht. Und die so wichtigen Diätkapseln waren ebenfalls fast verbraucht. Brennholz gab es einfach keines auf diesem Planeten. *Also sieh zu, daß du den Burschen da überzeugst, sonst bist du tot.*)

Rrinn sprach durch den Vokalisator, den er aus dem Lagerhaus geholt hatte: »Neuer Himmelsschwimmer, wie hast du gerochen, daß einige von uns Eriau kennen?« Das Gerät übertrug seine schnurrenden, trillernden Wörter in merseianische Silben, aber da er natürlich die Begriffe seiner eigenen Sprache verwendete, kamen manchmal eigenartige Sätze zustande.

Flandry war schon früher in ähnlichen Situationen gewesen. Er versuchte, die Redewendungen der Ruadrath im Eriau zu verwenden, und vermied Begriffe, die sie offensichtlich nicht kannten.

»Bevor ich die Wohnsitze der Merseianer verließ«, antwortete er Rrinn, »versuchte ich alles zu lernen, was sie über euer Volk wissen. Sie haben Bilder, auf denen euer Lagerhaus hier aufgezeichnet ist. Ich wußte, daß ihr bald herkommen würdet.« *Und auch, daß meine speziellen Freunde mich kaum so nahe beim Stützpunkt vermuten würden.* »Ihr seid oft mit ihnen zusammengekommen, seit sie aus dem Himmel heruntertauchten – weit öfter als die Domrath, die Sommerleute, denn ihr seid wacher als diese und habt auch . . . ah, Hunger gezeigt für das Wissen der Merseianer, wie ich aus Bildern sah. So ist es klar, daß einige von euch ihre Sprache lernen würden, um über Dinge zu sprechen, die mit euren Sprachen nicht gesagt werden können.«

»Ss-rrm . . .« Rrinn strich sich über die pelzige Wange und stützte sich auf die Harpune, die im Lagerhaus gelegen hatte. An seinem erst vor kurzem wieder umgelegten Gürtel prangte ein merseianisches Kampfmesser. »So bleibt noch, daß du uns erzählst, warum du hier bist, allein und im Widerspruch zu dem Wort, das wir mit den Himmelsschwimmern machten!« sagte er.

Flandry betrachtete ihn. Rrinn war wie seine Leute ein schönes Geschöpf; nicht sehr groß, etwa 150 Zentimeter, Gewicht vielleicht 65 Kilogramm, aber geschmeidig wie ein Fischotter. Der Körperbau, der kräftige Schwanz und der mahagonifarbene Pelz erinnerten wirklich an einen Otter, während der Kopf mit der Schnauze und den langen Barthaaren eher dem eines

Seelöwen glich. Scharfe Zähne, kleine verschließbare Ohren, große, goldene Augen – keine Nase, da auch die von den Lungen angesaugte Luft durch die Kiemenöffnungen strömte.

»Seelöwen-Menschen«? Welche Vergleiche mit Terras Fauna trafen schon je wirklich zu? Die Ruadrath hatten lange, muskulöse Beine, Schwimmhäute an den Füßen, die genauso Schneeschuhe waren, und ihre Körperhaltung war der der Merseianer ähnlich, leicht vorwärts geneigt, um den kräftigen Schwanz auszubalancieren.

Rrinns Atem dampfte nicht in der Kälte wie bei Merseianern oder Menschen; seine Atemwege wurden durch Öle, nicht durch Feuchtigkeit geschützt, durch deren Verdunstung viel Körperwärme verloren gehen würde. Seine Sprache war klangvoll, aber für einen Menschen nicht ohne Vokalisator zu sprechen.

Und hinter den goldenen Augen stand eine Intelligenz, die Flandry erstaunte und zur Vorsicht mahnte.

»Ich wußte, ihr würdet voll Zorn sein, weil ich in euer Lagerhaus eingedrungen bin«, sagte er schließlich. »Ich habe aber gehofft, daß ihr mir nichts tut, wenn ich mich ergebe.« *Na ja, einen Strahler hatte ich in Reserve, für alle Fälle.* »Und ihr seht, daß ich nichts genommen habe von euren Sachen, im Gegenteil, ich brachte Geschenke.« *Die Ausrüstung aus dem Luftbus, oder was davon übrig ist.* »Ihr seht, daß ich einer anderen Rasse angehöre als die Merseianer und mich von ihnen mehr unterscheide als ihr von den Domrath. Warum sollte mich deshalb ihr Wort binden? Laßt uns lieber zwischen Wirrda und mir ein neues Wort suchen!«

Er zeigte zum Zenit hinauf, Rrinns Blick folgte seiner Geste. »Seht, Wirrda, man hat euch nicht die Wahrheit über dort draußen gesagt. Hört mich, und ich werde von einer großen Gefahr für euer Volk berichten.«

14

Es war herrlich, unterwegs zu sein und wieder Gesellschaft zu haben.

Flandry war von Natur aus gesellig und aktiv veranlagt – Eigenschaften, die durch seine Jugend noch verstärkt wurden. Die Wochen, die er versteckt gelebt hatte, waren ihm sehr lang vorgekommen, da er seine Fähigkeit, sich mit sich selbst zu beschäftigen, während seiner Gefangenschaft in der *Jake* bis zur Neige ausgeschöpft hatte.

Bevor er den Luftbus weit draußen ins Meer stürzen ließ, um etwaige Verfolger irrezuführen, hatte er noch alles zusammengesucht, was an Lesbarem vorhanden war. Auf Mikrofilmaufnahmen hatte er leider verzichten müssen: Da die Energie in den Akkus seine einzige Garantie dafür war, daß die Gefrierfleischvorräte der Ruadrath nicht um ein exotischen Stück vermehrt wurden, konnte er sich den Luxus eines Projektors nicht leisten. Zum Teil war das Lesematerial sehr wenig unterhaltsam: *Das Buch der Tugenden*, Navigationshandbücher und ein paar Zeitschriften. Das *Dayr Invory*-Epos hingegen hatte er mehrmals gelesen, und das Buch über Talwin und Methoden, auf diesem Planeten zu überleben, kannte er auswendig.

Er hatte seinen Unterschlupf nur selten zu verlassen gewagt, da selbst die frühwinterlichen Schneestürme Talwins mit Vorsicht zu genießen waren.

Die meiste Zeit hatte er jedoch damit zugebracht, Pläne zu schmieden . . .

»Dieses viele Denken hat meine Hoffnung wachsen lassen«, sagte er zu Rrinn, der neben ihm an der Spitze seiner Leute wanderte.

»Himmelsschwimmer«, erwiderte der Häuptling mit einem schiefen Blick, »wir haben nur dein Wort, daß deine Hoffnungen auch uns Gutes bringen.«

»Ist mein Hiersein nicht genug Beweis, daß die Merseianer euch nicht alles erzählen? Sie haben doch nie andere Rassen erwähnt, die mit ihnen . . . hm, um die Jagdgründe streiten, oder?« (Flandry gewöhnte sich langsam daran, Ruadrath-Begriffe in Eriau auszudrücken. Ein Mensch hätte einfach ›konkurrieren‹ gesagt.)

»Nein. Als Ydwyr und die anderen erklärten, daß die Welt um die Sonne läuft und die Sterne selbst Sonnen sind und eigene Welten besitzen, die um sie kreisen . . . da brauchten wir Jahre, um diese Gedanken zu fangen. Ich habe einmal gefragt, gibt es noch andere Leute außer den Merseianern auf diesen Welten, und er sagte, Merseia ist Freund von vielen. Mehr Worte gab er uns nicht.«

»Wie ich dir sagte«, betonte Flandry.

»S-s-srh . . . Aber sie gaben uns viele Geschenke und achteten uns.«

Warum auch nicht – die Merseianer mögen euch. Ihr erinnert sie an die Frühzeit ihrer Rasse. Und die Wissenschaftler werden sich natürlich nicht ihre Studienobjekte vergrämen. Es ist ja auch verständlich, daß euch Ydwyr mit interstellarer Politik verschont hat – ein so radikal neues Wissen würde gerade die Kultur stark verändern, die er doch studieren will.

Aber das wiederum werde ich euch nicht erklären, dachte Flandry.

»Bei ihrem und meinem Volk gibt es den Brauch, Tiere hinter Mauern zu halten«, sagte er und schämte sich ein wenig. »Dieses Vieh wird gut behandelt und reich gefüttert . . . bis die Zeit des Schlachtens kommt.«

Rrinn machte einen Buckel, fegte zornig mit dem Schwanz hin und her und fauchte. Erst als ihm klar wurde, daß die hinter ihnen Wandernden unruhig wurden und murmelnd stehenblieben, beherrschte er sich und winkte zum Weitermarsch.

Flandry konnte recht gut mit ihnen Schritt halten. Er hatte sich ein Paar merseianische Schneeschuhe angepaßt, und seine längeren Beine wogen die Tatsache auf, daß er nicht wie die Ruadrath für diese Umwelt gebaut war.

Die Wirrda überquerten jetzt die Tundra, die im Sommer dichter Dschungel war. In den meisten Jahren machten sie einen leichten Umweg und besuchten den Stützpunkt, um mit den Merseianern zu palavern, Neues zu sehen und gut bewirtet zu werden. Dieser Brauch hing jedoch von Faktoren wie dem Wetter ab – und heuer hatte sie Flandry so argwöhnisch gemacht, daß sie einen weiten Bogen um den Stützpunkt schlugen. Und er bemühte sich, ihr Mißtrauen weiter zu schüren.

»Rrinn, du brauchst meinen Worten nicht blind zu folgen«, sagte er vorsichtig. »Du kannst doch prüfen, ob ich die Wahrheit sage. Als Anführer der Wirrda ist das sogar deine Pflicht. Denn bedenke dies: Wenn es wahr ist, daß mein Volk und die Merseianer sich bekriegen, um die Jagd zwischen den Sternen kämpfen, dann werden Häfen gebraucht für die Himmelsschwimmer-Fahrzeuge. Ist es nicht so? Ihr habt sicher bemerkt, daß nicht alle Merseianer hier sind, nur um Wissen zu sammeln. Die meisten bereiten Angriffe auf mein Volk vor.

Nun braucht ein Kriegshafen natürlich Befestigung – für den Tag, wo der Feind ihn entdeckt. Dieser ganze Planet soll vielleicht in eine einzige riesige Festung verwandelt werden. Seid ihr sicher, daß die Merseianer nicht nur euer Leben erforschen, um zu sehen, wie sie euch am leichtesten überwältigen können?«

Rrinn knurrte: »Bin ich sicher, daß dein Volk uns in Frieden lassen würde?«

»Du hast nur meine Worte«, gab Flandry zu, »deshalb solltest du die Wahrheit auf eine andere Weise suchen.«

»Wie? Soll ich Ydwyr rufen, dich ihm zeigen und nach dem wahren Grund fragen, warum er nichts von deiner Art erzählt hat?«

»N-nein . . . das kann ich dir nicht raten. Er brauchte mich dann bloß zu töten und dich mit glatten Worten abspeisen – ich könnte nichts mehr dagegen sagen. Auf meiner Welt, auf Terra, gibt es ein altes Wort, daß der Weise beide Seiten anhören soll, wenn er die Wahrheit finden will. Das schlage ich dir vor: Sag ihm, er soll nach Wirrda kommen, sag aber nicht, daß ich lebe. Dann kannst du mit ihm sprechen und sehen, ob unsere Worte den gleichen Weg gehen.«

»S-s-srh.« Rrinn umklammerte den Vokalisator wie eine Waffe. Er war ganz offensichtlich unglücklich und sehr beunruhigt durch den Gedanken, er könnte aus seinem Land vertrieben werden. Diese Furcht war von Millionen Vorfahren her in seinen Chromosomen verankert. Verlust der Jagdgründe bedeutete den Hungertod.

»Wir haben noch den Rest unserer Reise, um zu überlegen, was du tun sollst«, beruhigte ihn Flandry. *Besser gesagt, um dir einzutrichtern, daß mein Plan genau das ist, was ihr machen müßt... Ich hoffe nur, wir denken ähnlich genug, daß das klappt.*

Aber, sagte er sich, *du darfst sie nicht zu sehr drängen. Laß dir Zeit, um mit ihnen warm zu werden. Vielleicht findest du eine Möglichkeit zur Wiedergutmachung, wenn du überlebst...*

Eine Gruppe dunkler Punkte, die über einen fernen Hügel zog, lenkte Rrinns Aufmerksamkeit ab. Als sie näherkamen, wurde daraus ein elchgroßes Tier mit riesigen schaufelförmigen Stoßzähnen, das von einigen Ruadrath verfolgt wurde. Mit einem Freudenschrei rannte Rrinn ihnen entgegen, mit Speer und Messer hielt er die Beute in Schach, bis die anderen nachgekommen waren.

Diesen Abend wurde geschmaust und gefeiert. Die Tänze und Melodien, das Klopfen der kleinen Trommeln sprachen deutlicher zu Flandry, als Worte es konnten. Er hatte schon früher die Kunst der Ruadrath bewundert: die feinen Schnitzverzierungen auf jedem Gegenstand, die eleganten Formen von Geschirr, von Schlitten, von Lampen. Und als er in dieser Nacht dick eingewickelt in einem der Iglus saß, die man schnell gebaut hatte, als die alten Frauen einen Schneesturm voraussagten, da hörte er eine Geschichte. Rrinn dolmetschte leise, und wie unbeholfen die Übersetzung auch war, Flandry erkannte die Würde und die Weisheit, die diesem alten Heldenmärchen einer auf einmal gar nicht mehr fremden Rasse innewohnten. Als er später im Schlafsack über die Geschichte nachdachte, wuchs seine Hoffnung, die Wirrda manipulieren zu können.

Die ungeklärte Frage, ob ihm das auch gegen die Merseianer helfen würde, begleitete ihn in den Schlaf.

Ydwyr sagte ruhig: »Nein, Djana, ich glaube nicht, daß es Verrat an deiner Rasse wäre. Ist es nicht das Beste, was du für sie tun kannst, sie von den Fesseln des Imperiums zu befreien?«

»Welche Fesseln? Wo waren der Imperator und seine Gesetze,

als ich von Black Hole fliehen wollte, fünfzehn Jahre alt, und mein Vertragsherr mich wieder fing und mir von seinen Wächtern eine Lektion erteilen ließ?«

Ydwyr streckte die Hand aus und strich ihr sanft über die Wange. Die Berührung war nur leicht, obwohl die rauhe Haut irgendwie verhaltene Stärke spüren ließ. Trost, Mitleid ... Liebe? ... strömten auf Djana über und hüllten sie in einen warmen Mantel.

Liebe? Vielleicht nicht – das ist so ein terranisch-zweideutiges Wort ... Was empfindet ein Gott für uns Sterbliche? Aber ich darf ihn nicht Gott nennen – Vater? Ja: Auf Eriau sagt man Rohadwann – das drückt Zuneigung und Treue und gegenseitige Achtung aus ...

»Ja, ich hätte eher vom Ausbrennen eines Geschwürs sprechen sollen«, gab Ydwyr zu. »Der Verfall legitimer Autorität zu Schwäche oder Unterdrückung ist das letzte Stadium einer tödlichen Krankheit. Es kommt dazu, wenn die ›Hand‹ zu einem ›Haupt‹ wird, wie wir sagen würden. – Djana, wir kämpfen nicht gegen deine Rasse, nur gegen das Imperium ...«

Djana senkte den Blick. Ihre Finger verkrampften sich ineinander. »Aber ... ihr würdet die Menschheit einfach überrennen ...!«

»Ich dachte, du hättest erkannt, was das Ziel jeder intelligenten Rasse ist oder sein sollte«, sagte er mit leichtem Vorwurf. »Wir suchen letztlich nichts anderes, als den Willen des denkenden Wesens über den blinden Zufall der Natur zu setzen. Und dabei können wir Partner, Gefährten brauchen.«

Sie sah auf und begegnete seinem forschenden Blick. »Sucher«, sagte sie leise, »das kommt zu plötzlich für mich. Ich meine, wenn *Qanryf* Morioch mich drängt, ich soll doch endlich für das Roidhunat arbeiten ...«

»Dann brauchst du meinen Rat«, beendete er den Satz, »und der steht dir immer zur Verfügung.«

»Aber wie kann ich ...«

Er lächelte: »Das würde auf die näheren Umstände ankommen, meine Liebe. Aber mit deinen Fähigkeiten wirst du jedenfalls ein angenehmes Leben haben. Vielleicht kannst du einen strategisch wichtigen Beamten von Terra dazu bringen, dich zur

Geliebten oder auch Frau zu nehmen. Du würdest nur selten mit uns in Kontakt treten. Die Gefahren sind viel geringer als je in deinem früheren Leben, und die materielle Belohnung deiner Dienste würde hoch sein.« Seine Stimme wurde eindringlich: »Deine eigentliche Belohnung, meine Beinahe-Tochter, ist deine Tätigkeit selbst und das Wissen, daß dein Name in dem Geheimen Gebet lebt, solange es den Vach Urdiolch gibt.«

»Du meinst also, ich soll zustimmen?«

»Ja«, sagte er. »Diejenigen, die außer sich selbst kein Ziel im Leben haben, die leben nur halb.«

Das Videophon pfiff. Ydwyr murmelte verärgert und schlug auf die Ruftaste. Zwei Pfiffe in rascher Folge. Ydwyr spannte sich. »Dringender Ruf«, sagte er und schaltete ein.

Cnif hu Vandens Bild leutete auf dem Schirm auf. »Dem *Datholch* meine Ergebenheit«, sagte er eilig. »Er wäre nicht gestört worden, wenn diese Nachricht nicht seine sofortige Aufmerksamkeit erfordert. Es ist ein Bote von den Siedenden Quellen gekommen!«

»Khchr . . . ja, jetzt werden sie sich dort einrichten.« Ydwyrs Schwanzspitze, die unter der Robe hervorschaute, zitterte – das einzige Zeichen seiner Spannung. »Was sagen die Ruadrath?«

»Der Bote wartet im Hof. Soll ich den *Datholch* verbinden?«

»Ja.« Djana überlegte, daß ein Terraner sich wohl zuerst hätte informieren lassen. Menschen waren nicht so kühn und unbekümmert wie die Merseianer.

Sie konnte das Gespräch zwischen Ydwyr und dem rotbraunen bepelzten Wesen im Hof nicht verstehen. Der Wissenschaftler verwendete einen Vokalisator, um die Sprache des Boten gebrauchen zu können. Noch als der Schirm schon wieder leer war, saß er mit düsterer Miene davor auf dem Schwanz, dessen Spitze heftig auf den Boden trommelte.

»Kann ich etwas tun?« wagte Djana nach einer Weile zu fragen. »Oder soll ich gehen?«

»Shwai . . .« Er bemerkte sie. »Kraich . . .« Er überlegte. »Nein, ich kann es dir sagen. Du würdest ohnehin bald davon hören.«

Djana wartete.

»Eine Botschaft vom Häuptling dieses Stammes«, sagte Ydwyr. »Sonderbar. Die Ruadrath pflegen sonst nicht zweideutige Phrasen zu verwenden, und der Bote weigerte sich, der auswendig gelernten Nachricht eine Erklärung hinzuzufügen. Soviel ich verstanden habe, sind sie auf Dominic Flandrys gefrorenen Körper gestoßen.«

Djana wurde schwarz vor den Augen – und irgend etwas zerbrach in ihr.

»Es muß so sein«, sprach er weiter und starrte düster die Wand an. »Die Beschreibung weist auf einen Menschen – und welcher andere Mensch könnte das sein? Aus irgendeinem Grund scheint das die Ruadrath argwöhnisch gemacht zu haben – der Häuptling will, daß ich hinkomme und erkläre.«

Er zuckte die Schultern. »Nun gut. Ich muß mich um diese Angelegenheit sowieso selbst kümmern. Die Schwierigkeiten müssen geklärt werden. Die Auswirkungen auf ihre Kultur müssen möglichst gering gehalten werden. Und gleichzeitig können wir aus ihrer Reaktion eine Menge lernen. Ich werde morgen hinfliegen, mit ...« Er schaute sie überrascht an. »Aber, Djana, du weinst ja.«

»Es tut mir leid«, murmelte sie hinter vorgehaltenen Händen. Salzig spürte sie die Tränen auf den Lippen. »Ich ... Ich kann nicht anders ...«

»Du wußtest doch, daß er tot ist, den reinen Tod gestorben, zu dem du ihm rietest.«

»Ja, aber – aber ...« Sie hob ihr nasses Gesicht zu ihm auf. »Laß mich mitgehen«, bat sie.

»Haddoch? Nein, unmöglich – die Ruadrath würden dich sehen und ...«

»Und was?« Sie kniete vor ihm nieder und krallte die Finger in seine Robe. »Du mußt! Ich will Abschied nehmen von ihm ... und ihm ... ein ... ein menschliches Begräbnis geben. Verstehst du nicht, mein Vater? Er wird für immer allein hier liegen.«

»Laß mich nachdenken.« Ydwyr saß bewegungslos, ausdruckslos da, während Djana versuchte, ihr Schluchzen unter Kontrolle zu bringen. Schließlich lächelte er zu ihr hinunter, strich ihr übers Haar und sagte: »Nun gut, komm mit.«

Sie vergaß die merseianische Geste der Dankbarkeit. »Danke, danke«, stotterte sie auf Terranisch.

»Es wäre nicht recht, wollte ich dir verbieten, dem Toten die Ehre zu erweisen. Und ich glaube, es wird auch nicht schaden, wenn ich den Ruadrath einen lebenden Menschen zeigen kann – ich muß mir gut überlegen, was wir ihnen sagen werden, und du mußt deine Rolle bis morgen gut beherrschen, ja?«

»Sicher.« Sie hob das Kinn. »Nachher – nachher werde ich für Merseia arbeiten.«

»Keine voreiligen Versprechungen bitte; ich hoffe jedoch, daß du aus freiem Willen auf unsere Seite kommst. Dein sonderbares Talent, andere das wollen zu lassen, was du selber willst – hast du es eben an mir ausprobiert?« Ydwyr schnitt ihr die Antwort durch eine Handbewegung ab. »Nein – laß nur. Ich glaube, daß du noch nicht willentlich die Gedanken anderer beeinflussen kannst, aber unbewußt . . . kraich, in diesem Fall ist das ohne Bedeutung. Geh in dein Zimmer, Djana-Tochter, und ruhe dich aus. Ich lasse dich in wenigen Stunden rufen.«

15

Die Domrath und die Ruadrath kamen normalerweise nie zusammen; nicht einmal dort, wo ihre Wohngebiete übereinstimmten. Die ersteren pflegten die letzteren als übernatürliche Wesen anzusehen, während diese hinsichtlich der Domrath realistischer waren, da sie sie im Winterschlaf beobachtet hatten. Für die Domrath waren die Besitztümer der Ruadrath streng tabu, nachdem Gruppen, die sich nicht daran hielten, im Schlaf dezimiert worden waren. Die Ruadrath fanden keine Verwendung für die primitivsten Steinzeitgeräte der Sommerleute, da die meisten ihrer Stämme längst Metalle kannten.

Im Gebiet der Siedenden Quellen, in ›Wirrda‹, hatte sich jedoch ein Muster gegenseitiger Beziehungen entwickelt, deren Beginn in mythologischer Dunkelheit lag. Ydwyr hatte die Theorie aufgestellt, daß vor langer Zeit einmal durch einen ungewohnten Witterungsverlauf die Wirrda zurückgekommen waren, als die Sommerleute noch wach waren. Die Ruadrath hatten ihnen dann offenbar gestattet, die festen Häuser und herrlichen Werkzeuge im Sommer zu benützen, wenn sie darauf aufpaßten und im Herbst Bezahlung in Form von Vorräten, Leder und Geweben zurückließen: Für die Domrath wurde dies zum Grundstein ihrer Religion. Die Ruadrath hatten Kultgegenstände gefunden und ihre Schlüsse gezogen.

Flandry kam darauf, daß er das genauso ausnützen konnte wie die ausgeprägten Territorialinstinkte der Ruadrath: Wenn man gewohnt war, als Gott angesehen zu werden, verdroß es einen, wenn man über die wahre Situation im Himmel nicht informiert wurde . . .

Rrinn und seine Ratgeber waren ziemlich leicht zu überreden, die Vorschläge des Menschen auszuführen: Sie sandten eine undurchsichtig formulierte Botschaft, die Flandry verfassen half und in der nicht erwähnt wurde, daß er noch lebte. Außerdem wurden auf seinen Vorschlag fast alle Leute ins Hinterland geschickt, da sie gegen die Feuerwaffen der Merseianer ohnedies machtlos waren, und Flandry befürchtete, einer der Jungen könnte unabsichtlich seinen Plan gefährden.

Das Dorf lag also leer und still da, als der Luftbus kam. Die Gebäude hockten zwergenhaft unter riesigen Schneekappen. Der Winterhimmel starrte weiß und kalt auf das baumlose Land herunter . . .

Ein Ruad-Posten schrie »Tarranna!« Flandry verstand, daß er gemeint war, warf einen raschen Blick nach Süden, fand den glänzenden Punkt über dem Horizont und sprang in das Haus, in dem er sich – wie ausgemacht – verbergen sollte.

Das Haus – Wohnsitz eines reichen Ruad, wie die verstreuten Pelzteppiche und reichen Verzierungen überall bezeugten – lag am Rande des Dorfplatzes, gegenüber von dem des Häuptlings, in dem das Treffen stattfinden sollte. So konnten die Ruadrath den Terraner herbeirufen, falls sich eine so dramatische Aktion als nötig erweisen sollte. *Das glaubt Rrinn,* dachte Flandry und beäugte das wahre Arsenal von Waffen, das er aus dem gestohlenen Bus mitgenommen hatte. Er trug einen Strahler und einen Paralysator, ein Kampfmesser sowie reichlich Energiepatronen für die beiden Feuerwaffen. Mehr würde ihn nur behindern, und den Rest konnten die Ruadrath erben . . .

Durch ein winziges Loch im Türvorhang konnte Flandry die neun Ruad-Männer erkennen, die im Dorf zurückgeblieben waren. Rrinn sprach eben scharf in sein Handfunkgerät: »Landet am Rand des Dorfes hinter der Gerberei. Kommt zu Fuß und ohne Waffen.«

Ydwyr wird gehorchen. Es bleibt ihm ja nichts übrig, wenn er seine Forschungen hier fortsetzen will. Und was hat er schon zu befürchten? Er läßt sicher ein paar Leute im Bus per Radio aufpassen, die ihn aus etwaigen Schwierigkeiten heraushauen.

Das glaubt Ydwyr.

Einige Minuten später tauchten die Merseianer auf. Es waren vier, und trotz ihrer vermummenden Kälteschutzanzüge konnte Flandry den Chef und noch drei andere erkennen, die an der damaligen Expedition teilgenommen hatten. Wie viele Wochen war das her . . .

Eine kleine Gestalt trat in sein Gesichtsfeld, winzig hinter den plumpen Saurier-Riesen. Der Atem stockte ihm. Es war eigentlich nicht so überraschend, daß Djana mitgekommen war; aber nach so langer Zeit traf ihn der Anblick ihrer klaren Züge, ihres Bernsteinhaars in dem Goldfischglashelm wie ein Schlag. Endlich wieder ein menschliches Gesicht.

Die Ruadrath zischten einen kurzen Gruß, dann traten beide Gruppen in Rrinns Haus, der hinter sich den Türvorhang zufallen ließ. Der Platz war leer.

Jetzt.

Flandry bemühte sich einige Augenblicke lang, seine Erregung niederzukämpfen. Schließlich schlüpfte er zumindest äußerlich ruhig und beherrscht durch den Türvorhang. Danach war er zu beschäftigt, um Angst zu haben.

Er rannte hinter das Haus, damit ihn nicht jemand sah, der zufällig aus Rrinns Tür blickte . . . huschte Mauern entlang, über glitzernde Straßen; Schnee knirschte unter seinen Stiefeln . . . ein vorsichtiger Blick um die Ecke der Gerberei . . . Ja, der Bus war da, saß breit und stromlinienförmig in der Sonne.

Wenn die drin mich durch die Fenster sehen, ist es aus... Er zog den Paralysator, duckte sich und hatte in wenigen Sekunden die Hauptschleuse erreicht.

Flach an die Bordwand gepreßt, lauschte er. Nichts geschah, nur kam er mit der Wange an das Metall. Als er sich losriß, blieb ein gutes Stück Haut kleben. Flandry wischte sich die Tränen aus den Augen, biß die Zähne zusammen und griff vorsichtig nach dem äußeren Hebel.

Die Schleuse war nicht gesperrt. Er glitt in die Kammer. Wartete und lauschte wieder. Kein Ton. Er drückte den inneren Hebel langsam herunter und schob sich in den Gang. Er war leer.

Wahrscheinlich sind sie vorne in der Steuerzentrale am Funkgerät. Und vermutlich sind auch in der Hauptkabine noch welche – aber zuerst die vorne... Er schlich durch den kurzen Gang.

Ein Merseianer, der ein Geräusch gehört oder einen kalten Lufthauch gespürt haben mußte, trat aus der Steuerzentrale. Flandry schoß. Der dunkelrote Lichtstrahl lenkte den lautlosen Hammerschlag eines Ultraschallstrahls. Der Merseianer begann gerade erst zu schwanken, als Flandry schon an ihm vorbei war.

Eine zweite Grünhaut sah vom Instrumentenpult auf. »Gwy...« Weiter kam er nicht, bevor auch er zu Boden krachte.

Flandry wirbelte herum und stürzte nach hinten. Im Aufenthaltsraum gaben Fenster den Blick nach drei Himmelsrichtungen, eine kleine Aussichtskuppel überallhin, frei.

Zwei Merseianer befanden sich hier. Der eine, der offensichtlich gerade nachschauen wollte, was los war, hatte die Waffe gezogen. Flandry aber hatte schon in der Tür geschossen. *Wieder einer weniger.* Der zweite steckte mit Kopf und Schultern in der Aussichtskuppel, was ihm zum Verhängnis wurde. Er plumpste in den Sitz.

Ohne eine weitere Sekunde zu verschwenden, rannte der Terraner wieder nach vorn. Aus einem Lautsprecher kamen Stimmen: die Bässe der Merseianer, Ruadrath-Schnurren, wobei die ›Gäste‹ Vokalisatoren benützten, um letzteres hervorzubringen. Flandry überzeugte sich, daß die Verbindung in anderer Richtung abgeschaltet war, offenbar, damit die Merseianer im Bus sich unterhalten konnten, ohne die Verhandlungen zu stören.

Dann erst sank er auf einen Sitz, schnappte nach Luft und versuchte seine wirbelnden Gedanken zu ordnen. *Ich hab's geschafft, ich hab's tatsächlich geschafft!*

Gut, das Überraschungsmoment war auf seiner Seite gewesen. Die nächsten Schritte würden weitaus riskanter werden. Er erhob sich und suchte in den Werkzeugfächern herum. Als er alles beisammen hatte, was er brauchte, kehrte er zu seinen Opfern zurück. Sie würden zwar nicht so bald aufwachen, aber sicher war sicher. Einer von ihnen war Cnif. Flandry verzog einen Mundwinkel. »Du hast schon Pech, alter Freund, daß du mir so oft in die Quere kommst!«

Nachdem er die Merseianer alle in einen Raum geschleift hatte, fesselte er sie mit Draht an die Kojenrahmen und knebelte sie. Auf dem Wege zurück nach vorn schnappte er sich einen Vokalisator und zwei Tonrecorder. In der Steuerzentrale schaltete er die Übertragung von Rrinns Haus ab.

Nun kam ein heikler Teil seines Plans. Er hatte zwar lange und oft geprobt, aber ohne die Geräte war das nicht so gut. Immer wieder nahm er die Sätze auf, spielte sie ab, stellte den Vokalisator anders ein, experimentierte mit Tonaussteuerung und Laufgeschwindigkeit. (Zwischendurch schaltete er immer wieder die Übertragung aus dem Dorf ein. Rrinn sollte laut Plan das Palaver möglichst lange hinausziehen – aber Ydwyr war nicht dumm; der alte Xenologe konnte jeden Augenblick etwas Unvorhergesehenes unternehmen. Noch wurde verhandelt.) Endlich kam er zu der Überzeugung, die beste Stimmimitation zustande gebracht zu haben, die unter den gegebenen Umständen möglich war.

Er stellte den Recorder vor das Mikrophon des Fernfunkgeräts. Radioimpulse überbrückten 300 Kilometer weißer Wildnis. Eine Maschine sagte: »Der *Datholch* Ydwyr ruft Flottenstützpunkt, Operationszentrale. Notfallpriorität. Antwort.«

»Der Ruf des *Datholch* wird gehört von *Mei* Chwioch, Vach Hallen«, antwortete der Lautsprecher.

Flandry drückte wieder auf die Taste. »Zeichnen Sie diesen Befehl auf und spielen Sie ihn sofort Ihren Vorgesetzten ab.

Meine Vermutung war falsch. Der Terraner Flandry lebt. Er befindet sich hier, bei den Siedenden Quellen. Er ist aber fast tot aufgrund von Ernährungsmängeln und Unterkühlung. Es muß versucht werden, ihn zu retten, da er anscheinend eine neue und sehr wirksame Methode der Subversion den Ruadrath gegenüber angewandt hat. Er muß darüber befragt werden. Für seine Rasse geeignete Medikamente müssen sich in dem gekaperten Patrouillenboot befinden. Eine Suche danach würde kostbare Zeit verschwenden. Lassen Sie das Boot sofort herfliegen.«

»Der Befehl des *Datholch* wurde gehört und wird sofort weitergeleitet. Wer kann mit dem Schiff umgehen?«

Flandry schaltete den zweiten Recorder ein. Die Maschine sagte »Krchrr«, seine Antwort für alle Gelegenheiten. In diesem Zusammenhang hoffte er, daß sie als verächtliches Räuspern verstanden wurde. *Einen Piloten, der das nicht in fünf Minuten herausfindet, sollte man in die Kombüse strafversetzen und Elektronen schälen lassen . . .*

Er ließ das Gerät weiterlaufen: »Landen Sie auf dem offenen Platz in der Mitte des Dorfes, und beeilen Sie sich. Ich muß jetzt zu den Ruadrath zurück und versuchen, den angerichteten Schaden wiedergutzumachen. Rufen Sie mich nicht mehr, bevor das Boot gelandet ist. Ende des Befehls. Ehre dem Gott, der Rasse und dem Roidhun!«

Er hörte die Bestätigung, schaltete den Sender ab und die Übertragung aus dem Eingeborenendorf ein. Es klang, als würden dort jeden Moment die Fetzen zu fliegen beginnen . . .

Besser nicht hier herumtrödeln. Außerdem mußte die *Jake* binnen Minuten hier sein, wenn seine List gewirkt hatte.

Wenn.

Flandry stieg eilig in die Schutzkleidung, die er bei der Arbeit abgelegt hatte. Er stopfte ein Stück Kabel in die Tasche. Ein Chronoanzeiger besagte, daß er fast eine Stunde im Bus verbracht hatte. Die Ziffern des Anzeigers blieben abrupt stehen, als er mit dem Strahler auf das große Funkgerät feuerte. Beim Aussteigen zerstörte er auch den Motor des Gefährts. Er hoffte, bei seiner Flucht niemanden umbringen zu müssen — aber natürlich sollte auch die Nachricht davon nicht verbreitet werden, ehe er nicht weit fort war. Er wußte, wenn es nötig wurde, würde er auch töten, ohne es nachher zu bedauern – wenn es ein Nachher gab.

Die Kälte brannte in seinem zerschundenen Gesicht. Er sprang über den krachenden Schnee zu Rrinns Haus. Als er näher kam, bewegte er sich vorsichtiger und blieb dann am Eingang stehen. Er nahm die Schutzbrille ab und schloß die Augen für einige Sekunden. Aus der gleißenden Helle ins dunkle Innere zu stürzen, bevor die Augen sich umgestellt hatten, war purer Selbstmord ...

Den Paralysator in der Rechten, den Strahler in der Linken, stieß er den Vorhang beiseite. Das steife Türleder klatschte hinter ihm wieder zu.

Merseianer und Ruadrath, die einander gegenüber auf ihren Schwänzen saßen, fuhren herum. Flüchtig stellte ein Teil von Flandrys Hirn fest, wie herrlich die Malereien an den Wänden hinter ihnen leuchteten und wie schade es war, sich die Freundschaft des betreffenden Künstlers wahrscheinlich für immer zu verscherzen ...

Djana schrie auf, Rrinn zischte, Ydwyr knurrte einen Satz in einer Sprache, die Flandry noch nie untergekommen war. Mehrere Männer beider Rassen griffen nach ihren Waffen, ließen es aber sein, als Flandry auf Eriau brüllte: »Hände weg, bleibt wo ihr seid! Meine Waffe ist auf Breitstrahl eingestellt, ich kann euch alle mit zwei Schüssen braten!«

Erbost murmelnd hielten sie still. Djana machte einen Schritt auf Flandry zu, schien etwas sagen zu wollen, brachte aber keinen Ton heraus. Ydwyr schnappte etwas in seinen Vokalisator. Rrinn schnappte zurück.

Flandry warf ein: »Bedaure, ich muß euch alle außer Gefecht setzen. Der Paralyseschuß wird lediglich etwas Kopfweh beim Aufwachen zur Folge haben. Wenn aber einer den Helden spielen will, dann kriegt er's mit dem Strahler. Und der Fächerstrahl wird ziemlich sicher auch andere töten. Rrinn, du hast ein paar Atemzüge Zeit, deinen Leuten die Lage klarzumachen.«

»Das kannst du nicht tun«, protestierte Djana wild.

»Mit dir nicht, meine Süße«, sagte Flandry. »Komm rüber zu mir.«

Sie schluckte, ballte die Fäuste, richtete sich auf und starrte ihn unverwandt an: »Nein.«

»Häh?«

»Ich wechsle nicht so leicht die Seiten wie du.«

»Ach – ich wußte gar nicht, daß *ich* das getan habe!« Flandry warf Ydwyr einen wütenden Blick zu. »Was habt ihr mit dem Mädchen angestellt?«

»Ich habe ihr die Wahrheit gezeigt.« Ydwyr gewann seine übliche Ruhe zurück. »Was hoffen Sie zu erreichen?«

»Sie werden schon sehen«, sagte Flandry, und zu Rrinn gewandt: »Bist du fertig?«

»Ssnaga.« Es war belanglos, daß er einer anderen Rasse angehörte, der Haß in seiner Stimme war nicht zu verkennen.

Flandry seufzte. »Ich bedaure. Wir sind in Freundschaft miteinander gewandert. Mögest du immer erfolgreich jagen!«

Der Leitstrahl stieß zu. Immer wieder. Die Ruadrath drängten sich in Deckung, fanden aber nichts ausreichend Hohes. Die Merseianer schluckten ihre Dosis mit steinerner Würde. Nach einer Minute waren nur mehr Ydwyr und Djana bei Bewußtsein.

»So.« Flandry warf ihr das mitgebrachte Kabel zu. »Binde seine Hände auf dem Rücken zusammen und den Schwanz dazu, und dann mach eine Schlinge um die Beine.«

»Nein!« rief sie schrill.

»Mädel«, sagte die hagere Gestalt mit dem Rauhreif im Bart, »es geht um mehr als mein Leben – und ich leb' nun mal gern. Ich brauche eine Geisel. Ich würde ihn ungern mitschleifen müssen. Aber wenn's sein muß, könnt ihr das beide haben.«

»Gehorche«, sagte Ydwyr zu ihr. Er musterte Flandry. »Gut gemacht«, sagte er. »Und weiter?«

»Kein Kommentar«, gab Flandry zurück. »Was Sie nicht wissen, können Sie auch nicht vereiteln.«

»Richtig. Es zeigt sich, daß Ihre früheren Erfolge nicht auf Glück beruhten. Mein Kompliment, Dominic Flandry.«

»Ich danke dem *Datholch*. – Nun beeil dich doch, Mädchen!«

Djanas Blick irrte zwischen ihnen hin und her. Sie kämpfte mit den aufsteigenden Tränen.

Die Fesselung, die sie zustande brachte, war keineswegs fachmännisch, doch für ein paar Minuten mochte es genügen ... Er winkte sie zu sich, »damit du außer Reichweite deines Kumpans bist«, sagte er und steckte die Waffen in den Gürtel und lächelte ihr in die grauen Augen, »und dafür in meiner!«

»Nicky«, flüsterte sie. »Du weißt nicht, was du tust. Bitte, bitte hör mich an.«

»Später.« Ein Überschallknall ließ die Schüsseln auf den Wandborden hüpfen. Und trotz der strengen Beherrschung, die er sich auferlegt hatte, hüpfte auch in Flandry irgend etwas. »Ho, das ist die Fahrkarte nach Hause.«

Er lugte durch die Vorhangritze. Ja, die *Giacobini-Zinner,* die gute alte spitznasige *Jake,* schoß auf den Boden zu, schwebte einen Moment darüber, und setzte in einer Wolke aufgewirbelter Schneekristalle auf. Aber ... Moment mal ... in der gleichen Richtung, weit draußen am Himmel!

Flandry stöhnte. Das sah wie ein zweites Raumfahrzeug aus. Morioch oder sonst jemand hatte auf Nummer Sicher gesetzt und eine Eskorte mitgeschickt.

Nun, er hatte an diese Möglichkeit gedacht. Ein Kometboot war flinker als die meisten anderen Typen – vor allem in einer Atmosphäre wie der Talwins ...

Die Schleuse der *Jake* öffnete sich. Die Gangway klappte auf. Ein Merseianer trat heraus, vermutlich ein Arzt, da er die Bord-Medbox trug, die er wohl während des Flugs gesucht und gefunden haben mußte. *Tüchtig, diese Eidechsen.* Er trug keinen Heizanzug, nur den üblichen Wintercoverall. Plötzlich kam er Flandry ungeheuer komisch vor, wie er wartend dastand, den Schwanz in einer Art Riesensocke. Der Terraner bemühte sich, das Lachen zu verbeißen, und rief, so gut er konnte, eine merseianische Stimme nachahmend, hinaus: »Kommen Sie schnell! Ihr Pilot auch!«

»Pilot ...«

»Schnell!«

Der Arzt rief etwas ins Boot zurück. Gleich darauf kamen beide Merseianer über den Schnee herüber. Sie traten ein. Und kippten um.

Flandry schnappte die Medbox und schwenkte den Paralysator: »Los, Ydwyr.« Er zögerte. »Djana, du kannst hierbleiben, wenn du willst.«

»Nein«, antwortete das Mädchen kaum hörbar. »Ich komme mit.«

»Lieber nicht«, riet ihr Ydwyr. »Es wird gefährlich werden.«

»Vielleicht kann ich dir helfen«, sagte Djana.

»Vielleicht kannst du Merseia helfen«, verbesserte Ydwyr.

Flandry nutzte die Gelegenheit. »Da siehst du's«, rief er auf Terranisch. »Du bist für ihn nur ein Werkzeug für seinen verdammten Planeten!« Auf Eriau: »Auf geht's!«

Das Mädchen schüttelte verwirrt den Kopf. Es war nicht klar, für wen von den beiden es gedacht war. Müde stolperte sie hinter der großen Eidechsengestalt drein.

Hoch oben, für das Auge nur ein schwaches Aufblitzen, wartete das andere Schiff. Die Vergrößerungsschirme würden zeigen, daß drei Leute das Haus verließen, aber nicht ihre Rasse, hoffte Flandry . . . Die Gangway klirrte unter ihren Stiefeln.

»Nach achtern, meine Guten«, befahl Flandry. »Sorry«, sagte er dann, bevor er Ydwyr betäubte. Er fesselte den Merseianer an eine Koje und schob Djana nach vorn. Sie zitterte an allen Gliedern.

»Was willst du tun?« fragte sie flehend.

»Versuchen zu entkommen, was sonst?« antwortete Flandry. »Oder weißt du was Besseres?«

Sie sank in den Nebensitz. Er schnallte sie an, mehr als Vorsichtsmaßnahme gegen impulsive Handlungen als gegen ein Versagen der Pseudoschwerkraft, und glitt in den Pilotensitz. Djana starrte ihn leer an. »Du verstehst nicht«, wiederholte sie immer wieder. »Er ist gut und weise. Du machst einen schrecklichen Fehler. Bitte tu's nicht.«

»Ach – du empfiehlst mir also eine Gehirnwäsche, ja?« sagte er bissig.

»Ich weiß nicht . . . laß mich in Ruhe!«

Flandry vergaß sie, als er die Instrumente überprüfte. Alles schien in Ordnung zu sein. Die Maschinen erwachten murmelnd zum Leben. Die Gangway schob sich ein, die Luftschleuse schloß sich. Seine Finger huschten über das Instrumentenbord, sie hatten nichts von ihrer Geschicklichkeit verloren. Die *Jake* hob sacht ab. Das Dorf versank, die Geysire, die Berge blieben zurück. Sie waren in der Luft.

Die Außensprechanlage blinkte und summte. Flandry ignorierte alles, bis er hoch oben in der Atmosphäre auf Nordkurs war. Das andere Schiff schwang herum und sauste hinterher. Flandry konnte bald den Typ erkennen: eine Korvette, nichts Besonderes, aber sie konnte ein Patrouillenboot gewissermaßen zum Frühstück verspeisen. Flandry ließ ihren Anruf durch.

»*Saniau* an terranisches Schiff. Wohin fliegen Sie und warum?«

»Terranisches Schiff – und es *ist* ein terranisches Schiff – an *Saniau*. Hört gut zu, ihr Eidechsen. Hier spricht Dominic Flandry, der noch nicht so ganz tote. Der *Datholch* Ydwyr, Vach Urdiolch, Neffe des großmächtigen Roidhun und so weiter, ist mein Gast. Schaut im Eingeborenendorf nach, wenn ihr mir nicht glaubt. Sobald er sich von einer leichten Indisposition erholt hat, könnt ihr ein Video haben. Wenn ihr mich abschießt, geht er mit.«

Pause.

»Wenn Sie die Wahrheit sprechen, Dominic Flandry, glauben Sie, der *Datholch* würde seine Ehre verschachern, um sein Leben zu retten?«

»Nein. Aber ich glaube doch, daß *ihr* ihn retten wollt.«

»Stimmt. Wer werden Sie einholen, längsseits gehen und entern. Wenn dem *Datholch* etwas geschehen ist, geht es Ihnen schlecht.«

»Dann seht erst mal zu, daß ihr mich einholt«, sagte Flandry und schaltete ab.

Sie hatten inzwischen die Höllenkesselberge überflogen. Flandry hielt mittels Instrumenten Ausschau nach einem wirklich dicken Sturm. Zu dieser Jahreszeit mußte es ... *Ja*!

Eine dichte graue wirbelnde Mauer türmte sich vom Erdboden bis hoch in den Himmel. Noch bevor sie hineinstießen, packten die orkanartigen Winde das Boot. Dann herrschte nur mehr das Chaos.

Eine Korvette würde sich nicht in so ein Wetter wagen. Aber ein kleines Raumboot mit einem erstklassigen Piloten – einem Piloten, der seine Laufbahn in der Luftfahrt begonnen hatte –

konnte der Wut des Sturmes trotzen. Und die Sensoren, die ein solches Unwetter durchdringen konnten, und das winzige herumgewirbelte Staubkorn darin identifizieren, die waren noch nicht erfunden.

Flandry vergaß alles über seinem Kampf, in der Luft und am Leben zu bleiben.

Eine halbe Stunde später schoß das Boot hinaus in den Raum.

Talwin rotierte auf den Sichtschirmen als riesige weißschwarzblaue Scheibe aus eisüberzogenem Land und tiefdunklem Meer.

Ein Alarmsignal warnte Flandry: Talwins Wachschiffe.

Normalerweise pflegte niemand so nahe bei einem Planeten oder einer Sonne auf Hyperantrieb überzugehen. Die Materiedichte war zu hoch, und damit der Raum gekrümmt . . . Flandry beugte sich mit einem Schulterzucken über die Steuerkonsole.

Der Übergang in den Sekundärraum in einem so starken Feld ließ die Schiffswände vibrieren. Die Schirme kompensierten den Hypereffekt und zeigten wieder optisch sinnvolle Bilder. Talwin war verschwunden, und Siekh wurde ein Stern unter vielen. Die Luft im Boot summte. Das Deck bebte.

Nach einigen Minuten sagte das Sekundärradarinstrument »twiep«. Flandry seufzte. »Also hat es doch noch einer riskiert, und wie wir Glück gehabt. Es zieht jetzt in unserem ›Kielwasser‹ nach, sonst wäre das Echo nicht so stark. Wir sind zwar schneller, aber er dient als Wegweiser für andere, die uns einholen können.«

Djana sah auf. »Hast du noch Hoffnung?« fragte sie tonlos.

Er gab Navigationsdaten in den Bordcomputer ein. »Immer, meine Liebe. Ich habe nämlich von einem Pulsar hier in der Nähe gehört – der könnte uns helfen, meine tüchtigen, aber lästigen Kollegen abzuschütteln.«

Sie antwortete nicht und starrte wieder hinaus. Entweder wußte sie nicht, wie gefährlich ein Pulsar war, oder es kümmerte sie nicht.

16

Als Sol noch lange nicht existierte, brannte einmal am Rande der Milchstraße eine blaue Riesensonne, fünfzigtausendmal heller als die noch ungeborene Sonne Terras. Nach kurzen Jahrmillionen begann der Stern langsam zu sterben; sein Wasserstoff war verbraucht, und damit verließ er den geordneten Entwicklungsablauf der Hauptreihe. Bevor er erlosch, flammte er noch einmal mit dem ungeheuren Energieausbruch einer Supernova auf, die kurz die ganze Milchstraße überstrahlte.

Der übriggebliebene Materieball wurde von seinem eigenen Gewicht zusammengepreßt, bis die Dichte Tonnen pro Kubikzentimeter erreichte und seine Rotationsperiode nur mehr Sekunden dauerte. Immer schwächer wurde die von ihm ausgehende Strahlung. Weißer Zwerg. Schwarzer Zwerg. Neutronenstern . . .

Zu unvorstellbarer Dichte zusammengepreßt, veränderte sich die Materie und schickte Photonenstöße aus, Strahlung, die durch das verzerrte Raum-Zeit-Kontinuum um den Massekern herumgeführt wurde und schließlich entkam. Mit sonderbarer Regelmäßigkeit pumpte der sterbende Stern die Photonen hinaus, immer langsamer, immer schwächer.

Der Atem eines Pulsars.

Djana starrte wie hypnotisiert auf den vorderen Schirm. Winzig unter den Sternen, aber langsam anwachsend, blinkte ein rotes Licht. Ein Leuchtfeuer in der Leere des Raumes. Sie fröstelte, legte Flandry eine Hand auf den Arm: »Nicky . . .«

»Still.« Seine Augen wichen nicht eine Sekunde von den Instrumenten, seine Finger tanzten über die Tasten des Navigationscomputers.

»Nicky! Wir können jede Minute sterben, und du hast kaum ein Wort mit mir geredet!«

»Wenn du mich nicht in Ruhe läßt, sterben wir ganz gewiß.«

Sie zog sich auf ihre Andruckliege zurück. *Sei stark! Du weißt wie.* Sie ließ den Blick nicht von Flandry, der sich konzentriert über die Steuerkonsole beugte.

Vier merseianische Schiffe waren hinter ihnen her. Er

schätzte, daß sie einige Lichtjahre zurücklagen und ihn nicht vor dem Pulsar einholen konnten.

Blink ... blink ... blink ... einmal in 1,3275 Sekunden.

Eine Datenscheibe leuchtete mit Zahlenangaben auf. Flandry nickte und verschob den Steuerhebel entsprechend. Auf den Sichtschirmen kippten die Sterne.

Schließlich sagte er, vielleicht nur zu sich selbst: »Ja, wir werden langsamer. Sie trauen sich nicht so schnell heran.«

»Was?« wisperte Djana.

»Die Verfolger. Sie sehen, daß wir gerade auf dieses kosmische Leuchtfeuer zusteuern. Bei Hypergeschwindigkeit kommt man nur zu leicht zu nahe, und der Schweregradient zerpflückt einen. Warum sollen die ein Risiko eingehen. Sie meinen, sie können uns nachher einsammeln, wenn wir durchkommen.«

Er wandte ihr den Kopf zu. Ein Grinsen flog über sein Gesicht. »Ach ja. Das meinen sie.«

Djana konnte nicht den Blick von ihm wenden. *Warum nur mache ich mir Sorgen um ihn? Weil er ein Mensch ist? Nein – weil er ein Mann ist. Der einzige Mann, der je gut zu mir war ... o verdammt.* Sie versuchte an Ydwyr zu denken.

Flandry lehnte sich herüber und legte seine Hand unter ihr Kinn. »Schatz, es tut mir leid, daß ich dich vorhin angefahren habe; und auch, daß du überhaupt hier bist, weil es eine knappe Sache wird. Als du nicht auf Talwin bleiben wolltest, dachte ich, du zögest die Freiheit vor. Du weißt ... ›lieber tot als Sklave‹. Ich habe mich geirrt, soviel weiß ich inzwischen.«

»Ich war und bin frei. Ich folge meinem ... Meister«, sagte sie heftig.

»Humf, ein Musterbeispiel weiblicher Logik.« Ein Summton erklang. »Sorry. Die Arbeit geht weiter. Wir gehen in ein paar Sekunden auf primär über. Da muß ich aufpassen.«

»Aber ... aber im Primärraum erwischen sie uns doch sofort!« Verzweiflung kroch in ihr hoch. *Warum? Warum macht es mir etwas aus?*

Das Geräusch der Maschinen änderte sich abrupt. Die Sterne verschwanden von den Schirmen, bis diese sich wieder angeglichen hatten. Das Boot schoß mit Realgeschwindigkeit vorwärts, der natürlich durch die des Lichts die Grenze gesetzt war.

Blink . . . blink . . . blink . . . Das blutfarbene Leuchtfeuer pulste immer heller. Djana konnte jedoch direkt hineinsehen: keine helle Scheibe, das Blinken schien aus dem Nichts hervorzuquellen. Als nach einigen Minuten das Dröhnen und Vibrieren der Maschinen aufhörte, mußte sie sich eine bestürzte Frage verbeißen.

Flandry gab ihr von selbst eine Erklärung: »So. Jetzt sind wir genau auf der richtigen Bahn – hoffe ich. Nun kann das Blinklicht da vorn die Arbeit übernehmen.«

»Was . . . was machen wir?«

»Wir sind jetzt im freien Fall um den Pulsar, auf einer Hyperbelbahn. Die Merseianer können das nicht. Große Schiffe würden durch die Differentialkräfte einfach zerrissen. Diese unvorstellbare Masse in so kleinem Volumen kann allerhand anrichten. Unser Boot ist klein genug, so daß wir hoffen können, in einem Stück daran vorbeizukommen. Die Merseianer lauern offensichtlich nur darauf, daß wir wieder auf Hyperantrieb gehen und sie die Jagd fortsetzen können.«

»Aber . . . aber was haben wir davon?« Blink . . . blink . . . blink.

»Wir passieren den Rand eines stark gekrümmten Raumbereichs. Die Massekonzentration des Pulsars verbiegt den Raum. Wenn der Pulsarkern noch dichter würde, könnte selbst das Licht nicht mehr hinaus; wir werden uns wie gesagt nur am Rande entlangschleichen, aber ich bin sicher, daß unsere Verfolger uns im Periastron verlieren. Radarstrahlen sind sinnlos bei dieser Raumkrümmung. Die Merseianer können zwar grob berechnen, wo wir wieder in den ›geraden‹ Raum herauskommen müßten, aber bis dahin . . .« Er stand auf und streckte sich ausgiebig. »A propos Merseianer, schauen wir mal nach, wie's Ydwyr geht.«

Djana versuchte ungeschickt, ihre eigenen Sitzgurte zu öffnen. »Ich weiß nicht, was . . . Nicky, warum hast du uns mitgenommen?«

»Dich, meine Liebe, aus Gründen, die ich dir noch näher, sehr nahe, darlegen werde. Und Ydwyr: Nun, ohne ihn hätten sie uns noch über Talwin in viele kleine Stücke zerschossen.« Er trat hinter ihre Liege. »Laß mich helfen.«

»Ich, ich kann schon . . . allein . . .«

»Mhm, sicher«, sagte er träumerisch. Er beugte sich über sie und knabberte an ihrem Halsansatz. Der darauffolgende Kuß ließ ihn noch heftig atmen, als sie nach hinten gingen.

Ydwyr saß geduldig auf seiner Koje. Flandry hatte – bevor er sich das erste Mal zum Schlafen niederlegte – ein kurzes Metallkabel an den Rahmen geschweißt und das andere Ende mit einer Schlinge um ein Fußgelenk. Djana hätte den Merseianer nur schwer befreien können, aber für alle Fälle sperrte er die Werkzeuge weg und sie in den Zwischengang, während er schlief.

»Ich nehme an, Sie werden meine Landsleute zu bluffen versuchen«, sagte Ydwyr. »Etwa indem Sie mehrere Kuriertorpedos mit Hyperantrieb losschicken. Bei den Verzerrungseffekten hier wird man die Impulse für die Ihres Bootes halten und folgen. Dann können Sie wieder auf Hyperantrieb gehen.«

»Stimmt genau«, gab Flandry bewundernd zu. »Sie sind wahrhaftig schlau. Ich freue mich auf eine längere Unterhaltung mit Ihnen . . .«

»Nun, zuerst muß Ihr Plan klappen.« Ydwyr machte eine respektvolle Geste: »Wenn aber nicht, und wenn wir lebend gefangengenommen werden, dann stehen Sie unter meinem Schutz.«

Freude wallte in Djana auf. *Meine Männer können Freunde werden!* »Sie sind sehr freundlich«, sagte Flandry mit einer Verbeugung. Er drehte sich zu dem Mädchen um. »Wie wär's, machst du uns Tee?« sagte er auf Terranisch (das Ydwyr kaum verstand).

»Tee?« fragte sie erstaunt.

»Er mag ihn. Wir wollen doch gastfreundlich sein . . . Schalte die Bordsprechanlage in der Pantry ein – leise –, dann kannst du unser Gespräch mithören.«

Flandry sprach leichthin, aber sie hörte doch eine ominöse Betonung des letzten Satzes heraus, und ihre Freude versickerte. »Würde . . . der *Datholch* . . . Tee annehmen?« fragte sie auf Eriau.

»Sei bedankt«, sagte Ydwyr flüchtig und wandte sich sofort wieder dem Mann zu. Djana ging wie betäubt nach vorne. Die Stimmen der beiden folgten ihr.

»Ich bin nicht so sehr freundlich, Dominic Flandry, als interessiert, ein kühnes und intelligentes Individuum funktionstüchtig zu erhalten.«

»Als Ihren Diener?«

»Kraich, wir konnten Sie ja nicht gut nach Hause lassen, oder? Ich . . .«

Djana schloß die Tür zur Pantry mit Nachdruck. Die Stimmen verstummten. Mit unsicheren Fingern drehte sie die Sprechanlage an.

». . . leid. Aus Ihrer Sicht meinen Sie's gut, Ydwyr. Aber ich habe ein archaisches Vorurteil, daß Freiheit besser ist als selbst die angenehmste Sklaverei. Wie die zum Beispiel, in die Sie das arme Mädchen brachten.«

»Eine Rekonditionierung, die sie physisch wie psychisch aufgewertet hat.«

Nein! Als ob er von Zuchtvieh reden würde!

»Na, na, sie scheint ausgeglichener zu sein! Aber das wird nur so lange vorhalten, als Sie ihren Vaterkomplex ausnützen.«

»Hrrm . . . Sie haben also von den Methoden des Aycharaych gehört?«

»Ay. . .? Wer? N-nein . . . aber Djanas Vaterfixierung Ihnen gegenüber ist einfach nicht zu übersehen.«

»Was hätte ich sonst tun sollen? Und sie hat gewisse Fähigkeiten – statt sie gleich zu töten, konnten wir genausogut versuchen, diese Fähigkeiten zu entwickeln. Der Tod steht als letzte Lösung immer zur Verfügung. Außerdem reizte mich tiefenpsychologische Arbeit mit einem Menschen. Als dann dieses eigenartige Talent, andere nach ihrem Willen zu beeinflussen, auftauchte, sahen wir, welch kostbare Beute sie war. Es wurde meine Aufgabe, sie ganz an uns zu binden.«

»Ah – und um ihr Vertrauen zu gewinnen, haben Sie sie informiert, damit sie mich warnen konnte?«

»Ja. Vor – in Offenheit zwischen uns beiden, Dominic Flandry –, vor einer fiktiven Gefahr. Es gab keinen Befehl für Ihre Sondierung und Beseitigung; man war durchaus einverstanden, daß Sie bei mir blieben. Aber die Chance, das Mädchen zu überzeugen, war wertvoller.«

Terranisch: »O nein – das ist doch . . .! Verdammt!«

»Sie sind hoffentlich nicht böse?«

»N-nein. Jetzt muß ich schon gute Miene zum bösen Spiel machen.« Terranisch: »Wenigstens bin ich wegen dieses Spiels ein gutes Stück früher geflohen, als ich ursprünglich wollte . . .«

»Glauben Sie mir, ich wollte Sie nicht opfern. Ich wollte überhaupt mit der ganzen Angelegenheit nichts zu tun haben. Die Ehre zwang mich. Ich habe jede Minute bedauert, die mir für meine Arbeit mit Talwins Eingeborenen verlorenging.«

Djana fiel auf die Knie und weinte.

Blink . . . blink . . . das höllische Licht schien das Boot verschlingen zu wollen. Der Rumpf zitterte und stöhnte unter enormen Kräften. Das Pseudogravfeld kämpfte mit ihnen, und der Kampf brachte die Luft zum Singen. Mitunter glaubte man zu sehen, wie eine Wand sich wellte und bog – vielleicht tat sie es wirklich, eine scharfe Raumkrümmung passierend. Von Zeit zu Zeit packte sie eine gräßliche Übelkeit, und die Gedanken verzerrten sich. Zum Pulsar hin nichts als abwechselnd rotes Feuer und Nacht. Auf der anderen Seite nicht das gewohnte Bild der Sterne, nur regenbogenfarbige Lichtstreifen.

Djana half Flandry, die Torpedos durch die Abschußschleuse nach draußen zu schieben. Dann mußte er im Raumanzug hinaus, um sie aneinanderzukoppeln. Er blieb lange. Als er blaß und an allen Gliedern zitternd wieder hereinkam, flüsterte er nur: »Okay.« Sie flohen in die Steuerkanzel und saßen dann, einander festhaltend, die verzerrte Umwelt ausschließend, bis der Alptraum endete.

Ruhe. Gewohnte Bilder. Die Sterne kehrten zurück, einer nach dem anderen. Ein erschöpfter Flandry beugte sich über Instrumente, deren Anzeige wieder einen Sinn hatte.

»Die Hyperwellen entfernen sich«, flüsterte er. »Sie . . . sie sind auf unseren Trick hereingefallen. Sobald wir sie nicht mehr feststellen können . . . aber zuerst müssen wir sämtliche Systeme abschalten.«

»Warum?« fragte sie aus der Tiefe ihres Sitzes, müde und hoffnungslos.

»Ich weiß nicht, aus wie vielen Schiffen dieses Hyperecho besteht. Der Raum ist immer noch ein bißchen verbogen – und vielleicht haben sie sicherheitshalber einen Aufpasser zurückgelassen. Und dem könnte unsere Strahlung auffallen: Infrarot vom Rumpf, Neutrinos vom Reaktor. Also legen wir alles still.«

»Wie du willst . . .«

Die Gewichtslosigkeit war wie ein Sturz über eine Klippe und nicht endender Fall im Nichts. In der Kabine Dunkelheit, draußen das Pulsen des blutigen Lichts, und die schreckliche Majestät der näherdrängenden Sterne. Kein Laut außer dem leisen, akkumulatorgetriebenen Surren der Ventilatoren; die Kälte kroch in das Boot.

»Halte mich«, flehte Djana in der lichtlosen Blindheit, »wärme mich.«

Ein dünner Lichtstrahl aus Flandrys Hand traf die Instrumentenkonsole. Schatten tanzten. Die Stille wuchs, bis er sagte: »Hoh, sie sind wirklich so schlau, wie ich dachte. Grav-Wellen. Irgendwer unter Primärbeschleunigung – muß ein Schiff von ihnen sein.«

O Gott, hilf uns.

Die hohe Realgeschwindigkeit des Bootes ließ den Pulsar langsam verblassen, während sie hinausstarrten.

»Radarkontakt«, sagte Flandry tonlos.

»S-sie haben uns?«

»Mhmh. Vielleicht halten sie uns für einen Brocken interstellarer Materie. Sie haben noch keinen Leitstrahl auf uns angesetzt – sie suchen nur mehr oder weniger auf gut Glück. Sie werden sich das von uns produzierte Echo wohl ansehen wollen – wenn sie uns wiederfinden.«

»Und dann?« *Das Schreckliche daran ist, daß wir von Maschinen, ein paar Gleichungen und Berechnungen abhängen . . . Wir sind nicht wir, nur Gegenstände . . .*

»Ich weiß nicht. Wenn sie uns erwischen . . . wir können uns ergeben, hoffen, daß Ydwyr uns rettet und wir noch mal eine Chance kriegen . . .« Seine Stimme in der Dunkelheit war nicht so ruhig, wie er sie gern gehört hätte.

»Du würdest Ydwyr trauen?« schnaubte sie.

Er ließ den Lichtstrahl erneut über die Instrumente huschen.

»Wir haben keine Wahl. Das Echo kommt näher«, sagte er, und sie hörte und fühlte seine Verzweiflung. »Es tut mir leid, Schatz, aber wir haben es wenigstens versucht, nicht?«

Ein Bild zuckte in ihrem Hirn auf: eine dunkle Raubfischform zwischen den Sternen lauernd, die schwarzgekleideten Feinde der Menschen über die Kanonen gebeugt. Sie streckte die Arme nach den Sternen aus und rief mit ihrem ganzen Ich: »O Gott, schick sie fort!«

Blink ... blink ... blink.

Wieder tauchte Flandrys Lampe Instrumente in Lichtpfützen. »Warte ...« murmelte er. »Eine Minute ... sie entfernen sich!« schrie er. »Sie, sie haben uns doch für einen Asteroiden gehalten!«

»Wirklich?« hörte sie sich stammeln. »Sie gehen fort?«

»Ja. Ja! Offenbar hat ihnen der Radarkontakt nichts gesagt ... Ha! Sie sind auf Hyper! So bald! Scheinen Kurs auf Siekh zu haben. Und die ... aber jetzt können wir alles wieder einschalten. Die Sekundärdetektoren zuerst: Ja, da sind sie. Vier Wellenimpulse! Und hier, das sind unsere Kurierraketen. Alle entfernen sich! Djana, Schatz, wir haben es geschafft! Götter des Chaos!«

»Nicht Götter, Nicky«, sagte sie dankerfüllt. »Es gibt nur einen Gott.«

»Wie du sagst«, – er schaltete einen Stromkreis nach dem anderen ein – »ganz wie du willst!« Gewicht kehrte zurück. Wärme. Flandry tanzte wild durch die Kabine. »Ha! In einer Stunde etwa geht's ab nach Hause!« Er umarmte sie stürmisch. »Und zum Kuckuck mit Ydwyr – wir werden den ganzen Heimweg feiern!«

17

»Sie werden verstehen, daß mir die volle Wahrheit über die Geschehnisse peinlich wäre ... Ich möchte, daß Sie feierlich versprechen, Ydwyr, meinen Bericht zu bestätigen und kein Wort von Wayland zu sagen!«

Der Gefangene sah den Terraner schief an: »Warum sollte ich Ihnen den Gefallen tun?«

»Wenn du's nicht tust«, erklärte Djana giftig, »dann werde ich mir das Vergnügen machen, dich umzubringen.«

»Nun werde nicht theatralisch«, sagte Flandry. »Insbesondere, da auch für ihn ein unter Drohung geleisteter Eid nicht bindend ist! – Ydwyr, es gibt hier eine Reihe primitiver Planeten, auf denen ich Sie absetzen könnte. Sie würden überleben, könnten auch xenologische Studien betreiben – nur dürfte Ihnen die Veröffentlichung Ihrer Forschungsergebnisse schwerfallen. Das ist die Alternative.«

»Und ist das etwa keine Drohung?« brummte der Gefangene.

»Nicht mehr als Ihre Drohung, meine ... hm ... Nebeneinkünfte publik zu machen. Talwin verliert seinen militärischen Wert sowieso, was immer mit Ihnen oder mir geschieht. – Wie wäre es, wenn ich noch ein Versprechen in die Waagschale werfe, daß ich alles versuchen werde, die wissenschaftliche Station am Leben zu erhalten? Unter den gegebenen Umständen sind das doch wohl faire Bedingungen?«

»Abgemacht«, sagte Ydwyr und beschwor die Vereinbarung nach den Formeln der Ehre. Dann streckte er eine Hand aus. »Und für Ihre Seite – wollen wir uns die Hand drauf geben?«

Flandry tat's, während Djana mißtrauisch ihren Paralysator umklammerte. »Du wirst ihn jetzt doch nicht losbinden?« rief sie empört.

»Nein, das ist wohl nicht möglich«, sagte Flandry. »Es sei denn, Sie geben mir Ihr Ehrenwort, Ydwyr.«

Djana starrte ihn an und beruhigte sich erst, als der Merseianer antwortete:

»Das kann ich nicht tun. Sie sind zu tüchtig. Meine Pflicht wäre es, Sie zu töten.« Er lächelte. »Nachdem dies klargestellt ist, wie wäre es mit einer Partie Schach?«

Die *Jake* landete kurz auf dem vierten Planeten des Systems, zu dem Irumclaw gehörte. Der Raumhafen war eine Ansammlung schäbiger Gebäude inmitten einer endlosen rostigen Wüste. Die Atmosphäre war nicht atembar und gerade dicht genug, um Staubwolken in den dunkelroten Himmel zu blasen. Die Bewohner dieser Welt – Vagabunden, alte Bergleute, verkrachte Existenzen – standen mit den Behörden nicht eben gut, was Flandry sehr zupaß kam.

Eine riesige Röhre pendelte vorwärts und verband die Luftschleuse der *Jake* mit den Gebäuden. Flandry begleitete Djana zum Ausgang.

»Du wirst bald von dir hören lassen?« fragte sie kläglich.

»Sobald ich kann«, antwortete er. »Wahrscheinlich in weniger als einer Woche. Aber schicke deine Nachricht an Ammon erst ab, wenn du mein Radiogramm bekommst. Es ist wichtig, daß wir ihm zugleich berichten.« Er küßte sie – flüchtiger als sonst. »Alles Gute, Partner.«

Sie hielt ihn noch einen Moment fest. »Ja – Partner . . .« sagte sie dann unsicher. Eine Träne rann ihr unbemerkt über die Wange. Sie drehte sich um und ging schnell durch die Ausgangsschleuse.

Flandry trat ins Boot zurück und ließ sich sofortige Starterlaubnis geben.

Admiral Julius trug oberhalb der prachtvollen Tunika das nichtssagendste Gesicht, das Flandry jemals gesehen hatte. »Wirklich«, sagte er. »Eine schöne Geschichte, Leutnant. Eine schöne Geschichte.«

»Ja, Sir«, antwortete Flandry. Er stand neben Ydwyr, der mit leicht verächtlicher Miene auf seinem Schwanz lehnte.

»Hrrm . . . ja.« Julius blätterte in einigen Papieren auf seinem Schreibtisch. »Soviel ich von Ihrem Vorgesetzten mündlich erfahren habe – Sie werden aber doch wohl einen offiziellen Bericht schreiben, Leutnant? Soviel ich also von Abrams erfahren habe . . . aber warum erzählen Sie es mir nicht selbst?«

»Jawohl, Sir. – Ich kreuzte auf planmäßigem Kurs, als ich die Hyperwelle eines größeren Schiffes entdeckte. Die stehende Order in einem solchen Fall lautet, näher heranzugehen und das Objekt zu identifizieren. Es war unverkennbar ein merseianisches Kriegsschiff. Meine Befehle ließen mir nun die Wahl offen, entweder das Schiff einfach zu melden oder ihm zu folgen. Sir, ich wählte die zweite Möglichkeit.

Ich folgte dem merseianischen Schiff außerhalb seines Sensorenbereichs. Dann gerieten wir aber unvermutet in den eines Wachschiffs, das mich entdeckte, längsseits ging und mich gefangennahm. Ich wurde auf den Planeten gebracht, wo die Merseianer einen vorgeschobenen Stützpunkt errichtet haben – deshalb das Wachschiff. Nach einiger Zeit bot sich mir die Chance zur Flucht, ich konnte durch einen Pulsar den Verfolgern entkommen. Diesen merseianischen Würdenträger hier nahm ich als Geisel mit.«

»Mhm-m-m, ah.« Julius blinzelte zu Ydwyr hinüber. »Eine peinliche Angelegenheit, ja. Technisch gesehen hatten sie das Recht, einen Stützpunkt zu bauen, nicht? Aber es ist in einem vertraglich als neutral festgelegten Gebiet natürlich nicht richtig, einen Offizier des Imperiums gefangenzunehmen. Hm.« Es war nur zu klar, daß Julius sich scheute, mitten in eine diplomatische Krise zu geraten.

»Sir, wenn Sie gestatten«, sagte Flandry, »ich spreche Eriau. Der *Datholch* und ich haben öfters miteinander gesprochen – soll ich dolmetschen?« Es hatte sich herausgestellt, daß der Linguistikcomputer an irgendeinem elektronischen Wehwehchen darniederlag, mit dem niemand fertig wurde.

»Ah . . . ja. Sicher. Sagen Sie, äh, seiner Hoheit, daß wir ihn als Gast des Imperiums betrachten. Wir werden ihm in jeder Weise entgegenkommen und für seine baldige Heimreise Sorge tragen.«

»Er überschlägt sich förmlich vor Eifer, Sie nach Hause abzuschieben«, informierte Flandry den Merseianer. »Wir können mit ihm machen, was wir wollen.«

»Sie werden also nach unserem Plan vorgehen?« fragte der Wissenschaftler. Sein Gesicht blieb unbewegt, aber Flandry hatte mittlerweile gelernt, ein sardonisches Zwinkern im Auge eines Merseianers zu erkennen.

»Kraich . . . so ungefähr. Wir müssen jedenfalls für beide Seiten das Gesicht wahren. Julius bietet Ihnen den Rücktransport an. Ergreifen Sie die erste Gelegenheit und, auf Talwin angekommen, bringen Sie Morioch dazu, die militärischen Einrichtungen abzubauen und seine Schiffe heimzuschicken. Der Planet hat für Sie jetzt sowieso keinen strategischen Wert mehr.

Wenn die Untersuchungskommission unserer Flotte nichts

außer friedlichen Xenologen findet, wird man bei etwaigen Spuren anderer Aktivitäten nur zu gern die Augen zudrücken.«

»Ich habe schon zugestimmt, daß Sie das in meinem Namen vorschlagen.«

Flandry formulierte die Dinge für Julius etwas taktvoller. Der Admiral strahlte. Wenn ein unerwünschtes Projekt der Merseianer unter seinem Kommando vereitelt wurde und sich das herumsprach – ja, vielleicht kam sogar eine Versetzung nach Terra dabei heraus!

»Ausgezeichnet, Leutnant!« sagte Julius. »Sagen Sie seiner Hoheit, daß ich sofort alles in die Wege leiten werde.«

Ydwyr bemerkte düster: »Ich fürchte, mit der Forschung auf Talwin wird es bald zu Ende gehen. Wenn uns das Alibi eines strategischen Vorteils genommen wird . . .«

»Ich habe versprochen, in dieser Hinsicht mein möglichstes zu tun«, erinnerte ihn Flandry. »Ich wollte nur erst die Lage sondieren. Aber jetzt weiß ich genug. Wir werden den guten Julius melken: Sehen Sie, wenn ich ihm sage, wie empört Sie sind, daß ich Sie, einen Adeligen des Vach Urdiolch, so grob behandelt habe . . . nun, dann wird ihm das so peinlich sein, daß er alles tut, was wir wollen. Ich werde ihm erklären, daß Sie Genugtuung in Form einer Unterstützung Ihrer wissenschaftlichen Arbeit auf Talwin verlangen, die ja – offiziell – als Grund für die Anwesenheit der Merseianer dort genannt werden wird.«

Ydwyr richtete sich hoffnungsvoll auf: »Ist das möglich?«

»Ich denke schon. Wir müssen in Zukunft sowieso ein Auge auf Talwin haben, oder Ihre Flotte schleicht sich wieder zurück . . . Es muß das jedoch nicht auf militärischem Wege geschehen: ein paar Forschungsstipendien – Sie hätten doch nichts gegen einige Wissenschaftler von uns? – sind billiger. Nun . . . und wenn sich Terra an den Kosten beteiligt, dann wird man sich bei Ihnen zu Hause beeilen, die Arbeit zu unterstützen.«

»Im Namen des Gottes.« Ydwyr starrte feierlich vor sich hin, und Julius begann sich ungemütlich zu fühlen. Er räusperte sich, wagte aber nichts zu sagen, weil Ydwyr jetzt Flandrys Hände in die seinen nahm und erklärte. »So würden unsere

Völker beginnen zusammenzuarbeiten – und wer weiß, was eines Tages daraus entsteht?«

Mehr Verständnis füreinander, vielleicht. Und hoffentlich die Erkenntnis, daß man auch in einem kalten Krieg nicht klein beigeben darf, wenn man überleben will. »Der *Datholch* hegt einen edlen Traum.«

»Was ist los«, schnaufte Julius, »was macht ihr zwei?«

»Sir, ich fürchte, es gibt Schwierigkeiten«, sagte Flandry.

»Wirklich? Wie lange wird das dauern? Ich habe eine Dinnerverabredung.«

»Vielleicht können wir alles vorher regeln, Sir. Ich werde mein Bestes tun. Ich muß mich auch um persönliche Angelegenheiten kümmern.«

»Sicher, sicher.« Julius musterte den jungen Mann. »Sie haben um Urlaub und Versetzung angesucht?«

»Ja, Sir. Ich nehme an, durch die Monate auf Talwin ist meine Zeit hier um; nichts gegen den Posten hier, aber ich soll mich nun mit anderen Pflichten befassen ... Und dann hoffe ich auf eine Erbschaft: ein reicher Onkel auf einem Kolonialplaneten, der es wohl nicht mehr lange machen wird. Und ich möchte aufpassen, daß das Geld nicht anderweitig Liebhaber findet, weil ich für verschollen erklärt wurde.«

»Ja. Ich verstehe. Ich genehmige Ihren Antrag, Leutnant, und werde Sie zur Beförderung vorschlagen.

Nun also: Von welchen Schwierigkeiten sprachen Sie eben?«

Das Zimmer hinter Tür 666 hatte sich nicht verändert. Der Gorzunier stand reglos und wachsam in einer Ecke. Leon Ammon, hinter seinen Schreibtisch gezwängt, fett wie eh und je, ließ Flandry nicht eine Sekunde aus den Augen. Djana starrte mit erhobenem Kinn zurück, aber sie hatte doch ihren Sessel ganz nahe an den des Offiziers gerückt, und ihre Hände öffneten und schlossen sich krampfhaft.

Flandry hingegen berichtete fröhlich und weitschweifig – und im großen und ganzen wahrheitsgetreu – von ihren Erlebnissen. Er schloß: »So, und nun wäre ich außerordentlich dankbar, mein Honorar in kleinen Noten zu erhalten.«

»Sie haben mich verdammt lange warten lassen«, wehrte sich Ammon. »Ich sollte Ihnen die Summe abziehen, die mich die Nachforschungen gekostet haben!«

»Die Verzögerung war nicht meine Schuld. Sie hätten Ihre Agentin entweder besser beschützen oder besser bezahlen sollen, dann wäre sie nicht erst in diese Lage geraten, die uns dann soviel Zeit gekostet hat.« Flandry polierte seine Fingernägel an der Tunika und betrachtete sie kritisch. »Sie haben bekommen, was Sie wollten – einen Bericht über Wayland, und einen positiven überdies.«

»Aber Sie sagten, die Merseianer wissen ...«

»Mein Freund Ydwyr der Sucher hat mir versprochen, über Wayland zu schweigen.« Flandry langte nach einer Zigarette. Nachdem er sich das Laster auf Talwin gezwungenermaßen abgewöhnt hatte, genoß er den Rückfall jetzt doppelt. »Wenn ich ihn allerdings von seinem Versprechen entbinde«, setzte er beiläufig hinzu, »dann könnte er sich versucht fühlen, das Geheimnis – komplett mit Koordinaten – an den Kapitän des terranischen Schiffes weiterzugeben, das zur Überprüfung seiner Station kommt.«

Ammon lachte heiser: »Hätte ich mir denken können, daß Sie das letzte Wort haben würden, Sie Schlaukopf.« Er strich sich über seine Kinne. »Wollen Sie nicht doch in meine Dienste treten? Sie wissen, ich zahle gut ...«

»Das werde ich wissen, wenn ich mein heutiges Honorar gezählt habe«, sagte Flandry.

Der fette Körper rutschte auf dem ächzenden Sessel nach vorn. »Was ist mit dem Agenten, der Djana erwischt hat?« wollte Ammon wissen. »Und was ist mit ihr?«

»Ach ja«, antwortete Flandry gelangweilt, »Sie schulden ihr eine ganze Menge, wissen Sie.«

»Was? Nachdem sie ...«

»... nachdem sie durch Ihre unangebrachte Sparsamkeit in eine Falle geraten war und Ihnen trotzdem die Information verschaffte, daß sich ein Spion in Ihren Reihen befindet!« Flandry lächelte wie ein hungriger Tiger, der eine saftige Beute wittert. »O ja, Sie sind in ihrer Schuld. Ich habe natürlich diesen Agenten in meinem offiziellen Bericht nicht erwähnt – ich hatte irgendwie das Gefühl, Sie würden sich lieber persönlich mit ihm beschäftigen. Er hat vermutlich auch Mitglieder Ihrer geschätzten Konkurrenz gekauft; ich glaube, er könnte Ihnen allerlei erzählen, das sehr nützlich für Ihre geschäftlichen Beziehungen wäre ... Ich nehme an, Ihre Leute können ein Verhör überzeugend gestalten.«

»Und ob«, sagte Ammon. *Wer ist der Spion?*

Djana wollte etwas sagen, aber Flandry schnitt ihr mit einer mahnenden Geste das Wort ab. »Diese Information ist Eigentum dieser jungen Dame hier. Sie ist bereit, über die Verkaufsbedingungen zu verhandeln. Ich bin ihr Bevollmächtigter.«

Schweiß begann über Ammons Glatze zu perlen. »Was, das Miststück bezahlen, das mein Geheimnis verraten hat?«

»Nur keine Beleidigungen«, sagte Flandry sanft. »Ich habe, ganz nebenbei, die üblichen Vorkehrungen getroffen, daß irgendwelche Aktionen gegen ihre oder meine Gesundheit Ihnen teuer zu stehen kämen, Leon.«

Ammon fluchte. Sein gorzunischer Leibwächter spürte die Wut in seiner Stimme und duckte sich zum Angriff.

Flandry wedelte mit der Zigarette durch die Luft: »Sehen Sie, mein Guter, Sie sollten sich wirklich beruhigen. Es wird nämlich um so teurer für Sie, je mehr unserer kostbaren Zeit Sie verschwenden. Sie können sich, wie schon gesagt, an diesem Meisterspion schadlos halten, wenn Sie seinen Namen gekauft haben.«

Ammon winkte den Söldling zurück. Mit haßerfüllter Stimme begann er zu feilschen.

Linienschiffe kamen nicht nach Irumclaw. Die *Cha-Rina* war ein Frachtdampfer mit ein paar Passagierkabinen, aber ohne jeden Luxus. Flandry und Djana hatten in der Alten Stadt noch allerlei eingekauft, das ihnen die Reise angenehmer machen würde. Sie waren die einzigen Passagiere, und die Besatzung vom Planeten Cynthia sprach kaum Terranisch. Sie waren also ganz für sich.

Die ersten Tage schwelgten sie im Nichtstun. Sie schliefen bis mittags, aßen, tranken, lasen, sahen sich Filme an, hörten

Musik, liebten einander und genossen vor allem, keinerlei Pflichten zu haben, keine Gefahren mehr fürchten zu müssen. Dann näherte sich das Schiff Ysabeau, einem interstellaren Raumfahrtzentrum mit zahlreichen modernen Städten. Und sie hatten noch nicht über die Zukunft gesprochen.

»Kapitänsdinner heute abend«, beschloß Flandry. Er sah dem Koch auf die Finger, bereitete aber doch die meisten Leckerbissen selbst zu, während Djana die Kabine schmückte und schließlich sich selbst. Sie suchte sich ein dünnes, flauschiges blaues Gewand heraus, das schönste Kleid, das sie jemals besessen hatte ... Flandry kam zurück – in rotgoldener Galatunika – und ließ den Korken der ersten Sektflasche knallen.

Sie aßen und tranken und plauderten und lachten. Er gab vor, ihre Angespanntheit nicht zu bemerken – das würde noch früh genug kommen.

Flandry goß endlich den Weinbrand in ihre Gläser, schnupperte und kostete. »Aahh! Fast so deliziös wie du, meine Liebe.«

Sie sah ihn über den winzigen, festlich gedeckten Tisch hinweg an. Das Aroma der Speisen, der Duft ihres Parfüms füllte den Raum. Ihre großen Augen hefteten sich an seine.

»Du verwendest dieses Wort ziemlich oft ...« sagte sie ruhig. »Liebe.«

»Hörst du es nicht gern?«

»Nicky, was wirst du tun?«

»Warum ... nun, meine angebliche ›Erbschaft‹ kassieren fahren – unter dem Vorwand kann ich eine nette Reise machen. Wenn mein Urlaub zu Ende ist, werde ich mich auf Terra für den nächsten Auftrag melden. Ich hoffe, daß bis dahin eines der großen Tiere von der Talwin-Sache erfahren hat, was meiner Karriere guttun wird, meine ich.«

»Darüber hast du schon oft geredet. Du weißt, daß ich das nicht gemeint habe. Warum sagst du nie etwas über uns?«

Er tastete nach einer Zigarette, als er das Glas geleert hatte. »Aber doch«, sagte er ausweichend, »ich habe dir doch einige Möglichkeiten aufgezählt, wie du dein Geld anlegen kannst, oder, wenn du willst, wo und wie du es in Saus und Braus durchbringen kannst. Auf Tjamborne ...«

»Mein Gott ... nein. So habe ich's mir vorgestellt.«

»Was? Sag, hast du vielleicht heute abend ein bißchen zuviel abgekriegt? Soll ich nach Kaffee läuten?«

»Nein.« Sie umklammerte ihr Glas, goß den Rest darin in einem Zug hinunter und setzte es ab. »Ja«, sagte sie. »Ich habe einen Schwips – mit Absicht. Ich wollte nicht an das Später denken. Jetzt muß ich es, wenn ich auch für eine Weile noch bei dir bleiben könnte . . .«

»Oh – ich werde aber viel unterwegs sein in nächster Zeit«, sagte Flandry hastig, der schon nach Abwechslung lechzte.

Djana schob ihm ihr Glas zu. Er schenkte wieder ein. Die Flüssigkeit hatte genau die Farbe ihrer Haare . . .

»Schau . . . ich muß es einfach wissen. Und um den Mut zum Fragen zu haben, hab' ich getrunken.« Sie hob ihr Glas, und während sie es leerte, sah sie ihn unverwandt an. »Ich will's kurz machen«, sagte sie dann ruhig. »Nicky, willst du, daß ich bei dir bleibe? Nein, ich meine nicht als Agentin dich begleiten – sondern einfach dasein, wenn du von einem Auftrag zurückkommst?«

Bringen wir's hinter uns. Flandry legte eine Hand auf ihre Rechte.

»Ich bin dieser Ehre nicht wert, Liebste«, sagte er. »Es ist nicht möglich . . .«

»Das habe ich vermutet.« Hatte Ydwyr sie diese plötzliche Beherrschtheit gelehrt? »Du kannst nicht vergessen, was gewesen ist.«

»Ich versichere dir, ich bin nicht prüde. Aber . . .«

»Ich meinte meinen Verrat, meine Dummheit, meine Geldgier . . . Vergiß es Nicky. Vergiß, daß ich gefragt habe. Es war nur eine Hoffnung. Freuen wir uns noch über diesen Abend. Und vielleicht sehen wir uns einmal wieder . . .«

Er setzte sich abrupt auf. »Aber ja! Das wäre durchaus möglich, wenn du interessiert bist.«

»Was? Wie meinst du das?«

»Du hast vorhin den Gedanken, du könntest als Agentin mit mir zusammenarbeiten, so schnell beiseite geschoben. Mir ist erst jetzt aufgegangen, daß das die ideale Lösung wäre! Du bist tüchtig, schön, und dann – dieses eigenartige Talent, das du in dir entdeckt hast! Und du könntest Ydwyr unschwer überzeugen, daß du doch zu ihm zurück willst. Wir könnten dich als höchst wertvollen Doppelagenten im Roidhunat etablieren! Und ab und zu würden wir einander sicher treffen...« Er bemerkte, daß sie ihn entsetzt anstarrte.

»Was ... was fehlt dir?« stotterte er.

Sie bewegte die Lippen, brachte zuerst keinen Ton heraus, dann: »Du auch.«

Sie war blaß, und ihre Augen brannten.

»Was?«

»Du betrachtest mich auch nur als Werkzeug«, brach es los, »wie Ydwyr, wie alle anderen, soweit ich zurückdenken kann!« Sie starrte an ihm vorbei und fuhr dann tonlos fort: »Und das Komische ist, daß ich mich immer danach sehnte, jemandem zu gehören ... aber nicht als Ding, als Werkzeug.«

»Djana, ich schwöre dir ...«

»Du schwörst ...« Sie schüttelte langsam den Kopf und sagte dann mit der Stimme eines verwunderten Kindes: »Es ist ein sonderbares Gefühl, wenn man lernt, daß nicht einmal Du, mein Gott, Dich um einen kümmerst ...« Sie straffte die Schultern. »Nun, ich werde auch damit fertig werden.«

Ihr Blick heftete sich auf Flandry, der hilflos dasaß. »Was dich betrifft, so kann ich mir vorstellen, daß du vermutlich jede Frau herumkriegst, die dir begegnet. Aber eines wünsche ich mir: daß du niemals die eine bekommst, die du wirklich begehrst.«

Eines Tages würde er sich an ihren Wunsch erinnern.

Flandry sagte scharf – in der Hoffnung, sie wieder zu sich zu bringen: »Du bist hysterisch. Betrunken.«

»Wie du meinst«, sagte sie müde. »Bitte geh fort.«

Er ging und ließ sich eine andere Kabine geben. Am nächsten Morgen landete das Schiff auf Ysabeau. Djana wanderte über die Gangway hinaus, ohne noch ein Wort mit Flandry gesprochen zu haben. Er sah ihr nach, zuckte die Schultern, seufzte – und schlenderte zur Gleitbahn, die ihn in die Stadt bringen würde. Dort konnte er seinen Sieg gebührend feiern.

ENDE
DES ZWEITEN BUCHES

Rebellenwelt

Ins Deutsche übertragen
von Birgitt Reß-Bohusch

Die Vereinigung ist vollbracht.

Ich/wir: Die Füße gehören zu Wächter vom Nordtor und anderen, welche es sein werden, zu Flößer und Großes Leid, welche es nicht mehr sind, zu Denker, Höhlenentdecker und Herr-des-Gesangs, welche es nicht mehr sein können; die Flügel gehören zu Erzsammler, Blitz-der-ins-Haus-schlug und anderen, welche es sein werden, und zu Denker, welcher es nicht mehr sein kann; die Hände sind jung und müssen erst unsere Erinnerungen aufnehmen. Die Vereinigung ist vollbracht.

(O Licht, Wind, Fluß! Sie strömen zu kraftvoll, sie zerreißen mich/uns.)

Kraft. Es sind nicht die ersten jungen Hände, die herkamen, um sich an die Reise zu erinnern, die stattfand, lange bevor sie geboren wurden; und es werden auch nicht die letzten sein. Strahlt Kraft aus, strahlt Ruhe aus.

(Verwischt, zwei Beine, gesichtslos... nein, hatten sie Schnäbel?)

Erinnert euch. Macht es euch bequem, wo die Blätter sich am Fuß der Landkorallen angesammelt haben und leise rascheln; trinkt das Licht und den Wind und das Raunen des Flusses. Laßt der Erinnerung freien Lauf, damit meine/unsere Hände erfahren, was vor ihrer Geburt geschah.

(Deutlicher jetzt: So fremdartig waren sie, daß schon ihr Anblick verwirrte; wie sollen wir/ich erst die Erinnerung bewahren... Antwort: Das Auge lernt sie zu sehen, die Nase lernt sie zu riechen, das Ohr lernt sie zu hören; die Zunge von Füße, die Glieder von Flügel und Hände können ihre Haut berühren und schmecken.)

Es geht gut.

Schneller als gewöhnlich. Vielleicht werden wir/ich eine gute Vereinigung, die oft zusammenfindet.

(Aufflackernde Freude. Welle des Entsetzens durch aufsteigende Erinnerungen – Fremdheit, Gefahr, Schmerz, Tod, Wiedergeburt unter Pein.)

Bleib ruhig liegen. Das war vor langer Zeit.

Aber auch die Zeit ist eins. Jetzt ist unwirklich; nur Gewesen-und-Werden sind lang genug, um Wirklichkeit zu besitzen. Was damals geschehen ist, müssen wir erfahren. Fühlt in jeder meiner/unserer Faser, junge Hände, die ich/wir besitzen – wir Bewohner von Donnerfels; Erzsammler, Holzfäller und Zimmerleute, Ackerleute und nun auch Händler – und gibt/gebt weiter an jede Vereinigung das Wissen von jenen, die über den Himmel kamen. Alle sollen es erfahren, damit zum Leid nicht werde die Unwissenheit.

Hände, vereint euch noch einmal mit Füße und Flügel, damit wir/ich von neuem erleben die Reise von Höhlenentdecker und Großes Leid – damals, als die Fremdlinge, die nur einen Körper besaßen und doch reden konnten, über die Berge marschierten und in einen Kampf gerieten. Und jede neue Vereinigung, jede Erinnerung führt uns/mich zu einem tieferen Verständnis der anderen Rasse.

Vielleicht aber sind wir/ich auch auf einer falschen Spur. Die Einheit, welche die Fremdlinge führt, sagte nämlich eines Nachts, daß er/sie/es? Zweifel daran habe, ob sie einander selbst je verstehen würden...

1

Der Gefängnis-Satellit kreiste in einer weiten, stark geneigten Bahn um Llynathawr, ein gutes Stück abseits des normalen Raumverkehrs. Hugh McCormac konnte von der Sichtluke seiner Zelle den Planeten in seinen verschiedenen Phasen beobachten. Manchmal war es dunkel, mit dem rotgoldenen Saum des Sonnenaufgangs. Dann erkannte man die Hauptstadt Catawrayannis. Sie leuchtete wie ein schwacher Stern in der Dunkelheit. Manchmal war der Planet eine Sichel, und die Sonne brannte gleißend nahe. Hin und wieder wurde er auch ganz sichtbar, eine leuchtende Scheibe mit Silberwolken, blauen Meeren und braun-grünen Kontinenten.

Terra sah aus dieser Entfernung ganz ähnlich aus. (Wenn man den Abstand verkürzte, erkannte man allerdings, daß Terra ausgelaugt und zerfressen war, wie alles, wovon die Menschheit längere Zeit Besitz ergriffen hatte.) Aber Terra war Lichtjahrhunderte entfernt. Und keine Welt ähnelte dem rostroten, kargen Planeten Aeneas, nach dem McCormac sich so sehr sehnte.

Der Satellit besaß keine Rotation; das Gewicht hing von Schwerefeld-Generatoren ab. Aber seine Kreisbewegung brachte es mit sich, daß das Universum langsam an McCormacs Zelle vorbeizog. Wenn Llynathawr und die Sonne verschwanden, gewöhnten sich die Augen allmählich an die Veränderung und konnten andere Sterne wahrnehmen. Sie standen starr im Raum, bläulich und kalt. Am hellsten strahlte der große Zwillingsstern Alpha Crucis. Er war keine zehn Parsek entfernt; aber Beta Crucis, ein Einzelriese, machte ihm Konkurrenz. Ansonsten konnte das geübte Auge noch den rötlich schimmernden Aldebaran und Arkturus erkennen. Sie ähnelten Feuern, die, wenn auch entfernt, die Lagerstätten der Menschen erwärmten. Oder der Blick schweifte hin zu Deneb und Polaris, die weit jenseits des Imperiums lagen. Sie wirkten kalt und grausam.

McCormacs Mundwinkel zuckten. Kathryn hätte gelächelt, wenn es ihr möglich gewesen wäre, seine Gedanken zu lesen. Sie kannte seine romantische Einstellung zu den Sternen.

Er unterdrückte gewaltsam den Gedanken an sie. Ein Glück, daß er diese Außenzelle mit dem kleinen Fenster besaß. Ihn hätte der Wahnsinn ergriffen, wenn es ihm nicht gelungen wäre, sich durch die Sterne abzulenken. Snelund wußte sicher nichts davon.

Der Gefängnisleiter hatte ihn sehr höflich und zuvorkommend behandelt. »Wir haben den Befehl, Sie festzuhalten, Admiral McCormac«, sagte er entschuldigend. »Das Schreiben kommt direkt vom Gouverneur. Bis zur Verhandlung oder – äh – Verschiffung nach Terra . . .« Er warf einen Blick auf das Blatt Papier, das vor ihm lag. Man sah ihm an, daß er das

Schreiben verwünschte. »Äh, Einzelhaft, Sprechverbot – ehrlich gesagt, Admiral McCormac, ich verstehe nicht, weshalb man Ihnen sogar Bücher und Schreibmaterial verbietet. Ich werde eine Rückfrage an Seine Exzellenz senden.«

McCormac verstand es sehr wohl; zum einen war es persönliche Rachsucht, zum anderen Zermürbungstaktik. Er versteifte sich. Nun gut, sollten sie es versuchen.

Der Sergeant des Polizeibootes, der ihn direkt aus dem Palast zum Gefängnis-Satelliten gebracht hatte, sagte mit haßerfüllter Stimme: »Sprechen Sie Verräter nicht mit Titeln an, die ihnen aberkannt wurden.«

Der Gefängnisleiter warf ihm einen vernichtenden Blick zu und erwiderte hart: »Sergeant, ich habe zwanzig Jahre in der Navy gedient, bevor ich diese Stelle übernahm. Ich brachte es bis zum Stabsoffizier. Nach den Vorschriften Seiner Majestät steht ein Offizier des Reiches über jedem Mitglied einer lokalen Polizeitruppe. Flottenadmiral McCormac mag im Augenblick sein Kommando abgegeben haben, aber solange ihm der Titel nicht von einem ordentlichen Kriegsgericht oder dem Herrscher persönlich aberkannt wurde, haben Sie ihm den nötigen Respekt zu erweisen. Andernfalls können Sie Schwierigkeiten bekommen.«

Sein Gesicht war gerötet, und er atmete schwer. Er hatte noch mehr sagen wollen, aber er unterdrückte die Worte. Während der Sergeant und sein Begleiter unsicher von einem Fuß auf den anderen traten, erklärte er nur: »Übergeben Sie mir den Gefangenen und verschwinden Sie von hier.«

»Wir sollen . . .« begann der Sergeant.

»Haben Sie irgendwelche schriftlichen Zusatzbefehle?« Pause. »Nein? Dann übergeben Sie mir den Gefangenen. Ich habe nicht die Absicht, meinen Befehl noch einmal zu wiederholen.«

McCormac merkte sich den Gefängnisleiter ebenso deutlich wie alle anderen Personen, die bei seiner Verhaftung eine Rolle gespielt hatten. Eines Tages – wenn überhaupt . . .

McCormac wußte nichts von den Gesetzen und Strafen fremder Planeten. Das Zivilrecht hatte ihn bis dahin nicht interessiert, da die Navy ihre eigenen Richtlinien besaß. Der

Gefängnisleiter hatte sicher einen Vorgesetzten, vor dem er sich verantworten mußte. Sein Mut war erstaunlich.

Jedenfalls mußte der Admiral seine Kleidung mit einem grauen Coverall vertauschen. Man gestattete ihm wenigstens, sich in einer Kabine umzuziehen. Dann brachte man ihn zu seiner Isolationszelle; sie war schlicht und kahl, aber einigermaßen geräumig und sauber. In der Decke befand sich eine Beobachtungsvorrichtung. Sie war deutlich sichtbar angebracht, und niemand widersprach, als McCormac sie mit einem Bettuch verhängte. Er sah kein anderes Lebewesen, und er hörte keine menschliche Stimme. Durch einen Schacht erhielt er Essen und saubere Wäsche, und ein zweiter Schacht diente für Abfälle. Vor allem aber besaß er die Sichtluke.

Ohne die Sonne, den Planeten und die Sternkonstellationen, ohne den silbrigen Glanz der Milchstraße und der Schwestergalaxien wäre er vielleicht bald zusammengebrochen – er hätte darum gebettelt, freigelassen zu werden, er hätte alles gestanden, er hätte seinem Henker die Hand geküßt. Und ehrliche Mediziner hätten nach Terra berichtet, daß sie keinerlei Spuren von Mißhandlungen oder Folterungen wahrgenommen hatten. McCormac fürchtete nicht die Einsamkeit an sich; er fürchtete, daß ihn nichts von seinen Gedanken an Kathryn ablenken konnte – Kathryn, die ebenfalls in Snelunds Gewalt war.

Weshalb hatte der Gouverneur nicht befohlen, daß er in eine Dunkelzelle gebracht wurde? Ein Versehen vermutlich. Dringendere Geschäfte hatten ihn abgelenkt. Oder er war so egozentrisch, daß er sich nicht vorstellen konnte, wie stark das Band der Liebe war.

Natürlich, je mehr Tage verstrichen, ohne daß etwas geschah, desto häufiger würde Snelund sich fragen, weshalb sein Gegner nicht zusammenbrach. Wenn seine Beobachter ihm die Situation schilderten, würde er zweifellos dafür sorgen, daß McCormac in eine andere Zelle gebracht wurde. Aber Agenten, die sich in der Wachmannschaft eines Gefängnis-Satelliten befanden, waren sicher primitive Geschöpfe. Sie würden ihre Berichte nicht direkt an einen Sektor-Gouverneur schicken, an den Vizekönig über fünfzigtausend Kubiklichtjahre, an den Busenfreund Seiner Majestät. Nein, nicht einmal dann, wenn es sich um einen Flottenadmiral handelte, der früher ein riesiges Gebiet des Reiches verteidigt hatte.

Kleine Agenten gaben ihre Berichte an Mittler weiter, und diese wiederum verständigten ihre Vorgesetzten. Sorgte jemand dafür, daß ihr Material nicht weitergeleitet wurde? Daß es in den Akten verschwand?

McCormac seufzte. Das Geräusch unterbrach das eintönige Summen der Ventilatoren und das Klicken der Sohlen auf dem Metallboden. Wie lange würde dieser Schutz ausreichen?

Er kannte die Bahnkoordination des Satelliten nicht. Dennoch konnte er den Winkeldurchmesser von Llynathawr ziemlich genau abschätzen. Er erinnerte sich an die ungefähren Ausmaße und die Masse. Daraus ließen sich der Radiusvektor und die Umlaufperiode ableiten. Nicht ganz einfach, wenn man die Keplerschen Gesetze im Kopf ausrechnen mußte, aber was sollte er sonst tun? Das Ergebnis bestätigte in etwa seine Vermutung, daß er dreimal innerhalb von vierundzwanzig Stunden mit Essen versorgt wurde. Er konnte sich nicht genau erinnern, wie viele Mahlzeiten er eingenommen hatte, bevor er sie durch Knoten in einer Schnur zu markieren begann. Zehn? Fünfzehn? Mehr auf keinen Fall. Dazu kamen die siebenunddreißig Knoten, die er inzwischen geschlungen hatte. Also vierzig bis fünfzig Schiffswachen, dreizehn bis sechzehn terranische Tage, fünfzehn bis zwanzig Aeneas-Tage.

Aeneas. Die Türme von Windheim, hoch und grau, die im Sturmwind knatternden Banner. Steile Felsklippen und Grate in Rot, Ocker und Bronze, wo die Ilias-Küste ins Antoninische Becken abfiel. Wasseradern und kleine Seen durchzogen es, und der Wildfluß stürzte über die Felsen. Kathryns silbernes Lachen, wenn sie an der Klippe standen; ihre Augen waren so blau wie der hoch gewölbte Himmel . . .

»Nein!« rief er. »Ramonas Augen waren blau.« Kathryn hatte grüne Augen. Verwechselte er bereits die Toten mit den Lebenden?

Aber woher wußte er, daß Kathryn noch am Leben war? Zwanzig Tage waren vergangen, seit die Schergen Snelunds in ihr Schlafzimmer eingedrungen waren und sie durch getrennte Korridore fortgeschleppt hatten. Kathryn hatte sich mit stolz erhobenem Kopf abführen lassen, obwohl Tränen über ihre Wangen liefen.

McCormac verkrampfte die Hände, bis die Knöchel weiß hervortraten. Der Schmerz war sein Freund. Er durfte sich nicht in Gedanken verlieren. Er durfte Snelund diesen Gefallen nicht tun.

Er mußte bis zum Ende Widerstand leisten.

Nicht zum erstenmal rief er sich das Bild des Wodeniten in Erinnerung, an dessen Seite er einmal gekämpft hatte. Der schuppige Saurier mit der spitzen Schnauze und dem langen starren Schwanz war klüger als die meisten anderen gewesen. »Ihr Menschen seid Herdentiere«, hatte er mit seiner tiefen Baßstimme gesagt. »Gemeinsam zeigt ihr einen Mut, der oft bis an die Grenze des Wahnsinns geht. Aber wenn niemand in der Nähe ist, der euren Freunden erzählen kann, wie tapfer ihr gestorben seid, dann zerbröckelt die Kühnheit.«

»Das Erbe des Instinkts«, hatte McCormac erwidert. »Die ersten Menschen jagten noch in Rudeln.«

»Übung kann den Instinkt zähmen«, erklärte der Drache. »Ist es nicht möglich, daß Intelligenz sich übt?«

Hugh McCormac nickte vor sich hin. Er hatte in den letzten Tagen das Bettuch von der Beobachtungsvorrichtung genommen. Er hoffte, daß eines Tages jemand die Aufzeichnungen sah – Kathryn oder die Söhne, die Ramona ihm geschenkt hatte, oder irgendein Fremder.

Er legte sich auf die Pritsche und schloß die Augen. Bis zum Abendessen wollte er im Geiste Schach spielen. Es war nicht leicht, zugleich Spieler und Gegner zu sein, aber mit der Zeit würde er die Technik vervollkommnen. Vielleicht sollte er auch noch ein paar Freiübungen machen; es schadete nichts, wenn der abscheuliche Brei, den man ihm vorsetzte, kalt wurde. Später schlief er dann bestimmt besser ein.

Das Kameraauge der Beobachtungsvorrichtung nahm einen kraftvollen, energischen Mann auf, dem man die fünfzig Standardjahre keinesfalls ansah. Nur seine Haare wiesen die ersten silbernen Fäden auf. Die Haut war dunkel und vom Raum gegerbt. Eine gerade Nase, ein fester Mund und das kantige Kinn ließen das Gesicht gleichmäßig erscheinen und bildeten ein Gegengewicht zu der hohen, gewölbten Stirn. Wenn er die Augen unter den buschigen Brauen öffnete, sah man, daß sie die Farbe von Gletschern hatten. Seine Stimme klang rauh und hart, aber der jahrelange Dienst im Reich hatte den ursprünglichen Akzent von Aeneas abgeschliffen.

Im Augenblick hatte er die Augen geschlossen und konzentrierte sich so sehr auf das Schachspiel, daß er die erste Detonation nicht wahrnahm. Erst bei der zweiten Erschütterung fuhr er hoch.

»Was ist denn los?« Er sprang auf.

Eine dritte Detonation ließ das Metall erzittern. Schwere Geschosse, dachte er. Mit einemmal stand Schweiß auf seiner Stirn, und sein Herz klopfte wild. Was war geschehen? Er warf einen Blick durch die Sichtluke. Llynathawr stand draußen, gelassen, unverändert, gleichgültig.

Ein Zischen erklang an der Tür. In der Nähe des Molekular-Riegels glühte eine Stelle rot auf. Jemand öffnete das Schloß mit Hilfe eines Strahlers.

Stimmen drangen zu McCormac durch, undeutlich, aber erregt und wütend. Ein Geschoß prallte mit einem hellen Pfeifen von der Korridorwand ab.

Die Tür war nur so stark, daß ein Mann sie nicht mit Gewalt öffnen konnte. Dem Strahler bot die Legierung keinen Widerstand. Sie zerfloß und erstarrte lavaähnlich am Boden. McCormac legte die Hand vor die Augen, weil ihn die Helle des Strahlers blendete.

Der Strahler hatte seine Arbeit beendet. Die Tür flog weit auf. Ein Dutzend Geschöpfe stürmten in die Zelle. Die meisten trugen die dunkelblaue Uniform der Navy. Zwei von ihnen hatten die Kampfausrüstung übergestreift. Sie steuerten eine Holbert-Energiekanone auf ihrem Schwerkraftschlitten hin und her. Ein Kentaur von Donnaria hatte sich ein halbes Dutzend Waffen umgeschnallt. Aber er schwang nur die Kampfaxt. Sie war rot gefärbt. Sein Gesicht war zu einer grinsenden Fratze verzogen.

»Admiral! Sir!« McCormac erkannte den jungen Mann nicht, der auf ihn zustürmte. »Ist Ihnen nichts zugestoßen?«

»Nein. Was . . .« McCormac schüttelte verwirrt den Kopf. »Was ist geschehen?«

Der andere salutierte. »Leutnant Nasruddin Hamid, Sir! Kommandant der Rettungsgruppe auf Befehl von Kapitän Oliphant.«

»Sie greifen ein Reichsgebäude an?« Es war, als spräche ein Fremder.

»Sir, man wollte Sie umbringen. Kapitän Oliphant ist davon überzeugt.« Hamid sah ihn verzweifelt an. »Wir müssen schnell weg von hier, Sir. Wir kamen ohne Verluste herein. Der Gefängnisleiter wußte von unserem Plan und zog die meisten Wachtposten zurück. Er flieht mit uns. Einige widersetzten sich seinen Befehlen. Vermutlich Snelunds Agenten. Wir versuchten sie festzunehmen, doch ein paar von ihnen konnten fliehen. Sie werden die Nachricht von dem Überfall durchgeben, sobald unser Schiff nicht mehr die Frequenz blockiert.«

McCormac konnte die Ereignisse immer noch nicht fassen. Er fragte sich, ob sein Verstand bereits gelitten hatte. »Gouverneur Snelund wurde von Seiner Majestät ernannt«, stieß er hervor. »Nur ein Gerichtshof kann die Streitigkeiten zwischen ihm und mir regeln.«

Wieder trat ein Mann vor. Er hatte den Dialekt von Aeneas noch nicht abgelegt. »Bitte, Sir!« Er war dem Weinen nahe. »Wir können ohne Sie nichts anfangen. Täglich entstehen neue Revolutionen. Sogar auf unserem Planeten gibt es Schwierigkeiten – in Borea und Ironland. Snelund will die Navy dazu zwingen, seinen verbrecherischen Söldnern zu helfen – mit seinen Methoden –, sogar mit Atomwaffen, wenn andere Mittel versagen.«

»Krieg unter Brüdern« flüsterte McCormac, »während vor den Grenzen der Feind steht.«

Sein Blick fiel wieder auf Llynathawr, und er fragte: »Was ist mit meiner Frau?«

»Ich . . . ich weiß nichts von ihr«, stammelte Hamid.

McCormac drehte sich herum und trat dicht vor den Offizier. Zorn stieg in ihm hoch. Er packte den jungen Mann an den Rockaufschlägen. »Das ist eine Lüge!« rief er. »Sie müssen es wissen. Oliphant würde niemals Männer zu einem Überfall schicken, ohne sie über alle Einzelheiten zu informieren. *Was ist mit Kathryn?*«

»Sir, man wird entdecken, daß wir die Funkfrequenz blockieren. Wir haben nur einen Aufklärer. Ein feindliches Kriegsschiff könnte ...«

McCormac schüttelte ihn, daß seine Zähne klapperten. Abrupt ließ er den Offizier los. Seine Miene wurde starr. »Die Verhaftung wurde zum Teil dadurch ausgelöst, daß Snelund Kathryn für sich haben wollte«, sagte er tonlos. »Und am Hof von Catawrayannis wird genug geklatscht. Sie befindet sich noch beim Gouverneur, nicht wahr?«

Keiner der Männer sah ihn an. »Ich hörte so etwas«, murmelte Hamid. »Bevor wir angriffen, hielten wir auf einem der Asteroiden an. Wir gaben vor, auf einem Routineflug zu sein, und kundschafteten alles aus. Dabei trafen wir einen Händler, der noch am Vortag in der Hauptstadt gewesen war. Er sagte, daß man öffentlich verkündet habe, Sie und Ihre Gattin seien ›zu Verhören vorgeladen‹, nur – sie und der Gouverneur ...«

Er sprach nicht weiter.

Nach einiger Zeit legte ihm McCormac die Hand auf die Schulter. »Sie müssen mir den Rest nicht erzählen, Freund«, sagte er.

»Wir sind keine Meuterer«, erklärte Hamid eindringlich. »Wir brauchen Sie. Jemand muß dieses – dieses Ungeheuer bändigen, bis der Herrscher die Wahrheit erfährt.«

»Nein, es ist keine Meuterei mehr«, erwiderte McCormac. »Es ist eine Revolte.« Seine Stimme wurde hart. »Los, beeilt euch!«

2

Das Hauptquartier der Admiralität war eine Großstadt für sich. Es ragte inmitten der Rocky Mountains auf wie der sagenumwobene Olymp, den die Titanen auf die Berggipfel getürmt hatten. »Und eines Tages«, hatte Dominic Flandry zu einer jungen Dame gesagt, die er herumführte, »eines Tages werden die Götter wieder in Zorn geraten wie damals – hoffentlich nicht mit dem gleichen beklagenswerten Ergebnis.«

»Wie meinen Sie das?« fragte sie.

Da er nicht die Absicht hatte, sie zu bilden, sondern sie zu verführen, hatte er nur die Enden seines Schnurrbarts gedreht und gelächelt. »Ich meine, Sie sind viel zu hübsch, als daß Sie sich von meiner Weltuntergangsstimmung anstecken lassen sollten. Und nun zu unserer kleinen Sternwarte – hier entlang bitte.«

Er sagte ihr nicht, daß die eindrucksvollen, dreidimensionalen Sternprojektionen hauptsächlich für Besucher gedacht waren. Die kleinste astronomische Entfernung ist so riesig, daß eine Bildkarte wenig Wert besitzt. Tatsächliche Informationen wurden in den Computern gespeichert, die Besuchern nicht zugänglich waren.

Als Flandry mit dem Taxi ankam, mußte er wieder an jenes kleine Erlebnis denken. Es hatte zu einem befriedigenden Ende geführt. Aber er kam in Gedanken nicht von dem Vergleich los, den er damals ausgesprochen hatte.

Rings um ihn ragten die Wolkenkratzer in die Höhe, verbunden durch Hochstraßen und Brücken. In den unteren Stockwerken brannten beständig Leuchtröhren, und die obersten Etagen stießen durch die Wolken. Flugzeuge glitzerten am Himmel. Sie waren so zahlreich, daß die Relais in der automatischen Verkehrskontrolle ohne Unterlaß klickten. Lifts und Rolltreppen bildeten ein unüberschaubares Gewirr, und doch verlief der Verkehr glatt und reibungslos. Man spürte die Aktivität, die in diesen Hochhäusern herrschte.

Denn hier war der Knotenpunkt imperialer Macht; hier herrschte Terra über ein Reich, dessen Umfang an die vierhundert Lichtjahre betrug und das an die vier Millionen Sonnen enthielt. Mehr als hunderttausend Welten, jede mit Millionen oder Milliarden Einwohnern, zollten Terra Tribut.

Soweit der Stolz. Aber wenn man hinter die Kulissen sah ...

Flandry schreckte aus seinen Träumen hoch. Sein Taxi glitt auf die Geheimdienst-Zentrale zu. Er sog noch einmal hastig an seiner Zigarette, warf sie in den Aschenbecher und überprüfte seine Uniform. Er zog im allgemeinen elegante Kleidung mit modischen kleinen Extras vor, aber wenn man nach ein paar Tagen Urlaub zurückbeordert und geradewegs zu Vizeadmiral

Kheraskow zitiert wurde, dann schien es ratsam, die schlichte weiße Uniform zu tragen, dazu den grauen Umhang und die Mütze mit dem Sonnenstrahlen-Abzeichen. Er hatte sogar die Schärpe abgelegt und statt dessen den Gürtel umgeschnallt.

Sack und Asche wären noch angebrachter gewesen, dachte Flandry traurig. Er hatte die Absicht gehabt, in Anwesenheit von drei reizenden jungen Damen seinen Geburtstag zu feiern. Wehmütig erinnerte er sich an das Menü, das er zu diesem Zweck zusammengestellt hatte. Aber nein, alles aus . . .

Eine Maschine im Gebäude unterhielt sich über das Nachrichtengewirr hinweg mit einer Maschine im Taxi. Flandry wurde an der Park-Kante im fünfzehnten Stock abgesetzt. Er steckte seine Karte in den Schlitz der Meßuhr, wartete, bis sie seine Kontonummer verarbeitet hatte, und öffnete dann die Tür. Ein Wachtposten am Eingang fragte ihn nach Namen und Auftrag und vergewisserte sich ebenfalls mit Hilfe einer Maschine, ob er die Wahrheit sprach. Dann erst ließ er ihn passieren. Flandry marschierte durch mehrere Korridore, bis er den Lift erreichte, den er suchte.

In den Gängen war ein unaufhörliches Kommen und Gehen. Er sah junge Techniker und Admiräle, auf deren Schultern die Sicherheit von tausend Welten lag, dazu Wissenschaftler, die das Imperium gegen die tödlichen Gefahren von außen schützten. Beileibe nicht alle waren menschlicher Herkunft. Flandry sah die verschiedensten Rassen und Arten; fremdartige Wortfetzen und Gerüche drangen auf ihn ein.

Er schüttelte den Kopf. Da rannten und hasteten sie dahin, da verfolgten sie ihre kleinen Ziele – und irgendwo wartete die lange Nacht. Sie kam bestimmt, die Nacht, in der das Imperium zusammenbrechen würde. Denn wie wollten die Terraner für immer die Herren bleiben, hier draußen am Rand der Galaxis, wo sie nur ein winziges Bruchstück des Universums sahen? Wahrscheinlich kamen sie nie über den Spiralarm hinaus, der ihre Heimat enthielt.

Damals, als die Hölle losbrach und die gesamte Zivilisation dem Untergang geweiht war, hatte man das Imperium errichtet. Und dieses Imperium hatte die Zivilisation eisern zusammengehalten.

Das war lange her. Die Nachfahren jener tapferen Männer hatten zu leichtes Spiel gehabt. Sie besaßen nicht mehr den Willen, das Erbe anzutreten. Und so schoben sich die Merseianer von Beteigeuze her immer näher. Flandry zuckte mit den Schultern. Weshalb dachte er gerade jetzt darüber nach?

Eine Frau hielt ihn auf. Sie befand sich wohl zufällig im Hause, denn Angestellte durften bestimmt keine so durchsichtigen Kleider tragen. Allerdings besaß sie genau die Figur dafür. »Verzeihung«, sagte sie, »ich suche das Büro von Kapitän Yuan-Li. Leider habe ich mich in diesen vielen Korridoren verlaufen.«

Flandry verbeugte sich. »Allerdings, gnädiges Fräulein.« Er hatte sich nach seiner Rückkehr bei Yuan-Li gemeldet und wußte, wo sich das Büro befand. Er wies ihr den Weg. »Bestellen Sie dem Kapitän von Korvettenkapitän Flandry, daß ich ihn für einen glücklichen Mann halte.«

Sie schlug die langen Wimpern nieder. »Oh, Sir!« Dann deutete sie auf die Plakette an seiner Brust – einen Stern mit einem Auge. »Ich habe erkannt, daß Sie zum Geheimdienst gehören. Deshalb sprach ich Sie auch an. Ein faszinierender Beruf. Ich würde leidenschaftlich gern . . .«

Flandry strahlte sie an. »Nun, da wir beide mit Yuan-Li bekannt sind . . .«

Sie tauschten Namen und Adressen aus. Dann betrat das Mädchen hüftenschwingend das Büro des Kapitäns. Flandry ging weiter. Seine Laune hatte sich merklich gebessert. Völlig entspannt betrat er den Lift.

Doch während er sich nach oben tragen ließ, kehrten die düsteren Gedanken zurück. Hübsche Frau oder nicht, es war einfach unmöglich, daß der Vizeadmiral einen frischgebackenen Korvettenkapitän zu einem persönlichen Gespräch bat.

Im siebenundneunzigsten Stock hielt er sich an einer Stützstrebe fest und schwang sich in den Korridor. Hier spürte man nichts von der Hast und Geschäftigkeit der unteren Stockwerke. Hier herrschte vornehme Stille. Nur eine Maschine summte hin und wieder und unterstrich noch das lähmende Schweigen. Die Leute, die ihm entgegenkamen, hatten alle höhere Ränge als er, und man sah ihnen an, daß sie in Gedanken auf fernen Sonnen weilten. Als er Kheraskows Suite erreichte, wurde er lediglich durch einen Taststrahler kontrolliert. Wer ungehindert bis hierher vorgedrungen war, besaß höchste Erlaubnis dazu. Flandry wartete lediglich fünf Minuten, bis er von einem Lautsprecher aufgefordert wurde, das Privatbüro zu betreten.

Der Raum war hoch und geräumig und luxuriös möbliert. Nicht einmal die Speisezentrale hatte man vergessen. In den Regalen befanden sich Schaustücke von vergangenen Siegen. Die rückwärtige Wand war durch einen Bildschirm ersetzt. Im Augenblick zeigte er Jupiter – so nahe, daß einem unwillkürlich der Atem stockte. Flandry blieb vor dem gewaltigen Schreibtisch stehen und nahm Haltung an. »Korvettenkapitän Dominic Flandry meldet sich wie befohlen, Sir.«

Der Mann am Schreibtisch trug ebenfalls eine schmucklose Uniform. Kein Orden zierte seine Brust, nur das Juwel des Rittertums, das schwerer zu erringen war als ein Adelspatent. Aber seine Stern- und Nebel-Insignien standen weit über dem von Ringen umgebenen Planeten Dominic Flandrys.

Er war klein und dicklich, und das Bulldoggengesicht unter dem widerspenstigen grauen Haar wirkte müde. Flandrys Herz schlug schneller, als er lässig salutierte.

»Rühren!« sagte Vizeadmiral Sir Ilja Kheraskow. »Nehmen Sie Platz. Rauchen Sie?« Er schob eine Zigarrenkiste über den Tisch.

»Danke, Sir.« Flandry faßte sich allmählich. Er wählte eine Zigarre und zündete sie umständlich an, während der Sessel sich seinen Muskeln anpaßte und ihn sanft massierte. »Der Admiral ist zu gütig. Ich kenne keine bessere Marke als Corona Australis.« Er kannte einige, die ihm noch besser schmeckten, aber das hätte er niemals laut gesagt. Immerhin, der Rauch war würzig und hinterließ auf der Zunge einen angenehmen Geschmack.

»Möchten Sie Kaffee?« bot ihm der Herr über mehr als eine Million Agenten an. »Oder Tee?«

»Nein, danke, Sir.«

Kheraskow studierte ihn mit müden Blicken. Flandry hatte das Gefühl, als würde er mit Röntgenstrahlen durchleuchtet. »Es tut mir leid, daß ich Ihnen den Urlaub so verdorben habe,

Korvettenkapitän«, sagte der Admiral. »Sie hatten sich sicher auf die längst fällige Erholung gefreut. Ich sehe, daß Sie ein neues Gesicht besitzen.«

Sie hatten einander noch nie persönlich kennengelernt. Flandry zwang sich zu einem Lächeln. »Jawohl, Sir. Das Gesicht, das mir meine Eltern mitgaben, wurde allmählich monoton. Und auf Terra ist die Bioskulptur ja ebenso verbreitet wie Kosmetik.« Er zuckte mit den Schultern.

Immer noch durchbohrte ihn der Blick seines Gegenübers. Kheraskow sah einen athletischen Körper, breite Schultern und schmale Hüften. Flandry maß einsvierundachtzig. Er hatte sich eine kurze gerade Nase, hohe Backenknochen und ein leicht gespaltenes Kinn verpassen lassen. Die grauen Augen unter den geschwungenen Brauen und der ausdrucksvolle Mund waren unverändert geblieben. Wenn Flandry sprach, benutzte er einen leicht schleppenden Dialekt.

»Zweifellos haben Sie sich die Frage gestellt, weshalb ausgerechnet Ihnen der Urlaub gestrichen wurde«, sagte Kheraskow. »Und es wird Sie auch gewundert haben, daß Sie sich nicht bei Ihrem unmittelbaren Vorgesetzten oder Kapitän Yuan-Li melden sollten, sondern bei mir.«

»Jawohl, Sir. Mein Rang ist zu bescheiden.«

»Außerdem hatten Sie keine Lust, dem Alten gegenüberzutreten.« Kheraskow lachte gallig. »Dennoch sind Sie gekommen.« Er lehnte sich zurück und kreuzte die Arme. »Ich werde Ihre Fragen beantworten.

Erstens – weshalb Sie unter Zehntausenden? Wenn Sie es noch nicht wissen, Flandry – obwohl es Ihnen Ihre Eitelkeit vielleicht verraten hat –, man kennt Ihren Erfolg. Wenn das nicht so wäre, hätten Sie in Ihrem Alter noch nicht den Rang eines Korvettenkapitäns. Nein, seit der Starkad-Affäre haben wir auf Sie geachtet. Wir mußten selbstverständlich schweigen, aber wir vergaßen Sie nicht. Ihre anschließende Laufbahn im Überwachungsdienst zeigte ebenfalls respektable Ergebnisse.« Flandry konnte ein Gefühl der Unruhe nicht ganz verbergen. Kheraskow lachte wieder; es klang blechern. »Wir erfuhren Dinge, die Sie verschwiegen hatten. Keine Angst! Fähige Männer sind heutzutage so selten, daß der Geheimdienst beide

Augen zudrückt, wenn es um Eskapaden geht. Junger Mann, entweder bringen Sie sich selbst um, oder wir müssen Sie abservieren – oder Sie machen noch eine große Karriere.«

Er holte tief Atem und fuhr fort: »Die Aufgabe, die ich Ihnen zugedacht habe, erfordert einen Einzelgänger. Ich erzähle Ihnen sicher kein großes Geheimnis, wenn ich sage, daß die Merseianer-Krise größer ist, als die Regierung zugibt. Sie könnte jeden Moment zum Ausbruch von Feindseligkeiten führen. Ich glaube allerdings, daß es uns gelingen wird, sie zu entschärfen. Einmal hat das Imperium rasch und entschieden gehandelt. Aber wir müssen einen Großteil unserer Truppen an der Grenze lassen, bis die Merseianer verstehen, daß wir Jihannath unbedingt behalten wollen. Die Geheimdienstoperationen in diesem Gebiet haben ein derartiges Ausmaß erreicht, daß wir alle fähigen Agenten einziehen mußten.

Und inzwischen ist es zu einer neuen Krisensituation auf der anderen Seite unseres Hoheitsgebietes gekommen. Potentiell gesehen ist das schlimmer als ein einmaliger Kampf mit den Merseianern.« Kheraskow hob eine Hand. »Glauben Sie ja nicht, daß Sie der einzige Mann sind, den wir hinschicken, oder daß Sie mehr als einen Bruchteil unserer Bemühungen darstellen. Dennoch – in unserer augenblicklichen Lage sind wir auf jeden Mann angewiesen. Es war Ihr Pech, daß Sie ausgerechnet letzte Woche auf die Erde zurückkehrten – und unser Glück, vielleicht. Als ich nachforschen ließ, wer für diese Aufgabe in Frage käme, befand sich Ihr Name in der Liste.«

Flandry wartete.

Kheraskow beugte sich vor. Die ganze Lässigkeit war von ihm abgefallen. Er wirkte jetzt hart und verbittert. »Wissen Sie, weshalb ich Sie persönlich zu mir gebeten habe? Weil sich in meinem Büro mit Sicherheit keine Abhöranlagen befinden und weil ich überzeugt davon bin, daß ich Ihnen vertrauen kann. Ich sagte bereits, daß ich einen Einzelgänger brauche. Ich füge nun hinzu, daß Sie mich vernichten können, wenn Sie meine Worte an den Hof weiterleiten. Man würde mich erschießen oder in die Sklaverei schicken. Sie könnten viel Geld oder eine Pfründe vom Hof erhalten. Ich muß das Risiko eingehen. Solange Sie nicht alles wissen, nützen Sie mir nichts.«

Flandry sagte vorsichtig: »Sir, man hat mich auf Lügen hin gedrillt. Deshalb nehmen Sie lieber mein Wort und nicht meinen Eid, daß die Unterredung geheim bleiben wird.«

Kheraskow nickte und saß ein paar Sekunden lang ruhig da. Dann sprang er auf und ging im Zimmer hin und her.

»Sie waren lange fort. Nach der Starkad-Affäre haben Sie Terra nur zu Fortbildungskursen und ähnlichen Dingen besucht. Sie waren sicher zu beschäftigt, um sich über die Ereignisse am Hof zu unterrichten. O ja, Skandale, Witze, Gerüchte – so etwas hört man immer. Aber die wichtigen Neuigkeiten ...

Ich werde Ihnen eine kurze Zusammenfassung geben. Es ist nun drei Jahre her, seit der alte Herrscher Georgios starb und Josip III. ihm auf den Thron folgte. Jeder weiß, wie es um Josip steht. Er ist verweichlicht und dumm. Wir alle nahmen an, daß die Herrscher-Witwe ihn kurzhalten würde, solange sie lebt. Und wenn er seinen Organismus weiterhin so überfordert, dürfte er sie kaum überleben. Kinder wird er nicht in die Welt setzen, das steht fest. Und die Polizei, die Verwaltung, die Beamten, die Garde, der Adel – es sind mehr Verbrecher und Dummköpfe unter ihnen als früher, aber zum Glück gibt es noch einige fähige und verantwortungsvolle Leute ...

Das ist nichts Neues für Sie, was?« Flandry nickte kurz, und Kheraskow fuhr fort: »Sie sind vermutlich zu dem gleichen Schluß gekommen wie die meisten informierten Bürger. Das Imperium ist so groß, daß ein einzelner keinen entscheidenden Schaden anrichten kann, auch wenn er sozusagen allmächtig ist. Josip war vielleicht dazu fähig, ein paar Politiker, Höflinge und Plutokraten zu stürzen, die sich in der Nähe von Terra befanden. Kein allzu großer Verlust. Wir haben schlimmere Herrscher überlebt.

Bis vor kurzem konnte man diese Theorie als richtig bezeichnen. Doch selbst wir, die in engem Kontakt mit dem Hof stehen, wurden durch Aaron Snelund überrascht. Schon von ihm gehört?«

»Nein, Sir.«

»Er hat es verstanden, unauffällig zu bleiben. Und die Zensur am Hof arbeitet äußerst wirksam, was man von den sonstigen

Institutionen nicht behaupten kann. Gewiß, ich erfuhr von seiner Anwesenheit, aber ich erhielt nur unvollständige Angaben.

Später werde ich Ihnen alle Einzelheiten zukommen lassen. Ich möchte Ihnen nur kurz mitteilen, was in der Öffentlichkeit nicht über ihn bekannt ist. Er wurde vor vierunddreißig Jahren auf Venus geboren. Mutter Prostituierte, Vater unbekannt. Das war in Sub-Luzifer, wo man schnell untergeht, wenn man sich nicht brutal durchsetzt. Er war klug, talentiert und sogar charmant, wenn er es für nötig hielt. Schon in früher Jugend kam er als Sex-Darsteller nach Terra. Ich kann mir nachträglich vorstellen, wie er alles plante, wie er Josips Geschmack erforschte, wie er sein Geld für die richtige Bioskulptur ausgab und sich mit den Sitten und Gepflogenheiten des Hofes vertraut machte. Als sie dann zusammentrafen, ging alles glatt. Mit fünfundzwanzig war Aaron Snelund von einem der vielen Gespielen des Kronprinzen zu seinem Favoriten aufgestiegen. Sein nächster Schritt bestand darin, Schlüsselpersonen aus dem Wege zu drängen und ihre Stellen von treu ergebenen Freunden besetzen zu lassen.

Selbstverständlich gab es eine Opposition – echte Opposition, keine Eifersucht. Ehrliche Männer begannen sich zu sorgen, daß Snelund die Macht hinter dem Thron werden könnte, sobald Josip sein Amt antrat. Wir hörten Gerüchte von Attentaten. Ich weiß nicht, ob Josip und Snelund einen Wink erhielten oder ob Snelund die Gefahr vorhergesehen und eingeplant hatte. Jedenfalls drückten sie beide Augen zu.

Wie Sie sich erinnern, starb Georgios ganz plötzlich. Eine Woche danach machte Josip Snelund zum Herzog und Gouverneur des Sektors Alpha Crucis. Verstehen Sie, wie genau berechnet das war? Eine Rangerhöhung hätte zu Entrüstungsstürmen geführt, aber Herzöge gibt es wie Sand am Meer. Und der Titel genügt, um jemand zum Gouverneur zu machen. Viele Sektoren sind zu reich, zu mächtig, zu nahe an der Erde oder sonst irgendwie bedeutsam. Der Politische Ausschuß hätte niemals einen Gouverneur eingesetzt, dem man nicht trauen konnte. Bei Alpha Crucis ist das etwas anderes.«

Kheraskow drückte auf eine Taste. Die Beleuchtung wurde ausgeschaltet. Die atemberaubende Ansicht Jupiters verschwand. Statt dessen zeigten sich die wichtigsten Sterne des Imperiums auf dem Bildschirm. Wahrscheinlich brauchte der Vizeadmiral das Bild, um sich wieder zu beruhigen. Seine untersetzte Gestalt hob sich dunkel von der Sternkarte ab.

»Beteigeuze.« Er stach mit dem Finger gegen einen roten Punkt, der die Riesensonne zwischen dem Reich der Terraner und der Merseianer kennzeichnete. »Dort, wo im Augenblick Krieg droht. Und nun Alpha Crucis.«

Seine Hand beschrieb einen Winkel von hundert Grad. Dann verstellte er die Projektionsebene um siebzig Grad südlich. Sofort flammten die B-Typ-Riesen im Grenzgebiet des terranischen Imperiums auf – der Zwillingsstern Alpha und sein einsamer Bruder Beta vom Kreuz des Südens. Dahinter breitete sich Dunkelheit aus. Natürlich gab es auch in diesen Regionen genügend Sonnen, aber die Terraner hatten sie nicht in ihrer Gewalt. Sie beherbergten vor allem Barbaren, denen man zu früh Raumschiffe und Atomwaffen in die Hände gegeben hatte.

Kheraskow zeichnete die beinahe zylindrischen Umrisse des Sektors nach. »Und hier könnte der Krieg in Wirklichkeit ausbrechen«, sagte er.

Flandry wagte erst nach einiger Zeit, das Schweigen zu unterbrechen. »Glaubt der Admiral, daß die Wilden von neuem einen Vorstoß versuchen werden? Soviel ich weiß, Sir, werden sie in Schach gehalten. Nach dem Kampf von – wie hieß er nur? –, ich habe den Namen vergessen. Aber da war doch ein Kampf . . .«

»Vor dreiundvierzig Jahren.« Kheraskow ließ die Schultern hängen. »Dieses Universum ist zu groß«, sagte der müde. »Kein Mensch kann sich alles merken. So lassen wir die Saat des Unkrauts wachsen, bis es zu spät ist.«

Er streckte sich. »Nun, es war schwer zu erkennen, welchen Schaden Snelund da draußen anrichten konnte. Das Gebiet befindet sich weit weg. Es hat keine hohe Produktion, und es ist nicht dicht besiedelt; die Treue und Stabilität der ansässigen Völker ist nicht schlechter als die der meisten anderen. Nur zwei Dinge bilden eine Ausnahme: der systemlose Industrieplanet Satan zum einen. Aber er ist ein alter Besitz der Herzöge von Hermes, und man kann fest damit rechnen, daß sie ihn verteidigen werden. Zum zweiten schirmt der Sektor uns von verschiedenen Piraten ab. Das bedeutet, daß der Flottenadmiral alle Hände voll zu tun hat. Wir haben – oder hatten – einen besonders fähigen Mann auf diesem Posten, einen gewissen Hugh McCormac. Sie haben den Namen sicher noch nicht gehört, aber ich werde Ihnen Informationen zukommen lassen.

Selbstverständlich mißtrauten wir Snelund. Und? Ein oder zwei Prozent Steuern mehr im Jahr sind nicht so hoch, daß die Einwohner deshalb Schwierigkeiten machen. Aber sie genügen, um die normale Habgier eines Menschen zu befriedigen. Snelund hätte sich nach einiger Zeit zu einem Leben in Luxus zurückziehen können. Inzwischen ging hier alles seinen gewohnten Gang. Wir waren froh, Snelund so billig von der Erde entfernt zu haben. Kompromisse dieser Art werden ja immer wieder getroffen.«

»Nur diesmal übersah man einen Faktor«, entgegnete Flandry lässig.

Kheraskow schaltete die Karte aus. Sofort flammte die Beleuchtung auf. Er warf Flandry einen aufmerksamen Blick zu, den der junge Mann ruhig erwiderte. Schließlich meinte der Admiral: »Er brach vor drei Jahren zu seinem Sektor auf. Seit damals häufen sich die Klagen über Grausamkeiten und Ausbeutungen. Aber ein einzelner sah nie genug, um etwas in die Wege zu leiten. Und selbst wenn es genug Beweise gegeben hätte – was dann? Ein interstellares Reich wird niemals vom Zentrum aus regiert. Das ist unmöglich. Das Imperium versucht, den inneren und äußeren Frieden zu wahren. Stämme, Provinzen, Länder, Planeten sind in den meisten Dingen autonom. Der Schmerz von Millionen fühlenden Wesen wird zweihundert Lichtjahre weiter weg nicht mehr registriert. Außerdem wachsen uns die Sorgen über den Kopf.

Überlegen Sie, was der Gouverneur eines abgelegenen Gebietes alles tun könnte, wenn er die Absicht hat, seine Untertanen auszubeuten!«

Flandry tat es und wurde ernst.

»McCormac schickte schließlich persönlich Proteste nach Terra«, fuhr Kheraskow fort. »Ein Zwei-Sterne-Admiral kommt durch. Der Politische Ausschuß sprach davon, eine Untersuchungskommission zu bilden. Kurz danach erreichte uns ein Bericht von Snelund selbst. Darin stand, daß er gezwungen gewesen sei, McCormac wegen einer Verschwörung gegen den Gouverneur zu verhaften. Sie wissen, daß er das Recht dazu hat. Er kann einen provisorischen Hochkommissar wählen, bis der Fall geklärt ist. Das Kriegsgericht muß auf einem Navy-Stützpunkt oder zumindest auf einem Navy-Schiff abgehalten werden, selbstverständlich von hohen Offizieren. Aber jetzt, da wir uns mit den Merseianern befassen müssen – Sie verstehen?«

»Verdammt gut«, sagte Flandry rauh.

»Man hört nicht selten von Provinz-Rebellionen«, meinte Kheraskow. »Aber heutzutage können wir sie uns kaum noch leisten.« Er drehte sich um und warf einen Blick auf das Jupiter-Bild, das wieder an der Wand erschienen war. »Das übrige können Sie in den Informationsbänden finden«, sagte er.

»Was soll ich tun, Sir?«

»Wie gesagt, wir schicken so viele Geheimagenten wie möglich in jenes Gebiet, dazu ein paar Inspektoren. Bei dem großen Territorium wird es lange dauern, bis sie ein genaues Bild der Tatsachen ermittelt haben. Vielleicht zu lange. Ich muß also noch etwas anderes versuchen. Ich setze einen Mann ein, der informell herumhorcht, im Notfall aber Maßnahmen ergreifen kann, die von uns autorisiert werden. Der Kapitän eines Kriegsschiffes beispielsweise darf durchaus auf Llynathawr Station machen. Gouverneur Snelund besitzt keine rechtliche Handhabe gegen ihn, und er kann sich auch nicht gut weigern, ihn zu empfangen. Andererseits aber ist der Kapitän eines Kriegsschiffes auch nicht allzu verdächtig.«

»Ich hatte noch nie ein Kommando, Sir.«

»Wirklich nicht?«

Kheraskow beschäftigte sich mit anderen Dingen, während Flandry langsam verdaute, was er eben gehört hatte. Dann fuhr er fort: »Wir fanden einen Begleitzerstörer, dessen Kapitän befördert wurde. Es heißt, daß der Erste Offizier ein fähiger Mann ist. Das müßte Ihnen freie Hand für Ihre tatsächliche Aufgabe geben. Sie hätten das Kommando nach einiger Zeit ohnehin erhalten. Wir sehen es gern, wenn unsere Agenten auf allen Gebieten ausgebildet sind.«

Flandry achtete kaum auf seine Worte.

Er war zu aufgeregt.

Kheraskow nahm wieder Platz. »Gehen Sie zurück in Ihr Quartier«, sagte er, »packen Sie und melden Sie sich ab. Um vier Uhr sind Sie bei Konteradmiral Yamaguchi. Er besorgt Ihnen alles, was Sie für Ihre Aufgabe brauchen. Obendrein erhalten Sie im Laufe von achtundvierzig Stunden alle Informationen, die Sie verdauen können. Danach melden Sie sich auf der Mars-Basis und holen Ihr Kapitänspatent ab. Ihr Schiff befindet sich auf einer Bahn um Mars. Die Abreise erfolgt unmittelbar, nachdem Sie alles Nötige erhalten haben. Versuchen Sie vor der Mannschaft zu verbergen, daß Sie noch nichts von dem Schiff verstehen.

Bei guter Führung wird das vorläufige Patent selbstverständlich in ein permanentes umgewandelt. Wenn nicht, dann können Sie und ich beten. Alles Gute, Dominic Flandry.«

3

Die dritte Landung, welche die *Asieneuve* auf ihrem Weg nach Llynathawr machte, sollte ihre letzte sein. Flandry erkannte, daß Eile not tat. Auf kürzester Strecke und im Hyperdrive hätte sein Schiff das Ziel vielleicht in knappen zwei Wochen erreicht. Möglicherweise wäre es besser gewesen, erst auf Llynathawr Fragen zu stellen. Aber er befürchtete, daß man ihm keine Chance zu Gesprächen geben würde oder daß Snelund Mittel und Wege gefunden hatte, die Wahrheit zu vertuschen. Das letztere war durchaus plausibel. Und die Befehle, die er erhalten hatte, besagten ausdrücklich, daß er sich gründlich umsehen sollte. Ein versiegelter Brief von Kheraskow ermächtigte ihn außerdem, das Schiff aufzugeben und unabhängig zu arbeiten; das war ihm jedoch nur im äußersten Notfall erlaubt, und er mußte sich später für sein Handeln verantworten.

Er schloß einen Kompromiß und nahm Stichproben auf drei Planeten in Snelunds Machtbereich vor. Dabei achtete er darauf, daß er nicht allzuweit von der Hauptroute abwich und insgesamt nur zehn Tage verschwendete. Zwei der Systeme waren von Menschen kolonisiert. Der bewohnbare Planet der dritten Sonne hieß Shalmu.

So jedenfalls wurde er von den technisch fortschrittlichen Bewohnern genannt. Die Eingeborenen hatten sich auf der Stufe des Bronze-Zeitalters befunden, als sie den ersten Kontakt mit den Menschen aufnahmen. Beeinflußt von gelegentlichen Gesprächen mit Händlern, waren sie zu Eisen übergegangen und besaßen nun sogar schon die ersten primitiven Maschinen. Die Vereinigung der einzelnen Stämme zu Staaten ging nur langsam vor sich; die Shalmuer waren friedlich gesinnt.

Für sie war es eine Wohltat gewesen, ins Imperium eingegliedert zu werden. Es bedeutete Schutz vor den Barbareneinfällen, unter denen sie bis dahin sehr gelitten hatten. Sie sahen den Marinestützpunkt nicht, den sie bekamen. Er befand sich auf einem anderen Planeten des Systems. Weshalb sollte man eine blühende Welt benützen, wenn ein Wüstenplanet den gleichen Zweck erfüllte? Aber es befand sich eine kleine Garnison auf Shalmu, und Raumfahrer suchten sie auf, wenn sie Urlaub hatten. Aus diesem Grunde hatten sich ein paar Händler niedergelassen, die mit den Eingeborenen ebenso bereitwillig handelten wie mit den Soldaten. Shalmuer fanden Beschäftigung auf dem Garnisonsgelände. Einige verließen sogar das System. Eine kleine, aber wachsende Anzahl wurde von terranischen Freunden für Stipendien vorgeschlagen und kehrte mit moderner Ausbildung zurück. Der Traum, als Vollmitglied ins Imperium aufgenommen zu werden, rückte ständig näher.

Als Gegenleistung zahlte Shalmu bescheidene Steuern: Metalle, Brennstoffe, Nahrungsmittel, kunsthandwerkliche Gegenstände und verschiedene Luxusgüter. Man akzeptierte einen Residenten des Imperiums, der in Rechtsdingen das letzte Wort sprach, aber er mischte sich selten in die Eingeborenenstreitigkeiten. Seine Soldaten unterdrückten Kriege und Plündereien so gut es ging, und das empfanden die meisten Eingeborenen als Erleichterung. Die jungen Rekruten benahmen sich manchmal arrogant und überheblich, aber falls sie wirklich ernsthafte Dummheiten machten, wurden sie dafür bestraft.

Kurz, der Planet war typisch für die Welten, die sich unter der Herrschaft des Imperiums befanden. Die Bewohner hatten mehr zu gewinnen als zu verlieren; sie sahen vor allem die glänzende Seite der Medaille.

Wenigstens war das bis vor ein paar Jahren so gewesen.

Flandry stand auf einem Hügel. Hinter ihm befanden sich fünf Männer, Leibwächter aus seiner Mannschaft. Ch'kessa, der Ratsälteste der Klan-Städte, war neben ihn getreten. Ch'kessas Heimatgemeinde erstreckte sich über den Hang, eine Ansammlung von sauberen, weißgetünchten Hütten in Trommelform, die mehrere tausend Leute beherbergten. Die spitz umlaufenden Dächer boten Nährboden für leuchtende Blumen. Die Wege zwischen den Hütten waren mit einem harten, federnden Moos bedeckt. Auf ein paar freien Plätzen wuchsen Obstbäume, von denen jeder so viel nehmen konnte, wie er für seinen persönlichen Bedarf brauchte. Wiesen und Felder führten ins Tal. Auf der gegenüberliegenden Seite war der Hang bewaldet.

Abgesehen von einer etwas geringeren Gravitation war Shalmu terrestroid. Manche Einzelheiten wirkten vielleicht befremdend, aber im ganzen gesehen fühlten sich die Menschen von der Landschaft angesprochen. Breite Ebenen, hohe Berge, unruhige Meere; Lichtungen in den Wäldern, süß duftende winzige Blüten zwischen alten Wurzeln; ein wildes Tier mit stolz erhobenem Geweih, die Schreie von vorbeiziehenden Vögeln; und die Menschen. Ch'kessa unterschied sich nicht allzusehr von Flandry. Er hatte eine haarlose hellgrüne Haut, einen Greifschwanz, ein gegliedertes Gesicht, Füße und Hände. Was machte es, daß er nur ein Meter vierzig groß war und einen bunt bestickten Lendenschurz trug?

Der Wind wechselte. Auf Planeten wie diesem war die Luft immer reiner gewesen als auf der Erde. Abseits von den vielen Maschinen sog man mehr Leben in die Lungen. Aber Flandry würgte. Einer seiner Männer übergab sich.

»Deshalb gehorchten wir dem neuen Residenten«, sagte Ch'kessa. Er sprach fließend Anglisch.

Hügelabwärts, am Rande der Talstraße, waren hundert Holzkreuze errichtet. Die Menschen, die man daran festgebunden hatte, waren noch nicht ganz verwest. Aasvögel und Schwärme von Insekten bildeten dunkle Wolken am strahlenden Sommerhimmel.

»Sehen Sie?« fragte Ch'kessa eifrig. »Wir sträubten uns anfangs. Nicht gegen die hohen Steuern, die man uns auferlegte. Soviel ich hörte, tat der Gouverneur das auf allen Welten. Er sagte, wir müßten zahlen, weil eine schreckliche Gefahr drohe. Welcher Art die Gefahr war, verriet er uns nicht. Aber wir zahlten, besonders als wir hörten, daß Dörfer, die sich weigerten, mit Bomben beworfen wurden. Ich glaube nicht, daß der frühere Resident so etwas getan hätte. Und auch der Herrscher, sein Name sei bekannt in Ewigkeit, hätte diese Dinge nicht zugelassen, wenn er davon erfahren hätte.«

Darauf gab Flandry keine Antwort. Josip wäre das Leid der Eingeborenen egal gewesen. Oder vielleicht doch nicht. Vielleicht hätte er sich einen Film der Ereignisse vorführen lassen und die Szenen mit Genuß betrachtet. Wieder wechselte der Wind, und Flandry war froh, daß er den Leichengeruch mit sich nahm.

»Wir zahlten«, fuhr Ch'kessa fort. »Das war nicht leicht, aber wir erinnerten uns an die Barbaren. Und nun, in diesem Frühjahr, wurde uns eine neue Pflicht auferlegt. Wir, die wir Energiegewehre besaßen, sollten Männer stellen. Man wollte sie in Gebiete wie Yanduvar schicken, wo es noch keine Feuerwaffen gibt. Dort sollten sie Eingeborene für die Sklavenmärkte fangen. Ich verstehe das nicht, obgleich ich oftmals fragte. Weshalb braucht das Imperium mit seinen vielen Menschen Sklaven?«

Zum persönlichen Dienst, dachte Flandry. Weibliche Sklaven waren sehr beliebt. Gewiß, es gab auch im Imperium die Strafe der Versklavung. Aber der Prozentsatz an Sklaven war nicht hoch. Die Barbaren hingegen würden hohe Preise für geschickte Sklaven bezahlen. Und Transaktionen mit den Barbaren wurden nicht in den Büchern des Imperiums aufgezeichnet.

»Fahren Sie fort«, sagte er laut.

»Der Rat der Klan-Städte debattierte lange«, erklärte Ch'kessa. »Wir hatten Angst. Dennoch, es war unrecht, und wir wußten es. Schließlich kamen wir überein, Ausflüchte zu machen und die Entscheidung so lange wie möglich hinauszuschieben, während Boten über Land nach Iscoyn eilten. Dort befindet sich der Marine-Stützpunkt des Imperiums, wie Mylord weiß. Die Boten sollten den Kommandanten bitten, beim Residenten Fürsprache einzulegen.«

Flandry hörte die Männer hinter sich flüstern: »Dachte ich es mir doch, daß die Marine-Soldaten den Befehlen nicht Nachdruck verliehen!«

»Zu einer solchen Gemeinheit sind unsere Leute nicht fähig«, erwiderte ein anderer. »Das waren Söldner. Aber jetzt halte die Klappe, bevor dich der Alte hört.«

Ich? dachte Flandry verwirrt. Ich soll der Alte sein?

»Ich nehme an, daß unsere Boten abgefangen und gefoltert wurden«, sagte Ch'kessa mit einem Seufzer. »Jedenfalls kehrten sie nie mehr zurück. Ein Abgesandter kam und erklärte uns, daß wir gehorchen müßten. Wir weigerten uns. Truppen drangen ein. Sie trieben uns zusammen. Hundert Leute wurden durch Los ausgewählt und an die Kreuze gebunden. Wir anderen mußten zusehen, bis alle tot waren. Es dauerte drei Tage und drei Nächte. Eine meiner Töchter war darunter.« Er deutete, und sein Arm zitterte. »Vielleicht kann Mylord sie sehen. Der winzig kleine Körper, das elfte Kreuz von links. Sie ist jetzt schwarz und verschwollen, aber ich erinnere mich noch genau, wie sie mir lachend entgegenkam, wenn ich von der Arbeit zurückkehrte. Sie schrie, daß ich ihr helfen sollte. Wir vernahmen viele Schreie, aber ihre Stimme erkannte ich unter allen. Sobald ich versuchte, mich ihr zu nähern, trieb mich ein Elektroschock zurück. Ich hatte nicht geglaubt, daß ich bei ihrem Tode ein Glücksgefühl empfinden könnte. Man befahl uns, die Toten hängen zu lassen, da man andernfalls den Ort bombardieren würde. Hin und wieder kreist ein Flugzeug über den Kreuzen, und die Leute vergewissern sich, daß alle Leichen noch da sind.«

Er setzte sich in das raschelnde Gras, legte das Gesicht auf die Knie und schlang den Schwanz um den Hals. Seine Finger zogen Striche in den Staub. »Danach gingen wir auf Sklavenjagd.«

Flandry stand eine Zeitlang schweigend da. Er war empört gewesen, als er entdeckte, daß die fortschrittlichen Shalmuer ihre primitiven Brüder einfingen. Vom Flugzeug aus hatte er die

Karawane mit den aneinandergeketteten Gefangenen gesehen. Er war gelandet, hatte den Anführer verhaftet und eine Erklärung verlangt. Ch'kessa hatte ihn gebeten, in sein Heimatland zu kommen.

»Wo sind die Dorfbewohner?« fragte Flandry schließlich. Die Häuser standen schweigend da. Nirgends drang Rauch aus den Kaminen.

»Sie können nicht mit den Toten leben«, erwiderte Ch'kessa. »Sie kampieren weiter draußen und kommen nur hierher, um die Häuser instand zu halten. Und zweifellos flohen sie, Mylord, als sie Ihre Maschine sahen. Sie wußten nicht, was Sie tun würden.« Er sah auf. »Sie haben nun alles gesehen. Ist unsere Schuld schwer? Werden Sie mich zu meiner Gruppe zurückbringen? Man versprach jedem von uns eine bestimmte Summe für die Sklaven, die wir abliefern. Es hilft, um die Steuern zu bezahlen. Ich bekomme meinen Lohn nicht, wenn die Gefangenen vor mir am Flugplatz eintreffen.«

»Ja.« Flandry drehte sich um. Sein Umhang flatterte. »Gehen wir.«

Wieder hörte er ein Flüstern hinter sich. »Ich habe es noch nie mit dieser Weltverbrüderung gehalten, das weißt du, Sam'l, aber wenn nun schon die Völkerstämme des Imperiums vor unseren eigenen Flugzeugen Angst haben . . .«

»Ruhe!« befahl Flandry.

Die Maschine erhob sich donnernd und zog einen Kondensstreifen über einen halben Kontinent und das Meer. Niemand sprach. Als sich das Flugzeug zum Dschungel hin senkte, meinte Ch'kessa schüchtern: »Vielleicht könnten Sie sich für uns verwenden, Mylord.«

»Ich werde mein möglichstes tun«, versprach Flandry.

»Wenn der Herrscher von den Geschehnissen erfährt, soll er den Klans nicht zürnen. Wir gingen freiwillig mit. Wir erkranken am Sumpffieber und sterben durch die Giftpfeile der Yanduvars.« So wird eine vielversprechende Kultur vernichtet, dachte Flandry.

»Wenn Strafe sein muß, dann soll sie mich allein treffen«, bat Ch'kessa. »Es macht mir nichts mehr, nachdem ich meine kleine Tochter sterben sah.«

»Geduld«, sagte Flandry. »Der Herrscher hat viele Völker, die seine Aufmerksamkeit in Anspruch nehmen. Auch ihr werdet an die Reihe kommen.«

Sie entdeckten die Karawane. Die Männer marschierten durch ein offenes Tal, wo ein Überfall leichter abzuwehren war als im Sumpfwald. Flandry landete die Maschine einen Kilometer entfernt und öffnete die Luke.

»Leben Sie wohl, Mylord.« Der Shalmuer kniete nieder, rollte seinen Schwanz um Flandrys Knöchel, kroch ins Freie und verschwand. In kleinen Sprüngen näherte er sich den Seinen.

»Zurück zum Schiff«, befahl Flandry.

»Möchte der Kapitän dem Residenten nicht einen Höflichkeitsbesuch abstatten?« fragte der Pilot sarkastisch.

»Schnell, Bürger Willig«, sagte Flandry. »Sie wissen, daß wir uns auf einem Informationsflug befinden und in aller Eile handeln müssen. Wir haben nur den Marine-Stützpunkt verständigt, daß wir uns auf dem Planeten befinden. Hatten Sie das vergessen?«

Der Pilot bediente mit geschickten Fingern das Instrumentenbord. Die Maschine jagte in den Himmel. »Verzeihung, Sir«, sagte er mit zusammengepreßten Zähnen. »Darf ich eine Frage stellen? Haben wir nicht soeben einen offenen Verstoß gegen die Gesetze miterlebt? Ich meine, auf den beiden anderen Planeten sah es auch nicht schön aus, aber das hier übertraf alles. Wahrscheinlich haben die Shalmuer keine Möglichkeit, eine Klage von ihrer Welt abzusenden. Ist es nicht unsere Pflicht, Sir, einen Bericht durchzugeben?«

Schweiß stand ihm auf der Stirn, und seine Achselhöhlen wiesen dunkle, feuchte Flecken auf. Die anderen vier Mannschaftsmitglieder waren näher gekommen und versuchten durch das Hämmern des Antriebs seine Antwort zu verstehen. Flandry war ratlos. Was sollte er ihnen sagen? Etwas, was der Wahrheit entsprach und doch nicht die Disziplin zerstörte. Er war einfach noch zu unerfahren für diese Aufgabe.

Er versuchte Zeit zu gewinnen, indem er sich umständlich eine Zigarette anzündete. Willig empfing das erste Signal vom Schiff und stellte die Steuerung so ein, daß die Maschine dieses

Signal automatisch anflog. Dann drehte er sich herum und sah den Kapitän an.

Flandry nahm einen langen Zug, stieß den Rauch aus und begann vorsichtig: »Man hat Ihnen oft genug gesagt, daß wir uns in erster Linie auf einer Informationsmission befinden und erst in zweiter Linie die Regierung von Alpha Crucis absetzen sollen. Das letztere läßt sich nur durchführen, wenn wir ohne Vorurteil sämtliche verfügbare Fakten gesammelt haben. Alles, was wir erfahren, wird an höherer Stelle berichtet. Wenn jemand von Ihnen noch zusätzliches Material abgeben will oder seine persönliche Meinung äußern möchte, so steht ihm das frei. Aber ich darf Ihnen nicht verschweigen, daß dieses Material nicht sehr weit kommen wird. Und zwar durchaus nicht, weil man unbequeme Dinge unter den Teppich kehrt. Es ist vielmehr auf die überwältigende Fülle der Informationen zurückzuführen.«

Er machte eine vage Handbewegung. »An die hunderttausend Planeten, meine Herren«, sagte er. »Jeder mit Millionen oder Milliarden Einwohnern, ihren Eigenheiten und Geheimnissen, ihren Zivilisationen, ihren Vergangenheiten, Gegenwarten und widerstreitenden Zielen für die Zukunft. Jeder dieser Planeten hat seine eigene, ganz bestimmte Beziehung zum Imperium. Können wir das alles kontrollieren? Wir können es nicht einmal ganz verstehen. Im besten Fall können wir versuchen, den Frieden aufrechtzuerhalten. Im besten Fall, meine Herren.

Was für den einen Planeten gilt, ist für den anderen vielleicht grundfalsch. Die eine Rasse hat Anlagen zum Kämpfertum, die andere ist friedfertig. Die eine gliedert sich zu Gemeinschaften, die andere läßt sich keine Struktur aufzwingen. Ich kenne eine Welt, auf der Mord und Kannibalismus an der Tagesordnung sind.

Niemand schreitet dagegen ein, weil es zur Rassenerhaltung notwendig ist – hohe Strahlung und dadurch viele Mutationen, obendrein ständige Nahrungsknappheit. Ich kenne intelligente Hermaphroditen und Dummköpfe mit mehr als zwei Geschlechtern. Es gibt sogar ein paar Rassen, die regelmäßig ihr Geschlecht wechseln. Sie alle betrachten unser Fortpflanzungssystem als obszön. Ich könnte Ihnen stundenlang Beispiele dieser Art geben.

Und dann die unzähligen Einzelwesen und Einzelinteressen; die gewaltigen Entfernungen; die Zeit, die man benötigt, um eine Botschaft weiterzubefördern – nein, wir können nicht alles lenken. Dazu fehlt es uns einfach an Personal. Außerdem wären wir geistig nicht in der Lage, all die Daten zu verarbeiten.

Wir mußten den Vertretern des Imperiums großen Spielraum lassen. Wir mußten sie gewähren lassen, als sie Hilfstruppen einzogen. Wir hofften nur, daß diese Hilfstruppen sich besser im Land auskannten als unsere normalen Truppen. Und vor allem anderen, meine Herren, müssen wir die Solidarität aufrechterhalten, sonst würden wir untergehen.«

Er deutete auf den vorderen Sichtschirm. Alpha Crucis überstrahlte die anderen Sterne. »Wenn wir nicht zusammenhalten, wie Terraner und unsere nichthumanoiden Verbündeten, dann vernichten uns die Merseianer oder die Barbaren der Reihe nach.«

Niemand antwortete; er hatte es auch nicht erwartet. Er wußte nicht, ob die Rede sie überzeugt hatte. Er wußte nicht einmal, ob er selbst sie ehrlich gemeint hatte.

Das Mutterschiff zeigte sich im Bildschirm. Von einer winzigen Nadel, die sich kaum von der leuchtenden Masse des Planeten abhob, wuchs es zu einem Stahlhai an. Gewiß, es handelte sich nur um einen Geleitzerstörer, der leicht bewaffnet war und nicht mehr als fünfzig Mann Besatzung faßte. Aber es war das erste Schiff, das unter seinem Kommando stand, und Flandrys Herz schlug jedesmal ein wenig schneller, wenn er es sah.

Das Beiboot setzte nicht sehr sanft auf. Vermutlich fühlte sich Willig nicht wohl. Flandry beherrschte sich und tadelte seinen Piloten nicht. Er entließ seine Leibwächter und begab sich allein auf die Kommandobrücke.

Die Gänge, Schächte und Niedergangstreppen waren schmal. Man hatte sie grau und weiß gestrichen. Die Schwerkraft-Generatoren waren auf volles terranisches Gewicht eingestellt, und die dünnen Decksplatten hallten unter den schweren Tritten der Männer wider. Die Maschinen dröhnten und klopften. Die Luft, die von den Ventilatorgittern angesogen wurde, kam gereinigt wieder, aber irgendwie nahm sie unterwegs den Geruch von Öl an. Die Offizierskabinen waren winzige Zellen, auf dem Vorderdeck konnte man sich kaum umdrehen, und die Aufenthaltsräume wurden ständig bespöttelt. Je weniger man von der Kombüse sagte, desto besser. Aber es war Flandrys erstes Schiff.

Er hatte unterwegs viele Stunden damit zugebracht, sich die früheren Stationen des Zerstörers einzuprägen und die Logbänder der ersten Fahrten abzuspielen. Das Schiff war ein paar Jahre älter als er. Es hatte seinen Namen von einer Landmasse auf Ardèche erhalten – offensichtlich ein von Menschen kolonisierter Planet, von dem er bis dahin noch nichts gehört hatte. (Er kannte die Bezeichnung *Asieneuve* in verschiedenen Sprachen und wußte, daß sie auf mindestens vier Welten große Landmassen symbolisierte; und er überlegte, wie viele andere Schiffe diesen Namen wohl tragen mochten. Ein Name war nur ein Farbklecks; die Computer übersahen ihn und richteten sich nach den Zahlen, die am Bug eingeprägt waren.) Sein Schiff hatte gelegentlich Truppen-Konvois auf dem Weg zu ihren Bestimmungsplaneten begleitet. Einmal war es in einen Grenzzwischenfall verwickelt gewesen; der Kapitän behauptete, von einem Geschütz getroffen worden zu sein. Aber er besaß nicht genügend Beweise. Ansonsten hatte die *Asieneuve* Routine-Patrouillen durchgeführt – Routine-Arbeit war schließlich auch wichtig, oder nicht?

Unter den gegebenen Voraussetzungen war es zwecklos, die militärische Etikette einzuhalten. Die Männer quetschten sich einfach zur Seite, wenn Flandry vorbeikam. Er betrat die Brücke. Der Erste Offizier drehte sich um.

Rovian von Ferra war etwas größer als der Durchschnittsterraner. Sein Pelz erinnerte an dunklen Samt. Der buschige Schwanz, die Klauen an Zehen und Fingern und die Säbelzähne konnten mörderische Wunden schlagen; zudem war er ein ausgezeichneter Schütze. Das untere Paar seiner vier Arme konnte die Beine beim Lauf unterstützen. Dann verwandelte sich sein lässiger, schlendernder Gang in ein blitzschnelles Laufen. Bis auf den Waffengurt und die Insignien war er nackt. Seine Natur und seine Nahrung waren so kompliziert, daß er niemals Kapitän werden konnte; allerdings wollte er das gar nicht. Er war klug und beliebt, und man hatte ihm das terranische Bürgerrecht verliehen.

»Na?« begrüßte er den Kapitän. Er nuschelte ein wenig, da ihn seine Fänge beim Sprechen hinderten.

Wenn sie unter sich waren, gaben sie nichts auf Formalitäten. Die Zeremonien der Menschen amüsierten ihn nur. »Schlecht«, erklärte Flandry und berichtete, was sie erlebt hatten.

»Weshalb schlecht?« fragte Rovian. »Außer, es führt zu einer Revolte.«

»Sprechen wir nicht über die Moral. Du würdest sie nicht verstehen. Aber überlege dir einmal die Folgen.«

Flandry zündete sich eine Zigarette an und sah zu Shalmu hinüber. Der Planet wirkte aus der Ferne friedlich. »Weshalb sollte Snelund das tun?« sagte er. »Es bereitet beträchtliche Schwierigkeiten und ist nicht ungefährlich. Durch gewöhnliche Korruption könnte er ebenso gut leben – nur bedeutend bequemer. Er muß ein höheres Ziel haben, ein Ziel, das Unmengen an Geld verschlingt. Worin mag es bestehen?«

Rovian richtete die chemosensorische Antenne auf, die sich auf seinem knochigen Hinterkopf befand. Seine Schnauze zuckte, und die Augen flimmerten gelb. »Vielleicht will er einen Aufstand finanzieren. Er könnte dann unabhängig werden.«

»Mmm – nein – das ergibt keinen Sinn. Und ich nehme an, daß er nicht dumm ist. Das Imperium kann sich Abtrünnige nicht leisten. Man müßte ihn vernichten, notfalls Josip mit ihm. Nein, es ist etwas anderes.« Flandry hob den Kopf. »In einer halben Stunde verlassen wir das System. Wir fliegen Llynathawr an.«

Hyperdrive-Vibrationen erfolgen spontan, obwohl die Philosophen unter den Naturwissenschaftlern mit diesem Adjektiv nicht viel anzufangen wissen. Leider verflachen sie auch schnell wieder. Ganz gleich, wie kräftig es ist, ein Signal kann über eine Entfernung von einem Lichtjahr hinaus nicht mehr empfangen werden. Deshalb kann man Raumschiffe, die den Hyperdrive benutzen, nur im Umkreis von einem Lichtjahr an ihren Vibrationen erkennen. Und die Schiffe selbst haben keinerlei Möglichkeit, während des Hyperdrive-Einsatzes Botschaften zu empfangen.

So war die *Asieneuve* noch zwei Stunden von ihrem Ziel entfernt, als sie die Neuigkeit empfing. Flottenadmiral Hugh McCormac war auf das Vergil-System geflohen. Dort hatte er die Fahne der Rebellen geküßt und sich zum Herrscher ausrufen lassen. Eine bis dahin unbekannte Zahl von Planeten hatte sich auf seine Seite gestellt. Ebenfalls eine Reihe von Schiffen und Mannschaften, die er früher befehligt hatte. Gefechte hatten bereits stattgefunden. Ein Bürgerkrieg schien unausweichlich.

4

Als das Imperium Llynathawr seinen Entdeckern, den Cynthiern, abgekauft hatte, war das in der Absicht geschehen, Siedler anzulocken und dadurch die Grenze zu festigen. Der größte Teil des Planeten besaß ein herrliches Klima und eine reizvolle Landschaft, dazu Rohstoffe in Hülle und Fülle und weite Ackerflächen.

Das Sektor-Hauptquartier der Marine befand sich verhältnismäßig nahe auf Ifri und besaß genug Truppen, um die Siedler zu schützen. Nicht alle Barbaren waren feindselig; es gab ausgezeichnete Handelsmöglichkeiten mit einer Reihe von fremden Rassen – besonders jenen, die noch keine Raumfahrt kannten – sowie mit Planeten des Imperiums.

Soweit die Theorie. Drei oder vier Generationen zeigten, daß die Praxis völlig anders aussah. Die menschliche Rasse schien ihren Drang in die Ferne verloren zu haben. Wenige Pioniere waren bereit, Familie und Bequemlichkeit aufzugeben, um sich an einem entfernten Ort niederzulassen. Jene, die es taten, zogen im allgemeinen das Stadtleben vor. Und von den älteren Kolonien in der Nähe, wie beispielsweise Aeneas, kamen nicht viele Siedler. Diese Leute hatten selbst erst vor kurzem Wurzeln geschlagen.

Gewiß, Catawrayannis wurde zu einer Großstadt: zwei Millionen Einwohner, wenn man die Wanderbevölkerung mitzählte. Sie wurde zum Sitz der Behörden. Hier errichtete man einen Warenumschlagplatz, hier konnte man Erholung finden und Neuigkeiten über die anderen Planeten des Imperiums erfahren. Und damit war es auch schon aus. Die Bergwerke und Fabriken im Hinterland wurden bald wieder von den Wäldern verschlungen. Auf den Meeren segelten keine Schiffe, die Ebenen blieben leer, in der Wildnis stieß man nur selten auf eine kleine Siedlung.

Gewiß, es hatte seine Vorteile, wenn ein Planet nicht gleich industrialisiert wurde. Flandry liebte die Natur. Er hatte gleich nach seiner Ankunft Zivilkleidung angezogen und sich ein paar Tage lang inkognito auf dem Planeten aufgehalten. Die Bürger und die Diener hatten ihm zwar auch Auskunft erteilt, aber in den Slums der Stadt hatte er wertvolle Tips bekommen.

Und jetzt war er im Begriff, mit Aaron Snelund zusammenzutreffen. Sein Puls ging schneller. Nur mühsam bewahrte er äußere Gelassenheit.

Als die Rampe ihn zu dem eindrucksvollen Portal hinschob, warf er noch einmal einen Blick zurück. Der Gouverneurspalast befand sich auf einer Anhöhe. Es war ein großes, pastellfarbenes Gebäude im Kuppel- und Säulenstil des vergangenen Jahrhunderts. Unterhalb der Gärten befanden sich schlichte Terrassenhäuser für die Verwaltungsbeamten und das übrige Personal. Am Fuß des Hügels lagen die Gebäude der Reichen. Weiter hinten, in der Nähe des Luana-Flusses, erhoben sich die Industrieanlagen und Fabriken, und danach kamen die Slums. Ein leichter Dunst lag an diesem Tag über der Stadt, und der kühle Wind brachte den Geruch des Frühlings mit sich. Insektengleich bewegten sich Fahrzeuge in den Straßen. Das Dröhnen der Flugmaschinen klang gedämpft. Man konnte nur schwer fassen, daß in Catawrayannis der Krieg vorbereitet wurde, daß die Menschen hysterisch und verängstigt waren ...

... bis ein dumpfes Grollen von einem Horizont zum anderen wanderte und ein gewaltiges Kriegsschiff in den Raum aufbrach – zu einem unbekannten Ziel.

Zwei Wachtposten flankierten den Eingang. »Ihren Namen

und Ihr Anliegen, Sir«, sagte einer von ihnen. Er hatte seinen Energiestrahler nicht aus dem Halfter geholt, aber die Finger umklammerten den Griff.

»Dominic Flandry, Kapitän des Zerstörers *Asieneuve.* Ich habe eine Verabredung mit Seiner Exzellenz.«

»Einen Augenblick bitte.« Der zweite Soldat prüfte seine Angaben nach. Dann richtete er einen Taststrahler auf Flandry. »In Ordnung.«

»Wenn Sie mir bitte Ihre Waffe übergeben würden, Sir«, sagte der Wachtposten.

»Wie bitte?«

»Ein Befehl des Gouverneurs, Sir. Nur mit einem Sonderpaß können Sie hier Waffen tragen, Sir. Wem sollen wir noch trauen, wenn die Marine Verrat begeht?«

Flandry warf einen Blick in das ängstliche Gesicht, händigte dem Mann seinen Strahler aus und ließ es zu, daß man ihn nach anderen Waffen abtastete.

Schließlich erschien ein Diener, verbeugte sich und führte ihn durch einen Korridor zum Lift. Die Umgebung war luxuriös, aber irgendwie störte sie Flandry. Nein, die Farben wirkten nicht grell, und auch die Proportionen der Möbel stimmten. Aber die Einrichtung war zu offensichtlich kostbar. Unter seinen Füßen erstreckte sich ein goldschwarzer Pelzteppich. Lichtreflexe huschten über die Wände; bewegliche Skulpturen standen in allen Ecken; sanfte Musik ertönte. Hinter dem Thron des Gouverneurs befand sich in dreifacher Lebensgröße ein ausgezeichnetes Bild von Josip III.

Vier Söldner bildeten die Leibwache. Es waren keine Terraner, sondern gigantische, zottelige Gorzunier. Sie zuckten mit keinem Muskel.

Flandry salutierte und stand stramm.

Snelund machte eigentlich keinen dämonischen Eindruck. Er hatte sich eine nahezu mädchenhafte Schönheit gekauft: flammendrotes welliges Haar, helle Haut, leicht schräggestellte violette Augen, kurze Nase, aufgeworfene Lippen. Obwohl er nicht groß war und zu einem Bauchansatz neigte, hatte er sich noch viel von der Agilität des Tänzers bewahrt, der er einmal gewesen war. Flandry spürte ein wenig Neid, als er die kostbar bestickte Jacke, die ausgestellte Hose, die spitzen Schuhe und die goldene Kette betrachtete.

Ringe funkelten, als er einen Knopf in der Armlehne seines Throns herumdrehte und den Gedächtnisschirm einschaltete. »Ach ja! Guten Tag, Commander.« Seine Stimme klang angenehm. »Ich habe fünfzehn Minuten Zeit für Sie.« Er lächelte. »Sie müssen verzeihen, daß ich Ihnen meine Aufmerksamkeit nicht länger widmen kann, aber Sie wissen sicher, in welch hektischem Zustand sich der Planet zur Stunde befindet. Wenn Admiral Pickens mir nicht mitgeteilt hätte, daß Sie direkt vom Hauptquartier des Geheimdienstes kommen, dann wären Sie wohl nie bis zu mir vorgedrungen.« Er lachte vor sich hin. »Manchmal habe ich das Gefühl, daß die Kerle mich zu gut beschützen. Es ist zwar herrlich, daß sie mir all die Wichtigtuer und Langweiler fernhalten – obwohl ich noch genug von der Sorte empfangen muß –, aber hin und wieder verjagen sie auch Personen, die mich aus wichtigen Gründen aufsuchen.«

»Gewiß, Eure Exzellenz. Ich habe nicht die Absicht, mich zu lange aufzuhalten . . .«

»Setzen Sie sich. Es ist schön, mit jemandem zu plaudern, der direkt von Mutter Erde kommt. Hier draußen bekommen wir nicht einmal regelmäßig Post, wußten Sie das? Wie sieht es auf Terra aus?«

»Nun, Exzellenz, ich war nur ein paar Tage dort, und da hatte ich eine Menge zu tun.« Flandry nahm Platz und beugte sich vor. »Und nun zu meinem Auftrag.«

»Natürlich.« Snelund nickte. »Aber gestatten Sie, daß ich zuerst ein paar Fragen stelle.« Er setzte eine sorgenvolle Miene auf, und seine Stimme klang schärfer. »Haben Sie etwas über die Merseianer gehört? Ich mache mir große Sorgen. Sie müssen mich verstehen. Der Abzug der Truppen an die Merseianergrenze hat unseren Sektor beträchtlich geschwächt. Sollte ein Krieg ausbrechen, haben die Barbaren hier bei uns freie Hand. Deshalb muß die McCormac-Rebellion augenblicklich unterdrückt werden, koste es, was es wolle.«

Flandry erkannte, daß der Gouverneur ihn hinzuhalten versuchte. »Ich weiß auch nur die Dinge, die öffentlich bekannt sind, Sir«, erwiderte er. »Vermutlich erhält das Hauptquartier auf Ifri regelmäßige Kurierpost aus dem Beteigeuze-Sektor. Die Informationslücke besteht in der anderen Richtung.«

Snelund lachte. »Gut gesprochen, Commander. Hier draußen an der Grenze hört man selten so direkte Worte.«

»Danke, Eure Exzellenz«, sagte Flandry. »Aber nun komme ich besser zu meinem Auftrag. Gestatten Sie, daß ich mich ein wenig umständlich ausdrücke? Aber ich möchte Sie über die Vorgeschichte in Kenntnis setzen – besonders, da meine Aufgabe verlangt, daß ich mich für längere Zeit in dieser Gegend aufhalte . . .«

»Bitte, beginnen Sie.« Snelund lehnte sich zurück.

»Da ich fremd in diesem Sektor bin«, sagte Flandry, »mußte ich mich auf Referenzen verlassen und möglichst viele Bürger befragen. Ich hätte Sie niemals um ein Interview ersucht, Sir, wenn es nicht dringend nötig gewesen wäre. Denn ich sehe, daß Sie sich in einer schweren Krise befinden. So wie sich die Dinge jedoch entwickelten, mußte ich kurz mit Ihnen sprechen. Zum Glück handelt es sich um etwas Triviales. Ein kurzer Befehl von Ihnen – und alles ist erledigt.«

»Nun?« fragte Snelund.

Er ist jetzt entspannt, dachte Flandry. Wahrscheinlich hält er mich für einen aufgeblasenen Protektionsknaben, der sich mit dieser Scharade seine nächste Beförderung verdienen möchte.

»Ich hätte gern mit Lady McCormac gesprochen«, sagte er.

Snelund zuckte zusammen.

»Nach meinen Informationen wurde sie mit ihrem Gatten verhaftet und befindet sich seitdem unter der persönlichen Aufsicht Eurer Exzellenz«, fuhr Flandry mit einem einfältigen Lächeln fort. »Ich bin überzeugt davon, daß sie eine Menge wertvoller Informationen besitzt. Und ich habe daran gedacht, sie als Vermittlerin einzusetzen. Eine Verhandlung mit ihrem Mann . . .«

»Mit Verrätern wird nicht verhandelt!« Snelund schlug mit der Faust auf die Armlehne.

Wie dramatisch, dachte Flandry. Laut sagte er: »Verzeihung, Sir. Ich habe selbstverständlich nicht die Absicht, ihn ohne Strafe davonkommen zu lassen. Aber es überraschte mich, daß Lady McCormac bis jetzt noch nicht eingehend befragt wurde.«

Snelund sagte gekränkt: »Ich weiß, was Sie gehört haben. Die Leute hier klatschen wie alte Weiber. Ich erklärte die Angelegenheit bereits dem Nachrichtenoffizier von Admiral Pickens, und ich werde sie Ihnen noch einmal erklären. Lady McCormac scheint eine labile Persönlichkeit zu besitzen – in noch stärkerem Maße als ihr Mann. Die Verhaftung führte zu einem Hysterie-Anfall. Man könnte sogar von ›psychotisch‹ sprechen. Da ich kein Unmensch bin, ersparte ich ihr die Zelle und wies ihr ein Privatzimmer zu. Schließlich ist ihr Vergehen weniger schlimm als das ihres Mannes. Sie befindet sich in meiner Suite, da ich sie dort am besten vor Zudringlichkeiten schützen kann. Meine Agenten hatten alles für ein scharfes Verhör von McCormac vorbereitet, als diese Verbrecher ihn befreiten. Seine Frau erfuhr davon und versuchte sich daraufhin zu töten. Meine Ärzte sind seither gezwungen, sie ständig mit starken Beruhigungsmitteln zu versorgen.«

Flandry hatte ganz andere Dinge gehört. »Verzeihung, Eure Exzellenz«, drängte er weiter, »die Leute des Admirals waren der Ansicht, daß ich mit einem direkten Befehl vielleicht weiter gelangen könnte als sie selbst.«

»Die Männer haben sie bereits zweimal aufgesucht, Commander. In keinem Fall war sie zu einer zusammenhängenden Aussage fähig.«

Natürlich, es war nicht schwer, einer Gefangenen einen kurzen Elektroschock zu versetzen, wenn man ein paar Stunden zuvor gewarnt wurde. Flandry kannte diese Methoden. »Ich verstehe, Exzellenz. Und ihr Zustand hat sich nicht gebessert?«

»Eher verschlechtert. Auf den Rat der Ärzte hin habe ich weitere Besuche abgelehnt. Außerdem – was könnte das arme Wesen schon wissen?«

»Vermutlich nichts, Eure Exzellenz. Aber Sie müssen auch meine Lage verstehen. Ich soll einen vollständigen Bericht abliefern. Und da mein Schiff zusammen mit der Flotte aufbricht, ist das vielleicht meine einzige Chance. Könnten Sie mir nicht wenigstens ein paar Minuten gönnen, damit ich die Herrschaften auf Terra zufriedenstellen kann?«

Snelund versteifte sich. »Zweifeln Sie an meinen Worten, Commander?«

»Aber nein, Eure Exzellenz, niemals! Es handelt sich um eine reine Formsache. Ich muß sozusagen meinen – äh – Ruf retten, da man mir sicher die Frage stellen wird, weshalb ich dieses Detail nicht überprüft habe. Selbstverständlich habe ich nichts dagegen einzuwenden, wenn Ihre Ärzte bei dem Gespräch zugegen sind.«

Snelund schüttelte den Kopf. »Sie würden der armen Frau nur schaden. Ich kann es nicht zulassen.«

Flandry warf ihm einen vorwurfsvollen Blick zu.

Snelund kratzte sich am Kinn. »Natürlich verstehe ich auch Ihre Lage«, meinte er mit einem schwachen Lächeln. »Terra ist so weit entfernt, daß man sich unser Leben hier draußen kaum vorstellen kann. Hmm. Besitzen Sie eine Telefonnummer, unter der ich Sie jederzeit erreichen kann? Ich werde meine Ärzte informieren, daß sie sofort Kontakt mit Ihnen aufnehmen sollen, wenn sich der Zustand der Kranken normalisiert. An manchen Tagen wirkt sie beinahe gesund. Genügt Ihnen das?«

»Eure Exzellenz sind zu gütig«, sagte Flandry mit einem erleichterten Seufzer.

»Selbstverständlich kann ich nichts versprechen«, fügte Snelund hinzu. »Bis zu Ihrer Abreise ist ja nur noch wenig Zeit. Falls aus der Zusammenkunft nichts wird, können Sie es bei Ihrer Rückkehr noch einmal versuchen. Aber ich denke, daß wir bis dahin McCormacs Rebellion unterdrückt haben.«

»Es ist wirklich nur eine Formsache«, wiederholte Flandry.

Der Gouverneur machte sich eine Notiz. Dann verabschiedete er seinen Gast mit aller Höflichkeit.

Flandry nahm vor dem Palast ein Taxi und verlangte laut und deutlich, zur Raumfähre gebracht zu werden. Es war kein Geheimnis, daß er sich in den letzten Tagen auf dem Planeten aufgehalten hatte; seine Aufgabe erforderte das. Aber der Eindruck der Lässigkeit, den er vermitteln wollte, wurde noch verstärkt, wenn er gleich auf sein Schiff zurückkehrte. So sparsam seine Kabine eingerichtet war, sie stellte doch eine Verbesserung zu der Flohbude dar, die er gemietet hatte. In Catawrayannis wimmelte es von Soldaten und Raumfahrern, und sein Schiff war so spät eingetroffen, daß er kein ordentliches Quartier mehr bekommen hatte.

»Weshalb treffen sich die Schiffe hier?« hatte er Kapitän Leclerc gefragt. Leclerc war der Mann in Admiral Pickens' Mannschaft, mit dem er sich in Verbindung setzen mußte. »Das Hauptquartier befindet sich auf Ifri.«

Leclerc zuckte mit den Schultern. »Der Gouverneur will es so.«

»Aber er kann doch nicht . . .«

»Er kann, Flandry. Ich weiß schon, die Navy und die planetarischen Truppen sollen zusammenarbeiten. Aber der Gouverneur ist der direkte Vertreter des Herrschers. Als solcher kann er jederzeit die Autorität des Imperiums ausspielen. Vielleicht bestraft man ihn später auf Terra dafür, aber das ›Später‹ kümmert ihn nicht viel. Im Moment ist es besser, wenn wir ihm gehorchen.«

»Aber was soll der Befehl? Ifri hat die günstigere Ausgangsposition. Es ist unser natürliches Zentrum.«

»Ja, gewiß, aber Llynathawr besitzt nicht die Verteidigungsmöglichkeiten von Ifri. Durch unsere Gegenwart schützen wir den Planeten vor einem eventuellen Überfall McCormacs. Es ist gar nicht so unsinnig. Falls es McCormac gelänge, die wichtigste Welt des Sektors einzunehmen oder auch nur zu besetzen, dann wäre er dem Sieg ein gutes Stück näher gekommen. Sobald wir den Kampf gegen ihn aufnehmen, ist er sicher zu beschäftigt, um diesen Plan durchzuführen – obwohl wir natürlich ein paar Schutztruppen hier lassen.« Leclerc fügte sarkastisch hinzu: »Nun, solange der Kampf noch nicht begonnen hat, lassen es sich unsere Männer gutgehen. Snelund achtet sehr darauf, daß er in Catawrayannis beliebt bleibt, und hält die Leute frei.«

»Halten Sie es wirklich für richtig, in voller Kampfformation loszuziehen?«

»Wiederum ein Befehl des Gouverneurs, soviel ich weiß. Zu Admiral Pickens paßt die Sache jedenfalls nicht. Ich bin überzeugt davon, daß er erst einmal ein paar kleinere Schiffe losgeschickt hätte. Er hält nichts davon, Welten des Imperiums in radioaktiven Staub zu verwandeln. Aber er bekam den Auftrag, das Übel von der Wurzel her zu bekämpfen.« Leclerc schnitt eine Grimasse. »Sie sind hartnäckig. Eigentlich dürfte ich Ihnen diese Dinge gar nicht verraten.«

Als Flandry an der Station anlangte, erhielt er die nicht unerwartete Information, daß er ein paar Stunden warten müsse, bis er einen Platz in der Fähre bekam. Er rief in seiner Unterkunft an und ließ sich das Gepäck zur Station bringen. Da er nur eine große Handtasche besaß, überprüfte er den Inhalt nicht lange, sondern begab sich in eine Duschzelle. Von dort tauchte er in völlig anderer Kleidung wieder auf. Er trug ein paar uralte Klamotten, einen breitkrempigen Hut und eine andere Tasche. (Niemand wußte, daß er nur das Innenfutter nach außen gestülpt hatte.) Obendrein hatte er einen wiegenden, lässigen Gang angenommen. Eigentlich besaß er keinen Grund zu der Annahme, daß er verfolgt wurde, aber er fand, daß man nie vorsichtig genug sein konnte. Er nahm ein Taxi zu einem durchschnittlichen Hotel und fuhr von dort mit einem anderen Taxi in die Slums. Die letzten paar Straßen ging er zu Fuß.

Rovian hatte eine Pension ausfindig gemacht, in der hauptsächlich Nichthumanoide verkehrten. Er teilte seinen Schlafstall mit einem tentakelbewehrten Koloß von einem unaussprechlichen Planeten. Der Kerl roch nach Wasserstoffsulfid, war aber sonst ganz nett. Vor allem besaß er einen Vorzug: Er verstand die Eriau-Sprache nicht. Als Flandry eintraf, warf er sich in Falten, murmelte einen Gruß und wandte sich wieder seinen Betrachtungen zu.

Rovian streckte alle sechs Gliedmaßen und gähnte furchterregend. »Endlich!« sagte er. »Ich dachte schon, ich würde hier verfaulen.«

Flandry setzte sich auf den Boden, da sich keine Stühle in der Nähe befanden. Er zündete sich eine Zigarette an, um seine Nase ein wenig von dem Gestank abzulenken. »Was macht das Schiff?« fragte er in der Umgangssprache der Merseianer.

»Alles in Ordnung«, erwiderte Rovian in gleicher Sprache. »Einigen paßte es nicht, daß ich mich absetzte, bevor der Kapitän zurückkehrte. Aber ich erklärte ihnen, daß wir dringend die Vorräte erneuern müßten, und übergab Valencia die Führung. Und da eigentlich nichts geschehen kann, solange sich das Schiff in einer Parkbahn befindet, beruhigten sie sich bald wieder.«

Flandry betrachtete die Augen mit den Schlitzpupillen. Er hatte das Gefühl, daß Rovian zu gut über die Mentalität der Humanoiden Bescheid wußte. Er selbst ahnte nicht, was in dem fremdartigen Gehirn vorging – aber auf irgend jemanden mußte er sich verlassen.

»Ich habe nicht grundlos angeordnet, daß du eine Pension wie diese ausfindig machst und mir die Adresse mitteilst«, meinte er. »Mir schwebte vor allem ein Ort vor, an dem wir ungestört Pläne schmieden könnten.«

Rovian spitzte die Ohren, als Flandry von seiner Unterredung mit dem Gouverneur berichtete. »Es steht ohne jeden Zweifel fest, daß Snelund über Lady McCormac nicht die Wahrheit spricht«, schloß er. »Der Klatsch der Dienerschaft ist bis nach außen gedrungen. Und die Kerle sind nicht einmal entsetzt über die Vorgänge. Sie erzählen alles mit einem boshaften Vergnügen. Der ganze Palast wimmelt von Leuten, welche die gleiche Gesinnung wie Snelund haben. Ich machte mich an einige Diener heran, die frei hatten, und brachte sie zum Reden.« Er verschwieg, daß er zu diesem Zweck ein paar besondere Essenzen in ihre Getränke gemischt hatte.

»Weshalb ahnen die Beamten des Geheimdienstes nichts?« fragte Rovian.

»Oh, wahrscheinlich wissen sie recht gut Bescheid. Aber sie haben zuviel zu tun. Und sie glauben nicht, daß Lady McCormac irgendwie nützlich sein könnte. Weshalb sollte man die Ungnade des Gouverneurs und damit die eigene Karriere riskieren, um die Frau eines Erzrebellen zu retten?«

»Und weshalb willst du es tun?« fuhr Rovian fort.

»Kraich!« Flandry betrachtete mit verkniffenen Augen die Rauchwolken. Schwaches Sonnenlicht drang durch ein Fenster, das seit Jahren nicht mehr geputzt worden war. Der faulige Geruch bereitete ihm Kopfschmerzen. Von draußen hörte man das stetige Rollen des Verkehrs und hin und wieder einen heiseren Schrei.

»Ich habe einen Spezialauftrag«, erklärte er schließlich. »Ich muß nicht von Büro zu Büro laufen, bis ich mich durchsetze. Und ich weiß mehr über Aaron Snelund als seine engsten Mitarbeiter. Ich hatte genug Zeit, um mir meine Meinung zu bilden. Und ich kam zu dem Schluß, daß es gemein wäre, ihm Lady McCormac nur zum Vergnügen der bösartigen Klatschmäuler zu lassen. Mag sein, daß diese Dinge den Mitarbeitern des Admirals gleichgültig sind. So wie ich sie einschätze, besitzen sie keinen Funken Gefühl. Weshalb sollte ich sie nicht zu einem Verhör fortbringen? Vielleicht weiß sie doch einiges. Oder sie nützt uns bei den Verhandlungen mit ihrem Mann.«

»Das kaum«, erwiderte Rovian. »Er hat sein Leben bereits verspielt.«

»Genau aus diesem Grund forschten meine werten Kollegen nicht weiter. Ich kann zwar nichts vorhersagen, aber wenn man Kathryn McCormac dazu bringen könnte, mit ihrem Mann zu sprechen – ihm die Unsinnigkeit seines Verhaltens klarzumachen... möglich wäre alles. Jedenfalls riskieren wir nichts, wenn wir es ausprobieren. Und nun will Snelund sie nicht herausgeben. Er erfindet eine rätselhafte Geisteskrankheit. Weshalb? Was kann er bei der Sache gewinnen – außer Kathryn selbst? Sein Sektor steht am Rande des Krieges. Weshalb unterstützt er uns in dieser Kleinigkeit nicht?«

»Ich weiß nicht.« Rovian täuschte Gleichgültigkeit vor.

»Vielleicht könnte sie doch Dinge verraten, die besser ungesagt bleiben«, meinte Flandry. »Schließlich wird nicht er, sondern McCormac verfolgt. Daß er ein schlechter Gouverneur ist, steht im Moment nicht zur Debatte.«

»Vielleicht solltest du deine Spezialorder vorweisen und die Frau einfach verlangen.«

Flandry schnitt eine Grimasse. »Pah! Dann hält man mich unter einem Vorwand am Tor auf, und wenn ich in die Zelle komme, ist Kathryn tot. Es gibt noch andere Methoden. Zehn Minuten unter einer Hypnosonde verwandeln jeden Menschen in einen Idioten. Nein, ich war übervorsichtig. Ich glaube auch nicht, daß man mich zu ihr läßt, bevor die Flotte startet.«

»Und bei unserer Rückkehr...«

»Sie kann während des Feldzugs ohne weiteres ›aus dem Leben scheiden‹.«

Rovian spannte sich an, und seine Koje quietschte gefährlich. »Du erzählst mir diese Dinge absichtlich, Käpt'n.«

Flandry nickte. »Woher weißt du das?«

Rovian schwieg, und so fuhr Flandry seufzend fort: »Ich glaube, wir können sie befreien, wenn wir unsere Zeit ganz genau einteilen. Du wirst dich mit ein paar Mannschaftsmitgliedern und einem Luftauto in der Stadt aufhalten. Eine Stunde, bevor die Flotte aufbricht, überreiche ich dem Admiral meinen Geheimbefehl und setze mich ab. Man kann mit Sicherheit damit rechnen, daß Snelund auf die Flotte und nicht auf den Palast achten wird. Du bringst deine Leute zum Palast, weist eine Vollmacht vor, die ich dir noch ausstellen werde, und befreist Kathryn McCormac, bevor jemand den Gouverneur verständigen kann. Im Notfall bist du berechtigt, dir den Weg freizuschießen. Aber ich glaube nicht, daß es dazu kommen wird, wenn du rasch vorgehst. Ich werde mit dem Boot in der Nähe warten. Ihr bringt Lady McCormac zu mir, wir kehren zur *Asieneuve* zurück und verlassen auf schnellstem Wege das System.«

»Ein gefährlicher Plan«, meinte Rovian. »Und die Gewinnchancen sind gering.«

»Etwas Besseres fällt mir im Moment nicht ein«, erwiderte Flandry. »Ich weiß, daß du vor allem das Risiko trägst. Wenn du mich für einen Idioten hältst, kannst du ohne weiteres aussteigen.«

Rovian leckte sich die spitzen Zähne und ließ den Schwanz hin und her peitschen. »Ich wende mich nicht gegen meinen Kapitän«, sagte er. »Ich habe den Eid geschworen. Aber ich finde, daß wir die Sache noch ausführlicher besprechen könnten. Vielleicht finden wir eine elegantere Taktik.«

5

Pickens' Flotte verließ die Planetenbahn, Schiff um Schiff. Als die Sonne von Llynathawr zu einem hellen Punkt zusammengeschrumpft war, nahmen die Schiffe Formation an und wechselten in den Hyperdrive. Die Flotte steuerte auf den Stern Vergil zu, um dort den Mann zu suchen, der sich zum Herrscher ernannt hatte.

Es waren nicht viele Schiffe. Teile der Flotte waren an die merseianische Grenze abkommandiert worden, um die dortigen Geschwader zu unterstützen. Eine viel zu große Zahl von Leuten hatte sich McCormac angeschlossen. Von den Getreuen mußten viele zurückbleiben, um die wichtigsten Planeten zu schützen. Man schätzte, daß die Rebellenflotte etwa drei Viertel so stark war wie die Flotte von Pickens. Angesichts der nuklearen Bordbewaffnung spielte dieser Zahlenunterschied kaum eine Rolle. Sobald die Verteidigung eines Schiffes zerschlagen ist, kann es nicht mehr wirksam operieren.

Aus diesem Grunde rückte Pickens mit größter Vorsicht ins Feindgebiet vor. Ein weites Netz von Aufklärern umgab die Flotte. Die schnellsten Schiffe hätten die Entfernung in anderthalb Tagen zurücklegen können, die langsamsten in drei Tagen. Aber der Admiral hatte insgesamt fünf Tage angesetzt. Er erinnerte sich noch zu gut an die Falle, in die sein Vorgänger gelaufen war, als er die Valdotharier-Korsaren verfolgte.

Und auf der Brücke der *Asieneuve* sagte Dominic Flandry in den Bordlautsprecher: »Zwanzig Grad Nord, vier Grad rechts, dreitausend Kilometer minus, dann Quasi-Geschwindigkeiten angleichen. Ende.«

»Aye, Sir.« Der Pilot wiederholte die Anweisungen und programmierte den Computer, der mit dem Hyperdrive in Verbindung stand.

Flandry beobachtete aufmerksam die Konsole, deren Meßgeräte und Anzeigen in Kurzform die Informationen des Piloten wiedergaben. Schließlich fragte er: »Kannst du diesen Kurs halten, Rovian?«

In Wirklichkeit fragte er seinen Ersten Offizier, ob der Zerstörer sich wie geplant fortbewegte – ein Stück hinter der Hauptflotte, aber doch so nahe, daß man ihn zur Einheit rechnen mußte. Ihnen war beiden klar, daß sie vor der Mannschaft die offiziellen Redewendungen aufrechterhalten mußten. Rovian warf einen Blick auf das Instrumentenbord und erwiderte: »Aye, Sir.« Seine Stimme klang vollkommen ernst.

Flandry wandte sich an die Mannschaft. »Hört genau zu«, sagte er. »Ihr wißt, daß sich unser Schiff auf einer Sondermission befindet. Aus diesem Grunde herrscht von jetzt an Nachrichtenstille. Botschaften werden nur von mir oder Korvettenkapitän Rovian entgegengenommen. Niemand betätigt das Sendegerät. Wenn der Verrat schon bis in die Marinetruppen Seiner Majestät vorgedrungen ist, müssen wir uns gegen die Gefahr der Subversion schützen.« Er grinste trocken. »Der Funkoffizier wird die entsprechende Umstellung vornehmen. Und nun wieder an die Stationen!«

Er schaltete aus. Sein Blick fiel auf den Raumsimulator. Kein Raumschiff zeigte sich im Bildschirm. Nur die Instrumente waren in der Lage, die großen Kriegsschiffe zu entdecken. Die Sterne ignorierten sie; sie kümmerten sich nicht um Kriege und Schmerzen, sie waren unsterblich.

»Alles fertig, Sir«, verkündete Rovian nach einem letzten Blick auf die Hauptkonsole. Er streifte seinen Kopfhörer über.

»Gut, dann übernimm die Brücke.« Flandry erhob sich. »Ich werde die Gefangene verhören. Verständige mich, wenn wir die Vektoren verändern müssen, aber warte nicht, bis ich nach oben komme.«

In Wirklichkeit meinte er folgendes: Höre die anderen Frequenzen genau ab. Snelund wird Zeter und Mordio schreien, wenn er erfährt, was geschehen ist. Falls wir bis dahin den Bereich der Hyperwellen verlassen haben, wird er uns ein Boot nachschicken. Irgendwie wird er uns zur Rückkehr zwingen wollen. Vielleicht gibt Pickens nach. Das könnte zu einer heiklen Situation führen. Sobald die Lage brenzlig wird, scheren wir aus und verschwinden. Ich möchte lieber per Logbuch beweisen, daß wir nicht in Pickens' Reichweite waren, als vor einem Kriegsgericht, daß wir die Aufforderung mit Recht nicht befolgt haben.

Aber den Kode kannten nur sie beide. Vielleicht dachten sich die Leute, die Rovian bei der Entführung geholfen hatten, ihr Teil, aber sie waren verschwiegen. Außerdem hatten sie auf dem Herweg genug von Snelunds Machenschaften gesehen.

»Aye, Sir«, sagte Rovian.

Flandry begab sich durch einen schmalen Korridor zu seiner Kabine. Da sie keine Klingel besaß, klopfte er.

»Wer ist da?« Die Frau hatte eine dunkle Altstimme mit melodischem Akzent – aber sie klang müde.

»Der Kapitän, Mylady. Darf ich hereinkommen?«

»Ich kann Sie nicht daran hindern.«

Flandry trat ein und schloß die Tür hinter sich. In seiner Kabine war kaum Platz für eine Koje, einen Schreibtisch und einen Stuhl, einen Schrank, ein paar Regale und Schubladen. Wenn er sich aufrichtete, stieß er gegen die Decke. Hinter einem Vorhang verbargen sich ein Waschbecken, eine Dusche und eine Toilette. Er hatte bis dahin nicht die Möglichkeit gehabt, viele persönliche Dinge unterzubringen. Die Wände vibrierten, und es roch nach Öl und Elektrizität.

Flandry hatte bis zu diesem Moment noch nicht einmal ein Bild von Kathryn McCormarc gesehen. Plötzlich verschwamm alles andere vor ihm. Vermutlich hatte er sich vor ihr verbeugt, denn später merkte er, daß er die Mütze in der Hand hatte, aber er erinnerte sich nicht mehr daran.

Er wußte, daß sie fünf Standardjahre älter als er war. In terranischen Augen stellte sie keine Schönheit dar. Sie war zu groß, zu breitschultrig und zu muskulös. Selbst nach der langen Gefangenschaft wirkte ihre Haut noch sonnenverbrannt. Auch das Gesicht war breit. Die grüngoldenen Augen unter den dunklen Brauen standen weit auseinander. Sie hatte hohe Backenknochen, eine kurze Nase und einen vollen Mund. Das rötlichblonde Haar hing weit in die Stirn und war im Nacken kurz geschnitten. Sie trug das kurze, perlmuttschimmernde Gewand und die Kristallsandalen, in denen man sie verhaftet hatte.

Irgendwie erinnerte sie Flandry an seine Mutter.

Er nahm sich zusammen. »Willkommen an Bord, Mylady.« Er spürte, daß sein Lächeln ein wenig unsicher war. »Darf ich mich vorstellen?« Er streckte ihr die Hand entgegen.

Sie hielt ihre Hand starr im Schoß und traf keinerlei Anstalten, sich zu erheben. Er bemerkte die dunklen Ringe um ihre Augen, die hohlen Wangen, die Flecken im Gesicht. »Guten Tag, Commander.« Ihr Tonfall war absolut gleichgültig.

Flandry klappte seine Koje herunter und nahm Platz. »Was darf ich Ihnen anbieten?« fragte er. »Wir haben die normalen Vorräte an Getränken und Drogen. Oder möchten Sie lieber etwas essen?«

»Nichts.«

Er sah sie an. Gewiß, er hatte sich vage Hoffnungen gemacht. Schließlich war er lange Zeit nicht mehr mit einer Frau zusammengetroffen. Aber nach ihren Erlebnissen mit Snelund – er mußte sich besser beherrschen.

»Sie wollen nichts vom Imperium, habe ich recht?« sagte er langsam. »Bitte, Mylady, seien Sie vernünftig. Sie wissen, daß Sie essen müssen, wenn Sie am Leben bleiben wollen. Sie haben auch in Snelunds Haus gegessen. Weshalb erfrischen Sie sich nicht? Vielleicht haben wir sogar das gleiche Ziel. Ich ließ Sie hierher holen – übrigens nicht ohne Risiko –, damit wir über diese Dinge sprechen.«

Sie drehte sich um und sah ihn an. Ihre Blicke trafen sich. Nach einiger Zeit merkte er, wie ihre Verkrampfung sich lockerte. »Danke, Commander«, sagte sie. Ihre Mundwinkel zuckten leicht. »Kaffee und ein Sandwich, wenn ich bitten darf.«

Flandry bestellte beides in der Kombüse. Sie selbst rauchte nicht, hatte aber nichts dagegen, daß er sich eine Zigarette anzündete. Er nahm ein paar tiefe Züge, bevor er fortfuhr: »Leider sieht es mit der Bequemlichkeit auf einem Zerstörer nicht sehr gut aus. Sie können selbstverständlich auch weiterhin meine Kabine benützen; ich werde mich bei meinem Maat einquartieren. Leider muß ich meine Uniformen hier im Schrank lassen. Ich hoffe, daß es Sie nicht allzusehr stört, wenn ich hin und wieder den Raum betrete. Ihre Mahlzeiten können Sie hier oder in der Messe einnehmen, ganz wie Sie wünschen. Ich sorge dafür, daß man Ihnen einen Coverall zur Verfügung stellt.« Er stand auf und öffnete die Schreibtisch-Schubladen. »Ich sperre nichts zu, da es sich beim Inhalt dieser Fächer lediglich um persönliche Dinge handelt.« Er holte ein merseianisches Kampfmesser heraus. »Wissen Sie, wie man mit diesen Dingern umgeht? Ich kann es Ihnen bei Gelegenheit zeigen. Selbstverständlich wenig sinnvoll gegen einen Strahler oder Nadler, aber im Nahkampf nicht zu unterschätzen.« Wieder fing er ihren Blick auf. »Gehen Sie sorgsam damit um, Mylady«, sagte er leise. »Auf meinem Schiff haben Sie nichts zu befürchten. Aber die Situation könnte sich ändern. Und dann möchte ich nicht, daß Sie die Waffe vorschnell benutzen.«

Sie atmete keuchend. Ihre Wangen wurden schneeweiß und sofort wieder hochrot. Die Hand, die nach dem Messer griff, zitterte. Sie preßte beide Fäuste vor die Augen und kämpfte mühsam gegen die Tränen an.

Flandry wandte sich ab und studierte die Bücher, die er mitgebracht hatte. Der Kaffee und das Sandwich kamen. Als der Steward die Tür hinter sich geschlossen hatte, wirkte Kathryn McCormac wieder gelassen.

»Sie sind ein Stürmer, Sir«, sagte sie. Er hob fragend die Augenbrauen. »Ein Wort von Aeneas«, erklärte sie. »Ein starker, guter Mann – ein Gentleman.«

Er strich sich über den Schnurrbart. »Ich wäre vielleicht gern ein Gentleman«, sagte er und setzte sich wieder. »Aber ich kann es mir nicht leisten.« Ihre Knie berührten sich. Sie zuckte zurück. »Möchten Sie während des Essens Musik hören?« fragte er hastig. »Mein Geschmack ist zwar primitiv, aber ich weiß, welche Werke als hohe Kunst betrachtet werden.« Er wählte ein Band. Die *Kleine Nachtmusik* ertönte.

»Das ist schön«, sagte sie, als sie fertig gegessen hatte. »Terranisch?«

»Ja. Aus einer Zeit vor der Raumfahrt. Heutzutage sind im inneren Imperium antiquarische Dinge groß in Mode – vom Fechtsport bis zu alten Volkstänzen. Eine gewisse Wehmut über die gute alte Zeit hat sich verbreitet. Man sagt, daß die Vergangenheit malerischer und weniger grausam war. Das stimmt natürlich nicht. Man hat lediglich die Sorgen der früheren Epochen vergessen.«

»Und wir müssen die unseren erst noch vergessen.« Sie trank ihre Tasse leer und stellte sie mit einer harten Bewegung ab. »Unterhalten wir uns ein wenig, Dominic Flandry.«

»Wenn Sie dazu in der Lage sind.« Er zündete sich die nächste Zigarette an.

»Es bleibt mir keine Wahl. Die Zeit wird knapp, und Sie müssen entscheiden, was mit mir geschehen soll.« Sie hob den Kopf. »Ich fühle mich jetzt besser. Beginnen wir also.«

Flandry bemerkte, daß sie die Wörter miteinander verschliff – ein reizvoller Dialekt. »Gern, Mylady.«

»Weshalb haben Sie mich gerettet?«

Er starrte die Zigarette an. »Es war keine großartige Rettung.«

Wieder wurde sie blaß. »O doch. Aaron Snelund ist ein Teufel.«

»War es schlimm?«

»Wenn man mir die Möglichkeit zum Selbstmord gegeben hätte, wäre ich nicht mehr am Leben. Aber sie bewachten mich gut. Nur die Vorstellung, wie ich sie umbringen würde, gab mir Kraft, so daß ich den Verstand nicht verlor.« Sie zerrte an ihren Fingern. Als sie es bemerkte, legte sie die Hände in den Schoß. »Hughs Angewohnheit«, murmelte sie.

»Vielleicht können Sie sich rächen, Mylady«, sagte Flandry. »Hören Sie gut zu. Ich bin Agent des Geheimdienstes und erhielt den Auftrag, die Vorkommnisse im Sektor Alpha Crucis zu untersuchen. Mir kam der Gedanke, daß Sie vielleicht Dinge erfahren haben, die sonst niemand weiß. Deshalb sind Sie hier. Offiziell kann ich Ihre Aussage natürlich nicht verlangen, und ich werde auch keine Hypnose anwenden, um Sie zum Sprechen zu bewegen. Aber wenn Sie mich belügen, ist es schlimmer, als wenn Sie schweigen. Schlimm für uns beide, denn ich möchte Ihnen helfen.«

Kathryn hatte sich beruhigt. Sie kam von einer rauhen Welt. »Ich werde nicht lügen«, versprach sie. »Ob ich allerdings sprechen werde – kommt ganz darauf an. Stimmt es, daß mein Mann eine Revolte begonnen hat?«

»Ja. Wir befinden uns ein Stück hinter der Flotte, welche die Rebellen besiegen soll. Außerdem haben die Soldaten die Aufgabe, alle Planeten zu bekämpfen, die auf der Seite Ihres Mannes stehen – darunter Ihre Heimatwelt.«

»Und Sie stehen auf der Seite des Imperiums?«

»Ich bin Offizier des Terranischen Imperiums – ja.«

»Hugh auch. Er wollte nie – etwas anderes als das Beste – für seine Rasse – für jede Rasse im Universum. Wenn Sie darüber nachdenken, werden Sie vielleicht seinen Standpunkt verstehen können . . .«

»Rechnen Sie nicht damit, Mylady. Aber ich bin dankbar für jede Aussage, die Sie machen.«

Sie nickte. »Ich werde sagen, was ich weiß. Danach, wenn ich meine Schwäche überwunden habe, können Sie mich einer leichten Hypnose aussetzen, um nachzuprüfen, ob ich die Wahrheit gesagt habe. Ich verlasse mich darauf, daß Sie dabei mein Privatleben unangetastet lassen.«

»Selbstverständlich.«

Flandry spürte ihre tiefe Verzweiflung, aber dennoch wuchs seine Erregung. Zum erstenmal war er auf einer echten Spur.

Sie wählte ihre Worte sorgsam, und ihre Stimme klang tonlos, aber die sprach ohne Zögern. Ihr Gesicht war zu einer Maske erstarrt.

»Hugh dachte niemals an Verrat. Ich hätte es gewußt. Er hatte es so eingerichtet, daß ich zu den Geheimnisträgern des Landes gehörte und alles mit ihm besprechen konnte. Manchmal half ich ihm bei der Arbeit. Wir waren beide entrüstet über Snelunds Treiben. Zivilisierte Welten wie Aeneas hatten anfangs nur unter erhöhten Steuern zu leiden. Später, Stück für Stück, erfuhren wir von Geldstrafen, konfisziertem Eigentum, politischen Verhaftungen. Dann kam eine Geheimpolizei ins Land.

Aber das war nichts im Vergleich zu den rückständigen Planeten. *Wir* hatten Verbindungen, wir konnten eventuell Nachrichten auf die Erde schicken, auch wenn Snelund ein Günstling des Herrschers war. Aber diese armseligen kleinen Stämme . . .

Hugh schickte Botschaften auf die Erde. Anfangs tadelte man ihn, daß er sich in Zivilangelegenheiten mischte. Aber nach einiger Zeit erkannte man wohl, daß man seine Anklagen nicht auf die leichte Schulter nehmen durfte. Er bekam Antworten von der Admiralität und wurde gebeten, genauere Informationen zu liefern. Das geschah per Navy-Kurier. Wir konnten der normalen Post nicht mehr trauen. Das ganze Jahr über sammelten wir Fakten – Schriftstücke, Fotos, Aussagen –, alles, was man brauchte, um den Leuten auf Terra die Augen zu öffnen. Wir wollten persönlich nach Terra reisen und die Mikrofilme abgeben.

Snelund bekam irgendwie Wind davon. Wir hatten alle Vorsicht walten lassen, aber schließlich waren wir Amateure. Und Sie können sich nicht vorstellen, wie entsetzlich es ist, ständig Geheimpolizei um sich zu haben. Man weiß nie, wann man frei sprechen kann . . .

Er sandte Hugh ein offizielles Schreiben. Darin bat er ihn, zum Palast zu kommen und dort an Gesprächen zur Verteidigung der Grenzsysteme teilzunehmen. Nun, es hatte da draußen tatsächlich Schwierigkeiten gegeben, und Hugh war ein Mensch, der anderen niemals seine Hilfe versagte. Ich hatte mehr Angst als er vor einer Falle, aber ich begleitete ihn. In jenen letzten Tagen waren wir fast immer zusammen. Vor der Abreise gab ich Hauptmann Oliphant, dem Adjutanten meines Mannes und einem engen Vertrauten der Familie, einen Wink. Er sollte im Falle eines Verrates die Zügel in die Hand nehmen.

Wir wohnten im Palast. Das war normal für Besucher unseres Ranges. In der zweiten Nacht, als wir eben zu Bett gehen wollten, verhaftete uns eine Abordnung der Geheimpolizei.

Mich brachte man in Snelunds persönliche Suite. Sprechen wir nicht darüber, was dort folgte. Nach einer Weile jedoch begann er zu prahlen. Das gehörte mit zu seinem Plan. Er wollte mir weh tun. Und so spielte ich mit – ich zeigte von Zeit zu Zeit meine Schmerzen. Natürlich dachte ich niemals, daß ich Gelegenheit bekommen würde, seine Worte weiterzuerzählen. Er sagte selbst, daß er mich einer Gehirnwäsche unterziehen würde. Aber die Hoffnung – wie froh bin ich jetzt, daß ich mich an die winzige Hoffnung geklammert hatte.«

Sie machte eine Pause. Ihre Augen waren trocken. Sie schien Flandry nicht zu sehen.

»Ich dachte nicht, daß er seine hinterhältigen Machenschaften auch bei der Regierung des Sektors anwenden würde«, sagte der Commander leise. »Was plant er eigentlich?«

»Er möchte zurück nach Terra. Er will der Drahtzieher hinter dem Herrscher werden.«

»Hm. Weiß Seine Majestät das?«

»Snelund behauptete, daß sie beide es abgesprochen hätten, als er Terra verließ, und daß sie seitdem immer in Verbindung stünden.«

Flandry spürte einen plötzlichen Schmerz. Die Zigarette war heruntergebrannt, und das glühende Ende hatte seine Fingerspitzen erreicht. Er warf es in den Abfallschacht und zündete sich die nächste Zigarette an. »Ich habe das Gefühl, daß bei unserem guten Josip der Verstand klein geschrieben wird. Aber natürlich wird Snelund das ausgenützt haben. Ein paar Schmeicheleien – und der Herrscher fraß ihm aus der Hand. Es gehörte mit zu dem Spiel.« Zum erstenmal sah sie ihn richtig an. »Das haben Sie gesagt?«

»Wenn Sie meine Worte weiterleiten, klagt man mich wegen Majestätsbeleidigung an«, sagte Flandry lächelnd. »Aber irgendwie habe ich das Gefühl, daß Sie es nicht tun werden.«

»Natürlich nicht. Sie . . .« Kathryn sprach nicht weiter.

Flandry beobachtete sie nachdenklich. Vermutlich glaubte sie nun, daß er mit der Revolte sympathisierte. Diesen Eindruck hatte er keineswegs erwecken wollen. Aber wenn es sie glücklich machte und obendrein seine Pläne förderte, konnte es ihm nur recht sein.

Er sagte: »Ich durchschaue das Spiel zum Teil. Der Herrscher möchte seinen lieben Aaron wieder bei sich haben. Der liebe Aaron erklärt, daß er dazu den Sektor Alpha Crucis ausbeuten muß. Mit den Geldern, die er von den Planeten erpreßt, kann er Bestechungen vornehmen, Wahlen kaufen, Propaganda machen, vielleicht sogar ein paar Attentäter dingen. Letzten Endes wird der Politische Ausschuß auf seiner Seite stehen.

Vom Thron aus werden diese Pläne an eine Handvoll mächtige Leute weitergegeben. Sie sorgen dafür, daß man auf Terra möglichst wenig vom Treiben Snelunds erfährt. Die Untersuchungen werden hinausgezögert. O ja, das habe ich schon selbst zu spüren bekommen.«

Er runzelte die Stirn. »Aber ein Skandal dieser Größe kann nicht ewig verheimlicht werden«, sagte er. »Eine Menge Leute werden resignieren und Snelund als graue Eminenz hinter dem Herrscherthron anerkennen – solange sie nicht erfahren, was hier draußen geschehen ist. Dann allerdings werden sie Maßnahmen ergreifen, und sei es nur, weil sie befürchten, er könnte ihnen das gleiche antun.

Leider ist Snelund nicht dumm. Soldaten oder berühmte Staatsmänner werden ihn kaum stürzen können. Aber ein Schwarm kleiner Beamter und Untersuchungsagenten läßt sich nicht ohne weiteres abschütteln. Er muß irgendwie versuchen, auch diese Leute loszuwerden. Wie?«

»Durch einen Bürgerkrieg«, erwiderte sie.

»Wie?« Flandry ließ seine Zigarette fallen.

»Er wird sie reizen, bis sie rebellieren«, erklärte sie düster. »Und dann wird er die Rebellion so unterdrücken, daß von seinem Treiben kaum Spuren bleiben.

Am liebsten sähe er es, wenn diese Flotte keinen klaren Sieg erringen könnte. Ein Kampf, der sich über längere Zeit hinschleppt und immer neue Planeten einbezieht, würde zu dem von ihm gewünschten Chaos führen. Aber angenommen, ihr Admiral besiegt Hugh sofort – was ich bezweifle –, dann können Snelunds Söldner immer noch die Welt ›befrieden‹. Sie werden genaue Instruktionen bekommen, wie sie vorgehen sollen.

Danach wird er seine Truppen auflösen. Sie bestehen aus dem Abschaum des Imperiums, und sie werden automatisch wieder untertauchen. Er kann erklären, daß die Revolte für die Subversion verantwortlich war, und steht als Retter da.«

Sie seufzte. »O ja«, schloß sie, »er weiß, daß es einige Verwirrung geben wird, aber das hält er nicht für wichtig. Im Gegenteil, er möchte zu dieser Verwirrung selbst beitragen.«

»Ein beträchtliches Risiko«, meinte Flandry nachdenklich. »Aber bei Krishna! Es stehen auch große Dinge auf dem Spiel.«

»Die Merseianerkrise war seine große Chance«, sagte Kathryn McCormac. »Man wandte die ganze Aufmerksamkeit jener Grenze zu. Die Imperiumsflotte wurde zum größten Teil abgezogen. Er wollte Hugh aus dem Wege haben, weil Hugh ihm gefährlich wurde, aber auch, weil er hoffte, auf diese Weise leichter an Aeneas heranzukommen. Er rechnete sich aus, daß Aeneas einen Aufstand beginnen würde, wenn er die Menschen nur genug peinigte. Hugh war mehr als oberster Admiral des Sektors. Er ist der Erste von Ilion; das bedeutet, daß nur noch der Resident über ihm steht. Unser Kabinett konnte ihn nach dem Gesetz nur ›Landes-Experte‹ nennen, aber kurz vor seiner Verhaftung war er in allen Dingen der Führer seines Volkes. Er rief die Leute zum Widerstand gegen Snelund auf. Und Aeneas ist seit langem das Vorbild aller anderen Kolonien hier draußen.« Allmählich wurde sie lebhafter. Ihre Nasenflügel bebten. »Snelund rechnete jedoch nie damit, daß Hugh persönlich gegen ihn kämpfen würde.«

Flandry zertrat das Zigarettenende mit der Sohle. Dann meinte er: »Ich fürchte, das Imperium kann eine Rebellion nicht befürworten, auch wenn sie ein gutes Ziel verfolgt.«

»Aber man wird die Wahrheit erfahren«, widersprach sie.

»Im besten Fall kann man sich auf Ihre Aussage stützen«, sagte er. »Ihnen erging es in der Gefangenschaft sehr schlecht. Wiederholte Drogeneinnahme, Gehirnwäsche und Schlimmeres. Habe ich recht?« Er sah, wie sie an der Unterlippe nagte. »Es tut mir leid, daß ich Sie an diese Dinge erinnern muß, aber noch schrecklicher wäre es, Ihnen einen Traum vorzugaukeln, der sich in ein Nichts auflösen muß. Die Tatsache, daß Snelund Ihnen seine Pläne erzählt hat, beweist noch gar nichts. Verwirrung – Paranoia –, absichtliche Falschdarstellungen durch feindliche Agenten, die dem Herrscher schaden wollten. Jeder schlaue Anwalt, jeder bestochene Psychiater könnte Ihre Geschichte durchlöchern. Man würde Sie gerade noch zur ersten Untersuchung zulassen. Zu einem Prozeß würde es gar nicht mehr reichen.«

Sie starrte ihn an, als hätte er sie geschlagen.

»Glauben Sie mir denn nicht?«

»Ich möchte Ihnen gern glauben«, sagte Flandry. »Unter anderem deshalb, weil Ihr Bericht mir zeigt, wo ich stichhaltige Beweise suchen muß. Ja, ich werde verschlüsselte Botschaften an verschiedene strategisch wichtige Ziele schicken.«

»Sie fliegen nicht selbst nach Terra?«

»Weshalb sollte ich, wenn mein geschriebenes Wort eher ernst genommen wird als Ihr gesprochenes? Allerdings möchte ich auf keines von beiden schwören.«

Flandry hatte Mühe, seine Gedanken zu sammeln.

»Verstehen Sie«, meinte er nach einer kurzen Pause, »einfache Anschuldigungen sind billig. Was wir brauchen, sind stichhaltige Beweise. Und zwar einen ganzen Berg davon, denn unser Feind ist immerhin der Günstling des Herrschers. Und – Snelund hat ganz recht. Ein Planet, der mit modernen Waffen bearbeitet worden ist, liefert kaum noch gültige Beweise. Nein, unser nächstes Ziel ist nicht Terra, sondern Aeneas.«

»Was?«

»Wir werden versuchen, mit Ihrem Gatten zu verhandeln, Mylady. Ich hoffe, daß ich ihn zur Aufgabe überreden kann. Danach läßt sich vielleicht eine legale Möglichkeit finden, Aaron Snelund das Handwerk zu legen.«

6

Der Stern Vergil gehört zum Typ F7. Er ist eine Spur größer als unsere Sonne, besitzt etwa die Hälfte ihrer Leuchtkraft und strahlt einen höheren Anteil ultraviolettes Licht aus. Aeneas ist der vierte Planet und umkreist Vergil in einem Abstand von 1,5 astronomischen Einheiten. Die Umkreisung dauert 1,73 Standardjahre, und der Planet fängt dabei zwei Drittel des terranischen Lichtes auf. Sein mittlerer Durchmesser beträgt 10 700 Kilometer und die Masse im Vergleich zu Terra 0,45. Die Oberflächenschwerkraft entspricht also 0,635 g. Das genügt, um eine für Menschen erträgliche Atmosphäre zu erhalten – sie ist vergleichbar mit den niedrigsten Schichten des Denver-Gebietes und den Hochebenen von Peru. (Man darf nicht vergessen, daß eine schwache Anziehungskraft gleichbedeutend mit einem kleinen Dichtegradienten ist. Hinzu kommt noch, daß die planetaren Kräfte nicht zur Bildung von hohen Gebirgen ausreichen.) Im Laufe der Zeitalter waren Wassermoleküle gespalten worden; der Wasserstoff entwich in den Raum, der Sauerstoff verband sich meist mit Mineralen. So war von den Riesenmeeren wenig übriggeblieben, und die Wüstengebiete nahmen ständig zu.

Man hatte den Planeten eigentlich aus wissenschaftlichen Gründen kolonisiert: Auf dem Nachbarplaneten Dido, einer für Menschen unbewohnbaren Welt, hausten seltsame Wesen. Selbstverständlich siedelten sich alle möglichen Menschen auf Aeneas an; aber der Anteil der Intellektuellen und Forscher überwog. Dann kam das Zeitalter der Wirren, und die Aeneaner waren von der Mutterwelt abgeschnitten. Sie mußten überleben, so gut es ging. Sie paßten sich an.

Das Ergebnis war eine kraftvolle, intelligente Rasse mit ausgeprägtem Patriotismus und mehr Bildung, als man auf den Kolonien im allgemeinen erwartete. Nachdem die Zivilisation auch wieder die Alpha-Crucis-Zone erfaßte, wurde der Planet Aeneas unweigerlich zum Führer der anderen Kolonien. Bis in die Gegenwart zog die Universität Vergil auf Nova Roma mehr Studenten an, als man schlechthin für möglich gehalten hätte.

Irgendwann entschied das Imperium, daß jener kritische Sektor ordentlich organisiert werden müsse, und man nahm Aeneas die Unabhängigkeit. Intrigen taten das ihre, aber wenn die Bewohner des Planeten nicht so einsichtig gewesen wären, hätte das Imperium nicht so rasch sein Ziel erreicht. Hundert Jahre später stieß man zwar immer noch auf Abneigung, aber im allgemeinen begrüßten die Aeneaner die Eingliederung. Viele tapfere Männer des Planeten dienten bei der imperialen Armee.

Die militärisch-intellektuelle Tradition wurde gewahrt. Alle Aeneaner, einschließlich der Frauen, machten eine militärische Grundausbildung mit. Die alten Adelsfamilien hatten immer noch die Führung inne. Ihre Titel wurden zwar nicht vom Imperium anerkannt, aber sie galten im eigenen Volk; man behielt die alten Festungen und Landgüter; die Söhne der Adeligen wurden Offiziere oder Wissenschaftler. Vielleicht litten diese Geschlechter nicht unter Degeneration, weil die jungen Leute ihre Frauen nach Tüchtigkeit und nicht nach Stammbaum auswählten. In den oberen Schichten war das Leben ziemlich formell und streng, obwohl man auch hier Vergnügen kannte. Die unteren Schichten zeigten sich fröhlich und unkompliziert, und die meisten besaßen bessere Manieren als die Bewohner von Terra.

Das also war Aeneas – und vierhundert Millionen Menschen betrachteten den Planeten als Heimat.

Die Sonne war fast hinter den Horizont gesunken. Goldene Strahlen lagen schräg auf der Antoninischen Meersenke und verwandelten die Haine und Felder in ein blaugrünes Flickenmuster. Sie schimmerten auf den Kanälen und vermischten sich mit den Dämpfen, die aus einem Salzsumpf aufstiegen. Im Osten, wo terrassenhaft die Klippen zur Kontinentalmasse aufstiegen, leuchteten die Felsen purpurn, rosig, ockerbraun und schwarz auf. Lavinia, der äußere Mond, stand als kalte Sichel am königsblauen Himmel.

Auch der Wind war kalt, sein dünnes Pfeifen vermischte sich mit dem fernen Dröhnen eines Wasserfalls, dem Klappern der Hufe und dem Knarren des Sattelzeugs. Die Pferde benutzten einen steilen, gewundenen Bergpfad. Es waren einheimische Pferde – sehnig, struppig und kraftvoll. Hugh McCormac ritt an der Spitze. Seine drei Söhne aus erster Ehe begleiteten ihn. Sie hatten auf Spinnenwölfe Jagd gemacht, aber es störte sie nicht weiter, daß sie ohne Beute geblieben waren. Keiner von ihnen sprach den eigentlichen Grund dieses weiten Rittes aus: Sie wollten gemeinsam über das Land reiten, das ihnen gehörte. Vielleicht war das ihre letzte Möglichkeit. Ein Geier flog mit schweren Flügelschlägen über den Himmel. John McCormac hob das Gewehr, aber sein Vater winkte ab. »Laß ihn leben«, sagte er.

»Wir sparen uns wohl die Kugeln für die Terries, was?« fragte Bob. Mit neun Jahren – sechzehn Standardjahren – hatte er erkannt, daß das Universum nicht so einfach war, wie man es in der Schule lernte. Diese Erkenntnis machte ihn hin und wieder vorlaut.

McCormac lächelte. Der Junge würde darüber hinwegkommen. Er war klug und tapfer wie die anderen Brüder und Schwestern. Er mußte es sein – schließlich hatte ihn Ramona geboren. »Warum sollen wir unnötig töten?« fragte er. »Das ist nicht der Sinn des Krieges.«

»Nun, ich weiß nicht«, warf Colin ein. Er war der Älteste. Da er später das Familienerbe verwalten mußte, hatte man ihn vom Militärdienst ausgenommen. (Hugh McCormac war an Stelle seines älteren Bruders getreten, als dieser in einem Sandsturm umgekommen war, ohne selbst Kinder zu hinterlassen.) Vielleicht befriedigte ihn die planetographische Erforschung des Vergil-Systems nicht ganz. »Du warst nicht hier, Vater, als die Revolution Nova Roma erreichte. Aber ich sah, wie die Menge – normalerweise friedliche Bürger – Snelunds Geheimpolizei jagte. Die Männer wurden gelyncht. Und es kam mir nicht einmal ungerecht vor, nach all dem, was sie uns damals angetan hatten.«

»Snelund selbst kann sich auf einiges gefaßt machen, wenn ich ihn erwische«, sagte John hart.

»Nein!« entgegnete McCormac scharf. »Ihr erniedrigt euch nicht zu solchen Methoden. Wir töten ihn kurz und schmerzlos wie irgendein tollwütiges Tier. Seine Anhänger werden vor ein ordentliches Gericht gestellt. Es gibt Abstufungen der Schuld.«

»*Wenn* wir dieses Ungeziefer finden können«, sagte Bob.

McCormac dachte an die Wildnis der Sonnen und Planeten, in der er sein Leben verbracht hatte. Er erwiderte: »Wahrscheinlich können sich die meisten aus dem Staub machen. Und? Wir haben dringendere Dinge zu tun, als uns zu rächen.«

Sie ritten eine Zeitlang schweigend dahin. Der Weg endete auf einer der Terrassen und ging in eine gepflasterte Straße über. Der Wind hatte fruchtbaren Boden von den Höhlen heruntergefegt, und im Gegensatz zu den verkrüppelten Büschen auf den Hängen gediehen die Pflanzen hier üppig. Die gezackten Blätter der Trava leuchteten scharlachrot; aber auch Schwertpflanzen richteten ihre messerscharfen Spitzen auf, und weiche Palmwedel nickten vor sich hin. Wenn die Sonne unterging, rollten sich all diese Pflanzen zusammen und bildeten eine wärmespeichernde Matratze. Bäume wuchsen am Weg, nicht nur die eisenharten einheimischen Sorten, sondern auch importierte Eichen, Zedern und Jasmin. Der Wind trug ihren Duft heran. Etwas weiter rechts stieg Rauch aus der Steinhütte eines Bauern auf. Landwirtschaftsroboter hatten sich auf Aeneas als unpraktisch erwiesen, und McCormac war froh darüber.

Colin trieb sein Pferd an und ritt neben seinen Vater. Sein Gesicht wirkte unsicher. »Vater . . .« begann er vorsichtig.

»Nur zu.«

»Vater – glaubst du wirklich, daß wir es schaffen?«

»Ich weiß es nicht«, erwiderte McCormac. »Wir werden es wie echte Männer versuchen, das ist alles.«

»Aber – als sie dich zum Herrscher machten . . .«

McCormac spürte von neuem, wie wenig Zeit er gehabt hatte, sich mit seinen Söhnen zu unterhalten, seit er nach Aeneas zurückgekehrt war. Es gab zuviel Arbeit, und der Körper brauchte den lange entbehrten Schlaf.

Diesen einen Tag hatte er sich buchstäblich abgerungen.

»Bitte, glaube nicht, daß mir die Sache gefällt. Du warst nicht auf Terra. Ich schon. Ich war nur glücklich, als sie mich damals wieder nach Aeneas zurückschickten.«

Natürlich war so etwas Routine, dachte er. Man schickte Soldaten im ganzen Imperium herum, damit sie etwas lernten. Aber letzten Endes landeten sie meist in den Sektoren, aus denen sie gekommen waren. Man ging von der Theorie aus, daß sie ihr Geburtsland mit größerem Eifer verteidigen würden als irgendwelche fremden Planeten. Und in der Praxis ließen sich diese Leute selten auf Revolten ein, da ihnen ihr Heim mehr bedeutete als die ferne Erde.

»Aber weshalb dann?« fragte Colin.

»Was hätte ich sonst tun sollen?« entgegnete McCormac.

»Nun – Unabhängigkeit . . .«

»Nein. Das Imperium ist noch nicht so schwach, daß es unabhängige Staaten zulassen würde. Und selbst wenn man uns keinen Widerstand entgegensetzen würde – ich könnte es nicht. Es wäre der Untergang unserer Zivilisation.

Ein bewaffneter Protest könnte zu einer Änderung der Politik führen, aber das Imperium würde keine Gnade mit den Anführern kennen. Wenn jeder, der irgendwie unzufrieden ist, zur Waffe greift, ist das ebenso gefährlich wie eine Loslösung vom Reich. Außerdem« – er ballte die Fäuste, bis die Knochen weiß vorstanden – »würde es jede Hoffnung auf Kathryns Rückkehr zunichte machen.«

»Du hast also die Absicht, das Imperium zu erhalten, es aber selbst in die Hand zu nehmen«, sagte Colin rasch. Sein Wunsch, die Gedanken des Vaters von Kathryn abzulenken, war so offensichtlich, daß sich McCormacs Herz zusammenkrampfte. »Ich stehe auf deiner Seite. Das weißt du. Ich glaube ganz ehrlich, daß du dem Imperium neue Impulse geben könntest – du wärest der beste Herrscher seit Isamu dem Großen, vielleicht sogar seit Manuel I. Ich würde nicht nur mich, sondern sogar meine Frau und meinen Sohn opfern – aber glaubst du, daß wir es schaffen?«

Er deutete zum Himmel. »Das Imperium ist so groß.«

Wie auf dieses Zeichen hin ging Vergil unter. In der Atmosphäre von Aeneas gab es keine nennenswerte Dämmerung.

Alpha und Beta Crucis erstrahlten, und kurz danach erschienen Tausende anderer Sterne. Die glitzernde Brücke der Milchstraße spannte sich über die Dunkelheit. Die Landmasse zu ihrer Rechten wurde vollkommen schwarz, aber links von den Klippen erhellte Lavinia das Meeresbecken. Ein Mäusefrosch quiekte in ihrer Nähe.

McCormac sagte ernst: »Die Revolution muß einen Anführer haben, und die Wahl ist auf mich gefallen. Lassen wir die falsche Bescheidenheit. Ich beherrsche das Kabinett auf der Hauptwelt dieses Sektors. Ich kann durch meine Führungsliste beweisen, daß ich einer der besten Strategen des Imperiums bin. Meine Männer wissen, daß ich bei wichtigen Dingen unerbittliche Strenge übe, sonst aber die Zügel nicht so straff halte. Und ich versuche immer fair zu sein. Ich würde niemandem einen Dienst erweisen, wenn ich das Gegenteil behauptete.«

»Aber wie . . .« Colin sprach den Satz nicht zu Ende. Das Mondlicht reflektierte von seiner Lederjacke und dem silberbeschlagenen Sattel.

»Wir werden die Herrschaft in diesem Sektor übernehmen«, erklärte McCormac. »Dabei geht es hauptsächlich darum, die Flotte Josips zu schlagen. Sobald uns das gelungen ist, wird sich jede bedeutende Gemeinschaft im Umkreis von zehn Parsek auf unsere Seite stellen. Danach – der Gedanke gefällt mir selbst nicht, aber ich weiß, wo und wie ich Verbündete bei den Barbaren finden kann. Nicht die wenigen Darther, die ich bereits unter meinem Sold habe, sondern wirklich wilde Krieger von weit jenseits der Grenzen. Ich lasse sie nicht plündern, und ich verbiete ihnen, sich hier niederzulassen, selbst wenn sie Bündnistreue schwören. Sie werden reine Söldnerdienste leisten und dafür von Steuergeldern entlohnt.

Die ganze Imperiumsflotte kann sich niemals gegen uns wenden. Sie hat zu viele andere Pflichten. Wenn wir rasch und mit aller Kraft durchgreifen, muß es uns gelingen, alle Angriffe abzuwehren.

Was danach kommt, kann ich nicht vorhersagen. Ich hoffe, daß unser Sektor wohlgeordnet bleibt. Ich hoffe, daß diese Tatsache unsere Botschaft unterstreichen wird: ein Ende der Korruption und Tyrannei, ein neuer Start unter einer neuen Dynastie, längst fällige Reformen... Was wir brauchen, ist Stoßkraft, der Schwung einer Lawine. Dann können uns alle Waffen des Imperiums nicht mehr aufhalten.«

Sie ließen eine Baumgruppe hinter sich und sahen die Festung. Windheim war auf einer ehemaligen Landzunge errichtet und ragte nun frei in das alte Meeresbecken hinaus. Die Felsklippen führten steil in die Tiefe. Lichter ließen die Silhouetten von Zinnen und Türmen hervortreten. Der Wildfoss-Fluß schäumte in die Tiefe.

Aber McCormac sah das nicht sofort. Seine Blicke erfaßten den flachen Horizont des Antoninischen Meerbeckens. Über einem letzten hellen Streifen brannte strahlendweiß Dido, der Abendstern.

Kathryn hatte als Völkerkundlerin in den Dschungelgebieten von Dido gearbeitet, bevor er sie kennen- und liebengelernt hatte. Wie lange war das her? Fünf Jahre? Nein – drei Jahre.

Kathryn hatte sich eigene Kinder gewünscht, aber immer waren die öffentlichen Pflichten vorgegangen, nie hatte er ihr genügend Zeit widmen können. Und nun...

Er dankte seinem Herrgott, daß die Sonne von Llynathawr in diesen Breiten nicht sichtbar war. Seine Kehle schnürte sich zusammen. Er spornte sein Pferd zu einem rascheren Schritt an.

Die Straße durchquerte bestellte Felder, bevor sie das Portal von Windheim erreichte. Eine Gruppe von Schaustellern kampierte auf dem Rasen. Vom Schloß fiel das Licht auf halb errichtete Buden, fröhlich gestreifte Zelte und Wimpel. Männer, Frauen und Kinder scharten sich um die Lagerfeuer und lauschten der Musik. Sie erhoben sich nur kurz, um ihren Herrn zu begrüßen. Morgen würde das bunte Treiben beginnen – und die Faust des Imperiums kam immer näher.

Ich verstehe das nicht, dachte McCormac.

Die Hufe der Pferde hallten im gepflasterten Hof wider. Ein Knecht erschien und nahm ihm die Zügel ab. McCormac sprang zu Boden. Wachtposten standen in der Nähe. Das Marine-Personal und die livrierten Gardisten der Festung bedachten einander mit eifersüchtigen Blicken. Edgar Oliphant eilte ihm entgegen. Obwohl McCormac ihn zum Admiral ernannt hatte, trug er noch seine Hauptmannsuniform von früher. Er hatte lediglich eine Armbinde in den Farben Ilions übergestreift.

»Willkommen, Sir!« rief er. »Ich wollte eben einen Suchtrupp losschicken.«

McCormac lachte auf. »Beim Kosmos, Sie trauen wohl mir und meinen Söhnen zu, daß wir uns im eigenen Land verirren?«

»N-nein, Sir, das nicht. Aber ich finde es sträflich leichtsinnig, daß Sie keine Eskorte mitnehmen.«

McCormac zuckte mit den Schultern. »Das blüht mir später noch – auf Terra. Im Augenblick genieße ich meine letzte Freiheit.« Er sah sein Gegenüber aufmerksam an. »Sie haben mir etwas zu berichten?«

»Jawohl, Sir. Die Nachricht kam vor zwei Stunden. Wenn der Herrscher mit mir kommen könnte?«

McCormac war irgendwie erleichtert, seine Gedanken von Kathryn losreißen zu können. Er verabschiedete sich rasch von seinen Söhnen.

Sein Arbeitszimmer war in den letzten Wochen zu einer Werkstatt geworden. Nachrichtenmedien, Rechenautomaten, elektronische Suchgeräte – das alles drängte sich um seinen Schreibtisch. McCormac ließ sich in seinen Ledersessel sinken. »Nun?« fragte er.

Oliphant schloß die Tür. »Der erste Bericht wurde von zwei weiteren Aufklärern bestätigt«, sagte er. »Die imperiale Flotte ist auf dem Weg hierher. Sie dürfte in drei Tagen unser System erreicht haben.«

McCormac nickte. »Ich zweifelte nicht am Bericht des ersten Aufklärers«, sagte er. »Unsere Pläne bleiben bestehen. Morgen, um sechs Uhr unserer Zeit, gehe ich an Bord des Flaggschiffs. Zwei Stunden später starten unsere Streitkräfte.«

»Aber sind Sie sicher, Sir, daß die Feinde Aeneas nicht besetzen werden?«

»Nein. Allerdings wäre ich überrascht, wenn sie es täten. Was hätten sie davon? Meine Truppen und mich können sie hier nicht fassen. Ich habe alles so arrangiert, daß die feindliche Flotte bei der Ankunft von unserem Verschwinden erfährt. Aeneas hilft ihnen nicht weiter. Nur wer den Kampf im Raum für sich entscheidet, kann die übrigen Planeten an sich reißen.

Da wäre es unlogisch, kostbare Kampfkraft auf einer wertlosen Welt zu verschwenden. Falls die imperiale Flotte Aeneas doch besetzt, unternehmen wir gar nichts. Die Schiffe werden abziehen, sobald sie merken, daß wir die Welt nicht verteidigen, sondern Satan zu gewinnen versuchen.«

»Aber Ihre Abschirmkräfte...« meinte Oliphant zweifelnd.

»Sie meinen die Schutzschiffe für Stützpunkte wie Port Frederiksen? Je ein leicht bewaffnetes Schiff müßte genügen.«

»Nein, Sir. Ich denke an die interplanetarischen Patrouillen. Welche Wirkung werden sie haben?«

»Es handelt sich um Söldner von Darth. Sie sollen nichts anderes tun als den Feind irreführen, so daß unsere Flotte Zeit gewinnt.« McCormacs Stimme klang ein wenig ungeduldig. Er hatte Oliphant seine Taktik immer wieder erklärt. »Ein paar Schiffe mit dem Auftrag, jedes imperiale Boot anzugreifen, das sich im Vergil-System zeigt. Natürlich werden sich nur Aufklärer so weit vorwagen. Die Überlebenden können die Informationen zur Flotte bringen. Ich weiß, wie Pickens denkt. Er wird überzeugt davon sein, daß wir den Kampf in unserem System austragen. Deshalb wird er uns bei Beta Crucis gar nicht suchen.«

Er seufzte. Der gute alte Pickens, dachte er. Er brachte Kathryn immer Blumen mit, wenn wir ihn zum Abendessen einluden.

Es schmerzte ihn, daß er ausgerechnet gegen diesen Mann kämpfen mußte.

»Nun, Sie sind der Herrscher, Sir.« Oliphant deutete auf die Maschinen, die das Zimmer einengten. »Eine Menge Arbeit. Wir haben das meiste davon erledigt, aber einige Dinge verlangen Ihre persönliche Entscheidung.«

»Ich sehe sie mir noch vor dem Essen an«, versprach McCormac. »Bleiben Sie in der Nähe, falls ich Ihren Rat brauche.«

»Aye, Sir.« Oliphant salutierte und verließ das Zimmer.

McCormac wandte sich nicht sofort der Arbeit zu. Er trat auf einen Balkon hinaus. Von hier aus konnte man die Klippe und das fruchtbare Becken sehen. Creusa, der innere Mond, mußte jeden Moment aufgehen. McCormac atmete tief ein und wartete.

Und dann stieg der Mond über den Horizont. Die Schatten, die er warf, bewegten sich. Das Antoninische Becken glänzte in einem silbernen Licht, und einen Moment lang schien es, als sei es wieder mit Wasser gefüllt. Geisterhafte Wellen liefen über die Senke, und man glaubte die Brandung gegen den Felssockel von Windheim schäumen zu hören.

Kathryn hatte diesen Vergleich gebraucht. Kathryn . . .

7

Als Vergil auch ohne Vergrößerung deutlich zu sehen war, tauchte die *Asieneuve* aus dem Hyperraum auf und steuerte den Planeten an. Die Sensoren waren auf höchste Empfindlichkeit eingestellt, doch man hörte nichts außer dem Knistern kosmischer Energie.

»Kein Funkverkehr?« fragte Flandry.

»Bis jetzt noch nicht, Sir«, entgegnete Rovian.

Flandry schaltete den Interkom aus. »Ich sollte selbst auf der Brücke stehen«, sagte er leise. »Was tue ich eigentlich in meiner – Ihrer Kabine?«

»Sie versuchen Informationen einzuholen.« Ein schwaches Lächeln stahl sich über das Gesicht der Frau.

»Wenn ich nur etwas erfahren könnte! Weshalb diese absolute Stille? Ist das gesamte System evakuiert worden?«

»Kaum. Aber die Leute müssen wissen, daß der Feind in den nächsten Tagen hier eintreffen wird. Hugh besitzt hervorragende Spähschiffe. Er ist überhaupt ein hervorragender Feldherr.«

Flandry stand an der Tür und trommelte unruhig mit den Fingern gegen das Metall. Kathryn McCormac hatte auf dem einzigen Stuhl Platz genommen. Sie wirkte beinahe ruhig.

Aber schließlich hatte sie in der Zwischenzeit fast ohne Unterbrechung geschlafen. Es hatte sicher dazu beigetragen, daß ihre seelischen Wunden heilten. Er selbst wurde hingegen von Zweifeln geplagt. Schließlich führte er selbst die Gefangene dem Rebellen zu. Er hatte weder das Recht noch den Auftrag dazu.

»Meine Fähigkeiten liegen eher in der Überredungskunst«, entgegnete er. »Ich weiß allerdings nicht, ob sie mir diesmal helfen würde.«

Sie sah ihn mit ihren großen Augen an. »Sie können Hugh nicht zur Aufgabe zwingen. Ganz gleich, was auch geschieht, ich werde ihn nicht darum bitten. Ich weiß, daß man ihn töten würde.«

Flandry spürte, wie ihm der Schweiß auf die Stirn trat. »Nun, ein Gnadengesuch . . .«

Sie lachte hart. »Ich bitte Sie, Commander, ersparen Sie mir das. Vielleicht halten Sie mich für eine Provinzlerin, aber ich habe Geschichte und Politik studiert und konnte an der Seite meines Mannes Erfahrungen sammeln. Das Imperium kann es sich nicht leisten, Hugh zu begnadigen.« Einen Moment lang zitterte ihre Stimme. »Und ich – würde ihn lieber tot sehen als in lebenslänglicher Gefangenschaft.«

Flandry zog eine Zigarette hervor und zündete sie an, obwohl sein Gaumen trocken wie Leder war. »Mylady, Sie sollen ihm nur sagen, was Sie erfahren haben. Vielleicht gelingt es ihm, Snelund einen Strich durch die Rechnung zu machen. Er kann versuchen, dem Kampf auf jenen Planeten auszuweichen, die Snelund gern bombardieren möchte.«

»Aber ohne Stützpunkte und ohne Nachschub . . .« Sie atmete tief ein. Plötzlich sah sie wieder erschöpft und krank aus. »Commander – wenn Sie mich gehen ließen . . .«

Flandry sah sie nicht an, als er den Kopf schüttelte. »Es tut mir leid, Mylady. Man hat schwere Anklage gegen Sie erhoben, und Sie wurden weder freigesprochen noch begnadigt. Ich könnte eine Freilassung nur verantworten, wenn ich damit die Kapitulation Ihres Mannes erreichen würde – und Sie sagen selbst, daß das nicht in Frage kommt.« Er nahm einen tiefen Zug an der Zigarette. »Verstehen Sie mich recht, ich werde Sie nicht mehr an Snelund ausliefern. Eher würde ich mich persönlich der Rebellion anschließen. Sie kommen mit auf die Erde. Wenn Sie die Behandlung schildern, die er Ihnen zuteil werden ließ, können Sie ihm beträchtlichen Schaden zufügen. Zumindest würden Sie bei mächtigen Leuten Mitgefühl wecken.« Er sah sie an und bemerkte zu seinem Entsetzen, daß jegliche Farbe aus ihrem Gesicht gewichen war. Schweißperlen standen ihr auf der Stirn. »Mylady!« Er warf die Zigarette weg und beugte sich über die Frau. »Was ist denn, Mylady?«

Kathryn McCormac flüsterte: »Haben Sie eine Tablette?«

Flandry überlegte schon, ob er den Schiffsarzt rufen sollte, doch dann entschied er sich dagegen. Er reichte ihr eine Anregungstablette und ein Glas Wasser. Nach einiger Zeit kehrte Farbe in ihre Wangen zurück, und sie atmete gleichmäßiger.

»Es tut mir leid.« Ihre Stimme war kaum verständlich. »Die Erinnerung hat mich einen Moment lang überwältigt.«

»Wie dumm von mir, diese Dinge zu erwähnen!«

»Sie tragen keine Schuld.« Kathryn sah zu Boden. »Die Terraner haben andere Auffassungen als wir. Für sie ist die Behandlung, die mir widerfuhr, häßlich und widerwärtig, aber durchaus kein Schandmal für alle Zeiten. Ich hingegen weiß nicht, ob ich Hugh je wieder gegenübertreten kann . . . Mein Gott, wenn Sie wüßten, in welchem Zustand ich mich befand! Immer wieder mußte ich Drogen nehmen und wurde Gehirnwäschen unterzogen. Ich war wie ein Tier. Ich tat, was er sagte, nur um den Schmerzen zu entgehen . . .«

»Mylady, Sie waren schwer krank. Wenn Ihr Mann wirklich so ist, wie Sie ihn geschildert haben, kann er Ihnen keine Vorwürfe machen.«

Sie saß eine Zeitlang reglos da. Das Mittel wirkte rascher als im Normalfall; offenbar war sie nicht an Tabletten gewöhnt. Schließlich hob sie den Kopf und sah ihn lächelnd an.

»Ich fühle mich wieder besser. Sie wollten Informationen?«

Mit einem Seufzer der Erleichterung nahm Flandry auf der Koje Platz. Er zündete sich die nächste Zigarette an. »Ja«, sagte er. »Wir haben gemeinsame Interessen, und vielleicht gelingt es mir, mit Ihrer Hilfe eine gute Lösung für uns alle zu finden.«

»Gut, fragen Sie! Aber es kann sein, daß ich einige Antworten nicht weiß und daß ich andere verweigere.«

»Einverstanden. Also gut, beginnen wir. Bisher ist es uns nicht gelungen, irgendwelche Anzeichen der Flotte in diesem

System festzustellen. Das ist unverständlich. Haben Sie eine Ahnung, wo sich Hugh McCormac aufhalten könnte?«

»Nein.«

»Bestimmt nicht?«

Ihre Stimme wurde hart. »Würde ich dann verneinen?«

»Drücken wir es so aus: Wie können wir vor dem Kampf Verbindung mit ihm aufnehmen?«

»Ich weiß es wirklich nicht.« Sie erwiderte ruhig seinen Blick. »Ich kann Ihnen nur sagen, daß Hugh vermutlich einen besonders kühnen und unerwarteten Schachzug ausklügeln wird. Das ist seine Art.«

Flandry stöhnte nur. »Und die Funkstille?«

»Oh, das ist leichter zu erklären. Wir besitzen nicht sehr viele Funkstationen, die weit in den Raum hinausreichen. Die Frequenzen werden immer wieder durch Sonnenstürme überlagert. Im allgemeinen senden wir auf fein abgestimmten Bereichen, und das mit Hilfe von Relais-Satelliten. Natürlich besitzen abgelegene Dörfer und Höfe Radiophone, aber sie benutzen Frequenzen der Ionosphäre. Vergil gibt Aeneas eine sehr tiefe Ionosphäre. Kurz, es ist nicht schwer, ohne die großen Stationen auszukommen. Wahrscheinlich wurde Funkstille befohlen, damit der Feind die Stationen nicht zerstört.«

»Und interplanetarische Nachrichtenverbindungen?« fragte er. »Ich nehme an, daß sich Forschungslabors und Bergwerksunternehmen auf den Nachbarplaneten des Systems befinden. Glauben Sie, daß man auch die dortigen Stationen stillgelegt hat?«

»N-nein. Zumindest nicht die Hauptstation auf Dido. Sie ist selbständig, und die Techniker dort werden die teuren Apparate kaum wegen einer angekündigten Invasion im Stich lassen.« Stolz klang in ihrer Stimme mit. »Ich kenne meine früheren Kollegen.«

»Aber vermutlich werden während der Krisenzeit keine interplanetarischen Nachrichten weitergegeben?«

»Hm, vermutlich.«

Der Interkom summte. Flandry schaltete ein.

»Brücke an Kapitän«, hörte er Rovians Stimme. »Wir können in großer Entfernung ein Schiff ausmachen. Es scheint sich auf Abfangkurs zu befinden.«

»Ich komme sofort.« Flandry stand auf. »Sie haben die Meldung verstanden, Mylady?« Sie nickte. Er spürte, daß sie sich gewaltsam zur Ruhe zwang.

»Melden Sie sich bei Notstation Drei. Man soll Ihnen einen Raumanzug aushändigen und Sie mit den Richtlinien während eines Angriffs vertraut machen. Sobald wir auf gleicher Höhe mit dem fremden Schiff sind, schnallt sich die Besatzung fest. Sie bekommen einen Platz im Mittelschiff, wo Sie sich in verhältnismäßiger Sicherheit befinden. Sie werden durch Ihr Helmgerät alles mitverfolgen können.«

»Rechnen Sie mit Gefahr?« fragte sie ruhig.

»Selbstverständlich.« Er ging.

Vergil füllte nun die Bildschirme im Kommandoraum aus. Flandry nahm am Instrumentenbord Platz. Rovian trat neben ihn. »Vermutlich umkreiste das Schiff den Planeten mit einem Minimum an Energieausstrahlung, bis es uns entdeckte. Wenn wir den Treffpunkt in die Nähe von Aeneas legen wollen, müssen wir in Kürze mit dem Bremsmanöver beginnen.«

»Lieber nicht.« Flandry rieb sich das Kinn. »Wenn ich der Kapitän des fremden Schiffes wäre, würde ich auch das kleinste Feindesschiff mit Mißtrauen betrachten und mich in der Nähe meines Heimatplaneten nicht auf Verhandlungen einlassen.« Er warf einen Blick auf den Bildschirm. »Wir steuern Dido an, den nächsten Planeten des Systems. Er liegt günstig, und das fremde Schiff kann genau erkennen, daß wir es nicht auf Aeneas abgesehen haben. Außerdem gibt es auf Dido eine Forschungsstation, und ich verhandle gern mit Wissenschaftlern. Sie bewahren meist die Ruhe.« Er nickte seinem Ersten Offizier zu. »Nehmen Sie Kurs auf Dido, Rovian.«

»Aye, Sir.« Er gab den Befehl weiter, im Astrogationszentrum wurden die nötigen Berechnungen angestellt, und kurze Zeit später summte der Antrieb etwas tiefer. Die Geschwindigkeit nahm ab.

Flandry holte ein Bandgerät und legte in knappen Sätzen seine Absicht dar. »Falls eine Diskussion vor der Landung gewünscht wird, bitten wir um Benachrichtigung. Wir stellen einen unserer Empfänger auf die übliche Frequenz ein«, schloß er. Er gab das Band in die Funkzentrale und befahl, daß es ohne Unterlaß abgespult wurde.

Die Zeit kroch dahin. »Was ist, wenn man uns daran hindert, das System zu verlassen?« fragte Rovian.

»Das Risiko müssen wir eingehen«, entgegnete Flandry. »Aber es ist nicht allzu groß. Schließlich haben wir eine bedeutende Geisel an Bord. Selbst wenn wir sie nicht an McCormac ausliefern, wird er uns dankbar sein, daß wir sie aus den Händen dieses brutalen Snelund befreit haben.«

»Was möchten Sie nun eigentlich erreichen?«

»Das weiß der Himmel, und der hat mich nicht über seine Absichten informiert. Vielleicht wird alles ein Fehlschlag. Vielleicht kann ich den Krieg ein wenig hinauszögern. Das bleibt abzuwarten. Rovian, könnten Sie das Kommando für zehn Minuten übernehmen? Wenn ich keine Zigarette bekomme, platze ich.«

Die Stunden vergingen.

Die fremde Sonne wurde noch größer. Rovian berichtete: »Die neuesten Messungen haben ergeben, daß das fremde Schiff unsere Absicht, auf Dido zu landen, durchschaut hat. Es hat seinen Kurs ebenfalls geändert und wird vermutlich gleichzeitig mit uns dort eintreffen. Bisher erhielten wir keine Antwort auf unseren Funkspruch, obwohl ich sicher bin, daß die Fremden ihn empfangen haben.«

»Merkwürdig. Konnten Sie über das Schiff selbst etwas in Erfahrung bringen?«

»Es besitzt etwa die gleiche Größe und Energie wie die *Asieneuve,* gehört aber nicht zu den Standardmodellen.«

»Zweifellos haben die Aeneaner alle möglichen Privatschiffe konfisziert, um ihre Flotte zu verstärken. Nun, wenigstens werden die Fremden es nicht wagen, den Kampf gegen ein reguläres Kriegsschiff aufzunehmen.«

»Außer, sie bitten ihre Freunde um Hilfe . . .« Rovian bezog sich auf ein zweites Schiff, das sie kurze Zeit zuvor entdeckt hatten.

»Sie sagten doch, daß dieses Schiff frühestens ein paar Stunden nach uns auf Dido landen kann. Wahrscheinlich wurde es herbeigerufen, um im Notfall einzugreifen.«

Dennoch beorderte er alle Mann an die Kampfstationen, als sich die *Asieneuve* Dido näherte.

Dichte Wolken hüllten den Planeten ein. Seine Masse, sein Durchmesser und damit auch seine Oberflächenschwerkraft waren etwas geringer als auf Terra. Die Sauerstoff-Stickstoffatmosphäre konnte von Menschen ertragen werden, auch wenn sie etwas zu heiß und zu dicht war.

Als Flandry seinen eigenen Raumanzug übergestreift hatte, stellte er die Verbindung zu Kathryn McCormac her. »Was gibt es?« fragte sie.

»Ich würde mich gern mit Ihrer Forschungsstation in Verbindung setzen«, erklärte er. »Aber wie kann ich sie unter dieser dichten Wolkenschicht finden?«

»Vielleicht beantwortet man Ihren Funkspruch nicht.«

»Vielleicht aber doch; ganz besonders, wenn die Leute merken, daß ich die Koordinaten der Station kenne. Das fremde Schiff kommt immer näher, ohne unsere Botschaft zu akzeptieren und – nun ja, vielleicht erinnern sich Ihre Kollegen noch an Sie.«

»Also gut, ich will Ihnen vertrauen, Dominic Flandry. Port Frederiksen – es wurde übrigens von einem meiner Vorfahren gegründet – befindet sich am Westrand von Barca, unserem größten Kontinent. Breite 34° 5′ 18″ Nord. Ich hoffe, das genügt.«

»Vielen Dank. Halten Sie sich bereit. In einer halben Stunde etwa könnte das Gespräch zustande kommen.«

Ihr Gesicht unter dem transparenten Helm wirkte sehr ernst. »Ich werde ihnen die Wahrheit sagen.«

»Ich habe nichts dagegen.« Flandry unterbrach die Verbindung und wandte sich an Rovian: »Wir schlagen eine Hundert-Minuten-Bahn ein, bis wir den Stützpunkt gefunden haben.«

Rovians Schwanz peitschte nervös. »Sir, das bedeutet, daß wir dicht über der Atmosphäre mit dem fremden Schiff zusammentreffen.«

»Sagten Sie nicht, daß es zu schnell fliegt, um eine Kreisbahn einzuschlagen? Es kann höchstens eine Hyperbel erreichen.«

»Jawohl, Sir – außer, die Fremden besitzen einen wirksameren Bremsmechanismus als wir.«

»Ich kann mir nicht vorstellen, daß es zum Angriff kommt.

Sicher hat der Kapitän des fremden Schiffes erkannt, daß es sich bei der *Asieneuve* um einen Zerstörer mit schweren Geschützen handelt. Ich könnte mir denken, daß er eine abwartende Haltung einnimmt.«

»Aye, Sir. Soll ich den Verteidigungsschirm einschalten?«

»Erst wenn wir Verbindung mit Port Frederiksen aufgenommen haben. Ich möchte nicht, daß die Energie die Instrumente beeinflußt. Aber selbstverständlich soll die Mannschaft an den Kampfstationen bleiben.«

Flandry zweifelte, ob seine Entscheidungen richtig waren. Aber er konnte nicht lange darüber nachdenken. Er mußte sich auf das Annäherungsmanöver konzentrieren.

Schließlich hatte die *Asieneuve* eine Kreisbahn um Dido eingeschlagen. Die Antriebe schwiegen. Der Planet zeigte sich groß in den Steuerbordschirmen, gleißendhell auf der Tagseite, schwarz und finster auf der Nachtseite.

»Wenn der Planet nicht dazwischen läge, könnten wir das fremde Schiff jetzt mit optischen Instrumenten erkennen«, sagte Rovian.

»Natürlich.« Die Nervosität des Ersten steckte ihn allmählich an.

Der Interkom knackte. »Ich glaube, wir haben die Station gefunden, Sir«, meldete der Detektortechniker. »Die Daten stimmen. Ein Kontinent im Osten, ein Meer im Westen. Die Radarmessungen deuten auf Gebäude hin. Sollen wir noch eine Umkreisung machen und uns vergewissern?«

»Nein.« Flandrys Stimme klang zu laut. »Richtet euch nach der Radarpeilung. Weitere Messungen nehmen wir an Ort und Stelle vor.« Er atmete erleichtert auf. »Ach ja – schalten Sie den Verteidigungsschirm ein, Rovian.«

Der Offizier kam dem Befehl augenblicklich nach. Der Schiffsantrieb erwachte wieder zum Leben.

»Sobald ihr ein Bild von dem fremden Schiff besitzt, soll es auf meinen Bildschirm geleitet werden«, fuhr Flandry fort. Er wußte, daß er erst Ruhe finden würde, wenn er den Verfolger gesehen hatte.

Einen Augenblick später zeigte sich das Bild plötzlich auf dem Schirm. Ein Mann stieß einen Schrei aus. Rovian zischelte.

Das schlanke Schiff, das sich in rasender Geschwindigkeit näherte, hatte niemals friedliche Absichten gehegt. Es war keinesfalls imperialer Herkunft. Und es besaß ebenso wirksame Waffen wie die *Asieneuve* . . .

»Barbaren«, flüsterte Flandry. »Kein Wunder, daß sie auf unseren Funkspruch nicht reagiert haben. Sie verstehen kein Anglisch.«

»Eine weiße Leuchtbombe!« befahl er scharf. »Das Friedenszeichen für fremde Völker!«

Sicher kannten sie dieses Zeichen, sonst hätte Hugh McCormac sie nicht angeheuert.

Der Befehl wurde unverzüglich durchgeführt.

Von dem fremden Schiff strahlte bläulichweiße Energie aus. Es folgten Geschosse.

Flandry hörte das Kreischen von überhitztem Metall. Er drückte auf den Auslöseschalter. Die *Asieneuve* reagierte sofort. Kanonen dröhnten, Abfanggeschosse jagten in den Raum.

Nukleare Detonationen folgten.

Die elektromagnetischen Schirme konnten den Ionenhagel abwehren, aber die nützten wenig gegen die Wärme- und Röntgenstrahlung.

Die Barbaren hatten einen Vorteil: Sie besaßen relativ zu Dido eine hohe Geschwindigkeit. Ihre Verteidigung ließ sich nur schwer durchbrechen. Dennoch trug die jahrelange Übung, die Rovian besaß, ihre Früchte.

Flammen hüllten mit einemmal das feindliche Schiff ein. Das brennende Wrack jagte in einer Kometenbahn um den Planeten und verschwand schließlich im Raum.

Aber auch das terranische Schiff war schwer getroffen. Die Geschosse hatten keinen direkten Schaden angerichtet, doch die empfindlichen Instrumente waren bei der Hitze sofort durchgeschmolzen. Die Maschinen schwiegen – und das Schiff trudelte auf den Planeten zu.

8

Kein Boot blieb raumtüchtig. Wo das Metall nicht völlig zerstört war, setzten die Steuersysteme aus. Es blieb keine Zeit für Reparaturen oder ein Ausschlachten der Teile. Eines der vier Rettungsboote gab Anlaß zu schwacher Hoffnung. Der Kernreaktor funktionierte nicht, aber mit seinen Akkus konnte man die beiden intakten Antriebe speisen; außerdem waren die Instrumente und Kontrollen unbeschädigt. Vielleicht ließ sich eine aerodynamische Landung durchführen. Die Piloten waren tot oder verwundet – aber Flandry hatte Kampfflugzeuge gesteuert, bevor er zum Geheimdienst gegangen war.

Die Ingenieure hatten kaum bestätigt, daß man das Boot zur Not benutzen konnte, als sie auch schon das Schiff verlassen mußten. In Kürze würden sie auf Atmosphäre treffen. Die unverletzten Überlebenden mühten sich ab, die Verwundeten ins Boot zu schleppen. Das war bei der Dunkelheit, Schwerelosigkeit und der fehlenden Luft gar nicht so einfach. Es war nicht Platz genug für alle, wenn sie die Raumanzüge anhatten. Flandry ließ die Luft aus den Reservetanks in das Boot und sorgte dafür, daß jeder Mann, der hereinkam, seinen Anzug abstreifte und in den Abfallschacht warf. Es gelang ihm, Platz für drei Anzüge zu finden – darunter seinen eigenen. Erst im letzten Augenblick war ihm eingefallen, daß er seinen Anzug noch trug. Er zog ihn aus wie die anderen Männer. Die drei gestapelten Anzüge nützten an sich wenig, aber vielleicht konnte man später noch die Antriebsaggregate verwenden.

Die Schwerverletzten bekamen Plätze in den Sicherheitssesseln. Die anderen drängten sich im Korridor zusammen. Flandry sah Kathryn bei den Männern stehen. Er hätte ihr am liebsten den Kopilotensitz angeboten; aber Leutnant Havelock besaß eine Spezialausbildung für Notfälle. Vielleicht brachte seine Hilfe letzten Endes die Entscheidung.

Das Boot begann zu schaukeln und zu bocken. Es befand sich in Didos Stratosphäre. Flandry löste es vom Mutterschiff.

Der Rest war unbeschreiblich. Ein Meteorit mußte durch Reibungshitze, Donner und Sturmwind, durch Dunkelheit und

Wolkenbänke, durch peitschenden Regen und Nebel nach unten gelenkt werden. Der Horizont kippte immer wieder, die Vibrationen ließen die Schläfen hämmern, und über das Instrumentenbord zuckten geisterhafte Lichter.

Irgendwie gelang es Flandry und Havelock, die Kontrolle zu behalten. Sie konnten einen Großteil der Geschwindigkeit abbremsen, bevor sie in Tiefen kamen, wo die Atmosphäre zu dicht war. Sie wichen den Winden der tieferen Luftschichten aus. Sie vermieden die Berggipfel, die steil aus dem Nebel ragten. Sie entkamen einem Wirbelsturm, heftiger, als sie je einen auf Terra erlebt hatten. Und sie bewahrten die Vernunft, obwohl das Heulen und Pfeifen und Kreischen der Atmosphäre sie bis an die Schwelle des Wahnsinns brachte.

Ihr Wunsch war es, Port Frederiksen zu erreichen. Die Landung führte sie um die nördliche Hemisphäre. Nachdem sie den größten Kontinent erkannt hatten, steuerten sie den ungefähren Breitengrad an und hielten sich nach Westen.

Sie hätten ihr Ziel erreicht oder wären ihm doch sehr nahe gekommen, wenn ihre Anfangsgeschwindigkeit die normale Richtung ausgewiesen hätte. Aber die *Asieneuve* war beim Schußwechsel in eine rückläufige Bewegung geraten. Nun arbeitete die Rotation des Planeten gegen sie und zwang sie besonders zu Beginn des Bremsmanövers, mehr Energie zu verschwenden als geplant. Als das Boot eine sichere Geschwindigkeit erreicht hatte, waren die Akkus leer. Überlastet, wie das Schiff war, konnte es kaum zu einem Gleitflug ansetzen. Die letzten Reste an Energie brauchte man zu einer Landung.

Flandry entdeckte ein freies Gebiet, umgeben von Wäldern. Wasser schimmerte zwischen kleinen Hügeln und Schilfmatten. Besser ein Sumpfgebiet als Baumwipfel. Die Kielgleitflächen zischten auf, als der Antrieb stotternd schwieg. Das Boot schwankte, machte eine halbe Drehung und blieb geneigt stehen. Vögel flogen zu Tausenden auf. Als ihr Kreischen verklungen war, herrschte vollkommene Stille.

Einen Augenblick wurde Flandry schwarz vor den Augen. Er kam zu sich, als er die begeisterten Rufe der Mannschaft hörte. »Alles in Ordnung?« fragte er schwach. Seine Finger zitterten, als er den Gurt löste.

»Keine zusätzlichen Verletzungen, Sir«, erwiderte jemand.

»Aber O'Brien ist auf dem Weg nach unten gestorben«, sagte ein anderer.

Flandry schloß die Augen. Er hatte seine Leute verloren, sein Schiff. Wie viele waren noch am Leben? Er hatte sie vor dem Start gezählt. Dreiundzwanzig mit kleineren Verletzungen, dazu Kathryn und er selbst. Siebzehn – nein, sechzehn – Schwerverletzte. Die übrigen . . .

Havelock sagte schüchtern: »Unser Funkgerät funktioniert nicht, Sir. Wir haben keine Möglichkeit, Hilfe herbeizurufen. Was möchten Sie unternehmen?«

Rovian war auch unter den Toten. Das schmerzte Flandry am meisten. Er hatte den bulligen Kerl schätzengelernt.

Flandry öffnete mühsam die Augen. Seine eigenen Worte klangen zu laut in seinen Ohren. »Wir können das Innenfeld nicht mehr lange aufrechterhalten. Die letzten Ergs sind in den Batterien. Bringen wir die Verletzten nach draußen, bevor es zu spät ist.« Er erhob sich und warf einen Blick auf die Männer. Bisher hatte er noch nie eine schwerere Aufgabe gehabt. »Lady McCormac, Sie kennen den Planeten. Haben Sie irgendwelche Vorschläge zu machen?«

Er konnte sie in der dichtgedrängten Menge nicht sehen. Aber ihre dunkle Stimme klang ruhig wie immer. »Nehmen Sie langsam den Druckausgleich vor. Wenn wir uns etwa in Meereshöhe befinden, müßte die Luft um die Hälfte dünner sein als auf Terra. Wissen Sie, wo wir sind?«

»Wir steuerten auf den Aeneas-Stützpunkt zu.«

»Wenn ich mich recht erinnere, herrscht in dieser Hemisphäre zur Zeit Frühsommer. Das heißt, daß die Tage um eine Spur länger sind als die Nächte, wenn wir uns nicht weit unterhalb des arktischen Kreises befinden. Bedenken Sie, daß die Umdrehungszeit sehr kurz ist. Sie können also nicht mit sehr viel Licht rechnen.«

»Danke.« Flandry erteilte seine Befehle.

Saavedra, der Funkoffizier, fand Werkzeuge, schraubte die Deckplatte vom Funkgerät ab und studierte es genau. »Vielleicht läßt sich etwas zusammenflicken. Dann können wir zumindest den Stützpunkt von unserer Notlage unterrichten.«

»Wie lange würde das dauern?« Flandrys Stimme gewann allmählich an Festigkeit. Er konnte wieder klarer denken.

»Einige Stunden, Sir. Ich muß mit primitivsten Mitteln auskommen und kenne zudem die Frequenz der Station nicht.«

»Und vielleicht ist die Station nicht besetzt«, ergänzte Flandry. »Oder wenn man uns hört, muß eine Dreieckspeilung vorgenommen werden.« Flandry schüttelte den Kopf. »So lange können wir nicht warten. Wenn das andere feindliche Schiff unser Wrack untersucht, wird man erkennen, daß wir mit einem Rettungsboot entkommen sind. Und auf einem primitiven Planeten wie diesem ist es ohne weiteres möglich, uns mit Metall-Detektoren zu orten. Wenn das geschieht, möchte ich nicht mehr in der Nähe sein. Ich rechne damit, daß sie eine Bombe abwerfen.«

»Was sollen wir sonst tun, Sir?« fragte Havelock.

»Mylady, glauben Sie, daß wir zu Fuß den Stützpunkt erreichen?« Flandry sah Kathryn an.

»Das kommt darauf an, wo wir uns befinden«, erwiderte die Frau. »Die Topographie und die Eingeborenen-Kulturen sind auf Dido sehr unterschiedlich. Können wir eine größere Menge Nahrungsmittel mitnehmen?«

»Ja, ich glaube schon. Unsere Rettungsboote sind mit großen Vorräten an gefriergetrockneten Lebensmitteln ausgestattet. Das Wasser des Planeten kann man sicher trinken.«

»Ja. Es riecht abscheulich, aber die Bakterien von Dido sind unschädlich für uns Menschen. Eine völlig andere Biochemie . . .«

Als die Luke ganz geöffnet war, verwandelte sich die Umgebung in ein Dampfbad. Hundert fremde Gerüche wehten ihnen entgegen – scharf, stechend, würzig. Die Männer rangen nach Luft. Schweiß stand auf ihrer Haut. Einer der Leute wollte das Hemd ausziehen, aber Kathryn legte ihm warnend die Hand auf den Arm. »Nicht«, sagte sie. »Trotz der Wolken dringen starke ultraviolette Strahlen durch.«

Flandry betrat als erster die Leiter, die ins Freie führte. Die Schwerkraft hatte sich kaum verändert. Er erkannte den leichten Geruch von Ozon durch die fauligen Sumpfgase und dachte erleichtert, daß der Überschuß an Sauerstoff ihnen guttun würde. Seine Stiefel versanken bis an die Schäfte im Schlamm. Allmählich kehrten die Geräusche wieder: das Kreischen und Singen der Vögel, die Rufe größerer Tiere. Winzige, mausähnliche Geschöpfe flitzten über den Boden.

Die Landschaft unterschied sich stark von den terrestroiden Regenwäldern. Eine unglaubliche Vielfalt an Gewächsen bot sich dem Auge dar, von knorrigen, dornigen Sträuchern bis zu schlanken Baumriesen. Lianen und Schwämme bedeckten viele der dunklen Stämme. Braunes und tiefrotes Laub vermischte sich mit Gold- und Purpurtönen. Nirgends sah man Grün. Das gleiche galt für die Moosgewächse, die den Boden bedeckten. Flandry warf einen sorgenvollen Blick auf das Unterholz. Es war so dicht, daß es eine Menge Arbeit kosten würde, sich einen Weg zu bahnen.

Der Himmel über ihnen schimmerte perlgrau. Niedrige Wolkenstreifen gliederten die Fläche ein wenig auf. Ein schwaches Leuchten am Horizont zeigte, wo sich Vergil befand. Sie mußten sich beeilen, wenn sie bei Tageslicht aufbrechen wollten.

Flandry machte sich an die Arbeit. Es gab genug zu tun, und er war froh darüber. Denn es lenkte seine Gedanken von den Toten und dem Wrack ab.

Zuerst mußten die Verwundeten auf trockenen Grund gebracht werden. Bei den Verletzungen handelte es sich vor allem um Knochenbrüche und Gehirnerschütterungen. Zwei Männer hatten häßliche Wunden von Metallsplittern, die durch die Raumanzüge gedrungen waren. Einer war bewußtlos. Seine Haut fühlte sich kalt an, und er atmete stoßweise. O'Brien war gestorben.

Zum Glück war der Arzt auf den Beinen. Er kümmerte sich um die Kranken, fachkundig unterstützt von Kathryn. Jetzt erst fiel Flandry auf, daß Kathryn sich eine Zeitlang von den Leuten entfernt hatte. Es war ganz und gar nicht ihre Art, einer Arbeit aus dem Wege zu gehen.

Als er die letzten Gepäckstücke aus dem Boot getragen und gestapelt hatte, war auch sie mit der Krankenbetreuung fertig und wies ein paar Männer an, alles für die Bestattung O'Briens herzurichten. Sie nahm sogar selbst einen Spaten in die Hand. Als er zu der Gruppe hinüberstapfte, wurde O'Brien gerade ins

Grab gelegt. Sie hatten ihn in Ermangelung eines Sarges in die imperiale Flagge gehüllt.

»Liest der Kapitän die Messe?« fragte sie.

Er sah sie an. Sie war ebenso schlammverspritzt und erschöpft wie er, aber sie hielt sich aufrecht. Ihr Haar hing feucht in die Stirn, und an einem Gürtel über dem Coverall trug sie das merseianische Messer, das er ihr überlassen hatte.

Verblüfft fragte er: »Sie wollen das?«

»Er war nicht der Feind«, erwiderte sie. »Er gehörte zu Hughs Volk. Erweisen Sie ihm die letzte Ehre.«

Sie reichte ihm das Gebetbuch. Ich kann das nicht, dachte er. Ich habe noch nie ...

Aber Kathryn beobachtete ihn. Seine Männer beobachteten ihn. Er blätterte das Buch durch. Seine Finger hinterließen Schmutzspuren. Dann las er die feierlichen Worte vor. Dünner Regen fiel. Als die Männer das Grab zuschaufelten, winkte Kathryn Flandry zu sich. »Einen Augenblick bitte«, sagte sie. Sie gingen ein Stück zur Seite. »Ich habe mich eine Weile umgesehen«, erklärte sie. »Ich habe die Pflanzenwelt untersucht und bin auf einen Baum geklettert, um mir die Landschaft einzuprägen. Ich sah Berge im Westen – und man würde kaum viele Pteropoden zu Gesicht bekommen, wenn man um diese Jahreszeit östlich von Stonewall wäre. Also muß das Gebirge vor uns die Maurusische Kette sein. Ich weiß in etwa, wo wir uns befinden.«

Sein Herz schlug schneller. »Und das Territorium?«

»Davon verstehe ich weniger, als mir lieb ist. Leider arbeitete ich hauptsächlich in Gaetulia. Aber mein erstes Jahr habe ich in dieser Gegend verbracht, mehr zur Ausbildung als zur richtigen Forschung. Wichtig ist, daß wir vielleicht auf Didonier stoßen, die schon mit Menschen Kontakt gehabt haben. Und falls wir mit einer Einheit zusammentreffen, die einen unserer Dialekte versteht, dann müßte ich mich mit den Eingeborenen verständigen können.« Ihre Brauen zogen sich zusammen. »Ich will Ihnen aber nicht verheimlichen, daß es besser gewesen wäre, westlich der Bergkette zu landen – und nicht nur wegen des langen Fußmarsches. Im Gebirge hausen ein paar bösartige Stämme. Aber vielleicht kann ich die Didonier diesseits der Berge dazu bringen, uns eine Eskorte mitzugeben.«

»Gut. Sie haben nicht zufällig eine Art Weg entdeckt?«

»Doch. Danach suchte ich hauptsächlich. Wir könnten vor Sonnenuntergang keinen Kilometer zurücklegen, wenn wir uns einen Weg durch die Pfeilbüsche und Sumpfpflanzen brennen müßten. Außerdem wäre die Ladung unserer Strahler bald erschöpft. Ein paar Meter vom Sumpfrand entfernt verläuft ein Trampelpfad – etwa in unserer Richtung.«

»Großartig.« Flandry seufzte. »Ich wollte nur, daß Sie auf unserer Seite stünden.«

»Sie stehen auf meiner Seite«, erwiderte sie. »Was können Sie in Port Frederiksen anderes tun, als sich mit Ihrer Mannschaft zu ergeben?«

Er lächelte säuerlich.

»Vermutlich haben Sie recht. Verteilen wir die Ladung, und machen wir uns auf den Weg.« Er drehte sich abrupt um und ließ sie allein.

Die Lasten vom Boot wogen schwer, und sie wogen doppelt schwer, da die Männer abwechselnd die Verwundeten trugen. Neben Nahrungsmitteln, Kleidung zum Wechseln, Waffen, Munition und Kunststoffrollen hatte Flandry darauf bestanden, die drei Raumanzüge mitzunehmen. Havelock wagte es, ihm zu widersprechen. »Sollen wir die Dinger wirklich mitschleppen, Käpt'n? Gewiß, mit den Antriebsaggregaten könnte man Späher ein Stück vorausschicken, aber die dichte Atmosphäre läßt keine große Geschwindigkeit zu, und die Funkgeräte reichen nicht mehr weit. Außerdem kann ich mir nicht vorstellen, daß wir Kampfanzüge brauchen werden.«

»Mag sein, daß wir nach einiger Zeit Ballast abwerfen müssen«, gab Flandry zu. »Aber ich hoffe auf Eingeborenenträger. Wir nehmen die Anzüge wenigstens ein Stück mit.«

»Sir, die Männer können sich ohnehin kaum auf den Beinen halten.«

Flandry betrachtete das junge Gesicht. »Möchten Sie lieber hier liegenbleiben?« fragte er scharf. Seine Blicke glitten über die müden, verdreckten, gebückten Gestalten, für die er verantwortlich war. »Es geht los«, sagte er. »Können Sie mir einen Packen reichen, Havelock? Ich werde nicht weniger als meine Leute tragen.«

Ein Seufzen war zu hören, aber die Männer gehorchten wortlos.

Der Weg erwies sich als Segen. Zweige und Kies waren in den Schlamm getreten und bildeten eine harte Oberfläche, auf der man bequem vorwärts kam. Links und rechts wölbten sich die Baumkronen. Kathryn beharrte darauf, daß der Pfad von Didoniern angelegt worden sei.

Die Abenddämmerung fiel herein, und nach kurzer Zeit war es dunkel. Flandry ließ die Gruppe weitermarschieren. Man benutzte Taschenlampen zur Orientierung. Er tat, als hörte er die geflüsterten Bemerkungen nicht, aber sie schmerzten ihn. Die Nacht war pechschwarz und kaum kühler als der Tag. Aus der Ferne kamen unheimliche Schreie.

Nach einer weiteren Stunde, die allen wie ein Alptraum erschien, ließ Flandry anhalten. Ein Bach überquerte den Weg. Hohe Bäume neigten sich schützend über eine kleine Wiese. Seine Taschenlampe erleuchtete alle Ecken. »Wasser und Tarnung«, sagte er. »Was halten Sie von dem Platz, Mylady?«

»Er ist gut.«

»Verstehen Sie – wir müssen rasten, und die Sonne geht bald wieder auf. Ich möchte nicht, daß man uns von Flugzeugen aus sieht.«

Sie gab keine Antwort. Ich verdiene auch keine Antwort, dachte er. Schließlich habe ich mein Schiff verloren.

Die Männer warfen ihr Gepäck ins Gras. Einige kauten Nährstangen, bevor sie neben ihren Kameraden einschliefen. Felipe Kapunan, der Arzt, wandte sich an Flandry: »Wahrscheinlich möchten Sie die erste Wache übernehmen, Kapitän. Aber ich bin während der nächsten zwei Stunden ohnehin beschäftigt, da ich die Verwundeten versorgen muß. Die Verbände müssen gewechselt und die offenen Stellen sterilisiert werden. Sie können also ohne weiteres schlafen, Sir. Ich wecke Sie, sobald ich fertig bin.«

Flandry hörte seinen letzten Satz kaum noch. Er legte sich hin. Das Moos war feucht, aber angenehm warm, und er schlief sofort ein.

Der Doktor weckte ihn wie verabredet und bot ihm eine Kräftigungspille an. Flandry schluckte sie. Er sehnte sich nach

Kaffee, aber er wagte es nicht, ein Lagerfeuer zu entfachen. Er umrundete die Wiese, entdeckte ein Plätzchen zwischen zwei großen Wurzeln und lehnte sich mit dem Rücken gegen den Stamm. Der Regen hatte vor einiger Zeit aufgehört.

Die Morgendämmerung auf Dido brach unauffällig herein. Das Licht schien Tropfen für Tropfen in der heißen, feuchten Luft zu kondensieren – wie die Nebel, deren Ausläufer die Schläfer einhüllten. Alles war still bis auf das Plätschern des Baches und ein gelegentliches Rascheln in den Bäumen.

Plötzlich hörte er Schritte. Flandry legte die Hand an den Strahler und erhob sich. Als er die Gestalt erkannte, steckte er die Waffe rasch wieder ein. »Mylady«, sagte er unsicher und mit klopfendem Herzen, »Sie sind schon so früh wach?«

»Ich konnte nicht schlafen. Die Gedanken ließen mich nicht zur Ruhe kommen. Darf ich mich setzen?«

»Selbstverständlich.«

Sie nahmen nebeneinander Platz. Er drehte sich so, daß er sie beobachten konnte. Sie starrte eine Zeitlang in den Dschungel hinaus. Die Erschöpfung zeichnete dunkle Ringe um ihre Augen und ließ ihre Lippen blaß erscheinen.

Dann drehte sie sich ruckartig um und sah ihn an. »Sprechen Sie mit mir, Dominic Flandry«, bat sie. »Ich muß an Hugh denken – jetzt besteht Hoffnung, daß ich ihn wiedersehe. Kann ich bei ihm bleiben? Oder würde – diese Sache immer zwischen uns stehen?«

»Wenn er ein Mädchen wie Sie abweist«, sagte Flandry nach langem Schweigen, »dann ist er ein Idiot.«

»Danke.« Sie drückte ihm die Hand. Er spürte die Berührung noch lange danach. »Sollen wir Freunde sein? Darf ich Sie mit dem Vornamen anreden?«

»Ja, gern.«

»Auf Aeneas würde man eine kleine Zeremonie daraus machen.« Sie lächelte wehmütig. »Ein Toast und – aber später, Dominic, später.« Sie zögerte. »Für Sie ist der Krieg schließlich vorbei. Man wird Sie festhalten. Nicht in einem Gefängnis – in einem Privatzimmer in Nova Roma vermutlich. Ich werde Sie besuchen und Hugh mitbringen. Vielleicht können wir Sie überreden, auf unserer Seite zu kämpfen. Es liegt mir soviel daran.«

»Zuerst müssen wir einmal Port Frederiksen erreichen.«

»Ja.« Sie beugte sich vor. »Sprechen wir darüber. Ich sagte Ihnen, daß ich Unterhaltung brauche. Armer Dominic, zuerst retten Sie mich aus dem Gefängnis, dann vor dem Tod und nun vor meinen eigenen Gedanken. Bitte, sprechen wir über vernünftige Dinge.«

Er warf einen Blick in die grünen Augen. »Nun, der Planet ist ziemlich sonderbar, finden Sie nicht?«

Sie nickte. »Man glaubt, daß es sich ursprünglich um einen Planeten vom Venus-Typ handelte, daß aber später ein gewaltiger Asteroid mit ihm zusammenstieß. Die Schockwellen vertrieben einen Großteil der Atmosphäre, ließen aber genug übrig, daß die chemische Evolution ähnlich wie auf Terra weitergehen konnte – Photosynthese und so weiter. Nur die Aminosäuren, die sich entwickelten, tendierten mehr nach rechts als nach links. Die Kollision muß die extrem starke Achsneigung hervorgerufen haben, vielleicht auch die schnelle Rotation. Aus diesen Gründen sind die Meere nicht so ruhig, wie man es von einer mondlosen Welt erwarten könnte. Stürme toben mit außergewöhnlicher Heftigkeit. Obendrein haben wir eine starke tektonische Tätigkeit. Man glaubt, aus diesem Grund keine Spuren von vergangenen Eiszeiten zu erkennen, aber es gibt Gebiete abnormer Wärme und Trockenheit. Niemand weiß etwas Genaues darüber. In unzähligen Generationen haben wir nun einen kleinen Einblick in die Geheimnisse des Universums gewonnen.«

Flandry nickte. »Gibt es irgendwelche Gebiete, in denen Menschen gut leben können?«

»Nicht sehr viele. Alles ist zu heiß und feucht. In den hochgelegenen Polgebieten lebt man etwas besser, und Port Frederiksen besitzt den Vorteil kalter Luftströme. Die Tropen bringen einen Menschen in wenigen Tagen um, falls er sich nicht gegen die Hitze schützt. Nein, wir wollen den Planeten nicht für uns. Wir möchten nur unser Wissen erweitern. Er gehört den Ureinwohnern.« Ihre Miene wurde mit einemmal trotzig. »Wenn Hugh Herrscher wird, muß er dafür sorgen, daß die Ureinwohner aller Planeten gerecht behandelt werden.«

»*Wenn* er je Herrscher wird.« Flandry sagte Dinge, die er

sofort danach bereute, aber er konnte nicht anders. »Weshalb brachte er diese Barbaren hierher?«

»Wahrscheinlich verließ er mit seiner Flotte das System und wollte, daß sie inzwischen Vergil schützen.« Sie sah ihn nicht an. »Ich fragte zwei Ihrer Männer, die das Schiff am Bildschirm beobachtet hatten. Nach Ihren Beschreibungen handelte es sich um Darther. Sie sind uns Menschen eigentlich nicht feindlich gesinnt.«

»Nur, solange man ihnen nicht die Möglichkeit dazu gibt. Wir boten ihnen Frieden an, und sie schossen dennoch.«

»Sie – nun, Darther verhalten sich oft so. Sie sind mißtrauisch. Hugh mußte in der Eile nehmen, was er bekam. Nach all den Ereignissen konnte er nicht ahnen, daß jemand zu Verhandlungen kommen würde. Er kann nicht an alles denken.«

Flandry senkte den Kopf. »Vermutlich, Mylady.«

Ein Vogel begann hell und durchdringend zu pfeifen. Kathryn wartete eine Zeitlang, dann sagte sie leise: »Sie haben mich noch kein einziges Mal mit Vornamen angesprochen.«

Er erwiderte verzweifelt. »Wie könnte ich das? Durch meine Schuld sind viele Männer umgekommen.«

»O Dominic!« Tränen liefen ihr über die Wangen. Er selbst beherrschte sich nur mühsam.

Sie knieten nebeneinander, er preßte sein Gesicht an ihre Brust und umschlang ihre Taille. Ihre rechte Hand strich beruhigend über sein Haar.

»Dominic«, flüsterte sie, »ich weiß, wie es ist. Ich weiß es nur zu gut. Mein Mann ist auch Kapitän. Er hat mehr Schiffe und Menschenleben verloren, als man zählen kann. Wie oft habe ich ihn über die Listen der Toten gebeugt gesehen! Ich sage dir, er ist zu mir gekommen und hat die Tür geschlossen, damit er ungestört weinen konnte. Er hat Fehler begangen, die Menschenleben kosteten. Welcher Befehlshaber hat das nicht schon getan? Aber jemand muß die Führung übernehmen. Du wägst die Fakten ab, so gut du es vermagst. Dann entscheidest du und handelst. Solange es das Beste war, was du tun konntest, darfst du nicht zurückblicken. Du brauchst es nicht und darfst es nicht. Dominic, wir haben dieses Universum nicht gemacht. Wir leben nur hier und müssen versuchen, damit fertig zu werden.

Wer sagt denn, daß du etwas falsch gemacht hast? Dein Vorschlag war vollkommen vernünftig. Ich glaube nicht, daß dir irgendein Untersuchungsausschuß etwas anhaben könnte. Wenn Hugh nicht vorhersehen konnte, daß du mit mir kommen würdest, wie solltest dann du wissen . . .? Dominic, sieh mich an! Sei wieder ruhig.«

Einen Moment lang stand der östliche Himmel in Flammen; Sekunden später ging ein Dröhnen durch die Luft, und eine Vibration erschütterte den Boden.

Männer kamen stolpernd auf die Beine. Flandry und Kathryn sprangen hoch. »Was war das?« rief Saavedra.

»Das zweite Barbarenschiff«, erwiderte Flandry. »Es hat unser Boot vernichtet.«

Eine Minute später hörten sie das Donnern des Antriebs. Es steigerte sich zu einem schrillen Pfeifen und verlor sich im Überschallbereich. Vögel kreisten aufgeregt über den Bäumen.

»Ein hochwirksamer Sprengsatz«, meinte Flandry. »Sie wollten alles töten, was sich im Umkreis von einigen Kilometern befand.« Er feuchtete den Finger an und hielt ihn in den aufkommenden Wind. »Die radioaktiven Wolken werden nach Osten abgetrieben. Wir brauchen uns keine Sorgen zu machen. Ein Glück, daß wir gestern so weit marschierten.«

Kathryn nahm seine Hände. »Das ist allein dein Verdienst, Dominic. Tröstet dich das ein wenig?«

Nein, es tröstete ihn nicht. Aber er hatte erkannt, daß er mit idealistischen Grübeleien nicht weiterkam. Die Toten waren tot. Er mußte darangehen, die Lebenden zu retten.

9

Der Wald ging abrupt in gerodetes Land über. Flandry, der ins Freie trat, sah Buschreihen vor sich. Von drei Seiten war die Farm durch den Dschungel eingegrenzt, an der vierten befand sich ein dunstiges Tal. Während des sechstägigen Marsches waren sie bisher immer bergauf gestiegen.

Er erkannte die Anpflanzungen nicht gleich als solche. »Halt!« rief er. Der Strahler war in seiner Hand. Was war das? Eine Rhinozeros-Herde?

Nein – das konnte nicht sein –, natürlich nicht. Muleles afrikanisches Reservat war zweihundert Lichtjahre entfernt. Die sechs Tiere vor ihm hatten zwar die Größe und den ungefähren Körperbau von Nashörnern, aber sie besaßen eine glatte, stahlblaue Haut und hatten keine Schwänze. Ihre Schultern standen nach den Seiten hin ab, so daß sie regelrechte Plattformen bildeten. Die Ohren waren groß und fächerförmig. Der Schädel wölbte sich hoch über kleinen, glänzenden Äuglein; auf der Nase saß ein Horn, und die Schnauze endete in einem weichen und sonderbar beweglichen Mund. Wenn das Horn nicht eine gefährlich scharfe Schneide aufgewiesen hätte, wäre Flandry das Lebewesen ganz harmlos vorgekommen.

»Warte, Dominic!« Kathryn war mit ein paar schnellen Schritten neben ihm. »Schieß nicht. Das sind Nogas.«

»Hm?« Er senkte die Waffe.

»Unsere Wortschöpfung. Menschen können die Laute der Didonier nicht aussprechen.«

»Du willst damit sagen, daß sie . . .« Flandry hatte schon die merkwürdigsten intelligenten Lebensformen gesehen, aber sie alle hatten Hände oder ähnliche Greifwerkzeuge besessen. Welchen Wert hatte Intelligenz, wenn sie nicht dazu dienen konnte, die Umwelt zu verändern?

Als er näher hinsah, erkannte er, daß die Tiere nicht grasten. Zwei knieten in einer Ecke des Feldes und hackten Wurzeln, während ein drittes einen zugeschnittenen Holzklotz zu einem Gebäude am Hang rollte. Das vierte zerrte einen primitiven Holzpflug durch das frisch gerodete Land. Das fünfte steuerte diesen Pflug. Zwei kleinere Tiere saßen auf seinen Schultern. Da sie sich etwas weiter entfernt befanden, konnte man keine Einzelheiten erkennen. Das sechste jätete Unkraut.

»Komm!« Kathryn ging mit schnellen Schritten voraus, obwohl auch sie das schwere Gepäck trug.

Der Marsch war eine Schinderei gewesen. Wenn sie anhielten, waren sie beide so beschäftigt gewesen, daß sie kaum Zeit zur Unterhaltung fanden. Aber das hatte auch seine positiven

Seiten. Ihre inneren Wunden heilten, weil sie keine Zeit zum Grübeln fanden. Nun machte der Eifer Kathryn mit einemmal so begehrenswert und jung, daß Flandry seine Umgebung vergaß. In seinen Augen strahlte sie wie eine Sonne.

»Hallo!« Sie blieb stehen und winkte.

Die Nogas hielten ebenfalls an und blinzelten kurzsichtig in Richtung der Menschen. Ihre Ohren und Nasen zuckten. Flandry war mit einem Schlag zurück in der Gegenwart. Die Kolosse konnten sie angreifen. »Verteilt euch im Halbkreis hinter mir«, befahl er den Männern, die Waffen trugen. »Die übrigen sammeln sich am Weg.« Er lief zu Kathryn.

Flügel schlugen. Ein Geschöpf, das in den niedrigen Wolken verborgen gewesen war, flog auf das sechste Noga zu. »Ein Krippo.« Kathryn nahm Flandrys Hand. »Schade, daß ich dir nicht schon früher davon erzählt habe. Aber sieh zu – es ist faszinierend.« Die Nogas waren vermutlich Säugetiere; jedenfalls hatten sie deutlich sichtbare Geschlechtsmerkmale, und die Weibchen besaßen Euter. Der Krippo ähnelte einem Vogel – oder doch nicht? Er hatte den Körper einer großen Gans, mit graubraunen Deckfedern und einem helleren Bauch. Die Flügelenden, der Hals und der lange dreieckige Schwanz zeigten eine blaue Tönung. Er besaß kräftige Klauen, mit denen er sich sicher überall festkrallen konnte. Der grotesk zurückgebogene Hals schien hauptsächlich aus zwei großen, goldfarbenen Augen zu bestehen. Das Tier besaß keinen Schnabel, sondern nur ein rotes, knorpelartiges Rohr.

Der Krippo setzte sich auf die rechte Schulter des Nogas. Eine dünne, fadenähnliche Zunge (?) schnellte aus dem Rohr. Flandry entdeckte direkt unterhalb der Noga-Schultern je einen Knoten. Der Noga löste einen dieser Knoten, und man sah eine Art Tentakel, die es dem Krippo entgegenstreckte. Der Krippo schob eine ›Zunge‹ in einen Trichter des Tentakels. So vereint gingen die beiden Organismen auf die Menschen zu.

»Wir brauchen immer noch einen Ruka«, sagte Kathryn. »Halt, einen Augenblick.« Das Noga hinter dem Pflug hatte ein heiseres Bellen ausgestoßen. »Die Einheit dort drüben ruft nach einem. Dieser muß erst vom eigenen Pflug abgeschirrt werden, bevor sich der Ruka selbständig machen kann.«

»Aber die übrigen...« Flandry deutete nach vorn. Vier Nogas standen reglos an ihren Plätzen.

»Natürlich«, sagte Kathryn, »ohne Partner sind sie primitive Tiere. Sie können nur die Routinearbeiten durchführen, die sie gelernt haben; erst wenn sie ein Zeichen von einer kompletten Einheit erhalten... Ah, da haben wir sie schon.«

Ein weiteres Geschöpf ließ sich aus einem Baum fallen und kam in langen Sprüngen über die Furchen. Es hatte ebensowenig Ähnlichkeit mit einem Affen wie das Noga mit einem Nashorn oder der Krippo mit einem Vogel, aber die Menschen kamen nun einmal ohne solche Vergleiche nicht aus. Wenn es aufrecht stand, maß es etwa einen Meter. Man merkte den kurzen, gebogenen Beinen an, daß sie hauptsächlich zum Klettern dienten. Das Ding lief auf allen vieren, und jede der Gliedmaßen endete in drei gut entwickelten Greiffingern. Auch der Schwanz konnte als Greifwerkzeug benutzt werden. Brustkasten, Schultern und Arme waren kräftiger als bei einem Menschen; außerdem besaß das Tier an den Händen echte Daumen. Der Kopf wirkte groß und rund. Henkelohren und glänzende braune Augen betonten die Ähnlichkeit mit den terranischen Affen. Auch dieses Geschöpf besaß keinen Mund, sondern nur ein längliches Rohr. Schwarzes Fell bedeckte den Körper, und nur die Ohren sowie ein kräftiger Kehlsack waren nackt und blau. Das Tier war ein Männchen. Es trug eine Gürteltasche und einen Metalldolch.

»Ist das ein Didonier?« fragte Flandry.

»Ein Ruka«, erwiderte Kathryn. »Ein Drittel eines Didoniers.«

Der Ruka sprang auf die linke Schulter des Nogas, schnellte seine Zunge hervor und versenkte sie in das linke Tentakel des Kolosses.

»Du mußt verstehen«, fuhr Kathryn fort, »irgendwelche Bezeichnungen brauchten wir für sie. In den meisten didonischen Sprachen werden die Einzelgeschöpfe einfach ›Füße‹, ›Flügel‹ oder ›Hände‹ genannt. Das würde in unserer Sprache zu Verwirrungen führen. Und da einige der Aeneas-Dialekte Russisch enthalten, einigten wir uns auf ›Noga‹, ›Krippo‹ und ›Ruka‹.« Das aus drei Teilen bestehende Wesen hielt ein paar

Meter vor ihnen an. »Steck deine Waffe ein. Dieser wird uns nichts tun.«

Sie ging der Einheit entgegen. Flandry folgte ihr ein wenig verwirrt. Selbstverständlich waren ihm Symbiosen nichts Neues. Das bisher sonderbarste Beispiel dieser Art hatte er unter den Togru-Kon-Tanakh auf Vanrijn angetroffen. Ein Gorilloide lieferte die Hände und die Kraft; ein kleines Geschöpf mit Panzer und scharfen Augen hatte das Gehirn und die gute Sicht; die Organe, die sie vereinten, enthielten Zellen zur vollkommenen Verbindung der beiden Nervensysteme. Offensichtlich war die Evolution auf Dido den gleichen Weg gegangen.

Aber nein – noch viel weiter. Denn die beiden kleineren Geschöpfe suchten nicht mehr selbständig nach Nahrung, sondern sogen dem Koloß Blut aus den Tentakeln. Einen Moment lang hatte Flandry eine Gänsehaut.

Er und Kathryn blieben vor der Einheit stehen. Der Wind brachte den Geruch von Heu und Pferden mit sich. Flandry wußte nicht, in welches Augenpaar er sehen sollte.

Das Noga knurrte. Der Krippo stieß durch die Nasenschlitze flötende Laute aus. Der Ruka blähte seinen Kehlsack auf und produzierte eine Reihe von sonderbaren, aber wohlklingenden Geräuschen.

Kathryn horchte angespannt. »Ich kenne diese Sprache nicht«, sagte sie, »aber sie ist verwandt zu einem Dialekt von Port Frederiksen. Ich verstehe also recht gut, was Sieser meint. Die Einheit heißt ›Herr-des-Gesangs‹ – aber das ist natürlich nur eine unzureichende Übersetzung . . .« Sie stieß ein paar Silben aus. Flandry erkannte ein paar anglische Worte, aber er verstand nicht, was sie sagte.

Vermutlich waren die Didonier so fremdartig, daß sie die Sprache der Menschen nicht erlernen konnten, dachte Flandry. Die Xenologen hatten deshalb verschiedene Hilfssprachen für die linguistischen Gruppen auf Dido zusammengestellt: Geräusche, welche die menschliche Zunge nachahmen konnte, auf einer semantischen Ebene, welche die Eingeborenen verstanden. Flandry beobachtete Kathryn mit wachsender Bewunderung. Nur große Wissenschaftler waren zu solchen Leistungen fähig. Drei Stimmen antworteten ihr.

Nach einer Weile drehte sich Kathryn um. »Die Einheit versteht meinen Dialekt nicht«, sagte sie. »Aber Höhlen-Entdecker kennt die Grundlagen. Sieser wird eine neue Einheit zusammenstellen.«

»Sieser?«

Sie lachte. »Welches Pronomen ist wohl in einer Situation wie dieser richtig? Einige Kulturen beharren auf Geschlechtsunterscheidungen in den Teilen einer Einheit. Aber für die meisten spielt das Geschlecht eine untergeordnete Rolle. Die Rasse und die Fähigkeit einer Einheit sind wichtig, und sie kombinieren die Einzelwesen in allen möglichen Gruppen. Und so nennen wir jede Partnerschaft, ob sie aus zwei oder mehr Einzelwesen besteht, Sie-es-er, kurz Sieser. Das ist bis jetzt die einfachste Lösung.«

Der Krippo entfernte sich mit schweren Flügelschlägen. Der Ruka blieb bei dem Noga. Aber man hatte das Gefühl, daß ein Licht erloschen war. Die beiden starrten die Menschen eine Zeitlang an, dann kratzte sich der Ruka, und das Noga begann von neuem Unkraut zu jäten.

»Man braucht alle drei, um Intelligenz zu erzeugen?« fragte Flandry.

Kathryn nickte. »Ja. Die Rukas besitzen das größte Gehirn. Allein haben sie etwa die Intelligenz von Schimpansen. Das Noga allein ist reichlich dumm. In Verbindung mit den beiden anderen jedoch kann es denken wie du und ich. Vielleicht sogar noch besser, wenn ein Vergleich möglich ist. Wir versuchen immer noch, Tests auszuarbeiten, die uns einen Begriff von ihrer Denkweise geben.« Sie runzelte die Stirn. »Sorge dafür, daß die Leute ihre Waffen einstecken. Wir sind bei einem friedlichen Stamm.« Flandry gab nach, aber er ließ die Männer an ihren Plätzen. Wenn etwas schiefging, wollte er den Weg zum Rückzug frei haben.

Die andere Einheit – nein, Sieser – löste sich vom Pflug. Mit schweren Schritten kam das Noga über den gepflügten Acker näher. Krippo und Ruka verloren keinen Augenblick den Kontakt. Kathryn sprach die Didonier an, als sie näher kamen. Wenigstens erhielt sie diesmal eine Antwort, die sie etwa so übersetzte: »Ich bin Pflüger, der eure Rasse kennt, wenn er auch nicht eure Worte sprechen kann.«

Flandry rieb sich das Kinn. Es war noch glatt von der letzten Bart-Enzym-Behandlung, aber er klagte bereits über das Sprießen eines Schnurrbarts. »Ich nehme an, daß die einzelnen Geschöpfe sich so zusammenfinden, wie es für eine bestimmte Aufgabe oder Arbeit am günstigsten ist?«

»Ja. Jedenfalls gilt das für die meisten Kulturen, die wir studiert haben. Pflüger ist wahrscheinlich genau das, was der Name besagt – ein geschickter Feldarbeiter. In anderen Kombinationen sind die Teile von Sieser vielleicht Mitglieder eines guten Jägers, Kunsthandwerkers oder Musikers. Man braucht also nicht viele Einzelwesen, um eine Vielzahl von Spezialisten für die Kommune zu besitzen.«

»Sagtest du ›Kommune‹?«

»Das erscheint mir richtiger als Gemeinschaft.«

»Aber weshalb weiß nicht jeder, was der andere erfahren hat?«

»Nun, sie scheinen schneller als unsere Rasse zu lernen, aber der Prozeß ist auch nicht spontan. Gedächtnisspuren müssen verstärkt werden, wenn sie nicht aussterben sollen. Und natürlich hält ein Gehirn nur die Erinnerung und Fähigkeiten fest, die durch die Praxis erworben wurden. Nogas beispielsweise behalten das botanische Wissen, weil sie der essende Teil sind; die Rukas besitzen Hände und kennen deshalb die handwerklichen Tätigkeiten; Krippos speichern geographische und meteorologische Daten. Natürlich ist in Wirklichkeit nicht alles so einfach, wie ich es jetzt geschildert habe. Wir glauben, daß alle drei Arten gewisse Informationen gemeinsam speichern – die Sprache beispielsweise. Aber du kannst dir jetzt so ungefähr vorstellen, was ich meine.«

»Dennoch . . .«

»Laß mich ausreden, Dominic.« In ihren Augen war Begeisterung aufgeflammt. »Das alles ist eine Frage der Kultur. Die Gesellschaftsstruktur der Didonier ist ebenso unterschiedlich wie die der Menschen. Manche Kulturen lassen es zu, daß sich wahllos Einheiten bilden. Das führt dazu, daß die Einheiten nicht soviel voneinander lernen; das Wissen zerstreut sich; die Gefühle und das intellektuelle Leben verflachen. Die Gruppen bleiben auf dem Stand von Wilden. Andere Kulturen hingegen wechseln die Einheiten fast gar nicht. Es gibt sogar Fälle, in denen die Dreiergemeinschaft bis zum Tode aufrechterhalten wird. Nur unwillig lösen sie sich für kurze Zeit, um den Jungen ein Minimum an Erfahrung und Wissen zu vermitteln. Diese Gruppen besitzen den größten technischen Fortschritt, aber auch sie sind noch nicht über das Steinzeitalter hinausgelangt. In keinem der beiden Fälle erkennen die Didonier ihr volles Potential.«

»Ich verstehe.« Flandry blinzelte. »Playboys kontra Puritaner.«

Sie erwiderte lachend: »Meinetwegen, wenn du es so ausdrücken willst. Die meisten Kulturen jedoch, wie diese hier, fassen die Sache richtig an. Jedes Glied gehört zu ein paar stabilen Einheiten und teilt seine Zeit gerecht zwischen diesen auf. So können die Einheiten zu echten Persönlichkeiten werden, sie besitzen ein breites Wissen, und jede Einheit für sich hat noch Spezialkenntnisse. Zusätzlich werden im Notfall provisorische Einheiten gebildet.«

Sie warf einen Blick zum Himmel. »Ah, Höhlenentdecker wird zusammengesetzt.«

Zwei Krippos kamen in eleganten Kreisen tiefer. Einer gehörte vermutlich zu Herr-des-Gesangs, der andere zu Höhlenentdecker. Flandry allerdings konnte sie nicht voneinander unterscheiden. Herr-des-Gesangs und Höhlenentdecker hatten offensichtlich ein Noga und einen Ruka gemeinsam.

Der erste Vogel nahm Platz auf der Schulterplattform. Sein Gefährte flog weiter, um sich ein anderes Noga zu suchen. Über den Wäldern kreisten jetzt einige Krippos, und Rukas schaukelten in den Bäumen. Flandry dachte lächelnd, daß die Begegnung zu einer Dorfversammlung wurde.

Er wandte seine Aufmerksamkeit Kathryn und Höhlenentdecker zu. Zwischen den beiden hatte sich ein Dialog entsponnen. Anfangs sprachen sie stockend, denn sie hatten die Sprache seit vielen Jahren nicht mehr benutzt. Außerdem unterschied sich der Dialekt, der in dieser Region gesprochen wurde, ein wenig von dem Dialekt um Port Frederiksen. Aber nach einer Weile wurden die Sätze fließender.

Die übrigen Mitglieder der Kommune kamen näher, horchten und ließen sich das Gespräch erläutern – außer denen, die im Wald jagten oder Früchte sammelten. Doch das erfuhr Flandry erst später. Eine Einheit kam dicht an ihn heran. Der Ruka sprang ab, ohne die ›Nabelschnur‹ von seinem Gefährten zu lösen. Blaue Finger tasteten Flandrys Kleidung ab und versuchten, den Strahler aus dem Futteral zu ziehen. Das gefiel Flandry gar nicht, obwohl die Waffe nicht entsichert war. Andererseits wollte er Kathryn nicht durch eine abweisende Haltung verärgern. So nahm er seinen Packen von den Schultern und breitete den Inhalt auf dem Boden aus. Das reichte, um die Rukas von mehreren neugierigen Einheiten zu beschäftigen. Er sah, daß sie nichts stahlen oder beschädigten. Flandry setzte sich und ließ seine Gedanken immer wieder zu Kathryn wandern.

Eine gute Stunde war vergangen, und der kurze Tag neigte sich seinem Ende zu, als sie ihn zu sich rief. »Sie freuen sich, uns kennenzulernen, und bieten uns ihre Gastfreundschaft an«, erklärte sie, »aber sie zögern, uns über die Berge zu führen. Die dortigen Bewohner sind gefährlich. Außerdem haben sie im Augenblick viel Arbeit im Wald und auf den Äckern. Andererseits ist die Bezahlung, Waffen und Stahlwerkzeug, natürlich verlockend. Sie wollen eine Einheit namens Denker zusammenstellen und Sieser die Frage abwägen lassen. Inzwischen können wir hierbleiben.«

Leutnant Kapunan atmete erleichtert auf. Seine Medikamente bewirkten zwar, daß es den Verwundeten nicht noch schlechter ging, aber die Anstrengung des Fußmarsches hatte sie doch sehr geschwächt. Wenn er mit ihnen hier abwarten konnte, bis die anderen Hilfe herbeigeholt hatten . . .

Flandry erklärte sich einverstanden. Der Marsch an sich verlangte vielleicht Todesopfer, und da wollte er die Zahl so klein wie möglich halten.

Alle schlenderten zum Haus hinüber. Die Menschen fühlten sich in Gegenwart der Kolosse nicht wohl – ausgenommen Kathryn. Sie lachte und plauderte unentwegt. »Für mich ist das eine Art Heimkehr«, erzählte sie den Männern. »Ich hatte beinahe vergessen, wie aufregend die Arbeit auf Dido war. Und ich liebe diese Geschöpfe.«

O ja, du besitzt viel Liebe, dachte Flandry. Er versagte sich die Bemerkung, obwohl er sie jedem anderen Mädchen gegenüber ausgesprochen hätte. Bei Kathryn fühlte er Hemmungen.

Als sie die Hügelkuppe erreicht hatten, sahen sie, daß der gegenüberliegende Hang sich nur kurz absenkte und dann sanft wieder anstieg. In der schützenden Mulde lag das Dorf. Kanäle, die zu einem größeren Bach führten, sollten offensichtlich eine Überflutung verhindern. In der Ferne, jenseits der Bäume, ragte eine nackte Klippe in den Himmel. Von dort hörten sie auch das Dröhnen eines Wasserfalls. Kathryn deutete hinüber. »Sie nennen dieses Gebiet Donnerfels«, sagte sie.

Die Wohnstätte bestand aus grasbedeckten Holzhütten und einem primitiven Korral, dessen Inneres gepflastert war. Offenbar wollte man sich vor dem aufgeweichten Boden schützen, der bei den häufigen Regenfällen vorherrschte. Die meisten Gebäude waren Schuppen und Futterkrippen. Das Hauptgebäude bestand aus einem Lagerhaus, das die Männer sowohl durch die schönen Schnitzereien als auch durch seine Größe beeindruckte. Flandry schenkte als erster dem Korral seine Aufmerksamkeit. Jugendliche aller drei Arten befanden sich darin, zusammen mit vier Erwachsenen in verschiedenen Kombinationen, und das dritte Glied wurde jeweils von einem Jungen gestellt. Andere Junggeschöpfe schlenderten umher, fraßen oder schliefen. Die Kühe säugten die Noga-Kälber – zwei der Erwachsenen waren Weibchen –, und die Kälber wiederum wurden von wolligen kleinen Rukas und stummelflügeligen Krippos angezapft.

»Schule?« fragte Flandry.

»Man könnte es so nennen«, erwiderte Kathryn. »Die ersten Stufen der Entwicklung und des Unterrichts. Das ist so wichtig, daß wir sie nicht unterbrechen wollen. Während die Jungen heranwachsen, bilden sich Partnerschaften heraus. Aber in der Regel lösen sie sich wieder auf, und die Jungen ersetzen Erwachsene, wenn diese durch Krankheit oder Tod ausfallen.«

»Donnerwetter! Bei den Didoniern ist also der Spruch Wirklichkeit geworden: ›Wenn die Jugend wüßte, wenn das Alter könnte, gäbe es nichts, was nicht vollbracht würde.‹«

»Ja. Und in gewisser Hinsicht haben sie auch den Tod überwunden. Natürlich, über mehrere Generationen hinweg geht eine Einheit ganz in einer anderen auf, und viele der früheren Erinnerungen verschwinden. Aber das Ineinander, die Verflechtung – verstehst du, weshalb sie mich so faszinieren?«

»Ja. Wenn ich dich so reden höre, bedaure ich, daß ich nicht das Zeug zu einem Wissenschaftler habe.«

Sie betrachtete ihn ernsthaft. »In meinen Augen bist du ein echter Philosoph, Dominic.«

In diesem Moment wünschte er seine Mannschaft weit, weit weg.

Die Türen und Fensterläden des Langhauses standen weit offen, und das Innere war heller und kühler, als sie erwartet hatten. Der Boden bestand aus feuergehärtetem Lehm und war mit frischen Zweigen bestreut. An den Wänden hingen Häute, grob gewebte Teppiche, Werkzeuge, Waffen und Gegenstände, die Kathryn für Stammesheiligtümer hielt. Man sah Boxen für die Nogas, Bänke für die Rukas und Leitern für die Krippos. Fackeln steckten in den Wandhaltern. In Vertiefungen des Bodens brannten Feuer. Lederbahnen über Holzgestellen sorgten dafür, daß der Rauch durch Luftlöcher ins Freie abzog. Die ganz Kleinen stolperten, flatterten und krochen zwischen den Beinen der Erwachsenen umher. Sie waren entzückend wie die Jüngsten aller Rassen. Einheiten, die zu alt oder krank für die tägliche Arbeit waren, lagen geduldig in der Mitte des Raumes. Bei den Didoniern gab es kein Privatleben. Das ging gegen alle ihre Vorstellungen.

Flandry deutete auf die Pelze. »Wenn diese Kolosse Pflanzenfresser sind, weshalb gehen sie dann auf die Jagd?« fragte er.

»Wegen der Tierprodukte«, erklärte Kathryn. »Leder, Knochen, Sehnen, Fett – pst.«

Die Prozession hielt vor einer Sitzstange an, auf der ein uralter Krippo kauerte. Er war hager und hatte einen lahmen Flügel, aber irgendwie erinnerte er Flandry an einen Adler. Jedes Noga beugte das Horn vor ihm. Der Krippo, der zu Höhlenentdecker gehörte, verließ seinen Platz und flog die Stange an. Sein Noga bot das freigewordene Tentakel dem Alten an, der sofort die Vereinigung vollzog. »Denker«, flüsterte Kathryn Flandry zu. »Ihre klügste Einheit. Sieser wird in etwa einer Minute den Bericht der anderen verdaut haben.«

»Gehören die Partner dieser gerupften Gans zu jeder bedeutenden Einheit der Kommune?«

»Pst, nicht so laut. Ich kenne die hiesigen Sitten nicht, aber sie scheinen einen besonderen Respekt vor Denker zu haben. Nun, man kann annehmen, daß die Glieder mit dem besten genetischen Erbe die besten Einheiten bilden, oder? Ich vermute, daß Höhlenentdecker ein Forscher und Abenteurer ist. Sieser suchte ein Xenologen-Lager zweihundert Kilometer von hier entfernt auf und stieß dabei zum erstenmal auf Menschen. Denker erhält die Kraft und Kühnheit von dem gleichen Noga und Ruka, reist aber in andere Gefilde. Ah, ich glaube, daß Sieser nun fertig ist. Ich werde die Informationen wiederholen müssen, die durch den anderen Krippo verlorengingen.«

Die Unterhaltung dehnte sich weit in die Nacht hinein. Die Fackeln wurden entzündet und die Feuer geschürt, und man begann in großen Steintöpfen zu kochen. Obwohl die Nogas von Gras und rohen Früchten leben konnten, zogen sie gekochte Nahrung vor. Ein paar weitere Einheiten kehrten heim. Sie hatten den Weg mit Hilfe von leuchtenden Faulhölzern gefunden. Sie schleppten Körbe mit eßbaren Wurzeln herein. Zweifellos blieben Jäger und Sammler oft tagelang fort. Das Langhaus füllte sich, und man hörte flötende, keckernde und dröhnende Unterhaltungen. Flandry und seine Leute hatten Mühe, die Neugierigen von den Verwundeten fernzuhalten, ohne sie zu kränken.

Endlich verbeugte sich Kathryn vor Denker und suchte die Schiffsgefährten auf. In dem tanzenden roten Licht glänzten ihre Augen noch stärker als sonst. »Es war nicht leicht«, sagte sie strahlend. »Aber ich konnte Sieser überreden. Wir bekommen eine Eskorte – sehr klein, aber immerhin eine Eskorte mit Führern und Trägern. Ich denke, wir können in fünfundvierzig Stunden aufbrechen – es geht heim.«

»Was sie daheim nennt«, brummte einer der Männer.

»Halt den Mund«, befahl Flandry.

10

Vor Jahrhunderten war ein Einzelgänger-Planet in der Nähe von Beta Crucis vorbeigezogen. Welten ohne Sonnen sind nicht ungewöhnlich, aber bei der astronomischen Weite kommt es selten vor, daß eine von ihnen auf einen Stern trifft. Dieser Planet nun kam dicht an Beta Crucis vorbei und schlug eine hyperbolische Bahn ein. Er besaß etwa die Größe von Terra. Die Atmosphäre gefror, nachdem die Innenwärme ganz verstrahlt war. Nun schmolz die große blaue Sonne die Meere und taute die Atmosphäre auf. Ein paar Jahre lang herrschte auf dem Planeten Chaos. Letzten Endes hätte die interstellare Kälte wieder Besitz von der einsamen Welt ergriffen, und der Vorfall wäre ohne Bedeutung geblieben. Aber der Zufall wollte es, daß sie von ein paar Leuten entdeckt wurde, die sofort erkannten, daß sie ein Vermögen wert war. Bis dahin war die Isotopensynthese das Sorgenkind der Raumfahrtindustrie gewesen. Man brauchte ganze Meere als Kühlmittel und ganze Kontinente als Halden für den radioaktiven Müll. Jeder bekannte Himmelskörper war zu kalt oder zu heiß oder sonst irgendwie ungeeignet gewesen. Aber nun hatte man Satan. Er besaß die Idealtemperatur. Sobald die Stürme und Beben abgeklungen waren, kamen die Glücksritter in Scharen.

Während der Wirren wußte niemand so recht, zu welchem Territorium Satan rechtlich gesehen gehörte. Eine Zeitlang vergaß man ihn ganz. Kein Wunder, denn man konnte ihn nur für ganz kurze Zeit betreten, wenn man nicht von der Strahlung getötet werden wollte. Man wich auf Automaten, Roboter und Computer aus. Sie arbeiteten weiter, während die Zivilisation gegen den Untergang ankämpfte. Und dann beruhigte sich die Situation wieder. Als schließlich ein Aristokrat des Imperiums den ersten automatisch gelenkten Frachter nach Satan schickte, wurde das Schiff mit einem wahren Schatz gefüllt.

Die Verteidigung von Satan war der Hauptgrund dafür, daß man später den Sektor Alpha Crucis befestigte und kolonisierte.

Im Bildschirm von Hugh McCormacs Kommandoraum

wirkte der Planet düster und drohend. Wolken und Meere und dunkle Kontinente wurden sichtbar. Es war ein ödes Bild, um so mehr, wenn man sich die Oberfläche vorstellte – nackte Berge, schluchtenartige Täler, Steinebenen, kalte, reglose Meere. Das alles war in Nacht gehüllt, in eine Dunkelheit, die nur selten durch bläulich schimmernde Lampen erhellt wurde. Man hörte nichts außer dem dünnen Pfeifen des Windes oder dem Rauschen der stagnierenden Seen. Nur die Maschinen setzten unbeirrt ihre Arbeit fort.

Für Hugh McCormac aber bedeutete Satan den Sieg.

Er wandte den Blick von dem Planeten ab und ließ ihn in die entgegengesetzte Richtung schweifen. Der offene Raum lag vor ihm. Dort, wo schwach die Sterngebilde glitzerten, starben Menschen. »Ich sollte drüben sein«, sagte er. »Ich hätte nicht nachgeben dürfen.«

»Sie könnten auch nichts tun, Sir«, entgegnete Edgar Oliphant. »Sobald die Taktik festgelegt ist, rollt das Spiel von selbst. Und Sie hätten vielleicht den Tod gefunden.«

»Das ist es ja.« McCormac verkrampfte die Finger. »Wir befinden uns hier in Sicherheit, während draußen ein Kampf tobt – ein Kampf um meinetwillen.«

»Sie sind der Flottenadmiral, Sir«, erinnerte Oliphant ihn. Er nahm einen tiefen Zug an seiner Zigarre. »Sie müssen die Informationen auswerten und Entscheidungen treffen, falls etwas Unvorhergesehenes geschieht.«

»Ich weiß.« McCormac ging unruhig auf der Galerie hin und her. Unter ihnen erstreckte sich das Gewirr der Computer. Männer saßen an Schreibtischen und Konsolen, Ordonnanzen eilten geschäftig umher. Niemand kümmerte sich um formelle Dinge. Der Kampf gegen Pickens' Flotte mußte koordiniert werden. Zu etwas anderem hatten sie keine Zeit.

Es schmerzte ihn, daß er die *Persei* nicht in den Kampf schicken konnte. Das Schiff war sein größter Schlachtkreuzer. Aber wo hätte er sonst all die Computer untergebracht?

»Wir könnten zusätzlich ein wenig kämpfen«, sagte er. »Das haben wir in der Vergangenheit oft getan.«

»Damals waren Sie noch nicht Herrscher«, entgegnete Oliphant.

McCormac blieb stehen und sah ihn verbittert an. Oliphant kaute an seiner Zigarre und fuhr fort: »Sir, wir haben ohnehin nicht genug aktive Anhänger. Die meisten beten, daß sie von keiner Seite in den Kampf gezogen werden. Weshalb sollte ein Planet alles aufs Spiel setzen, wenn nicht einmal die Hoffnung besteht, daß Sie am Leben bleiben? Wir könnten unser Kontrollzentrum riskieren, aber nicht Sie. Ohne Sie zerfällt die Revolution.«

McCormac ballte die Fäuste und warf wieder einen Blick auf Satan. »Entschuldigen Sie«, sagte er. »Es war kindisch von mir.«

»Oh, ich verstehe Ihre Lage«, meinte Oliphant. »Schließlich kämpfen zwei Ihrer Söhne mit . . .«

»Und die Söhne der anderen? Ob sie nun zur Menschenrasse gehören oder nicht, sie sterben, sie werden verstümmelt. Lassen wir das.« McCormac beugte sich über das Geländer und betrachtete das große Schaubild auf dem Deck. Die farbigen Lichter deuteten nur an, daß unzählige Informationen durch die Computer geschleust wurden. Aber manchmal erhielt man aus diesen dreidimensionalen Bildern eine Idee – den zündenden Funken, den Elektronengehirne nie übermitteln konnten.

Wenn das Bild stimmte, trug seine Taktik Früchte. Er hatte angenommen, daß der vorsichtige Dave Pickens es nicht wagen würde, die wirtschaftlich so wertvollen Fabriken auf Satan zu vernichten. Deshalb hatten die Anhänger Josips den strikten Befehl, dem Planeten nicht zu nahe zu kommen. McCormacs Einheiten konnten also im Notfall hierher fliehen. Dadurch waren sie in der Lage, kühner als bei normalen Kämpfen vorzugehen. Gewiß, es bestand die Möglichkeit, daß Pickens Satan unter Beschuß nahm. Aber das störte McCormac nicht weiter. Die Verluste, die dabei entstanden, schadeten hauptsächlich dem Gegner. Sie würden ihn empfindlich schwächen.

Es sah so aus, als ginge Pickens auf Nummer Sicher. Und das war schlecht für die imperiale Flotte.

»Angenommen, wir siegen«, sagte Oliphant. »Was machen wir dann?«

Sie hatten schon oft davon gesprochen, aber McCormac griff die Gelegenheit sofort auf. Er wollte nicht an den Kampf denken, in den er nicht eingreifen konnte. »Das hängt davon ab, wie stark die Opposition noch ist. Wir möchten einen möglichst großen Teil des Imperiums besetzen, ohne unsere Kräfte allzusehr zu zersplittern. Die Nachschubprobleme sind für uns wichtiger als der Kampf selbst. Die Versorgung darf nicht zusammenbrechen.«

»Sollen wir Ifri angreifen?«

»Nein. Das kostet zuviel Aufwand. Wenn wir es vom Imperium abschneiden können, haben wir das gleiche Ziel erreicht.«

»Aber Llynathawr? Ich meine – nun ja, wir erfuhren, daß Ihre Frau von einem Regierungsagenten fortgebracht wurde...« Oliphant schwieg, als er sah, was er mit seinen Worten angerichtet hatte.

McCormac stand eine Zeitlang hilflos da. Schließlich sagte er gepreßt: »Nein. Sie werden den Planeten mit aller Kraft verteidigen. Das bedeutet mit Sicherheit die Vernichtung der Hauptstadt. Denken wir nicht an Kathryn. Es gibt zu viele andere Frauen, die unter diesem Kampf leiden müssen.«

Ein Bildschirm flackerte und wurde hell. Das Gesicht des Sprechers strahlte. »Sir – Eure Majestät –, wir haben gesiegt.«

»Was?« Es dauerte eine Sekunde, bis McCormac verstanden hatte.

»Es stimmt, Eure Majestät. Die Berichte strömen geradezu herein. Wir müssen sie zwar noch auswerten, aber es besteht gar kein Zweifel am Ausgang des Kampfes. Es ist fast so, als könnten wir den feindlichen Kode entziffern.«

Einen Moment lang stellte sich McCormac diese Möglichkeit vor. Der Geheimkode wurde natürlich nicht von Menschen, sondern von Maschinen erstellt. Und die Computer, die ihn ausarbeiteten, gaben ihn an die Schiffsroboter weiter. Selbstverständlich benutzten die Computer für die Verschlüsselung Zufallselemente, und daher war es praktisch unmöglich, die feindlichen Besprechungen mitzuhören. Wenn es einmal gelang, ein Schiff zu kapern und den Kode-Computer unversehrt mitzunehmen, war der Feind gezwungen, eine neue Sprache auszuarbeiten. Das kam selten vor, und die Computer brauchten nicht lange, bis sie die Botschaften von neuem verschlüsselt hatten.

Aber wenn man unbemerkt vom Feind das Kodesystem erbeuten konnte...

Nein, das war eine Illusion. McCormac zwang sich, wieder auf den Schirm zu sehen. »Der Verlust der *Zeta Orionis* gab vermutlich den Ausschlag. Die feindliche Flotte zieht sich zurück.« Er mußte etwas unternehmen. Er durfte die Flotte nicht einfach fortziehen lassen. Eine kleine Verfolgungsjagd – natürlich nicht zu weit. Taktische Improvisationen waren nötig ...

»Äh, man hat uns bestätigt, daß die *Vixen* unbeschädigt blieb.« Das war Johns Schiff. »Von der *New Phobos* kam noch kein Bericht, aber es besteht kein Anlaß zu Befürchtungen.« Colins Schiff. Den Jüngsten, Bob, hatte er mit aufs Flaggschiff genommen. »Einen Augenblick, bitte. Eine wichtige Information ... Sir, es steht fest, daß die *Aquilae* schwer getroffen wurde. Das ist Pickens' Flaggschiff.« McCormac hoffte inbrünstig, daß Dave Pickens nichts zugestoßen war.

»Sehr schön, Hauptmann«, sagte McCormac. »Ich komme gleich zu Ihnen.«

Aaron Snelund ließ den Admiral stehen. Während er sich eine Zigarette aus der verzierten Dose holte, den Duft des terranischen Marihuanas einatmete und gemächlich die Beine übereinanderschlug, fingerte der Offizier nervös an seiner blaugoldenen Uniform herum. Außer der reglosen Leibwache befand sich niemand im Raum. Die Dynaskulpturen waren ausgeschaltet.

»Superb«, murmelte Snelund und sog genüßlich den Rauch ein. Er nickte dem grauhaarigen Admiral zu. »Stehen Sie bequem.«

Pickens blieb steif stehen. »Sir ...« Seine Stimme war um eine Nuance zu hoch.

Über Nacht war er gealtert.

Snelund unterbrach ihn mit einer Handbewegung. »Lassen Sie nur, Admiral. Ich habe die Berichte genau studiert, und ich kenne die Situation, die sich aus der Niederlage ergibt. Man ist nicht unbedingt Analphabet in militärischen Dingen, auch wenn man sich normalerweise mit Regierungsdingen beschäftigt. Oder?«

»Natürlich nicht, Euer Exzellenz.«

Snelund lehnte sich zurück. »Ich ließ Sie nicht kommen, damit Sie mir wiederholen, was ich bereits las«, fuhr er fort. »Nein, ich hatte den Wunsch nach einem offenen, privaten Gespräch. Sagen Sie, Admiral, was raten Sie mir?«

»Das – steht in meinem persönlichen Bericht, Sir.«

Snelund zog die Augenbrauen hoch.

Auf Pickens' Stirn standen Schweißtropfen. »Nun, Sir«, meinte er unsicher, »der Rest unserer Flotte ist nicht sehr viel kleiner als die Streitmacht des Feindes. Wir können ein kleines Gebiet zurückerobern, festigen und ihm den Rest überlassen. Die Merseianer-Krise kann nicht ewig dauern. Sobald wir genügend Verstärkung bekommen, lassen wir es zum Entscheidungskampf kommen.«

»Ihr letzter Entscheidungskampf war ziemlich enttäuschend, Admiral.«

Pickens' Mundwinkel zuckte nervös. »Ich habe meinen Rücktritt eingereicht, Sir.«

»Und ich habe ihn nicht akzeptiert – und werde ihn auch nicht akzeptieren.«

»Sir!« Pickens sah ihn starr an.

»Beruhigen Sie sich.« Snelund betrachtete sein Gegenüber mit väterlichem Wohlwollen. »Es war keine Blamage für Sie, Admiral. Sie hatten nur das Pech, auf einen besseren Mann zu stoßen. Wären Sie weniger tüchtig gewesen, so hätten sich weniger retten lassen. Sie haben die Hälfte der Flotte zurückgebracht. Es fehlt Ihnen vielleicht an Phantasie, aber Sie besitzen militärisches Können. Und das ist viel in unserer degenerierten Zeit. Nein, ich will Ihren Rücktritt nicht. Ich möchte, daß Sie weiterhin das Kommando behalten.«

Pickens zitterte. Tränen standen ihm in den Augen. »Setzen Sie sich«, sagte Snelund, und der Admiral nahm auf der Stuhlkante Platz. Snelund zündete die nächste Zigarette an und ließ ihm ein wenig Zeit, bis er sich erholt hatte. Dann sagte er:

»Solides militärisches Wissen, Organisationstalent und Führungsgabe – das alles besitzen Sie. Ich werde für die nötige Phantasie sorgen. Mit anderen Worten – ich klügle die Schachzüge aus, und Sie führen sie durch. Ist das klar?«

Seine Frage kam wie ein Peitschenhieb. Pickens schluckte

und murmelte: »Jawohl, Sir.« Snelund hatte während der vergangenen Tage seine ganze Psychologie eingesetzt, um den Mann weichzumachen.

»Gut, gut. Rauchen Sie doch, mein Lieber.« Er deutete auf die Zigarettendose. »Und jetzt will ich Ihnen meine Pläne erklären.

Ursprünglich wollte ich mit Hilfe von Lady McCormac Druck auf den Rebellen ausüben. Dann verschwand dieser unverschämte Flandry mit ihr.« In seinen Augen glimmte Zorn. »Haben Sie eine Ahnung, was aus ihm geworden ist?«

»Nein, Sir«, erwiderte Pickens. »Unserem Geheimdienst ist es noch nicht gelungen, in die Reihen des Feindes einzudringen. Das dauert eine Weile. Nach unseren Informationen scheint sie noch nicht bei ihrem Gatten zu sein. Aber wir haben auch nicht erfahren, daß sie irgendwo sonst, vielleicht auf Terra, gelandet wäre.«

»Nun«, meinte Snelund, »ich beneide diesen Flandry nicht, falls ich wieder auf die Erde zurückkehre.« Er rauchte, bis er sich wieder beruhigt hatte. »Aber das ist unwichtig. Das Bild hat sich verändert. Ich mußte meine Pläne umstellen.

Der konservative Kurs wäre genau das, was Sie vorschlagen: Wir überlassen McCormac den größten Teil des Sektors, bis wir wieder genügend Schlagkraft besitzen. McCormac wird damit rechnen, deshalb ist der Plan gefährlich. Lassen wir ihn auf ein paar Dutzend Welten zum Herrscher ausrufen, lassen wir ihm freie Hand bei der Verteidigung und Regierung der Planeten – und wenn die terranische Flotte ankommt, kann sie ihn nicht mehr vertreiben. Er ist verdammt geschickt in solchen Dingen. Bedenken Sie, wie kurz die Nachrichtenlinien sind. Bedenken Sie, welche Begeisterung seine Demagogen und Xenologen im einfachen Volk schüren. Bedenken Sie, wie viele Planeten abtrünnig werden, solange sein Plan glattgeht. Das kann sich wie ein Virus im ganzen Sektor verbreiten, bis er eines Tages tatsächlich im Triumphzug durch die Hauptstadt marschiert.«

»Ich . . . ich hatte auch an diese Dinge gedacht, Euer Exzellenz«, stammelte Pickens.

Snelund lachte. »Zudem – wenn es den Regierungstruppen gelingt, die Rebellen zu unterwerfen, was wird dann aus Ihnen? Oder aus mir? Man wird uns keine Blumentöpfe dafür überreichen, daß wir eine Revolte ausbrechen ließen und sie dann nicht einmal selbst unterdrückten. Man wird die Zeigefinger heben und empört die Köpfe schütteln. Rivalen werden die Gelegenheit nutzen und uns anschwärzen. Wenn wir hingegen Hugh McCormac allein besiegen und anschließend die Planeten säubern, dann können wir mit klingender Münze rechnen. Mit Geld kann man viel kaufen – unter anderem Adelstitel und Beförderung für Sie, und eine glanzvolle Rückkehr zum Hof für mich. Habe ich recht?«

Pickens fuhr sich mit der Zunge über die trockenen Lippen. »Einzelwesen wie ich sollten nicht zählen. Nicht, wenn Millionen und aber Millionen Menschen . . .«

»Aber wir gehören auch zu diesen Millionen, oder? Und wenn wir uns selbst etwas Gutes tun, nützen wir gleichzeitig dem Imperium, dem wir die Treue geschworen haben. Keine unrealistischen Phrasen bitte. Gehen wir zur harten Arbeit über, zur Unterdrückung dieser Rebellion.«

»Was schlägt der Gouverneur vor?«

Snelund hob den Zeigefinger. »Ich schlage nicht vor, Admiral, ich befehle. Um die Einzelheiten kümmern wir uns später. Aber die allgemeine Marschroute ist, daß Sie den Krieg nicht erlöschen lassen. Gewiß, unsere kritischen Systeme müssen geschützt werden. Aber Ihnen bleiben noch genug Kräfte zum Kampf gegen McCormac. Vermeiden Sie große Schlachten. Versuchen Sie es statt dessen mit kleinen Gefechten. Greifen Sie nur an, wenn Sie sicher sind, daß Ihre Flotte zahlenmäßig überlegen ist. Zerstören Sie die Industrie und den Handel der abtrünnigen Planeten.«

»Sir? Das sind unsere eigenen Leute!«

Snelund richtete sich auf. Seine Fäuste umkrampften die Stuhllehnen. »Nachschub und Versorgung sind McCormacs Hauptproblem«, sagte er schneidend. »Er kann vielleicht unsere Flotte schlagen. Aber er kann sich nicht gegen den Hunger wehren. Seine Streitkräfte brauchen Nahrung, Kleider, Medikamente, Waffen, Werkzeug, Ersatzteile und neue Schiffe, wenn sie nicht untergehen wollen. Ihre Aufgabe ist es, die Nachschubkanäle abzusperren.«

»Läßt sich das schnell und gründlich genug erreichen, Sir?«

fragte Pickens. »Er wird Verteidigungsstellungen ausbauen, Geleitzüge organisieren und Gegenangriffe wagen.«

»Ja, ja, das weiß ich. Sie haben nur eine einzelne Aufgabe in dem Spiel, wenn auch eine bedeutsame. Als zweites werden wir versuchen, den Verwaltungsapparat der aufständischen Planeten auf unsere Seite zu bringen.«

»Äh – das verstehe ich nicht, Sir.«

»Da sind Sie nicht der einzige«, sagte Snelund mit einem selbstgefälligen Lächeln. »Überlegen Sie einmal, welche Armee von Bürokraten und Funktionären die Grundlage jeder Regierung bildet. Es ist gleich, ob sie vom Staat oder einer nominell privaten Organisation bezahlt werden. Sie tun ungerührt ihre tägliche Arbeit. Sie kümmern sich um die Raumhäfen und den Verkehr, sie verteilen die Post, sie sorgen für störungsfreie Nachrichtenübermittlung, sie sammeln die wesentlichen Informationen und geben sie weiter, sie betreuen das Gesundheitswesen, sie verhindern Verbrechen, sie schlichten Streite ... Muß ich noch mehr sagen?«

Sein Lächeln vertiefte sich. »Im Vertrauen gesagt«, fuhr er fort, »diese Lektion erhielt ich hier draußen. Wie Sie wissen, wollte ich verschiedene politische und verwaltungstechnische Änderungen durchsetzen, als ich im Sektor Alpha Crucis ankam. Ich hatte nur zum Teil Erfolg – auf Planeten, wo die Eingeborenen noch keinen echten Verwaltungsapparat aufgebaut hatten. Auf den übrigen Welten verschleppten die Angestellten des öffentlichen Dienstes das Tempo. Ich konnte auf einen Knopf drücken und einen äußerst dringenden Befehl durchgeben – aber nichts geschah. Schreiben brauchten Wochen, bis sie von einem Schreibtisch zum nächsten gelangten. Beschwerden wurden Komma für Komma behandelt. Unzählige Rückfragen fanden ihren Weg erst nach Wochen zu mir.

Berichte wurden abgelegt und vergessen. Es war, als müßte ich gegen einen zähen Nebel ankämpfen. Und ich konnte schließlich nicht alle entlassen. Ganz abgesehen von den legalen Einwänden – ich brauchte sie einfach. Es gab keinen Ersatz für sie. Ich möchte Hugh McCormac diese Medizin zu kosten geben.«

Pickens rutschte unbehaglich hin und her. »Wie, Sir?«

»Darüber diskutierten wir heute nachmittag. Wir müssen diese Planeten benachrichtigen. Die kleinen Funktionäre sollen das Gefühl bekommen, daß es nicht gut für sie ist, mit Eifer der Revolution zu dienen. Ihre natürliche Ängstlichkeit und Sturheit wird uns dabei helfen. Einige können wir zusätzlich bestechen, andere bedrohen – vielleicht sogar ein paar Attentate oder eine kleine Bombardierung. Verstehen Sie? Wir müssen McCormacs potentielles Reich mit Agenten durchsetzen, bevor er es fest in den Griff bekommt. Dann wagen wir den nächsten Schritt – Propaganda, Unterbrechung des interstellaren Transportsystems durch Raubüberfälle. O ja, ich glaube, daß ich McCormacs Verwaltungsapparat langsam zum Stillstand bringen. Und ohne diesen Apparat muß seine Armee verhungern. Stehen Sie auf meiner Seite, Admiral?«

Pickens schluckte. »Jawohl, Sir. Natürlich.«

»Gut.« Snelund erhob sich. »Kommen Sie mit in den Konferenzraum. Mein Mitarbeiterstab wartet schon. Wir werden die Pläne bis in alle Einzelheiten festlegen. Möchten Sie eine Anregungspille? Die Sitzung dauert vermutlich bis Mitternacht.«

11

Kathryn schätzte die Entfernung von Donnerfels bis Port Frederiksen auf etwa zweitausend Kilometer. Aber das war die Kartenentfernung – eine Strecke, die ein Flugzeug in ein paar Stunden und ein Raumschiff in wenigen Minuten zurücklegte. Am Boden und zu Fuß würde die Reise wochenlang dauern.

Das Gelände war schwierig, und die Didonier kannten es nur teilweise. Wie die meisten Primitiven wagten sie es kaum, die Umgebung ihres Heimatortes zu verlassen. Handelsartikel wanderten von Gemeinde zu Gemeinde. Lange Kaufmannskarawanen quer durch das Land kannten sie nicht. So mußten sich die drei, welche die Menschen begleiteten, selbst vorwärtstasten. Besonders in den Bergen konnte das verhängnisvoll werden.

Außerdem spielte ihnen die kurze Rotationszeit einen Streich. Die Eingeborenen weigerten sich, den Weg nach Einbruch der Dunkelheit fortzusetzen, und Flandry mußte zugeben, daß es unklug war, nachts durch fremde Gebiete zu streifen. Je weiter das Jahr voranschritt, desto länger wurden die Tage. Im Hochsommer war es von den achtdreiviertel Stunden ganze sieben Stunden hell. Aber die Didonier hielten höchstens vier bis fünf Stunden durch. Auch das war verständlich. Unterwegs, weit weg von der reichen Kost der Gemeinschaft, mußte ein Noga essen, was es fand. Schließlich versorgte es insgesamt drei Geschöpfe. Gemüse war weniger kalorienreich als Fleisch. Die Kolosse brauchten lange, bis sie wieder genügend ›aufgetankt‹ hatten.

»Vierundzwanzig Menschen«, zählte Flandry. »Dazu die sechzehn, die wir zurückgelassen haben, und unser guter Doktor. Sie wollen ebenfalls essen. Ich weiß nicht, ob die Rationen reichen.«

»Wir können einen Teil davon durch Eingeborenenkost ergänzen«, versicherte Kathryn ihm. »Einige der Pflanzen enthalten Fruchtzucker. Ich kann dir und den Männern zeigen, wie sie aussehen.«

»Na schön. Zeit genug haben wir ja zum Sammeln, da wir auf unsere hungrigen Kolosse Rücksicht nehmen müssen.« Flandry strich sich verärgert über die Oberlippe. »Verdammt, dieser Schnurrbart wird lästig. Meine Haut entzündet sich, weil ich das Zeug nicht gewohnt bin. Leider dachte ich nicht daran, eine Schere und einen Spiegel mitzunehmen.«

Kathryn lachte. »Weshalb hast du das nicht schon früher gesagt? Die Eingeborenen besitzen Scheren. Ziemlich plumpe und stumpfe Dinger, aber zum Haareschneiden sind sie gut genug. Ich werde dir den Bart abnehmen.«

Ihre Nähe machte ihn ganz schwindlig. Er war nur froh, daß die anderen Männer sich selbst die Bärte stutzten.

Sie standen alle unter ihrem Bann. Das hatte nichts damit zu tun, daß sie die einzige Frau weit und breit war. Sie wetteiferten darum, ihr kleine Gefälligkeiten zu erweisen und ihr den Hof zu machen. Flandry konnte ihnen nicht gut befehlen, diese Dinge zu unterlassen. Die Beziehung zu seinen Leuten war ohnehin gespannt.

Für sie war er nicht mehr der Kapitän, sondern nur noch der Commander. Er hatte sein Schiff verloren. Sie kamen seinen Befehlen nach, aber es war unausweichlich, daß die Disziplin nachließ, auch zwischen den einfachen Soldaten und den anderen Offizieren. Er hatte das Gefühl, daß er wenigstens den Schein der Autorität wahren mußte. Das führte zu einer Art – nein, nicht Feindschaft, aber Zurückhaltung. Sie behandelten ihn höflich und kühl, während sie untereinander herzliche Freundschaften schlossen.

Eines Nachts, als er zufällig wach lag, hörte er eine leise Unterhaltung mit an. Zwei Männer erklärten, daß sie nicht die Absicht hätten, sich in Port Frederiksen zu ergeben. Sie wollten sich McCormac anschließen, und sie versuchten, ihre Freunde zu dem gleichen Schritt zu überreden. Die anderen Männer widersprachen, wenigstens im Moment noch. Flandry machte sich Sorgen. Von jener Nacht an hörte er regelmäßig den heimlichen Gesprächen seiner Leute zu.

Das alles ereignete sich erst, als sie ein gutes Stück Weg zurückgelegt hatten. Die drei Didonier, die mit ihnen von Donnerfels aufbrachen, hießen nach Kathryns Übersetzung Höhlenentdecker, Ernteeinbringer und – zur allgemeinen Erheiterung – Schmied.

Oft genug wechselten sie die einzelnen Tiere, so daß Kombinationen wie Erzsammler, Wächter-vom-Nordtor oder Blitz-der-ins-Haus-schlug entstanden. Kathryn erklärte, daß sie das hauptsächlich taten, um die Gewohnheiten und Erinnerungen jeder Einheit frisch zu halten, daß es sich aber andererseits um einen beinahe religiösen Ritus handelte.

»Das Eins-Sein ist das Ideal dieser Kultur«, erklärte sie Flandry. »Sie sind der Ansicht, daß die ganze Welt eine Einheit darstellt. Durch Zeremonien, mystische Betrachtungen, Halluzinationsdrogen und sonstige Mittel versuchen sie mit dem Universum zu verschmelzen. Eine alltägliche Methode ist, sich mit verschiedenen Gliedern zu verbinden. Aber den Höhepunkt des Jahres stellt die herbstliche Paarung dar, vor allem wegen der ekstatischen, transzendenten Erfahrungen, die dabei gemacht werden.«

»Oh, ich kann mir denken, daß eine Rasse wie diese interessante sexuelle Verbindungen eingeht«, sagte Flandry. Sie errötete und sah weg. Er verstand ihre Reaktion nicht. Schließlich hatte sie als Biologin gearbeitet. Gedankenverbindungen zu ihrer Gefangenschaft? Er konnte es sich nicht vorstellen. Sie war zu vital, um sich lange von diesen Erinnerungen quälen zu lassen. Gewiß, die Narben würden immer bleiben, aber sie hatte wenigstens ihre Fröhlichkeit wiedergewonnen. Weshalb dann diese Schüchternheit ihm gegenüber?

Sie gingen über einen Grat. Das Land gehörte einer anderen Kommune, die verwandt zu den Bewohnern von Donnerfels war und deshalb den Durchmarsch erlaubt hatte. Das Dschungelgebiet hatten sie bereits hinter sich gelassen. Hier war die Luft nach terranischen Begriffen tropisch, aber zu ihrer großen Erleichterung nicht mehr so feucht. Eine leichte Brise fächelte ihnen Kühlung zu und trug einen ingwerähnlichen Geruch herbei.

Der Boden war mit einem schwammartigen braunen Unkraut bedeckt. Dazwischen sah man leuchtende Blüten, ein paar Pfeilbüsche und sogar gelegentlich Laternen- und Granatapfelbäume. Zur Linken ragte eine Landkorallenmasse auf, und ihre roten und blauen Farbtöne hoben sich lebhaft gegen den silbergrauen Himmel ab.

Keiner der Didonier war komplett. Einer hatte nur Verbindung mit seinem Ruka, die beiden anderen Rukas sammelten Beeren, und die drei Krippos waren als Späher vorausgeflogen. Getrennt konnten die Tiere Routineaufgaben durchführen und im Notfall die Wichtigkeit der Vereinigung erkennen.

Außer der eigenen Ausrüstung – einschließlich Speeren, Bogen und Kampfäxten – trugen die Nogas das Gepäck vom Raumboot.

Dadurch kamen die Männer schneller voran. Flandry hatte sie gebeten, den Rukas beim Beerensammeln zu helfen, damit die Nogas schneller gefüttert werden konnten. Sie waren an der ganzen Bergflanke verteilt.

Flandry und Kathryn befanden sich allein am Grat.

Ihre Gegenwart verwirrte ihn wie immer. Er spürte ihre leichten, kraftvollen Bewegungen, sah die weibliche Figur unter dem Coverall, beobachtete die Locken, die der Wind zerzauste . . . Er wechselte das Thema sofort. »Sind die Didonier von Natur aus Pantheisten?«

»Ebensowenig, wie die Menschen von Natur aus Monotheisten sind«, erwiderte sie. »Es hängt von der Kultur ab. Einige sehen ihre eigene Vereinigung als das höchste an und unterscheiden sich streng von den anderen Kommunen. Ihre Riten erinnern mich an die Huldigungen eines Mobs vor dem Herrscherpalast. Diese Gruppen sind meist kriegerisch veranlagt.« Sie deutete nach vorn, wo man schwach die Umrisse der Berge sah. »Leider müssen wir auch an solchen Kommunen vorbei. Die Bewohner von Donnerfels fürchten die Bergstämme. Ihre Haltung spricht sich herum. Wenn ich Denker nicht an die Gewehre erinnert hätte, die er zur Belohnung bekommen sollte, wären wir wohl ohne Eskorte aufgebrochen.«

»Wesen, die den Tod nicht fürchten, sind schwere Gegner«, sagte Flandry. »Allerdings glaube ich nicht, daß die Didonier gern eines ihrer Glieder verlieren, und sie werden den üblichen Respekt vor Schmerzen haben.«

Kathryn lächelte. Sie hatte sich wieder gefangen. »Du lernst schnell. Du hättest selbst Xenologe werden sollen.«

Er zuckte mit den Schultern. »Meine Arbeit bringt mich oft mit fremden Rassen zusammen. Ich bin immer noch der Überzeugung, daß die Menschheit der verrückteste Haufen ist, aber gleich danach kommen diese Didonier. Weißt du, wie es zu ihrer Entwicklung kam?«

»Ja, man hat in dieser Richtung Nachforschungen angestellt. Allerdings konnten wir nicht gründlich genug vorgehen, da uns das Geld fehlte. Woher kommt es, daß wir immer nur Mittel für Kriege haben?«

»Ich weiß es auch nicht. Vermutlich ist das Unterbewußtsein des Menschen auf Kampf eingestellt.«

»Eines Tages müssen wir doch zur Vernunft kommen.«

»Du vergißt die Fähigkeit des Menschen, alle Warnungen der Geschichte beharrlich zu überhören«, entgegnete Flandry. Dann erinnerte er sich, daß dieses Gespräch verfänglich war. Es konnte sie leicht auf Hugh McCormacs Rebellion bringen. So fuhr er fort: »Aber zurück zu anderen Rassen. Sie sind nicht so deprimierend. Wie ging die Evolution auf Dido vor sich?«

»Nun, soweit wir es beurteilen können, gab es eine sehr lange Hitzeperiode. Die Vorfahren der Nogas ernährten sich hauptsächlich von weichen Pflanzen, die durch die Trockenheit verdorrten. Man glaubt, daß sie es sich angewöhnten, in die Nähe der Rukas zu wandern, da diese Geschöpfe beim Beerenpflücken in den hohen Bäumen Äste abrissen und zu Boden warfen. Aber auch die Bäume wurden mit der Zeit rar. Die Krippos, die bis dahin von dem Ungeziefer auf der Haut der Nogas gelebt hatten, konnten schon von weit weg Nahrung erkennen und die Nogas hinführen. Die Rukas schlossen sich den Nogas an und holten ihnen zum Dank die Zweige aus den hohen Bäumen.

Schließlich gelangten einige der Geschöpfe weit nach Osten zum Barca-Kontinent. Dort lebte ein scheußlicher Riesenkäfer, ein Blutsauger, der seine Opfer nicht nur anzapfte, sondern auch eine Mikrobe absonderte, welche die Wunde offenhielt. Die Nogas von damals waren beträchtlich kleiner als heute, und sie litten vermutlich sehr unter diesem Käfer. Die Rukas und Krippos vertrieben die Blutsauger oder fraßen sie. Aber dann fingen sie wohl irgendwann an, selbst von dem Blut zu saugen, um ihre magere Kost aufzubessern.«

»Von da an kann ich mir die Geschichte selbst ergänzen«, sagte Flandry. »Einschließlich des Hormonaustausches, der allen half und das Bündnis festigte. Zum Glück hatte sich keine intelligente Rasse daneben entwickelt. Sie hätte mit dieser plumpen Symbiose rasch Schluß gemacht. Aber jetzt funktioniert das System. Faszinierende Möglichkeiten für die Zivilisation.«

»Wir haben sie nur vorsichtig mit Menschen zusammengebracht«, sagte Kathryn. »Und das nicht nur, weil wir sie in ihrem ursprünglichen Zustand studieren möchten. Wir wissen noch nicht, was gut für sie ist und was nicht.«

»Das wird sich nur durch Versuche herausbringen lassen«, meinte Flandry. »Es wäre interessant zu sehen, wie sich die Geschöpfe in einer technischen Zivilisation verhalten würden – wenn man sie von Geburt an dort aufzieht.«

»Weshalb willst du nicht Menschen unter Didoniern aufwachsen lassen?« fragte sie empört.

»O Verzeihung, es war nicht so ernst gemeint.« Sie sah hübsch aus, wenn sie wütend war. »Natürlich würde ich so etwas nie in die Tat umsetzen. Ich habe schon zu viele furchtbare Fälle dieser Art miterlebt.« Und dann kam ihm ein Gedanke. »Ich würde mich gern mit ihnen anfreunden. Schließlich dauert die Reise noch zwei oder drei Monate, und die Zeit im Lager vergeht so langsam. Willst du mir nicht die Sprache beibringen?«

Sie sah ihn überrascht an. »Du meinst das im Ernst, Dominic?«

»Aber ja. Ich kann nicht versprechen, daß ich das Zeug im Laufe der Jahre im Kopf behalte; dazu muß ich mir zu viele verrückte Dinge merken. Aber im Augenblick möchte ich mich gerne direkt mit ihnen unterhalten. Es wäre eine Sicherheit für uns. Und vielleicht stoße ich sogar auf ein paar interessante wissenschaftliche Probleme, die den Aeneanern entgangen sind.«

Sie legte ihm die Hand auf die Schulter. Das war ihre Art; sie berührte die Menschen, an denen ihr etwas lag. »Du bist kein Imperialer, Dominic«, sagte sie. »Du gehörst zu uns.«

»Das sei dahingestellt . . .« entgegnete er verwirrt.

»Weshalb stellst du dich auf Josips Seite? Du weißt, was er ist. Du hast Snelund und seine anderen Kumpane gesehen. Weshalb hilfst du nicht den Menschen, denen du näherstehst?«

Er wußte die Antwort.

Es begann mit seiner Überzeugung, daß eine Revolution niemals Erfolg haben konnte. Aber er konnte es ihr nicht sagen, nicht jetzt, an diesem wunderbaren Tag. »Vielleicht lasse ich mich noch bekehren«, sagte er. »Wie wäre es inzwischen mit Sprachunterricht?«

»Gern.«

Flandry konnte seinen Männern nicht verbieten, daß sie zuhörten, und eine Menge taten es. Aber nach einer Weile gaben sie auf. Flandry setzte all seine Sprachfähigkeiten ein und überflügelte sie um ein gutes Stück. Danach hatte er Kathryn viele Stunden in der Woche ganz für sich. Er ignorierte die eifersüchtigen Blicke und wurde auch selbst nicht mehr eifersüchtig, wenn sie sich fröhlich mit einem der Männer unterhielt oder abends am Lagerfeuer mitsang.

Auch störte es ihn nicht, als Maat Robbins von der Suche nach eßbaren Pflanzen mit einem blauen Auge und einem verdatterten Gesichtsausdruck zurückkehrte. Kathryn hatte ihn bei seiner Suche begleitet. Später behandelte sie Robbins wie alle anderen und ließ sich von dem Vorfall nichts anmerken.

Flandrys Fortschritte erstaunten sie. Er besaß Sprachtalente und hatte zudem die harte Linguisten- und Metalinguistenschule des Geheimdienstes über sich ergehen lassen. Obendrein kannte er die Tricks der Konzentration und Gedächtnisstützen: Er hatte das Lernen gelernt. Wenige Wissenschaftler der Privatwirtschaft erhielten eine so gute Ausbildung; das war bei ihrem Aufgabenbereich auch nicht unbedingt nötig. Aber ein Agent mußte sich in jedem Falle durchsetzen können. Innerhalb einer Woche verstand Flandry die Grundstruktur der didonischen Dialekte – und das war nicht einfach, da die Didonier auf einer völlig anderen Ebene als die Menschen dachten.

Oder doch nicht? Mit der Grammatik und dem Wortschatz, den Kathryn ihm beigebracht hatte, ergänzte Flandry seine Ausbildung, indem er sich vor allem mit Höhlenentdecker unterhielt. Anfangs war es ein lächerliches Unterfangen, aber nach ein paar Wochen konnten sie schon richtige Diskussionen führen. Der Didonier war an ihm und Kathryn ebenso interessiert wie umgekehrt. Kathryn nahm immer häufiger an diesen Gesprächen teil.

Höhlenentdecker war abenteuerlustiger als die meisten anderen Didonier. Seine Persönlichkeit war auch deutlicher definiert als die der übrigen Vereinigungen. In der Heimatkommune arbeitete Sieser als Jäger, Holzfäller und Bote. Wenn es nicht viel zu tun gab, durchforschte Sieser die Umgebung. Einmal im Jahr reiste Höhlenentdecker zum Goldenen See, wo weniger fortschrittliche Stämme einen Markt abhielten. Dort tauschte Sieser Metallwerkzeug gegen Pelze und getrocknete Früchte. Auf diesem Markt verband sich das Noga mit einem besonderen Ruka und Krippo, um die Vereinigung Flößer zu bilden. Auf Donnerfels gehörten Höhlenentdeckers Noga und Ruka außer zu Denker auch noch zu Herr-des-Gesangs; der Krippo vereinigte sich mit einem fremden Ruka und Noga zu Zeremonienmeister; der Ruka verband sich mit Brauer. Diese Ordnung konnte durch provisorische Vereinigungen noch erweitert werden.

Wahllos – außer zu Erziehungszwecken – fanden die Vereinigungen aber nicht statt. Weshalb sollte man die Zeit eines Gliedes verschwenden, das mit anderen Gliedern eine bessere Vereinigung bilden konnte? Es gab in Donnerfels sogar eine Unterscheidung zwischen ›Intellektuellen‹ und ›Proleten‹. Selbstverständlich waren die Grenzen stärker verwischt als bei anderen Völkern. Snobismus oder Neid schien sich durch diese Unterscheidung nicht zu entwickeln. Es handelte sich um eine ganz sachliche Trennung. Die Nächstenliebe innerhalb der Kommune war so selbstverständlich, daß der Begriff gar nicht existierte.

Jedenfalls gewannen Flandry und Kathryn diesen Eindruck. Kathryn gab zu, daß sie sich täuschen konnten. Wie wollte man in die Psyche eines Wesens mit drei Gehirnen eindringen, wenn obendrein jedes der Gehirne Erinnerungen an andere Vereinigungen und längst vergangene Generationen barg?

Getrennt betrachtet, waren die Nogas friedfertig und gemütlich. Kathryn behauptete allerdings, daß sie jähzornig sein konnten, wenn man sie reizte. Die Krippos waren sensibel und sehr musikalisch; sie sangen komplizierte Melodien in wunderbar reinen Tönen. Die Rukas waren ruhelos, neugierig und sehr übermütig. Aber diese Eigenschaften stellten selbstverständlich Verallgemeinerungen dar. Jedes der Geschöpfe besaß einen eigenen Charakter, wie man es bei hochentwickelten Nervensystemen nicht anders erwarten konnte.

Höhlenentdecker liebte sein Universum. Sieser freute sich darauf, Port Frederiksen kennenzulernen und überlegte insgeheim, ob die Möglichkeit bestand, in einem Raumschiff den Planeten zu verlassen. Nachdem Sieser die Grundprobleme der Astronomie, Xenologie und galaktischen Politik verstanden hatte, wurden seine eigenen Fragen immer komplizierter. Flandry überlegte schon, ob die Didonier nicht intelligenter als die Menschen waren. Konnte ihre technische Rückständigkeit auf das zufällige Zusammentreffen mehrerer ungünstiger Fakten zurückzuführen sein? Und wenn ja, wie würden sie sich jetzt weiterentwickeln, nachdem sie Kontakt mit einer technischen Zivilisation aufgenommen hatten?

Vielleicht gehörte ihnen die Zukunft.

In der Zwischenzeit drang die Expedition weiter vor – durch Regen, Sturm, Nebel, Hitze, vorbei an fremdartigen Kommunen, deren Bewohner sie eher neugierig als feindselig empfingen. Schließlich erreichten sie das Hochland, wo die Männer die Kühle genossen. Die Didonier allerdings froren, und ihre Nahrung wurde bei dem kargen Pflanzenwuchs knapp. Trotz der ständigen Aufklärungsflüge der Krippos gerieten sie mehr als einmal in unwegsames Gelände und mußten umkehren.

Und hier, in den Maurusischen Bergen, fand das Gefecht statt.

12

Sie mußten über einen Paß, und der einfachste Weg zu diesem Paß führte durch einen Cañon, der im Laufe der Jahrhunderte von den Winterfluten eines Gebirgsstromes ausgewaschen worden war. Im Sommer floß nur ein Rinnsal am Grund des Cañons dahin. Die Wände boten Schutz vor dem Wind und reflektierten zum Teil die Wärme. Dadurch wuchsen am Rand des Flusses üppige Sträucher.

Der Boden war sandhaltig und weicher als bisher. Man entschloß sich daher zu der Abkürzung, obwohl der Cañon vielfach geknickt war und große Felsblöcke hin und wieder die Sicht nach vorn nahmen.

Die Landschaft war auf eine gespenstische Weise eindrucksvoll. Der Fluß rauschte zur Linken, schlammig, lärmend und trotz des niedrigen Wasserstandes tückisch. Am Ufer wucherten dichte Büschel von einjährigen Pflanzen. Ihre dunklen Farbtöne wurden von leuchtendweißen und -roten Blüten aufgelockert. Hier und da wuchsen verkrüppelte Bäume mit tiefen Wurzeln, die auch bei Überschwemmungen nicht aus dem Boden gerissen wurden. Weiter entfernt vom Wasser war der Cañon trocken und öde. Dunkle Felsbrocken türmten sich auf, verwitterte Nadeln und andere grotesk anmutende Formen stellten sich in den Weg. Der graue Himmel mit seinem diffusen Licht verwischte die Farben. Nur die Temperaturen waren angenehm. Die Menschen konnten in der trockenen Luft freier atmen.

Zwei Krippos kreisten ein Stück vor der Karawane. Ernteeinbringer blieb komplett, und bei jedem Noga befand sich ein Ruka. Bis auf Kathryn, Flandry und Havelock marschierten die Schiffbrüchigen hinter den Didoniern. Kathryn hatte sich ein wenig abgesondert und hing ihren Gedanken nach. Die Landschaft weckte wohl Erinnerungen an Aeneas. Der Kommandant und sein Vertreter sprachen leise, damit die anderen sie nicht hörten.

»Verdammt, Sir, weshalb sollen wir uns in Port Frederiksen einfach kampflos ergeben?« fragte Havelock aufgebracht. »Die Einstellung, daß unsere Sache hoffnungslos sei, führt leicht zu verräterischen Gedanken.«

Flandry sagte nicht, daß er sich dessen bewußt war. Havelock hatte sich nicht so stark wie die übrigen von ihm abgesondert, aber eine gewisse Distanz blieb dennoch bestehen. Flandry hatte wochenlang gebraucht, bis er dem Mann nähergekommen war. Er wußte, daß Havelock ein Mädchen auf der Erde hatte.

»Ich kann Ihnen keinerlei Versprechungen machen«, erwiderte Flandry. »Jedenfalls habe ich nicht die Absicht, uns in einen sicheren Tod zu führen. Weshalb horchen Sie die Männer nicht ein wenig aus? Ich möchte nicht, daß Sie jemanden denunzieren, aber vielleicht können Sie die – äh – Vertrauenswürdigen absondern und ihnen einen Wink geben. Falls ich mich zu einem Ausbruch entschließe, sollen sie eingeweiht sein. Wir beide können hin und wieder zusammenkommen und Pläne schmieden, aber unauffällig, damit die Leute nicht mißtrauisch werden. Auch Kathryn werden wir aushorchen. Sie soll uns den Hafen beschreiben, Stück für Stück. Vielleicht hilft uns das bei der Entscheidung.«

»Sehr schön, Sir«, erklärte Havelock. »Ich hoffe . . .«

In diesem Moment brach der Angriff los.

Die Gruppe war an ein Felsmassiv herangekommen, dessen Sockel von unregelmäßigen Zacken gebildet wurde. Hinter diesen Zacken erhoben sich nun ein gutes Dutzend Didonier. Flandry dachte blitzschnell: Sie müssen sich in einer Höhle versteckt haben!

Dann hagelten die Pfeile. »Verteilt euch!« schrie er. »Feuer! Kathryn, hinlegen!«

Ein Pfeil jagte um Millimeter an seinem Ohr vorbei. Ein Noga stieß einen heiseren Schrei aus, ein Ruka kreischte. Flandry duckte sich, den Strahler schußbereit. Die Didonier waren barbarisch geschmückt – mit Pelzen, Federdecken, Zahnketten und grellen Farben. Sie hatten Äxte, Pfeile und Lanzen mit Steinspitzen. Aber auch diese Steinzeitwaffen wirkten tödlich. Der Hinterhalt war mit Geschick vorbereitet worden.

Er warf einen Blick nach rechts und links. Während des Marsches hatte er hin und wieder Nahkampfübungen veranstaltet. Das machte sich jetzt bezahlt. Die Männer verteilten sich fächerförmig zu beiden Seiten. Jeder, der eine Waffe besaß – es gab nicht viele Handwaffen auf einem Raumschiff –, wurde von zwei oder drei Kameraden mit Speeren oder Dolchen unterstützt, die ihn notfalls ersetzen konnten.

Energieblitze zuckten, Pistolen krachten, Betäubungsstrahler summten. Über das Rauschen des Flusses hörte man Schmerzensschreie und das Dröhnen von Hufen. Ein Krippo verbrannte, ein Ruka stürzte zu Boden, ein Noga hinkte verwirrt zur Seite. Immer mehr Wilde fielen.

Aber der Rest griff weiter an – entweder in Todesverachtung oder weil sie schon zuviel Schwung besaßen, um noch umzukehren. Die Entfernung war kurz; und Flandry hatte nicht geglaubt, daß ein Noga zu solchen Geschwindigkeiten fähig war. Die Überlebenden rasten an ihm vorbei und stürzten sich auf das Trio von Donnerfels. Ein Mann konnte sich gerade noch zur Seite rollen, sonst wäre er von dem angreifenden Koloß zerstampft worden. Die Krippos hatten kaum Zeit, sich mit ihren Partnern zu vereinigen.

»Kathryn!« rief Flandry in den Lärm hinein. Zwischen ihnen befanden sich Kämpfende. Eine Sekunde lang sah er, wie die Didonier kämpften. Die Nogas konnten durch scharfe Waffen nicht getroffen werden. Sie schoben einander hin und her und versuchten, die Gegner zu Fall zu bringen. Rukas kratzten und bissen; die Krippos versuchten, sich so gut wie möglich zu schützen, während sie krampfhaft die Verbindung zu den Nogas aufrechterhielten.

Einige der angreifenden Nogas stolperten blindlings durch die Gegend. Sie hatten ihre Partner verloren. Ein paar Zweier-Gruppen hielten sich in Reserve, falls ein Ruka oder Krippo im Kampf fallen sollte. Acht oder neun unverletzte Vereinigungen umringten die drei Didonier von Donnerfels.

Nein, zweieinhalb. Flandry sah, daß der Krippo von Ernteeinbringer durch einen Pfeilschuß getötet worden war. Zusammengekrümmt lag er am Boden, bis eines der Nogas auf ihn trat. Seine Partner kämpften automatisch weiter, so gut sie es vermochten.

»Machen wir die Biester fertig!« rief jemand. Männer schoben sich vorsichtig näher heran. Man konnte kaum verstehen, weshalb die Didonier ihre Artgenossen angriffen und nicht die Menschen, die ihnen den eigentlichen Schaden zugefügt hatten. Waren die Zweibeiner zu fremdartig und unbegreiflich?

Flandry sah sich kurz nach Kathryn um. Sie hatte sich ein Stück zurückgezogen und stand nun unter einem Baum, den sie erklettern konnte, wenn sie angegriffen wurde. Das Messer, das er ihr geschenkt hatte, blitzte in ihrer Hand.

Er atmete erleichtert auf. Dann rannte er auf die kämpfenden Didonier zu.

Eine Steinaxt tötete den Ruka von Schmied. Der Ruka von Höhlenentdecker rächte seinen Gefährten mit zwei schnellen Hieben, doch dann drangen die Gegner auf ihn ein und warfen ihn zu Boden.

Die Menschen eröffneten das Feuer.

Es war ein brutales Dahinschlachten.

Die fremden Didonier rasten in blinder Furcht durch den Cañon. Keine einzige Vereinigung war unverletzt geblieben. Ein junger Terraner beugte sich über ein Noga und versetzte ihm den Gnadenschuß. Dann übergab er sich schluchzend. Von den Donnerfels-Bewohnern war nur eine Vereinigung übriggeblieben. Man wählte von den möglichen Kombinationen Wächter-vom-Nordtor, der systematisch die Verwundeten von ihren Schmerzen erlöste.

Der ganze Kampf hatte knappe zehn Minuten gedauert.

Kathryn kam näher. Auch sie weinte. »So viel Tod, so viele Wunden. Können wir ihnen nicht helfen?« Ein Ruka rührte sich. Er wirkte nicht verwundet. Vermutlich war er nur betäubt. Wächter-vom-Nordtor kam näher. Kathryn beugte sich über den Ruka. »Nein! Ich verbiete es.«

Der Didonier verstand ihren Dialekt nicht. Nur sein Noga gehörte zu Höhlenentdecker. Aber ihre Haltung war unmißverständlich. Nach kurzem Zögern machte sich der Ruka von Wächter-vom-Nordtor daran, den feindlichen Ruka zu fesseln, anstatt ihn zu töten.

Danach kümmerten sich die Menschen um die verwundeten Didonier von Donnerfels. Die Geschöpfe ließen die Behandlung geduldig über sich ergehen. Ein Krippo hatte das Bein gebrochen, andere litten unter Hieb- und Stichwunden. Aber alle würden sich nach einer kurzen Ruhepause erholen.

Alle hatten den Wunsch, das Schlachtfeld zu verlassen. Schweigend zogen sie ein paar Kilometer weiter, wo sie an einer übersichtlichen Stelle anhielten.

In den nördlichen Breiten Didos waren die Hochsommernächte nicht nur kurz, sondern auch hell. Flandry betrachtete den silbrigen Glanz, der über dem schwarzblauen Himmel lag. Das Licht reichte aus, um ihm den Weg zu weisen. Weiter weg verschwammen die dunklen Umrisse der Klippen mit der Dämmerung.

Flandry erkletterte einen niedrigen Hügel und starrte zum Lager hinunter. Das Feuer schimmerte rot wie ein sterbender Zwergstern.

Klar drang das Rauschen des Flusses herüber. Flandrys Stiefel knirschten über den Schotter. Hin und wieder stieß er gegen einen größeren Felsbrocken.

Kathryns Gestalt wurde deutlicher sichtbar. Er hatte vermutet, daß sie hier Zuflucht suchen würde, nachdem sie das Abendessen verweigert hatte. Als er neben sie trat, sah er, daß sie bleich war.

»Oh – Dominic.«

»Du hättest nicht allein fortgehen sollen.«

»Ich konnte nicht anders.«

«Nimm wenigstens eine Waffe mit, wenn du dich absonderst. Ich weiß, daß du damit umgehen kannst.«

»Ja, natürlich. Aber nach dem heutigen Kampf rühre ich keine Waffe mehr an.«

»Du hast doch sicher nicht zum erstenmal einen Kampf miterlebt.«

»Nein. Aber diesmal hatte ich auch schuld daran.«

»Der Angriff war ungerechtfertigt. Um ganz ehrlich zu sein, ich bedaure nur unsere eigenen Verluste. Und wir können es uns nicht leisten, die Toten lange zu beklagen.«

»Wir durchquerten das Gebiet der Eingeborenen«, entgegnete sie. »Vielleicht reizte sie das. Die Didonier haben die gleichen Besitzinstinkte wie die Menschen. Oder vielleicht hatten sie es auf unsere Ausrüstung abgesehen. Wenn wir nicht hierhergekommen wären, hätte es dieses Gemetzel nicht gegeben.«

»Es sind die Konsequenzen eines Krieges«, sagte er hart. Sie hatte sein eigenes Schuldgefühl wieder geweckt, und dagegen wehrte er sich. »Eure Revolution ist dafür verantwortlich.«

Er hörte, wie sie tief einatmete. Im nächsten Moment taten ihm seine Worte leid. »Entschuldige, Kathryn«, sagte er. »Es war nicht so gemeint. Ich lasse dich in Frieden, aber komm jetzt bitte zurück ins Lager.«

»Nein.« Sie sprach so leise, daß er sie kaum verstand. »Ich will sagen – laß mich noch eine Weile hier sitzen.« Sie nahm seine Hand. »Bleib bei mir. Ich bin froh, daß du hergekommen bist, Dominic. Du verstehst die Dinge.«

Wieder wurde Flandry von einem Schwindel erfaßt.

Sie saßen eine Zeitlang nebeneinander und hielten sich an den Händen. Dann lachte Kathryn unsicher und sagte: »Sprechen wir wieder einmal über praktische Dinge, Dominic. Es lindert die Schmerzen.«

Er sehnte sich nach einer Zigarette, aber er hatte Angst, ihre Hand loszulassen. »Nun, ich denke, daß wir übermorgen weitermarschieren können«, sagte er. »Nachdem du fort warst, setzten die Einheiten von Donnerfels Blitz-der-ins-Haus-schlug zusammen.«

Alle Partner hatten sich von Zeit zu Zeit mit Höhlenentdeckers Einheiten verbunden, um den Dialekt der Menschen ein wenig zu erlernen.

»Wir diskutierten die Lage. Die Strecke nach Port Frederiksen ist kürzer als der Rückweg. Die unvollständigen Einheiten können Routinearbeiten durchführen, und unsere Leute übernehmen die Kundschafteraufgaben. Sie haben sich gut an das Land gewöhnt. Außerdem werden wir ab jetzt alle Stellen meiden, die sich für einen Hinterhalt eignen.«

»Ich glaube nicht, daß es noch einmal zum Kampf kommt«, meinte Kathryn. Ihre Stimme klang jetzt fester. »Die Nachricht von der Niederlage spricht sich vermutlich rasch bei den Didoniern herum.«

»Mag sein. Dann ging es noch um den gefangenen Ruka.«

»Ja? Weshalb wird das arme Geschöpf nicht freigelassen?«

»Nun – Blitz-der-ins-Haus-schlug macht sich Sorgen, daß nur noch eine vollständige Vereinigung vorhanden ist. Bei manchen Aufgaben, besonders bei der Lastenbeförderung in unwegsamem Gelände, fühlen sie sich wohler, wenn sie von Rukas gesteuert werden. Außerdem kann nur noch ein Krippo vor uns her fliegen. Der andere muß für die unvollständigen Einheiten denken und sie führen.«

»Gewiß.« Er glaubte das Knistern ihrer Haare zu hören. Die blonden Locken waren während der letzten Monate gewachsen. »Daran dachte ich bisher nicht, aber du hast natürlich recht.« Ihre Finger verkrampften sich. »Dominic! Du hast doch nicht die Absicht, den Gefangenen einzusetzen?«

»Weshalb nicht? Blitz-der-ins-Haus-schlug findet den Gedanken ausgezeichnet. Sieser meint, so etwas geschähe nicht zum erstenmal.«

»Ich weiß – aber die Grausamkeit – der Zwiespalt . . .«

»Hör zu, ich habe lange über diese Dinge nachgedacht«, sagte er. »Wir zwingen den Ruka zu einer Verbindung mit dem Noga und dem Krippo von Höhlenentdecker – das war die stärkste, klügste Vereinigung, die wir hatten. Er wird gehorchen, wenn wir mit der Waffe drohen. Außerdem muß er Blut trinken, wenn er nicht umkommen will. Ein einzelner Bewaffneter kann ihn während des Marsches in Schach halten. Allerdings sind schon zwei Einheiten gegen eine im Vorteil. Wir werden die Verbindung permanent aufrechterhalten. Auf diese Weise geht das Denkschema der Bewohner von Donnerfels rasch auf den fremden Ruka über. Anfangs ist die neue Persönlichkeit vielleicht verwirrt und feindselig; aber nach einiger Zeit wird der Sieser mit uns zusammenarbeiten.«

»Nun . . .«

»Wir brauchen Sieser, Kathryn. Ich schlage keine Sklaverei vor. Der Ruka soll nicht für immer absorbiert werden. Er gibt – und empfängt. Er wird neues Wissen zu seiner Kommune bringen – vielleicht ein echtes Freundschaftsangebot, eine Aufforderung, Kenntnisse auszutauschen. Und wir geben ihm Geschenke mit, wenn wir ihn wieder freilassen.«

Sie schwieg. Schließlich sagte sie: »Du bist kühn, aber anständig. Du brauchst keinen Adelstitel, Dominic, und bist doch ein echter Ritter.«

»Kathryn!«

Er riß sie an sich und küßte sie, und sie erwiderte seinen Kuß. Die Umgebung war vergessen. Er konnte nicht mehr denken.

»Ich liebe dich, Kathryn.«

Sie machte sich frei und trat ein paar Schritte zurück. »Nein . . .« Als er sie wieder an sich ziehen wollte, wehrte sie ab. »Nein, bitte nicht. Hör auf. Ich weiß nicht, weshalb ich es tat.«

»Aber ich liebe dich doch«, rief er.

»Dominic, wir sind schon zu lange auf diesem Elendsmarsch. Du bedeutest mir mehr, als ich ahnte. Aber ich gehöre zu Hugh.«

Er blieb reglos stehen und wartete, bis sein Herz nicht mehr so wild hämmerte. »Kathryn«, sagte er, »für dich würde ich mich auch den Rebellen anschließen.«

»Für mich?« Sie kam wieder näher und legte ihm die Hände auf die Schultern. Halb schluchzend und halb lachend sagte sie: »Du kannst dir nicht vorstellen, wie froh ich bin.«

Er ballte die Fäuste. »Du verstehst mich falsch. Ich will dich besitzen – das ist es. Dafür würde ich alles tun.«

»Was?« flüsterte sie. Ihre Hände senkten sich.

»Du hast mich einen Ritter genannt. Falsch. Die Rolle des ›Familienfreundes‹ steht mir nicht. Ich möchte dein Mann sein, in jeder Hinsicht. Ist dir das klar?«

Der Wind pfiff, der Fluß dröhnte.

Kathryn war ein Schatten. »Nur bis Port Frederiksen«, sagte er. »Nicht weiter. Er muß es nicht erfahren. Ich diene seiner Sache und lebe von der Erinnerung.«

Sie setzte sich und weinte. Als er sie zu trösten versuchte, schob sie ihn weg. Er ging ein paar Meter zur Seite und rauchte eine Zigarette nach der anderen.

Schließlich sagte sie: »Ich verstehe, was du denkst, Dominic. Wenn Snelund, weshalb nicht auch du? Aber merkst du den Unterschied nicht? Angefangen damit, daß du mir so viel bedeutest.«

Seine Kehle war wie zugeschnürt. »Du bist einem Ideal treu, das hier, unter diesen Bedingungen, nicht mehr gelten kann.«

Sie schluchzte trocken.

»Verzeih mir«, sagte Flandry. »Ich wollte dir niemals weh tun. Eher würde ich mir selbst die Kehle durchschneiden. Wir sprechen nicht mehr davon, wenn du nicht willst. Aber ich warte, ob du deine Meinung änderst. Ich werde immer warten.«

Er zog den Strahler und drückte ihn in ihre Hand. »Wenn du hier oben bleiben willst, behalte die Waffe. Gib sie mir zurück, sobald du wieder im Lager bist. Gute Nacht.«

Er drehte sich um und ging. Er wußte nicht, ob er die Kraft hatte, weiterhin auf der Seite des Imperiums zu kämpfen.

13

Die Gruppe erholte sich am folgenden Tag von den Strapazen des Kampfes. Dann bereitete Flandry den Aufbruch vor. Die übrigen Didonier hatten, wie es bei wichtigen Entscheidungen üblich war, verschiedene Vereinigungen gebildet und die Lage diskutiert. Sie zeigten sich einverstanden. Für sie war das Hochland karg und kalt. Angesichts der Verluste, die sie erlitten hatten, besaßen sie nur den Wunsch, so rasch wie möglich in die Küstenebene zu gelangen.

Das war ein Mammut-Unterfangen. Die Männer verbrachten

die meiste Zeit damit, Nahrung für die Nogas zu sammeln. Wenn die Erschöpfung sie zu einer Pause zwang, schliefen sie sofort ein. Kathryn sprach sehr wenig, weder mit Flandry noch mit den anderen.

Flandry selbst brachte die Männer an den Rand der Meuterei, als er verkündete, er würde sich einzig und allein mit der Fertigstellung der neuen Vereinigung beschäftigen. Havelock beruhigte die Gemüter.

»Ihr habt gesehen, wie der Alte schuften kann. Mag sein, daß ihr ihn nicht ausstehen könnt, aber er ist weder ein Drückeberger noch ein Idiot. Jemand muß dafür sorgen, daß dieser Ruka spurt. Wir brauchen einfach einen Führer durch dieses gottverfluchte Land. Weshalb wir nicht Kathryn einsetzen? Immerhin ist sie die Frau dieses McCormac, durch dessen Schuld wir hier sind. Es würde sich in unseren Personalakten nicht gut machen, wenn wir ihr diese entscheidende Aufgabe zuweisen. Was heißt hier ›zum Kuckuck mit Personalakten‹? Wollt ihr heim oder nicht?«

Zu Beginn war ein Gespräch zwischen Flandry und dem Didonier unmöglich. Der Gefangene ergoß einen Strom von haßerfüllten Gedanken in die neue Vereinigung, während Noga und Krippo in ängstlicher Abwehr verharrten. Die Sprachen, Gewohnheiten, Bräuche, Gedankenschemata – alles geriet durcheinander. Die Vereinigung schleppte sich dahin, lustlos, manchmal halb betäubt. Zweimal mußte Flandry die Flucht ergreifen, um nicht vom Horn des Nogas aufgespießt zu werden.

Er gab nicht nach. Auch die beiden Geschöpfe, die in Höhlenentdecker vereint gewesen waren, hielten durch. Flandry versuchte sich vorzustellen, in welcher Situation sich die Vereinigung befand. War es ein Zustand der Schizophrenie? Oder ein Konflikt der Wünsche wie bei ihm? Er bezweifelte es. Die Didonier waren so fremdartig, daß man keine menschlichen Maßstäbe anlegen konnte.

Er versuchte, die Verschmelzung zu fördern, anfangs durch sein Verhalten, später durch Worte. Sobald der Ruka von dem Gefühl befreit war, daß man ihn foltern oder töten würde, schloß er sich automatisch seinen Wesensgenossen an. Dann folgte die Sprache. Ein Teil der Worte war mit Höhlenentdeckers Ruka gestorben. Aber ein Teil hatte sich erhalten, und als man für eine Weile den Krippo durch eine zweiten Ruka ersetzte, lernte der Fremde rasch neue Begriffe. Flandry wandte seine ganze Sprachbegabung an, um der neuen Vereinigung bei der Ausbildung zu helfen. Und die Didonier lernten rasch, wenn sie die nötige Unterstützung bekamen.

Als die Gruppe die Westhänge des Gebirges erreichte, konnte Flandry sich bereits mit der neuen Vereinigung unterhalten.

Die drei Wesen waren nicht besonders glücklich über ihre Verbindung. Sie nannten sich ›Großes Leid‹ – so jedenfalls übersetzte es Kathryn. Sie beschäftigte sich wenig mit ›Großes Leid‹, zum einen wegen ihres aufgewühlten Gefühlslebens, zum anderen wegen ihrer Erschöpfung. Flandry war das nur recht. Er konnte den teilweisen Gedächtnisschwund und den unterdrückten Ärger des Didoniers zu seinen Gunsten ausnutzen und das neu entstandene Wesen in eine ganz bestimmte Richtung lenken. Der Wachtposten, der bei den Unterhaltungen anwesend war, verstand den Dialekt nicht und hegte deshalb keinerlei Mißtrauen.

»Du mußt mir dienen«, wiederholte er immer wieder. »Es könnte zum Kampf kommen, und dann mußt du die Vereinigung ersetzen, die nicht mehr ist. Vertraue und gehorche niemandem außer mir. Nur ich kann dich letzten Endes befreien – mit reicher Belohnung für beide Kommunen. Aber ich habe sogar unter meinen Leuten Feinde.«

Wenn es nötig gewesen wäre, hätte er Großes Leid die ganze Geschichte erzählt. Aber bald fand er heraus, daß das nicht erforderlich und gar nicht wünschenswert war. Großes Leid besaß weniger Intelligenz und Wissen als Höhlenentdecker. Für Sieser waren die Menschen übernatürliche Wesen. Flandry, der diese Menschen eindeutig befehligte und obendrein Sieser ins Leben gerufen hatte, war die Quelle des *Mana.* Verzerrte Erinnerungen an die Dinge, die er und Kathryn Höhlenentdecker erzählt hatten, verstärkten das Bild von einem Konflikt der Mächte. Das Ruka-Gehirn, das von den dreien am höchsten entwickelt war, baute ein starkes Mißtrauen gegenüber den anderen Expeditionsteilnehmern auf, und Flandry tat nichts, um es abzuschwächen.

Als sie die Vorberge erreicht hatten, war Großes Leid sein Werkzeug geworden. Unter dem Einfluß von Noga und Krippo freute sich die Vereinigung sogar auf den Tag, da Sieser Flandry dienen konnte.

Wie er Großes Leid einsetzen wollte, wußte er noch nicht. Das hing von der Situation ab, die sie auf Port Frederiksen vorfinden würden.

Kathryn nahm ihn eines Abends zur Seite. Feuchte Hitze und ein Gewirr an Dschungelpflanzen umgab sie. Aber das Gelände war nicht mehr so steil, und die Rippen der Nogas verschwanden allmählich wieder hinter Fettpolstern.

Sie waren durch eine Schilfmauer von der Außenwelt abgeschirmt.

»Weshalb sind wir einander aus dem Weg gegangen, Dominic?« fragte sie ihn. Ihr Blick war ernst, und sie hatte seine Hände genommen.

Er zuckte mit den Schultern. »Zuviel Arbeit.«

»Nicht nur das. Wir wagten es nicht. Immer wenn ich dich ansehe . . . Dominic, ich könnte es nicht ertragen, wenn dir etwas zustoßen würde. Du kommst in meiner Wertschätzung gleich nach Hugh.«

»Nach Hugh.«

»Du gibst ihn mir zurück. Kein Gott könnte etwas Großartigeres tun.«

»Ich darf also annehmen, daß du dir meinen Vorschlag nicht mehr überlegt hast?«

»Nein. Ich wollte, ich könnte es. Ich leide mit dir. Ich wünsche dir von ganzem Herzen, daß du bald die richtige Frau findest.«

»Das ist schon geschehen.« Sie zuckte zusammen. Er merkte, daß er ihre Handgelenke hart umklammerte, und lockerte seinen Griff. »Kathryn, Liebling, wir sind gleich am Ziel, aber mein Angebot gilt immer noch. Wir beide – von hier bis Port Frederiksen –, und ich schließe mich der Revolution an.«

»Das ist deiner nicht würdig«, sagte sie. Sie war blaß geworden.

»Ich weiß es«, preßte er hervor. »Absoluter Verrat. Für dich würde ich meine Seele verkaufen.«

»Wie kannst du von Verrat sprechen?« Es klang, als hätte er sie geschlagen.

»Verrat, Verrat. Hörst du das? Die Revolte ist nicht nur schlimm, sie ist dumm. Du . . .«

Sie riß sich los und floh. Er blieb stehen, bis es ganz dunkel geworden war. Danach kehrte er niedergeschlagen zum Lager zurück.

Kathryn wich ihm nicht gerade aus. Das wäre unter den gegebenen Umständen unmöglich gewesen. Im Gegenteil, sie lächelte ihn oft schüchtern an, und dieses Lächeln brannte in ihm. Wenn sie ihn ansprach, so klang ihre Stimme warm und freundlich. Aber sie trennten sich nie mehr von ihren Gefährten.

Die Männer waren froh darüber. Sie umschwärmten Kathryn bei jeder Gelegenheit. Zweifellos bedauerte sie es ehrlich, Flandry verletzt zu haben; aber sie konnte es nicht ändern, daß sie mit jedem Kilometer, den sie nach Westen vordrangen, fröhlicher wurde.

Havelock fiel es nicht schwer, alle Einzelheiten über Port Frederiksen zu erfahren.

»Verdammt, ich nutze sie nicht gern aus«, sagte er eines Abends zu seinem Kommandanten.

»Sie tun es letztlich, um ihr zu helfen«, erwiderte Flandry.

»Eine Entschuldigung für sehr viel Grausamkeit und Verrat in der Vergangenheit.«

»Und in der Zukunft, ja. Aber – Tom, wir sammeln nur Informationen. Ob wir sie anwenden, hängt ganz von der Lage der Dinge bei unserer Ankunft ab. Ich habe Ihnen schon einmal gesagt, daß ich keine aussichtslosen Heldentaten versuchen werde. Vielleicht lassen wir uns ohne jeden Widerspruch gefangennehmen.«

»Und wenn nicht . . .«

»Dann tragen wir dazu bei, einer Dummheit vorzeitig ein Ende zu bereiten. Auf diese Weise bleiben vielleicht ein paar tapfere Menschen am Leben, einschließlich Kathryn.« Flandry klopfte dem Leutnant auf die Schulter. »Nehmen Sie die Sache nicht so schwer. Denken Sie lieber an das Mädchen, das daheim auf Sie wartet.«

Havelock grinste und ging erhobenen Hauptes weg. Flandry sah ihm nach. Für ihn gab es diesen Trost nicht – außer, Hugh McCormac tat ihm den Gefallen und brach sich das Genick . . .

Wie würde er reagieren, wenn es an ihm persönlich läge, McCormac vor einer drohenden Gefahr zu retten? Würde er ihn umkommen lassen oder nicht?

Er wußte es nicht.

Wie bei der amerikanischen Pazifik-Küste bildeten Berge das Westende von Barca – Berge, die zum Meer hin abrupt abfielen. Als Kathryn das Schimmern des Ozeans zum erstenmal wahrnahm, kletterte sie auf den höchsten Baum der Umgebung. Ihr Ruf drang durch den Wald: »Byrsa Head! Kann gar nichts anderes sein. Wir sind keine fünfzig Kilometer von Port Frederiksen entfernt.«

Sie stieg wieder herunter und sah Flandry strahlend an. Er sagte mühsam: »Von hier an gehe ich allein weiter.«

»Was?«

»Ich benutze einen der Raumanzüge. Zuerst suchen wir uns ein Lager, das von der Luft aus leicht zu erkennen ist. Ich erkundige mich in Port Frederiksen, ob man ein Flugzeug hierherschicken kann. Das würde uns eine Menge Weg ersparen.«

»Laß mich mitkommen!« Sie zitterte vor Ungeduld.

»Tut mir leid, das geht nicht. Versuch auch nicht, mich per Funk zu erreichen. Du kannst mithören, aber keine Botschaften durchgeben. Wir wissen nicht, ob sich die Situation geändert hat. Vielleicht haben Barbaren unseren Familienstreit ausgenützt und sich den Stützpunkt angeeignet. Ich werde nachsehen. Wenn ich in zwei Tagen nicht zurück bin, soll Valencia das Kommando übernehmen und nach eigenem Gutdünken vorgehen.« Havelock wäre ihm lieber gewesen. Valencia sympathisierte mit der Revolution. Aber er mußte die Rangfolge beachten, damit weder Kathryn noch die Männer mißtrauisch wurden.

Seine Worte dämpften die Fröhlichkeit ein wenig. Die Männer ließen sich an einem Bach nieder, abgeschirmt von Baumkronen. Sie zündeten kein Feuer an. Flandry streifte den Anzug über.

Er verständigte weder Großes Leid noch seine wenigen Vertrauten. Sie hatten während des langen Marsches längst Signale vereinbart.

»Sei vorsichtig, Dominic«, sagte Kathryn. Ihre Besorgnis traf ihn wie ein Messerstich. »Geh kein Risiko ein. Es wäre für uns alle furchtbar.«

»Keine Angst, mir gefällt das Leben.« O ja, er würde das Leben weiterhin genießen, auch wenn ihm der eigentliche Sinn fehlte. »Leb wohl.« Er schaltete den Antrieb ein. Nach ein paar Sekunden war das Lager verschwunden.

Er flog langsam und mit offenem Helm. Der Wind und der Salzgeruch vom Meer her waren köstlich. Da Dido keinen Mond besaß, hatte der Ozean keine eigentliche Brandung, aber auf einer großen Wasserfläche gibt es immer Bewegung. Er sah auf dem grauen Spiegel geheimnisvolle Wellen und Schaumkronen, breite Algenteppiche und Fischschwärme; am Horizont ging Regen nieder. Zu seiner Rechten stieg das Land an, eine Mischung aus dunklen Wäldern und sanften Wiesen. Kleine Herden grasten, und vogelartige Geschöpfe schwebten über dem Wald.

Flandrys Puls ging schneller, als er Port Frederiksen nahe kam.

Der Stützpunkt befand sich auf einer kleinen, gut geschützten Halbinsel. Er war so alt, daß die Bewohner sich zu einer richtigen Gemeinschaft zusammengeschlossen hatten. Die Werkhallen und Labors wirkten verwittert und fest mit der Landschaft verwachsen. Dazwischen befanden sich Häuser aus einheimischen Hölzern und Steinen mit großen Gärten und Parks. Kathryn hatte gesagt, daß im allgemeinen etwa tausend Menschen auf der Halbinsel lebten. Jetzt, während der Krise, waren es sicher weniger. Flandry jedenfalls entdeckte kaum Lebewesen.

Seine Aufmerksamkeit konzentrierte sich auf den Raumhafen. Wenn er nur interplanetarische Schiffe sah, würde er seiner Truppe die kampflose Kapitulation empfehlen. Aber nein. Hugh McCormac hatte seinem kostbaren Außenposten ein Kriegsschiff mit Hyperantrieb überlassen. Es war nicht groß – es faßte vielleicht fünfundzwanzig Mann und konnte sich im

Notfall nur auf seine Wendigkeit verlassen. Die einzige Strahlerkanone war keine überwältigende Hilfe. Aber immerhin, das Schiff stand startbereit da, und Flandrys Herz klopfte schneller.

Genau das Richtige für ihn! Der Raumhafen wirkte leer und verlassen. Man hatte wahrscheinlich nur die Minimumbesatzung von zwei Mann an Bord gelassen. Kein Wunder. Port Frederiksen besaß ein gutes Warnsystem, und im Falle einer Gefahr konnte ein einzelner Mann das kleine Schiff an jede gewünschte Stelle bringen. In Friedenszeiten wurde es vermutlich zu Zivildiensten herangezogen.

Über der Typennummer stand der Name *Erwin Rommel.* Wer zum Kuckuck war das gewesen? Irgendein Germanier? Nein, eher ein Terraner, der irgendwann in der Vorzeit Berühmtheit erlangt hatte und nun wieder aus den Geschichtsbänden ausgegraben worden war.

Männer kamen aus den Gebäuden. Offensichtlich hatte man ihn bemerkt. Flandry landete in einem Park. »Hallo«, sagte er zur Begrüßung. »Mein Schiff ist auf Ihrer schönen Welt zerschellt.«

Während der nächsten Stunden stellte er Fragen über Port Frederiksen. Er selbst gab mehr oder weniger wahrheitsgetreue Antworten. Er erzählte von einer zufälligen Begegnung mit einem feindlichen Schiff, der Bruchlandung und dem Marsch quer durch das Land. Die wesentliche Tatsache, daß er nicht auf McCormacs Seite gestanden hatte, verschwieg er.

Falls sein Plan mißlang, waren die Aeneaner sicher wütend. Aber er hatte nicht den Eindruck, daß sie ihn für eine Kriegslist allzu hart bestrafen würden.

Es handelte sich hauptsächlich um Männer, die den Stützpunkt in Ordnung hielten. Dazu kamen ein paar Wissenschaftler und die Besatzung der *Erwin Rommel.* Die Wissenschaftler hatten die Aufgabe, die fruchtbaren Beziehungen zu den benachbarten Didonierstämmen aufrechtzuerhalten. Selbstverständlich trieben sie nebenbei ihre Privatstudien.

Sie waren völlig abgeschnitten von der Außenwelt. Da die Schiffe Josips das System mehr als einmal überfallen hatten, herrschte völlige Funkstille. Einmal im Monat brachte ein Boot von Aeneas Vorräte, die Post und Neuigkeiten. Erst vor wenigen Tagen war das letzte Schiff angekommen. So erhielt Flandry ein recht genaues Bild der Ereignisse.

Vom Gesichtspunkt der Aeneaner war die Lage hoffnungslos. Fabriken standen still, der Nachschub und die Versorgung der Streitkräfte klappten nicht mehr. McCormac hatte den Versuch aufgegeben, ein größeres Raumgebiet in die Hand zu bekommen. Statt dessen wies er den Welten, die treu auf seiner Seite standen, Schutztruppen zu. Es waren winzige Kontingente. Sie konnten die Angriffe von Snelunds Geschwadern nicht immer abfangen.

Der größte Teil von McCormacs Flotte befand sich in einer Bahn um Satan. Wenn sich die Josip-Truppen in voller Stärke sammelten, erfuhren das seine Aufklärer, und er konnte sich darauf einrichten.

»Aber das weiß der Feind«, sagte Stützpunkt-Direktor Jowett. Die Hand, die über den weißen Bart strich, zitterte ein wenig. »Unser Herrscher braucht eine Entscheidungsschlacht, und das vermeidet Snelund. Er wird nicht einmal Verstärkungen von Terra verlangen, sondern uns einfach durch seine Zermürbungstaktik erledigen. Ein langer Todeskampf würde ihm sicher Spaß machen.«

»Glauben Sie, daß wir uns ergeben sollten?« fragte Flandry.

Der Alte hob die Hand. »Nicht, solange unser Herrscher lebt.«

Da die Leute ausgehungert nach fremden Gesichtern waren, bereitete es Flandry keine Schwierigkeiten, mehr von ihnen zu erfahren. Sie gingen sofort auf den Vorschlag ein, den er machte. Konnte man nicht anstelle eines Flugzeuges die *Rommel* losschicken, um seine Gefährten zu holen? Im Augenblick schien für den Stützpunkt keinerlei Gefahr zu bestehen. Jowett und der Kapitän des Schiffes erklärten sich einverstanden. Natürlich konnte man nur einen Teil der Mannschaft mitnehmen, da sonst die Gestrandeten keinen Platz hatten.

Flandry hatte schon andere Pläne ausgearbeitet. Aber dieses Entgegenkommen vereinfachte seine Aufgabe.

Er lenkte das Schiff nach Süden. Unterwegs stellte er eine Sprechverbindung zum Lager her. Jemand hatte bestimmt das Helmgerät übergestreift. »Alles in Ordnung«, berichtete er.

»Wir landen am Strand genau westlich vom Lager und warten dort auf euch. Kann ich mit Leutnant Havelock sprechen? Tomi! Lage Q. Verständigen Sie Yuan und Christopher.«

Das bedeutete, daß sie ihre Raumanzüge anlegen sollten.

Das Schiff landete. Die Besatzung trat vertrauensvoll ins Freie. Als sie die Schiffbrüchigen aus dem Wald kommen sahen, winkten sie ihnen fröhlich zu. Zwei glänzende Metallgestalten schwebten über den Baumwipfeln. Eine Sekunde später waren sie über dem Schiff und hatten ihre Strahler in der Hand.

»Hände hoch«, sagte Flandry.

»Was?« rief der Kapitän. Ein Mann griff nach seiner Waffe. Knapp über seinen Kopf hinweg zischte ein Warnstrahl. Funken sprühten, und Dampf stieg auf.

»Ich wiederhole, Hände hoch!« sagte Flandry scharf. »Wir müßten euch töten, wenn ihr nicht gehorcht.«

Mit blassen Gesichtern kamen sie seinem Befehl nach. »Ihr könnt zu Fuß zurück zum Stützpunkt«, erklärte er ihnen. »Der Weg dürfte ein paar Stunden dauern.«

»Sie Judas!«

Der Kapitän spie aus.

Flandry wischte sich das Gesicht ab und erwiderte: »Das ist eine Sache der Definition. Los jetzt!« Yuan begleitete die Gruppe ein Stück.

Zuvor waren die Männer entwaffnet worden, an deren Treue Flandry zweifelte. Ein wenig verwirrt führte Blitz-der-ins-Haus-schlug die Leute an Bord. Großes Leid begleitete Kathryn. Als Flandry die Frau sah, beschäfigte er sich intensiv auf der anderen Seite des Schiffes.

Sobald die Mannschaft an Bord war und ihre Plätze eingenommen hatte, schaltete er den Antrieb ein. Über den Stützpunkt kreiste er einmal, dann zerstörte er mit einem gezielten Schuß den interplanetarischen Transmitter. Nach einer Warnung an die Bewohner, ihre Häuser zu räumen, vernichtete er weitere ausgewählte Ziele.

Die Aeneaner besaßen weiterhin Nahrung, Wohnungen, Medikamente und eine intakte Bodenverteidigung. Aber sie konnten niemanden verständigen, bis das Boot von Aeneas zurückkehrte – und das würde einen Monat dauern.

»Wir fliegen nach Osten, Bürger Havelock«, befahl Flandry. »Wir holen unsere Kameraden von Donnerfels und lassen die Didonier zurück, die wir nicht mehr brauchen. Ach ja, und dann benötigen wir noch Nahrung für Großes Leid. Ich glaube, daß wir Sieser weiterhin verwenden können.«

»Welches Ziel fliegen wir an, Sir?«

»Llynathawr. Wir verlassen dieses System mit äußerster Vorsicht, damit wir nicht entdeckt werden. Sobald wir uns ein gutes Stück im Raum befinden, schalten wir den Hyperdrive nach Llynathawr ein.«

»Sir!« Havelocks Bewunderung war einer gewissen Verwirrung gewichen. »Verzeihung, Kapitän, aber das verstehe ich nicht. Ich meine, Sie haben eine Katastrophe in einen Triumph umgewandelt, wir besitzen den Kode des Feindes, ohne daß er es weiß – aber sollten wir nicht lieber nach Ifri? Besonders, da Kathryn . . .«

»Ich habe meine Gründe«, sagte Flandry. »Keine Angst, sie wird Snelund nicht ausgeliefert.« Sein Gesichtsausdruck war so entschlossen, daß niemand es wagte, noch eine Frage zu stellen.

14

Wieder die Enge der Metallkorridore, der Geruch nach Chemikalien, das unaufhörliche Stampfen der Maschinen, aber auch das kalte Blinken der Sterne, das gleichmäßige Anwachsen eines goldenen Punktes . . . Von Vergil nach Llynathawr brauchte man mit diesem Schiff knappe zwei Tage.

Flandry hatte die audiovisuellen Kommunikatoren eingeschaltet, so daß die Mannschaft seine weiße Commander-Uniform sehen konnte. Die Kleidung schlotterte um seinen Körper. Wie die anderen war er mager und knochig geworden. Nur die Augen brannten unnatürlich groß in dem gebräunten Gesicht. Flandry zeigte keine Freude über seinen Sieg.

»Hört genau zu«, sagte er. »In einer Lage wie dieser kommen wir ohne gewisse Formalitäten nicht aus.« Er nahm ihre vereidigten Aussagen ins Logbuch auf, um später die Entführung der *Rommel* rechtfertigen zu können.

»Einige von euch wurden unter Arrest gestellt«, fuhr er fort. »Das war eine Vorsichtsmaßnahme. In einem Bürgerkrieg kann man nicht jedem vertrauen, und ein Überraschungsschlag wäre mir niemals gelungen, wenn ich die ganze Gruppe eingeweiht hätte. Der Arrest ist hiermit aufgehoben. Ich werde ausdrücklich bestätigen, daß die Verhaftung nicht das geringste mit der Treue oder den Fähigkeiten der Leute zu tun hatte und daß ich alle Mitglieder dieser Gruppe zur Beförderung vorschlage.«

Er lächelte nicht, als sie ihn begeistert hochleben ließen. Mit harter Stimme fuhr er fort: »Kraft meiner Autorität und in Übereinstimmung mit den Militärgesetzen bezüglich der Neuaufnahme von Mannschaftsmitgliedern erkläre ich hiermit, daß der Didonier Großes Leid vorübergehend in die Dienste Seiner Majestät tritt. Sieser hat den Rang eines Rekruten. Angesichts des besonderen Charakters, den unser Didonier besitzt, erhält Sieser drei Monatslöhne.«

Die Männer lachten. Sie hielten seinen letzten Satz für einen Scherz. Ihm hingegen war die Sache völlig ernst.

»Alle Suchsysteme bleiben geöffnet. Sobald wir Kontakt mit einem imperialen Schiff aufnehmen, gibt unser Funkoffizier das Signal zur Kapitulation und bittet um eine Eskorte. Vermutlich verhaftet man uns alle, bis wir nachweisen können, daß wir die Wahrheit gesagt haben. Ich denke jedoch, daß wir bereits als freie Bürger den Planeten Llynathawr betreten.

Und noch ein letzter Punkt. Wir haben eine bedeutende Gefangene an Bord. Ich sagte bereits zu Leutnant Havelock, daß Lady McCormac nicht wieder Sektor-Gouverneur Snelund übergeben wird. Ich werde die Gründe für mein Handeln nun auf einem Geheimband darlegen, damit man uns später nicht vor ein Kriegsgericht stellt.

Es steht Marineoffizieren nicht zu, politische Entscheidungen zu treffen. Die Umstände, die zu Lady McCormacs Verhaftung führten, einschließlich der Fragwürdigkeit dieses Handelns, brachten mich zu dem Entschluß, daß die Auslieferung an Gouverneur Snelund einer politischen Entscheidung gleichkäme. Meine Pflicht ist es, sie den Behörden zu übergeben, die dann selbst die geeigneten Schritte einleiten können. Andererseits könnten wir die Auslieferung von Lady McCormac nicht verweigern, wenn Seine Exzellenz darauf bestehen würde.

Als Kapitän dieses Schiffes und Offizier des Marine-Geheimdienstes mit allen Vollmachten erkläre ich deshalb Lady McCormacs Anwesenheit auf der *Rommel* als Staatsgeheimnis. Wir werden sie verstecken, bevor die Offiziere der imperialen Flotte an Bord kommen. Niemand wird verlauten lassen, daß sie bei unserer Expedition ist oder war, bis mein Befehl von einem Regierungsorgan offiziell aufgehoben wird. Wer dagegen verstößt, muß sich wegen Hochverrats verantworten. Falls jemand nach Lady McCormac fragt, sagt ihr, sie sei entkommen, bevor wir Dido verließen. Ist das klar?«

Die Männer jubelten ihm zu.

Er lehnte sich zurück. »Also schön«, sagte er müde. »Alles an die Stationen. Lady McCormac soll zu mir kommen.«

Er schaltete den Kommunikator aus. Seine Leute gingen an die Arbeit. Er wußte, daß sie für ihn durch die Hölle gehen würden. Aber er spürte keine Begeisterung bei diesem Gedanken. Er haßte seine Position als Commander.

Er öffnete ein Paket Zigaretten, das er bei den Vorräten gefunden hatte. Die trostlosen Wände des Kommandoraumes erdrückten ihn. Außer dem Summen der Maschinen war nichts zu hören.

Sein Herz klopfte schneller, als Kathryn eintrat. Er erhob sich.

Sie schloß die Tür und blieb aufrecht vor ihm stehen. Ihre Augen waren voll von Verachtung. Sie hatte immer noch das merseianische Messer im Gürtel.

Da sie beharrlich schwieg, sagte er schließlich stockend: »Ich – ich hoffe, die Kapitänskajüte ist nicht zu unbequem . . .«

»Wo möchtest du mich verstecken?« Ihre Stimme klang heiser.

»Mitsui und Petrović werden eine Nachrichtenkapsel freimachen. Wir können das Gehäuse auspolstern und mit Luftlöchern versehen. Alles, was du an Nahrung und sonstigen Dingen brauchst, wird dir zur Verfügung stehen. Natürlich hast du keine Abwechslung und mußt in völliger Dunkelheit stilliegen, aber es wird nicht länger als zwanzig oder dreißig Stunden dauern.«

»Und was dann?«

»Wenn alles nach meinem Plan verläuft, wird man uns befehlen, eine Parkbahn um Llynathawr einzuschlagen. Die Kode-Teams werden nicht lange brauchen, um unseren Computern die Verschlüsselungen zu entnehmen. Inzwischen wird man die Männer verhören und nach Catawrayannis bringen. Ich rechne nicht mit Verzögerungen. Die Marine ist sicher froh über den Kode, den wir mitbringen, und wird sich nicht lange mit unseren Abenteuergeschichten befassen. Das überläßt man im allgemeinen Untersuchungsausschüssen. Man wird versuchen, die Rebellen zu fassen, bevor sie ihren Kode ändern.

Ich selbst werde mein Recht als Kapitän der *Rommel* behaupten und das Schiff für meine Sondermission beanspruchen. Mag sein, daß mein Status zweifelhaft ist, aber in der Hast kümmert sich vermutlich niemand um bürokratische Dinge. Man wird mir nur zu gern die Verantwortung über das Schiff geben.

Als Kapitän habe ich nun die Pflicht, mindestens zwei Mannschaftsmitglieder an Bord zurückzulassen. In einer Parkbahn ist das reine Formsache. Und ich habe dafür gesorgt, daß Großes Leid als drei Mannschaftsmitglieder anerkannt wird. Falls jemand Bedenken haben sollte, werde ich sie rasch zerstreuen. Schließlich weiß jeder, daß ein parkendes Schiff keine Besatzung braucht.

Sobald du allein bist, kann Sieser dich aus deinem Versteck befreien.«

Flandry schwieg. Seine Worte hatten keinen Eindruck auf sie gemacht.

»Weshalb?« fragte sie.

»Weshalb was?« Er zündete sich eine Zigarette an.

»Ich kann – vielleicht – verstehen, weshalb du Hugh das angetan hast. Ich hätte es nicht geglaubt, nachdem ich deine tapfere Haltung kennenlernte, aber vielleicht bist du im Unterbewußtsein doch ganz klein und niedrig.« Kathryn seufzte. »Was mir jedoch nicht einleuchten will, ist die Tatsache daß du mich nach all den Vorfällen zurück in die Sklaverei bringst.

Wenn du Großes Leid nicht befohlen hättest, mich festzunehmen, wäre meine Flucht leicht gewesen. Keiner hätte mich verfolgt.«

Er konnte sie nicht länger ansehen. »Du wirst gebraucht«, sagte er leise.

»Wozu? Damit man ein paar Informationen von mir erpreßt? Damit man mich Hugh als Köder hinhält? Damit man ein Exempel statuiert? Und es ist gleichgültig, ob man mich verurteilt oder laufenläßt, denn mein Inneres stirbt, wenn sie Hugh töten.« Sie weinte nicht, und sie machte ihm keine Vorwürfe. Sie schüttelte nur verwirrt den Kopf. »Ich kann es nicht verstehen.«

»Und ich kann es dir jetzt noch nicht erklären«, erwiderte er mit bittender Stimme. »Es sind zu viele Veränderliche in der Gleichung. Ich muß zu sehr improvisieren. Aber . . .«

Sie unterbrach ihn. »Ich mache dein Spiel mit, da ich dabei zumindest Snelund entgehe. Aber wohl ist mir dabei nicht.« Ihr Tonfall veränderte sich und wurde ganz ruhig. »Ich möchte nicht, daß du zusiehst, wenn sie mich in die Kapsel legen.«

Er nickte. Sie ging. Großes Leid begleitete sie mit schweren Tritten.

Der Gouverneur von Alpha Crucis hatte seine Fehler, aber er verstand etwas von exquisiter Küche. Zudem war er ein charmanter Gastgeber, der die seltene Gabe besaß, seine Gesprächspartner auch anzuhören. Flandry aß zum erstenmal seit Monaten an einer wirklich zivilisierten Tafel.

Während lautlose Diener die letzten Schüsseln wegtrugen, beendete er seine Erzählung von den Ereignissen auf Dido. »Einfach faszinierend, diese Rasse«, sagte Snelund. »Und Sie haben einen Didonier mitgebracht? Ich würde das Ding gern einmal kennenlernen.«

»Nichts leichter als das, Euer Exzellenz«, sagte Flandry.

Snelund hob fragend die Augenbrauen, und einen Moment lang stand eine mißtrauische Falte auf seiner Stirn. Flandry schwenkte den Likör in seinem Glas, roch daran und nahm einen kleinen Schluck.

Sie befanden sich in einem Obergeschoß des Palastes. Der Salon war nicht groß, aber elegant aufgeteilt und in zarten Farben gehalten. Eine Tür öffnete sich zum Park hin, und der Duft von Rosen und Jasmin strömte mit der lauen Nachtluft herein. Weiter unten glitzerten die Lichter der Stadt. Der Verkehrslärm war gedämpft. Man wollte nicht glauben, daß sich alles für den Krieg rüstete.

Snelund übte keinerlei Druck auf ihn aus. Gewiß, Flandry hatte Kathryn ›zu einem Sonderverhör geholt, um seine Aufklärungsmission erfolgreich abschließen zu können‹; er hatte sein Schiff und seine Gefangene verloren. Aber er war mit einer Beute wiedergekehrt, die es Admiral Pickens ermöglichen würde, die Rebellion zu ersticken – ohne terranische Unterstützung. Und deshalb behandelte der Gouverneur ihn mit Wohlwollen.

»Tatsächlich?« fragte Snelund gedehnt.

Flandry warf ihm einen Blick zu: welliges, rotes Haar, mädchenhaftes Gesicht, eine prachtvolle Robe in Purpur und Gold, schimmernde Juwelen. Dahinter, dachte Flandry, saß auch nur ein Totenschädel.

»Ehrlich gesagt, Sir, ich mußte eine sehr heikle Entscheidung treffen.«

Snelund nickte lächelnd, doch seine Augen waren hart geworden. »Das vermutete ich, Commander. Gewisse Aspekte Ihres Berichtes und Ihres Verhaltens, gewisse Befehle, die Sie mit übergroßer Hast erteilten – ich bin kein schlechter Beobachter. Sie haben es mir zu verdanken, daß man sich nicht gründlicher mit Ihnen beschäftigte. Ich war zu neugierig auf Ihren Bericht.«

»Ich danke Euer Exzellenz.« Flandry zündete sich eine Zigarre an. »Die Sache ist auch für Sie von großer Wichtigkeit, Sir. Ich darf Sie vielleicht noch einmal an mein Dilemma auf Dido erinnern. Lady McCormac war bei den Männern außerordentlich beliebt.«

»Das kann ich mir denken.« Snelund lachte. »Ich brachte ihr ein paar besondere Tricks bei.«

Flandry beherrschte sich mühsam. Am liebsten hätte er diesen widerlichen Burschen mit bloßen Händen erwürgt. Aber er mußte seine Mission zu Ende führen.

So blinzelte er nur und lächelte säuerlich. »Falsch geraten, Euer Exzellenz. Sie wehrte sogar mich ab. Aber – nun ja, da war sie. Die einzige Frau weit und breit, hübsch, klug, kraftvoll. Gegen Ende der Expedition hatten sich alle in sie verliebt. Sie hatte immer wieder betont, wie unangenehm ihr Aufenthalt hier gewesen sei. Ganz ehrlich, Sir, ich hätte mit einer Meuterei rechnen müssen, wenn ich die Frau an Sie ausgeliefert hätte. Da war mir der Kode wichtiger.«

»Sie verhalfen ihr also zur Flucht.« Snelund nippte an seinem Glas. »Das haben wir insgeheim alle vermutet, Commander. Ein kluger Entschluß, auch wenn wir es nicht wagen können, ihn ins Protokoll aufzunehmen. Wir finden sie später sicher irgendwo.«

»Sir, ich habe sie nicht fliehen lassen.«

»Was!« Snelund richtete sich kerzengerade auf.

Flandry sagte rasch: »Lassen wir alle Beschönigungen weg, Sir, sie hat schwerwiegende Anklagen gegen Sie erhoben. Einige Leute könnten das zum Anlaß nehmen, Ihnen die Schuld an der Rebellion in die Schuhe zu schieben. Das wollte ich nicht. Wenn Sie sich in der Geschichte auskennen, werden Sie mir recht geben. Nichts wirkt auf das Volk so aufwühlend wie eine Bodicea, eine schöne Märtyrerin. Das Imperium würde darunter leiden. Ich hielt es für meine Pflicht, sie an Bord festzuhalten. Um die Männer zu beruhigen, versprach ich ihnen, Kathryn nicht auszuliefern. Sie sollte zu einem Marinestützpunkt gebracht werden, wo sie den vollen Schutz einer Gefangenen besaß.«

Snelund war bleich geworden.

»Weiter«, sagte er.

Flandry berichtete kurz, wie er sie verborgen hatte. »Die Flotte für Satan ist in spätestens drei Tagen startbereit«, fuhr er fort. »Ihre Aufklärer berichten, daß McCormac immer noch den Kode benutzt, den wir abgefangen haben. Man erwartet nicht, daß ich die Flotte begleite. Aber meine Leute wollen, daß ich mit der *Rommel* nach Ifri, Terra oder sonst einem Planeten fliege, wo Kathryn in Sicherheit ist. Sie haben ihre Mittel, mich zu kontrollieren. Sie selbst wissen, was in den Büros alles geklatscht wird. Wenn ich ihrem Wunsch nicht nachkomme, werden sie versuchen, durch diverse Enthüllungen einen Druck auf Sie und mich auszuüben. Und das wäre zu diesem kritischen Zeitpunkt alles andere als günstig.«

Snelund füllte sein Glas von neuem. »Weshalb erzählen Sie mir das alles?«

»Als Patriot kann ich nicht zulassen, daß die Rebellion Erfolg hat.«

Snelund betrachtete ihn genau. »Und Kathryn hat Sie abgewiesen, nicht wahr?« fragte er schließlich.

Zorn klang in Flandrys Worten mit. »So etwas liebe ich nicht, besonders wenn ein Mädchen nicht mehr aus erster Hand ist.« Er fügte glatt hinzu: »Aber das nur nebenbei. Meine Pflicht Ihnen und dem Imperium gegenüber . . .«

»Ach ja.« Snelund entspannte sich. »Es könnte nicht schaden, sich hohe Politiker zu verpflichten, wenn man auf dem Weg nach oben ist. Habe ich recht?«

Flandry lächelte nur.

»Ja, ich glaube, wir beide könnten zu einer Einigung gelangen«, fuhr Snelund fort. »Was schlagen Sie vor?«

»Nun«, meinte Flandry, »offiziell ist nur bekannt, daß mein Didonier sich an Bord der *Rommel* befindet. Sieser wird niemals sprechen. Wenn ich heute abend den Befehl erhalte, mit ›minimaler Besatzung zu einem Aufklärungsflug mit anschließendem Bericht im Hauptquartier‹ zu starten – ein Anruf Euer Exzellenz an Admiral Pickens würde genügen –, dann kann ich an Bord gehen und starten. Die Männer würden sich keine Sorgen um Lady McCormac machen. Nach ein paar Jahren denkt kein Mensch mehr an die Sache. Das Vergessen ist unser wertvollster Diener, Euer Exzellenz.«

»Oh, Ihre Dienste sind auch nicht zu unterschätzen.« Snelund lächelte freundlich. »Ich glaube, wir werden gemeinsam Karriere machen, Commander. Natürlich nur, wenn ich Ihnen vertrauen kann . . .«

»Sehen Sie selbst nach und überzeugen Sie sich.«

»Wie?«

»Sie sagten, Sie seien an meinem Didonier interessiert. Die Sache kann ganz diskret arrangiert werden. Ich geben Ihnen die Koordinaten der *Rommel,* und Sie kommen in Ihrem Privatschiff nach oben. Niemand wird Ihr Ziel kennen.« Flandry sah einem Rauchring nach. »Vielleicht möchten Sie die Exekution persönlich übernehmen . . .«

Er wartete.

Auf Snelunds heller Haut standen Schweißtropfen. »Gut«, sagte er schließlich.

Flandry hatte nicht zu hoffen gewagt, daß alles so glattgehen würde. Wenn er versagt hätte, wäre es seine Aufgabe gewesen, das gleiche Ergebnis mit anderen Mitteln zu erzielen.

Nach ein paar Abschiedsworten und verschiedenen Arrangements fuhr er mit einem Regierungswagen zum Stützpunkt von Catawrayannis. Er zog seine Arbeitskleidung an, nahm seine Befehle entgegen und ließ sich mit einer Fähre zur *Rommel* bringen.

Sie hatten vereinbart, daß Snelund erst nach einiger Zeit aufbrechen sollte. Der Pilot der Fähre durfte nicht mißtrauisch werden, wenn er ein zweites Boot sah, Flandry saß im Kommandoraum, allein mit seinen Gedanken. In der Sichtluke zeigten sich die Sterne in ihrer stillen Schönheit.

Das Metall vibrierte leicht, als das Boot anlegte. Flandry ging rasch zur Luftschleuse, um seinen Gast einzulassen.

Snelund trat schweratmend ein. Er hatte eine Tasche mit Chirurgenbesteck in der Hand, »Wo ist sie?« fragte er.

»Hier entlang, Sir.« Flandry ließ ihn vorausgehen. Er schien Snelunds Waffe nicht bemerkt zu haben.

Großes Leid stand vor der Kapitänskajüte. Aber Snelunds xenologisches Interesse war verflogen. Er achtete kaum auf den Didonier, als Flandry ein paar Worte mit Sieser tauschte. »Bleib, wo du bist, was du auch hörst. Ich rufe dich später.«

Das Horn des Nogas senkte sich zustimmend. Der Ruka legte die Hand auf die Kampfaxt. Der Krippo saß wie ein Raubvogel da. Flandry öffnete die Tür. »Ich habe dir einen Besucher mitgebracht, Kathryn.«

Sie stieß einen Schrei aus, der noch lange danach durch seinen Schlaf geisterte. Das Kriegsmesser war in ihrer Hand.

Flandry riß Snelund die Tasche weg und hielt den Mann so fest, daß er sich nicht mehr rühren konnte. Mit dem Fuß schlug er die Tür zu. »Ganz, wie du es dir wünschst, Kathryn«, sagte er. Snelund begann zu schreien.

15

Flandry saß vor der Pilotenkonsole. Er drückte auf einen Knopf, und die Verkleidungen der Sichtschirme glitten zur Seite. Vor ihm tauchte der Raum auf. Satan trieb langsam an der *Rommel* vorbei. Zweimal entdeckte Flandry dunkle Schatten vor der Milchstraße – Kriegsschiffe.

Die Instrumente hatten ihm verraten, daß er sich inmitten der Rebellenflotte befand. Sobald er in Verständigungsreichweite gekommen war, hatte er ein paar kurze Gespräche geführt. Selbst als Kathryn persönlich mit Hugh McCormac sprach, stand Zurückhaltung zwischen ihnen. Der Admiral hatte eine Maske aufgesetzt. Wie konnte er wissen, daß es sich nicht um einen Trick handelte? Wenn er tatsächlich mit seiner Frau und nicht mit einem elektronischen Schattengebilde sprach, war es immer noch möglich, daß sie unter Druck stand, daß man sie einer Gehirnwäsche unterzogen hatte. Ihre unpersönlichen Sätze, das ausdruckslose Gesicht und die unsichere Haltung bestärkten ihn in seiner Furcht. Flandry war verwirrt. Er hatte erwartet, daß sie vor Freude weinen würde.

War es vielleicht ganz einfach der starke Wunsch nach Privatatmosphäre, oder hatte sie jetzt im Augenblick der Entscheidung keine Kraft mehr? Er hatte keine Gelegenheit gehabt, sie danach zu fragen. Sie gehorchte seinen Anweisungen. Ohne etwas aufzudecken, beharrte sie darauf, daß die beiden Männer eine Besprechung hinter verschlossenen Türen abhielten; und McCormac erklärte sich einverstanden, mit rauher, unsicherer Stimme. Danach ging alles zu schnell. Flandry hatte keine Zeit mehr, sie nach ihren Gefühlen zu fragen.

Aber als er sich für die Zusammenkunft fertigmachte, kam sie aus der Kabine, in die sie geflüchtet war. Sie nahm seine Hände, sah ihm in die Augen und flüsterte: »Dominic, ich bete für euch beide.« Ihre Lippen berührten flüchtig die seinen. Bevor er reagieren konnte, hatte sie sich wieder zurückgezogen.

Während der Reise hierher hatte sich eine sonderbare Vertrautheit zwischen ihnen entwickelt. Er hatte ihr Snelund gebracht; und sie hatte ihn bei seinen Plänen unterstützt, nachdem sie gesehen hatte, daß er sich nicht davon abbringen ließ. Hin und wieder hatten sie verträumt von fernen Planeten und alten Zeiten gesprochen, von kleinen Ereignissen auf Dido. Flandry fragte sich, ob man sich in einer Ehe näherkommen konnte. O ja, in einer Hinsicht war das möglich. Aber sie scheuten sich beide, davon zu sprechen.

Und dann kam die *Persei* in Sicht und mit ihr, so oder so, ein Ende der Geschehnisse. Das Flaggschiff wirkte so groß wie ein Satellit, bemalt mit thermostatischen Farben, bestückt mit Rettungsbooten, Geschütztürmen und Sensoren. Ein paar Lampen auf Flandrys Kontrollbord leuchteten auf, und eine Stimme sagte: »Wir haben Sie im Griff. Sie können anfangen.«

Das Beiboot verließ die *Rommel* und wurde von der *Persei* dirigiert. Während des Manövers herrschte gespanntes Schweigen. Wie konnte McCormac wissen, daß es sich nicht um eine List handelte? Vielleicht befand sich im Innern des Bootes eine Atomwaffe, die beim Landen explodierte. Flandrys Bewunderung für McCormac wuchs. Der Mann besaß großen Mut.

Eine Schleuse öffnete sich und fing das Boot ein. Flandry saß etwa eine Minute still da. Er hörte, wie Luft in die Kammer zischte. Dann erst wurden die Bootsschleusen geöffnet, und er konnte seinen Platz verlassen. Ein halbes Dutzend Männer erwartete ihn. Sie betrachteten sich schweigend.

Flandry erwiderte die kühlen Blicke. Die Männer wirkten ebenso hungrig und ausgemergelt wie er, aber sie hatten obendrein etwas Kränkliches, Schlaffes an sich. »Keine Angst«, sagte er. »Sie können mein Boot jederzeit untersuchen. Ich versichere Ihnen, daß ich keine Fallen gelegt habe. Aber beeilen Sie sich.«

»Hier entlang.« Der Leutnant, der die Gruppe anführte, ging mit steifen, schnellen Schritten voraus. Ein Teil der Männer untersuchte das Boot. Die anderen folgten Flandry. Sie waren bewaffnet, doch das störte ihn nicht. Es gab noch schlimmere Gefahren als das.

Sie gingen durch Metall-Tunnel und Höhlen, vorbei an Hunderten von Augen, und das Schweigen wurde nur vom Stampfen und Klopfen der Maschinen unterbrochen. Schließlich gelangten sie an eine Tür, die von vier Soldaten bewacht wurde.

Der Leutnant winkte sie zur Seite und trat ein. Er salutierte auf der Schwelle. »Commander Flandry, Sir.«

»Soll hereinkommen«, erwiderte McCormac tonlos. »Lassen Sie uns allein, aber bleiben Sie in der Nähe.«

»Aye, Sir.« Der Leutnant trat zur Seite und gab Flandry den Weg frei. Die Tür schloß sich mit einem saugenden Geräusch.

Über der Suite des Admirals lastete Stille. Flandry bemerkte die spartanische Einrichtung des Wohnraumes: Stühle, ein Tisch, eine Couch, ein einfacher Teppich. Die Wände waren grau getönt. Ein paar Bilder und Aufnahmen vermittelten Persönlichkeit: Familienporträts, Ansichten seiner Festung, wildromantische Landschaften. Ein Schachbrett und ein Bücherregal mit klassischen und wissenschaftlichen Werken waren offensichtlich alles, was er zu seiner Freizeitbeschäftigung brauchte. Eine der inneren Türen stand halb offen; dahinter sah man ein kleines Büro. Zweifellos waren auch das Schlafzimmer und die Kochnische spartanisch ausgestattet.

»Willkommen«, sagte McCormac. Er stand groß und aufrecht da, ausgemergelt wie seine Männer, aber mit einer fleckenlosen Uniform. Die Insignien blitzten. Flandry sah, daß der Admiral gealtert war. Silberfäden durchzogen sein dunkles Haar; die straff über den Backenknochen liegende Haut wies Furchen auf, und die Augen lagen tief in den Höhlen.

»Guten Tag.« Einen Moment lang kam sich Flandry hilflos vor.

»Weshalb salutieren Sie nicht, Commander?« fragte McCormac.

»Das ist gegen die Vorschrift«, erwiderte Flandry. »Sie besitzen Ihren Rang nicht mehr.«

»Oh, tatsächlich?« McCormac deutete auf einen Stuhl. »Nehmen Sie Platz. Darf ich Ihnen etwas anbieten?«

»Nein, danke«, sagte Flandry. »Wir haben keine Zeit für diplomatische Feinheiten. In weniger als siebzig Stunden ist Pickens' Flotte hier.«

McCormac setzte sich. »Ich weiß das, Commander. Unsere Aufklärer leisten ganze Arbeit. Wir sind auf einen Entscheidungskampf vorbereitet – wir begrüßen ihn sogar.« Er warf einen Blick auf den jüngeren Mann und fügte hinzu: »Sie sehen, ich achte Ihren Rang. Ich bin der Herrscher aller terranischen Untertanen. Nach dem Krieg habe ich die Absicht, alle diejenigen zu amnestieren, die sich gegen mich stellten. Vielleicht sogar Sie, Commander.«

Flandry nahm ebenfalls Platz und überkreuzte die Beine. »Sie sind sehr zuversichtlich, wie?«

»Ihre Partner müssen schon sehr verzweifelt gewesen sein, wenn sie die Verhandlungen mit Hilfe von Drohungen beginnen. Sie wissen, was ich meine – das Entsetzen meiner Frau.« McCormacs Mund wurde schmal. Einen Moment lang spürte man seinen Zorn, auch wenn seine Stimme nicht lauter als zuvor klang. »Ich verachte jeden Menschen, der sich zu so etwas hergibt. Glaubten Sie, ich würde meine Leute für ein einzelnes Wesen im Stich lassen, selbst wenn es mir noch so teuer ist? Sagen Sie Snelund und seinen Verbrechern, daß es für sie weder Frieden noch Gnade geben wird, und wenn sie bis zum Ende des Universums fliehen.«

»Diese Botschaft kann ich nicht weitergeben«, entgegnete Flandry. »Snelund ist tot.« McCormac zuckte zusammen. »Kathryn und ich kamen hierher, um Ihnen folgendes zu sagen: Wenn Sie sich auf den Kampf einlassen, müssen Sie und Ihre Anhänger ebenfalls sterben.«

McCormac beugte sich vor und packte Flandry hart an den Armen. »Was heißt das?« schrie er.

Flandry befreite sich mit einem Judogriff. »Rühren Sie mich nicht an, McCormac«, sagte er.

Sie erhoben sich, zwei gleich große Männer, und blieben voreinander stehen. McCormac hatte die Fäuste geballt. Er atmete pfeifend. Flandry winkelte die Arme locker an. Er war bereit, jeden Moment mit der flachen Hand zuzuschlagen. Eine halbe Minute verging so.

McCormac fand seine Beherrschung wieder. Er ging hin und her und sagte schließlich mit erstickter Stimme. »Also schön, ich habe Sie auf das Schiff geholt. Ich werde Ihnen zuhören.«

»Das klingt schon besser.« Flandry nahm Platz und holte eine Zigarette aus der Tasche. Innerlich zitterte er. »Pickens besitzt Ihren Kode«, sagte er ruhig.

McCormac schwankte.

»Wenn Sie kämpfen, haben Sie nicht die geringste Chance«, fuhr Flandry fort. »Wenn Sie sich verteilen, stürzt er sich auf Ihre Schiffe und die Stützpunkte, bevor Sie etwas unternehmen können. Sie haben nicht mehr die Zeit, einen neuen Kode auszuarbeiten, und man wird Ihnen auch nicht die Chance geben. Sie sind erledigt, McCormac.«

Er nahm einen Zug an seiner Zigarette. »Kathryn kann es bestätigen«, sagte er. »Sie hat alles miterlebt. Wenn Sie allein mit ihr sind, können Sie sich schnell überzeugen, ob sie die – Wahrheit spricht oder nicht. Ich hoffe, daß Sie dazu keine Tests brauchen. Nicht, wenn Sie Kathryn wirklich so lieben, wie sie es behauptet.

Falls Sie jedoch immer noch mißtrauisch sein sollten, können Sie ein paar Spezialisten auf mein Schiff schicken. Sie werden den Kode Ihrer Flotte in den Computern vorfinden. Selbstverständlich kann ich dann nicht mehr den Hyperdrive einsetzen, aber ich warte gern auf Pickens.«

McCormac starrte das Deck an. »Weshalb kam sie nicht mit Ihnen an Bord?« fragte er.

»Sie ist meine Rückversicherung«, erklärte Flandry. »Es geschieht ihr nichts, solange Sie keine Dummheiten machen. Aber wenn ich dieses Schiff nicht als freier Mann verlassen kann, wird meine Mannschaft die nötigen Maßnahmen ergreifen.«

Ein Glück, daß McCormac nicht die Wahrheit wußte. Die gesamte Mannschaft bestand aus Großes Leid, und Sieser konnte nicht einmal mit einem Paddelboot umgehen. Außerdem hatte Sieser den Auftrag, auf keinen Fall etwas zu unternehmen.

McCormac hob den Kopf und starrte Flandry aus schmalen Augen an. »*Ihre* Geisel?« flüsterte er.

Flandry nickte, während er sich die nächste Zigarette anzündete. »Ja. Eine lange Geschichte. Kathryn wird sie Ihnen erzählen. Das Wichtigste daran ist folgendes: Ich diene zwar dem Imperium, bin aber im Augenblick ohne Wissen und Erlaubnis meiner Vorgesetzten hier.«

»Weshalb?«

Flandry sprach mit kühler Gelassenheit. »Aus einer ganzen

Reihe von Gründen. Einer davon ist, daß ich Kathryn sehr schätze. Ich rettete sie aus Snelunds Händen. Ich nahm sie mit, weil ich versuchen wollte, Ihnen den Wahnsinn Ihres Unterfangens klarzumachen. Sie hatten das Vergil-System bereits verlassen, aber eines Ihrer Barbaren-Schiffe griff uns an und vernichtete unser Schiff. Es gelang uns, auf Dido notzulanden und quer über das Land nach Port Frederiksen zu marschieren. Dort kaperte ich das Kriegsschiff, dessen Kode ich nun besitze, und steuerte es nach Llynathawr. Ich hielt Kahtryns Anwesenheit geheim. Sie müssen wissen, meine Männer wären für sie gestorben. Ich lockte Gouverneur Snelund an Bord und hielt ihn über einen Abfluß, während sie ihm die Kehle durchschnitt. Ich hätte ihm Schlimmeres angetan und Sie wahrscheinlich auch, aber Kathryn besaß mehr Anstand als wir alle. Sie half mir, die Spuren zu beseitigen, denn ich möchte eines Tages wieder in mein Heimatsystem zurückkehren. Dann flogen wir nach Satan.«

McCormac schauderte. »Wollen Sie damit sagen, daß sie zu Ihnen übergelaufen ist? Haben Sie und Kathryn . . .«

Flandry sprang auf, riß McCormacs geballte Fäuste zur Seite und schüttelte den Admiral.

»Hüten Sie Ihre Zunge! Wenn es nach mir gegangen wäre, hätten Sie verbluten können, Sie Dreckskerl! Aber da ist Kathryn. Da sind die Leute, die sich auf Ihre Seite gestellt haben. Da ist das Imperium. McCormac, danken Sie Ihrem Herrgott auf den Knien, daß ich Ihnen das Leben retten muß, um größeres Unheil zu verhindern.«

Er stieß den Mann grob von sich. McCormac taumelte gegen eine Wand.

»Tut mir leid«, sagte Flandry. »Nicht, daß ich mich vor Ihnen entschuldigen möchte. Es tut mir leid, daß ich die Beherrschung verloren habe. Dazu ist die Zeit zu knapp.«

McCormac schüttelte sich. »Ich sagte, daß ich zuhören würde. Sollten wir uns setzen und noch einmal von vorne beginnen?« Flandry mußte ihn bewundern. Seine Haltung war großartig.

»Zwischen mir und Kathryn ist nichts geschehen«, sagte er und drehte die Zigarette zwischen den Fingern. »Ich will nicht leugnen, daß ich es gern gesehen hätte, aber es war nun einmal nicht so. Kathryns Treue galt Ihnen. Ich konnte sie nur mit Mühe davon überzeugen, daß Ihr augenblicklicher Kurs falsch ist. Und selbst jetzt würde sie auf Ihrer Seite kämpfen. Ich glaube, Sie müssen viel tun, um sich diese Treue zu verdienen.«

McCormac schluckte.

Dann sagte er: »Sie sind ein bemerkenswerter Mann, Commander. Wie alt sind Sie?«

»Halb so alt wie Sie. Und dennoch muß ich Ihnen sagen, wie das Leben wirklich ist.«

»Weshalb sollte ich auf Sie hören, wenn Sie dieser schrecklichen Regierung dienen? Wenn Sie selbst erklären, daß Sie gegen mich gearbeitet haben?« Seine Stimme klang leise.

»Ihre Sache war ohnehin verloren. Ich weiß, wie gut die gegnerische Taktik wirkt. Kathryn und ich wollen verhindern, daß Sie noch mehr Menschenleben opfern, noch mehr Schiffe.«

»Unsere Aussichten waren nicht so schlecht. Ich entwickelte gerade einen Plan . . .«

»Das schlimmste Ergebnis wäre Ihr Sieg gewesen.«

»Was? Flandry – ich bin ein Mensch. Ich mache meine Fehler. Aber *jeder* wäre ein besserer Herrscher als dieser Josip, der Snelund zum Gouverneur ernannte.«

Flandrys Lächeln verriet Mitgefühl. »Kathryn glaubt das auch. Sie findet, daß Sie zum Herrscher geboren sind. Ich konnte es ihr nicht ausreden, und ich wollte es gar nicht. Sehen Sie, es geht nicht darum, ob sie recht hat oder unrecht. Sie hätten der beste Herrscher der Geschichte sein können, und doch wäre Ihre Thronbesteigung eine Katastrophe gewesen.«

»Weshalb?«

»Sie hätten das Prinzip der Legitimität zerstört. Das Imperium überlebt Josip. Die mächtigen Interessengruppen, die vorsichtigen Bürokraten, vor allem aber auch die Größe und Schwerfälligkeit des Reiches werden dafür sorgen, daß Josip nicht allzuviel Schaden anrichtet. Aber wenn Sie sich den Thron durch Gewalt aneignen, weshalb sollte in der nächsten Generation ein unzufriedener Admiral nicht das gleiche versuchen? Und noch einer und noch einer, bis Bürgerkriege das Imperium zerreißen? Die Merseianer und die Barbaren warten nur darauf. Sie selbst haben Barbaren gekauft, McCormac, und sie gegen die Terraner eingesetzt. Ganz gleich, ob Sie Vorsichtsmaßnahmen trafen oder nicht, Sie haben sie hergebracht, und früher oder später erhebt sich sicher ein Rebell, der ihnen Land verspricht. Dann ist es mit dem Imperium zu Ende.«

»Da muß ich widersprechen«, erklärte der Admiral heftig. »Der Wiederaufbau einer dekadenten Politik . . .«

Flandry unterbrach ihn mit einer Handbewegung. »Ich versuche nicht, Sie umzustimmen. Ich erkläre nur, weshalb ich all diese Dinge tat.« Es war nicht nötig, ihm zu sagen, daß er für Kathryn seine Pflicht zurückgestellt hätte. Es brachte nichts ein und stumpfte die Predigt ab. »Man kann nicht Dinge wiederaufbauen, die gründlich unterminiert sind. Ihre Revolution hat eine Menge Leben gekostet, Schiffe sind vernichtet worden – obwohl wir hier an der Grenze jedes kleine Boot brauchen.«

»Was hätte ich sonst tun sollen?« fragte McCormac. »Meine Frau und mich ganz heraushalten? Bedenken Sie doch, was Snelund in unserem Sektor bereits angerichtet hatte. Wie hätte er auf Terra regiert, wenn er jetzt den Sieg davongetragen hätte? Gab es eine andere Lösung, als das Übel an der Wurzel anzupacken?«

»Ihr Radikalen seid alle gleich«, sagte Flandry. »Ihr denkt, die Mißstände dieser Welt haben eine oder zwei Ursachen, die man nur beseitigen muß, um ein Paradies zu schaffen. Die Geschichte ist diesen Weg noch nie gegangen. Lesen Sie doch nach, welches Leid Reformer immer wieder über die Menschheit gebracht haben.«

»Das sind Theorien.« McCormac war rot geworden. »Ich – wir aber standen Tatsachen gegenüber.«

Flandry zuckte mit den Schultern. »Es waren viele Schachzüge möglich. Einige setzten Sie ein: Beschwerden nach Terra, Druck auf Snelund. Sie hätten vielleicht auch an ein Attentat denken können. Ich leugne nicht, daß er eine Gefahr für das Imperium darstellte. Angenommen, Sie hätten nach Ihrer Befreiung mit einer kleinen Gruppe von Freunden den Palast gestürmt, um Kathryn zu befreien und Snelund zu töten? Hätte das nicht genügt?«

»Aber was hätten wir danach tun sollen?«

»Sie hätten sich außerhalb des Gesetzes gestellt.« Flandry nickte. »Das gleiche habe ich getan. Nur hoffe ich, die Schuld, die ich nicht als solche empfinde, verbergen zu können. Ganz abgesehen von meinem persönlichen Wohlergehen hätte der Vorfall zu Nachahmungen führen können, wenn er bekannt geworden wäre. McCormac, Sie haben keine Ahnung, wie sehr man Heuchelei im Gesellschaftsleben braucht.«

»Wir hätten uns nicht – drücken können.«

»Nein, Sie hätten das tun müssen, was Sie und Ihre Gefährten nun ohnehin tun werden – aus dem Imperium verschwinden.«

»Sind Sie wahnsinnig? Wohin sollen wir gehen?«

Flandry stand wieder auf. »Der Wahnsinnige sind Sie«, erklärte er. »Wahrscheinlich ist es ein Zeichen von Dekadenz, daß heutzutage niemand mehr an Emigration denkt. Man bleibt daheim und klammert sich an das, was man hat und kennt, an den Komfort, die Sicherheit, die Bindungen. Niemand will das große, fremdartige Universum erforschen, auch nicht, wenn uns die Tradition unter den Fingern zerbricht. Die Pioniere besaßen einen anderen Geist. Die ganze Galaxis liegt noch vor uns. Was sind dagegen ein paar Sterne unserer armseligen Spirale?

Sie können entkommen, wenn Sie während der nächsten Stunden fliehen. Mit diesem Vorsprung müßte es Ihren Leuten möglich sein, die Familienangehörigen aufzunehmen und die Männer abzusetzen, die nicht mitkommen wollen. Die Zurückbleibenden gehen ein gewisses Risiko ein, aber ich denke, daß die Regierung mild urteilen wird, wenn die Anführer fehlen. Vereinbaren Sie mit Ihren Genossen einen Stern, bei dem Sie sich treffen, weit außerhalb des Imperiums. Ich glaube nicht, daß man Sie über die Grenze hinaus verfolgen wird.

Suchen Sie sich einen neuen Planeten, McCormac. Gründen Sie eine neue Gemeinschaft. Kehren Sie nie mehr zurück.«

Der Admiral stand auf. »Ich kann die Verantwortung nicht einfach abschütteln.«

»Das haben Sie bereits getan, als Sie rebellierten«, sagte Flandry. »Ihre Pflicht ist es, das zu retten, was sich noch retten läßt. Denken Sie in Zukunft immer daran, was Sie hier angerichtet haben. Vielleicht kann Sie der Gedanke trösten, daß Sie Ihre Anhänger zu einem neuen Anfang führen.« Flandry war überzeugt davon, daß er letzten Endes Trost finden würde. Er besaß ein gesundes Maß an Selbstgerechtigkeit. »Und Kathryn möchte sehr gern fort von hier.» Er hielt McCormacs Blick stand. »Wenn je ein Wesen das Recht hatte, diese Zivilisation zu verlassen, dann ist sie es.«

McCormac schluckte.

»Kommen Sie nie zurück«, wiederholte Flandry. »Denken Sie nicht daran, eine Barbarenarmee auszurüsten und uns anzugreifen. Dann wären Sie ein echter Feind. Ich möchte, daß Sie mir Ihr Ehrenwort geben. Tun Sie es nicht, dann sehen Sie Kathryn nicht wieder.« Flandry staunte selbst, wie gut er lügen konnte. »Wenn Sie mir Ihr Wort geben und es brechen, wird Kathryn Ihnen niemals verzeihen.

Trotz Ihres Fehlers sind Sie ein fähiger Anführer. Nur Ihnen kann es gelingen, in so kurzer Zeit eine Emigration zu organisieren. Geben Sie mir Ihr Wort, und Kathryn ist frei.«

McCormac bedeckte das Gesicht mit den Händen. »Das ist zu plötzlich . . .«

»Gut, dann besprechen wir noch ein paar praktische Dinge. Ich habe mir die Einzelheiten bereits genau überlegt.«

»Aber – ich könnte nicht . . .«

»Kathryn ist Ihre Frau«, sagte Flandry bitter. »Nun beweisen Sie, daß Sie ihr Mann sind.«

Sie wartete an der Luftschleuse. Die Stunden hatten ihr zugesetzt. Flandry ärgerte sich, daß er sie beim Abschied so verhärmt und erschöpft sehen mußte.

»Dominic?« flüsterte sie.

»Er hat sich bereit erklärt«, sagte Flandry. »Du kannst jetzt zu ihm.«

Sie schwankte, und er fing sie auf. »Aber, aber«, meinte er unbeholfen. Er war den Tränen nahe. Einen Moment lang strich er über ihr wirres Haar. »Jetzt ist alles vorbei, wir haben gewonnen, du und ich . . .« Sie verlor das Bewußtsein.

Er trug sie in die Krankenstation und gab ihr eine Belebungsspritze. Nach wenigen Sekunden kam sie zu sich. Sie setzte sich auf. »Dominic!« schluchzte sie. »Ist das wahr?«

»Frag ihn selbst«, sagte er lächelnd. »Aber Vorsicht! Ich habe dir eine kleine Dosis verabreicht.«

Sie schlang die Arme um seinen Hals und küßte ihn. »Fast wünsche ich, daß – daß . . .«

»Lieber nicht.« Er drückte ihren Kopf an seine Brust.

Nach langer Zeit löste sie sich von ihm. »Ich wünsche dir alles Gute, Dominic – vor allem eine Frau, die zu dir paßt.«

»Danke«, sagte er. »Mach dir keine Sorgen um mich. Und geh jetzt zu ihm, Kathryn.«

16

Fremde Sonnen umgaben die *Persei.* Die Sterne des Imperiums lagen weit weg.

McCormac schloß die Tür hinter sich. Kathryn erhob sich. Ruhe, anfangs mit Hilfe von Medikamenten, später mit einer leichten Hypnose, hatte sie wieder schön gemacht. Sie trug ein graues Seidenkleid, das ihr jemand geschenkt hatte. Der schimmernde Stoff schmiegte sich weich um ihre Formen.

Er blieb vor ihr stehen. »Ich habe dich nicht hier erwartet«, stieß er hervor.

»Die Ärzte haben mich entlassen«, erwiderte sie. »Sie wollten, daß ich die gute Nachricht von dir selbst erfahre.« Ihre Stimme zitterte.

»Ja – richtig.« Immer noch klang seine Stimme hölzern. »Es steht fest, daß wir die Suchschiffe durch unsere Manöver abgeschüttelt haben. Hier draußen im Raum finden sie uns nicht mehr. Ich glaube auch gar nicht, daß sie es wollen. Das Risiko ist zu groß, da es keine Sternkarten von diesen Gebieten gibt. Nein, wir sind sie los – falls wir nicht umkehren.«

Sie rief entsetzt: »Das kannst du nicht! Du hast es versprochen.«

»Ich weiß. Nicht, daß ich mich daran halten würde, wenn – nein, keine Angst, ich tue es nicht. Verdammt, Flandry hatte recht. Ohne Verbündete wäre ich nicht ans Ziel gekommen, und diese Verbündeten hätten sich nicht nur mit meinem Teil des Imperiums zufrieden gegeben. Hoffen wir, daß die Furcht, ich könnte zurückkehren, Josip zu größeren Leistungen anstachelt.«

Ihre entsetzte Miene zeigte ihm, daß es noch lange dauern würde, bis ihre Wunden ganz verheilt waren. »Dyuba, du denkst in dieser Stunde an Politik und Kämpfe?«

»Entschuldige«, sagte er. »Niemand verriet mir, daß du kommen würdest. Und ich war beschäftigt.«

Sie nahm seine Hände, aber er umarmte sie nicht. »So beschäftigt?« fragte sie.

»Was – wie meinst du das? Sieh mal, du solltest nicht länger als nötig stehen. Ich bringe dich zu einem Sessel. Und – äh – das Schlafzimmer müssen wir umgestalten . . .«

Sie schloß einen Moment lang die Augen. Als sie ihn wieder ansah, hatte sie sich fest in der Gewalt. »Armer Hugh«, sagte sie. »Du hast auch Angst. Ich hätte mir denken können, daß du verletzt warst.«

»Unsinn.« Er führte sie zur Couch.

Sie hielt sich so steif, daß er den Arm um ihre Taille schlingen mußte. Sie legte die Wange an seine Brust und sagte: »Bleib einen Augenblick bei mir. Du hast die Augen vor unseren persönlichen Problemen verschlossen. Du wolltest nicht daran denken, wie sich unser Verhältnis gestalten würde – nach all dem, was geschehen ist. Du bist nicht sicher, ob etwas zwischen mir und Dominic war – aber ich schwöre dir, daß du in dieser Hinsicht keine Angst haben mußt.«

»Ich kann nicht an deinen Worten zweifeln«, sagte er schwerfällig.

»Nein, du bist so ehrenhaft, daß du dich dagegen sträubst. Und du versuchst, das wieder aufzubauen, was einmal war. Armer Hugh! Du hast Angst, daß es dir nicht gelingen könnte.«

»Nun – die Gedankenverbindungen . . .« Er versteifte sich.

»Ich werde dir helfen, wenn du mir hilfst. Anders schaffen wir es nicht.«

»Ich verstehe«, sagte er sanfter.

»Nein, du verstehst nicht, Hugh«, erwiderte sie ernst. »Während ich mich erholte, hatte ich viel Zeit zum Nachdenken. Über das, was im Palast geschah, bin ich hinweggekommen, so gut das möglich war. Davon muß ich dich jetzt heilen. Aber du mußt mich von Dominic heilen, Hugh.«

»O Kathryn«, flüsterte er in ihr Haar.

»Wir werden es versuchen«, sagte sie leise. »Und irgendwie wird es uns gelingen.«

Vizeadmiral Sir Ilja Kheraskow blätterte die Papiere auf seinem Schreibtisch durch. Das Rascheln erfüllte sein Büro. An diesem Tag zeigte die Projektionswand ein Bild von Saturn.

»Nun«, sagte er, »ich habe Ihren Bericht und andere wichtige Daten gründlich studiert. Sie waren sehr beschäftigt, Commander.«

»Jawohl, Sir«, erwiderte Flandry. Er saß zwar, aber er gab sich Mühe, die Schultern steif zu halten.

»Es tut mir leid, daß Sie zwei volle Wochen auf Luna warten mußten. Scheußlich, wenn die Fleischtöpfe von Mutter Erde so nah sind. Aber es wurden sämtliche Unregelmäßigkeiten nachgeprüft.«

»Jawohl, Sir.«

Kheraskow lachte vor sich hin. »Schluß mit der Angst. Sie müssen zwar die üblichen Zeremonien durchmachen, aber ich kann Ihnen im Vertrauen verraten, daß man Sie freigesprochen hat. Ihr vorläufiger Commandertitel gilt permanent – bis zu Ihrer nächsten Eskapade. Die Chancen stehen eins zu eins, wenn Sie mich fragen.«

Flandry lehnte sich zurück. »Danke, Sir.«

»Sie scheinen etwas enttäuscht«, stellte Kheraskow fest. »Hatten Sie mehr erwartet?«

»Nun, Sir . . .«

»Sie sollten mir auf den Knien danken.« Das Grinsen des Admirals wurde breiter. »Ich habe Ihnen zu Ihrem Titel verholfen, und das war nicht leicht.« Er holte tief Atem. »Gewiß, die Erbeutung des Kodes war eine Heldentat. Dafür kann man auf anderen Gebieten ein Auge zudrücken. Außer dem Verlust der

Asieneuve auf einer äußerst leichtsinnigen Fahrt haben Sie Ihre Autorität zum Teil schamlos ausgenutzt. Sie haben die Gefangene des Gouverneurs auf eigene Faust auf Ihr Schiff geholt; Sie haben ihre Anwesenheit bei der Rückkehr verheimlicht; und Sie haben sie schließlich an den Feind verloren. Flandry, ich glaube, Sie werden es nie wieder zu einem selbständigen Kommando bringen.«

Das ist keine Strafe, dachte Flandry. Laut sagte er: »Sir, mein Bericht enthält eine Rechtfertigung für mein Handeln. Zudem haben Sie noch die Zeugenaussagen meiner Leute.«

»Ich habe die eleganten Umschreibungen gelesen. Aber lassen wir das. Ich habe wie ein Löwe um Sie gekämpft, weil der Geheimdienst Sie braucht.«

»Vielen Dank, Admiral.«

Kheraskow reichte ihm die Zigarrenkiste. »Hier, nehmen Sie eine. Und beweisen Sie Ihre Dankbarkeit, indem Sie mir beichten, was wirklich geschehen ist«

»Das steht alles im Bericht, Sir.«

»Ich erkenne ein Wiesel, wenn es an mir vorbeihuscht. Darf ich zitieren: ›Kurz nachdem ich mit Lady McCormac in Richtung Terra aufbrach, wurde ich von einem feindlichen Kreuzer gestellt. Leider hatte ich nur eine Notmannschaft an Bord, so daß es mir nicht möglich war, mich zur Wehr zu setzen. Man brachte mich zum Flaggschiff vor Satan, und ich hatte den Eindruck, daß die Offiziere sich in Panikstimmung befanden. Sie hatten eben die Nachricht erhalten, daß Admiral Pickens ihren Kode besaß, und beschlossen Hals über Kopf, aus dem Imperium zu fliehen. Lady McCormac bat die Männer, mich und mein didonisches Mannschaftsmitglied zu verschonen, und so ließ man uns in einem beschädigten Schiff zurück. Loyalisten befreiten uns schließlich aus unserer mißlichen Lage und brachten uns zurück nach Terra . . .‹ Nun, lassen wir das.« Kheraskow schüttelte den Kopf. »Allerdings erscheint es mir seltsam, daß ausgerechnet in Ihrer Nähe ein imperiales Schiff vorbeikam.«

»Manchmal geschehen noch Zeichen und Wunder«, sagte Flandry. »Leider haben die Rebellen das Logband zusammen mit dem Hyperdrive zerstört, sonst könnte ich Ihnen meine

Angaben beweisen. Aber ich finde, daß mein Bericht auch so überzeugend klingt.«

»Ja, das Netz der Logik ist unzerreißbar – und die meisten Knoten, mit denen es geknüpft ist, sind unbeweisbar. Sie hatten auch von Alpha Crucis bis hierher Zeit, sich eine gute Geschichte auszudenken. Seien Sie ehrlich. Sie haben Hugh McCormac aufgesucht und ihm die Sache mit dem Kode anvertraut.«

»Sir, das wäre Hochverrat gewesen.«

»Ebenso wie die Beseitigung eines Gouverneurs, der Ihnen im Magen lag? Merkwürdig, daß man ihn kurz vor seinem Verschwinden noch in Ihrer Gegenwart sah.«

»Es ging so viel vor, Sir«, sagte Flandry. »Die Stadt befand sich im Aufruhr. Seine Exzellenz hatte persönliche Feinde. Jeder von ihnen hätte die Gelegenheit beim Schopfe packen können. Wenn der Admiral an mir zweifelt, kann er mich einer Hypnose unterziehen.«

Kheraskow seufzte. »Sie wissen, daß ich das nicht tun werde. Man wird die ganze Angelegenheit ruhen lassen. Schließlich kann man nicht jedem kleinen Rebellen nachlaufen, der sich irgendwo verkrochen hat. Ich hatte nur gehofft, Flandry . . . aber vielleicht ist es besser so. Ich will mich nicht in Ihre Tiefen ziehen lassen. Zünden Sie Ihre Zigarre an. Ach ja, mögen Sie Scotch?«

»Sehr gern!« Flandry roch genießerisch an seiner Zigarre.

Kheraskow bestellte per Interkom. Dann lehnte er sich zurück und zündete ebenfalls seine Zigarre an. »Noch eine Frage, Sie verlorener Sohn – zur Belohnung für die fetten Kälber, die ich Ihretwegen schlachten werde. Wo gedenken Sie Ihren Urlaub zu verbringen?«

»Bei den Fleischtöpfchen, die der Admiral vorher erwähnte«, erwiderte Flandry prompt. »Bei Wein, Weib und Gesang. Ganz besonders bei der zweiten Kategorie.«

Er dachte an Kathryn und spürte einen Stich.

Epilog

Ich/Wir erinnern uns.

Füße ist jetzt alt und empfindet Schmerzen bei langen Reisen, vor allem wenn die Winternebel um das Haus kriechen. Flügel von Denker ist blind und geht keine Vereinigung mehr ein, außer die Jungen kommen, um etwas zu lernen. Hände von Höhlenentdecker und Denker ist längst nicht mehr, während Hände von Großes Leid zu seinem Stamm zurückgekehrt ist. Aber die Erinnerung lebt weiter. Lernt, ihr Jungen, von denen, die sich vereinigten, bevor ich/wir waren.

Es bedeutet mehr als Gesang, Tanz und Zeremonie. Unsere Kommune kann nicht mehr glauben, daß unser schmales Stück Land die Welt ist. Hinter Dschungel und Bergen liegt das Meer; jenseits des Himmels liegen die Sterne, von denen Höhlenentdecker träumte und die Großes Leid sehen durfte. Und dort sind die Fremden, die nur einen Körper besitzen und uns manchmal besuchen, um Handel zu treiben. Je öfter wir mit Mitgliedern von anderen Kommunen zusammentreffen, desto mehr erfahren wir über sie. Im Laufe der Jahre werden wir ihnen noch näher kommen, und ihr Leben wird Donnerfels verändern. Der Strom der Zeit, der bisher gleichmäßig dahinfloß, wird hastiger sprudeln.

Und die große Frage ist: Wie sollen wir uns mit der Großen Welt vereinen, solange wir sie nicht verstehen?

Deshalb entspannt euch, junge Hände, alte Füße und Flügel. Laßt Wind, Fluß, Licht und Zeit über euch hinwegströmen. Ruht in mir/uns und nehmt auf die Kraft des Friedens, die Kraft zur Erinnerung und zur Erforschung der Weisheit.

Fürchtet euch nicht vor den Fremden, die nur einen Körper besitzen. Schrecklich sind ihre Mächte, aber eines Tages werden auch wir sie beherrschen, wenn wir das wollen. Bedauert lieber jene Rasse, denn ihre Glieder können denken und finden doch nicht zur Einheit.

ENDE
DES DRITTEN BUCHES

Poul Anderson –
Ein Chronist der Zukunft oder

Wie schreibt man
die Geschichte von morgen?

Das Konzept eines zukünftigen Geschichtsablaufs geht bis in die Anfangszeit der modernen Science Fiction zurück. Als erster Autor, der sich mehr oder weniger durchdacht damit befaßt hat, gilt allgemein *Neil R. Jones*, dessen zu unterschiedlichen Zeiten spielende Zyklen um den Durna-Rangue-Kult und Professor Jameson Bestandteile eines fiktiven historischen Panoramas sind. Zu einer ganz anderen Gattung von Zukunftschronik zählen dagegen die Visionen eines *Olaf Stapledon*, die sich eher mit dem universellen Ablauf der Jahrmillionen befassen und Einzelwesen wenig Raum lassen. Das Verdienst jedoch, Zivilisationen und die darin agierenden Menschen gleichermaßen dem angenommenen historischen Prozeß der künftigen Jahrhunderte zu unterwerfen und dies realistisch und plastisch darzustellen, kommt *Robert A. Heinlein* zu, der mit seiner Future History Maßstäbe gesetzt hat, an denen sich Autoren wie *Larry Niven, Gordon R. Dickson, H. Beam Piper* und im besonderen Maße eben auch *Poul Anderson* orientieren.

Poul Anderson, Jahrgang 1926, hatte bereits 1944 angefangen, zu schreiben, und 1947 seine ersten Stories in *Astounding* untergebracht. Er begann bereits früh, sich mit dem Konzept einer zukünftigen Geschichte zu beschäftigen, und wie sein Vorbild Heinlein erstellte er sich eine Zeittafel mit Story-Titeln und zu behandelnden historischen Ereignissen und Entwicklungen und schrieb daraufhin, je nachdem, wie ihn die Muse gerade packte, in nicht-chronologischer Reihenfolge Beiträge zu seinem Gesamtkonzept. Die Ergebnisse dieser frühen Arbeit, die er 1950 begann und 1968 abbrach, liegen in den Bänden *Der Psychotechnik-Bund, Kalter Sieg, Die Welt der Frauen* und *Nomaden des Weltalls* (in *Sternenfahrer*) vor und sind, abgesehen von ihrem Unterhaltungswert, auch von der politischen Entwicklung des Autors über Jahre interessant.

1951 schrieb Anderson ›Den Tiger am Schwanz packen‹ (in DIE FLANDRY DOSSIERS), die auf den ersten Blick nichts mit den Psychotechnik-Geschichten zu tun hatte. Der Held der Story war ein gewisser Captain Dominic Flandry, der für den Geheimdienst des Terranischen Imperiums arbeitet und sich mit zahlreichen nichtmenschlichen Gegnern auseinanderzusetzen hat. Weitere Geschichten um Flandry folgten, einige Texte, die einige Jahrhunderte vor Flandrys Zeit spielten, schilderten die Aufbauphase des Imperiums. Anderson schien sich einen zweiten Zukunftskosmos erschaffen zu wollen, schien sich jedoch nicht völlig von seiner ersten Chronik lösen zu können. Immer wieder finden sich Hinweise auf die ›Frühzeit, in der wissenschaftlich orientierte Regierungen, (eben der Psychotechnik-Bund) die Erde beherrschten‹, und noch 1969 findet sich in REBELLENWELT ein Hinweis auf die Novelle ›Der Große Regen‹.

Eine von *Sandra Miesel* mit Andersons Beratung erstellte Zeittafel des Flandry-Kosmos, von der eine wesentlich ergänzte und überarbeitete Version im zweiten Sammelband der Flandry-Chroniken erscheinen wird, läßt allerdings keinen Zweifel daran, daß die beiden Werke durchaus getrennte Wege gingen, aber man kann mit ziemlicher Sicherheit davon ausgehen, daß bei Ersterscheinen der Geschichten ein Zusammenhang durchaus bestanden hat und auch beabsichtigt gewesen war. Anderson schreibt 1981: ›Ein guter Grund, die Sache (die Psychotechnik-Serie) aufzugeben, bestand darin, daß sich die reale Welt (...) nicht so verhielt, wie ich es beschrieben hatte. (...) Technologische Neuerungen, die ich nicht vorhergesehen hatte, konnte ich nicht so einfach »wegerklären«.‹ Die Flandry-Geschichten und die damit verbundenen Stories spielten jedoch in einer so fernen Zukunft, daß der scheinbare Nachteil fehlerhafter Extrapolation nicht zum Tragen kam.

Anderson hatte immer schon gerne Serien geschrieben (viele ›Romane‹ der sechziger Jahre aus seiner Feder sind überarbeitete und miteinander verbundene Sammlungen von Kurzgeschichten), und 1956 begann er eine Folge von Novellen um den fetten rauhbeinigen Handelskapitän der Zukunft Nicholas van Rijn, die einen weiteren Kosmos zu enthüllen schienen. 1960 jedoch verknüpfte Anderson in DAS VIRUS DER MACHT van Rijn mit Flandry, indem er ersteren zu einer historischen Gestalt im Universum des letzteren werden ließ. Die Chronik wuchs.

Ebenfalls 1960 hatte Anderson in RAUMFAHRER VORSICHT! angedeutet, wie sich sein Terranisches Imperium entwickeln wird. Der Roman spielt zu einer Zeit, da das Sternenreich lange zusammengebrochen ist, Flandrys Kampf also scheinbar sinnlos ist. Zu Flandrys Zeit ist aber auch die Polesotechnische Liga, der stellare Handelsverbund, in dem Nicholas van Rijn agiert, ebenfalls zusammengebrochen. Es deutete sich also ein zyklisches Geschichtsbild an, wobei für die Liga die Hanse des 13. und 14. Jahrhunderts und für das Imperium das römische Reich des 2. Jahrhunderts die Vorbilder geliefert hatten. Dabei orientierte sich Anderson auch an der *Terro-Human Future History* seines Kollegen *H. Beam Piper*, die ebenfalls mehrere Jahrtausende umfaßte, allerdings bedingt durch Pipers frühen Tod niemals den Umfang erreichte, den Andersons Version annehmen sollte. Realhistorische Situationen sind seither von Anderson vielfach in den Romanen und Kurzgeschichten der Chronik verarbeitet worden; dabei wurden bekannte Ereignisse wie der Vietnam-Krieg, aber auch eher obskure Randepisoden des europäischen Mittelalters herangezogen.

Der große Rahmen war also bereits 1960 abgesteckt, und in den folgenden Jahren machte Anderson sich daran, die Lücken auszufüllen. Dabei konzentrierte er sich auf die Epochen von Flandry und von van Rijn und seinem Protegé David Falkayn, die etwa fünfhundert Jahre auseinanderlagen und von *Sandra Miesel* auf das dreißigste, bzw. das fünfundzwanzigste Jahrhundert festgelegt wurden. Rückblenden erhellten vorangegangene

Ereignisse. Zum Beispiel wird in HÖLLENZIRKUS aus dem Jahr 1970, der in Flandrys Jugend angesiedelt ist, ›erstmals‹ sein nichtmenschlicher Widersacher Aycharaych erwähnt, dem er bereits 1951 in seinem ersten Abenteuer als mehr oder weniger gereifter Mann gegenüberstand. In einem nahezu perversen Handstreich ließ Anderson 1967 David Falkayn zum Retter der Merseianer werden, die zu Flandrys Zeit die Hauptgegner des Terranischen Imperiums geworden sind. Kleinere Einzelaktionen beeinflussen in Andersons Entwurf den Ausgang der Geschichte in unvorhersehbarer Weise. Ein ausgezeichnetes Beispiel für diese Technik ist der Roman MIRKHEIM.

Von 1972 bis 1974 erschienen zahlreiche Stories und Romane, die sich mit dem Schicksal der Technischen Zivilisation befaßten, wie Anderson seine Schöpfung jetzt nannte. Dabei verließ er zum größten Teil seine vertrauten Epochen und schloß teilweise die zeitlichen Lücken. Dann jedoch schien er ein wenig die Lust verloren zu haben.

1977 erschien der bislang letzte Roman um Falkayn und van Rijn, MIRKHEIM, 1979 der Flandry-Roman AM ENDE DES WEGES. 1978 hatte er zwölf Texte zu der fiktiven Chronik DAS ERDENBUCH VON STURMTOR zusammengefaßt. Für *Poul Anderson* schien sein Zyklus abgeschlossen zu sein.

1981 erschien die Novelle ›Das Saturn-Spiel‹, für die er mit *Hugo* und *Nebula* ausgezeichnet wurde. 1983 erschien in der Sammlung THE LONG NIGHT, die fünf Geschichten aus der Future History zusammenfaßte, in einer überarbeiteten Version der oben erwähnten Zeittafel der Hinweis, daß es sich bei dem Preisträger um den chronologisch ersten Text des Zyklus handeln solle. Direkte Bezüge sind jedoch bis heute noch nicht durch weitere Texte hergestellt worden, so daß dieser Anspruch bisher auf wackeligen Füßen steht. 1985 schließlich erschien der Roman DIANA FLANDRY – AGENTIN DES IMPERIUMS (Bastei-Lübbe 23 077), in der die Erlebnisse von Flandrys Tochter geschildert werden. Der Band sollte ursprünglich wohl eine neue Serie einleiten, bisher ist allerdings keine Fortsetzung erschienen.

Mit über vierzig Texten ist Andersons Chronik der Technischen Zivilisation wohl das bisher ehrgeizigste Projekt einer Geschichte der Zukunft. Die Qualität der einzelnen Beiträge schwankt allerdings. Trotz gelegentlicher Auszeichnungen (neben ›Das Saturn-Spiel‹ erhielt auch ›The Sharing of Flesh‹ in THE LONG NIGHT 1969 einen *Hugo*) bewegt sich der Zyklus fast ausschließlich auf dem Niveau intelligenter Unterhaltung, über das er in Bänden wie REBELLENWELT, SCHATTENWELT, MIRKHEIM und DAS ERDENBUCH VON STURMTOR gelegentlich hinauswächst und den ganzen Detailreichtum des Entwurfes deutlich macht. Andersons Stärke liegt nicht in der Beschreibung von Raumgefechten, die übrigens bemerkenswert selten herangezogen werden, sondern in der immer wieder überraschenden Fähigkeit, mit wenigen Sätzen ganze planetare Umgebungen vor dem Auge des Lesers aufsteigen zu lassen. Daß er dabei vor gewollt literarischer Knappheit gelegentlich in klischeehaften Kitsch abgleitet, kann ihm dabei fast immer verziehen werden. Im großen und ganzen wird Anderson seiner 1972 selbst gestellten Forderung nach einer unitarischen Science Fiction, in der die Autoren ganze Welten, Kulturen, Philosophien zu erschaffen haben, durchaus gerecht.

Politisch ist Anderson nicht unumstritten. Vielfach wurden ihm konservative, antikommunistische, sogar faschistische Tendenzen vorgeworfen, und besonders die Arbeiten aus seinem großen Zukunftszyklus wurden immer wieder als Zielscheibe für diese Anschuldigungen herangezogen. Dabei werden allerdings mehrere Punkte übersehen: Zunächst einmal bildet der Zyklus, dessen Erstellung sich immerhin über mehr als drei Jahrzehnte erstreckt, ein Ganzes, und Figuren wie van Rijn, Falkayn oder besonders Flandry, Andersons langlebigste Figur, die von 1951 bis 1985 in nichtchronologischer Reihenfolge immer wieder herangezogen wird, werden im Verlauf des Geschehens zu durchaus plastischen und vielschichtigen Gestalten, die in ihrem Handeln und Denken von Selbstzweifeln und -reflektionen nicht verschont bleiben. Zum anderen hat sich Anderson, wie schon erwähnt, einer zyklischen Geschichtsversion bedient, und gerade Flandrys oft zynische und provokante Bemerkungen (›Verbrechen ist doch nur eine Frage der Größenordnung‹) sind als Kommentare auf seine eigene Situation, aber auch auf die Gegenwart des Autors gemünzt; darin allerdings eine Rechtfertigung der USA sehen zu wollen, wäre zu weit hergeholt.

Dominic Flandry versucht mit bloßen Händen den Dammbruch aufzuhalten; mit allen Mitteln versucht er den Zusammenbruch des Imperiums hinauszuzögern, wohl wissend, daß er letztlich scheitern muß, derweil jedoch bemüht, noch ein paar Jahre zu erkaufen, damit nicht alles verlorengeht und die Zivilisation irgendwie überlebt. Flandrys Imperium trägt zweifellos totalitäre Züge, die Bezeichnung *Faschismus* ist in diesem Zusammenhang jedoch bedeutungslos, denn ebensogut könnte man in Fortsetzung der Parallele das Römische Reich als faschistisch bezeichnen. Antikommunistisch und konservativ ist Anderson gewiß, aber er räumt in seinen Geschichten dem Individuum jederzeit mehr Freiheit und Daseinsberechtigung ein als dem System. Flandrys Feinde sind die Merseianer, reptilähnliche Säuger, die sich einer Art Gottkaisertum verschrieben haben, und deren Gesellschaft ist eine sonderbare Mischung aus Shogunat und Führerkult, gegen die das Terranische Imperium noch harmlos wirkt. Flandrys Staat ist weit davon entfernt, vollkommen zu sein oder es auch nur sein zu wollen; die von Anderson aufgezeigten Alternativen (Versklavung oder die Lange Nacht der Zivilisation, die letztlich auch in der Chronik realisiert wird) präsentieren sich allerdings weitaus übler.

Schließlich jedoch, so Anderson, ist jeder Kampf verloren. Systeme überleben die Wesen, die sie erschaffen haben, nur um wenige Jahrhunderte, und Ideologien jedweder Couleur sind daher auf lange Sicht bedeutungslos. Eine etwas pathetische Betrachtung der Andersonschen Philosophie in der Chronik findet sich in *Sandra Miesels* Essay ›Der Preis für die erkaufte Zeit‹ in DAS ENDE DES WEGES. Der Flandry-Zyklus und die daran angeschlossenen Texte stellen insgesamt ein farbiges und in Anbetracht des Umfanges überraschend stimmiges Panorama einer Zukunftshistorie dar, die keinen Anspruch darauf erhebt, jemals wahr zu werden. Warum auch? Gute Science-

Fiction-Geschichten stehen nicht unter dem Zwang, sich durch das Eintreffen der in ihnen aufgezeigten Zukunftsvariationen als prophetisch erweisen zu müssen.

Heiko Langhans
Hamburg, April 1990

Band 23 077
Poul Anderson
Diana Flandry
Deutsche Erstveröffentlichung

Jahrzehntelang hatte Dominic Flandry einen aufreibenden Kampf gegen die interstellare Barbarei geführt. Er wußte, daß sich das Schicksal der Galaxis nicht aufhalten ließ. Und doch: Es hatte sich gelohnt, sein Leben für ein paar Jahre Frieden und Wohlstand von Milliarden intelligenter Lebewesen zu opfern.
Doch auch Helden werden alt! Wer sollte nach ihm den tödlichen Gefahren auf fremden Planeten mit ihren fremdartigen Lebewesen entgegentreten? Es gab nur einen Menschen, der diesen Job übernehmen konnte.
Ihr Name war Diana. Und obwohl ihr Aufstieg zur Agentin des Imperiums erst begann, waren zwei Dinge ganz klar: Legitim oder nicht, sie war eine echte Tochter Dominic Flandrys, und der alte Mann würde stolz auf sie sein ...

BASTEI LÜBBE

Sie erhalten diesen Band im Buchhandel, bei Ihrem Zeitschriftenhändler sowie im Bahnhofsbuchhandel.

Band 24 136

Edward Gibson

Sternenreise

Deutsche Erstveröffentlichung

Die Raumfahrt im 21. Jahrhundert scheint keinerlei Risiken mehr zu bergen. Bis die Warfare 1 in ein fremdes Sonnensystem aufbricht, um unbekannte Raumobjekte zu erkunden. Plötzlich reißt der Funkkontakt ab. Eilig wird eine Rettungsmannschaft zusammengestellt. Jake Ryder und seine Männer sollen das Rätsel der Warfare 1 lösen. Doch die Astronauten geraten in Gefahren, wie sie unglaublicher nicht sein können: Ein feindliches Wesen aus einer anderen Welt stellt sich ihnen in den Weg.

BASTEI LÜBBE

Sie erhalten diesen Band im Buchhandel, bei Ihrem Zeitschriftenhändler sowie im Bahnhofsbuchhandel.